晚唐

중국문학 원형비평

만당의 **종소리**

鐘聲

지은이

푸다오빈(傅道彬, Fudaobin)

중국 하얼빈(哈爾濱)사범대학교 중문과 교수, 수도사범대학교 초빙교수. 지린(吉林)사범대학교 중문학과 학사, 화중사범대학교 문학석사, 역사학 박사. 하얼빈사범대학교 부총장, 헤이룽장(黑龍江)성 문학예술연합회 주석 역임. 현(現) 중국인민정치협상회의 위원, 중국 문예평론가협회 부주석. 저서로 『중국생식숭배문화론』, 『만당의 종소리』, 『중국문학의 문화적 비평』 등이 있으며 중국 국내외에서 100여 편의 학술 논문을 발표했다.

옮긴이

양레이(楊磊, Yanglei)

중국 대외경제무역대학교 경제학 학사, 서울대학교 비교문학 석사, 베이징대학교 문학박사. 현재 베이징제이외국어대학교 아시아학 한국어학과 교수. 서울대학교 인문학연구원 객원연구원. 한국문학번역원, 한국외국어대학교, 부산외국어대학교 등 방문학자. 저서로 『박완서 소설 중역 연구』, 『중한비교문학연구관규(管窺)』 등이 있으며, 번역서로 『영웅시대』, 『무정』(공역), 『한국무협소설의 작가와 작품』, 『언어 너머의 문학』(공역) 등이 있다. 번역 분야 논문 30여 편을 발표했다.

김보경(金保炅, Kim Bo-kyong)

대구대학교 중어중문학과 졸업. 한국외국어대학교 통번역대학원 석사 · 박사. 북경제이외국어대학교 외국인강사, 한국외국어대학교 강사. 번역서로 『경영의 지혜』, 『CEO 칭기즈칸처럼 경영하라』, 『중국의 신흥 부자들』이 있으며, 논문으로 「한중 법률용어 번역의 등가관계」가 있다. 번역과 통역, 이론과 실무의 경계에서 깊이 있는 번역을 위한 고민을 쉬지 않고 있다.

만당의 종소리 중국문학 원형비평

초판인쇄 2022년 6월 1일 **초판발행** 2022년 6월 20일

지은이 푸다오빈 **옮긴이** 양레이 · 김보경 **펴낸이** 박성모 **펴낸곳** 소명출판 **출판등록** 제13-522호

주소 06643 서울시 서초구 서초중앙로6길 15, 2층

전화 02-585-7840 **팩스** 02-585-7848 **전자우편** somyongbooks@daum.net

값 57,000원 ⓒ 소명출판, 2022

ISBN 979-11-5905-700-7 93820

잘못된 책은 바꾸어드립니다.

이 책은 저작권법의 보호를 받는 저작물이므로 무단전재와 복제를 금하며,

이 책의 전부 또는 일부를 이용하려면 반드시 사전에 소명출판의 동의를 받아야 합니다.

이 책은 중화학술외역프로젝트에 의해 중국의 국가사회과학기금(國家社科基金中華學術外譯項目14WZW011)으로부터 지원을 받았음

중국문학 원형비평

만당의 종소리

Bells of The late Tang

푸다오빈 지음 | 양레이 · 김보경 옮김

일러두기

1. 원서의 서지사항은 다음과 같다. 傅道彬, 『晚唐鍾聲－中國文學的原型批評(修訂本)』, 北京大學 出版社, 2007.

2. 중국 인명은 한자 독음으로 표기하고 한자를 병기하였다.

3. 서양 인명은 한국어 발음을 기준으로 하고 알파벳을 병기하였다.

4. 원서 본문에서 인용된 고전 작품의 제목과 저자는 한자를 병기하였다.

5. 원서에서는 저자가 고전 작품을 인용하면서 별도의 각주나 백화문 번역을 첨부하지 않았다. 번역문에서는 기존의 주석서와 해설서를 참고하여 원서 저자의 비평 의도에 맞게 번역하였 으며, 일부 작품은 기존의 권위 있는 번역을 직접 인용하고 출처를 밝혔다.

『만당의 종소리』는 중국의 국가급 사업인 중화학술번역 프로젝트中華學
術外譯項目의 지원을 받아 번역되었다. 중화학술번역 프로젝트는 중국 국가
사회과학기금에서 추진하는 중요한 사업 가운데 하나로서 중국 학자들의
대표적 학술 성과를 외국어로 번역하고 해당 국가의 권위 있는 출판사를
통해 출판하는 사업이다. 이를 통해 각국 연구자들의 학술 교류를 강화하
고 국가 간 문화 교류를 증진하는 데 목적을 두고 있다.

이 책은 중국문학 분야의 석학 푸다오빈傅道彬 교수의 대표작으로, 2007
년 개정판이 출간된 뒤 지금까지도 중국 내 온라인 중고서점에서 정가의
열 배 가격으로 판매되고 있을 정도로 학술적 가치를 인정받고 있다.

중국문화와 문학의 다양한 상징을 원형비평의 관점에서 논의한『만당
의 종소리』는 신화, 동화, 민간 설화, 종교 철학, 예술적 상상, 정신적 환
상 속에서 중국문화와 예술의 원형原型이 어떻게 드러나고 있는지 명쾌하
게 분석하고 있다.

저자는 중국문학의 원형과 그 의미를 발굴하기 위해서 문헌학, 민속학,
고고학, 언어학, 심리학, 종교와 철학 등 동서양의 온갖 학술적 지식을 총
동원해 광활한 문화적 배경 속에서 중국문학 연구의 새로운 시야를 개척
하는 학문적 모험을 감행한다. 은, 주, 춘추전국, 진, 한, 위진남북조, 수·
당·원·명·청에 이르는 각 시대의 작품 수백여 편이 이 책에 등장한다.
상고시대의 갑골문에서부터『주역』과『시경』, 유불선儒佛仙을 대표하는
각종 경전들, 헤아릴 수 없이 많은 당시唐詩와 송사宋詞들, 원대 희곡과 명
청시대의 소설과 평론에 이르기까지 다양한 문학 장르를 넘나들고 있다.

이처럼 다양한 시대와 작품 유형들 속에서 저자는 산, 물, 달, 황혼, 비, 종소리, 숲, 문, 배, 등불, 돌 등과 같이 일상적인 사물과 현상들이 중국인들의 원형으로서 어떤 상징을 가지고 있는지, 그 상징이 시대적으로 어떻게 변천해왔는지 깊이 있는 논의를 전개한다.

『만당의 종소리』는 저자가 여러 후학과 독자들을 위해 마련한 학술의 향연이라 할 수 있다. 독자들은 소재별로 나누어 논의된 각 장의 작품들과 분석을 읽어 나가는 과정에서 책을 읽는 재미와 지적인 충족감을 느낄 수 있을 것이다.

그러나 인문학 전반을 넘나드는 저자의 학문적 깊이를 헤아릴 틈도 없이 한국어로 옮기는 과정은 '고행苦行'의 연속이라고 할 만큼 번역자에게는 거대한 장벽이요, 도전일 수밖에 없었다. 장장 6년여에 걸친 이 방대한 프로젝트는 번역자, 특히 공동 번역자인 한국외국어대학교 김보경 선생의 집념 없이는 이룰 수 없었던 고역이었고, 서울대학교 전형준 교수님, 베이징대학교의 장민 교수님께서 이 책의 번역 과정에서 세심한 조언을 해 주지 않으셨다면 불가능했을 것이다. 고맙게도 주변의 양국 학자들이 두 번역자를 격려하고 지지해 주셨기에 힘을 낼 수 있었다. 그리고 중국 고전을 번역해온 양국의 여러 연구자들과 번역자들에게도 감사드린다. 이 책에 실린 다양한 고문들을 번역하기 위해 기존의 많은 번역서와 주해서를 참고하였다. 이 책의 논지와 맥락에 많은 경우, 일부 번역문은 출처를 밝히고 인용함으로써 그들의 봉사와 노고에 보답하고자 했다.

무엇보다 저자인 푸다오빈 교수님의 신뢰와 지도에 감사드린다. 방대한 고문古文과 옥문玉文의 깊은 뜻을 헤아릴 길 없어 여쭤볼 때마다 소중한 가르침을 주셨다. 그리고 베이징대학교 출판사 장나 선생님, 한국 소명출판 여러 선생님들께서도 코로나19가 한창 기승을 부리던 시기에 자리를 지키며 책의 출간을 든든히 뒷받침해 주셔서 다시 한번 감사의 말씀을 드리고 싶다.

이번에 한국에서 『만당의 종소리』 완역본 출간을 계기로 양국 학계의 활발한 교류가 이루어지기를 진심으로 바란다. 아울러 미진한 번역 부분은 아낌없이 지도해 주시리라 기대한다.

2021년 8월 20일
옮긴이 일동

차례

책머리에 / 3
프롤로그 / 9

제1장 **흥興과 상象** 원형에 관한 오래된 주석 ─────────── 15
  1. 머리말   17
  2. 원형 – 인류문화사의 화석   18
  3. 흥興과 상象 – 중국문화의 원형체계   23
  4. 흥상체계와 『역경』의 총론, 『시경』의 총론   38
  5. 흥상체계의 문화코드 해독   47
  6. 맺음말   66

제2장 **중국의 달과 그 예술적 상징** ─────────────── 69
  1. 머리말   71
  2. 달과 여성 및 모성세계의 원형   72
  3. 달 본체와 중국철학 및 지혜의 상징   83
  4. 달의 원형과 고전적 의경意境의 창조   93
  5. 달과 중국문인들의 심상 구성   109
  6. 맺음말   118

제3장 **중국문학의 황혼정서** ───────────────── 119
  1. 머리말   121
  2. 어둠 속으로 밀려드는 슬픔
      – 황혼의 시간적 의미와 중국문인들의 심리   122
  3. 그림 같은 석양 – 황혼의 공간적 의미 : 슬픔의 미학적 전통   150
  4. 발걸음을 재촉하는 석양
      – 해의 고향과 정신적 고향 : '황혼회귀'의 테제와 안티테제 171
  5. 해를 보내는 의식 – 문화 속의 황혼과 석양 : 황혼 이미지에 대한 이론적 고찰 183
  6. 맺음말   189

제4장 **숲의 상징과 그 문학적 함의** ─────────── 191
　1. 머리말 193
　2. '황금가지' – 사수社樹, 나무 숭배와 고향으로서의 숲 193
　3. 상림桑林의 제사와 상원桑園의 노래 204
　4. 슬픔과 기쁨의 숲 그리고 은거를 꿈꾸는 사대부들 216
　5. 숲의 의경과 고향의 계시 223
　6. 맺음말 231

제5장 **비**雨 고전 이미지의 원형 분석 ─────────── 233
　1. 머리말 235
　2. 시와 비의 관계와 기우제 237
　3. 기우祈雨 · 폭우暴雨 · 운우雲雨 원형과 희우喜雨 · 고우苦雨 · 사랑의 정서 양식 246
　4. 물상과 심상 – 슬픔의 비, 정화의 비, 선정의 비 268
　5. 빗속의 낮은 읊조림과 한밤의 빗소리 – 비의 공간적 이미지와 심미적 경계 289
　6. 맺음말 308

제6장 **문**門 한 낱말에 대한 시학적 비평 ─────────── 313
　1. 머리말 315
　2. 문의 어원적, 문화적, 상징적 의미 고찰 316
　3. 새로운 명명命名 – 문의 상징적 의미 분석 330
　4. 닫힌 문 – 특별한 시학적 이미지 기호 359
　5. 문 – 예술 형식에 대한 심미적 분석 377
　6. 맺음말 385

제7장 **당시**唐詩**의 종소리** ─────────── 387
　1. 머리말 389
　2. 종고도지鐘鼓道志 – 당시에 나타난 종소리의 역사적 의미 390
　3. 종경청심鐘磬淸心 – 당시 속에 울려 퍼지는 선禪의 종소리 405
　4. 당시에 나타난 종소리의 시간적 의미 426
　5. 종소리의 수사적 의미 및 예술적 품격 438
　6. 맺음말 456

제8장 **등불과 촛불의 시** ─────────────────────── 459
  1. 머리말 461
  2. 등불과 촛불을 위한 노래, 빛과 불의 원시 숭배 463
  3. 마음의 등불 – 철학과 지혜의 은유 479
  4. 타오르는 등불과 촛불 – '경전적 이미지'의 형식적 구성 490
  5. 등불과 촛불의 인격정신 509
  6. 맺음말 515

제9장 **배와 시** 문명적 사고와 예술적 고찰 ──────────── 517
  1. 머리말 519
  2. 배의 발명 및 문화적 의의 고찰 522
  3. 이섭대천利涉大川 – 배 이미지의 사상과 상징적 의미 536
  4. 외로운 나그네 배와 옛 시인들의 정신세계 550
  5. 그림배畫舫의 심미성과 예술적 표현 585
  6. 맺음말 608

제10장 **돌의 이야기** 『홍루몽』의 상징세계에 대한 원형비평 ──── 611
  1. 머리말 613
  2. 돌의 이야기 – 『홍루몽』의 사시四時 구조 614
  3. 돌과 옥 – 『홍루몽』속 두 개의 세계 629
  4. 슬픔의 돌 – 가보옥의 이중적 역할 646
  5. 돌의 내력 – 돌 이미지의 문화와 문헌 출처 655
  6. 돌의 이야기 – 돌의 언어와 수사적 의미 673
  7. 맺음말 680

후기 / 681
재판 후기 / 683

역사는 멀리 사라졌지만 역사와 문명이 남긴 흔적은 이 땅 위에 고스란히 남아 있다. 흔적들은 하나의 길잡이처럼 우리를 아득한 역사 속 공간으로 이끌고 간다. 작은 돌도끼 하나가 횃불을 높이 들고 천지를 개벽했던 상고시대의 흐릿한 윤곽을 그려내고, 깨진 기와 조각 하나에서 황금빛 푸른빛 찬란한 빛을 내뿜으며 구름을 뚫고 우뚝 솟아오르는 웅장한 궁전이 떠오른다. 화려했던 역사를 떠올리며 폐허 속을 걷노라면 마치 하나의 도시, 하나의 국가, 하나의 왕조를 거니는 듯하다. 창칼을 어루만지노라면 전장의 화염이 피어나는 사막 한 가운데에 서 있는 듯하다.

문명의 파편들을 통해 우리는 펄떡이는 역사의 맥박을 느끼고 역사가 진보해온 궤적을 그려낼 수 있다. 그리고 이 때문에 고고학은 희망과 생명의 기운을 키워낼 수 있었다. 물질문명이 조각조각의 편린들을 남겼다면 정신문명은? 정신문명도 흔적을 남겼을까? 만약 그러하다면 정신의 고고학을 할 수 있을까? 인류는 이 땅에서 일상과 노동을 영위하며 살아왔다. 그리고 또 울음을 울기도 했으며 기쁨과 슬픔의 노래를 부르기도 했다. 물질문명의 역사는 물증을 남겼는데 이토록 생생하게 살아 움직이는 정신세계는 흔적도 없이 바람과 함께 사라지고 만 것일까?

정신분석 학자들은 인류의 정신이 남긴 흔적을 원형이라고 한다. 원형은 원시심상이라고도 하는데 정신의 유물이자 인류의 '종족적 기억'이다. 지난날은 비록 옛꿈이 되어버렸지만 야만에서 문명을 향해 걸어온 인류의 지난날들은 상징의 형식으로 된 원형에 생생하게 담겨 있다. 지하 유물을 발굴함으로써 한 민족이 만들어온 물질문명의 역사를 확인할 수 있다고 믿는다면, 원형을 고찰함으로써 한 민족의 위대한 정신의 역사를 확인할 수 있다고 믿을 수 있다.

고고학자들이 발굴 현장으로 향하듯 원형비평 학자들은 정신의 영토를 향해 걸어간다. 고고학자들이 유물과 유적을 찾고자 한다면 원형비평 학자들은 상징 형식과 언어를 찾고자 한다. 물질문명에 증거가 있는 것처럼 원형에도 경험할 수 있고 근거로 삼을 수 있는 실증적 실체가 존재한다. 원형은 신화가 될 수도 전설이 될 수도 민속이 될 수도 이미지가 될 수도 상징이 될 수도 있다. 그러나 가장 우선적인 것은 언어다. 왜냐하면 언어는 고향이자 존재이자 세계의 독백이기 때문이다. 하이데거^{Martin Heidegger, 1889~1976}는 "언어는 고향이다. 우리가 끊임없이 이 고향을 넘음으로써 도달하는 곳은, 우리가 우물을 향해 걸어가고, 숲을 통과할 때, 우리는 언제나 '우물'이라는 말을 넘어가고 '숲'이라는 말을 넘어가게 된다. 심지어 이 말을 말하지 않을 때, 언어와 관련된 그 어떠한 것도 사유하지 않을 때까지도."[1] 인류는 언어에 기대어 세계를 명명하고 세계를 경험하고 세계를 기억한다.

『성경』 요한복음은 서두에서 "태초에 말이 있었다"고 했다. 말이 있었기에 세계가 모습을 드러낼 수 있었으며 말과 언어가 없었다면 모든 것은 어둠 속에 묻히게 되었을 것이다. 그래서 하이데거는 말이 없는 곳에는 아무것도 존재하지 않는다고 했다. 이 때문에 언어 문제는 원형비평에서 피해갈 수 없는 문제가 되었다.

문제는 우리가 일상에서 사용하는 언어는 단조롭게 반복되는 훼손된

---

1   Martin Heidegger, 彭富春 譯, 『詩·語言·思』, 北京: 文化藝術出版社, 1990, p120.

기호체계라는 사실이다. 원시 명명의 생명력은 사람들의 교류 과정에서 빛을 잃어갔다. '도道'라는 말을 예로 들어보자. 어원적으로 '도'의 원시적 의미는 길이다. 높고 험한 산속에서 태초의 원시인이 먼 길을 향해 첫발을 내딛던 그 순간은 얼마나 신비하고 신성했을까. 그러한 명명은 또 얼마나 시적이고 감동적이었을까. 그래서 수많은 신비한 체험들을 '도'라는 이름으로 명명하게 되었다. 노자와 장자는 우주와 인생에 대한 자신들의 체험을 도라고 했으며 그 학설도 도가라고 했다. 유가와 불가는 서로 교의는 다르지만 세계에 대한 본질적인 이해를 모두 '도'라고 했다. 이와 함께 도리道理, 인도人道, 천도天道, 지도地道, 문이재도文以載道, 득도다조得到多助 등의 말도 등장하게 되었다. 모든 추상적인 이론과 법칙에 '도'라는 이름을 붙이게 되었고, 끝없이 늘어난 추상적인 의미들이 원시 명명의 생명력을 훼손했다. 이제 '도'라는 말은 구체적이고 친근한 길이 아닌 추상적인 법칙이나 이론을 떠올리게 한다. 지금의 '도'는 원시의 명명과 얼마나 동떨어져 있단 말인가!

"시는 인류의 모국어다."카시러의말2 원시 명명은 친근하고 경이롭다. 시어에는 명명과 같은 청신함과 원시성이 넘쳐난다. 그리하여 언어는 일상적 은폐 상태에서 구원을 받고 지난날의 역사로 향하는 다리가 되었다. '도'의 추상적 의미는 원시 명명의 친근함을 은폐했지만 시인들의 길에는 특별한 의미가 있다. 시인들의 길은 대부분 황폐한 옛길이다. 시끌벅적한 대로를 그린 경우는 매우 드물다. 도연명의 「귀거래혜사歸去來兮辭」, 왕유의 「과향적사過香積寺」, 백거이의 「부득고초원송별賦得古草原送別」, 조사수趙

---

2 원문에는 에른스트 카시러가 한 말로 표시되어 있으나 독일 철학자이자 시인 요한 하만의 말.

師秀의「대자도大慈道」등등이 그 예다. 시인들이 그린 길은 시간적으로는 고박하고 원시적이며, 공간적으로는 인적이 드문 황량하고 적막한 길이다. 사람들은 왜 현실 속에서는 언제나 탄탄대로를 선택하면서 예술적으로는 외진 길을 좋아하는 것일까? 그것은 그 길이 현실의 반복과 소음을 벗어나 태초의 원시 세계로 갈 수 있는 길이기 때문이다. 독일 작가 하우푸트만1862~1946은 "시는 언어 속에서 원시세계의 메아리를 울린다"[3]라고 했다. 바로 이 때문에 원형비평은 언어와 문학에 관심을 가질 수밖에 없고 원형적 의미를 가진 문학 속 언어에 관심을 가질 수밖에 없다.

동물은 냄새와 흔적 심지어는 자신의 배설물을 통해 집으로 가는 길을 찾아낸다. 사람은 말과 상징을 통해 옛 고향과 생명의 원천으로 되돌아간다. 이 점에 착안하여 이 책에서는 원형 이론을 기본적 틀로 언어의 궤적을 따라 가면서 중국문학 속 예술 상징을 분석하고 중국 문화 속 정신적 원형을 찾아가는 데 주안점을 두고자 한다. 문학 언어는 중국 문화의 '정신적 유물'로서 신석기시대의 반파半坡 유적지, 은주시대의 청동 솥과 술잔, 진나라의 벽돌, 한나라의 기와 조각처럼 민족의 역사와 예술을 찾아가는 이정표가 되어 준다.

중국문학과 원시심상은 깊숙하게 연결되어 있다. 『역경』의 '상象', 『시경』의 '흥興'으로 대변되는 상징 체계는 중국 철학과 예술의 기본적인 표현 방식이다. 또 흥과 상은 원형에 대한 오래된 이론적 해설이기도 하다. 중국문학은 이미지 표현을 바탕으로 하는 예술적 특징을 가지고 있으며 고전 이미지에는 원형적 의미가 담겨 있다. 가장 예술적인 것은 역시 가장

---

3   Jung,「論分析心理學與詩的關係」, 葉舒憲 外編,『神話─原型批評』, 西安: 陝西師範大學出版社, 1987, p.99.

전통적인 것이다. 하나의 예술적 기호는 한 민족의 풍부한 역사적 경험과 영혼의 세계와 관련되어 있다. 중국문학은 시간적으로는 황혼을 노래하고 공간적으로는 달을 노래했다. 옛 시인들은 돌, 종소리, 숲, 비, 사립문, 배, 촛불 등 이미지를 즐겨 노래했다. 이러한 이미지들은 중국 고전문학의 '경전적 이미지'로서 형식적이고 예술적이고 심미적이며 역사적이고 정서적이고 서사적이다. 이미지 하나하나가 역사이자 서사이며 경험이다. 『시경』 시대의 상고 인류를 감동시켰던 이미지들은 굴원과 도연명, 이백, 두보, 소동파, 조설근을 감동시켰고, 그에 앞서 모닥불 둘레에서 돌도끼를 높이 들고 광란의 춤을 추며 노래하던 원시 선민들을 감동시켰다. 이미지는 중국문학의 심미적 내포를 보여주고 야만에서 벗어나 문명을 향해 걸어온 험난한 민족의 역사를 서술한다. 원형의 해독은 현대인들에게 정신적 힘을 준다. 원시 이미지 속에서 우리는 더 이상 고독하지 않을 것이며 시인의 노래를 듣고 원시 선민들의 목소리를 듣게 될 것이다. 우리는 옛 이미지와 옛 언어들을 하나 하나씩 따라가며 중국문학의 상징세계로 걸어 들어가 옛 시인들의 영혼을 탐색하고 중국 고전 예술의 발원지를 찾아가게 될 것이다. 언어와 상징 속으로 걸어 들어가는 것은 역사와 세계 속으로 걸어 들어가는 것이다. 문학 원형을 해독하는 과정에서 직시해야 할 것은 옛 시인들의 전체적 정신이지만 반드시 구체적인 언어에서 출발해야 한다. 그렇지 않으면 구체적인 예술 비평이 아닌 공허한 이론적 유희에 머물게 될 것이다. 이 때문에 이 책에서는 거시적인 이론 해설뿐만 아니라 구체적인 언어도 함께 고찰하게 될 것이다.

책 제목을 '만당종성'으로 한 것은 한 개 장을 할애하여 종소리를 다루고 있기도 하지만 더 큰 이유는 종소리에 풍부한 상징적 의미가 담겨있기 때문이다. 오래된 청동종에서 울려오는 유양한 음률은 독특한 형식의 예술 기호다. 종소리는 역사다. 세상의 온갖 창상지변을 겪은 중국인들이 내뱉는 영혼의 탄식이다. 종소리는 계시다. 속세를 표일하게 떠나온 종소리는 옛 철학자들에게 무한한 사상적 계시를 실어 날랐다. 종소리는 예술이다. 시인들의 노래 속에서 종소리는 끊임없이 정서화되고 예술화되면서 심미적 내포가 가득한 시어가 되었다. 성당의 종소리처럼 그렇게 유양하고 고고하지는 않다 하더라도 종소리에는 얼마간의 슬픔과 사색, 얼마간의 서늘함과 그윽함이 있다. 세기말을 향해가는 중국에 대한 일종의 일깨움이기도 하다. 종을 울린다는 것은 역사를 울리고 원시심상을 울리는 것이다. 이를 통해 우리는 오래된 세계의 목소리를 들으며 미증유의 힘을 획득할 수 있을 것이다.

만 당 晩 唐 의　종 소 리

제1장

흥興과 상象
—

원형에 관한 오래된 주석

1. 머리말

현대인들의 마음속에 자리잡은 태고의 역사는 명멸하며 흔들리는 그림
차처럼 도무지 포착하기 어려운 아득하고 모호한 대상이다. 사람들은 문
명의 심층을 향해 다가가는 노정 속에서 정신적 상실감을 겪게 되었고 고
향에 대한 향수와 그리움이 20세기의 중요한 문화적 테마로 떠올랐다. 그
리하여 사람들은 원시풍속을 고찰하고 지하의 유물들을 발굴하기 시작했
다. 사람들이 땅 속 깊은 곳을 파헤치며 역사를 묻는 데 열중하고 있는 동
안 한 위대한 정신분석학자 칼 구스타프 융Carl G. Jung, 1875~1961은 정신 영
역의 고고학에 착수하여 정신의 역사가 퇴적된 '집단 무의식'을 찾아냈다.

집단 무의식에 대한 융의 발견은 인류의 정신 영역에서 이루어진 고고
학적 발굴이다. 집단 무의식에서 출발한 융은 현대인과 상고 조상 간의 연
관 관계를 찾아냈다. 융은 집단 무의식을 인류의 역사와 문화의 역사가 켜
켜이 쌓인 퇴적물로 보았다. 태고의 역사는 흔적도 없이 사라졌지만 인류
가 세계를 인식하고 세계를 감각하는 특수 기호−상징은 가장 간결한 형
태 속에 영혼을 뒤흔드는 상고 인류의 역사를 간직하고 있다. 문화의 상징
체계는 수진본袖珍本(축소판)으로 남아 있는 상고 인류의 역사다.

집단 무의식이 발견되면서 현대인과 역사 사이에 놓인 거리가 크게 좁혀
졌다. 그런데 여전히 집단 무의식에 담긴 인류의 역사는 이해하기 쉽지 않
다. 다만, 이해하기 어려운 것과 이해할 수 없다는 것은 다르다. 다행히 융은
어려운 용어들만 던져놓고 끝내버리지는 않았다. 그는 집단 무의식을 경험
할 수 있고 실증할 수 있는 존재의 실체−원형을 찾아냈다.

2. 원형 – 인류문화사의 화석

융은 원초적 심상primordial images으로도 불리는 원형에 대해 다음과 같이 말했다. "개인의 무의식은 감정적 색채를 가진 정서로 이루어지는데 심리적 측면에서 개인과 사인私人의 일면을 구성한다. 이와 달리 집단 무의식은 소위 말하는 원형으로 이루어진다." "우리는 무의식 속에서 개인이 후천적으로 획득한 것이 아닌 유전적으로 타고난 성질을 발견하게 된다. (…중략…) 선천적이고 고유한 직관적 형태, 다시 말해 지각과 깨달음의 원형을 발견하게 된다. 이들은 모든 심리적 과정에서 필수불가결한 선천적 요소들이다. 한 사람의 본능이 특정한 존재 양식을 향해 움직이는 것과 같이 원형도 지각과 깨달음을 어떤 특정한 인류적 모형을 향해 이끌고 간다."[4]

융의 언술을 통해 원형은 모든 심리적 반응의 보편적이고 동일한 선험적 형식이자 심리 구조의 기본 양식이라는 점을 알 수 있다. 이러한 기본 양식은 상고 인류의 생활에서 내려온 유물로서 억만 번을 반복한 전형적 경험의 퇴적물이며 농축물이다. 따라서 원형체계를 연구함으로써 상고 역사와 예술 속에서 영롱하게 빛나는 생생한 소재들을 찾아낼 수 있다. 원형체계는 산발적 무의식의 형태가 아니라 풍부한 의미를 가진 상징 형식이다.

원형은 신화, 동화, 민간 설화, 종교적 명상, 예술적 상상, 정신적 환상 속에서 스스로 모습을 드러낸다. 원형비평은 등장 이후, 종교, 심리, 문예, 언어 등 다양한 영역에서 빠르게 성장하며 비평의 지평을 넓혔다. 풍부하고 다양한 원형비평 속에서 원형의 몇 가지 기본 특징을 찾아낼 수 있다.

---

4 Jung, 馮川 外譯, 『心理學與文學』, 北京 : 三聯書店, 1987, p.5.

1) 원형은 아득히 먼 역사에서 출발했다

융의 정신분석학파는 무의식 속에 원시 조상들의 수많은 경험이 축적되어 있다고 보았다. 사람은 태어날 때 완전한 백지 상태가 아니라 종족의 기억이 선천적으로 유전되어 있다는 것이다. 이것은 동물의 몸에 선천적인 본능이 유전되는 것과 같다. 종족 기억 또는 집단 무의식은 사람들의 마음 깊은 곳에 숨겨져 있는 개인을 초월하는 개념이다. 일상 속에 수많은 전형적인 상황이 있는 것처럼 수많은 원형이 무한반복되면서 우리의 심리 구조 속에 경험들이 각인된다. 역사에서 출발한 원형이론은 과대망상에 빠진 현대인들에게 엄청난 충격이었다. 인류는 혈연적으로도 조상의 생명을 이어가고 있지만 문화적으로도 조상의 전통과 역사를 이어가고 있다. 그런데 이런 전통과 문화는 우리가 주체적으로 의식할 수 있는 그것과는 다르다. 왜냐하면 원형에 내재된 전통은 인간 무의식의 범주에 속하기 때문이다. 융은 "모든 심상 속에는 인류 공통의 심리와 운명적 요소가 응축되어 있고, 대부분 같은 방식으로 수없이 반복된 기쁨과 슬픔의 잔류물이 조상들의 역사 속에 스며 있다. 그것은 마음 깊은 곳에서 태초의 물이 넓고 얕게 흐르다가 갑자기 한 줄기 거대한 물줄기로 불어나는 것과 같다"[5]고 했다. 이와 같이 혼돈의 역사에서 기원한 원형은 역사와 전통의 출발점에 서 있다. 원형은 영혼의 강 밑바닥에서 고요하게 흐르는 물과 같다. 다만, 우리가 의식할 수 있는 것은 그곳에서 간혹 솟아오르는 물보라에 불과하다.

융은 라마교와 기독교의 만다라를 비교한 적이 있는데 구석기시대 로디지아 암각화에 있는 기하학 문양과 놀랄 정도로 유사하다는 사실을 발견했

---

5 Jung, 「試論心理學與時的關系」, 葉舒憲 外篇, 『神話－原型批評』, 西安 : 陝西師範大學出版社, 1987, p.100 참고.

다. 이를 바탕으로 그것들 사이에 내재적 논리 관계가 있으며 현대의 종교
적 정서도 인류 역사의 태고적 흔적을 재현하고 있다고 믿게 되었다. 또한
꽃송이, 십자十字, 바퀴에 나타나는 현대의 상징적 의미는 원시종교와 원시
예술에서의 그것과 흡사하다. 이러한 사실은 중국문화를 생각하게 한다.
중국 전통세화歲畵에는 붉은 비단잉어 위에 올라탄 알몸의 갓난아기 이미
지가 자주 등장한다. 세화의 테마는 여성 생식기의 상징물이었던 물고기의
원시적 의미를 연상시킨다. 이 원형은 사람과 물고기가 한 몸에 있는 현대
의 인어 그림과 이어져 있고, 한편으로는 물고기 토템으로 여성 생식기를
숭배하던 아득히 먼 상고시대의 역사와 이어져 있다. 현대예술과 종교의
형식 및 의미는 인류 상고역사의 문화적 의미에 뿌리를 두고 있다.

2) 원형의 상징 표현 형식

원형은 상고역사와 전통에 기원을 두고 있지만 역사를 직접적으로 표현
하거나 반영하지는 않는다. 원형은 역사적 사실을 가장 은밀한 형식으로
간직하고 있는데, 그 은밀함 때문에 쉽게 해독되지 않고 오랫동안 보존될
수 있었다. 따라서 원형은 일종의 상징 예술이라 할 수 있다. 진정한 상징은
다른 방식이나 또는 더 좋은 방식으로 정형화할 수 없는 직관적 관념의 표
현으로 이해되어야 한다. 또 진정한 상징은 적절한 언어개념이 아직 존재
하지 않는 무언가를 표현하고자 한다. 이와 같이 상징은 언어를 초월하기
때문에 의미를 가질 수 있다. 또 상징은 고정된 문법 현상 속에 존재하는
것이 아니기 때문에 그 의미를 어렴풋하게는 느낄 수 있지만 정확한 의미
파악은 상당히 어렵다. 원형과 의미는 기계적인 1 : 1의 대응 관계가 존재
하지 않는다. 융은 다빈치의 명화〈성 안나와 성 모자〉를 논문에서 자주 다

루었는데 '두 어머니'와 '두 번의 탄생' 원형을 표현한 그림이라고 보았다. 그리스신화 속의 헤라클레스는 불사성不死性을 얻기 위해 제2의 어머니 헤라에게 입양되었다. 이집트 파라오는 신성을 얻기 위해 신비한 두 번째 수태와 탄생의식을 치러야 했는데 그 상황이 이집트 사원 벽화에 아직까지 남아 있다. 성자 그리스도 역시 부활한 후 요단강에서 세례를 하고 정신적인 새 생명을 얻게 되었다. 이와 관련하여 천주교 예배의식에서 사용되는 성수기는 오늘날에도 '자궁당子宮堂'이라고 불린다. 신도들의 자녀는 출생과 함께 제2의 부모인 대부와 대모가 생긴다. 이와 같은 분석을 통해 원시심상이 예술가의 영감을 일깨우고 '이중적 어머니-재생의식-두 여인'에 이르게 되는 과정을 확인할 수 있다. 중국문화에서 찾아볼 수 있는 예는 물고기 토템이다. 물고기 숭배가 기하학 무늬로 진화하고, 여음女陰 숭배가 여음의 상징물인 물고기 토템으로 발전하였다. 종교에서 심미적 의미를 가지고 있는 물고기 토템은 부단하게 선형화·추상화되면서 간결하고 대칭적인 기하학 도형으로 변화했다. 그러나 대칭적 기하학 무늬에서 여성 생식기를 숭배한 상고시대의 역사를 꿰뚫어보기란 상당히 어렵다. 관건은 원형 찾기이며 원형에서 출발해야만 역사의 전환 형식을 찾아낼 수 있다.

3) 원형은 무의식의 내용을 담고 있다

원형은 집단 무의식이 담긴 매체다. 무의식은 억눌리고 잊혀진 관념 형태이지만 심리 구조의 가장 은밀하고 깊은 곳에 존재하지는 않는다. 무의식보다 더 깊은 곳에 집단 무의식이라는 것이 존재한다. 집단 무의식은 유사 이래 인류의 거의 모든 정서적 경험을 축적하고 있으며 개인의식으로 증명하기 어려운 심리적 층위다. 이러한 의미에서 집단 무의식은 개인의 심리적 자산이 아니라 개인을 초월하는 것이다. 원시세계에서 개인과 자연, 개인과 종족은 구분할 수 없는 혼연일체였다. 집단의 생활만 존재하고 개인의 생활은 없었기 때문에 원시인의 심상 또한 일종의 집단 심상이었다. 집단 무의식은 개인의 한계를 넘어서기 때문에 개인의 이해력도 넘어선다. 개인은 집단 무의식 속에서 영감을 얻으면서도 원형의 존재를 의식하지 못한다. 이는 현대인에게 커다란 슬픔이다. 우리는 상징을 활용할 뿐 완전하게 이해할 수는 없다.

원형은 강력한 확장력으로 인류의 심상과 상징을 견인하고 있다. 원형은 영원불변의 의미를 가지고 있다. 우리는 하나의 역사 시기에서 그 심오한 의미의 어느 한 면 만을 이해할 수 있을 뿐 원형에 내재된 풍부한 의미 모두를 이해할 수는 없다. 원형은 상징의 일종으로서 인류의 이해력을 뛰어넘는 어떤 것을 숨기고 있다. 시대정신(시대정신은 종종 어떤 편향성을 나타낸다)에 변화가 생길 때, 인류의 인식 수준이 하나의 새로운 단계로 발전할 때 비로소 우리는 이러한 숨겨진 의미를 밝혀낼 수 있다.

원형을 이해함으로써 현대사회와 상고시대 간의 거리가 좁혀지고 현대인과 상고의 역사 및 문화 간의 관계도 밝혀졌다. 이는 돌아갈 곳 없는 현대인의 영혼에 더할 나위 없는 위안이다. 원형비평은 아주 빠르고 넓게 생명력을 확보했다. 초기의 원형비평은 신화학적 비평 방법에 불과했지만, 이후 언어, 민속, 문학, 예술 등 광범위한 문화현상 속으로 빠르게 확산되었다.

원형 연구의 의미는 사람들이 영혼의 고향을 인식하고 그곳으로 돌아가게 도와주는 것에 있다. 융은 "누군가 원시 심상을 말한다면 그는 천 명의 목소리를 말한 것이다. 그리하여 그는 사람들의 마음과 영혼을 빼앗고 경도시킬 수 있다. 또 그는 그가 표현하고자 했던 생각을 우연과 순간에서 영원한 왕국으로 승화시킨다. 그는 개인의 운명을 인류의 운명에 편입시키는 동시에 인류가 위험에서 벗어나 긴긴 밤을 견딜 수 있도록 격려했던 친절한 힘을 환기시킨다"[6]고 했다. 원형 연구는 무의식을 되살려낸다. 원시의 상황이 벌어질 때 우리는 저항할 수 없는 강력한 힘의 조종을 받는 것처럼 갑자기 이상한 해방감을 느끼게 될 것이다. 그때 우리는 더 이상 개인이 아니라 집단이다. 우리 마음속에서 전체 인류의 목소리가 메아리 치고 우리는 가장 심원한 생명의 근원으로 회귀하는 경로를 찾아내게 된다.

3. 흥興과 상象 – 중국문화의 원형체계

융은 원형을 개인의 의식을 초월한 인류 집단의식의 자산으로 보았다. 이는 원형이 존재하는 형식에 대해 말한 것인데 형식에 담긴 의미는 각기 다르다. 서로 다른 민족, 서로 다른 부락, 서로 다른 문화 발전 환경으로 원형은 서로 다른 의미를 부여받게 되었다. 이 점에서 원형은 형식적인 측면에서만 통일된 전인류적 성격을 가질 뿐, 구체적인 의미로 들어가면 연관성과 개별성이 함께 존재하는 세계다. 그렇지 않다면 풍부하고 다채로운 생명세계와 문화세계가 지나치게 단조롭지 않을까? 그렇다면 중국문화의 원형은 무엇일까?

저자는 중국문화의 원형체계를 흥興과 상象이라고 생각한다. 『시경』의 흥

---

6 Ibid., p.101 참고.

과 『역경』의 상은 중국예술과 철학에서 원형에 접근하는 가장 오래된 이론적 요체다. 흥상체계와 같이 깊은 연관성과 오랜 전통을 가진 상징물이야말로 진정한 중국 최초의 문화원형이다.

우선 선인들이 흥과 상을 어떻게 해석했는지 살펴보자. 『역경』 「계사상繫辭上」에서는 상을 다음과 같이 풀이하고 있다.

성인은 괘를 배열하여 모습을 살피고 말을 달아 길흉을 밝혔다. 강과 유가 서로 밀어 변화가 생긴다. 이런 까닭에 길흉은 득실의 모습이다. 회린은 근심의 모습이며, 변화는 진퇴의 모습이다. 강유는 주야의 모습이다.

聖人設卦, 觀象, 系辭焉, 而明吉凶. 剛柔相推而生變化. 是故吉凶者, 失得之象也. 悔吝者, 憂虞之象也. 變化者, 進退之象也. 剛柔者, 晝夜之象也.

성인은 천하의 심오함을 보고 그것을 형용하기 위해 그 이치를 따라 그렸는데 이를 상이라 한다.

聖人有以見天下之賾, 而擬諸其形容, 象其物宜, 是故謂之象.

바깥으로 드러나는 것을 상이라 하고 형체를 갖춘 것을 기라 한다.

見乃謂之象, 形乃謂之器.

「계사 하繫辭下」에서는 다음과 같이 말하고 있다.

팔괘가 열을 이루니 상이 그 속에 있다.

八卦成列, 象在其中矣.

> 그리하여 역은 상이다. 상은 모양을 본뜬 것이다.
>
> 是故, 易者象也. 象也者, 像也.

상의 본질은 '드러나는 것見'이고 구체적이고 생생한 것이지만 결국 예술적 심상과 철학적 추상으로 귀결된다. 상은 사실상 사물의 운동과 발전에 대한 이성적 사유를 객관적 물상에 담아 표현하는 것이다. 왜냐하면 현상계는 이성계보다 더 폭넓은 표현언어가 있기 때문이다.

상은 철학적 표현방식의 일종이며 흥은 예술적 표현방식의 일종이다. 흥은 중국문학사에서 가장 많이 논의되었으면서도 그 해석이 가장 불분명한 예술 표현방식이기도 하다. 가장 널리 통용되는 관점은 주희의 시집전에서 확인할 수 있는데, "흥은 다른 사물을 먼저 이야기함으로써 읊고자 하는 말을 이끌어내는 것이다興者, 先言他物以引起所詠之詞也"라고 밝히고 있다『시집전』「관저(關雎)」권일. 그러나 이 해석도 결코 만족스럽지 못하다. 흥은 시가에서 다음 구절을 이끌어내는 기능을 하지만 시가의 모든 서두가 다 흥으로 시작되는 것도 아니고 흥이 단순한 시작에 그치는 것만도 아니다. 주희의 해석에 따르면 흥은 '읊조리고자 하는 말을 이끌어내는 것'이다. 그렇다면 왜 직접적으로 말하지 않고 반드시 다른 사물을 먼저 읊을까? 유협劉勰은 『문심조룡文心雕龍』「비흥比興」에서 다음과 같이 밝히고 있다.

> 흥은 일으키는 것이다. 이치를 빗댄다는 것은 비슷한 사물을 이용해 사물의 이치를 설명하는 것이며, 감정을 일으킨다는 것은 사물의 숨겨진 부분을 이용해 감정을 표현하는 것이다. 감정을 일으켜야 비로소 흥이 될 수 있는 것이며 사물의 이치를 빗대야 비로소 비가 될 수 있는 것이다. (…중략…) 흥의 의탁과

비유의 수법을 살펴보면 완곡하지만 이치가 맞고, 작은 것을 말하고 있지만 그 비유하는 뜻은 크다.

興者, 起也. 附理者切類以指事, 起情者, 依微以擬議. 起情故興體以立, 附理故比例以生. (…中略…) 觀夫興之托喩, 婉而成章, 稱名也小, 取類也大.

종영鍾嶸은 『시품詩品』 「총론總論」에서 "글은 다하여도 뜻은 남아 있는 것이 흥이다文已盡而意有餘, 興也"라고 했다. 공영달孔穎達은 『모시정의毛詩正義』에서 정사농鄭司農을 인용하여 "시문에서 풀과 나무, 새와 짐승을 들어 뜻을 보여주는 것이 모두 흥사다詩文諸擧草木鳥獸以見意者, 皆興辭也"라고 했다. 흥은 "숨겨진 의미를 가진 사물을 빌어 감정을 드러내는 것依微以擬議"이며 "글은 다하여도 뜻은 남아 있는 것文已盡而意有餘"이다. 흥은 단순한 형식의 문제가 아니라 반드시 의미를 필요로 하는데, 이와 같은 의미와 형식의 통일이 바로 상징이다.

흥과 상에 대한 선인들의 논의에서 양자 간의 논리 관계를 찾을 수 있다. 상은 사물을 보여줌으로써 형용하는 것인데 가장 단순한 사물을 이용해 물질세계의 변화 규칙을 가장 광범위하게 담아내야 한다. 이에 반해 흥은 비유를 통해 유사한 것을 이끌어내고 사물에 다른 것을 담아내는 것인데, 가장 기본적인 소재를 이용해 가장 복잡한 감정세계를 표현해내야 한다. 양자는 모두 가깝게는 제 몸에서 취하고 멀리는 다른 사물에서 취하는 간단한 규칙을 지킴으로써 널리 영향을 미치는 과정을 거친다. 상은 철학적인 설명으로 추상화되고 흥은 정서적 표현으로 승화된다. 그러나 양자 모두 물리적 실체를 심상 표현의 매개체로 삼기 때문에 전통에서 출발하지 않을 수 없다. 정서적 표현과 철학적 설명은 단순한 물리적 형식이 아니라 수많은 의미가 담겨 있는 문화체계다. 바로 이런 점에서 흥과 상은 일치한다.

장학성章學誠은『문사통의文史通義』「역교 하易敎下」에서 "역경의 상과 시경의 흥은 변화하여 식별할 수 없다易之象也, 詩之興也, 變化而不可方物矣", "역경의 상은 육예를 포함하지만 시경의 비흥과 함께 안과 겉을 이룬다易象雖包六藝, 與詩之比興, 優爲表裏"라고 했다. 문일다聞一多는『설어說魚』에서 "음隱은 육경에서 역경의 상과 시경의 흥에 해당한다"면서 "상과 흥은 실제로 모두 음이다. 할 말은 있지만 분명하게 설명할 수 없는 음, 따라서 역경에도 시경의 효과가 있고 시경에도 역경의 기능이 있다. 양자는 형식상으로 구분할 수 없는 경우가 많다"[7]고 했다. 그러나 이 문제는 아직 완전히 해결되지 않았다. 유협의『문심조룡』「비흥」에서는 '음隱'을 "모호한 말로 속뜻을 숨기고 은근한 비유로 말하고자 하는 바를 나타낸다遁辭以隱意, 譎譬以指事也"라고 풀이했다. 흥과 상이 "모호한 말로 속뜻을 숨긴다"는 것은 다른 사람이 자신의 뜻을 전혀 알아듣지 못하게 해야 한다는 것이 아니다. 음은 공통의 문화적 배경과 공통의 민족 심리를 바탕으로 구축되기 때문에 음의 의미는 말하지 않아도 아는 것이다. 좀 더 정확하게 말하면 음은 굳이 명시적으로 말할 필요가 없다. 그렇지만 '음'은 시대가 달라지고 민족 심리가 달라진 후대에 이르게 되면 이해하기 어려워진다.

이 문제를 완전하게 해결하기 위해서는 서구 문예비평의 원형 이론을 빌려와야 한다. 흥과 상은 중국 상고문화의 원형체계를 이루고 있다. 흥상은 간결한 형식 속에 고대 인류의 문화사를 가장 다채롭고 생생하게 담고 있다.『역경』의 상,『시경』의 흥에서 사상과 감정을 표현하기 위해 사용된

---

7   『聞一多全集』第一冊, 北京 : 三聯書店, 1982, p.118.

자연물들은 상고 인류가 부여한 가장 심오한 문화적 의미를 응축하고 있다. 이로써 중국 고대문화의 흥상체계는 서구의 현대 원형비평 이론과 이론적 일치성을 획득하게 된다.

1) 흥과 상은 상고문화의 전통에서 기원한다

『역경』과 『시경』은 고대 중국을 대표하는 최고의 문화적 성취다. 통상적으로 원시문화는 개인의 의지가 아닌 집단 무의식을 표현한다. 『역경』과 『시경』의 시대에도 이미 개인의 의지가 표현되었지만 흥과 상은 문화현상이기때문에 전통에서 출발하지 않을 수 없다. 『시경』의 흥과 『역경』의 상에 감정이 실린 자연물들은 원시문화 특히 원시종교에서부터 의미를 획득했는데 흥과 상은 시대를 초월하고 개인을 초월한 의지의 표현이다.

조패림趙沛霖은 『흥의 기원興的源起』[8]에서 새의 흥상과 새 토템 숭배의 관계를 논의한 적이 있는데 흥과 문화전통에 관한 다양한 논의를 불러올 수 있다. 『시경』「소아小雅」「소완小宛」에서는 다음과 같이 노래하고 있다.

宛彼鳴鳩	작은 산비둘기가
翰飛戾天	나래를 치며 하늘 높이 날아 오른다.
我心憂傷	내 마음 시름에 겨워
念昔先人	선인들을 생각하네.
明發不寐	날이 밝도록 잠 못 들고
有懷二人	두 분을 그리네.

---

8 趙沛霖, 『興的源起—歷史沈澱與詩歌藝術』, 北京:中國社會科學出版社, 1987, pp.12~33.

주희는 『시집전』에서 "두 분은 부모다 (…중략…) 작은 새가 하늘 높이 날아가고 나의 마음은 시름에 겨우니 어찌 예전의 선인이 그립지 않은가二人, 父母也. (…中略…) 言彼宛然之小鳥, 亦翰飛而至於天矣, 則我心之憂傷, 豈能不念昔之先人哉?", "날이 새도록 잠을 못 이루고 부모님을 그리워하는가?是以明發不寐, 而有懷乎父母也?"라고 했다. 『시경』에는 새를 '타물他物'로 삼아 고향과 부모님을 그리워하는 심정을 불러일으키는 '소영지사所詠之詞, 표현하고 싶은 속마음'가 많다. 「당풍唐風」「보우鴇羽」에서는 "퍼덕이는 너새 떼가 상수리나무 숲에 내려앉는다. 끝없는 나랏일에 조도 기장도 못 심었으니 부모님은 무얼 믿고 사시나. 아득한 푸른 하늘이시여, 언제쯤에나 편히 쉴 수 있을까肅肅鴇羽, 集於苞栩, 王事靡盬, 不能蓺稷黍, 父母何怙, 悠悠蒼天, 曷其有所"라고 노래한다. 또 「소아」「황조黃鳥」에서는 "참새야, 참새야. 닥나무에 모여 앉지 마라, 곡식 다 쪼아먹지 마라. 이 나라 사람들이 나를 잘 대접하지 않는구나. 돌아가리, 돌아가리, 내 나라 내 가족에게로黃鳥黃鳥, 無集於穀, 無啄無粟, 此邦之人, 不我肯穀, 言旋言歸, 復我邦族"라고 노래하고 있다. 이 외에도 『시경』에는 유사한 예가 매우 많다.

같은 예가 『역경』에도 나타난다. 『주역』「여旅」「상구上九」에는 "새가 그 둥지를 불사르니 나그네가 처음에는 웃다가 나중에는 부르짖으며 슬피 울고 소를 잃는다鳥焚其巢, 旅人先笑後號咷, 喪牛於易"라는 대목이 있다. 고힐강顧頡剛 선생은 왕국유王國維의 「은복사에 나타나는 선공선왕에 대한 고찰殷葡辭中所見先公先王考」에 근거하여, "이곳에서 '역易'은 '유역有易'이며 '나그네旅人'는 유역에 의탁하게 된 은나라의 조상 왕해王亥다. 그는 처음 '유역'에 왔을 때 편안한 날들을 보냈으나 훗날 집안이 몰락하여 모든 것을 잃었다. 그래서 「효사爻辭」에 '처음에는 웃지만 나중에는 울부짖는다先笑而後號咷'라는 말이 있다"[9]고 했다.

『역경』에서『시경』에 이르기까지 왜 모두 새를 부모와 조상의 상징으로 사용했을까? 원래 새는 상고시대 사람들이 숭배하던 토템이었다. 『좌전左傳』「소공昭公 17년」에서는 다음과 같이 밝히고 있다. "가을에 담자가 조정에 왔다. 소공이 연회를 열었다. 소자가 "소호씨는 새 이름을 관직명으로 쓰는데 무슨 까닭입니까"라고 물었다. 담자가 "나의 조상이니 잘 알고 있습니다. (…중략…) 나의 고조 소호지께서 즉위할 때 봉조가 나타났습니다. 그래서 새 이름을 제도와 관직명으로 삼았습니다"라고 했다秋, 郯子來朝. 公與之宴. 昭子問焉, 曰：少皥氏鳥名官, 何故也?' 郯子曰：' 吾祖也, 我知之. (…中略…) 我高祖少皥摯之立也, 鳳鳥適至, 故紀於鳥, 爲鳥師而鳥名]". 은나라 사람들은 현조玄鳥를 조상의 토템으로 삼았다(하늘의 명을 받아 현조가 내려와 상을 낳았다[天命玄鳥, 降而生商])『상송(商頌)』「현조(玄鳥)」. 이 사실은 간적簡狄이 현조의 알을 삼킨 후 설契을 낳았다는 신화가 기록되어 있는 『사기史記』「은본기殷本紀」 및 『여씨춘추呂氏春秋』에서도 증명된다. 은이 나라를 세우고 발전시켜 가는 과정을 다룬 고서에도 새와 관련된 내용이 자주 등장한다.

"왕항은 아버지의 덕행을 계승하였는데 어찌 형의 큰 소를 빼앗아 오는가? 왜 또 작위와 복록을 빼앗아오고 다시 돌아오지 않는가? 조상의 업을 계승하고도 안녕하지 않다. 왜 새들이 사는 가시덤불에서 함부로 정을 나누는가?恒秉季德, 焉得夫樸牛? 何往營班祿, 不但還來? 昏微遵跡, 有狄不寧. 何繁鳥萃棘, 負於肆情"『초사(楚辭)』「천문(天問)」 "왕해라는 사람이 있는데 두 손으로 새를 잡아 그 머리를 먹는다有人曰王亥, 兩手操鳥, 方食其頭 "『산해경(山海經)』「대황동경(大荒東經)」

그러나 새에 대한 토템 숭배로 거슬러 올라가도 새의 흥상은 최초의 원

9　顧頡剛, 『古史辯』第三冊上編, 上海：上海古籍出版社, 1982, p.8.

시 심상이 아니다. 최초의 심상은 초기 인류의 생식기 숭배 역사와 관련이 있다. 곽말약郭沫若은 새 토템 숭배를 논의하면서 "봉황이건 제비건, 나는 이 전설이 생식기의 상징이라고 믿는다. 새는 지금까지 줄곧 생식기의 다른 이름이었다. 알은 고환의 다른 이름이다".[10] 새가 어떻게 남근의 상징물이 되었을까? 조국화趙國華는 "겉모양으로 보면 새는 남근의 형태일 수 있다. 남근은 알이 있고 새도 알을 낳는다. 또 남성은 알이 두 개뿐이지만 새는 알의 수가 더 많기도 하고 알을 낳기까지 한다. 이 때문에 상고 선민들은 새를 남근의 상징으로 숭배하면서 생식과 번식을 기원했다"라고 했다.[11]

이상으로 새의 흥과 상을 고찰하면서 상고 인류의 가장 원시적인 생식기 숭배 역사를 탐색해 보았다. 『시경』의 기흥起興과 『역경』의 취상取象 모두 오래된 역사의 한 모퉁이에서 서로 연결되어 있다. 새라는 평범한 원형은 인류 정신세계의 생생한 한 단면이다. 여기에서 "『역경』의 상鳥焚其巢, 둥지를 불태우는 새―『시경』의 흥宛彼鳴鳩, 작은 산비둘기― 새 토템 『좌전』鳳鳥適至, 봉조의 도래― 남근 숭배"로 연결되는 논리 관계가 형성된다.

『시경』, 『역경』에서 새는 단순한 자연물이 아니라 문화적 전통 속에서 부여받은 상징적 의미를 가지고 있다. 『시경』의 기흥, 『역경』의 취상에 사용된 꽃, 풀, 나무, 새, 짐승, 물고기, 벌레 등은 하나의 예외도 없이 모두 원시문화의 종교적 정서에서 시작되었고 전통에 의해서 생겨났다. 저명한 인류문화학자 노드롭 프라이Northrop Frye는 "모든 예술은 똑같이 전통화된 것이다. 다만 우리가 익숙하지 않은 전통이 있을 뿐이다"[12]라고 했다.

---

10 『郭沫若全集 · 歷史編』第一卷, 北京 : 人民出版社, 1982, p.329.
11 趙國華, 「生殖器崇拜文化論略」, 『中國社會科學』第一期. 1988.

2) 흥상은 심오한 상징이다

서구문화의 상징체계와 마찬가지로 중국문화의 흥상체계도 심오한 상징 수법을 운용하고 있다. 문일다는 "음隱은 육경에서 『역경』의 '상'과 『시경』의 '흥'에 해당한다(유喩는 말로 할 필요가 없으며 시의 비比다). 예언은 반드시 신비성이 있어야 한다(천기는 누설할 수 없다). 그래서 점술인의 언어에서는 '상'이 빠지면 안된다. 시─사회시와 정치시인 아雅, 풍속시인 풍風은 여러 가지 터부taboo의 제약하에서 비밀을 유지하고 위장할 필요가 있었다. 그래서 시인의 언어에서는 흥이 빠지면 안 된다"[13]고 말했다.

문화는 발전하는 가운데 내용과 의미를 축적한다. 그러나 의미의 무제한적 축적이 의미의 무한한 발전은 아니다. 의미는 발전하는 가운데 형식으로 변화하고 형식은 사용되는 가운데 의미가 풍부해진다. 살아 움직이는 문화 의미는 상징체계의 문화 형식 속으로 이동해간다. 따라서 신중하고 조심스럽게 무겁고 두터운 문화 형식의 외피를 벗겨내고 상고역사의 문화 의미를 포착해내야 한다.

『역경』과 『시경』은 모두 수수께끼 같은 성격을 가지고 있다. 그런데 『역경』과 『시경』의 수수께끼가 서로 통하는 것은 철학적 표현의 상과 예술적 표현의 흥 사이에 어떤 논리적 공통점이 존재하기 때문이다. 『시경』에 나오는 수많은 밀어는 『역경』에서 비롯되었다. 그것들은 모두 하나의 공통된 고대 상징체계에 뿌리를 두고 있기 때문이다. 『시경』 「소남召南」 「야유사균野有死麕」은 이렇게 노래하고 있다.

---

12 N. Frye, 「作爲原型的象徵」, 葉舒憲 外編, 『神話─原型批評』, 西安 : 陝西師範大學出版社, 1987, p.149 참고.

13 『聞一多全集』 第一冊, 北京 : 三聯書店, 1982, p.118.

野有死麕	들판에서 죽은 노루,
白茅包之	하얀 띠풀로 곱게 싸네.
有女懷春	춘심에 들뜬 아가씨,
吉士誘之	사내가 유혹하네.

　이 시는 보통 남자가 여인에게 백모초로 싼 죽은 노루를 바치면서 유혹하는 내용으로 해석된다. 그러나 '야유사균野有死麕'이 어떻게 갑자기 '유녀회춘有女懷春'이라는 구절로 넘어가게 되는 것일까? 그 사이에 어떤 연관성이 있을까? 저자는 이 의미를 해독하는 데는 '백모白茅, 띠풀'와 '사균死麕, 죽은노루' 등이 가지는 상징적 의미가 중요하다고 생각한다.

　『시경』에서 노래되는 '백모'는 『역경』에도 등장한다. 「대과大過」「초육初六」에는 "하얀 띠풀로 바닥을 받치니 아래가 부드럽다籍用白茅, 柔在下也"라는 구절이 있다. 백모는 부드러움과 여성을 상징한다. 여자요黎子耀 선생은 『역경』과 『시경』을 함께 고찰하면서[14] 활의 심상과 일월남녀의 관계에 특히 주목했다. 화살은 남성과 태양을 상징하고 활은 여성과 달을 상징한다. 여기에서 출발하여 「야유사균」의 상징을 해석하면 백모는 초승달이고 여성이다. 또 죽은 노루는 산 아래로 기우는 태양으로서 남성을 가리킨다. 따라서 이 시를 다시 쓰면 다음과 같다.

野外新月	들판의 초승달
揉抱沈陽	기우는 해를 품었네

---

14 黎子耀, 「『易經』與『詩經』的關係」, 『文史哲』第2期, 1987.

| 吉士引誘 | 사내가 유혹하네 |
| 懷春女郞 | 춘심에 들뜬 아가씨를 |

　이 점을 이해하면 『역경』 「대과大過」의 "하얀 띠풀로 바닥을 받치니 아래가 부드럽다籍用白茅, 柔在下也"의 의미도 맞아 떨어진다. '유재하야柔在下也'는 여성을 상징한다. 백모는 일반적인 백모초가 아니라 여성을 상징하는 것이다. 백모의 이러한 상징적 의미는 『시경』의 다른 장에서도 찾아볼 수 있다. 『시경』 「소아」 「백화白華」에서는 다음과 같이 노래하고 있다.

白華菅兮	하얗게 핀 솔새
白茅束兮	하얀 띠풀로 묶는다.
之子之遠	그이는 멀리 떠나가고
俾我獨兮	나만 외로이 남겨졌구나.

　백화白華는 화살을 가리키고 백모는 활을 가리킨다. 활과 화살은 배필을 가리키는데 화살이 떠나가고 활이 남는 것은 부부 간의 반목을 상징한다. 시 전체가 슬픔과 원망의 언어다. 여기에서 우리는 시의 상징 의미를 밝혀낸 여자요 선생에게 대단한 존경심을 가지게 된다. 이와 같은 상징 의미를 밝히지 않고 글자의 표면적 의미만을 따라가게 되면 "한 마리 죽은 노루를 백모초로 싸고 춘심이 일렁이는 젊은 여자가 젊은 사내에게 유혹을 당한다"라고 말하게 된다. 그리고 죽은 노루에서 남녀의 춘정에 이르는 과정 속에서 연관된 실마리도 부족하고 지나치게 갑작스럽다고 생각하게 될 것이다. 이 시를 글자의 표면적 의미로만 이해한다면 그것이야 말로 문

명인의 멍청함이다! 『좌전』 「희공僖公 4년」으로 한걸음 더 나아가면 제환공이 초를 벌하는 대목 "너희 초나라가 포모를 진상하지 않아 천자가 제사에 올릴 술을 거르지 못하고 있다爾貢包茅不入, 王祭不共, 無以縮酒"가 있다. 만약 정말로 제환공이 초나라에 술을 거르기 위한 띠풀을 요구한다고 믿는다면 지나치게 천진하다 하지 않을 수 없다. 제환공은 분명 다른 의도를 가지고 있다. 띠풀의 숨겨진 의미는 여인이다.

백모는 『시경』에서는 흥이고 『역경』에서는 상이지만 상징하는 의미는 같다. 옛사람들이 의미를 표현할 때 상징을 능수능란하게 사용할 수 있었던 것은 상징이 무형으로 유형을 표현하고 유한함을 통해 무한함을 표현할 수 있기 때문이다. 그 당시 사람들에게는 고기를 잡은 후 통발은 버리는 득어망전得魚忘筌, 뜻은 취하고 말은 잊어버리는 득의망언得意忘言이었다고 할 수 있다. 옛사람들은 단지 유형을 통해 무형을 느끼고 유한을 통해 무한을 탐색할 뿐이었다. 그러나 오늘의 우리는 정반대다. 우리는 상징형식을 바라보며 그 안의 의미를 어떻게 해야 할지 늘 갈팡질팡한다. 이는 통발을 취하고 고기는 버려버리는 득전망어得筌忘魚, 말은 취하면서 그 뜻은 잊어버리는 득언망의得言忘意로 정리할 수 있다.

3) 흥상과 무의미

흥상의 내용적 난해함은 이미 오래전부터 주목을 받아왔다. 유협은 『문심조룡』 「비흥」에서 이렇게 밝히고 있다.

시경은 내용이 방대하고 심오하며 육의를 포함하고 있다. 모형이 주석서인 전傳을 지을 때 흥興의 체제만을 단독으로 다루었다. 이는 시에 부賦, 비, 흥이

고루 사용되었음에도 부는 사실을 그대로 서술하고 비는 겉으로 뜻이 드러나지만 흥은 그 뜻이 숨어있기 때문이 아니겠는가?

詩文弘奧, 包韞六義, 毛公述傳, 獨標興體, 豈不以風通而賦同, 比顯而興陰哉?

　　모형毛亨과 모장毛萇이 『시경』의 전을 쓸 때 부, 비, 흥 세 가지 창작 방법 가운데 흥체만을 별도로 표시했다. 이는 흥의 의미가 불명확하기 때문이다. 문일다 선생도 흥의 의미를 음陰으로 거슬러 올라갔다. 그러나 여기에서 분명하게 밝혀야 할 것이 있다. 흥과 상의 의미가 모호한 것은 고대인들이 의도적으로 못 알아듣게 하기 위해서 그렇게 한 것이 아니라 말로 설명하지 않아도 뜻이 분명했기 때문이다. 형식이 아무리 복잡하다고 해도 그 의도는 여전히 알아듣기 쉽게 하는 것이다. 단지 겉으로만 의미와 무관한 상징 형식에 의미를 부여한 것처럼 보일 뿐이다. 상징 형식은 공통의 문화 배경, 공동의 민족 심리를 전제로 만들어졌다. 이로 인해 음의 의미는 말하지 않아도 자명한 것이다. 음(흥과 상)의 의미는 시대가 달라지고 민족 심리가 달라진 후대에 이르러서 비로소 이해하기 어려워진다. 옛사람들에게 의미는 형식과 함께 연결된 것이었지만 우리에게 그 형식은 이미 의미가 사라져버린 후의 것이다.

　　의미가 사라져버리게 된 것은 집단 무의식이 형성되었기 때문이다. 집단 무의식은 상고 인류가 생활 속에서 남긴 흔적과 억만 번 반복해 온 전형적인 경험이 퇴적된 것이다. 의미로 충만했던 형식을 여러 번 반복하는 과정에서 점차적으로 의미가 약화되고 결국 내용 없는 차가운 형식이 되어버렸다. 그리하여 후인들이 형상체계를 '미微'와 '음陰'으로 부르게 되었다. 역사의 발전과 더불어 흥과 상의 의미도 점점 더 모호해지고 이해하기 어려워졌다. 이로 인해 흥상은 철학과 예술의 표현방식으로도 거의 사용되지 않게 되었다.

유우석劉禹錫은 "시가 어찌 글자를 쌓아 놓은 것이겠는가? 뜻을 얻으면 말은 잊어야 한다. 그래서 세밀하게 쓸 수는 있지만 이에 능하기는 어렵다. 경境境은 상象의 바깥에서 생겨난다. 그래서 정교할 수는 있지만 조화롭기는 어렵다"[15]고 했다.

황간黃侃은 "한대 이래 사인들은 흥을 많이 사용하지 않았다. 이로 인해 시와 글의 도가 쇠퇴하게 되었다. 비를 즐겨 사용하면서 흥은 사라지게 되었다自漢以來, 詞人鮮用興義, 固緣詩道下衰, 亦由文詞之作, 趣以喩人, 苟覽者恍惚難明, 則感動之功不顯. 用比忘興, 勢使之然"[16]라고 했다.

황간이 "한대 이래로 문사들이 흥을 잘 사용하지 않았다"고 개탄한 것은 형식 속에 담겨진 의미가 끊임없이 희석되고 퇴색되어서 후인들이 갑자기 못 알아보게 되는 지경에 이르렀기 때문이다. 이는 의미에서 무의미로의 발전하는 원시문화의 중대한 변화를 상징한다. 인류의 상징 예술은 자유로운 상징에서 자각적인 상징으로 바뀌게 되었다.

흥상체계는 자유로운 상징이다. 자유로운 상징 의미는 말하지 않아도 자명한 것이다. 원관념과 보조관념이 항상 출현하는 것도 아니고 집단 정체성의 특성을 가진다. 우리가 앞에서 예로 든 민족 및 나라와 관련된 새, 여성 상징으로서 백모와 같다. 반면 비比는 자각적인 상징으로서 비체와 유체가 동시에 출현한다는 특징이 있다. 사람들이 인식할 수 있는 사물 간

---

15 劉禹錫, 『董氏武陵集紀』. "詩者, 其文章之蘊耶! 義得而言喪, 故微而難能, 境生於象外, 故精而寡和."
16 黃侃, 『文心雕龍劄記』, 北京 : 中華書局, 1962, p.174.

의 관련성을 바탕으로 분명하고 쉽게 비유하는 것이 比다. 심지어 어떤 때는 '如가', '例례' 등 비유 전용 어휘를 사용하기도 한다. 『시경』「위풍」 「석인碩人」에 '치여호서齒如瓠犀, 이가 조롱박 씨앗 같다', '수여유이手如柔荑, 손이 새싹 같다'와 같은 구절이 있다. 이러한 비유 의미는 주로 개인적인 것이지만 일정 조건하에서는 개인적 의미만 있는 '비'가 집단의 심리적 정체성을 거쳐 새로운 흥상체계로 전환될 수도 있다. 서구의 원형비평 이론은 중국 고대문화의 흥상을 해독하는 데 열쇠를 제공했다. 흥상체계에는 중국 상고문화의 원형이 있기 때문에 흥상의 의미를 탐색하고 밝히는 것은 정신에 대한 고고학적 발굴과 같다. 흥상체계의 형식에서 우리는 중국 상고문화의 풍부한 이면을 엿볼 수 있다. 그리고 이러한 정신 영역의 고고학은 근거 없는 허황된 추측이 아니다. 고고학, 민속학, 문헌학, 철학, 종교 등 문화적 소재들을 도구로 원시선민들의 심리가 변화하고 발전해 온 역사의 궤적을 탐색해야 한다. 이 길은 험난하지만 의미 있는 여정이다.

4. 흥상체계와 『역경』의 총론, 『시경』의 총론

프로이드와 융은 무의식 이론을 계기로 만나게 되었지만 무의식의 주요 요소인 리비도에 대한 인식차로 인해 서로 다른 길을 가게 되었다. 프로이드는 리비도가 성욕이자 성 본능이며, 무의식 차원의 심층 심리에서 가장 중요한 것은 억압된 성 본능이라고 보았다. 반면 융은 리비도가 성 본능의 다른 이름일 뿐만 아니라 개인의 몸과 마음에 있는 중성적인 에너지를 가리킨다고 보았다. 이러한 에너지는 상징 형식으로 대체되어 표현된다. 신화와 민간 전설, 동화의 영원한 주제가 되고 예술 창작의 근원적 동력이 된다. 프로이드는 두 층위에서 동일한 문제를 논의한 것이 분명하다. 프로이드가 연구한 것은 자연계와 생물계에 존재하는 인간의 성이다. 다시 말해 프로이드는 인간의 생물학적 전통에서 출발했다. 그러나 융은 달랐다. 융이 주목한 것은 리비도가 상징으로 전환되는 집단 무의식이다. 그런데 문화로서의 집단 무의식도 일종의 전통이다. 원시적 생명 본능이 문화적인 생명으로 승화되면 그것은 또 일종의 존재, 문화적 존재가 되고 인간의 생존 전통을 구성하게 된다. 문화적 전통이 형성되면 자연적 생명과 마찬가지로 상대적인 독립성을 가지게 된다. 모든 문화 사실이 언제나 자연적 성 본능의 직접적인 제약을 받지는 않는다. 이 점에서 융은 프로이드보다 더 심오하고 더 진보했다. 사람의 생명력은 두 개의 차원으로 나눌 수 있다. 하나는 자연적 층위의 원시 생명력이고 또 하나는 존재적 층위의 문화 생명력이다. 자연적 원시 생명력은 본원적이고 문화적 생명력은 파생적이다. 그래서 문화적 생명은 자연적 생명의 상징과 승화로서 결국 자연생명력의 제약을 받게 된다. 이로 인해 문화원형은 언제나 생명 의지를 보인다. 그러나 문화적 생명이 언제나 자연적 생명이라고 말하는 것은 아니다. 양자는 일종의 1:1 관계이다. 문화적 생명은 자연적 생명이 승화된 것이고 표현되어진 것이다. 문화적 생명을 성욕과 본능으로 해석하는 것은 결코 현명하지 않다. 왜냐하면 문화적 생명이 승화된 후에 생겨나는 힘을 간과했기 때문이다.

중국문화에서 흥상체계는 심오한 생명의 사실을 간직하고 있다. 그것은 인류의 역사 발전에서 공통적으로 나타나는 생식기 숭배뿐만 아니라 중국문화가 세계를 인식하는 독특한 수단과 관찰 방법에서 기원하고 있기도 하다. 중국문화의 논리적 출발점은 생명 본체론이며 중국철학이 세계를 인식하는 기본 기호는 음과 양이다. 음양은 남녀의 생식기관이 추상화 된 것이다. 시는 사람의 생각과 감정을 표현하지만 인류의 가장 기본적인 정서는 역시 영혼 깊은 곳에서 발원한 생명 감각이다. 생명의 기초를 벗어나면 인간의 육체와 영혼을 뒤흔드는 사랑의 감정도 없을 것이며 지극한 감동을 주는 시도 후세에 전해지지 않을 것이다. 이렇게 흥과 상은 생명 사실을 표현하는 점에서도 일치된다. 그러나 흥과 상은 상징 예술의 일종으로서 생각과 감정을 상징하기 때문에 문화적 생명 차원에 속한다. 그래서 인류의 가장 기본적인 생명 사상과 생명 감각을 표현하는 흥상은 모두가 시화詩化된 것이다.

「건乾」, 「곤坤」 두 괘는 『역경』의 총론에 속한다. 그리하여 『역경』 「계사繫辭」에서는 "건곤은 역의 문이다乾坤其易之門邪"라고 했다. 공자도 「건」과 「곤」의 전傳으로 별도로 『문언文言』을 지었다고 전해진다. 건곤의 취상取象은 남녀 생식기관의 특징에서 비롯되었다. 소위 "건은 한결같이 고요하다가 움직이면 곧다. 곤은 고요하면 모아지고 움직이면 열린다夫乾其靜也專, 其動也直. 夫坤其靜也翕, 其動也闢". 생식기관의 움직임을 특징으로 건곤의 특징을 나타냈으며 이것이 곧 『역경』 전체를 아우르는 총론이다.

『주역』의 「함」괘는 성생활을 묘사하는 시이다. 함괘의 괘사는 "형통하니 지조를 지키는 것이 이롭고 여자를 취하면 길하다亨, 利貞, 取女吉"이다. 그 효사爻辭는 "초육, 엄지발가락에서 감응한다. 육이, 장딴지에서 감응하여 흉하나 가만히 있으면 길하다. 구삼, 넓적다리에서 감응하니 따르는데 집착하여 주저하게 된다. 구오, 등에서 감응하니 후회가 없다. 상육, 뺨과 혀를 도와 감응한다初六, 鹹其拇. 六二, 鹹其腓, 凶, 居吉. 九三, 鹹其股, 執其隨, 往吝. 九四, 貞

吉, 悔亡. 憧憧往來, 朋從爾思. 九五, 鹹其脢, 無悔. 上六, 成其輔頰舌"이다. 한자 '鹹다 함'은 '感느낄감'자의 초문으로서 '鹹'과 '感'은 같다. '感'은 그 자체가 남녀 성행위에 관한 말이다. 『열자列子』 「천서天瑞」에는 "사사는 처 없이 감응하고 사녀는 지아비 없이 잉태한다男士不妻而感, 男女不夫而孕"라고 밝히고 있으며, 채옹蔡邕의 「협화혼부協和婚賦」에는 "건과 곤이 강과 유와 어울리면 간태와 태괘가 등과 장딴지에서 감응한다乾坤和其剛柔, 艮兌感其腓腓"라고 했다. 모두 성적인 관점에서 '感'의 숨겨진 의미를 이해하고 사용하고 있다.

『주역』 「함괘」의 효사는 남녀 간의 성행위를 노골적으로 묘사하고 있다. 「단彖」에서는 "함괘는 느끼는 것이다. 부드러운 것이 위에 있고 단단한 것이 아래에 있다. 두 개의 기운이 감응하여 함께하고, 끝나면 기뻐하고, 남자가 여자에게서 내려온다. 형통하고 바른 것이 이롭고 여자를 취하면 길하다鹹, 感也. 柔上而剛下, 二氣感應以相與, 止而說, 男下女, 是以亨利貞, 取女吉也"라고 한다. 함괘는 아래에 간괘가 위에 태괘가 있는 괘상이다. 공영달은 『정의正義』에서 "간괘는 '강'이고 태괘는 '유'이니, 강이 위에 있고 유가 아래에 있으면 서로 교감하지 못하여 통하지 않는다. 태괘의 유가 위에 있고 간괘의 강이 아래에 있으니 두 개의 기운이 감응하여 서로 주고 받는다艮剛而兌柔, 若剛自在上, 柔自在下, 則不相交感, 無由得通. 今兌柔在上而艮剛在下, 是二氣感應以相授與"라고 밝히고 있다. 이는 성행위로 괘상을 해석하고 있는 것이 분명하다. 이 괘상의 간괘는 젊은 남자이고 태괘는 젊은 여자이다. 젊은 남자와 여자가 상감相感하면 자연히 성과 관련된 상이다. 「함」의 「상」 전傳에서는 "산 위에 연못이 있는 것이 함괘다. 군자는 겸허하게 사람을 받아들여야 한다山上有澤, 鹹. 君子以虛受人"고 했다. 『정의』에서는 "못의 성질은 아래로 흘러 아래를 촉촉하게 할 수 있다. 산의 본체는 위를 받들어서 촉촉함을 얻을 수 있다. 산이 택을 느끼므로 함괘다澤性下流, 能潤於下. 山體上承, 能受其潤. 以山感澤, 所以爲鹹"라고 했다. 반광단潘光旦 선생은 엘리스의 『성심리학』의 역주에서 "누군가『역경』의 함괘가 성교를 묘사하는 중국 최초의 글이라고 했는데 역자는 성교 자체를 묘사하는 것이라기보다는 성교 준비 과정을 묘사하는 것이라고 생각한다. 소위 '함기무鹹其拇', '함기비鹹其腓', '함기고鹹其股', 집기수執其隨', '함기매鹹其脢', '함기보협설鹹其輔頰舌' 모두 성을 준비하는 유희일 뿐만 아니라 바깥에서 안으로 단계도 명확하다"라고 했다.[17]

『주역』이 야성의 생명과 사랑을 찬미한 것과 같이 『시경』에 나오는 많은 시가들도 '정에서 출발하여 예와 의에서 끝나는發乎情, 止乎禮義'류의 규범과 풍속 교화를 강조하는 내용뿐 아니라 거친 자연적 생명의 정서도 가득하다. 『주역』이 「건」, 「곤」을 총론으로 하고 음양에 기반하고 있다면 『시경』은 「주남周南」, 「소남召南」을 총론으로 하고 남녀에 기반하고 있다. 모두 생식기를 숭배하는 경향을 분명하게 반영하고 있다. 여자요 선생은 "『시경』에 「주남」, 「소남」이 있는 것은 『주역』에 「건」, 「곤」 두 괘가 있는 것과 같다", "『시경』에서 주남은 남자가 장가드는 시로서 천간수를 사용하고 소남은 여자가 시집가는 시로서 지지수를 사용한다"[18]고 했는데 일리 있는 추론이다. 「건」, 「곤」 두 개의 괘는 『역경』의 총론이기 때문에 공자가 따로 「건」, 「곤」에 대한 전傳인 『문언』을 썼다. 『주남』과 『소남』은 『시경』의 총론으로서 공자가 그 중요성을 특별히 강조하면서 "사람으로서 주남과 소남을 읽지 않으면, 마치 벽을 향하여 서 있는 것과 같지 않은가人而不爲周南召南, 其猶正牆面而立"[19]라고 했다. 공자가 삼백 편 가운데 남자의

---

17 Ellis, 潘光旦 譯, 『性心理學』, 北京 : 三聯書店, 1987, p.46.
18 黎子耀, 「『易經』與『詩經』的 關係」, 『文史哲』 第2期, 1987.

장가와 여자의 시집을 노래하고 있는 주남과 소남을 유독 강조한 것은 유가의 관점에서 남녀지별, 부부지의가 인류 도덕의 기본 규범이기 때문이다. 이어서 「주남」과 「소남」의 시를 분석해보자.

『시경』 「주남」 「관저關雎」를 모전毛傳에서는 후비의 덕을 칭송한 것으로 해석했는데 이는 경학자의 억측이다. 『관저』 전편을 살펴보면 세 개의 층위로 나눌 수 있다. 첫째, 남자의 춘심이 조급하게 발동하여 요조숙녀를 그리워한다. "저구새가 강변 모래톱에서 꽝꽝 울어대네. 요조숙녀는 군자의 좋은 짝이라네關關雎鳩, 在河之洲. 窈窕淑女, 君子好逑"라고 노래 한 구절이다. 두 번째는 숙녀를 그리워하지만 얻을 수 없는 데 따른 번뇌로서 "구해도 얻지 못해 자나깨나 생각하네求之不得, 寤寐思服"라고 표현했다. 세 번째 사랑하던 남녀가 마침내 부부가 된다. "요조숙녀와 금슬처럼 지내네窈窕淑女, 琴瑟友之"라고 한 구절이다.

반광단 선생은 "예전에 중국 사람들은 완벽한 결혼생활을 조화로운 음악에 즐겨 비유했다. (…중략…) 또 사실상 비유로만 그치지 않는다. 『시경』 「정풍」 「여왈계명女曰雞鳴」편 제2장에 "화살로 잡아오시면 그대에게 고기 요리를 해드리지요. 고기 요리에 술을 마시며 그대와 해로하겠어요. 금슬도 타니 어찌 좋지 아니하겠어弋言加之, 與子宜之, 宜言飲酒, 與子偕老, 琴瑟在御, 莫不靜好"라는 구절이 있다. 또 「소아」 「상체常棣」 제7장에 "처와의 화합은 거문고와 비파를 함께 타는 것과 같다妻子好合, 如鼓琴瑟"라는 구절이 있다. 후대에 이르러서도 아름답고 원만한 결혼생활을 '창화지락倡和之樂', '창수지락倡隨之樂'이라고 말하는 것도 같은 근거를 가지고 있다".[20]

---

19 『論語』 「陽貨」.
20 Ellis, 潘光旦 譯, op.cit., p.9.

「관저」에서 남자의 혼사라는 주제는 시의 심상적 기초인 흥에서 드러난다. 「관저」에서는 '저구雎鳩'로 흥을 일으키고 있는데 '雎물수리저'는 수컷이다. 또 '雎'는 '且어조사저'와 '隹새추'로 구성되어 있는데 '隹'는 鳥새조의 고자古字이며 남근의 상징으로서 모든 수컷을 뜻하는 말로 의미가 확대되었다. 사람의 경우 남성은 '祖조상조', 말의 수컷은 '駔준마장'이고 새의 수컷은 '雎'이다. 시 전반에 걸쳐 짝을 찾아 울어대는 수컷 새를 이용하여 숙녀를 사모하는 남자를 연상하게 한다. '雎'를 파자破字하여 풀이해보면 『관저』의 표현들이 남자의 혼사를 의미한다는 사실이 상당히 분명해진다.

「주남」과 상대적으로 「소남」은 여자의 결혼을 노래하는 시임이 분명하다. 「소남」의 첫 번째 시 「작소鵲巢」에서는 "까치가 지은 둥지에 산비둘기가 살고 있다. 아씨가 시집오니 수레 백 대가 맞이한다維鵲有巢, 維鳩居之, 之子於歸, 百兩禦之"라고 노래하고 있다. 모전에서는 「작소」를 "부인의 덕이다. 국군은 공적을 쌓아 작위를 얻고, 부인은 집에서 집안을 일으킨다. 덕이 시구와 같아 배필이 될 수 있다夫人之德也. 國君積行累功, 以致爵位, 夫人起家而居有之. 德如鳲鳩, 乃可以配焉"라고 풀이하고 있다. 경학자의 편견이 작용한 해석이지만 어느 정도는 사실이다. 이 시는 여자의 출가가 주제인데, '鳩비둘기구'를 어떻게 해석하느냐가 이해의 관건이다. 이 시에서 '鳩'는 여성을 상징한다. '鳩'는 '九아홉구'와 '鳥새조'로 이루어져 있는데 한 어미에 아홉 자식이라 생식력이 대단하다 하지 않을 수 없다. '鳩'는 『시경』 전편에서 사랑을 상징한다. 그래서 「위풍」「맹氓」에서는 남편에게 버림받은 여자가 사랑에 빠져 허우적대는 여자들에게 경고하고 있다.

於嗟鳩兮   아, 산비둘기여!

無食桑葚	오디를 따먹지 마라.
於嗟女兮	아, 여자들이여!
無與士耽	사내에게 빠지지 마라.

'鳩산비둘기'와 '女여자'는 상대적이며 서로 서로 훈訓을 이루고 있다. 비둘기는 사랑의 새로서 여성의 상징이다. 따라서 '저수컷'와 '구암컷'는 짝을 이루며 남녀를 상징한다. 「관저」의 '저구'와 「작소」에서 여성을 상징하는 '구조'는 대응되어 장가가는 남자와 시집가는 여자의 조화로운 선율을 이루고 있다.

『역경』의 「건」·「곤」과 『시경』의 「주남」·「소남」은 생식기를 숭배하는 문화원형에서 일치한다. 그리하여 성애에 대한 『역경』과 『시경』이 성애를 찬미 하고 있다는 해석은 자연스럽다. 『시경』「소남」「초충」은 다음과 노래하고 있다.

喓喓草蟲	여치 소리 요란한데
趯趯阜螽	메뚜기가 뛰어 논다.
未見君子	그대를 만나지 못해
憂心忡忡	뒤숭숭한 내 마음.
亦旣見止	그대를 만난다면
亦旣覯止	그대를 보기라도 한다면
我心則降	내 마음 놓이련만.

| 陟彼南山 | 남산에 올라 |

言采其蕨	고사리를 캐자꾸나.
未見君子	당신을 만나지 못해
憂心惙惙	어지러운 내 마음.
亦旣見止	그대를 만난다면
亦旣覯止	그대를 보기라도 한다면
我心則說	내 마음 기쁘런만.

陟彼南山	남산에 올라
言采其薇	고사리를 캐자꾸나.
未見君子	그대를 만나지 못해
我心傷悲	쓰라린 내 마음.
亦旣見止	당신을 만난다면
亦旣覯止	당신을 보기라도 한다면
我心則夷	내 마음 편하련만.

문일다聞一多 선생의 해설에 따르면 이 시는 성적 교합의 느낌을 노래하는 작품인데 반광단 선생도 "각 구에 나타난 '降내릴강', '說기쁠열' 등의 글자는 틀림없이 교합 후의 여자의 심리상태를 나타낸다. 왕실보王實甫가 『서상기西廂記』에서 사용한 표현 '혼신동태渾身通泰'도 매우 가까운 정서다"[21]라고 했다.

『역경』과 『시경』의 시대는 충만한 생명의 세계였다. 그들은 인류의 가장

---

21 Ibid., p.8.

신성하고 가장 엄숙한 생명의 정서를 조금도 숨기지 않았다. 그러나 그것이 승화되지 않은 것은 아니었다. 『역경』의 상과 『시경』의 흥은 넘치는 생명력을 전달하기 위해 상징적 기법을 선택함으로써 원시 야성의 생명력을 심미적 차원으로 끌어올렸다.

5. 흥상체계의 문화코드 해독

『역경』과 『시경』은 생식기 숭배문화를 반영하는 역사적 사실로서 흥상 원형에 원시적인 생식기 숭배와 관련한 일련의 내용들이 녹아있다. 그러나 상징형식을 빌어 에둘러서 표현했기 때문에 그 속에 내포된 생명 사실을 찾기 위해서는 우선 오래된 생명 원형을 해독해내야 한다.

1) 구름과 비

중국에서 구름과 비는 성교에 관한 오래된 은어다. '운우雲雨'는 송옥宋玉의 『고당부高唐賦』에서 나왔다는 것이 일반적인 견해인데 사실은 그렇지 않다. 『역경』「건」「단彖」에 "크도다 건원이여, 만물이 시작되고 하늘을 아우른다. 구름이 일고 비가 내리니 만물이 형상을 이루고 흘러간다大哉乾元, 萬物質始, 乃統天 雲行雨施, 品物流形"라는 내용이 있다. 여기에서 '운우'와 '품물유형品物流形'이 서로 연관되어 생명 창조의 상징적 의미를 가지게 된다. 또 더 중요한 것은, 『역경』「소축小畜」에서 나오는 '운우'인데 성적 의미를 가진다. 「소축」 괘사에는 "구름은 가득한데 비가 오지 않고 스스로 서쪽 교외로 간다密雲不雨, 自我西郊"고 한다. 이 괘는 손巽이 위에 있고 건이 아래에 있는데, 건은 늙은 남자, 손은 맏딸이다. 늙은 남자가 맏딸을 만났으니 당연히 교합이 즐겁지 않다. 그래서 구삼九三 효사에서 "부처반목夫妻反目"이라 한다. "밀운불우密雲不雨"의 '운우'는 이미 성적 의미가 다분한 말일 수 있다. 옛사람들이 성행위를 의미하는 은어로 구름과 비를 사용한 것은 천지가 서로 어우러져 만물을 낳고 기른다는 인식에서 기원한다. 「계사 상」에서는 "강과 유가 서로 마찰하고, 팔괘가 서로 흔들린다. 천둥과 번개로써 팽창하고, 바람과 비로써 윤택해진다剛柔相摩, 八卦相盪, 鼓之以雷霆, 潤之以風雨"라고 하고 있다. 이를 두고 한나라 사람 왕충王充은 "하늘이 위에서 뒤집히고 땅이 아래에서 쓰러진다. 아래의 기운이 위로 오르고 위의 기운이 아래로 내려와 만물이 그 안에서 생겨난다天覆於上, 地偃於下, 下氣丞上, 上氣降下, 萬物自生其中間矣"22라고 했다. 이 모두가 구름과 비를 천지가 교감하는 생명 행위로 보았으며 즉 남녀 간의 교합을 은유하는 것으로 보았는데 이것이 당시의 보편적인 민속 심리였다.

비와 구름은 모두 천지가 교감하는 자연현상이기 때문에 동일한 성적 의미가 숨겨져 있다. 『역경』 「규睽」괘 상구 효사는 "어긋남에 외롭다. 돼지가 진흙을 짊어진 것과 귀신을 한 수레 실은 것을 본다. 먼저는 활을 당기다가 뒤에는 활을 벗긴다. 도적이 아니라 혼인을 하자는 것이니, 비를 만나면 길하다睽孤, 見豕負塗, 載鬼一車, 先張之弧, 後說之弧. 匪寇, 婚媾, 往, 遇雨則吉". 괘사는 장가가는 길에 일어난 재미있는 일을 서술하고 있는데 왜 결혼할 때 비를 만나면 길하다고 하는 것일까? 여기에서 비가 교합을 상징하는 것이 아닐까? 훗날 구름과 비는 함께 사용되면서 성적 은어로 고착되었다.

---

22 王充, 『論衡』 「自然」.

비를 흥으로 하는 『시경』의 시구는 모두 사랑을 나누는 남녀를 상징한다. 예를 들면 다음과 같다.

其雨其雨	비가 올 듯, 비가 올 듯
杲杲出日	해가 쨍쨍 난다.
願言思伯	님 생각에
甘心首疾	머리가 아픈 것도 달갑게 여기리.

—『시경(時經)』「위풍(衛風)」「백혜(伯兮)」

風雨淒淒	비바람 소리 쓸쓸하고
雞鳴喈喈	닭 울음소리 들려온다.
旣見君子	님을 만났으니
雲胡不夷	어이 편안하지 않으리.

—『시경』「정풍(鄭風)」「풍우(風雨)」

習習穀風	쏴하고 부는 골짜기 바람
維風及雨	비바람이 되었구나.
將恐將懼	무섭고 두려워도
維予與女	나는 당신과 함께 했네.

—『시경』「소아(小雅)」「곡풍(穀風)」

『시경』「정풍」「풍우」가 가장 전형적이라 할 수 있다. "풍우처처風雨淒淒, 계명개개雞鳴喈喈"는 바람과 비가 흩날리는 가운데 복잡한 마음을 표현하고 있다. 왜 이 같은 상황에서 "운호불이雲胡不夷", 정인이 서로 만나 기쁨에 겨워하는 감정을 대비시켰을까? 여기에서 비는 일반적인 자연현상이 아니라 다른 뜻이 있는 것이 분명하다. 『역경』 「규괘」에서 "비를 만나면 길하다"고 한 것을 생각하면 이 문제는 아주 쉽게 이해될 수 있다. 비는 자연계의 현상으로서 인간이 교합하는 상황을 나타낸다.

2) 산山과 택澤

생식기를 숭배하던 옛사람들의 관념으로 인해 자연물들은 예외 없이 모두 생명 현상을 나타내게 되었다. 산과 택계곡은 모두 생식기관의 상징적 의미를 가지고 있다. 납서족納西族에게 간목산幹木山은 여신의 상징이다. "상자파촌上者波村 주민들은 마을 위쪽에 있는 골짜기를 여신의 생식기로, 양측의 산등성이를 여신의 두 다리라고 생각한다."[23]

고대중국에서는 산을 남성의 생식기관에 빗대고 계곡을 여성의 생식기관에 빗대었다. 『대대례기大戴禮記』 「역본명易本命」에서는 "구릉은 수이고 계곡은 암이다丘陵爲牡, 谿谷爲牝"라고 하고 있다. 왕빙진王聘珍은 『대대례기大戴禮記 해고解詁』에서 "큰 언덕은 능이라 하고 작은 능은 구라 한다. 물이 천에 모이면 계라 하고 계에 이면 곡이라 한다. 양은 수컷이고 기를 토해낸다. 음은 암컷이고 기를 머금는다"[24]라고 했다. 증자도 "기를 토해내는 것은 만물에게 베풀고 기를 머금는 것은 만물을 동화시킨다吐氣者施, 含氣者化"라고 했다. 산과 택의 이러한 상징 의미는 『역경』과 『시경』에서도 검증될

---

23 嚴汝嫻·宋兆麟, 『永寧納西族的母系制』, 昆明 : 雲南人民出版社, 1983, p.197.

24 王聘珍, 『大戴禮記解詁』, 北京 : 中華書局, 1983, p.258. "大阜曰陵, 小陵爲丘. 水注川曰谿, 注谿曰穀. 陽爲牡, 吐氣者也. 陰爲牝, 含氣者也."

수 있다. 전술한 바와 같이, 「함」괘의 괘상은 아래에는 간이 위에는 태가 있다. 『설괘說卦』의 해설에 따르면 간은 산, 태는 택, 간은 젊은 남자, 태는 젊은 여자이다. 다시 말해 산과 택은 젊은 남자와 젊은 여자의 모습에서 의미를 가져왔다. 『설괘』에서는 "물과 불은 서로 붙잡고 우레와 바람은 서로 어그러지지 않고 산과 택은 기가 통하니 그 다음 이미 만들어진 만물을 바꿀 수 있다水火相逮, 雷風不相悖, 山澤通氣, 然後能變化, 既成萬物也"라고 했다. 천지, 음양, 산택이 서로 감응하면 만물을 길러낼 수 있다. 기본 논리의 출발점은 모두 암수와 남녀에 있다. 따라서 옛사람들은 부부 간의 도를 만물의 근본으로 보았다. 산과 택의 이러한 상징적 의미는 『국어國語』 「주어 하周語下」에도 설명되어 있다. "무릇 산은 흙이 모인 곳이요, 늪은 만물이 돌아가는 곳이다. 냇물은 기氣가 소통하는 곳이요, 못은 물이 모여드는 곳이다. 무릇 천지가 생성되고 나서 높은 곳에 흙이 모이고, 만물은 아래로 회귀한다. 산과 계곡은 이들을 소통시키고 그 기를 인도한다夫山, 土之聚也. 藪, 物之歸也. 川, 氣之導也. 澤, 水之鍾也. 夫天地成而聚於高, 歸物於下, 疏爲川穀, 以導其氣."

애음범艾蔭範, 손성전孫成鈿 두 선생은 특히 '천지성天地成'이 주목을 끈다고 했다. 두 선생의 관점에 따르면, 소위 '成이룰성'은 『좌전』에 나오는 "地平天成하늘과 땅이 평온하다", 『시경』에 나오는 '與子成說그대와 언약을 했다', 『소소騷』에 나오는 "初既與餘成言처음에 나와 약속을 했다", 『구가九歌』에 나오는 "獨與餘兮目成홀로 나와 눈이 맞았다"의 '成'인데 요즘 말로는 성혼成婚의 '成'이다.[25] 이는 매우 정확한 관점이라 할 수 있다. '산택지성山澤之成'과 '천지지성天地之成'이 상통하는 것은 산택과 천지 모두가 암수와 성적 교감의 의미를 숨

---

25 艾蔭範 · 孫成鈿, 「『周易』的卦象和『詩經』的廋語」, 『遼寧師範學院學報』 第2期, 1982.

기고 있기 때문이다.

갈홍葛洪은 산과 택의 성적 의미를 심도 있게 해석했다.

"태현산은 알기는 어렵지만 찾기는 쉽다. 하늘도 아니고 땅도 아니고 가라앉지도 떠오르지도 않는다. 멀고 아득하고 높고 험한 곳에 영기가 성하고 그윽하여 신선들이 노닌다. 그곳의 옥정은 깊고 아득하여 영원히 마르지 않는다. 관리 120명을 두고 관청이 줄줄이 늘어서 있다. 물과 불이 공존하고 신선의 풀과 나무가 빽빽하다. 진기한 보석과 금옥이 산처럼 쌓여있다. 산기슭에서 감천수가 솟고 회춘한 이들이 맑은 물을 마신다. 그대가 도를 닦으면 왕자교나 적송자 같은 신선들과 벗할 수 있는 곳이 바로 이 첫번째 산이다夫太元之山, 難知易求, 不天不地, 不沈不浮, 絶險綿邈, 崔巍崎嶇, 和氣氤氳, 神意幷遊, 玉井泓邃, 灌漑匪休, 百二十官, 曹府相由, 離坎列位, 玄芝萬株, 絳樹特生, 其寶皆殊, 金玉嵯峨, 醴泉出隅. 還年之士, 挹其淸流, 子能修之, 喬松可儔. 此一山也". "장곡산은 아득하게 높다. 영기가 표표하고 옥액이 자욱하며 금지金池와 자방紫房이 산기슭에 있다. 어리석은 자가 함부로 찾아 들었다가는 죽어서 돌아간다. 도사가 장곡산을 오르면 늙지 않으며, 황정黃精을 따먹으면 하늘로 올라가 신선이 될 수 있다. 이 두번째 산은 옛 현인들이 비밀로 하던 곳이니 그대 곰곰이 생각해보시라長穀之山, 杳杳巍巍. 玄氣飄飄, 玉液霏霏, 金池紫房, 在乎其隈. 愚人妄往, 至皆死歸. 有道之士, 登之不衰, 采服黃精, 以致天飛, 此二山也, 皆古賢之所秘, 子精思之."26

여기에서 암수의 성기를 의미하는 산과 골짜기의 상징이 좀더 시적으로 표현되었는데 이때부터 이미 산과 택이 성을 의미하는 상징으로 통용되고 있었다는 사실을 확인할 수 있다.

---

26 『抱樸子』「內篇」「微旨」.

『시경』에서 산과 택의 원시적 상징 의미는 '흥'의 방식으로 나타났다. 『시경』에는 "山有……, 隰有……"로 시작하는 하나의 고정된 형식이 있다. 이러한 형식으로 노래되는 사물은 모두 남녀의 사랑과 관련이 있는데 흥의 방식 또한 성기 상징하는 산과 택의 원시적 의미와 관련이 있을 수밖에 없다. 다음과 같은 예들이 있다.

山有榛	산에는 개암나무,
隰有苓	습지에는 감초풀.
雲誰之思	누구를 그리워하는가?
西方美人	서방의 아름다운 사람.

―『시경(時經)』「북풍(邶風)」「간혜(簡兮)」

山有扶蘇	산에는 부소나무,
隰有荷華	습지에는 연꽃.
不見子都	만나기 전에는 미남이라더니
乃見狂且	만나보니 미친 녀석일세!

―『시경』「정풍(鄭風)」「산유부소(山有扶蘇)」

山有苞櫟	산에는 **빽빽한** 개암나무,
隰有六駮	습지에는 알록달록한 가래나무.
未見君子	님을 만나지 못해
憂心靡樂	근심스런 마음 한이 없어라.
如何如何	어이하여 어이하여

忘我實多	이렇게 오래도록 날 잊으시나.

―『시경』「진풍(秦風)」「신풍(晨風)」

彼澤之陂	저 못 둑에
有蒲與荷	부들과 연꽃.
有美一人	아름다운 사람이여,
傷如之何	아픈 이 마음 어이할까.
寤寐無爲	자나 깨나 아무 일도 못하고
涕泗滂沱	눈물만 흘리네.

―『시경』「진풍(陳風)」「택피(澤陂)」

습隰과 택澤은 서로 통한다. 『이아爾雅』「석지釋地」에 "下濕曰隰"이라는 구절이 있다. 『풍속통風俗通』「산택山澤」에는 "물과 풀이 섞여 있으면 택이라고 부른다. 택은 만물을 윤택하게 한다水草交厝, 名之爲澤. 澤者, 言其潤澤萬物, 以阜民用也"라는 구절이 있다. 애음범과 손성전은 "택과 습은 본질과 현상으로 나눈 두 가지 이름이나 실제로는 같은 것이다"[27]라고 했다. 산과 택이 오랜 세월 생식기를 의미하는 상징으로 사용되면서 "山有……, 隰有……"도 사랑의 감정을 표현하는 고정 형식이 되었다. 흥이 시의 앞부분에서 내용과 전혀 무관하게 사용된 것만은 아님을 알 수 있다.

---

27 艾蔭範·孫成鈿, op. cit.

3) 돼지와 음욕

초기 중국문화에서 인류의 생식 활동은 비와 바람, 천둥과 번개 같은 평범한 자연현상뿐만 아니라 동물들을 통해서도 표현되었다. 돼지가 그 한 예다. 전종서錢鍾書 선생은 『관추편管錐編』에서 다양한 사례들을 열거하면서 돼지가 특정한 음욕의 의미를 가지고 있다고 보았다.[28] 『좌전』「정공 14년」에서는 다음과 같이 기록하고 있다.

> 위나라 제후가 부인 남자를 위해 송나라 조朝를 불러 도洮 지역에서 만났다. 위나라 태자 괴외蒯聵가 제나라에 우盂 지역을 바치러 가는 길에 송나라 들판을 지나게 되었다. 들판의 사람들이 노래를 불렀다. 너희 암돼지는 벌써 만족했는데 어찌 우리 아름다운 수돼지는 돌려주지 않는가?
>
> 衛侯爲夫人南子召宋朝, 會於洮. 大子蒯聵獻盂於齊, 過宋野. 野人歌之曰, 既定爾婁豬, 盍歸吾艾豭?

두예杜預는 "루저婁豬는 자식을 바라는 돼지이다. 남자南子를 가리키고 애하艾豭는 송나라 조朝를 가리킨다婁豬, 求子豬, 以喩南子. 艾豭喩宋朝"라고 주를 달았다. '구자저求子豬, 자식을 바라는 돼지'는 발정기의 암돼지를 말하고 '豭'는 수돼지이다. 중국 상고문화에서 돼지는 색정을 탐하는 노골적인 의미였다. 『역경』「구姤」에는 "구는 여자가 장한 것이니 여자를 취하지 말라姤, 女壯, 勿用取女"는 대목이 있다. 「구」괘의 초육에서는 "여윈 돼지가 초조하게 오간다羸豕孚蹢躅"라고 하고 있다. 공영달의 소疏에서는 "여윈 돼지는 암돼지를

---

28 錢鍾書, 『管錐編』第一冊, 北京 : 中華書局, 1979, p.27.

말한다. 돼지들 가운데 수컷은 강하고 암컷은 약하기 때문에 암돼지를 여윈 돼지라 한다. 음란하고 조급한 것은 암돼지가 심하여 비유로 삼았다贏豕謂牝豕也. 群豕之中, 豭强而牝弱也, 故謂牝豕爲贏豕. 陰質而淫躁, 牝豕特甚焉, 故取以爲喩"라고 하고 있다. 「구」괘가 말하는 여장女牂의 뜻은 성욕이 넘치는 여자를 뜻한다. 그러나 그것이 취하는 형상은 발정기에 있는 암돼지의 조급함이다. 고대에는 贏여윌 리는 婁끌 루와 독음이 같았다. '贏豕리시'는 곧 '婁豕루시'이다. "贏豕孚蹢躅이시부척촉"은 발정기 암돼지가 조급하게 돌아다니는 모습을 구체적이고 생생하게 묘사한 구절이다.

『사기』「진시황본기」는 시황 37년 11월 남해를 바라보며 돌에 다음과 같은 글을 새겼다고 기록하고 있다.

> 안과 밖을 구별하여 음란하고 간사한 짓을 금지함으로써 남녀 모두 순결하고 삼가게 한다. 음란한 돼지처럼 남과 간통한 남편을 죽여도 죄가 되지 아니한다. 남자는 명심해야 한다.
>
> 防隔內外, 禁止淫泆, 男女潔誠. 夫爲寄豭, 殺之無罪, 男秉義程.

'寄豭기가'는 음탕한 돼지로 음탕한 남성을 비유한다. 『태평광기太平廣記』 권이일육 '장경장張璟藏'은 『조야첨재朝野僉載』를 인용하여 "상서에 따르면 돼지 눈을 가진 여자는 음란하다『准相書』: 豬視者, 淫"라고 했다. 색욕을 돼지로 형상화하는 것은 그 유래가 이미 오래다. 『서유기』의 저팔계도 호색과 탐욕의 이미지를 가지고 있는데 돼지의 원형에서 이미지를 가져왔을 것이다.

4) 여우와 성애性愛

중국문화에서 여우는 성애의 동물이다. 『여씨춘추』의 기록에 따르면 대우大禹는 치수를 하기 위해 나이 서른이 되어도 결혼을 하지 않고 있었다. 한번은 도산塗山에 갔다가 꼬리가 아홉 달린 흰 여우를 만났는데 도산 사람들이 부르는 축복의 노랫소리가 들려왔다.

綏綏白狐	커다란 흰 여우야,
九尾龐龐	아홉 갈래 꼬리가 길고 길구나.
成於家室	네가 어서 빨리 결혼하여
我都攸昌	자자손손 번창하기를 바라노라.[29]

여기에서 여우는 성애의 상징이다. 하신何新은 "대자연에는 꼬리가 아홉 달린 여우가 절대 있을 수 없다고 단정할 수 있다. 언어의 수수께끼를 풀어보면 구미호는 교미하는 여우일 것이다. 『상서尚書』에 "조수자미鳥獸孶尾"라는 표현이 있는데 옛사람들은 일찍이 '자미'를 '교미'라고 밝힌 바 있다. 중국에서 이 말은 남녀의 생식 활동을 의미하는 은유적 표현이다"라고 했다.[30] 일리가 있는 추론이다. 이 시에서 여우는 양성 간의 사랑을 가리키는 은어이다. 당연히 여우가 상징하는 것은 현대적인 의미의 사랑이 아니라 생식기를 숭배하는 성애다. 성애의 상징물로서의 여우는 전통이 있다. 『시경』「제풍齊風」「남산南山」은 "남산은 높고 높아, 숫여우 어슬렁

---

29 『北堂書鈔』卷106; 『藝文類聚』卷99; 『太平禦覽』卷571. 『여씨춘추』에도 나온다고 하나 현존하는 『여씨춘추』 판본에는 이 부분이 없다. 『吳越春秋』 「越王無餘外傳」에는 "綏綏白狐, 九尾龐龐. 我家嘉夷, 來賓爲王. 成家成室, 我造彼昌. 天人之際, 於茲成行"로 전해진다.
30 何新, 「中國神話中狐狸精怪故事新探」, 『書林』第1期, 1988.

어슬렁, 노나라로 가는 평탄한 길, 제나라 딸 그 길로 시집갔다. 이미 시집 갔는데 돌아온다니 어찌 또 그리워할까南山崔崔, 雄狐綏綏, 魯道有蕩, 齊子由歸, 旣曰歸止, 曷又懷止"라고 노래한다. 이 시는 제양공과 이복 여동생 문강文姜의 사통을 풍자한 시다. 노환공에게 시집 간 문강은 제양공과 몰래 내통했다. 여우는 여기에서 흥사興辭로 사용되었으며 심층적 의미는 성애다. 주희는 『시집전』에서는 "여우는 간사하고 아첨하는 짐승이다狐, 邪媚之獸"라고 했다. 이는 여우의 상징 의미를 이해하지 못해서 생겨난 오류다. 사실상 여우는 성애의 대명사이다. 부정적 의미를 가진 '사미지수邪媚之獸'가 아니다. 『시경』「위풍」「유호有狐」에서는 "여우가 어슬렁어슬렁 저 기수 다리 위를 걷고 있다. 마음속 근심은 그대에게 바지가 없는 것이네有狐綏綏, 在彼淇梁, 心之憂矣, 之子無裳"라고 노래한다. 이 시는 의복도 제대로 갖추지 못하고 생계마저 곤란한 남자에 대한 한 여자의 사랑을 읊고 있다. 여우는 여자가 마음을 뺏긴 남자의 다른 이름이다. 여기에서 '사미지수', 여우가 간사하고 아첨하는 짐승이라면 여자의 연인을 상징하지 못한다. 특히 『여씨춘추』에서의 흰 여우도 우임금을 찬미했다. 그래서 시인이 여우를 '사미지수'의 의미로 사용했다면 시의 흥을 일으키지 못했을 것이다.

여우의 부정적 의미는 훗날에 생겨난 것이다. 『수신기搜神記』「아자阿紫」에서는 『명산기名山記』를 인용하여 "먼 옛날에 이름이 아자라고 하는 음부가 있었는데 여우로 바뀌었다狐者, 先古之淫婦也, 其名曰阿紫, 化而爲狐"라고 했다. 여우가 "예부터 음부였다先古之淫婦也"라고 한 점을 볼 때. 여우가 성애의 의미를 상징한 것에는 오랜 전통이 있다. 그러나 '음淫'의 의미는 나중에 생긴 것이다. 성애에 대한 관념이 변화하면서 여우의 문화적 원형도 그 의미가 달라졌다. 현대 중국어에서 섹시하고 유혹적인 여성을 '호리정狐狸精', 여우 같은 여자라고 하는 데서 그 증거를 찾아볼 수 있다.

5) 물 – 예禮의 상징 의미

물은 너무나도 평범한 물질이지만 인류의 생명을 키우고 장구한 인류 문명을 만들어냈다. 태초에 인류가 물가에 정착했기 때문에 세계 4대 문명은 모두 강과 관련이 있다. 이집트 나일강, 인도 인더스강, 중국 황하강와 양자강, 고대 바빌론의 두 개의 유역까지 모두가 인류문명의 발상지이다. 물은 인류의 계몽자이다. 위대한 철인들은 물에서 깨달음을 얻었다. 예수는 우물에 물을 길러온 사마리아 여인에게 "이 물을 마시는 자는 다시 목이 마를 것이며 내가 내리는 물을 마시는 자는 영원히 목마르지 아니한다. 내 물은 그 안에서 생명의 원천이 되어 영생에 이를 때까지 쉬지 않고 솟아 흐르리라"[31]라고 했다.

중국 『역전易傳』에서는 산 아래의 샘물을 이용해 덕치와 교화를 상징했다. 노자老子는 물로써 그가 추종하는 신성한 '도道'를 상징했다. 『노자』 「팔장八章」에서는 "최고로 좋은 것은 물과 같다. 물은 만물을 이롭게 하면서도 다투지 않고 뭇사람들이 싫어하는 곳에 머물기 때문에 도에 가깝다 上善若水, 水善利萬物而不爭, 處衆人之所惡, 故幾於道"라고 했다. 『논어』 「자한子罕」에서는 동으로 흐르는 물을 바라보며 "가는 것이 이와 같구나逝者如斯"라고 한 공자의 탄식을 기록하고 있다. 이를 통해 속절없이 흘러가는 세월에 대한 안타까움을 표현했다. 맹자는 또 "물을 보는 데도 지혜가 필요한데 반드시 그 물결을 보아야 한다. 해와 달은 밝음으로 작은 틈새까지 비춘다.

---

31 『신약』 「요한복음」, 제4장 13~14절.

흐르는 물도 규율이 있고 작은 웅덩이라도 채우지 않으면 앞으로 나아가지 않는다. 도에 뜻을 둔 군자는 일정 경지에 오르지 않으면 통달하지 못한다"[32]라고 하면서 흐르는 물처럼 멈추지 않고 앞으로 나아가는 정신을 찬미했다. 물은 인격의 승화이자 도道의 상징이다. 물은 문화의 상징이자 문명의 상징이면서 또 지혜의 상징이기도 하다. 그래서 중국 사람들은 '지혜로운 자는 물을 좋아한다智者樂水'라고 한다.

물은 문화적으로 다양한 의미를 지닌 원형이다. P. E. 휠라이트는 "물이라는 원형적 상징, 그 보편성은 물의 복합적인 특성에서 기인한다. 물은 순결한 매체이자 생명의 유지자다. 이로 인해 물은 순수를 상징하는 동시에 새로운 생명을 상징한다"고 하였다.[33] 중국문화의 시원始原으로 다시 돌아가면, 물은 사랑의 홍상물이면서 동시에 사랑의 금기물이다. 물의 생명 의미는 문명도덕의 의미와 일치한다. 물은 『시경』에서 '예禮'를 상징하기도 한다. 대만학자 황영무黃永武는 "『시경』에서 물은 자연현상으로서 부賦를 이용해 직접 서술된 경우도 있고 비흥比興 상징을 포함하고 있는 경우도 있다. 비흥 상징은 대부분 공통적인 의미를 가지고 있는데 물은 예를 상징한다"[34]라고 했다. 여기에서 특히 강조해야 할 사실이 하나 있다. 예는 애초에 성리학자들이 주장한 것처럼 엄격한 계율도 아니었고 현대인이 생각하는 것처럼 정체되고 틀에 박힌 것도 아니다. 예는 문명과 야만의 충돌을 통해 생겨난 것이며 생명을 드러내는 동시에 생명을 금기시하는

---

32 『孟子』「盡心 上」. "觀水有術, 必觀其瀾. 日月有明, 容光必照焉. 流水之爲物也, 不盈科不行, 君子之誌於道也, 不成章不達."

33 P. E. Wheelwright, 「原型性象徵」, 葉舒憲 外編, 『神話-原型批評』, 西安 : 陝西師範大學出版社, 1987, p.228.

34 黃永武, 『中國詩學』, 臺北 : 臺灣巨流圖書公司, 1979, p.96.

모순으로 이루어져있다. 그래서 예는 남녀가 물건을 주고받을 때 손을 부딪히지 않는다는 '남녀수수부친男女授受不親'의 여러 가지 제한도 있는 반면 춘삼월에는 야합을 금하지 않는다는 '중춘이월仲春二月, 분자불금奔者不禁'과 같이 생명활동을 권장하는 측면도 있다. 이 점은 『시경』 속 물이 나타내는 예의 상징적 의미에서 명확하게 드러나고 있다.

『시경』「패풍邶風」「신대新臺」에서는 "새 누대는 산뜻하고 황하의 물은 넘실거린다. 고운 님 찾아왔더니, 못난 꼽추가 괴롭히네新臺有泚, 河水瀰瀰, 燕婉之求, 籧篨不鮮"라고 노래하고 있다. 사람들은 '하수河水'가 보통의 자연물로서 시에 등장했다고 생각하지만 사실은 그렇지 않다. '하수미미河水瀰瀰'는 문화적 상징 의미를 가지고 있다. 모전에는 "물이 때와 티끌을 씻어내는 것은 강 위에 음란함과 어두움이 있기 때문이다水所以潔汙垢, 反於河上而爲淫嚚之行"라고 했는데 때와 티끌을 씻어낸다는 것이 물에 대한 주나라 시인들의 이해다.

또 어떤 사람들은 모전이 시와 유교의 취지를 연결하기 위한 억지스런 해석이라고 주장한다. 그러나 물과 예의 다양한 연관성은 경학가의 해석뿐만 아니라 『시경』의 작품 속에서 더 많이 나타나고 있다. 예를 들어 『시경』「주남」「한광漢廣」에서는 다음과 같이 읊고 있다.

漢之廣矣	넓디 넓은 한수
不可泳思	헤엄쳐 갈 수 없고
江之永矣	길고 긴 강수
不可方思	뗏목으로 건널 수도 없구나.

황영무 선생은 "한수漢水가 너무 넓어서 헤엄쳐 건너갈 수 없다. 강수長江가 너무 길어서 뗏목으로 이를 수 없다. 망망한 장강, 드넓은 한수는 사랑의 장애물이자 경계선이다. 그리고 경계선으로서의 강물은 교제하는 남녀가 스스로를 구속하는 예禮다"라고 하였다.[35] 황영무 박사의 추론은 성립될 수 있다. 모시 서문에서는 "한수와 강수에서는 예를 범하여 구하지도 않고, 구해도 얻을 수 없다漢江之域, 無思犯禮, 求而不可得也"라고 하였다. "구이부가득求而不可得"에서는 여자의 정절을 확인할 수 있고 "무사범례無思犯禮"에서는 남자의 절제와 예의를 알 수 있다. 장강과 한수가 끝없이 넓어 건널 수 없다는 것은 예의 불가침성을 상징한다. 공영달은 『정의正義』에서 드넓은 한수가 여인의 정절을 상징한다고 했다. "흥으로써, 여자는 모두 정결하니 예를 범하면 얻을 수 없다. 강수와 한수에서 뗏목을 탈 수는 있으나 건너갈 수는 없다고 했다. 이는 예를 범하면 여인을 구해도 얻을 수 없다는 뜻이다以興女皆貞潔矣, 不可犯禮而求思. 然則方泳以渡漢江, 雖往而不可濟. 喩犯禮以思貞女, 雖求而將不至."

『시경』「패풍」「포유고엽匏有苦葉」에 "박에는 마른 잎이 있고 제수에는 깊은 나루가 있다. 깊으면 그냥 건너고 얕으면 옷을 걷고 건넌다匏有苦葉, 濟有深涉, 深則厲, 淺則揭"는 구절이 있다. 모전에서는 "제는 건너감이다濟, 渡也", "때에 따라 적절하게 맞춰야 한다. 물이 깊으면 옷을 입고 건너고 얕으면 옷을 걷고 건넌다. 남녀가 혼인을 할 때 예의를 갖추지 않으면 건너갈 수 없다遭時制宜, 如遇水深則厲, 淺則揭矣. 男女之際, 安可以無禮義, 將無以自濟也"라고 이르고 있다. 모전은 물을 예의禮義의 비흥으로 풀이했다. 얼핏 억지스러워 보이지

---

35 Ibid., p.97.

만『시경』에서 남녀 간의 애정을 다룬 시는 다 물을 흥으로 사용한다. 그렇다면 이러한 해석이 일리가 없는 것이 아니다.

시인들은 왜 물의 원형으로 예의 의미를 상징했을까? 우선, 물을 성적 금기의 의미로 사용했던 상고시대로 거슬러 올라가야 한다. 고대에는 일종의 성에 대한 금기제도가 성행했는데 최초의 학교인 소학, 벽옹辟雍 같은 것을 설치하고 최초로 성 금기교육을 담당하게 했다.

『백호통의』「벽옹」에서는 "벽은 쌓는 것이다. 둥글게 둘러싸서 하늘을 본받고 물로 둘러싸서 막으니 교화가 흘러 넘친다辟者, 璧也, 象璧圓, 又以法天, 於雍水側, 象教化流行也"라고 했다. 이 기록은 벽궁이 물가에 세워졌고 가로막힌 물을 이용해 이성의 접촉을 제한했다고 설명하고 있다. 벽옹은 반궁泮宮이라고도 불리는데 '泮짝반'은 '水물수'와 '半반반'이 결합한 글자로 물이 둘러싸고 있다는 의미다. 반궁와 벽옹은 명칭이 다를 뿐 그 용도와 구조는 서로 같다. "천자의 것은 벽옹이라 하고 제후의 것은 반궁이라 한다天子曰辟雍, 諸侯曰泮宮."[36]

물은 이성의 접촉을 막는 자연적 울타리로 문화에서 변주된다. 이로써 물은 두 측면의 표면적 의미를 획득하게 되었다. 우선 물은 이성 간의 자유로운 접촉을 제한한다. 이 점에서 물은 예의의 필요와 목적을 따른다. 그래서 물은 예의와 같은 상징적 의미를 획득하게 된다. 다음으로 물의 금기 기능 때문에 사람들은 물에 서로 사모하는 감정을 실었다. 이 점에서 양자는 일치한다. 『시경』「진풍」「겸가蒹葭」를 보자.

---

36 『禮記』「王制」.

蒹葭蒼蒼	우거진 갈대밭
白露爲霜	하얀 이슬이 서리가 된다.
所謂伊人	아름다운 이여
在水一方	강물 저편에 있구나
遡洄從之	물길을 거슬러 가려니
道阻且長	길이 험하고 멀구나
遡遊從之	물길을 따라 가려니
宛在水中央	물 속에 있는 듯 하구나

寒風起, 蘆荻莽蒼蒼	드넓은 갈대밭 위로 차가운 바람 스치고
秋霜降, 一片白茫茫	새하얀 가을 서리 끝도 없이 내려 앉았네.
心中渴慕的佳人啊	사무치게 그리운 아름다운 이여,
浩渺秋水隔一方	아득한 가을 강물이 가로 놓여 있구나.
我想逆流去尋覓	물을 거슬러 찾아가고 싶지만
無奈道路阻且長	길은 속절없이 험하고 멀구나.
我想順流去追求	물을 따라서 쫓아가고 싶지만
方佛佇立水中央	마치 물속에 멈춰선 듯하구나.[37]

우리는 이 시에서 연인들이 가로막힌 강물 때문에 서로 만나기 어렵지만 이 같은 지리적 장애는 극복될 수 있다는 것을 알 수 있다. 사람들은 반드시 예의 규범을 준수해야 되기 때문에 모전에서는 "물길을 거슬러 가는

---

37 『시경』의 원시를 저자가 백화문으로 번역하고 그 백화문을 다시 한국어로 번역함.

것은 되돌아가는 것이다. 예를 거스르면 닿을 수 없다. 물길을 따라서 가는 것은 따라서 내려가는 것이다. 예를 따르면 건널 수 있고 법도가 맞이할 것이다逆流而上曰溯回, 逆禮則莫能以至也, 順流而涉曰溯遊, 順禮求濟, 道來迎之"라고 밝히고 있다. 이러한 모순된 마음이 시적 화자에게 처량하게 방황하는 고통을 안겨준다. 복잡하게 얽혀 갈팡질팡하는 마음이 부각된다. 시에서 노래하는 가을 강물 속 그리운 이는 수없이 많은 사람들의 영혼을 울렸다. 이러지도 저러지도 못하는 진퇴양난의 상황은 모든 문명인들이 공통적으로 겪고 있는 문제이기 때문이다. 이와 같은 사실을 단서로 삼게되면 왜 물을 흥구興句로 사용하여 남녀 간의 감정을 노래하는 한편 규범과 도덕적 제약에서 벗어나지 못하는 상황을 노래했는 지를 이해할 수 있다.

물이 성적 금기 속에서 예의를 의미한다면 통제되지 않은 물의 범람은 예의 파괴, 음욕의 종횡이다. 이로써 '음'은 성적 방종을 가리키는 대명사다. 『설문해자說文』에서는 "음은 물이 지나친 것이다淫, 水大也"라고 풀이하고 있다. 음이 성적 방종과 동의어가 된 것은 그 본뜻이 성적 금기의 의미이기 때문이다.「포유고엽」의 2장을 보자.

有瀰濟盈	나루에 물이 차오르고
有鷕雉鳴	까투리 울음소리 들려온다.
濟盈不濡軌	물이 넘쳐도 수레의 축은 젖지 않고
雉鳴求其牡	까투리는 수컷을 찾는다.

물은 예의의 상징이기 때문에 물을 넘어서는 것은 예의를 넘어서는 것이다. 그래서 모전에서는 "위부인은 음탕하고 방종하여 색으로 사람을 유

혹하고 말로 사람을 꼬드겼다. 도덕과 예의는 살펴지 않아 위선공과 음탕한 행위를 저지르는 경지에 이르렀다. (…중략…) 예의와 염치도 없이 까투리가 수컷을 유혹하는 것 같았다衛夫人有淫佚之誌, 授人以色, 假人以辭, 不顧禮義之難, 至使宣公有淫昏之行. (…중략…) 違禮義不由其道, 猶雉鳴而求其牡也"라고 했다. 주희는 『시집전』에서 "강물이 차오르면 수레바퀴가 물에 잠기기 마련이다. 새의 암컷이 수컷을 유혹하기 위해 우는 것은 마땅한 이치다. 그러나 오늘날은 강물이 차도 수레바퀴가 물에 잠기지 않는다. 암컷이 수컷을 향해 우는 것은 음탕하고 예법을 모르는 것이다. 자신의 배우자가 아닌 사람에게 구애해서는 아니된다夫濟盈必儒其轍, 稚鳴當求其雄, 此常理也. 今濟盈而曰不儒軌, 稚鳴而反求其牡, 以此淫亂之人不度禮義, 非其配偶, 而犯禮以相求也"라고 했다.

인류의 이식에 인식되고 반영된 물질 가운데 절대적으로 객관적인 의미란 존재하지 않는다. 거대한 자연의 물길이 인류 생명의 강바닥을 지나가면서 생명의 의미를 가지게 되었다. 물은 자연과 생명의 물이자 문화와 문명의 지혜가 존재하는 물이다. 이 신비한 문화의 물은『역경』, 『시경』의 상징적 의미에 대한 우리들의 탐구욕을 불러일으킨다. 우리는 의미를 가진 수많은 상징 형식을 제대로 알아차리지 못하고 있음이 분명하다.

6. 맺음말

홍과 상은 중국문화에서 가장 오래된 문화원형으로서 상고문화의 은유체계를 반영하는 동시에 은유체계와 깊은 관련을 가진 화하 민족의 문화심리를 반영하고 있다. 홍과 상에 대한 분석에서 출발하여 오래된 민족적 문화 심리를 탐색하는 것은 의미 있는 일이다. 그 안에는 가장 생동감 있고 가장 장엄하고 아름다운 인류 역사의 한 쪽이 숨겨져 있다. 원형이 천 사람의 목소리를 들려주면 그 목소리들 속에서 우리는 원시 생명의 함성을 들을 수 있을 것이다.

만 당 晩 唐 의 종 소 리

제2장

중국의 달과 그 예술적 상징

1. 머리말

과학적인 의미에서 '중국의 달'이란 결코 존재하지 않는다. 왜냐하면 달은 고요하고 아름다운 빛으로 모든 나라와 모든 민족을 똑같이 비추는 존재로서 온 세상과 온 우주에 속하기 때문이다. 그러나 화엄경의 교의에서 말하는 '월인만천月印萬川'[1]과 같이 천상의 달은 오직 하나뿐이지만 서로 다른 산천과 강물을 비추기 때문에 서로 다른 빛과 그림자를 만들어낸다. 또 고요와 침묵의 달은 서로 다른 영혼의 세계를 거치며 서로 다른 민족의 문화와 관점을 반영하고 특정한 문화적 함의를 지니게 되었다.

크랜머L. Cranmer Byng는 *A Feast of Lanterns*1916의 서문에서 중국 시세계에서 빠지지 않고 등장하는 상징물인 달을 언급했다. "달은 중국 고대 시세계의 하늘에 높이 걸려 있다. (…중략…) (그녀는) 인간들이 만들어내는 드라마를 지켜보는 아름답고 창백한 관객이다. 그녀가 알고 있는 모든 숨겨진 비밀과 격정과 환희는 빠르게 붕괴되거나 또는 천천히 부패되어 간다. (…중략…) 그녀는 수천 개의 봉우리에 가로막힌 연인들의 그리움을 이어준다."[2]

중국문화에서 달은 애초부터 일반적인 천체가 아니었다. 달은 신화의 세계와 함께 표연히 찾아와 원시문화의 심오한 내용을 담고 있다. "달은 환한 모습으로 떠오르는데 시상은 떠오르지 않는다."[3] 휘영청 밝은 달은

---

1 『팔십화엄경(八十華嚴經)』권2에 "如來法身不思議, 如影分形等法界, 處處闡明一切法, 寂靜光天解脫門"이라는 구절이 있다(上海 : 上海古籍出版社, 1991, p.8). 송대에 화엄경을 대표한 인물 징관(澄觀)은 "依體普現, 若月入百川. 尋影之月, 月體不分. 即體之用, 用彌法界. 體用交徹, 故不思議"라고 밝혔다(징관, 『화엄경소』권6).
2 Michael Katz, 「Amy Lowell and the Orient」, 張隆溪, 『比較文學譯文集』, 北京 : 北京大學出版社, 1982, p.184 참조.

예부터 오늘날까지 면면히 이어져오면서 중국민족의 생명 감각과 심미적 감각을 응축해 오면서 하늘 끝에 높이 매달린 문화적 원형이 되었다. 달은 사색과 상상에서 나오는 중국지혜의 신비로운 계시물이며 나아가 초연하고 담박한 중국예술의 심오한 상징이다. 이러한 측면에서 우리는 문화적인 의미의 '중국의 달'을 획득하게 되었다. 중국문화에서 볼 수 있는 달의 원형을 통해 중국문화 속의 수많은 심오한 옛 뜻과 심미적 함축을 밝힐 수 있다.

2. 달과 여성 및 모성세계의 원형

인류문화는 상징 형식으로 가득하며 상징 형식은 주관적이고 임의적인 짜맞추기나 규정으로 이루어진 것이 아니다. 인류가 무의식적으로 자유롭게 사용하는 상징 형식 속에는 살아 움직이는 생명의 의미와 생활에서 녹아난 경험이 숨어 있다. 중국문화에서 달의 가장 기본적인 의미는 모성과 여성이다. 『예기禮記』「예기禮器」에서는 "해는 동쪽에서 뜨고 달은 서쪽에서 뜬다. 이는 음양의 구분이며 부부의 자리다大明生於東, 月生於西, 此陰陽之分, 夫婦之位也"라고 말하고 있다. 천상의 달과 지상의 여성은 서로 호응한다. 상호 텍스트성은 중국문화에 깊게 뿌리 내린 개념이다. 『여씨춘추呂氏春秋』「정통精通」에서는 "달은 모든 음의 근본이다月也者, 群陰之本也"라고 풀이하고 있으며 『회남자淮南子』「천문훈天文訓」에서는 "달은 음의 으뜸이다月者, 陰之

---

3   齊己, 『夜坐』. "月華澄有象, 詩思在無形."

宗也"라고 풀이하고 있다. 또『설문해지說文』에서는 달을 "이지러지는 것이며, 태음의 정기다闕也, 太陰之精"라고 풀이하고 있다. 음양은 중국철학의 출발점으로서 남녀의 기본 특징인 성적 기호에서 그 개념이 생겨났다. 여기에서 달은 고도의 상징성으로 구체적인 여성세계와 추상정인 음의 법칙을 설명하고 있다.

달은 여성세계의 따뜻함과 슬픔을 동반하여 중국인의 문화적 심리 속에 등장한다. 어린아이조차도 '달 할머니月亮婆婆'와 같은 동화 속에서 깨달음을 얻는다. 달이 여성이라는 상징 형식이 된 데는 오랜 전통이 있다. 달은 아득하게 먼 역사 속 원시문화의 한 끝을 잇고 있으며 여성을 숭배하던 태고의 시간에서 야만과 황량의 시대를 벗어나 풍요로운 문명생활과 정감의 시대로 접어들어가는 역정을 연결하고 있다.

달은 인류가 생식기 숭배에 빠져 있던 때부터 여성을 상징했다. 초기의 생식기 숭배는 주로 여성 숭배였다. 인류는 오랜 시간 동안 생명이 창조되는 과정에서 아버지가 가지는 의미를 이해하지 못했다. 생명 창조는 여성의 일방적 행위로 이해되었다. 중국신화 속에서 존재하는 일군의 '동정녀 어머니'와 '모든 성인聖人은 아버지가 부재한다'는 관념은 이러한 현상을 가장 잘 증명해 주고 있다.

천지를 개벽한 중국 최초의 여신 여와女媧는 달의 신이기도 하다. 한대에 출토된 고분벽화에는 여와와 복희伏羲가 사람의 머리와 뱀의 몸을 하고 있다. 복희가 손으로 태양을 받들고 있는 것과는 반대로 여와는 달을 받들고 있다. 이는 '진흙으로 사람을 빚어' 세상을 창조한 어머니가 실제로는 달의 신이기도 하다는 사실을 암시한다. 이와 같이 달이 거대한 문화 창생의 의미를 가지게 된 것은 애초부터 여성의 의미와 함께 결부되었기 때문이다. 여성 숭배의 관점에서 우리는 달을 숭배하게 된 원시적 동인을 확인하였다. 달 숭배는 사실상 여성 생식기 숭배였다. 여기에서 우리는 달의 신화 속에 등장하는 신비한 동물—두꺼비와 토끼를 살펴볼 필요가 있다.

많은 고대 문헌들 속에서 달에 사는 두꺼비와 토끼에 대한 이야기를 찾아볼 수 있다. 굴원屈原은 『천문天問』에서 "달빛은 무슨 덕이 있어 죽었다가 또 살아나는가, 그 검은 빛 속에는 토끼가 있는 것인가?夜光何德, 死則又育? 厥利維何, 而顧兎在腹"라고 했다. 『회남자』 「정신훈精神訓」에는 "해에는 웅크린 까마귀가 있고 달에는 섬여가 있다日中有踆烏, 而月中有蟾蜍"라고 하고 있다. 왕충王充의 『논형論衡』 「순고順鼓」에서도 "달 속의 짐승은 토끼와 섬여다月中之獸, 兎, 蟾蜍也"라고 하고 있다. 달에 두꺼비가 살고 토끼가 산다는 전설은 많은 학자들의 상상을 불러왔다. 근원을 따져보면 월궁에 사는 두꺼비와 토끼는 여성 생식기 토템에서 비롯되었다. 이에 따라 달은 여성의 이미지로 문화의식 속에 등장하게 되었다.

두꺼비와 비슷한 개구리蛙도 여성 생식기 숭배의 상징물이다. 고대 문학에서 媧와, 娃, 鼃와, 蛙와는 서로 통한다. 신은 여와女媧라 하고 인간은 와娃, 타물他物은 와蛙라고 한다. '蛙개구리와'자는 고대에 鼃를 썼으며 孕아이밸잉자는 고대에 繩을 썼다. 개구리黽에 '女'자를 붙여서 임신을 뜻하는 글자로 사용한 것은 사람과 개구리가 같은 뿌리를 가지고 있다는 증거다. 양곤楊堃 선생은 "여와는 잉孕이다. 여와가 진흙으로 사람을 빚었다는 신화가 문자로 남은 것이 아닐까? 흥미롭게 중국 전통의료계에서 여성의 음문을 합마구蛤蟆口 또는 와구蛙口, 왜구蛙口라고 부른다"[4]고 하였다. 광범위하

---

4   楊堃, 「女媧考」, 『民間文學論壇』 第3期, 1986.

게 나타나는 여성 생식기 숭배전통에서 볼 때 두꺼비와 달은 모두 여성의 상징인데 여성과 여성 생식기에 대한 부락민들의 숭배에서 기원한다. 두꺼비와 달이 일원화되는 과정은 복잡한 신화가 단순화되고 서로 다른 상징 형식이 통합되어 가는 과정이다.

달 속의 또 다른 동물은 토끼다. 달 속에 토끼가 산다는 신화를 분석한 많은 학자들이 달 안의 그림자에 대한 이야기로 논의를 마무리한다. 그런데 달 속의 알 수 없는 검은 그림자는 다른 동물로 생각할 수도 있다. 왜 토끼의 형상으로만 해석하는 것일까? 사실상 이 역시 여성의 상징 의미와 관련이 있다. 윤영방尹榮方은 다음과 같이 밝혔다.

> 달 속의 토끼는 토끼 자체의 생리·생육적 특징과 달의 공통점에서 비롯되었다. 토끼는 교미 후 대략 한 달(약 29일) 후에 새끼를 낳고 곧바로 또 교미를 할 수 있다. 그리고 다시 한 달이 지난 후에는 또 새끼를 낳을 수 있다. 게다가 토끼는 항상 밤에 새끼를 낳는다. 토끼의 이러한 특성은 달의 공전 주기와 일치한다. 달의 움직임 역시 밤에 이루어지기 때문에 토끼와 달은 원래 불가분의 인연이 있었다고 볼 수 있다.[5]

여기에서 '월경'이라는 단어의 유래를 떠올릴 수 있다. 옛사람들은 하늘을 우러러보며 달이 주기적이고 반복적으로 이지러지고 차오르는 규칙을 발견하게 되었다. 달의 주기적 변화는 여성의 출혈이 시작되고 끝나는 생리적 변화와 맞아떨어진다. 그래서 여성의 생리적 변화를 '월경'이라고

---

5   尹榮方, 「月中兎探源」, 『民間文學論壇』 第3期, 1988.

부르게 되었다. 28일을 주기로 반복되는 여성의 생리가 달의 공전주기와 맞아떨어져서 월경이라고 부른다면 마찬가지로 29일마다 새로운 생명을 얻는 토끼는 왜 '월토月兎'라고 부르지 않은 것일까? 이렇게 두꺼비, 토끼, 달은 여성이라는 상징 의미에서 일치되고 이로써 여성 생식기 숭배의 집합을 이루고 있다. 달이 여성의 신비한 생육 기능과 여성 생식기 숭배의 의미를 나타내기 때문에 중국 고대전설과 역사에는 달의 기운을 받아 수태하는 이야기가 수없이 등장한다. 예를 들면 아래와 같다.

여적이 저녁에 석뉴산 아래 샘물을 길러 갔다가 샘물 속에서 달걀처럼 생긴 달의 정기를 얻었다. 몹시 마음에 들어 입에 물고 있다가 그만 삼키고 말았는데 얼마 후 임신이 되었다.

女狄暮汲石紐山下泉水中, 得月精如雞子, 愛而含之, 不覺而吞, 遂有娠.

─『태평어람(太平御覽)』「둔갑개산도영씨해(遁甲開山圖榮氏解)」

부도가 달에 서린 하얀 기운을 보고 감응하여 을일에 탕임금을 낳고 이름을 천을이라 하였다.

扶都見白氣貫月, 意感, 以乙日生湯, 號天乙.

─『송서(宋書)』「부서지상(符瑞誌上)」

(한원후의 모친)이신이 정군을 임신했을 때 꿈에서 달이 품속으로 들어왔다. 정군은 훗날 아름답고 온순하게 성장하여 아녀자의 도리를 잘 지켰다.

(漢元後母親)李親任正君在身, 夢月入其懷, 日壯大, 婉順得婦人之道.

─『한서원후전(漢書元後傳)』

손견의 부인 오씨는 달이 품에 들어오는 꿈을 꾸고 손책을 낳았다.

孫堅夫人吳氏孕, 而夢月入懷, 已而生策.

—『수신기(搜神記)』권10

이와 같은 신화와 전설 속에서 달은 어머니의 이미지로 세속을 초월한 비범한 생명을 창조해낸다. 후기 전설에서 참위학讖緯學의 흔적이 나타나기도 하지만 사람들의 의식 속에 있는 달과 모성의 관련성에는 영향을 미치지 못했다.

달은 여성이 천하를 독주했던 영광의 역사를 담고 있는 동시에 여성 왕국이 몰락해버린 슬픈 기억도 담고 있다. 여신을 숭배하는 풍습은 애당초 비극의 운명을 예고하고 있었다. 왜냐하면 여성 왕국의 위엄은 단성 번식에 대한 인류의 어리석음과 무지를 바탕으로 생겨났기 때문이다. 무지가 잉태에 관여하는 남성의 역할을 덮어버렸고 남성들은 '여성이 생명의 유일한 창조자'라는 '진리'를 따를 수 밖에 없었다. 그러나 과학의 밝은 빛이 몽매한 마을을 고루 비추기 시작하자 여성 왕국은 연기처럼 구름처럼 사라졌다. 이것이 바로 엥겔스가 말한 '여성의 세계사적 패배'가 함의하는 진정한 뜻이다. 초기의 '동정녀 어머니'들은 잇달아 출가를 했고 씨족의 생명을 창조한 시조에게도 지아비가 생겼다. 그리하여 여와는 복희의 부인이 되었고 강원薑嫄과 간적簡狄도 제곡帝嚳의 부인이 되었다. 여기에서 드러나는 것은 여성 왕국의 몰락과 부계 문명 건설의 전형성이다. 달로 도망간 상아嫦娥의 신화는 부권의 위엄에 쫓겨난 여성들의 심리를 집중적으로 보여주고 있다. 만약 달 속의 두꺼비와 토끼 토템이 여성 왕국의 위풍당당한 존엄을 상징한다면 달로 도망간 상아의 신화는 잃어버린 여성세계에 대한 유장하고 처량한 과거사다.

『회남자』「남명훈覽冥訓」에 "예가 서왕모에게 불사약을 청하였는데 항아가 훔쳐먹고 혼자 달로 날아가 후회와 슬픔에 잠겨 견딜 수 없었다羿請不死之藥於西王母, 姮娥竊以奔月, 悵然有喪, 無以續之"라는 내용이 있다. 장형張衡의 『영헌靈憲』에서는 "예가 불사약을 서왕모에게 청하였는데 항아가 그것을 훔쳐 달로 도망쳤다. 항아는 도망길에 유황에게 점을 쳤는데 유황이 말했다. 길하다! 홀로 사뿐사뿐 서쪽으로 날아가라. 날이 어두워져도 놀라거나 두려워하지 마라. 훗날 크게 번창할 것이다. 그리하여 항아는 달에 머물게 되었다羿請無死之藥於西王母, 姮娥竊之以奔月. 將往, 枚筮之於有黃, 有黃筮之曰：吉, 翩翩歸妹, 獨將西行. 逢天晦芒, 毋驚毋恐, 後其大昌. 姮娥遂托身於月"라고 기술하고 있다.

이 두 신화는 상아가 달로 도망친 것은 어쩔 수 없는 선택이었다는 점을 암시하고 있다. '실망하고 낙담하였다悵然有喪'는 것은 그녀가 모계사회를 상실한 후 가지게 된 솔직한 심리상태를 전형적으로 표현한 것이다. '놀라지도 두려워하지도 마라毋驚毋恐'는 무당 유황의 말을 통해 항아의 당시 심정이 얼마나 참담하고 상심했는지를 알 수 있다. 이로 인해 후대의 시인들은 상아의 이야기를 빌어 고통스럽게 방황하는 심정을 표현했다. 이백李白은 "흰 토끼는 사철 약 방아 찧느라, 외로운 항아는 뉘와 이웃 하는가白兔擣藥秋復春, 姮娥孤棲與誰隣"라고 했다.「파주문월(把酒問月)」 이상은李商隱은 "운모로 만든 병풍 둘러치고 촛불 그림자 그윽한데, 은하수 점점 기울고 새벽 별 숨는구나. 항아는 응당 영약을 훔친 것을 후회하리니, 바다처럼 푸른 하늘 보며 밤마다 수심에 잠기리雲母屏風燭影深, 長河漸落曉星沉. 嫦娥應悔偸靈藥, 碧海青天夜夜心"라고 하였다.『한시작가작품사전』, 국학자료원, 2007 여기에서 말하는 상아가 여와라는 사실을 언급해야 할 필요가 있다. 하신何新은 "嫦사람이름 왜의 방 呂입비뚤어질괘는 고운古韻에서 我나아, 娥예쁠아와 같은 부部인 가歌부에 속했다. 媧와 娥는 첩운으로 대전對轉하고 통용할 수 있다. 그래서 여와는 여아女娥, 다시 말해 상아다"[6]라고 했다. 그러나 여와에서 상아로의 변화는 음운상의 변화만이 아니라 세상을 창조한 여신에서 쓸쓸하고 처량한 달 속의 상아, 모계사회에서 부계사회로 변화하는 과정에서 생겨난 여성들의 비극적인 운명에 대한 초상이다. 신기질辛棄疾은 "옛부터 미인은 박명하였으니 한 조각 상심한 달이 있었다自昔佳人多薄命,對古來一片傷心月"고 하였다『하신랑(賀新郎)』. 하늘과 미인, 달과 상심한 마음, 이 주제는 모계사회를 잃어버린 원시 심상을 자극하고 여성을 상징하는 달의 오랜 원형과 닿아 있다. '달―여성'의 원형에는 생명을 숭배하는 모계사회의 조화로움과 따스했던 옛일에 대한 기록, 여권女權을 상실한 후 무기력하게 방황하는 아픈 기억이 있다.

그런데 여성 왕국이 몰락하면서 여성 문화까지 사라진 것은 결코 아니다. 오히려 반대로 부계사회가 형성된 후 날로 극심해지는 대립, 충돌, 갈등, 약탈, 전쟁, 살육으로 인해 피폐해진 문명인들은 모계사회의 평온함과 조화로움을 그리워하게 되었다. 사람들은 정치적으로는 끊임없이 아버지의 뜻을 강화하며 아버지를 상징하는 태양신의 지위를 부각시키지만, 정신적으로는 옛 고향을 그리워하며 평온하고 조화로운 달과 같은 정신문화를 추구하게 되었다. 이로써 모성 회복은 중요한 문화적 테마가 되었다. 이점은 중국에서 더욱 분명하게 나타난다. 혹자는 "중국의 미감美感은 일종의 여성 콤플렉스를 특징으로 하는 심층 구조를 가지고 있다. 좀 더 구

---

6 何新,『中國遠古新話與歷史』, 哈爾濱 : 黑龍江教育出版社, 1988, p.75.

체적으로 표현하면, 우리는 중국 미적 감각의 심층 구조 안에서 여성적 매력으로 충만한 '영원한 미소'를 쉽게 체험할 수 있다"[7]라고 했다. 확실히 중국문화는 고요하고 신비한 여성의 지혜, 담박하고 세속적이지 않은 온화한 미학을 추종하고 찬양해 왔다. 유가 철학에서 말하는 "큰 도가 행하면 천하가 공평하고 어질고 능력 있는 사람을 선발하고 신의와 화목을 갈고 닦는다大道之行也, 天下爲公, 選賢與能, 講信修睦"고 하는 대동의 경계, 도가의 이상 속에 있는 "편안하게 누워 자고, 일어나서는 유유자적한다. 백성들은 자기의 어머니는 알아도 아버지는 모른다. 고라니와 함께 살며 농사를 지어 밥을 먹고 길쌈을 하여 옷을 지어 입는다臥則居居, 起則於於, 民知其母, 不知其父, 與麋鹿共處, 耕而食, 織而衣"고 하는 고대의 생활 풍속 등 모계사회의 원형에서 이미지를 가져오지 않는 것이 없다.

여성은 달의 영혼이며 달은 여성의 시적 상징이다. 중국문화에서는 복잡함에서 단순함으로, 창조에서 부활로, 충돌에서 조화로, 순간에서 영원으로 돌아가는 강렬한 모성회귀의 소망을 나타내기 위해 달을 예술형식으로 선택했다. 따라서 중국 달문화에 담긴 원시 심상을 파악하기 위해서는 달이 내포하는 여성과 모성 콤플렉스를 분석해야 한다. 어머니와 여성세계의 원형에서 출발함으로써 달이 기본적으로 가지고 있는 상징적 의미와 파생된 문화적 의미를 파악할 수 있다.

달의 상징적 의미 가운데 하나는 어머니와 여성이다. 이로써 여성 숭배의 생명 의미, 모계사회의 안정과 조화를 나타내면서 여성세계의 좌절과 슬픔을 표현해냈다.

---

7   潘知常, 『衆妙之門－中國美感的深層結構』, 鄭州 : 黃河文藝出版社, 1989, p.126.

달의 두 번째 상징적 의미는 운동성과 항구성이다. 달은 어두워졌다 밝아졌다, 기울었다, 차올랐다를 주기적으로 반복한다. 그래서 사람들은 달을 바라보며 생생불기生生不已의 철학정신을 찬송하게 된다. 달은 거대한 우주와 영원에 대한 사유와 탐구정신을 일깨우고 인생에 대한 경외와 감탄을 불러온다.

달은 위와 같은 세가지 기본 상징 의미를 바탕으로 또 다른 상징 의미들을 파생해냈다. 파생된 상징 의미 가운데 하나는 아름다움에 대한 상징이다. 달은 시화詩化된 여성으로서 완곡하고 은근한, 세속적이지 않고 담박한 여성미학의 스타일을 가지고 있다. 『시경』은 "밝은 달 떠오르고 고운 님 아름다워라月出皎兮, 佼人僚兮"라고 노래했고「진풍」「월출」에 위장韋莊은 "술 긷는 여인이 달처럼 아름답다爐邊人似月"『보살만(菩薩蠻)』고 노래했다. 달은 조화롭고 부드러운 미학의 빛을 한순간도 쉬지 않고 밝혀 왔다. 달이 아름다움을 대변하고 사랑을 대변하기 때문에 사랑도 늘 달의 상징 의미와 결부된다.

달의 두 번째 파생적 상징 의미는 고독과 좌절이다. 달은 슬픔과 우울의 여성적 정서를 나타낸다. 이로 인해 달은 실의에 빠진 사람을 상징하기도 한다. 중국 사대부들은 속절없이 좌절하고 방황할 때 달을 벗삼아 스스로를 위안했다. 이를 통해 또 달은 사대부의 고독한 마음이 되기도 했다.

달의 세 번째 파생적 상징 의미는 조화롭고 평온한 중국적 지혜, 군중과 세속을 초월하여 호방하고 표일한 사대부의 풍모이다. 『화엄경』에서는 밝은 달은 하나이지만 서로 다른 영혼을 비추면서 서로 다른 세계를 가지게 된다는 '월인만천'을 이야기한다. 선가禪家에서는 달을 통해 선을 깨닫고 달을 통해 도를 증명한다. 당대의 선사 현각이 저술한 『영가증도가永

嘉證道歌』에서는 "하나의 성품이 모든 성품에 통하고 하나의 법이 모든 법을 아우른다. 하나의 달이 모든 물에 비치고 물 위에 뜬 모든 달이 하나의 달이다"[8]라고 했다. 달빛 속에 본성과 불성이 담겨 있고 깊은 사유가 담겨 있다. 주희朱熹는 '월인만천'을 통해 '이일분수理一分殊'의 철학적 깨달음을 얻었다. "그 근본에서 말단까지 하나의 이치가 있고 만물이 그것을 나누어 가지니 만물 속에는 각각의 태극이 있다. (…중략…) 하늘에 뜬 달은 강과 호수 곳곳에 흩어져 어디서든 볼 수 있지만 그 달을 여러 개로 나뉘어져 있다고 말할 수 없는 것과 같다自其本而之末, 則一理之實. 而萬物分之以爲體, 故萬物之中各有一太極. (…중략…) 如月在天, 只一而已, 及散在江湖, 則隨處而見, 不可謂月已分也 "[9] 달은 예술의 세계에서뿐만 아니라 사상의 세계에서도 밝게 빛난다.

달은 영원을 상징하고 자연을 상징한다. 그리하여 사람들은 달을 통해 영원과 존재를 추구하게 되었다. 중국인들은 산과 물을 빌어 감정을 표현하고, 유유자적 은둔생활을 하면서 달과 바람을 음유하는 풍류를 보여줬다. 달은 중국의 철학과 예술, 심리학에 이르기까지 모든 문화적 영역을 아우르고 이어준다.

---

8 『中國佛敎思想資料選遍』第二卷 第四冊, 北京 : 中華書局, 1983, p.145. "一法遍含一切法. 一月普現一切水, 一切水月一月攝, 一性圓通一切性."
9 朱熹, 『朱文公文集』 「答劉子澄書」 卷三十五, 四部叢刊本, p.19.

3. 달 본체와 중국철학 및 지혜의 상징

중국인의 영적세계는 두 개의 서로 다른 달이 비추고 있다. 하나는 신화와 관념 속의 달로서 신화 속 달은 시화詩化된 달이다. 세속을 초월한 담박하고 고요한 달은 중국 고전예술에 심오한 상징과 깨달음을 부여했다. 또 하나의 달은 과학적인 달 그 자체이다. 차올랐다, 이지러지고 어두워졌다 밝아지는 달의 변화는 중국의 과학과 철학적 지혜를 일깨웠다.

사람들은 일반적으로 과학을 순수하게 객관적인 인식과 발견이라고 생각하지만 사실상 한 민족의 과학의식은 문화의식의 제약을 받고 과학적 경향은 문화적 경향을 반영한다. 중국 고대역법에서 널리 사용됐던 농사력음양력은 차고 기우는 달의 변화를 기반으로 하는 동시에 계절과 절기까지 고려했다. 이것이 『여씨춘추』「귀인편」에서 말하는 "천문을 관측하는 자가 뭇 별들의 움직임을 보고 사시를 아는 것은 순응하기 때문이다. 역법을 계산하는 자가 달의 움직임을 보고 그믐날과 초하루를 아는 것은 순응하기 때문이다夫審天者, 察列星而知四時, 因也; 推歷者, 視月行而知晦朔, 因也"라고 했다. 이러한 역법은 습관적으로 음력으로 불려졌는데 수천 년 동안 잘못 전해 내려온 말이 아니라 시간을 구분하는 달의 기능을 반영하고 있다. 달의 변화는 사람들이 시간의 변화를 확인하는 중요한 방법으로 사용되어 왔다. 왕국유王國維는 「생패사패고生霸死霸考」에서 "옛 사람들은 한 달을 네 개의 단락으로 나누었다. 첫째는 1일에서 7, 8일까지의 초길初吉, 둘째는 8, 9일에서 14, 15일까지의 생패生霸, 셋째는 15, 16일에서 12, 23일까지의 기망既望, 넷째는 23일 이후에서 그믐까지의 사패死霸다古者蓋分一月之日爲四分: 一曰初吉, 謂自一日至七, 八日也. 二曰既生霸, 謂自八, 九日以降至十四, 五日也. 三曰既望, 謂自十

五六日以後至二十二三日; 四曰既死霸, 謂自二十三日以後至於晦也"**10**라고 했다. 사람들은 하늘의 달을 보고 시간과 열두 달을 구분했다. 달은 창공에 매달린 달력이었고 크고 둥근 시계였다. 이 커다란 시계는 한 달을 여섯 개의 시기로 나누었다.

식朔 : 매월 초하루, 『설문해자』에서는 "달은 초하룻날 비로소 되살아난다月, 一日始蘇也"라고 풀이한다. 중국 고대역법에서는 삭일을 중시하는데 서주시대에는 국왕이 매월 초하룻날에 사당에서 제를 올리고 밝은 달의 부활을 경축했다.

비朏 : 신월 이후 세 번째 날, 빛이 가득 차지 않은 달. 『설문해자』에서는 "달이 차지 않은 빛 月未盛之明"이라고 풀이한다. 月과 出로 구성되어 있는데 달이 곧 나온다는 의미다.

명明 : 『설문해자』에서는 "비춘다는 뜻이다. 月과 囧으로 이루어진다. (…중략..) 옛글에서는 朙를 썼으며 日로 이루어진다. 照也. 從月從囧. (…中略…) 古文朙, 從日"라고 풀이한다. 囧경은 窓창이고, 일월日月이 서로 비추는 것이 明이다.

망望 : 15일, 만월. 『설문해자』에서는 "달이 가득차면 해와 서로 바라보니 군주를 바라보는 것과 같다月滿與日相望以朝君也"라고 풀이한다.

---

10 王國維, 『觀堂集林』卷一, 『王國維遺書』(一), 上海 : 上海書店出版社, 1983, p.35.

백백魄 : 16일 이후 생기는 그림자. 『설문해자』에서는 "음의 신이다. 옛글에서
　　는 霸를 썼다陰神也, 古文霸"라고 풀이한다.

회晦 : 달의 마지막 날. 『설문해자』에서는 "달이 사라진다月盡也"라고 풀이한다.

차올랐다 기울고 어두워졌다 다시 밝아지는 달은 중국인들의 시간 관
념을 반영하고 있다. 시간의 움직임을 확인하기 위한 수단으로 달을 선택
한 것은 달이 시간의 눈금을 보여주는 유일한 척도여서가 아니다. 달의 과
학적 원리에 달을 바라보는 중국인들의 정서가 투영되었기 때문이다.

하이데거Heidegger가 추종한 시인 릴케R. M. Rilke는 한 서신에서 "달처럼
우리의 생명도 언제나 뒤돌아선 채 걸어가는 한쪽 면이 있다. 그러나 그
한쪽 면은 생명의 대립면이 아니다. 그것은 만월을 향한 완성, 풍요를 위
한 완성, 진실되고 온전하고 완전한 존재의 영역을 향해가는 완성이다"[11]
라고 했다. 달이 밝아졌다, 어두워졌다, 차올랐다 기울었다, 끊임없이 순
환하는 현상은 중국철학에서 끊임없이 새롭게 태어나는 생생불기生生不己
의 생명정신, 고요하고 신비한 지혜와 품격에도 영향을 미쳤다.

엘리아데Mircea Eliade는 『영원회귀의 신화Le Mythe de l'eternel retour』에서
이렇게 말했다. "달은 가장 먼저 죽지만 가장 먼저 부활하기도 한다. 사망
과 부활, 탄생, 재생, 발단 등 관련 이론을 이야기할 때 우리는 어디에서건
달의 신화가 중요한 지위를 차지하고 있다는 사실을 알아차릴 수 있다. 여
기에서 시간을 '도량'하기 위해 달을 사용한다는 데 생각이 미친다면, 달

---

11 成窮 外譯, 『海德格爾詩學文集』, 武漢 : 華中師範大學出版社, 1992, p.114.

이 '영속적 순환과 반복'을 함께 설명하고 있다는 사실까지도 알게 된다. 차올랐다 이지러지고 다시 사흘 간의 암흑을 거친 후에 부활하는 달의 변화는 주기를 연구하는 데 있어 매우 중요하다. (…중략…) 달의 규칙적인 변화는 짧은 시간 단위일주일,한달등를 만들 수도 있고 더 긴 시간으로도 확장할 수 있다. 사실상 인간의 출생, 성장, 노화, 사망도 달의 주기와 유사하다. 이러한 유사성이 중요한 것은 우리가 우주를 이해할 때 '달'의 구조를 바탕으로 하는 것이 합당하고 또 이를 통해 낙관적인 추론을 할 수도 있기 때문이다. 달의 소멸은 그 뒤를 이어 새로운 달이 나타나서 절대적인 최후가 아닌 것처럼 사람의 죽음도 최종적인 끝이 아니다."[12]

달이 암시하는 불사의 생명정신은 "상아는 예의 부인인데 서왕모의 불사약을 훔쳐 먹은 후 달로 도망갔다嫦娥, 羿妻也, 竊西王母不死藥服之, 奔月"는 월궁신화에서도 드러난다.[13] 또 끊임없이 되살아나는 계수나무 이야기에서도 죽지 않는 달의 생명정신을 확인할 수 있다. "옛날에는 달 속에 계수나무와 두꺼비가 있다고 했다. 『유양잡조』「천지」에도 달 속에 높이가 오백장이나 되는 계수나무가 있다는 이야기가 있다. 오강吳剛이라고 하는 서하 사람이 계수나무를 패고 있는데 계수나무는 패고 패도 다시 붙어버렸다. 오강은 선도를 배우던 중 죄를 지어서 계수나무 패는 벌을 받고 있다."[14] 두 개의 신화에서 상아는 달로 도망칠 때 '불사약'을 훔쳤고, 오강이 패고 있는 계수나무는 '패도 패도 다시 붙어버리는' 기이한 힘을 가지고 있다는 점에 주의를 기울여야 한다. 달이 가진 불사의 생명력을 보여주는 것은 아닐까?

---

12 潘知常, 『眾妙之門－中國美感的深層結構』, 鄭州 : 黃河文藝出版社, pp.267~268.

13 嚴可均, 『全上古三代秦漢三國六朝文』 輯張衡 「靈憲」.

14 段成式, 『酉陽雜組』 「天咫」. "舊言月中有桂, 有蟾蜍. 故異書言, 月桂高五百丈, 下有一人, 常斫之, 樹創隨合. 人姓吳, 名剛, 西河人, 學仙有過, 謫令伐樹."

다시 중국 전통철학으로 화제를 돌리면, 중국철학에서 말하는 궁하면 변화를 도모하고 죽으면 다시 태어나는 우주와 생명의 순환, 낙관적이고 호방한 삶의 태도를 아는 중국인의 지혜, 이 모두가 달이 알려준 '낙관적 추론'이 아닐까? 『역경』「태」의 효사에는 "평탄하면서 비탈지지 않은 것이 없고 한번 가서 되돌아오지 않는 것이 없다無平不陂, 無往不復"라는 말이 있고, 『역경』「복」의 효사에는 "도를 반복하니 7일 만에 돌아온다反復其道, 七日來復"라는 말이 있다. 인류사회와 자연계는 반복적으로 순환하는 생명 규칙이 존재한다. 이 무한한 변화의 원리는 유가 철학과 도가 철학 모두에서 나타나고 있다. 아래는 『논어』「자한」편에 실려 있는 공자님의 말씀이다.

> 공자께서 물가에서 말씀하시기를, "가는 것이 이와 같이 밤낮을 가리지 않는구나"라고 하셨다.
>
> 子在川上曰, 逝者如斯夫, 不舍晝夜.
>
> ─「자한(子罕)」

시간과 사물이 거대한 물줄기와 같이 끊임없이 내달리며 운행한다는 의미다. 이와 관련하여 도가의 표현은 더 분명하고 확실하다. 노자는 "돌아오는 것이 도의 움직임이다", "손해가 이익이 되기도 하고 이익이 손해가 되기도 한다"[15]라고 했다. 또 장자는 "만물의 생성은 달리는 말처럼 변화한다. 변화하지 않는 것은 없고 변화하지 않는 때도 없다", "만물의 변

---

15 『老子』「四十二章」. "反者道之動", "物或損之而益或益之而損."

화는 곧고 굽은 모양의 차이가 있고 성하고 쇠하는 단계가 있는데 그것이 변화의 흐름이다"[16]라고 하였다. 여기에는 달의 원형이 등장하지 않지만 '달의 낙관적 추론'과 같은 철학정신을 느낄 수 있다. 또 불교가 깊이를 더해감에 따라 중국철학도 언어 형식을 벗어나 선종의 깨달음으로 나아갔고 달은 중국철학자들이 즐겨 사용하는 상징 형식이 되었다.

"달은 천 갈래의 강물 위에 떠있고 집집마다 부처가 있다."[17] 선종 철학은 달의 심상이 빈번하게 등장한다. 선가는 전통적으로 달을 비유에 사용했다. "달빛이 흐르고 맑고 깊은 그림자가 드리운다. 물은 달을 가두지 않고 달은 구분하여 비추지 않는다. 물은 달을 잊었고 달은 물을 잊었다寶月流輝, 澄潭布影. 水無蘸月之意, 月無分照之心. 水月兩忘, 方可稱斷"『오등회원(五等會元)』, p.890. 이와 같이 달의 경계와 선의 경계, 사물의 경계와 마음의 경계가 혼연일체가 되어 서로를 망각한 가운데 화합하고, 화합하는 가운데 하나가 되었다. 불가의 고승들이 지은 경전과 시문에서도『수월제지월록水月齋誌月錄』, 『선월집禪月集』 등과 같이 제목에 달을 즐겨 사용했는데 달에서 얻은 소중한 깨달음을 연상시킨다.

"봄날의 달빛과 개구리 울음소리가 건곤을 깨뜨리고 일가가 된다春天月色一聲蛙, 撞破乾坤共一家"『오등회원』, p.1350. 달로 선을 비유하고 선으로 도를 깨닫는다. 다음과 같이 최소 몇 가지 측면에서 의미가 있다.

---

16 『莊子』「天道」. "物之生也, 若驟若馳, 無動而不變, 無時而不移", "萬物化作, 萌區有狀, 盛衰之殺, 變化之流也."
17 『五燈會元』卷十四, 蘇淵雷 點效, 北京 : 中華書局, 1984, p.861. "月印千江水, 門門盡有僧."

1) 영원한 존재에 대한 신비로운 사색

산이 산이 아닌데 물이라 하여 어찌 다르겠는가? 산천과 대지가 다 하나의
달이다.

見山不是山, 見水何曾別? 山河與大地都是一輪月.

— 『오등회원』, p.696

달의 심상은 영속적인 역사를 상징하고 만물이 어우러지는 물아합일物
我合一의 차별 없는 경지를 상징한다. 달빛은 모든 것을 수용하고 변화하지
않는 영속적인 존재를 느끼게 한다. 선가는 달빛에서 깨달음의 계시를 받
았다. 깨달음에 대한 녹문처진鹿門處眞의 송가를 살펴보자.

고요하고 찬란한 빛, 찾으려 해도 보이지 않는다. 문득 마음이 크게 열리니,
마침내 큰일이 이루어진다. 실로 기쁘고 생생하고 얽매임이 없으니 만냥의 황
금으로도 바꾸지 않는다. 천명의 성인이 나오더라도 언제나 깊은 그림자에서
나온다.

一片凝然光燦爛, 擬意追尋卒難見. 瞥然撞著豁人情, 大事分明總成辦. 實快活,
無系絆, 萬兩黃金終不換. 任他千聖出頭來, 總是向渠影中現.

— 『오등회원』, p.818

세속을 초월하여 자유로운 삶과 사유는 고요하고 찬란한 달빛에서 나
오고 영원 속에서 영혼의 자유와 기쁨을 얻는다. 쌍령화雙齡化 선사는 "취
죽과 황화는 외경이 아니오, 백운과 명월은 모두 참됨이라. 모든 것이 내

안에 있어, 손으로 꺼내보니 티끌이 아니다翠竹黃花非外境, 白雲明月露全眞. 頭頭盡
是吾家物, 信手拈來不是塵『오등회원』, p.113라고 노래했다. 선가는 그들의 철학이
"흰구름과 밝은 달이 보여주는 진리白雲明月露全眞"에서 얻은 깨달음을 승화
했다는 사실을 전혀 부인하지 않는다. 달은 철학에서도 다 표현하지 못하
는 무한한 영속의 의미를 담고 있다.

2) 마음을 정화하는 맑고 고요한 영적 체험

> 만고에 물은 푸르고 달은 공중에 걸려 있다. 물에 비친 달을 거듭거듭 건져올
> 리면 그 시원을 알게 되리니.
>
> 萬古碧潭空界月, 再三撈漉始應知.
>
> ―『오등회원』, p.684

세속에 태연자약하고 무위자연하는 선가禪家의 주장과 시인이 노래하
는 맑고 텅빈 심상이 맞물려 맑고 고요한 영적 체험을 불러 일으킨다. 선
종의 철인들은 밝고 환한 내면을 바탕으로 깨달음을 구했는데 그들의 마
음속에는 언제나 선정의 기쁨과 평온을 주는 고요한 달빛이 가득했다. 선
가에서는 달을 마음에 즐겨 비유했다.

당나라 시승詩僧 한산寒山은 이렇게 노래했다. "내 마음은 가을 달과 같
고, 푸른 연못처럼 맑고 깨끗하다. 이 마음 견줄 데 없으니 어찌 말로 할까
吾心似秋月, 碧潭淸皎潔, 無物堪比倫, 敎我如何說", "뭇 별들 펼쳐져 있어 밤은 밝고
깊은데, 바위 위 점 찍은 듯 외로운 등불인 달은 아직지지 않았구나. 문지
르지 않고도 둥글고 가득한 아름다운 달빛은, 푸른 하늘에 걸려 있는 나의

마음이라네翠星羅列夜明深, 巖點孤燈月未沈. 圓滿光華不磨瑩, 掛在靑天是我心."「시삼백삼수
(詩三百三首)」

　교연皎然도 이렇게 노래했다. "지난 이별 이후 가을바람이 불어온다. 초
산 위에 홀로 앉아 굽어보니 온통 푸른빛이다. 밝은 달은 맑고 고요한데
텅빈 선심은 거리낌이 없다別來秋風至, 獨坐楚山碧. 高月當淸冥, 禪心正寂歷."「답두노차
방(荅豆盧次方)」 "헤어지고서 가을 바람 이르니, 홀로 푸른 초산에 앉았다네.
맑고 고요함에 달 높게 뜨니, 선심도 막 고요해지네夜夜池上觀, 禪心坐月邊. 虛無
色可取, 皎潔意難傳. 若向空心了, 長如影正圓."「남지잡영5수(南池雜詠五首)」「수월(水月)」

　위 시들에서 달은 선심禪心이 충만한 맑고 깨끗한 마음을 상징한다. 선
가의 시인들은 선적인 정취가 가득한 달과 마음의 비유를 통해 소란하고
복잡한 진세를 초월하여 마음을 정화하고 고요한 영혼의 세계로 걸어 들
어갔다. 그리하여 밝고 고요한 영적 체험을 통해 작품의 예술적 경계에 도
달하는 성취를 이루었다.

3) 삶의 즐거움에 대한 선문답식 깨달음

　　가는 곳마다 꽃비가 내리고 지팡이 짚는 곳마다 샘물이 솟아오른다.
　　오늘밤 소나무에 걸린 달 아래서 문을 걸어 잠그고 고요히 선을 닦는다.[18]

　선종 철학은 명리를 추구하는 세속적인 삶을 벌하고 경멸하면서도 염
세적이지 않다. 선가는 유유자적 깨달음을 추구하는 생활을 찬미한다. 이

---

18 郎士元,「送大德講時河東徐明府招」. "到處花爲雨, 行時杖出泉. 今宵松月下, 門閉想安
禪."

러한 삶의 즐거움을 표현할 때 달을 즐겨 사용하는데 늑담영철泐潭靈澄의
시 「서래의송西來意頌」을 살펴보자.

因僧問我西來意　　승僧이 나에게 서쪽에서 온 뜻을 묻는다면,

我話居山七八年　　나는 산에서 칠팔 년을 머물렀다 말하리라.

草履只裁三個耳　　소박한 짚신을 신었고

麻衣曾補兩番肩　　어깨를 두 번 기운 베옷을 입었다.

東庵每見西庵雪　　동암에는 언제나 서암의 눈이 보였고,

下澗長流上澗泉　　골짜기 아래는 골짜기 위에서 샘물이 흘러왔다.

半夜白雲消散後　　한 밤에 흰 구름이 흩어지면

一輪明月到床前　　밝은 달이 머리맡에 이르렀다.

— 『오등회원』, p.972

명리를 뒤쫓는 현실은 유유자적하는 안빈낙도로 대체되었다. 머리맡으
로 찾아든 명월은 선가의 즐거움을 표현한 것인데 유사한 예들이 많다.

千尺絲綸直下垂　　천 척 낚싯줄 아래로 곧게 드리우니,

一波才動萬波隨　　하나의 물결에 만 개의 물결이 흔들리네.

夜靜水寒魚不食　　고요한 밤 물은 차고 고기는 물지 않으니,

滿船空載月明歸　　빈 배 가득 밝은 달빛을 채우고 돌아온다.

— 『오등회원』, 275쪽

懸崖撒手任縱橫　　벼랑 옆에서 손을 놓고 종횡무진 자유롭게 오가네.

大地虛空自坦平	텅 빈 대지는 본시 평평했고
照壑輝岩不借月	환한 골짜기와 빛나는 봉우리는 달빛을 빌리지 않네.
庵頭別有一簾明	암자의 달이 유달리 환하네.

―『오등회원』, 897쪽

인생의 성공과 출세가 가지는 의미는 철저하게 버려지고 지붕 위의 밝은 달 하나만 남았다. 낚시를 해도 고기를 낚는 데는 관심이 없다. 맑은 강바람과 밝은 달빛만 있으면 족하다. 선가는 달의 심상에서 삶의 즐거움에 대한 깨달음과 선문답을 구한다. 달은 침묵하는 철학자처럼 자유롭고 초연하게 우리를 지혜와 품격이 있는 사유의 세계로 이끌고 간다.

4. 달의 원형과 고전적 의경意境의 창조

중국문화에서 달의 원형이 가장 크게 영향을 미친 분야는 고전의 예술적 심상이다. 한 민족의 심미적 상징 형식의 선택은 심미적 경향을 보여준다. 전통미학의 충담沖淡과 고고高古, 풍류風流와 온자蘊藉를 통해 달의 아름다운 자태와 고상한 기품, 달의 신비한 분위기를 느낄 수 있다. 이러한 심미적 경계에서 달빛정신은 중국 고대미학의 전형을 보여준다. 명나라 사람 장대복張大復은 『매화초당필담梅花草堂筆談』에서 다음과 같이 말했다.

소무제邵茂齊가 "천상의 달빛이 세상을 움직일 수 있다"고 했는데 과연 그러하다. 산과 돌과 물, 절과 정원들, 집과 나무들. 평범한 일상의 경물도 달빛이 드리우면 깊고 맑아진다. 황금과 벽록의 빛깔도 달빛 아래서 더욱 순수해진다. 파리한 얼굴은 달빛 아래 기묘해진다. 옅고 짙은 빛의 농담은 그대로 그림이 되어 천태만상으로 변화한다. 산천과 대지도 태곳적처럼 개가 짖고 소나무가 일렁인다. 산골짜기보다 더 깊은 곳에 풀이 자라고 나무가 자란다. 사람들은 달빛 아래 한가롭다. 오늘밤 엄숙항嚴叔向이 절집에 자리를 마련했다. 마당으로 나가니 그윽한 달빛이 사랑스럽다. 아침에 보면 여기저기 술잔과 그릇이 흩어져 있고 기와 조각과 돌멩이뿐이리.

邵茂齊有言,"天上月色, 能移世界"果然, 故夫山石泉澗, 梵刹園亭, 屋廬竹樹, 種種常見之物, 月照之則深, 蒙之則淨. 金碧之彩, 披之則醇. 慘悴之容, 承之則奇. 淺深濃淡之色, 按之望之, 則屢易而不可了. 以至河山大地, 邈若皇古. 犬吠松濤, 遠於嚴穀. 草生木長, 閑如坐臥. 人在月下, 亦嘗忘我之爲我也. 今夜嚴叔向置酒破山僧舍, 起步庭中, 幽華可愛. 旦視之, 醬盎紛然, 瓦石布地而已.

중국문인들의 예술관 속에서 달은 그렇게도 신비한 예술가였다. 햇빛 아래 숨김없이 드러나는 집과 나무들, 기와조각과 돌멩이들도 달빛이 씻어내리면 순식간에 맑고 그윽해진다. 종백화宗白華 선생은 장대복의 이 글을 인용하면서 "달은 정말 위대한 예술가다. 눈 깜짝할 사이에 우리 대신 세상을 바꿔 놓았다. 아름다운 이미지가 눈 앞에 펼쳐진다"[19]라고 극찬했다. "천상의 달이 세상을 움직일 수 있다"는 예술적 사유는 우리들에게 의미 있는 사색거리를 던졌다. 달빛은 어떻게 이 현실세계를 바꿀 수 있었을까? 신비하고 몽롱한 달빛은 어떻게 아름다움의 경계를 창조해 낼 수 있었을까?

---

19 宗白華,『美學散步』, 上海 : 上海人民出版社, 1981, p.7.

첫째, 달은 상징 형식으로서 거대한 우주관과 역사관을 환기시키고 삶에 대한 감탄과 오래된 태곳적 문화의 원시 심상을 불러일으킨다. 그래서 달의 심상은 언제나 황량하고 드넓은 우주 공간, 거대하고 비장한 물음, 웅장하고 고풍스러운 예술적 경계와 함께 나타난다. 달은 중국문화에서 두 가지 전통을 가지고 있다. 하나는 역사적 전통이며 다른 하나는 심미적 전통이다. 달의 역사적 전통은 달의 심상을 이용해 오래전에 사라져버린 모계사회의 흔적을 기록하고 모성의 따뜻함을 회복하고자 하는 문화 테마를 반영하고 있다. 이로 인해 시의 왕국에 달이 떠오를 때마다 오래된 원시세계의 메아리가 울려 퍼지고 사람들에게 긴긴 밤을 지샌 뜨거운 힘이 소환된다.

달의 역사적 전통은 달의 심미적 성격을 만들어냈다. 시적 운율과 감각이 넘치는 『주역』 효사爻辭에서 처량한 옛 달에 대한 노래가 시작되었다. 『역경』 「중부」의 효사에 있는 "월기망月幾望 마필망馬匹亡, 기망에 말이 죽는다"이라는 말이 보름달이 비추는 전쟁터의 비장함을 그리고 있다. 종백화는 『주역』 「이괘」를 논의하면서 "離떼놓을이를 明밝을명이라고 했는데 '明'의 고자古字는 변이 '月달월', 방이 '窗창창'인데 달이 창문을 비추면 '明'이다. 정말 시적인 창조다"[20]라고 했다. 『이』괘에서 드러나는 달의 심미적 성격은 일종의 미학적 관념으로 격상되었다. 그전에 이미 더 길고 오랜 역사적 과정이 있었을 것이다. 달은 『시경』의 이름없는 시인들의 손에서 가장 전형적인 서정적 심상이 되었다. 「진풍」 「월출」에서는 "달이 환하게 떠오르니 아름다운 님의 모습이 떠오르네. 아름다운 그대여, 애타는 마음이여月出皎

---

20 Ibid., p.39.

兮, 佼人僚兮. 舒窈糾兮, 勞心悄兮"라고 노래한다. 아름답고 사랑스러운 님의 모습이 밝은 달빛 아래 떠오른다. 심미적 희열과 그리움의 고통이 혼연일체를 이루고 있다. 이것이 바로 고전문학 속 전통적 심상인 월하가인月下佳人의 생생한 표현이 아닐까?

달이 문화적 전통과 심미적 전통을 동시에 가지고 있기 때문에 달의 심상은 고아한 심미적 정취와 장구한 역사적 의미를 동시에 가진다. 그래서 시인은 달빛 아래서 지난 날에 대한 그리움을 숨기지 않는다. 달은 역사의 변화를 고스란히 경험한 증인이다. 장약허張若虛는 "강빛 하늘빛 한데 어우러져 티끌 없이 곱고, 밤하늘에 걸린 외로운 달 환하게 빛나네. 강가에서 맨 처음 저 달을 본 이 누구인가. 저 달은 어느 이를 맨 처음 비추었던가? 인생은 끝도 없이 이어지고 강가에는 해마다 같은 달이 떠오르네江天一色無纖塵, 皎皎空中孤月輪. 江畔何人初見月, 江月何年初照人? 人生代代無窮已, 江月年年只相似"라고 노래했다「춘강화월야(春江花月夜)」. 이백은 "사람은 옛 달을 모르지만 달은 옛사람을 비추었다네. 예나 지금이나 다같이 달을 바라보지만 사람은 강물처럼 흘러가는 것이라네今人不見古時月, 今月曾經照古人. 古人今人若流水, 共看明月皆如此"라고 노래했다「파주문월(把酒問月)」. 원나라 야율초재耶律楚材는 "나는 한나라의 오래된 달을 사랑하네, 변함 없이 사람을 비추는 둥근 저 달我愛長天漢家月, 照人依舊一輪明"이라고 노래했다「과금산화인운(過金山和人韻)」. 이 작품들 속에서 시간을 가로질러 우주를 두루 비추는 밝은 달은 인간의 역사를 생생하게 기억하며 유한한 삶에 대한 긴 한숨을 불러온다. 달은 고요하고 영원한 존재다. 삶의 찰나성과 생명의 유한성이 문학적 테마로서 달과 함께 우주와 역사 속에 놓이게 되면 신비한 매력이 배가 된다.

달은 고요하고 영속적인 존재로서 하늘과 우주를 향한 탐구정신을 일깨

위준다. 우주에 대한 중국인의 탐구정신은 달에서 시작하는 경우가 많다. 굴원은 "달은 무슨 덕이 있어 죽었다가 다시 살아나는가?夜光何德, 死則又育?"라는 의문을 품었고 이백은 "푸른 하늘의 저 달은 언제부터 있었던가, 내 지금 술잔을 내려놓고 묻노라青天有月來幾時, 我今停杯一問之"라고 했다「파주문월(把酒問月)」. 소식蘇軾은 "밝은 달은 언제부터 있었던가, 술잔을 들고 푸른 하늘에 묻노라明月幾時有, 把酒問青天"라고 했다「수조가두(水調歌頭)」. 달은 숭고한 상징 형식으로서 인생에 대한 깊은 사유를 불러온다. 시인들이 지난날에 대한 그리움과 현실에 대한 격정을 표현할 때 달은 정령처럼 시적 심상 속에 등장한다. 다음과 같은 예들이 있다.

秦時明月漢時關	진한의 밝은 달과 요새는 의구한데
萬裏長征人未還	만리길 떠난 병사들은 돌아오지 않네.
但使龍城飛將在	용성에서 싸운 용감한 비장군만 있었다면
不叫胡馬度陰山	오랑캐의 말들이 음산을 넘어오지 못했으리

—왕창령(王昌齡), 「출새(出塞)」

我有萬古宅	내게는 아득히 먼 태고의 집이 있으니
嵩陽玉女峰	숭산 남쪽 기슭에 있는 옥녀봉이라네
長留一片月	오래도록 달 한 조각이 머물며
掛在東溪松	동쪽 시냇가 소나무에 걸려있다네

—이백(李白), 「송양산인귀숭산(送楊山人歸嵩山)」

月生西海上	달은 서쪽 바다에서 태어나

氣逐邊風壯	바람을 타고 변방으로 나아가네
萬裏度關山	만리밖 관산을 넘어가니
蒼茫非一狀	넓고 아득한 풍경 하나가 아니더라

─ 최융(崔融), 「횡취곡사(橫吹曲辭)·관산월(關山月)」

| 殘霞卷盡出東溟 | 노을이 스러지자 동쪽 바다에서 달이 떠오른다 |
| 萬古難消一片冰 | 만고의 세월에도 스러지지 않는 맑은 마음 한 조각 |

─ 장갈(章碣), 「대월(對月)」

深院靜, 小庭空	깊고 고요한 정원, 텅 비어버린 작은 정원
斷續寒砧斷續風	차가운 바람 다듬돌 소리 끊어졌다 이어졌다
無奈夜長人不寐	그리움에 잠 못드는 긴긴 밤
數聲和月到簾櫳	다듬돌 소리 멈출 줄 모르고 달빛이 창가에 어른대네

─ 이욱(李煜), 「도련자령(搗練子令)」

二十四橋仍在	24교는 아직 그대로이건만
波心蕩	물결은 마음을 흔들고
冷月無聲	차가운 달은 말이 없네

─ 강기(姜夔), 「양주만(揚州慢)」

위 시들은 각기 다른 정서를 보여주고 있지만, 달은 모두 역사적 원형
으로 등장한다. 달이 시 속으로 걸어들어가면서 시의 경계는 넓어지고 짧
은 인생의 슬픔은 희석되었다. 소리 없는 차가운 달은 구체적인 시공간의

제약을 초월한다. 그래서 그런지 시인들은 영원을 꿈꾸는 가운데 "달을 안고 오래오래 살고지抱明月而長終" 했다. 시인들은 달빛세계의 역사를 나타 내기 위해 '고월古月', '관산월關山月', '송월松月'과 같은 표현을 주로 사용 했다. 고월 아래 끝없이 자욱한 역사의 연운煙雲은 옛일을 돌이키게 한다. 깊고 적막한 새외의 산 속에서 말 없이 차가운 달은 온 세상을 쓸쓸함으로 가득 채운다. 고고한 송월은 세속에 휩쓸리지 않는 독립적인 성품을 나타 낸다. 달은 우주의 방대함과 역사의 깊이를 만들어낸다. 밝고 환한 달은 생명의 본원을 되돌아보는 노정을 밝힌다. 따스한 달빛 속에서 우리는 역 사의 갑작스러운 방문을 맞이하게 된다.

둘째, 달은 텅 빈 영혼과 투명한 공간이 있는 심미적 의경을 창조한다. 고요하게 빛나는 달빛이 시인의 영혼을 맑고 투명한 공간으로 이끌고 가 늠할 수 없는 우주 만물의 기운을 깨닫게 한다.

달이 표현하는 영혼의 텅빈 고요, 맑고 깨끗한 공간의 심미적 분위기는 중국 전통미학이 추구하는 바와 서로 맞물려 중국 예술정신의 흐름을 드 러낸다. 노자는 "허정의 극에 이르면 복잡한 만물 속에서도 근원을 볼 수 있다致虛極守靜篤. 萬物並作, 吾以觀復"[21] 라고 말했다. 또 장자는 "물이 고요하면 수염과 눈썹까지 밝게 비추고, 목수가 물바늘로 쓸 정도로 평평하다. 물도 고요하면 맑은데 하물며 정신은 어떠하겠는가. 성인의 고요한 마음은 천 지간의 귀감이고 만물의 거울이다. 허정과 고요, 무욕과 무위는 천지의 물 바늘이고 도덕의 지상이다. 그리하여 제왕과 성인이 이를 닦아야 할 것이

---

21 『老子』「第十六章」.

제2장_중국의 달과 그 예술적 상징   99

다"[22]라고 했다. 고대 철학자들은 고요한 응시 속에서 속세의 잡념과 욕망을 비우고 근심걱정 없이 소요하는 자유정신의 세계로 들어갔다. 이러한 철학적 사고는 문학 이론가들에게서 "글을 구상할 때는 허정이 중요하다. 마음을 비우고 정신을 눈처럼 깨끗하게 해야 한다"[23] 하는 심미적 지향점이 되었다. 이러한 예술적 경계는 담담하고 순결한 달빛 속에서 아낌없이 드러난다.

사람들은 달이 뜨면 잠자리에 들고 해가 뜨면 세상을 바꾸는 일들을 한다. 이로 인해 해와 달은 서로 다른 의미를 부여받게 되었다. 해는 진실과 운동을 상징하고 달은 고요와 초탈을 상징한다. 태양신 아래서 물질세계를 바꾸는 일들이 중단되면 고요한 달빛 아래서 살그머니 예술적 창조가 시작된다. 또 달은 문화적으로 부드러움의 미학을 의미한다. 중국 미학에서 부드럽고 우아한 달의 의경은 달의 원형을 바탕으로 포착하기 어려운 심미적 특징을 표현한다.

왕유王維는 『죽리관竹裏館』에서 "그윽한 대숲에서 홀로 거문고를 타다가 길게 읊조리네. 아는 이 없는 깊은 숲, 밝은 달이 찾아와 비추네獨坐幽篁裏, 彈琴復長嘯. 深林人不知, 明月來相照"라고 노래했다. 달빛이 고요하고 자유로운 정신적 경계를 강조하고 있다. 쓸쓸한 마음에 세속을 벗어난 고요한 범음梵音이 내려 앉는다. 예술적 관조 속에서 달은 마음의 허정을 표현한다. 맹호연孟浩然은 「숙업사산방기정대부지宿業師山房期丁大不至」에서 "소나무에 걸린 달 서늘한 밤 기운 뿌리고, 바람소리 물소리 맑게 울려 퍼진다松月生夜涼,

---

22　『莊子』「天道」. "水靜則明燭鬚眉, 平中準, 大匠取法焉. 水靜伏明, 而況精神. 聖人之心, 靜, 天地之鑒也, 萬物之鏡也. 夫虛靜恬淡寂漠無爲者, 天地之平而道德之至, 故帝王聖人休焉."

23　『文心雕龍』「神思」. "是以陶鈞文思, 貴在虛靜, 疏瀹五藏, 澡雪精神."

風泉滿淸聽"라고 노래했다. 초승달이 소나무 사이로 떠오르고 서늘한 밤 기운이 몰려온다. 시원하고 상쾌한 밤바람이 이따금 은은한 물소리를 전해온다. 모든 시공간에 아름다운 자연의 소리와 세속을 떠나 홀로 선 고요함이 가득하다. 유우석劉禹錫은 「8월 15일야도원완월八月十五日夜桃源玩月」에서 "속세에서 달을 봐도 마음이 한가로운데 맑은 가을 신선의 집에 머문다면 말해 무엇하리塵中見月心亦閑, 況是淸秋仙府間"라고 노래했다. 달이 함의하는 허정을 그대로 드러내 보이고 있다. 비록 끝이 없는 속세에 살고 있지만 달을 한번 바라보고 달빛을 받으면 마음이 정화되고 모든 걱정이 씻겨나가고 심미적 희열과 따뜻함이 밀려온다.

"달이 환하게 떠올랐다月出皎兮"고 노래했던 옛『시경』에서 "한 점 티끌 없이 한 빛깔로 어우러진 강과 하늘江天一色無纖塵", "달빛에 잠겨 흔적 없이 날리는 서리空裏流霜不覺飛"를 노래한 장약허張若虛에 이르기까지 달은 언제나 얼음처럼 투명하고 티없는 옥처럼 고상하고 순수한 이미지다.

天將今夜月	하늘은 오늘밤 달빛으로
一遍洗寰瀛	온 세상을 씻 내린다.
暑退九霄淨	여름이 가고 하늘은 높고 맑으니
秋澄萬景淸	가을은 투명하고 만물은 깨끗하다.
星辰讓光彩	뭇별들은 빛을 숨기고
風露發晶英	바람과 이슬은 투명하게 빛난다.
能變人間世	변해가는 인간 세상에
倏然是玉京	옥경은 한가롭고 한적하다.

—유우석, 「팔월십오일야도원완월」

고요한 달빛이 대지를 씻어 내리고 우주를 씻어내리고 사람들의 마음과 마음을 씻어내린다. 달빛이 내리는 가운데 세상은 바뀌고 움직이고 시가 되었다. "능변인간세能變人間世"에는 "천상월색天上月色, 능이세계能移世界" 천상의 달빛이 세상을 움직일 수 있다와 같은 동공이곡同工異曲의 묘미妙味가 있다. 사람들은 달을 지칭할 때 빙륜氷輪, 옥반玉盤, 청휘淸輝 등을 즐겨 사용했다.

달의 순결함을 이야기하면 '물과 같은 달빛月光如水'이라는 비유가 연상된다. 옛사람들의 관념 속에서 달은 물의 결정이고 물은 달의 영혼이었다. 『회남자淮南子』「천문훈天文訓」에서는 "차가운 음기가 쌓이면 물이 되고, 물의 기운이 모이면 달이 된다積陰之寒氣爲水, 水氣之精者爲月" 했고 『논형論衡』「담천談天」에서는 "달은 물의 정기다月者, 水之精也"라고 했다. 『태평어람太平禦覽』「천부天部」에서는 "달의 정기가 물을 낳고 달이 차면 조수가 커진다月之精生水, 月盛而潮濤大"라고 하고 있다. 그런데 "물이라는 원형적 상징은 주로 물의 복합적인 특성에서 기인한다. "물이라는 원형적 상징, 물은 순결한 매체이자 생명의 유지자다."[24] 물의 순결성은 달의 순결한 원시적 심상이다.

중국 고대문학에서 달의 맑은 고요는 영혼의 텅빈 고요와 함께 어우러져 심미적 경계를 만들어 낸다. 교연皎然은 「송관소사환금릉送關小師還金陵」에서 "파초화 깨끗한 바닥을 뒤덮고 계수화 텅 빈 불단 위에 떨어진다. 이 마음의 경계는 달밤을 바라보는 것이리蕉花鋪淨地, 桂子落空壇. 持此心爲境, 應堪月夜看"이라고 노래하고 있다. "看"은 단순히 자세히 보는 것이 아니라 심미적 관조다. 그래서 이백은 "머리맡 밝은 달빛, 땅 위에 내려앉은 서리인가床前明月光, 疑是地上霜"「정야사(靜夜思)」라고 노래하게 되었고 두보는 "긴 밤 호각

---

24 P. E. Wheelwright, 「原型性象徵」, 葉舒憲 外編, 『神話-原型批評』, 西安 : 陝西師範大學出版社, 1987, p.228.

소리에 슬퍼져 혼잣말하고, 중천에 뜬 달빛 좋은데 뉘와 바라볼까 永夜角聲
悲自語, 中天月色好誰看 「숙부(宿府)」라고 노래하게 되었다. 그런데 유통되는 『당
시삼백수』에서 이백의 "床前看月光 침상 앞에서 달빛을 바라보네"을 "床前明月光 침상
앞 밝은 달빛"으로 고침으로써 시의 예술적 경계를 크게 손상시켰다.

　송대의 장효상張孝祥은 『염노교念奴嬌』「과동정過洞庭」에서 이렇게 노래
했다.

玉界瓊田三萬頃,	거울 같은 삼만경 호수,
著我扁舟一葉	몸을 실은 조각배 하나.
素月分輝, 銀河共影	하얀 달빛 부서지고 은하수 그림자 드리운다.
表裏俱澄澈 悠然心會	투명한 물 위로 흘러가는 마음,
妙處難與君說	이 황홀을 말로 전할 수 없네

　하늘의 달은 환하게 빛나고 세상은 한없이 맑고 투명하다. 고요한 달과
고요한 마음, 빛나는 달과 빛나는 마음이 한몸처럼 어우러진다. 쓸쓸한 달
은 홀로 빛나고 마음은 얼음처럼 투명해진다. 그리하여 시인은 "오늘 밤
은 어떤 밤인가"라고 노래하게 되고 고요하고 투명한 달빛의 전형적인 심
미적 경계가 표현된다.

　셋째, 달은 온화하고 우아하면서도 담박하고 몽롱한 심미적 물상이다.
찬란했던 여성사회에서 온 달은 부드럽고 조화로운 미학 양식을 구축하
고 있다. 중국 고대시인들이 그렇게 달을 좋아한 것은 상당 부분 달이 아
름다움의 또 다른 이름이고 아름다움의 화신이기 때문이다.

사장謝莊은「월부月賦」에서 달의 모습을 "십이진을 따라 다니며 두루 빛을 밝히고, 별을 따라 다니며 비와 바람을 만든다. 왕공王公의 자리와 헌원의 궁을 더 빛나게 한다順辰通燭, 從星澤風. 增華臺室, 揚采軒宮"라고 묘사했다. 장약허張若虛는 "봄날의 강물은 바다로 이어지고, 바다에는 밝은 달이 파도를 타고 떠오른다. 출렁출렁 물결따라 천만리 나아가니, 봄날에는 갈래갈래 강물마다 밝은 달이 빛난다春江潮水連海平, 海上明月共潮生. 灩灩隨波千萬裏, 何處春江無月明"「춘강화월야(春江花月夜)」라고 했다. 모두 세상을 비추고 하늘을 밝히는 달에 대한 놀라움과 감탄의 정서가 가득하고 달의 아름다움에 대한 감상과 찬사가 넘쳐난다. 이백은 시적이고 아름다운 달의 세계를 천진난만한 동심으로 그리고 있다. "그곳의 아름다운 풍광은 말로 할 수 없다네, 맑고 환한 달빛이 강마을을 가득 채우고 있다네. 사람들이 배를 타고 달구경을 가니, 배가 하늘을 떠다니는 것 같네秀色不可名, 清輝滿江城. 人遊月邊去, 舟在空中行"「송왕옥산인위만환왕옥(送王屋山人魏萬還王屋)」, "강물 한 필의 비단과 같은데, 이곳이 곧 평천호라네. 밝은 달을 타고 싶어서 꽃을 보며 술 실린 배에 오르네水如一匹練, 此地即平天, 耐可乘明月, 看花上酒船"「추포가17수(秋浦歌十七首)」 등 달빛 세계를 찬미하지 않은 것이 없다.

고대 시인들은 달을 이용한 미적 형상과 미적 공간을 시 속에 이입할 줄 알았다. 강기薑夔는 「암향暗香」에서 "지난날 달빛은 몇 번이나 나를 비추었던가, 매화 옆에서 피리를 불고 있자니 추위 속에서 매화를 함께 꺾던 고운 님이 떠오른다舊時月色, 算幾番照我. 梅邊吹笛, 喚起玉人, 不管清寒與攀摘"라고 했다. 매화 옆에서 피리를 불고 가인이 매화를 꺾는 장면에 지난날의 달빛이 드리웠다. 휘영청 밝은 달빛 아래 드리운 매화 그림자, 은은하게 흐르는 피리 소리가 우리를 지난날로 이끌고 간다. 달은 심미적 심층 구조 속에서 신비하고 영원한 여성의 미소를 드러내고 있다. 그래서 고전시가에서 '미인사월', '가인월화'는 서정의 기본 심상이 되었다. 『시경』「진풍」「월출」이후 이러한 서정적 선율이 수없이 이어졌다. 시가에서 달은 가인의 이미지를 직접적이고 명쾌하게 비유했다. 돈황곡자사敦煌曲子詞에는 "모양을 보니, 벌써 가을 달이구나此時模樣. 算來似. 秋天月"「별선자(別仙子)」가 있고 위장韋莊은 "선술집 아가씨 달처럼 어여쁜데 새하얀 두 팔은 눈처럼 눈부시네爐邊人似月, 皓腕凝雙雪"「보살만(菩薩蠻)」라고 노래했으며, 소식은 "어여쁜 여인과 같은 초승달이 바다에서 나와 첫 빛을 뿌리네. 사뿐사뿐 호수 위로 내려앉아 살랑살랑 푸른 물결을 흔드네新月如佳人, 出海初弄色. 娟娟到湖上, 瀲瀲搖空碧"「숙망호루재화(宿望湖樓再和)」라고 노래했다. 이러한 신비한 미소와 잔잔한 슬픔이 한데 어우러진 심미적 이미지가 여성 숭배의 숭고함과 여성 왕국의 상실에서 기인한 슬픔이 뒤섞인 복합 기억과 조응한다.

중국고전의 심미적 전통은 심미적 대상에 아무런 제약 없이 자유롭게 다가가는 것이 아니라 심미적 대상과 일정한 거리를 유지했다. "주렴에 가린 꽃잎이 찬란하게 빛난다隔簾花葉有輝光"[25]고 노래했던 것이다. 중국 예술정신은 머리카락 한 올까지 그대로 그려내는 태양신 아폴로의 정신을 추구하지 않는다. 사실寫實보다는 사의寫意, 명정明淨하면서도 몽롱하고 희미한 달의 정신이 중국 예술정신이다. 고요하고 적막한 밤하늘에 달이 떠오르면 맑고 투명한 빛이 내려앉는다. 신비롭고 아름다운 달빛은 뜨겁게 타오르며 한 점도 남기지 않고 적나라하게 드러내보이는 강렬한 태양보다 중국 전통의 심미적 기준에 더 부합한다.

---

25 陳與義, 「陪粹翁舉酒於君子亭下海棠方開」.

황주이況周頤는 "사람들이 조용히 주렴을 내리고, 희미한 등불은 곧게 타오른다. 창 밖 부용 이파리에 가을바람이 일고 귀뚜라미가 화답한다. 고요히 눈을 감고 앉아 마음을 비운다. 사념이 떠오를 때마다 지극한 경계로 물리친다. 온갖 인연이 잦아들면 마음은 보름달처럼 환하게 빛나고 온몸이 청량하여 어느 세상에 있는지조차 알 수 없다人靜簾垂. 燈昏香直. 窗外芙蓉殘葉颯颯作秋聲, 與砌蟲相和答. 據梧暝坐, 湛懷息機. 每一念起, 輒設理想排遣之. 乃至萬緣俱寂, 吾心忽瑩然開朗如滿月, 肌骨清涼, 不知斯世何世也"『혜풍사화(蕙風詞話)』라고 했다. 중국 고대시인들이 달을 흠모하는 마음은 매우 흥미롭다. 그 근원을 따져보면 달은 심미적 의경과 심미적 이미지가 어우러진 복합적인 상징이기 때문이다. 달은 둥글게 차올랐다가 이지러지고 어두워졌다 밝아졌다 하면서 풍부하고 다채로운 이미지를 만들어냈다.

눈썹 같은 초승달은 옥계단 위에 머물고 있던 사랑스러운 월하가인이 떠오르는 은은하고 고요한 아름다움을 만들어낸다. 구름에 가려진 어스름한 달빛 아래 번지는 가벼운 시름은 몽롱하고 처량한 아름다움을 만들어낸다. 흩날리는 꽃과 달, 부유하는 향기는 우아한 아름다움을 상징한다. 하늘을 자유롭게 오가며 대지를 비추는 밝은 달은 웅혼과 고고의 아름다움을 상징한다. 끝없는 상징이 달의 끝없는 심미세계를 만들어냈고 수많은 영혼이 달의 수많은 심미적 이미지를 만들어냈다.

넷째, 달은 풍부한 원시 심상으로 언어에 얽매이지 않는 심미적 상징 형식을 만들어냈다. 중국에서 "말은 생각을 다 표현하지 못한다"는 명제는 매우 중요하다. 유가에서는 "글은 말하고자 하는 바를 다 표현하지 못하고 말은 생각하는 바를 다 표현하지 못한다書不盡言, 言不盡意"『역경(易經)』「계사 상(系

辭上)」라고 했다. 도가에서는 "말로 할 수 있는 도는 영원한 도가 아니다道可道,非常道"『도덕경』제1장, "말로 할 수 있는 것은 사물의 거친 표면이며 마음으로 전달할 수 있는 것은 사물의 정수다可以言論者, 物之粗也. 可以意致者, 物之精也"『장자』「추수(秋水)」라고 했다. 선종불교의 염화미소, 불립 문자에 이르기까지 각 유파의 철학자들은 인간의 의식에서 가장 심오하고 가장 섬세한 감각은 언어로 전달할 수 없다는 사실을 깨달았다. 그러나 중국철학자들이 의미를 표현하려는 노력을 포기했다는 말은 아니다. 그들은 "상을 세워 뜻을 다하는 것이다立象以盡意"『역경』「계사상」. 많은 의미가 숨겨진 상징 형식을 통해 언어로 전달하기 힘든 생명과 감정을 표현하는 것이다. 그래서 중국문학과 예술에서 비흥 전통이 탄생했다. 비흥比興, 흥회興會, 의상意象, 의경意境 등 상징 형식을 활용하여 예술의 표현 공간을 넓히고자 했다. 달이 모계사회의 따스함과 슬픔을 담고 신비롭고 자유로운 중국 철학을 담고, 심미적 의경과 정서를 담고 드넓은 예술세계로 나아갔다. 그리하여 달은 가장 전형적인 상징물이 되었다.

사공도司空圖는 『24시품二十四詩品』에서 달의 심상을 빌려 말로 전달할 수 없는 예술 풍격에 대한 깨달음을 표현했다. 그는 '야저명월夜渚明月'로 '침착沈著'을 형용하고 '월출동두月出東斗'로 고고高古를 형용했다. '승월반진乘月返眞'으로 세련洗煉을, '화명화옥月明華屋'으로 '기려綺麗'를 형용했다. 또 '명월설시明月雪時'로 '진밀縝密'을, '여월지서如月之曙'로 '청기淸奇'를 형용했다. 사공도는 책 전편에서 문자가 아닌 상징 형식을 통해 예술 풍격을 논했다. 그 가운데서도 달은 가장 많이 사용된 상징물이었다. 사공도의 언어를 그대로 빌리면 '승월반진乘月返眞', 그는 달빛을 타고 진실로 되돌아가고자 했다.

융은 진정한 상징을 "다른 또는 더 좋은 방법으로 정형화할 수 없는 직관적 관념의 표현으로 이해해야 한다"[26]라고 했다. 중국문화의 전형적인 상징 형식인 달이 가지는 의의도 여기에 있다. 무한한 우주에 대한 생각을 표현할 방법이 없을 때, 세상의 아름다움이 주는 희열을 표현할 수 없을 때 달의 이미지가 사용된다. 지금 당장 수많은 예를 들 수 있을 정도로 사례가 많다.

백거이의 「비파행琵琶行」에 이런 구절이 있다. "은 항아리 홀연 깨지고 술 쏟아지듯, 철갑 기병 돌연 나타나 창칼 소리 울리듯 곡이 끝나자 채를 거두어 가슴 앞에 그리고 네 줄을 한 번에 퉁기니 비단 폭 찢는 듯하다. 동쪽배, 서쪽배에는 숙연히 말이 없고 오직 강물 속 창백한 가을 달만 보인다銀甁乍破水漿迸, 鐵騎突出刀槍鳴. 曲終收撥當心畫, 四弦一聲如裂帛. 東船西舫悄無言, 唯見江心秋月白. "김원중역, 민음사, 2008 격앙된 음악 소리가 멈춘 후 별안간 강물 위에 뜬 흰 달을 이야기한다. 다른 이의 불행에 대한 시인의 연민과 스스로에 대한 슬픔, 비파를 뜯는 격앙된 감정, 듣는 사람의 마음속 시름, 연기처럼 사라진 옛일과 현실에 대한 격정이 말없이 처연한 가을 달 속에 드리워져 있다. 또 이백은 "천산 위에 밝은 달, 아득한 구름바다를 오가네. 거센 바람을 타고 만리 밖 옥문관까지 나아가네明月出天山, 蒼茫雲海間. 長風幾萬裏, 吹度玉門關"「관산월(關山月)」라고 했다. 신기질은 "오늘 밤 어여쁜 달, 한들한들 어디로 가는가. 또 다른 세상이 있던가, 그곳 동쪽 끝에서 빛나는 너의 그림자를 만날 수 있을까. 하늘 저 너머인가, 텅 빈 그곳 거센 바람이 중추의 달을 이끌고 가는가. 누가 하늘에 떨어지지 않는 거울을 매달았는가, 누가 항아

---

26 Jung, 「試論心理學與時的關系」, 葉舒憲 外編, 『神話－原型批評』, 西安 : 陝西師範大學出版社, 1987, p.88.

를 붙잡고 놓아주지 않는가可憐今夕月, 向何處, 去悠悠? 是別有人間, 那邊才見, 光影東頭? 是天外空汗漫, 但長風, 浩浩送中秋? 飛鏡無根誰系? 嫦娥不嫁誰留?"「목란화만(木蘭花慢)」이라고 했다. 이 시들 속에서 달은 일반적인 심상으로 시 속에 들어 있는 것만은 아니다. 시인은 달빛을 묘사하는데 그치지 않고 인간 세상의 우여곡절에 대한 깊은 격정을 표현하고 있다. 달이라는 상징 형식을 선택하는 것은 현실의 언어에는 존재하지 않는 강렬한 생명 감각과 정서적 체험을 선택하는 것이다.

5. 달과 중국문인들의 심상 구성

달은 어머니와 여성 세계의 원형으로서건 아니면 지혜와 예술의 상징으로서건 중국인들의 영혼 속에 존재하는 달의 제약을 받았다. 달빛 세계에서는 "은은하게 흐르는 따뜻하고 투명한 달빛이 중국인들의 지극히 경쾌하고 아름다운, 지극히 고상하면서도 민감한 마음을 가볍게 울린다. 모든 번뇌와 답답함, 모든 환락과 즐거움, 모든 근심과 격정들, 모든 이별과 죽음들, 이 모두가 달때문에 생겨난 듯하다. 보일 듯 말듯한 사람들의 마음은 달을 통해 모습을 드러내고, 부드럽고 편안한 달의 세계에서 서로 공명한다".[27] 은은한 달빛 세계는 중국인들의 심미적 경계와 정감을 보여줄 뿐만 아니라 풍부하고 기민한, 낭만적이면서도 충실한 예술적 심금을 울림으로써 중국문인들의 심상 구조를 보여준다.

---

27 潘知常, 『衆妙之門－中國美感的深層結構』, 鄭州: 黃河文藝出版社, pp.267~268.

"천상의 달빛이 세상을 움직일 수 있다天上月色能移世界." 달빛이 세상을 움직일 때 가장 먼저 움직이는 것은 영혼의 세계다. 사람들은 영혼의 크기와 똑같은 크기의 달 세계를 가지고 있다. 이어李漁는『한정우기閑情偶寄』사곡부詞曲部에서『비파기琵琶記』중추망월中秋望月 부분을 논하며 "같은 달을 두고도 우승상의 노래에서는 기쁨과 즐거움이 묻어나지만 채백개의 노래에서는 한 글자 한 글자 슬픔과 고독이 묻어난다同一月也, 出於牛氏之口者, 言之歡悅. 出於伯喈之口者, 字字凄涼고 했다. 이것은 달에 노래하는 자의 마음을 담았기 때문이다所言者月, 所寓者心. 똑같이 밝은 달이지만 "천산 위에 밝은 달, 아득한 구름바다를 오가네. 거센 바람을 타고 만리 밖 옥문관까지 나아가네明月出關山, 蒼茫雲海間. 長風幾萬裏, 吹度玉門關"라고 노래한 이백의 달은 용감한 기상과 생명력이 넘쳐나는 성당盛唐의 기백을 상징한다. 또 "강물 위로 달빛 빛나는데, 누대 위에 그리움이 사무치네. 세상 끝 오랜 나그네 늙어가며 눈물로 수건만 적시네江月光於水, 高樓思殺人. 天邊長作客, 老去一沾巾"「강월(江月)」이라고 노래한 두보의 달은 늙고 지친 나그네처럼 무기력하고 처량해 보인다.

달을 바라보며 범중엄範仲淹은 "밝은 달밤 홀로 누대에 오르지 마오. 술이 서글픈 가슴을 타고 눈물처럼 흘러 내린다오明月樓高休獨倚, 酒入愁腸, 化作思淚"「소막차(蘇幕遮)」라고 노래했다. 견딜 수 없는 그리움과 밝은 빛을 피하고 싶은 괴로움을 표현한 시다. 반면, 왕안석王安石은 "봄 바람에 다시 푸르른 강남 기슭, 밝은 달은 언제쯤 나의 귀향길을 밝혀줄까春風又綠江南岸, 明月何時照我還"「박선과주(泊船瓜洲)」라고 노래했다. 밝은 달을 바라보며 배를 타고 고향으로 돌아가는 꿈 속에 이상적 경계의 즐거움이 충만하다.

같은 시인이리고 하더라도 시기에 따라 달에 대한 이해가 달랐다. 이백은「고랑월행古朗月行」에서 "어린 시절에는 달을 몰라서 하얀 옥쟁반이라

불렀다네. 신선의 거울이 푸른 구름 끝에 걸려 있다고 생각했지^{小時不識月,}
呼作白玉盤. 又擬瑤臺鏡, 飛在靑雲端"라고 했다. 하얀 옥쟁반 백옥반白玉盤과 신선
의 거울 요대경瑤臺鏡은 구체적이고 적절한 비유로서 달을 모른다고 할 수
없다. 천진난만한 어린 시절의 달과 어른이 된 후의 달은 다르다. 인간 세
상의 온갖 시련을 겪은 후 시인은 "달빛이 장문전에 들자 깊은 궁궐에 한
자락 수심이 드리운다^{月光欲到長門殿, 別作深宮一段愁"「장문원(長門怨)」}라고 했다.
이 점은 "사람은 정에 빠져 어리석어지나, 바람과 달은 이별의 한을 모른
다^{人生自是有情癡, 此恨不關風與月"「옥루춘(玉樓春)」}라고 노래한 구양수歐陽修의 시로
설명할 수 있다. 고대의 은은한 달빛 아래서 옛 문인들의 풍부하고 복잡다
단한 심상 구성을 엿볼 수 있다.

1) 달의 심상에는 모성과 고향을 찾아 조화로운 세계를 회복하고자 했던 고대 문인들의 심리가 담겨있다

고전시가에는 달과 향수 테마가 자주 등장한다. 달은 지난날의 꿈을 다
시 밝히고 떨쳐버릴 수 없는 타향의 향수를 환하게 밝힌다. 고향 동산과
양친을 그리워하는 시인의 마음이 밝은 달에 실려서 전달된다. 예를 들면
아래와 같은 시들이 있다.

床前看月光　　　머리 맡 밝은 달빛

疑是地上霜　　　땅 위에 서리가 내린 듯

擧頭望山月　　　고개 들어 산 위의 달을 바라보다가

低頭思故鄕　　　고개를 떨구고 고향을 그리워하네

—이백, 「정야사(靜夜思)」

戍鼓斷人行   망루에 북소리 울리자 인적 끊기고,

秋邊一雁聲   외로운 가을 기러기 울어댄다.

露從今夜白   오늘부터 하얀 밤이슬이 내리고,

月是故鄕明   달은 고향의 밝은 그 달이어라.

                              ─두보, 「월야억사제(月夜憶舍弟)」

三湘愁鬢逢秋色   상강에 가을이 찾아들고 귀밑머리 하얗게 쇠어가네

萬裏歸心對月明   밝은 달을 바라보니 마음은 만리 밖 고향으로 돌아가네.

                              ─노륜(盧綸), 「만차악주(晚次鄂州)」

想得故園今夜月   오늘밤 고향의 달이 그리워지네

幾人相憶在江樓.   강가의 누각에서 서로를 추억하는 이 몇이나 될까

                              ─나업(羅鄴), 「안이수(雁二首)」

故人心似中秋月   오래된 벗들의 마음은 한가위 달과 같아,

肯爲狂夫照白頭.   미친 사내의 하얀 머리까지 환하게 비춰주네

                              ─대복고(戴復古), 「중추이조빙호연집(中秋李漕冰壺燕集)」

  중용되지 못한 신하나 낭인들이 구름처럼 세상 끝을 떠돌면서 달과 고
향을 동일시했다. 달은 고향에 대한 그리움과 향수를 담는 신비한 상징물
이다. 사람들의 깊은 무의식 속에서 달은 모계사회의 따뜻함과 조화로움
의 상징이었다. 그래서 사람들은 세상 끝을 떠돌며 영혼의 고독을 느낄 때
마다 달을 고향으로 여기고 의지했다.

달은 서로 그리워하는 영혼과 영혼을 이어주고 시간과 공간의 거리를 좁혀준다. 그래서 달은 이별한 연인들의 사랑이라는 또 하나의 테마를 가지게 되었다. 사장謝莊은 「월부月賦」에서 "아름다운 이 멀리 떠난 후 소식마저 끊겼네. 천리를 사이에 두고 밝은 달을 함께 바라보네美人邁兮音塵闕, 隔千裏兮共明月"라고 노래했고 장구령張九齡은 「망월회원望月懷遠」에서 "바다 위로 밝은 달이 떠오른다. 세상 저끝에서도 이 순간을 함께 하겠지海上生明月, 天涯共此時"라고 노래했다. 백거이는 "보름밤 밝은 달빛을 보며 이천 리 밖 벗을 생각하노라三五夜中新月色, 二千裏外故人心"「8월15일야금중독직대월억원구(八月十五日夜禁中獨直對月憶元九)」라고 노래했다. 소식은 "다만 오래도록 살아서 천 리 밖에서도 같은 달을 바라볼 수 있기를 바라네但願人長久, 千裏共嬋娟"「수조가두(水調歌頭)」라고 노래했다. 표층 구조를 보면 위 시들은 "밝은 달에 걱정스런 내 마음을 담아 바람과 함께 야랑의 서쪽으로 보내리我寄愁心與明月, 隨風直到夜郎西"라고 한 이백의 시와 같은 정서를 가지고 있다. 달에 마음을 싣는 '탁물서회托物抒懷'의 정서 모델로서 달은 조화롭고 따뜻한 고향의 상징이다. 이로써 여성세계를 상징하는 달의 원시심상에까지 이르게 된다.

2) 달은 시인 묵객들의 고독과 좌절, 위안과 해탈을 향한 소망을 보여준다

이상은李商隱의 시 「무제無題」에는 "아침이면 거울에 귀밑머리 비추며 근심하고, 밤이 되면 시를 읊조리다 차가운 달빛에 놀라네曉鏡但愁雲鬢改, 夜吟應覺月光寒"라는 구절이 있다. "차가운 달빛夜月光寒"이라고 한 것은 달빛에 차가움과 따뜻함의 구분이 있기 때문이 아니다. 달은 고독과 좌절에 빠진 이들의 애달픔 심정이다. 월궁에는 여성이 축출되었던 처절하고 애잔한 기억이 있다. 그래서 좌절한 시인들은 달을 한월寒月, 고월孤月, 냉월冷月로 표현했다. 이백은 "달토끼는 가을서 봄까지 약방아를 찧는데, 외로운 항아는 뉘와 이웃할까白兎搗藥秋復春, 嫦娥孤棲與誰鄰"라고 했고 이상은은 "토끼도 두꺼비도 추위에 떠는 이 밤에 계수나무 꽃 눈부시게 피어나고 항아는 애가 끊어지리兎寒蟾冷桂花白, 此夜嫦娥應斷腸"라고 했다. 광한궁의 항아는 관직과 벼슬길에서 겪었던 시인의 고난과 부침, 삶에 뜻을 잃은 시인의 심정과 서로 맞물려 있다. 「고시 19수」에 이런 시가 있다.

明月何皎皎	밝은 달빛이
照我羅床幃	침상 휘장을 비춘다.
憂愁不能寐	근심으로 잠 못 들고 일어나
攬衣起徘徊	옷을 걸치고 배회한다.

달이 고독과 좌절을 상징하기 때문에 비로소 시대를 한탄하고 비통해하는 시인의 심정과 연결된다. 완적은 청풍명월 아래서 "시름에 홀로 상심한다憂思獨傷心"고 했고 두보는 "가을달은 변함없이 둥근데, 강촌에서 홀로 늙어가네秋月仍圓夜, 江村獨老身"라고 탄식했다. 호방하고 대담한 소동파조차도 "이지러진 달 성근 오동나무에 걸리고, 물시계 소리 사람소리 고요히 잦아든다. 홀로 배회하는 은둔자, 외로운 기러기 그림자처럼 보였다 말았다 아득하네缺月掛疏桐, 漏斷人初靜. 誰見幽人獨往來, 飄渺孤鴻影"라고 노래했다. 이지러진 달 아래 고독에 잠겨 방황하는 이의 슬픔은 끝이 없다. 가장 대표적인 작품이 백거이의 「중추월中秋月」이다.

| 萬裏淸光不可思 | 만리청광 달빛을 바라보며 그리워하지 말라 |

添愁益恨繞天涯	근심걱정이 쌓이고 쌓여 세상 끝까지 휘몰아치리
誰人隴外久征戍	누군가는 오래도록 농산 밖 변방을 지키고,
何處庭前生別離	어딘가 뜰 앞에서는 생이별을 하지 않더냐.
失寵故姬歸院夜	사랑을 잃은 희첩은 밤중에 고향으로 돌아가고
沒蕃老將上樓時	오랑캐에 잡힌 노장은 누대에 올라 멀리 고향을 바라
	본다.
照他幾許人腸斷	얼마나 많은 사람들의 애가 끊어지는지
玉兔銀蟾遠不知	옥토끼와 은두꺼비는 까맣게 모른다.

달은 처연하고 애잔한 빛을 가지고 있기 때문에 좌절에 빠진 사람들은 '첨수익한添愁益恨', 시름과 원망이 늘어날 수밖에 없다. 슬픈 달의 심상이 고통과 절망에 빠져 방황하는 사람들의 영혼을 비춘다. 용욱戎昱은 「강성추야江城秋夜」에서 "괴로운 마음에 달을 보면 괴롭다. 사람이 근심하는 것이지 달빛이 근심하는 것은 아니다思苦自看明月苦, 人愁不是月華愁"라고 했다. 달은 본래 무심하다. 달에 드리워진 슬픔과 고통의 빛은 사실상 시인의 고뇌와 번민이다.

3) 달은 영원과 자연의 상징으로서 속세의 고난에서 벗어나 은거생활을 꿈꾸는 사대부의 화신이다

달은 삶의 목적이 된 공리功利와 현실의 온갖 규범을 부정한 후 표일한 존재가 되었다. 이백은 「월하독작月下獨酌」에서 이렇게 노래했다.

花間一壺酒	꽃 사이에 술 한 병 놓고,

獨酌無相親	함께 마실 사람 없어 혼자 잔 기울이네.
舉杯邀明月	잔 들고 명월을 맞이하니,
對影成三人	달과 나와 내 그림자까지 모두 셋이 되는구나.
月既不解飮	달이야 워낙 술 마시기를 모르고,
影徒隨我身	그림자야 다만 내 몸에 딸린 것이지만,
暫伴月將影	아쉬우나마 얼마 동안 달과 그림자를 벗하여,
行樂須及春	즐겁게 노닐며 이 봄을 누려야지.
我歌月徘徊	내가 노래 부르면 달은 서성거리고,
我舞影零亂	내가 춤을 추면 내 그림자는 어지러이 따라 춤추네.
醒時相交歡	깨어 있을 때는 기쁨을 서로 나누다가,
醉後各分散	술 취한 뒤에는 각각 흩어져버리네.
永結無情遊	무심한 흥취를 저들과 길이 맺어,
相期邈雲漢	은하를 아득히 두고 달과 다시 만나기 기약하네.

―번역 : 한시작가작품사전, 국학자료원, 2007

위 시에서 달은 순수한 객관적 물상이 아니라 표일하고 자유로운 인격적 화신이다. 시인은 소외와 속박을 벗어난 후 달의 지기知己가 되었고 달의 동반자가 되었다. 달을 사랑하고 달을 즐기는 것은 고대시인들의 고상한 취미였으며 아래와 같은 시들이 있다.

終夜每愛月	밤이면 밤마다 달을 보고싶지만
見月常苦稀	달을 만나기가 여간 어렵지않네.

―매요신(梅堯臣), 「애월(愛月)」

聽猿推枕坐	원숭이 울음소리에 베개를 밀치고 일어나 앉았네.
愛月近窗眠	달빛이 사랑스러워 창가로 다가가 기대어 누웠네.

— 고봉(顧逢), 「추야숙승방(秋夜宿僧房)」

悲秋時把酒	서글픈 가을에 술잔을 들고
愛月夜行船	몽롱한 달빛 속 밤 배를 탄다

— 대복고(戴復古), 「주행왕적고인(舟行往吊故人)」

달은 예술세계를 창조하고 인격과 정신을 창조한다. 중국인들은 인생을 과학적 관점이 아닌 예술적 관점으로 바라본다. 달은 천기에 부합하는 물아양망物我兩忘의 신비한 계시물로서 중국 사대부의 인격 모델 형성에도 영향을 미쳤다.

영겁의 우주 공간에 찰나의 바람과 달빛이 스쳐지나간다는 "만고장공萬古長空, 일조풍월一朝風月"『오등회원』, p.66은 중국인들이 지향하는 예술적 경계다.

소식의 『전적벽부前赤壁賦』는 "오직 강 위의 맑은 바람과 산 속의 밝은 달만이 소리가 되어 귀로 들리고 빛이 되어 눈으로 보인다. 그것은 가져도 다 가질 수 없고 써도 써도 다 쓸 수 없는 조물주의 무한한 보물창고다惟江上之淸風與山間之明月, 耳得之而爲聲, 目遇之而成色, 取之不盡, 用之不竭, 是造物者之無盡藏也"라고 노래했다.

인생의 우여곡절을 겪은 사대부가 선기禪機를 깨닫게 되면 자연스럽게 투명하고 밝은 달빛 세계로 걸어 들어간다. 그리고 밝은 달을 품고 오래오래 살고 싶은 꿈을 꾼다抱明月而長終. 달은 달과 바람을 음유하는 사대부들이 갈구하던 인격의 화신이기도 하다.

6. 맺음말

유우석은 "양주에서 만나 서로 술을 나누니, 달빛 아래 새로운 시가 끝없이 쏟아지네揚州從事夜相尋, 無限新詩月下吟"[28]라고 노래했다. 달빛 아래서 새로운 시가 끝없이 쏟아질 수 있었던 것은 달이 중국문화의 원시 심상으로서 중국의 예술정신을 대변하기 때문이다. 서구문화가 태양신 아폴로에 빠져있을 때 중국민족은 밝고 환한 달에 빠져 있었다. 중국도 초기 민족문화에서 태양신을 숭배했지만 후예가 태양을 향해 쏘아 올린 신전神箭과 함께 태양신의 정신도 바닥으로 떨어졌다. 달은 중국문화에서 가장 눈에 띄는 자리에서 오래도록 철학과 예술을 밝히고 있다. 오늘날에도 달은 여전히 중요한 예술적 지위를 차지하고 있다. 달이 기울고 차오르는 동안 시간은 역사의 연진煙塵을 모은다. 중국인의 영혼 속에 예술의 밝은 달이 영원히 빛나리라!

---

28 劉禹錫, 「酬淮南廖參謀秋夕見過之作」.

만 당 晚 唐 의　종 소 리

제3장

중국문학의 황혼정서

1. 머리말

경물의 빛깔이 일렁이면 마음도 함께 흔들린다.

物色之動, 心亦搖焉.

―『문심조룡』

자연의 변화는 무의미한 순환과 반복이 아니었다. 눈이 부시게 떠오르는 태양과 어둑어둑 끝도 없이 내려앉는 땅거미를 바라보며 원시인류는 신비와 혼란, 감탄과 감상 등 온갖 감정에 휩싸였다. 그리고 그 영혼의 전율들은 여명과 황혼이 대립하는 문화적 잠재의식으로 응결되었다. 막스 밀러는 "자연현상을 바탕으로 생겨난 신화들은 모두 태양신화이거나, 아침저녁의 노을과 관련되어 있다"고 했다. 그런데 흥미롭게도 중국문학에서는 일출의 웅장한 경계보다는 황혼의 쓸쓸한 정서를 표현하는 데 몰두해왔다. 중국문학에서 흔히 보여지는 짧은 청춘과 덧없이 소멸해가는 인생에 대한 감상, 어스름한 어둠과 함께 밀려드는 슬픔, 날은 저물고 갈 길은 먼 나그네의 탄식, 안개에 묻힌 쓸쓸한 저녁 들판, 뉘엿뉘엿 저물어가는 해와 오랜 타향살이, 스러지는 저녁 노을 아래 귀갓길을 그린 고전작품 속의 미학적 정경들이 그러하듯 붉은 석양빛으로 물든 풍경들이 모여 짙은 황혼정서를 연출하고 있다. 황혼과 일몰은 일단 문화적 상징이 더해지면 더 이상 순수한 자연현상에 머무르지 않고 예술적으로 '유의미한 형식'으로 격상되는데 바로 이 지점에서 흥미로운 논의가 시작된다.

2. 어둠 속으로 밀려드는 슬픔
─황혼의 시간적 의미와 중국문인들의 심리

중국인들의 복잡하고 모순적인 민족성이 녹아 있는 황혼과 석양은 서로 다른 시공간적 의미를 가지고 있다. 청나라 양은수楊恩壽는 『탄원일기坦園日記』에서 황혼에 대한 상반된 체험을 풀어놓았다.

①

歸鴉噪而落日黃　　둥지를 찾아가는 까마귀 울음소리, 황금빛으로 물든 석양

野鐘鳴而江月白　　들판을 울리는 종소리, 강물 위로 뜬 하얀 달.

眷言良友　　　　　그리운 벗을 생각하니

彌切離愁　　　　　이별의 슬픔은 깊어만 가네.

雙丸不居　　　　　기다림을 모르는 세월,

三春易逝　　　　　세 번의 봄이 그렇게 쉬이 가버렸네.

②

夕陽貼水　　　　　석양은 수면 위로 내려앉고,

歸鴉噪林　　　　　까마귀는 숲속의 둥지로 찾아들며 노래하다.

良足玩也　　　　　진실로 넉넉한 풍경이어라.

같은 사람이 같은 황혼 시간에 같은 까마귀가 있는 풍경을 바라보고 있는데 표현된 정서는 판이하게 다르다. 전자가 짧은 청춘과 이별의 슬픔에 대한 무거운 탄식이라면 후자는 "양족완야良足玩也" 하는 심미적 희열을 표

현하고 있다. 깊이 분석해보면 황혼 이미지 속에 서로 다른 시·공간적 의미가 담겨 있다는 사실을 발견하게 된다. 공간적으로는 한없이 아름다운 석양을 바라보며 느끼는 따뜻한 희열이고 시간적으로는 다가오는 황혼에 대한 슬픈 감상이다. 혹자는 고전시에 사용되는 시어 '낙일落日'과 '석양夕陽'이 낱말 형태의 차이일 뿐만 아니라 그 심미적 정서도 다르다는 점에 주목했다. 황혼은 시간과 공간 두 가지 서로 다른 의미를 가지고 있는데 중국문학에서 나타나는 황혼 이미지는 시간적으로는 슬픔, 공간적으로는 따뜻함을 상징한다.

시간적 의미의 황혼에는 슬픔의 안개가 짙게 드리워져 있다. 고전문학에서 자주 나타나는 아래와 같은 시구詩句 속에 그 기본 정서가 담겨 있는데 어둠이 다가오는 황혼의 고통과 슬픔을 노래하고 있다.

愁因薄暮起	어스레 땅거미에 근심 일고,
興是清秋發	맑은 가을 기운에 흥이 일어난다.
時見歸村人	이따금 마을로 돌아오는 사람들 보이는데,
沙行渡頭歇	모래밭 가다가 나루터에서 쉬는구나.

—맹호연(孟浩然), 「추등란산기장오(秋登蘭山寄張五)」

| 瞑色入高樓 | 어스레한 저녁빛이 누각 안으로 찾아들고, |
| 有人樓上愁 | 누각 안의 누군가 홀로 시름하네. |

—이백(李白), 「보살만(菩薩蠻)」

| 斷送一生憔悴 | 일생을 초췌하게 보내고 있는데, |

只消幾個黃昏　　　　　몇 낮의 황혼을 보내야 할까.

거슬러 올라가면 『시경』에 홀로 남은 여인들의 정한을 노래한 황혼 규원시가 있다. 그중「군자어역君子於役」을 읽은 청대 사람 허요광許瑤光이 이런 시를 남겼다.

雞棲於桀下牛羊　　　닭은 홰에 올라앉아 쉬고 소와 양은 산을 내려오는데,
飢渴縈懷對斜陽　　　석양을 대하고 있자니 굶주리고 있을 이 간절히 생각나네.
已啟唐人閨怨句　　　당나라 사람들의 규원시에서 이미 일깨워주었지,
最難消遣是黃昏　　　가장 견디기 힘든 시간은 황혼이라고.

전종서 선생은 황혼에 느끼는 괴로움을 이렇게 해석했다.

사별과 생이별, 죽은 자에 대한 슬픔과 멀리 떠난 자에 대한 그리움은 모두 황혼 무렵에 생겨난다. 온갖 감정들이 들고 일어나는 가장 견디기 어려운 시간인 것이다.

蓋死別生離 傷逝懷遠 皆於黃昏時分 觸緒紛來 所謂最難消遣.

황혼은 인류의 사별과 생별, 슬픔과 그리움의 감정을 한데 모음으로써 그 시간적 의미에 담긴 비극성을 드러낸다. 시간의 비극적 의미는 황혼이 가진 생명적 상징, 죽음에 다가가는 절박한 체험에서 비롯된다.

개별 생명의 유한성은 인류 보편의 불안과 걱정으로 확장된다. 인류의

생명 여정에 극복할 수 없는 죽음의 골짜기가 가로 놓여 있다는 점에서 시간의 유한성이 시작된다.

> 해와 달처럼 높고 밝은 것은 없다.
> 懸象著明 莫大乎日月.
>
> ─『역전(易傳)』「계사 상(繫辭上)」

원시신화에서 해가 동쪽에서 떠오르고 서쪽으로 기우는 것은 곧 생명의 운동 과정이다. 일출은 생명의 탄생을 의미하고 일몰은 죽음을 의미한다.

솔로몬 군도에서 영혼은 지는 해와 함께 바다로 들어간다. 이런 관념은 아침의 일출은 출생, 황혼의 일몰은 죽음이라는 믿음과 밀접한 관련이 있다. 왜냐하면 지구에는 해보다 앞서는 생물체가 없기 때문이다. 해는 최초의 '출생'이자 최초의 '죽음'이다.

중국의 전통관념 속에서도 해는 위대한 생명이다.

> 사람의 형체가 처음 갖추어질 때 생겨나는 것을 '백魄'이라 한다. 백이 생겨난 후 따라나오는 양기陽氣를 '혼魂'이라 한다.
> 人生始化曰魄 既生魄 陽曰魂.
>
> ─『좌전(左傳)』「소공 7년」

혼은 양기다.

魂 陽氣也.

一『설문해자(說文)』

양기의 획득은 생명을 의미하고 해의 몰락은 죽음을 의미한다. 그래서 전통관념에서는 사람이 죽으면 음간陰間과 명부冥府로 건너간다고 믿었다.

양기라는 것은 하늘의 해와 같다. 양기는 하늘의 해와 같아서, 그 있어야 할 곳을 잃게 되면, 수명이 줄고 드러나지 않게 된다. (…중략…) 그래서 양기는 낮 동안 바깥을 주관한다. 새벽에 생겨나, 한낮에 가장 왕성해지며, 해가 서쪽으로 기울면 양기도 허해진다.

陽氣者 若天與日 失其所 則折壽而不彰 (…中略…) 故陽氣者一日而主外 平旦 人氣生 日中而陽氣隆 日西而陽氣已虛.

一『황제내경(黃帝內經)』「소문(素問)」「생기통천론(生氣通天論)」

고대의학에서 생명의 탄생-성장-소멸은 태양이 운행하는 아침-점심-저녁과 연결되어 있다. 해가 문화화되는 과정은 끊임없는 생명화와 기호화의 과정이었다. 일출과 일몰이 생명을 생과 사, 양과 음 두 개의 세계로 나눈다면, 황혼은 생명의 영락과 쇠퇴의 상징으로서 죽음에 다가가는 두려움과 공포를 나타낸다. 황혼 시간의 두려움과 공포 속에서 사람들은 과거의 '삶'을 돌이키며 집착하는 한편 미래의 '죽음'을 두려워하고 슬퍼한다. 이처럼 인류의 미련과 슬픔, 장렬壯烈과 침정沈靜, 차안과 피안, 미래와 과거는 모두 해가 기울고 모색이 짙어지는 황혼 시각에 솟구치는 감정들로서 슬픈 황혼의 시간적 의미를 보여준다.

1) 황혼의 시간적 의미 1 - 다가오는 죽음에 대한 두려움

삶과 죽음은 모든 철학적 사색과 예술적 사색의 출발점이다. 사람들은 삶의 관점에서 죽음을 생각하고 또 죽음의 관점에서 삶을 이해하고 설계한다. 죽음이 없다면 삶도 의미가 없다. 자주 나타나는 고전시구들을 보자.

驚風飄白日　　　세찬 바람이 하얀 해를 날려보내자,

光景馳西流　　　세월이 서쪽을 향해 내달린다.

盛時不再來　　　화려한 시절은 다시 오지 않고,

百年忽我遒　　　백년의 죽음만이 나를 덮쳐오네.

— 조식(曹植), 「공후인(箜篌引)」

黃河走東溟　　　황하는 동해로 흘러가고,

白日落西海　　　태양은 서해로 떨어진다.

逝川與流光　　　흐르는 물과 세월은,

飄忽不相待　　　기다림을 모르고 도도히 지나쳐간다.

— 이백(李白), 「고풍오십구수(古風五十九首)」 기11(其十一)

羲和鞭白日　　　희화는 하얀 해를 채찍질하고,

少昊行淸秋　　　소호는 맑은 가을 속을 내달린다.

秦山忽破碎　　　진산은 부서진 돌조각처럼 삐죽삐죽 솟아있고,

涇渭不可求　　　경수와 위수는 경계를 알아볼 수 없이 아련하게 흘러
　　　　　　　　간다.

— 두보(杜甫), 「동제공등자은사탑(同諸公登慈恩寺塔)」

짧은 생명을 한탄하는 슬픈 시구들 속에서 해가 지는 황혼은 다가오는 죽음을 상징한다. 죽음의 영원성과 필연성이 삶의 일시성과 우연성에 대한 사색을 불러일으킨다. 해가 동쪽 하늘 끝에서 힘차게 솟아올라 어둠이 몰려드는 일몰의 석양에 이르는 동안 사람들은 뜨겁게 솟아올랐다가 사라지는 자신의 생명을 체험한다. 그래서 중국문학에서 황혼 이미지는 짧은 봄날과 삶에 대한 무거운 한숨이 동반되는 경우가 많은데 완적阮籍의 영회시詠懷詩가 대표적이다.

朝陽不再盛	아침 해는 다시 떠오르지 않고
白日忽西幽	서쪽의 어둠 속으로 사라진다.
去此若俯仰	오고 감이 고개를 까닥이듯 쉬운데
如何似九秋	어찌 아홉 번의 가을을 견딜 터인가.
人生若塵露	인생은 먼지 같고 이슬 같지만,
天道邈悠悠	하늘의 법도는 장구하다.
齊景升丘山	제경공은 산에 올라
涕泗紛交流	짧은 생을 통곡하며 울었다네.
孔聖臨長川	공자님은 강가에서
惜逝忽若浮	흘러가는 물을 안타까워했다네.
去者餘不及	흘러간 것은 돌아볼 겨를이 없고,
來者吾不留	다가올 것은 기다릴 여유가 없다네.
願登太華山	태화산에 올라
上與松子遊	적송자와 더불어 하늘을 거닐고 싶네.
漁父知世患	배를 타고 사뿐히 맑은 물을 가르는 저 어부는

乘流泛輕舟　　어지러운 세상을 알기나 할까.

—「영회시(詠懷詩) 32」

十日出暘穀　　양곡暘穀에서 떠오른 열 개의 태양이

彌節馳萬裏　　수레를 타고 만리를 달린다.

經天耀四海　　하늘에서 사해를 밝게 비추던 태양이

倏忽潛濛汜　　어느새 몽사濛汜로 넘어간다.

誰言丹炎久　　누가 태양을 영원히 타오른다 했는가,

遊沒何行俟　　떠올랐다 다시 지는 것을.

逝者豈長生　　지나간 것이 어찌 영원하겠는가,

亦去荊與杞　　가시나무와 구기자나무처럼 메말라갈 것을.

千歲猶崇朝　　천년의 세월도 하루 아침과 같으니,

一餐聊自己　　아침끼니를 떼우는 새 흘러갈 것을.

是非得失間　　시비와 득실을 따져

焉足相譏理　　어찌 세상의 이치를 바로 잡을 수 있겠는가.

計利知術窮　　이해득실과 권모술수는 끝이 없으니

哀情遽能止　　비통한 마음 그칠 날 있을까.

—「詠懷詩其五十二 영회시 52」

　　위진이 교체되는 격동의 시대를 살았던 완적은 언제 변고를 당할지 모르는 불안 속에 있었다. 내면 깊은 곳에서 먼지처럼 이슬처럼 사라지는 인생과 하루 아침처럼 스쳐지나가는 천년 세월에 대한 슬픔이 시시각각 솟구쳤다. 덧없이 짧은 인생에 대한 슬픈 탄식과 무상하게 흘러가는 세상에 대한 감정을 황혼에 싣고 내면의 고뇌를 토해내고 있다.

굴원은 또 「이소離騷」에서 이렇게 노래했다.

忽馳騖以追逐兮	급하게 달려서 무엇을 좇고자 하는가,

非餘心之所急老	마음속에 급한 일이 있는 것도 아니거늘.

冉冉其將至兮	노년은 서서히 찾아오는데

恐修名之不立	이름을 세우지 못함이 두려울 뿐

吾令羲和弭節兮	희화에게 수레를 멈추기를 명하노라.

望崦嵫而勿迫路	저기 눈 앞에 엄자산이 다가온다.

漫漫其修遠兮	길은 멀고 험하지만

吾將上下而求索	나의 이상을 찾아 떠나겠노라.

시인은 미처 대업을 이루기도 전에 늙어버린 자신의 인생을 슬퍼하고 있다. 태양의 신 희화羲和가 질주하고 해가지는 산 엄자崦嵫가 눈앞에 다가오는 신화적 장면이 꿈을 이루지도 못한 채 늙어가는 시인의 '일몰 콤플렉스'를 자극한다. 저무는 해는 옛 문인들에게 죽음에 다가선 노년의 상징물로 받아들여졌다.

설설薛雪은 『일표시화一瓢詩話』에서 석양을 작품 소재로 즐겨 사용했던 위장韋莊에 대해 "입에서 익숙하고 손에서 미끄러질 정도로 습관적으로 사용하고 있다는 사실을 알아채지 못한다口熟手溜 用慣不覺"고 비판했다. 그런데 위장 혼자서만 해지는 황혼의 서정을 편애했던 것일까? 도연명에서 공자진龔自珍, 두보, 이상은, 장염張炎, 납란성덕納蘭性德에 이르기까지 수많은 시인들의 작품에서 석양과 황혼은 슬픈 생명으로 기호화되고 예술화되었다. 나를 기다리지 않고 황망하게 흘러가는 세월로 인한 고통이 몰려오면 자신도 모르게 해가 지는 풍경을 그리며 황혼의 노래를 부른다. 이것은 '원형 Arche types의 현현顯現'으로 해석될 수 있다. 원시세계의 황혼 이미지는 늘 죽음이 근접하는 시간적 의미와 함께 재현된다.

2) 황혼의 시간적 의미 2 - 창망滄茫한 역사의 의미

태양의 상징 의미 안에서 동쪽에서 떠오른 아침 해가 이글대는 정오를 지나 쓸쓸한 석양빛으로 물드는 과정은 인간이 청년에서 장년을 거치고 노년에 이르는 과정, 역사가 기원하여 번성하고 쇠락해가는 과정과 같다. 그래서 황혼에 시를 읊조리던 시인들은 석양빛 아래서 역사적 계시를 얻었다.

夕陽依舊壘　　　옛 보루를 따라 석양이 내리고,
寒磬滿空林　　　차가운 풍경소리 텅빈 숲을 울린다.
惆悵南朝事　　　남조南朝의 역사를 떠올리니 한없이 서글픈데,
長江獨自今　　　오직 장강만이 변함 없네.

— 유장경(劉長卿), 「추일등오공대상사원조(秋日登吳公臺上寺遠眺)」

황혼의 햇살이 중국인들의 민감한 역사 신경을 자극하듯 석양 속으로 거대한 상심의 역사가 도도한 장강처럼 굽이쳐 흐른다. 황혼의 역사적 의미는 두 가지 내용으로 나타난다. 하나는 개별 생명의 역사적 의미로서 공자진의 시에서 엿볼 수 있다.

吟到夕陽山外山   저 멀리 산에 석양 질 때까지 읊조리니,

古今誰免餘情繞   고금의 뉘가 넘치는 마음을 떨칠 수 있으리오.

— 공자진(龔自珍), 「기해잡시(己亥雜詩) 其272」

또 하나는 사회 전체의 역사 발전과 그 의미에 대한 탐색으로서 고계高
啓의 시를 보자.

坐覺蒼茫萬古意   누대에 앉아 아득한 만고의 뜻을 깨달은 것은,

遠自荒煙落日之中來   저 멀리 황야에 연기 피어오르고 해 지는 가운데에서라네.

— 고계(高啓), 「등금릉우화대망대강(登金陵雨花臺望大江)」

道途晩歸   늦은 밤길을 걸어와

齋閣夜坐   홀로 서각書閣에 앉는다.

眺暝色   어둠을 바라보며

數長更   긴 밤을 헤아리니,

詩思之幽致   시에 담긴 그윽한 뜻이

尤見於斯   더욱 이에 드러난다.

— 원대 방회(方回), 『영규율수(瀛奎律髓)』 권15

아련하고 몽롱한 황혼의 저녁 빛 속에서 시인들은 고난으로 점철된 일
생의 기억을 뒤돌아보았다. 아래 시들을 보자.

朝爲媚少年   아침의 미소년이

夕暮成醜老	저녁에는 추한 노인이 된다.
自非王子晉	신선이 아닐진대
誰能常美好	누군들 청춘을 영원히 간직할 수 있겠는가.

—완적, 「회서(抒懷) 4」

遼矣垂天景	아득하도다! 하늘에 걸려 있는 모습이.
壯哉奮地雷	웅장하도다! 대지를 뒤흔드는 소리가.
隆隆豈久響	우르르쾅쾅 어찌 이리 오래도록 울리나.
光華但西隤	빛나는 해도 언젠가는 서쪽으로 기울고
日落似有竟	떨어지는 해는 결국 땅끝에 다다른다.
時逝恆若催	세월은 늘 재촉하듯 흘러가는구나!

—육기(陸機), 「절양류행(折楊柳行)」

短生旅長世	짧은 인생 장구한 세상을 떠돌다,
恆覺白日欹	태양 기우는 것을 느끼네.
覽鏡睨頹容	거울에 비친 얼굴도 기울어 가네.
華顏豈久期	빛나는 얼굴이 어찌 영원할까.
苟無回戈術	세월을 되돌릴 수는 없지.
坐觀落嵫峻	엄자산에 떨어지는 해를 지켜볼 뿐.

—사령운(謝靈運), 「예장행(豫章行)」

위 시들에서는 흘러간 삶과 청춘에 대한 정한情恨이 석양의 경물들과 하나로 어우러지고 있다. 추한 노인이 되어버린 아름다운 소년, 재촉하듯 흘러가버린 세월, 되돌릴 수 없는 시간 앞에서 그저 지는 해를 바라볼 수밖에 없는 속수무책은 석양 아래서 지난날을 돌이켜보다가 불현듯 터져나오는 탄식들이다. 기우는 해처럼 생명도 기울고 있다. 황혼의 슬픔이 생명을 삼키고 개별 존재의 역사적 의미를 지워버린다.

위진에서 당나라까지 시가예술은 서정화된 경물에서 경물의 서정화를 완성했다. 황혼의 이미지는 생명의 역사적 의미와 직관적으로 연결된다. 요합姚合의 「곡가도哭賈島」 제1수를 보자.

白日西邊沒	하얀 해는 서쪽으로 지고
滄波東去留	푸른 물결은 동쪽으로 흐른다.
名雖千古在	이름은 천고에 새겼으나
身已一生休	육신은 이미 한 번의 생으로 끝났다네.
豈料文章遠	문장이 멀리 전해질지 어찌 헤아렸으며,
那知瑞草秋	상서로운 풀이 가을에 시듦을 어찌 알았으랴.
曾聞有書劍	책과 칼이 있다고 하나
應是別人收	응당 다른 이가 거두어 갔으리라.

요합의 시에서 끝없는 안개 속으로 침잠하는 태양은 역경과 고독 속에 죽어간 고음시인苦吟詩人 가도賈島의 일생을 상징한다. 서쪽으로 기우는 해가 가도의 인생역정을 예술적으로 보여주고 있다. 한 인간의 삶을 주마등처럼 그려내는 동시에 한 시대의 무력함과 슬픔을 투영하고 있다.

납란성덕의 「완계사浣溪沙」를 보자.

誰念西風獨自涼	뉘가 가을바람에 그리워하며 홀로 처량해하는가.
蕭蕭黃葉閉疏窗	분분한 낙엽들이 꽃문살을 뒤덮네.
沉思往事立殘陽	석양 아래서 깊숙한 옛 기억속으로 빠져든다.

고전시가에서 석양과 일몰은 풍부한 역사적 의미가 축적된 기호로서 시인의 역사적 감수성을 자극하는 최고의 매개체다. 석양 속에 홀로 선 시인은 우수수 떨어지는 낙엽과 쓸쓸한 꽃문살을 통해 어지러운 역사와 지난일들을 떠올리고 무력한 사색에 잠긴다.

예술세계에서 석양은 지나간 과거이자 회상이다. 황혼 이미지가 왕조의 교체와 거대한 변화가 생겨나는 역사를 표현하는데 사용되면 더 큰 역사적 의미가 획득된다. 황혼의 예술 형식 속에는 천지개벽과 같은 정치적 배경이 깔려 있다. 고금의 영고성쇠와 역사를 담음으로써 황혼은 개인적인 삶의 상징을 넘어서 인류의 역사를 상징하게 된다.

群山萬壑赴荊門	뭇 산과 골짜기가 형문으로 이르는데,
生長明妃尚有村	명비가 나고 자란 마을이 남아 있네.
一去紫臺連朔漠	자줏빛 궁궐을 떠나서 북방의 사막으로 갔건만,
獨留青塚向黃昏	홀로 푸른 무덤으로 남아 황혼을 향하노라.

— 두보(杜甫),「영회고적(詠懷古蹟) 3」

斜陽草樹	풀숲으로 석양이 기울고
尋常巷陌	비좁은 골목으로 들어서니
人道寄奴曾住	사람들이 그곳을 기노가 살던 곳이라 하네.

| 想當年金戈鐵馬 | 북벌전쟁에 나선 그 해, 무쇠창에 철마를 타고 |
| 氣呑萬裏如虎 | 호랑이 같은 기세로 만리를 질주했었지. |

— 신기질(辛棄疾), 영우락(永遇樂)「경구북고정회고(京口北固亭懷古)」

酒旗戲鼓甚處市	주막집 깃발과 놀이판의 북소리는 어디에 있는가.
想依稀王謝鄰裏	기억을 더듬어보니 무너진 골목은 왕 씨와 사 씨의 저
	택이 있던 터로구나.
燕子不知何世入	시절을 모르는 제비가
尋常巷陌人家	여염집 처마로 날아드네.
相對如說興亡斜陽裏	마주보고 서니 석양빛에 흥망성쇠가 어른대네.

— 주방언(周邦彦), 서하(西河)「금릉회고(金陵懷古)」

시인은 역사성이 풍부한 화면들을 그려낸다. 궁궐과 사막, 왕소군의 쓸쓸한 무덤 위로 석양이 드리운다. 붉은 노을 아래 군사들을 호령하는 유유劉裕의 웅장한 기개를 노래하고 왕조가 바뀐 시절을 알리 없는 제비를 노래한다. 황혼과 석양이 우리를 드넓은 역사적 공간으로 이끌고 가는 순간이다. 문화적 상징을 통해 석양은 거대한 역사를 반추하게 만든다.

황혼은 예술화되고 기호화된 역사다. 기호는 단순한 형식으로 역사를 표현하지만 그 단순한 형식 속에 실린 역사의 무게는 실로 거대하다. 어지럽게 바뀌는 세상과 천년의 시간을 달리는 말, 황혼과 석양은 역사의 흔적이자 증인이다.

| 青山依舊在 | 청산은 변함없이 그 자리에 있고 |

| 幾度夕陽紅 | 몇 번인가 석양은 붉어졌던가. |

—양신(楊愼), 「임강산(臨江仙)」

3) 황혼의 시간적 의미 3 – 허무한 생명 체험

죽음이 다가오는 황혼 이미지는 서로 다른 두 가지 의미를 보여준다. 우선, 생명은 짧을수록 그 의미가 더 커진다. 생명에 대한 아쉬움은 생명의 창조력을 통해 연장될 수 있다. 찰나 속에서 영원을 이루고 유한에서 무한에 이른다. 하이데거의 표현을 빌리면, "죽음을 바라보는 관점에서 우선적으로 조명해야 하는 것은 역시 현존재에 대한 깨달음이다".

공명과 출세를 향한 전통 사대부들의 욕망 역시 생명을 연장하려는 노력이었다. 굴원은 「이소」에서 "노년은 서서히 찾아오는데 이름을 세우지 못함이 두려울 뿐老冉冉其將至兮 恐修名之不立"이라고 마음의 흔적을 드러낸 바 있다. 육기陸機는 「장가행長歌行」에서 "역사책에 이름이 오를만한 업적을 쌓지 못해 한스러울 뿐但恨功名薄 竹帛無所宣"이라며 탄식했다.

시공을 초월한 생명 연장을 꿈꿨던 시인들은 고난과 시련 속에서도 비극적인 몸부림과 노력을 멈추지 않았다. 조조曹操는 「귀수수龜雖壽」에서 "큰 뜻을 품은 자는 노년이 되어도 영웅호걸의 기개를 버리지 않는다烈士暮年 壯心不已"고 했으며, 두보는 「귀歸」에서 "타향에서 늙어감을 기꺼이 받아들이지만, 시는 버리지 못한다他鄉悅遲暮 不敢廢詩篇"고 했다. 황혼이 다가올수록 더욱 분발하고 더욱 거세게 저항하는 비장하고 적극적인 정신이 표현되었다.

그러나 한편, 가장 흔하게 나타나는 황혼 이미지는 역시 허무하고 공허한 생명 체험이다. 죽음이 기정사실이라면 현실은 더 이상 의미가 없다. 삶과 죽음이 두 개의 서로 다른 세계라면 노력 역시 헛되고 생명도 순수한 우연이며 미래는 더욱 허망하다. 사람들은 흐르는 시간을 붙잡고 싶지만 죽음은 거부할 수 없는 운명이다.

| 回頭問殘照 | 고개 돌려 지는 해에게 묻건만, |
| 殘照更空虛 | 지는 해는 더욱 공허하다. |

—이상은(李商隱), 「근화(槿花) 2」

| 願攬羲和轡 | 희화의 고삐를 잡아 |
| 白日不移光 | 해가 빛을 움직이지 않게 하고자. |

—완적(阮籍), 「영회시(詠懷詩) 15」

三皇大聖人	대성인 삼황은
今復在何處	지금 어느 곳에 있는가?
彭祖愛永年	팽조도 영원히 살고자 했지만
欲留不得住	뜻을 이루지 못했다.
老少同一死	노인도 아이도 모두 죽고,
賢愚無復數	어진 자도 어리석은 자도 두 번 살지 못한다.

—도연명(陶淵明), 「형영신(形影神)」, 「신석(神釋)」

빈자와 부자, 귀한 자와 천한 자, 어진 자와 어리석은 자를 막론하고 사람은 누구나 죽음의 법칙에서 벗어날 수 없다. 이 때문에 생명의 가치는 훼손되고 생명의 허무 체험이 존재의 의미를 부정하게 된다. 그래서 사람들은 생명을 허무하다고 느끼며 부정한다. 전통철학에도 삶에 대한 깊고 무거운 한숨이 담겨 있고 문학에도 일몰 콤플렉스가 나타난다.

하늘과 땅은 다함이 없지만 사람은 죽음의 때가 있다. 무한 속에 맡겨진 유한
한 생명의 시간은 문틈으로 보이는 천리마처럼 스쳐지나간다.

天與地無窮 人死者有時 操有時之具而託於無窮之間 忽然無異騏驥之馳過隙也

—『장자』「도척(盜蹠)」

浩浩陰陽移	음양의 변화는 거대하고
年命如朝露	운명은 아침 이슬과 같네.
人生忽如寄	삶은 홀연히 왔다가는 더부살이와 같으니
壽無金石固	생명은 단단한 금석이 아니네.

—고시 19수, 「구차상동문(驅車上東門)」

이러한 분위기 속에서 중국문인들의 영혼은 더욱 **빠르게** 늙어갔다. 인
간의 사회적 의미와 이성적 추구는 부정되고 인간의 자연적 본능과 감각
기관의 기능만 남게 되었다. 허무의 인생관 속에서 속세의 향락을 추구하
고 흐릿한 황혼 아래서 흐릿한 인생의 감각을 전달한다.

懸車在西南	의화가 태양을 수레에 싣고
羲和將欲傾	서남쪽으로 사라지네.
流光耀四海	사해를 비추던 밝은 빛 속으로
忽忽至夕冥	어둠이 닥쳐오네.
朝爲鹹池暉	아침에 함지에서 빛나던 해가

蒙汜受其榮　　　　저녁에는 몽사로 넘어가네.

豈知窮達士　　　　모든 것을 통달한 사람도

一死不再生　　　　한 번 죽으면 다시 태어나지 못한다네.

視彼桃李花　　　　복사꽃도 오얏꽃도

誰能久熒熒　　　　영영 타오르지는 못한다네.

君子在何許　　　　군자는 대체 어디에 있는가,

嘆息未合幷　　　　탄식을 멈출 수 없네.

瞻仰景山松　　　　경산의 소나무를 바라보며

可以慰吾情　　　　마음을 달랠 뿐.

ㅡ완적, 「영회시 18」

歌聲送落日　　　　노래하는 소리 지는 해를 보내고

舞影回淸池,　　　　춤추는 그림자 푸른 물결 위를 일렁이네.

今夕不盡杯　　　　오늘밤 이 잔을 비우지 않으면

留歡更邀誰　　　　기쁨 남겨두었다가 다시 누구를 초대할까.

ㅡ이백, 「연정참경산지(宴鄭參卿山池)」

長繩難係日　　　　긴 밧줄로 해를 묶어두기 힘드니

自古共悲辛　　　　예부터 모두 괴로워했다네.

黃金高北鬥　　　　북두처럼 높은 황금으로

不惜買陽春　　　　따스한 봄날을 살 수 있다면 아깝지 않으리.

ㅡ이백, 「의고(擬古) 3」

지는 해를 배경으로 한 위 시들에서 생명은 허무하고 흐릿한 색채로 물들어 있다. 지는 해를 따라서 영웅의 기백과 생명의 찬란함도 함께 사라졌다. 황혼은 죽음의 발자국 소리를 울리며 다가온다. 죽음의 존재 때문에 삶의 의미는 복잡하고 모호해진다. 인생은 허무하고 창망하며 인생의 꿈도 암담하게 스러진다.

詩書寒座外　　　시서가 자리 한 쪽에 쌓여 있는데,
日昃不遑研　　　해가 기울도록 쳐다볼 겨를이 없네.

—도연명, 「영빈사(詠貧士)」

日從海旁沒　　　해는 물 위로 떨어지고
水向天邊流　　　물은 하늘가로 흐른다.
長嘯倚孤劍　　　외로운 칼에 기대어 길게 휘파람 불며
目極心悠悠　　　아득히 먼 곳을 바라보니 마음이 한가롭다.
歲晏歸去來　　　노년에는 고향으로 돌아가오,
富貴安可求　　　어찌 부귀를 구하리오.

—이백, 「증치랑중종지(贈崔郎中宗之)」

오직 현실의 향락만이 실재적이고 유의미한 것이다.

生年不滿百　　　백 년에도 못미치는 인생,
常懷千歲憂　　　천년의 근심을 품고 살지.
晝短苦夜長　　　낮은 짧고 고통의 밤은 길진데

何不秉燭遊   어찌 촛불을 밝히고 즐기지 않으리.

— 고시 19수 「생년불만백(生年不滿百)」

황혼의 허무한 감상 속에서 어둠과 함께 밀려드는 황혼의 시간적 의미가 확립되었고 짙고 무거운 황혼 정서가 중국시인들의 비극적 성향과 상심한 마음을 투영하고 있다.

혹자는 중국문화를 '즐거움의 문화樂感文化'로 인식하지만 사실상 중국문화에서 즐겁다고 할 수 있는 곳에는 새하얀 구름이 순식간에 검은 먹구름으로 뒤바뀌는 혼란한 세상을 바라보는 무력한 황혼의 분위기가 함께하고 있다. 그래서 중국인들은 거의 파안대소하지 않는다. 근심과 걱정으로 점철된 그 유명한 공자와 묵자의 현학은 차치하고 종신대화終身大化 여물부침與物浮沉을 내세우는 도가, 고요하고 한적한 분위기 속에서 정신을 집중하고 내면을 응시하자는 선종에서도 초탈 속의 슬픔, 미소 속의 괴로움에서 벗어날 수 없으며 봉건시대의 제왕조차도 예외가 아니었다. 양梁 간문제簡文帝 소강蕭綱은 "아침 햇살은 환하게 빛나고, 한밤의 물시계는 조급하게 떨어진다朝光照晈晈 夕漏轉駸駸"고 했다.

중국문화에는 해에 대한 깊은 깨달음이 있다. 중국인들은 중천으로 높이 떠올랐다가 서쪽으로 기우는 해의 운명을 통해 권불십년權不十年 화무십일홍花無十日紅의 인생 경구를 도출해냈다. 슬픈 황혼은 중국문인들의 슬픈 마음을 투영한다.

해가 중천에 떠오르면 기울고 달도 차면 이지러진다. 천지도 가득 차면 비위지고 세월과 함께 영고와 성쇠가 뒤바뀌는데, 하물며 사람은 어떠하겠는가?

日中則昃 月盈則食 天地盈虛 與時消息 而況於人乎?

황영무黃永武는 『중국시학中國詩學』에서 "해가 지는 저녁은 시간과 세월에 대한 절박함을 상징하고 아득하게 먼 길은 이상 실현의 어려움을 상징한다. 지는 해와 먼 길의 상징은 일찍이 선진시대 굴원의 「이소」에서부터 중국시의 원형으로 등장한다"고 했다. 황혼 이미지 속에 내재된 시간적 '늦음', 공간적 '멂'이 중국시인들의 비극적 심리를 구성한다. 그러나 이러한 시공이 합일된 슬픔은 근본적으로 해질녘이라는 시간 때문에 발생한다는 점을 인식해야 한다. 시간적으로 저녁이 가까워질수록 공간적으로 '먼 길'이 부각된다. 전종서 선생은 "닿을 수 없는 거리, 쫓을 수 없는 시간. (…중략…) 시간 체험을 언어로 표현하기 어렵기 때문에 공간을 빌려 대신 보여준다"고 했다.

황혼 시간이 의미하는 처연한 슬픔은 요원한 공간에 대한 감탄을 불러오고 세월의 절박함, 힘겨운 이상 추구, 영혼의 고독에 대한 깊은 옛 사대부들의 깨달음을 깊이 있게 보여준다.

황혼 이미지에서 우선적으로 표현된 것은 서산으로 해가 기울고 세월은 속절없이 흘러가는데 대업은 이루지 못한 옛 문인들의 절박함이다. 문학사에서 굴원이 자신을 기다려주지 않는 야속한 세월과 대업을 이루지 못한 걱정과 불안한 마음을 통곡하듯 표현했다. "노년은 서서히 찾아오는데 이름을 세우지 못함이 두려울 뿐老冉冉其將至兮 恐修名之不立." 이에 대해 왕부지는 이렇게 주석을 달았다.

천지는 아득하고 끝이 없다. 앞서간 옛사람들이 있고 뒷따라 올 후인들이 있지만 모두 내가 만날 수 있는 사람들이 아니구나. 천지 안에 살고 있지만 그 시간이 유한하다는 것이 인생의 큰 슬픔이로다. 마음속에 품은 뜻을 펼지지도 못했는데 세상과는 자꾸만 어긋나고 정신과 육체는 사그라들고 있구나.

念天地之悠悠無涯 前有古人 後有來者 皆非我之所得見 寓形宇內 爲時凡幾 斯即生人之大哀矣況素懷不展 與時乖違 神將去形.

시간과 세월에 대해 조급해 한 것은 굴원만이 아니다. 시간과 세월은 수많은 중국시인들의 영혼을 괴롭혔다.

一日復一夕	날이 밝으면 저녁이 오고
一夕復一朝	저녁이 가면 아침이 온다.
顔色改平常	하루하루 얼굴빛은 달라지고
精神自損消	정신은 쇠잔해간다.

시간은 시인들에게 시대의 위대한 업적을 쌓고 널리 공명을 떨치라고 일깨운다.

功業未及建	아직 공적을 쌓지 못했는데
夕陽忽西流	어느덧 서쪽하늘에 석양이 드리운다.
時哉不我與	시간은 나를 기다리지 않고
去乎若雲浮	떠도는 구름처럼 사라져 간다.

도도하게 흘러가는 세월 앞에서 비장한 몸부림을 친다.

烈士暮年	큰 뜻을 품은 자는 노년이 되어도
壯心不已	영웅호걸의 기개를 버리지 않는다.

落日心猶壯	해는 져도 마음이 굳건하고,
秋風病欲蘇	가을바람에 병도 나을 것 같네.

또 황혼 이미지는 외롭게 세상 끝을 떠도는 시인들의 지친 영혼을 보여준다. 마치원馬致遠의 유명한 소령小令 천정사天淨沙 추사秋思가 대표적이다.

枯藤老樹昏鴉	마른 덩굴, 오래된 고목, 저녁 까마귀
小橋流水人家	작은 다리, 흐르는 물, 인가
古道西風瘦馬	옛길, 가을바람, 여윈 말
夕陽西下	서쪽으로 흘러가는 석양.
斷腸人在天涯	세상 끝에서 애가 끊어지는 한 사람.

황혼이 드리운 고목, 마른 나뭇가지 위에서 울부짖는 까마귀, 석양이 붉게 물든 작은 다리가 있는 마을 풍경에서 스산하고 황량한 비애, 영혼의 나태와 권태가 묻어난다. 황혼의 이미지를 빌려, 공간적으로는 석양이 물든 산속에서 끝없는 여정이 이어지는 머나먼 길, 시간적으로는 속절없이 흘러가는 세월 속의 짧은 삶을 표현하고, 정처 없이 떠돌며 지칠 대로 지친 지식인의 모습을 그려낸다. 마치원의 소령은 중국문인들의 황혼 정서를 정확하게 표현한 까닭에 많은 사랑을 받고 있다. 그런데 '석양－고도古道－지친 말－행인'으로 연결되는 서사 방식은 고전시에서 흔하게 나타나

는 양식으로 마치원이 처음 시도한 것은 아니다. 아래 시에서 보듯이 당대의 류장경도 즐겨 사용했다.

疲馬顧春草	지친 말은 봄풀을 찾고,
行人看夕陽	나그네는 석양을 바라본다.

— 「출풍현계기한명부(出豊縣界寄韓明府)」

清川已再涉	강을 두 번이나 건너고
疲馬共西還	지친 말과 함께 서쪽으로 돌아간다.

— 「사환지릉피역도사수작(使還至菱陂驛渡溮水作)」

亂鴉投落日	까마귀떼가 지는 해를 향해 어지럽게 몰려들고,
疲馬向空山	지친 말은 텅빈 산을 향해 걸어간다.

— 「은칙중추사첩추부소주차전계관작(恩敕重推使牒追赴蘇州次前溪館作)」

　석양 아래서 느끼는 피로와 고단함은 류장경 개인의 경험만이 아니다. 황혼의 천애권객天涯倦客이 세상 사람들의 공감을 불러왔던 것은 수많은 중하층 지식인들의 보편적인 경험을 대변했기 때문이다. 류장경의 대표작 「봉설숙부용산주인逢雪宿芙蓉山主人」에 대해 지금까지 이루어진 분석은 눈이 퍼붓는 추운 겨울 저녁에 집으로 돌아가는 시인의 개인적 경험을 해석하는 데 치중했다. 그런데 실제로 이 작품에서 더 크게 부각되는 것은 지식인들의 집단 심상이다.

　셋째, 황혼은 또 석양 아래 긴 칼을 차고 홀로 탄식하는 옛 사대부들의 상실감을 보여주고 있다. 석양과 황혼은 다양한 층위의 아름다움을 담고 있다. 역사를 상징하는 황혼은 유원悠遠하고 창망蒼茫하며, 삶을 상징하는 황혼은 초조하고 순간적이다.

勝地幾經興廢事　　등왕각은 얼마나 많은 흥망성쇠를 겪었던가,
夕陽偏照古今愁　　석양이 고금의 수많은 아픔들을 비추네.

— 왕안국(王安國), 「등왕각감회(滕王閣感懷)」

시인들은 석양 아래 홀로 서서 연기처럼 사라진 지난 날들을 돌이키며 만감이 교차한다. 개별 생명은 영원한 존재와 대립하고 출세와 공명功名은 무한한 시공과 대립한다. 역사는 유약하고 창백하다. 고독과 환멸, 상실감과 감상感傷이 파도처럼 밀려온다.

遲遲白日晚　　　뉘엿뉘엿 하얀 해가 저물고,
裊裊秋風生　　　소슬소슬 가을바람이 인다.
歲華盡搖落　　　세월의 아름다움 모두 다 지는데,
芳意竟何成　　　향기로운 꿈은 어쩌란 말이냐.

— 진자앙(陳子昻), 「감우(感遇) 2」

'지는 해白日晚'와 '가을바람秋風生'에서 상징성이 넘쳐난다. 해질녘에 꽃 같은 삶을 돌이켜보며 한숨 짓는다. 가을바람과 석양빛 아래서 시들어가는 꽃잎은 그 얼마나 많은 향기를 뿌렸을까?

해는 뉘엿뉘엿 기울어도 봄날은 끝이 없다. (…중략…) 꿈같던 지난 날을 돌이키며 남몰래 눈물을 떨군다.

斜陽冉冉春無極 (…中略…) 沈思前事 似夢裡 淚暗滴

—주방언(周邦彦), 란능왕(蘭陵王)「류(柳)」

연기 같은 지난날, 꿈 같은 지난 날이 슬픔과 함께 밀려온다. 남몰래 쓰디쓴 눈물을 떨군다. 황혼 분위기의 인생 체험은 황혼기에 접어든 옛 문인들의 무거운 상실감을 투영한다.

十年一夢凄凉	십 년의 꿈에서 깨어나자 서글픔이 몰려온다.
似西湖燕去	서호를 날던 제비들도 떠나고
吳館巢荒	왁자하게 웃고 떠들던 사람들도 사라진 텅 빈 누각은 빈 둥지처럼 쓸쓸하다.
重來萬感	다시 이곳에 오니 만감이 교차한다.
依前喚酒銀罍	예전처럼 은항아리에 술을 청해 마신다.
溪雨急	갑자기 빗방울이 수면 위를 두드린다.
岸花狂	언덕 위 꽃들이 하늘거리며 떨어진다.
趁殘鴉 飛過蒼茫	까마귀들은 드넓은 하늘 위를 가로지른다.
故人樓上	지난 날의 누각에 다시 올라섰네.
憑誰指與 芳草斜陽	석양이 드리운 저 향기로운 꽃들을 누구와 함께 즐길까.

오문영吳文英의 작품 「야합화夜合花 자학강입경박풍문외유감自鶴江入京泊葑門外有感」에서 '방초사양芳草斜陽'은 시인이 상상으로 그린 경물이다. 시인은

거대한 역사와 인생의 상실감을 표현하기 위해 의도적으로 허구의 방초 사양을 가져왔다. 왜냐하면 석양과 황혼에는 수많은 사람들이 경험해온 상실의 체험과 감수성이 녹아있기 때문이다. 황혼에는 옛 문인들의 지친 영혼, 잃어버린 것들에 대한 탐색, 생명에 대한 초조한 마음이 드러난다. 이 때문에 황혼은 견디기 어려운 시간이 되었다.

病葉驚秋色	메마른 잎은 가을 빛에 놀라고
殘蟬怕夕陽	늦가을까지 살아남은 매미는 석양을 두려워한다.

空懷感	텅빈 마음을 달래고자
有斜陽處	해가 기울어져가니,
卻怕登樓	오히려 누대에 오르기도 두렵구나.

怕黃昏忽地又黃昏	황혼이 두렵네. 황혼은 느닷없이 그렇게 찾아온다네.
不銷魂怎地不銷魂	넋을 잃고 싶지 않지만 어떻게 넋을 잃지 않을까.

　사람들이 피하고 두려워하는 것은 당연히 순수한 시간적 차원의 해 저무는 황혼이 아닌 상징화된 황혼과 예술화된 석양이다. 황혼의 시간에는 너무도 많은 슬픔이 퇴적되어 있다. 황혼 정서 때문에 중국문인들은 아주 젊은 시절에서부터 늙어가는 마음을 표현했지만 다른 한편으로는 살아있는 시간을 뜨겁게 사랑하고 분발하기도 했다.

少壯不努力	젊은 시절에 노력하지 않는다면,

老大徒傷悲   늙어서 부질없이 서러워하리라.

— 한악부(漢樂府), 「장가행(長歌行)」

오래된 황혼에는 민족의 정감과 영혼의 역사가 기록되어 있다.

3. 그림 같은 석양 – 황혼의 공간적 의미 : 슬픔의 미학적 전통

竹憐新雨後   봄 비 내린 후의 어여쁜 대나무 숲,

山愛夕陽時   석양이 드리운 사랑스런 산.

황혼은 감상적이기도 하지만 심미적이기도 하다. 청대의 왕사정王士禎이
이런 글을 남겼다.

　　강을 따라가며 보는 저녁 노을은 최고의 절경이다. 바람 때문에 소고산에서
　　사흘이나 발이 묶였지만 황홀한 노을의 아름다움에 빠져 힘든 것도 까맣게 잊
　　었다. 뱃사공이 쌀이 떨어졌다고 알려왔지만 걱정은 접어두었다.
　　江行看晩霞 最是妙境 餘嘗阻風小孤三日 看晩霞極妍盡態 頓忘留滯之苦 雖舟
　　人告米盡 不恤也.

왕사정은 쌀이 떨어졌다는 말을 들은체 만체할 정도로 석양과 저녁 노
을의 아름다운 풍경에 탐닉하며 빠져들어 갔다. 정신적 경계의 환희와 희
열이 배를 타고 떠돌아다니는 현실의 곤궁함을 희석시킨 것이다. 여기서

석양의 심미적 기능이 드러난다. 옛 문인들이 석양의 시적인 정취와 그림 같은 풍경에 집착했던 것은 석양의 따뜻함 속에서 영혼의 위안을 찾았기 때문이다.

> 淸輝與靈氣　　　맑은 빛과 신령스러운 기운이
> 日夕供文篇　　　밤낮으로 시를 쓰게 하네.

청대의 원매袁枚가 다음과 같이 말했다.

> 但肯尋詩便有詩　　시를 찾고자 하면 시는 어디든 있을지니,
> 靈犀一點是吾師　　무소 뿔의 점 하나도 나의 스승이라네.
> 夕陽芳草尋常物　　석양과 들꽃 같은 평범한 사물들도
> 解用都爲絶妙辭　　잘 사용하면 절묘한 시가 될 수 있다.

석양과 저녁 노을은 시인의 영감을 가장 잘 불러일으킨다. 꽃처럼 일상적인 사물도 석양이 드리우면 시인의 예민한 촉수가 반응하고 무한한 시정詩情이 일렁인다. 그리고 시는 석양과 저녁 노을의 출현 여부에 따라 그 심미적 가치도 확연하게 달라진다.

> 斜陽外　　　　저무는 해에
> 寒鴉萬點　　　갈가마귀들이 하늘을 뒤덮고
> 流水繞孤村　　강물은 외딴 마을을 감싸 안고 흐른다.
> ─진관(秦觀), 「만정방(滿庭芳)」

진관의 이 작품을 두고 조보지晁補之는 "글자를 모르는 사람도 알아보는 하늘이 내린 좋은 글"이라고 격찬했다. 사실상 진관의 만정방은 수양제隋煬帝의 오언절구 「야망野望」에 나오는 "寒鴉飛數點 流水繞孤村한아비수점류수요고촌"을 모방한 것이다. 진관은 그저 "斜陽外사양외" 세 글자만을 보탰을 뿐이다. 그런데도 그토록 많은 찬사를 받은 것은 석양이 가진 심미적 가치 때문일 것이다.

옛사람들이 자연 속에서 즐겨 노래한 여덟 가지 풍경, 이른바 8경은 안개가 내려앉은 산사의 저녁 종소리煙寺晩鐘, 비 갠 뒤 물안개가 낀 산촌 마을山市晴嵐, 눈이 흩날리는 저녁 강江天暮雪, 동정호의 가을달洞庭秋月, 소강과 상강의 비 오는 밤瀟湘夜雨, 먼 곳에서 돌아온 나루터의 배遠浦歸帆, 모래톱 위에 내려앉은 기러기떼平沙落雁, 저녁 노을이 드리운 어촌漁村夕照이다. 여기서 비, 노을, 안개, 종소리, 바람, 돛, 눈, 달은 대부분 황혼의 경물이다.

일본 승려 편조금강遍照金剛, 진언종의 창시자는 이렇게 말했다.

석양을 바라보는 자는 안개와 노을에 생각을 담고 숲과 산봉우리에 정을 담은 다음, 그 정조를 막힘없이 아름다운 말로 표현했다.

夫夕望者 莫不鎔想煙霞 煉情林岫 然後暢其情調 發以綺詞.

중국시인들은 눈 앞에 펼쳐진 석양에 생각과 감정을 녹여 담고 황혼의 고전미학을 그려냈다. 해 저무는 황혼의 시간적 슬픔, 석양과 노을의 심미적 따뜻함이 독특한 분위기가 있는 슬픔의 미학을 구성한다.

暮煙起遙岸   저녁 연기가 강둑에서 피어나고

斜日照安流   석양빛이 고요한 수면을 비추네

一同心賞夕   함께 마음으로 석양을 감상하노라니

暫解去鄕憂   고향을 떠나온 시름도 잠시 사라지네.

석양이 주는 심미적 희열이 황혼의 슬픔을 상쇄하고 희석한다. 또 황혼의 슬픔은 석양의 그윽하고 은은한 아름다움을 부각시킨다. 중국고전의 황혼미학은 순수한 희극적 열광도 아니고 순수한 비극적 절망도 아니다. 따뜻함과 비애가 공존하고 희열과 처연함이 공존하는 슬픔의 미학이다. 이어서 황혼미학을 형식, 의미, 의경으로 나누고 그 구성을 분석해보자.

1) 황혼미학의 형식적 층위 - 아련하고 따뜻한 빛이 주는 심미적 체험

황혼미학을 논할 때 부드럽고 몽롱한 광선, 붉은빛과 푸른빛이 어우러진 색채의 향연이 주는 감각 기관의 희열과 쾌감을 **빼**놓을 수 없다.

一簾晚日看收盡   창 밖으로 석양은 지고,

楊柳微風百媚生   산들바람과 버드나무는 온갖 아름다움 만들어내네.

ㅡ 사조(謝朓),「만등삼산환망경읍(晚登三山還望京邑)」

餘霞散成綺   노을은 채색 비단처럼 흩어지고,

澄江靜如練   강물은 하얀 명주처럼 맑고 고요하다.

ㅡ 왕발(王勃),「등왕각서(滕王閣序)」

落霞與孤鶩齊飛 　 노을은 외로운 물오리와 함께 날아오르고,

秋水共長天一色 　 가을 강물은 긴 하늘과 한 빛으로 어우러진다.

—진여의(陳與義),「청명(清明)제2수」

平堤漸放春蕪綠 　 잔잔한 물결의 둑에는 봄의 푸르름이 점차 피어나고,

細浪搖翻夕照紅 　 잔잔한 물결에는 석양의 붉음이 찰랑거린다.

—육유(陸遊),「야취(野炊)」

　그림처럼 고운 황혼과 다양한 모습으로 변신하는 석양을 노래한 시들이다. 이 시들을 읊노라면 인류의 가장 심오한 미적 체험은 대자연의 훈도薰陶에서 시작된다는 확신이 든다. 푸른 산과 물은 옛 그대로의 익숙한 풍경이지만 그 풍경에 석양과 노을이 더해지면 독특한 미학적 의경이 연출된다.

好山萬皴無人見 　 봉우리 봉우리 아름다운 산, 아무도 보는 이 없어

都被斜陽拈出來 　 서산으로 넘어가던 해님이 그 모습을 비추네.

—양만리(楊萬裏),「주과사담(舟過謝潭)」

　석양은 위대한 거장이다. 그의 손길이 스치면 푸른 산과 물, 흐르는 강과 하늘은 더 매력적인 모습으로 다시 태어난다.

一道殘陽鋪水中 　 한 줄기 석양빛이 물 위로 드리우고

半江瑟瑟半江紅 　 절반의 푸른 강과 절반의 붉은 강이 나란히 흐른다.

—백거이(白居易),「모강음(暮江吟)」

無數青莎繞玉階   청사풀이 옥계단을 뒤덮고,

夕陽紅淺過牆來   붉은 노을이 담장으로 스민다.

—진관(秦觀), 「추사(秋詞) 2」

湖上榜舟歸薄暮   호수를 떠돌던 배는 저녁 무렵 돌아가고,

斜陽紅入寺家樓   붉은 석양은 절집으로 찾아든다.

—육유(陸遊), 「호상만귀(湖上晚歸)」

황혼의 심미적 형식에서 붉은색을 중심으로 자줏빛, 초록빛, 주황빛, 노랑빛이 어우러지며 순식간에 천태만상의 다양한 모습을 빚어내는 색채구성이 특히 눈길을 끈다.

淥水畫橋沽酒市   맑은 냇물, 화려한 장식이 조각된 다리, 술 파는 시장.

清江晚渡落花風   푸른 강물, 저녁의 나루터, 꽃잎 흩날리는 바람.

千古夕陽紅   천고의 붉은 석양.

—중수(仲殊), 「남서호(南徐好)」

更上層樓見城郭   한 층 더 올라서 저 멀리 성곽을 바라보는데,

亂鴉古木夕陽紅   고목에 까마귀는 어지럽고 석양은 붉네.

—왕원량(汪元量), 「서주(徐州)」

返照千山赤   겹겹이 이어진 산들 석양빛에 붉게 물들고

寒煙一島青   차가운 안개에 둘러싸인 외로운 섬 홀로 푸르다.

一류기(劉基), 「망고산작(望孤山作)」

溪水無聲夕照紅　　시냇물은 소리없이 잔잔하고 석양은 붉게 타오르는데,

山村進艇不須風　　산마을로 향하는 작은 배는 바람 없이도 나아간다.

一심증식(沈曾植), 「제유책신화책(題俞策臣畫冊)」

　시인들은 저녁 노을의 선명한 붉은색에 집중했다. 붉은색은 중국문화에서 장엄함, 행운과 경사, 흥분과 열정을 나타낸다. 붉은 석양빛은 꺼지는 순간까지 타오르는 생명을 상징하면서 창망하고 비장한 생명의 운율을 보여준다. 칸딘스키는 붉은색을 "냉혹하게 타오르는 격정, 자기 안에 존재하는 견고한 힘"이라고 표현했다. 그리고 붉은색의 심미적 형식 안에서 "붉은 유리를 통해 보이는 풍경은 최후의 심판에서 천지를 가득 채웠던 빛을 연상시킨다. 나도 모르게 경외심이 일어난다"라고 한 괴테의 말이 실현된다. 붉은 석양빛 속에는 중국민족이 칼과 불의 세례를 받고 야만에서 문명으로 나아가는 역사 속에서 쌓은 심미적 정서가 흐르고 있으며, 비장한 노래와 갈망으로 타오르는 생명의 격정이 솟구친다. 색채는 그 어떤 설명의 언어보다 뛰어난 형식이다. "정서를 표현하는 기능에 있어 색채는 형상보다 한 수 위에 있다. 석양의 노을 빛, 짙푸른 지중해의 빛에서 표현되는 정서는 그 어떤 고정된 형상도 따라잡지 못한다." 당연히 황혼의 색은 붉은색 한 가지뿐만이 아니다. 빛의 변화와 명멸에 따라 석양도 다양한 빛깔과 자태의 매력을 변화무쌍하게 드러낸다.

蒹葭淅瀝含秋霧　　가을 안개를 머금은 갈대가 사락사락 흔들리고,

橘柚玲瓏透夕陽　　맑고 빛나는 귤빛이 저녁 햇살을 뚫는다.

─류종원(柳宗元), 「득로형주서인이시기(得盧衡州書因以詩寄)」

落雁影邊寒水碧　　기러기 그림자 내려앉은 푸른 물,

歸鴉啼處夕陽黃　　까마귀 울음소리 걸린 노란 석양.

─대병(戴昺), 「차운병옹임인구일재제소루(次韻屛翁壬寅九日再題小樓)」

淡紫斜陽嫩碧天　　옅은 자주빛 석양, 보드라운 푸른 하늘

一春今夕始開顏　　어느 봄날 저녁 미소 짓는 얼굴.

─양만리(楊萬裏), 「적우소제모립권서정전(積雨小霽暮立卷書亭前) 2」

夕陽在西山　　　　서산에 지는 석양,

紫翠鬱千色　　　　자줏빛 비취빛이 천 가지로 물들고

紅紫鬱千色　　　　붉은빛과 자줏빛이 천 가지로 물든다.

─심증식(沈曾植), 「사월이십일일요구렴방동년(四月二十一日堯瞿廉訪同年)」

　옅은 자줏빛이던 석양이 순식간에 부드러운 노란빛으로 바뀌고, 고요히 가라앉았다가 또 펄펄 끓어 오른다. 붉은빛과 노란빛이 짙어졌다 옅어지고 보라빛과 초록빛이 다채롭게 어우러진다. 이어지는 색채의 명멸과 변화가 다양한 심미적 반응을 불러온다.

　석양夕陽미학의 형식적 층위에서 또 다른 미학적 경계는 신비하고 유원하고, 몽롱하고 아련한 공간 구성이다. 석양의 아름다움은 어스름한 저녁 안개와 노을, 자욱한 물안개, 옅은 구름이 걸린 산과 함께 나타난다. 그것

은 동쪽으로 솟아오르는 아침 해의 선명함과 웅장함도 아니고, 모든 것을 있는 그대로 까발리는 정오의 붉은 해도 아니다. 어스럼한 황혼의 빛깔, 구름과 안개에 젖은 저녁의 빛깔, 아련하고 서글픈 빛깔들이 격리된 공간 안에서 흔들리며 마음이 창망해지는 정신적 경계로 끌고 간다. 아래의 시들을 보자.

蕭散煙霧晚	저녁 안개가 쓸쓸하게 흩어지고,
淒清江漢秋	장강과 한수 가을빛이 처연하다.
沙汀暮寂寂	저무는 모래톱은 적막하고,
蘆岸晚修修	갈대언덕 사이로 황혼이 가지런히 내린다.

— 하손(何遜), 「환도오주(還渡五洲)」

返照入江翻石壁	석양빛이 드리운 강물이 석벽을 비추고
歸雲擁樹失山村	돌아가는 구름이 나무를 에워싼 산마을 사라졌네.

— 두보(杜甫), 「반조(返照)」

寒樹依微遠天外	저 멀리 하늘 끝으로 차가운 날의 나무들이 아스라하고
夕陽明滅亂流中	어지러운 물결을 따라 석양이 일렁인다.

— 위응물(韋應物), 「자공락주행입황하즉사기부현료우(自鞏洛舟行入黃河即事寄府縣僚友)」

今日淒涼舊春色	처연한 오늘날 익숙한 봄날의 풍경은
可堪煙雨近黃昏	안개비 자욱한 황혼처럼 견디기 어려워라.

— 임포(林逋), 「춘일회력양후원유겸기선성천사(春日懷歷陽後園遊兼寄宣城天使)」

一抹殘霞	스러져가는 노을을 지우며
幾行新雁	북방에서 찾아온 기러기떼들이 줄지어 날아간다.
天染雲斷	하늘은 오색으로 물들고 구름은 조각조각 부서진다.
紅迷陣影	붉은 노을빛이 하늘을 온통 뒤덮고
隱約望中	얼핏얼핏 보이는 틈 사이로
點破晚空澄碧	푸른 저녁 하늘이 투명하게 새어나온다.

— 주방언(周邦彥), 「쌍두련(雙頭蓮)」

위 시들에서 그리고 있는 경물들은 모두 안개와 노을에 잠겨 있다. 사각사각 소리를 내는 갈대, 어슴푸레하게 보이는 쓸쓸한 마을, 서럽도록 처연한 강물, 아득하게 먼 산에서 '몽롱朦朧'과 '완약婉弱'의 미학적 스타일이 드러난다. '비향방통秘響傍通'하는 '은수隱秀'의 아름다움인 것이다. 석양과 황혼의 미학 형식은 감각기관의 희열과 정신적 승화를 불러온다.

| 夕陽薰細草 | 석양 아래 어린 풀들이 향기를 뿜고 |
| 江色映疏簾 | 성긴 발 사이로 강물 빛이 비친다. |

— 두보, 「만청(晚晴)」

저녁 햇살이 반짝이는 풀은 따스함이 넘쳐나고 성긴 발 틈으로 비치는 강물 빛이 끝없는 시심詩心을 불러 일으킨다.

| 四圍山一竿殘照裡 | 석양 빛이 산에 드리우자 |
| 錦屏風又添鋪翠 | 채색 병풍처럼 아름다운 풍경은 더욱 빛나네. |

| 夕陽興罷黃塵陌 | 석양의 흥이 세속에서 끝나니 |
| 直似蓬萊墮世間 | 바로 봉래산이 세상에 떨어진 듯 하네. |

―왕안석, 화혜사운(和惠思韻) 2수 예천관(醴泉觀)

석양의 심미적 희열이 우리를 깃털처럼 가벼운 봉래산의 선경으로 이끌고 간다. 그래서 중국문학에서는 도연명의 「귀조歸鳥」와 같은 심미적 체험을 추구한다.

| 日夕氣清 | 해지는 저녁 맑은 기운에 |
| 悠然其懷 | 마음 한가해지네. |

2) 황혼미학의 의미적 층위 - 고요하고 따스한 생명 체험

형식은 의미로 가득 채워져있기 때문에 예술 형식의 심층 구조 속에는 심오한 생명 체험이 자리하고 있다. 종백화宗白華 선생은 예술 형식 안에 넘쳐 흐르는 생명의 빛에 주목했다.

예술영혼은 자아를 망각하는 순간에 태어나는데 이른바 미학에서의 '관조' 다. 관조는 모든 것을 비우는 것에서 시작된다. 한점 거리낌이 없는 마음으로 세상과 잠시 절연하는 것이다. 만물을 응시하는 관조와 작은 깨달음, 그때 만물은 거울 속에 있는 듯 맑게 빛난다. 만물은 각자의 자리에서 각자의 충실하고 자유로운 얻은 자유로운 개개의 생명은 침묵 속에서 찬란한 빛을 토해낸다.

藝術心靈的誕生, 在人生忘我的一刹那, 即美學上所謂的'靜照'. 靜照的起點在
於空諸一切, 心無掛礙, 和世務暫時絶緣. 這時一點覺心, 靜觀萬象, 萬象如在鏡中,
光明瑩潔, 而各得其所, 呈現著它們各自的充實的、內在的、自由的生命, 所謂萬
物靜觀皆自得. 這自得的、自由的各個生命在靜默裏吐露光輝.

　　종백화 선생은 예술 영혼의 탄생을 두 가지로 나누었다. 첫째는 객관적
물상에 대한 항구적이고 집중적인 관조이며, 둘째는 영혼의 깨달음과 승
화다. 다시 말해, 예술 영혼이 잠시 세상에서 격리되면 고요한 침묵 속에
서 생명의 찬란한 빛을 뿜어낸다는 것이다. 아른하임이 『예술과 시지
각』에서 취한 관점에 따르면, 사물의 운동 및 형체 구조는 인간의 심리 및
생리적 구조에 대응되기 때문에 인간의 감정이 대상에 이입될 수 있다. 황
혼미학의 구조와 형식은 예술 영혼의 생명 체험에 대응된다. 우선, 해가
동에서 서로 이동하는 과정은 뜨겁게 위로 솟아올랐다가 맑고 텅 빈 고요
로 전환되는 과정이다. 이것은 열정으로 가득한 청춘기에서 차분하고 안
정된 만년으로 가는 생명의 구조와 맞물린다. 다음으로 영혼의 깨달음과
승화다. 즉, 문화적 상징 형식으로서의 황혼은 생명의 찰나성에 대한 탄식
을 불러오지만 석양의 아름다움이 생명의 슬픔을 희석한다. 석양의 미학
적 형식 속에 황혼의 생명 체험이 또 다시 재현될 때 석양은 고요하고 따
뜻한 분위기를 가지게 된다. 왕유王維의 유명한 작품 「녹시(녹채)鹿柴(鹿柴)」
가 전형적이다.

空山不見人　　　　　아무도 없는 텅 빈 산에
但聞人語響　　　　　어디선가 말소리가 들려온다.

返景入深林   숲속 깊은 곳으로 찾아 든 저녁 햇살이

復照青苔上   파란 이끼를 비춘다.

　위 시에서 석양의 밝은 빛은 고요와 깨달음의 희열이 있는 생명 체험을
상징한다. 적막하기 그지 없는 텅 빈 저녁 산, 드문드문 사람들의 말소리가
들려온다. 깊은 산속을 비추는 석양빛은 고요하고 찬란한 생명의 빛을 토해
내고 있다. 시인은 고요와 평화 속에서 조용히 미소 짓는, 형언할 수 없는
생명의 의미를 체험한다. 도연명의 「음주飮酒」에 나오는 구절이 떠오른다.

山氣日夕佳   산에는 고운 저녁 노을이 걸리고

飛鳥相與還   새들은 무리 지어 둥지로 찾아 든다.

此中有眞意   이 안에 참된 뜻이 있나니,

欲辨已忘言   소리쳐 말하고 싶지만 그만 말을 잊었노라.

　석양 속에서 느끼는 고요와 편안함을 언어로 표현하기 어려운 까닭은
신비한 동양철학의 깊은 사유 속에 생명 체험이 녹아 들었기 때문이다. 석
양과 황혼은 도가와 불가에도 예술적 깨달음을 전했다.

沙泉帶草堂   샘이 초당을 안고 흐르고,

紙帳卷空床   종이 장막이 빈 침상을 감싸고 있네.

靜是眞消息   고요만이 참된 경계라,

吟非俗肺腸   시는 속된 마음에서 나오지 않는다.

園林坐淸影   숲속 맑은 그늘에 앉아,

梅杏嚼紅香	붉은 살구향을 깨문다.
誰住原西寺	누가 서편의 절집에서
鐘聲送夕陽	종을 울리며 석양을 보냈나.

—석제기(釋齊己), 「하일초당작(夏日草堂作)」

승려는 석양의 희열과 고요를 노래하는 붓으로 세월과 함께 쌓여가는 슬픔, 세상의 갖가지 불행을 지워낸다. 저녁 종소리가 은은하게 울리고 해는 쓸쓸하게 기운다. 숲속에 정좌한 시인은 맑은 그림자를 둘러보며 짙은 살구향을 음미한다. 그 안에서 '고요가 진정한 경계'임을 깨닫는 생명의 희열을 체험한다.

花落柴門掩夕暉	꽃이 진 사립문은 석양에 닫혀있고,
昏鴉數點傍林飛	저녁 까마귀들 몇 마리가 숲을 날아다닌다.
吟餘小立闌幹外	시를 읊조리고 나서 잠시 난간 밖에 서니,
遙見樵漁一路歸	저 멀리 집으로 돌아가는 나무꾼과 고기잡이가 보이네.

—주돈이(周敦頤), 「제춘만(題春晚)」

사립문에 황혼이 내걸리고 숲 위를 선회하는 저녁 까마귀, 집으로 돌아가는 어부와 나무꾼 (…중략…) 황혼의 풍경들 속에서 부물운운夫物芸芸, 귀근왈정歸根曰靜, 무성하게 자란 것들이 뿌리로 돌아가는 것을 고요라 한다의 도가적 정서가 드러난다. 시인들은 석양을 관조하며 따스하게 빛나는 맑은 생명의 경지로 나아갔다.

3) 황혼미학의 의경적 층위 - 석양의 이미저리 구성

籠天地於形內	천지는 형상 안에 담겨 있고
挫萬物於筆端	만물은 붓끝에 묶여 있다.

    황혼의 의경意境은 해가 지는 석양 풍경 하나로만 표현되는 것은 아니다. 황혼 이미지는 중심 물상인 석양에 다른 부차적 물상이 결합된 거대한 이미지군이다. 석양과 황혼으로 물든 이미지들의 조합은 드넓은 정감과 미학적 정서를 표현하면서 유원하고 심오한 미학적 의경을 만들어낸다. 중심 물상인 석양은 산, 옛길, 수풀, 외딴 마을, 거친 사막, 둥지로 돌아가는 새, 구름, 안개비 등과 함께 어우러져 심미적 정서로 가득한 거대한 시공간을 만들어낸다. 이어서 자주 등장하는 황혼 이미지군들을 분석해보자.

① 푸른 산과 석양

荷笠帶夕陽	석양에 삿갓 쓰고,
青山獨歸遠	청산으로 홀로 멀리 돌아가네.

— 유장경(劉長卿), 「송령철상인(送靈澈上人)」

遠樹樓頭綠	저 멀리 나무는 누대 위에서 푸르고,
殘霞山外紅	남은 노을은 저 산 너머 붉네.

— 장구성(張九成), 「과보은(過報恩)」

春水渡傍渡   봄물은 나루터와 나루터를 가로지르고,

夕陽山外山   석양은 산과 산을 넘어간다.

　　　　　　　　　　　　　　　　　—대복고(戴復古), 「세사(世事)」

春風碧水雙鷗靜   봄바람 이는 푸른 물 위로 물새 한쌍 고요하고,

落日靑山萬馬來   해지는 푸른 산에는 말들이 뛰어다닌다.

　　　　　　　　　　　　　　　　　—원호문(元好問), 「영정(潁亭)」

四圍山色中   사방의 산색을 둘러보니,

一鞭殘照裡   석양 아래 말 한 마리 달려가네.

　　　　　　　　　　　—왕실보(王實甫), 『서상기(西廂記)』 장정송별(長亭送別)

② 옛길과 석양

秋深頻憶故鄕事   가을은 깊어가는데 자꾸만 고향생각이 나네.

日暮獨尋荒徑歸   해지는 저녁 홀로 황폐한 골목길을 걸어 집으로 돌아

　　　　　　　　　　간다.

　　　　　　　　　　　　　　　　　—유창(劉滄), 「만귀산거(晚歸山居)」

溪邊古路三岔   시냇가에 세 갈래로 난 오래된 길에서

口獨立斜陽數過人   홀로 석양빛을 받으며 지나는 행인들을 하나둘 세어본다.

　　　　　　　　　　　　　　　　　—소식(蘇軾), 「종필(縱筆)」

古道西風瘦馬　　가을바람 부는 옛길 위에 선 여윈 말.

夕陽西下斷腸　　해지는 서쪽 하늘 끝에

人在天涯　　　　선 애 끊어지는 한 사람.

─ 마치원(馬致遠), 천정사(天淨沙)「추사(秋思)」

③ 수풀과 석양

空林網夕陽　　거물처럼 가지들이 얽힌 텅빈 숲속으로 해가 지는데

寒鳥赴荒園　　겨울새들이 황량한 들판으로 날아간다.

─ 왕창령(王昌齡),「파상한거(灞上閒居)」

古樹夕陽盡　　고목 너머로 석양이 지고,

空江暮靄收　　텅빈 강물 위로 저녁 안개가 거두어지네.

─ 권득여(權德輿),「만(晚)」

山映斜陽天接水　　산에는 석양이 비추고 하늘은 강물에 맞닿았네.

芳草無情更在斜陽外　향기로운 풀은 무정하여 석양이 비추지 않는 저 바깥

에 있네.

─ 범중엄(範仲淹),「소막차(蘇幕遮)」

④ 강물과 석양

落霞與孤鶩齊飛　　노을은 외로운 물오리와 함께 날아오르고,

秋水共長天一色　　가을 강물은 긴 하늘과 한 빛으로 어우러진다.

―왕발(王勃), 「등왕각서(滕王閣序)」

一道殘陽鋪水中　　한 줄기 석양빛이 물 위로 드리우고,

半江瑟瑟半江紅　　절반의 푸른 강과 절반의 붉은 강이 나란히 흐른다.

―백거이(白居易), 「모강음(暮江吟)」

煙水茫茫　　　　안개 낀 드넓은 강물 위로

千裏斜陽暮　　　석양빛이 끝없이 펼쳐지네.

―진관(秦觀), 「점강진(點絳唇)」

葉下斜陽照水　　나뭇잎에 내린 석양이 수면을 비추고,

卷輕浪 沈沈千裏　　잔잔한 물결이 끝없이 밀려가네.

―주방언(周邦彦), 「야유궁(夜遊宮)」

⑤ 구름과 석양

蓬萊方丈知何處　　봉래와 방장은 어디에 있는가,

煙浪參差在夕陽　　안개 낀 물결 출렁이는 석양에 있다네.

*봉래, 방장 : 신선들이 거처하는 삼신산

―장뢰(張耒), 「추일등해주승차정(秋日登海州乘槎亭)」

碧波落日寒煙聚　　푸른 물결, 지는 해, 차가운 연기가 모여 든다.

望遙山, 迷離紅樹　　　먼 산을 바라보니 아스라하게 물든 붉은 나무가 보이네.

— 장선(張先), 산정연(山亭宴) 호정연별(湖亭宴別)

疏煙沉去鳥　　　　　드문드문 성근 안개 속으로 날아가는 새들이 사라지고,

落日送歸牛　　　　　석양이 집으로 돌아가는 소떼를 배웅하네.

— 원호문(元好問), 「산거잡시(山居雜詩)」

雲低滄海樹　　　　　구름이 해변의 나무 아래로 낮게 내려앉고,

潮上夕陽城　　　　　파도가 석양을 성처럼 둘러싼다.

— 왕방기(王邦畿), 「춘교(春郊)」

⑥ 외딴 마을과 석양

荒村帶返照　　　　　황량한 마을에 석양이 비추고,

落葉亂紛紛　　　　　낙엽이 분분하게 흩날리네.

— 류장경(劉長卿), 「벽간별서희황보시어상방(碧澗別墅喜皇甫侍禦相訪)」

黃柑綠橘平蕪路　　　잡초가 무성한 길에 노랑으로 초록으로 열린 감귤들,

剩水殘山夕照村　　　전란으로 폐허가 된 산과 물, 석양이 비치는 마을.

— 혜홍(惠洪), 「차운녕향도중(次韻寧鄉道中)」

落日淡荒村　　　　　저녁 햇살이 비추는 황폐한 마을,

人家半掩門　　　　　반쯤 닫힌 대문들.

樹合秋聲滿	우거진 나무들 사이로 가을소리 가득하고,
村荒暮景閒	황량한 마을 저녁 풍경이 한가롭다.

위에서 제시한 사례 외에도 수많은 이미지 조합들이 있지만 익숙한 조합만을 우선 살펴보자. 산과 석양의 조합에서는 높은 하늘과 드넓은 대지의 광활한 공간 속에서 붉은 저녁 노을의 색채 감각이 빛난다. 그리고 굽이굽이 이어진 산을 따라 길게 내려 앉은 석양의 이미지석양산외산夕陽山外山는 끝없이 먼 곳의 어딘가로 사람들을 이끌고 가면서 깊고 고요한 사유를 일깨운다.

옛길과 석양의 조합에서는 사대부가 지난 세월을 돌아보면서 느끼는 영혼의 고단함과 생명에 대한 집착이 드러난다. 그리고 석양과 수풀, 석양과 외딴 마을, 구름과 안개, 강물과 노을의 조합은 모두 '완약婉弱'한 아름다움이 도드라지면서 처연하고 아련한 정서가 묻어난다. 황혼의 이미저리는 두 가지 물상이 대비되거나 여러 개의 물상이 통합적으로 어우러지기도 한다. 예를 들면, 「산시청람山市晴嵐」, 「원포귀범遠浦歸帆」, 「어촌만조漁村晚照」 등 석양 풍경을 그린 마치원馬致遠의 소령들에서는 꽃과 풀, 어촌, 강물, 청산 등 모든 이미지가 통합적으로 나타나는데 종횡으로 교직되고 시공이 하나로 합일되는 구조적 특징을 가지고 있다.

송나라 위경지魏慶之가 엮은 시화집 『시인옥설詩人玉屑』 권3에 따르면, 소식이 진관秦觀의 「답사행踏莎行」 「침주여사郴州旅舍」에 나오는 구절 "두견새 울음 속에서 해가 기울고 날이 저문다杜鵑聲裏斜陽暮"에 대하여, 뛰어나다고 평가하면서도 '斜陽'과 '暮'가 중복되었기 때문에 '斜陽'을 '簾櫳염농', 발이 처진 창으로 바꿔야 한다고 지적했다此詞高妙, 但既雲'斜陽'又雲'暮'則重出也 欲改'斜陽'作'簾櫳'. 다른 이가 소동파를 빙자한 것일 수도 있기 때문에 무작정 비난할 수는 없지만 '斜陽暮'가 단순한 중복이 아니라는 점을 지적하고 싶다. 왜냐하면 '석양斜陽'이 공간을 그리고 있다면 '저녁暮'은 시간을 그리고 있기 때문이다. '석양'과 '저녁'은 각기 다른 시공간적 의미를 상징하는 시어다. 황혼 이미지군들은 황혼의 시공간적 상징 의미를 바탕으로 심오한 미학적 경계를 만들어내고 이론적 수준으로까지 올라간다.

綠林野屋	초록이 우거진 숲속의 오두막,
落日氣淸	맑고 깨끗한 저녁 햇살.
脫巾獨步	두건을 벗어 던지고 홀로 거니노라니
時聞鳥聲	이따금 새소리가 들려온다.

—사공도(司空圖), 「24시품二十四詩品」「침착(沈著)」

密意萌坼	나무가 **빽빽**하게 자란 숲속
遠韻欲沈	저 멀리 뉘엇뉘엇 해가 기운다.
荒荒寒日	쓸쓸한 햇살이
摩盪積陰	켜켜이 얽힌 이파리들을 어루만진다.
苔徑跡絶	이끼낀 오솔길 발자취 끊기고,
雲氣彌深	짙은 구름이 깊숙히 내려 앉는다.
千山失影	천개의 산봉우리 그 모습 희미하게 사라지고,
歸鳥棲林	새들이 숲속으로 찾아든다.

驟然淒斷	갑자기 들려오는 저 처연한 외침은
疑是龍吟	용의 신음이던가.
幽光自動	어둠 속에 흔들리는 저 빛은
珠耀湖心	호수의 물결이던가.

─마영조(馬榮祖), 『문송文頌』「복은(復隱)」

석양과 낙조는 시간에 대한 묘사이자 미학적 상징이다. 미학적 풍격을 논하는 사공도와 마영조의 문장에서도 짙은 황혼의 서정이 느껴진다.

4. 발걸음을 재촉하는 석양

─해의 고향과 정신적 고향 : '황혼회귀'의 테제와 안티테제

황혼의 이미지 조합에서 밤늦도록 노래하는 고기잡이 배, 저무는 해를 등지고 집으로 돌아가는 나그네는 중요한 핵심 이미지다.

| 行人自趁斜陽急 | 행인은 지는 해에 급해지는데, |
| 關得歸鴉更苦催 | 남의 속도 모르고 짖어대는 까마귀, 어서어서 더 빨리 가라고 재촉하네. |

| 江近夕陽迎宿鷺 | 강물에 맞닿은 석양이 돌아온 해오라기를 맞이하고, |
| 林昏殘角促歸鴉 | 황혼의 숲속 어느 구석에서 갈까마귀를 재촉하는 소리 울려오네. |

산 너머 집으로 돌아가는 해가 팔랑팔랑 노니는 새들, 고요하게 떠도는 흰구름, 길 위의 나그네, 일을 마친 고기잡이와 나무꾼도 어서어서 집으로 돌아가라고 재촉한다. 이것은 평범한 하나의 이미지에 그치지 않고 중국 문학의 중요한 테마 중 하나인 고향으로 연결된다.

신화 세계 속 태양에게는 고향이 있다. 굴원은 「이소離騷」에서 "희화에게 속도를 늦추고 엄자에 가까이 가지 말라고 명했다吾令羲和弭節兮 望崦嵫而勿迫"고 했다. 여기에 왕일王逸은 "엄자, 해가 들어가는 산이다崦嵫, 日所入山也"라고 주를 달았다. 「이소」의 '崦嵫엄자'는 '奄慈엄자'에서 의미를 가져왔다. 『방언方言』, 『광아廣雅』 「석고釋詁」에서 모두 '奄'을 '息'자로 풀이하고 '慈사랑할자'를 '此이차'로 풀이한다. 다시 말해, '엄자'는 해가 휴식을 취하는 곳이다. 『산해경』 「대황서경大荒西經」에는 해가 돌아가는 장소에 대해 기술하고 있는 곳이 여섯 군데가 있다. 해의 고향을 노래한 옛사람들의 시적인 상상은 정신적 회귀본능과 맞물려 중국문학에 다양한 깨달음을 준다. 우선, 농경 사회에서는 "해가 뜨면 일하고 해가 지면 쉬는日出而作, 日入而息" 리듬을 지속해 왔는데 자연현상인 석양도 저녁이면 하루 일과를 마치고 집으로 돌아간다고 의인화되었고 회귀라는 상징적 의미를 가지게 되었다. 또 인류의 진보는 상당히 모순적인데, 사람들은 문명을 개척하기 위해 전력을 다하면서도 또 다른 한편으로는 옛날을 그리워하고 고향으로 돌아가고자 한다. 특히, 문명이 복잡하고 소란해질수록 사람들은 원초적 고요를 지향하고 정신의 안식처를 찾아간다. 황혼의 이미지는 세상의 온갖 소리들을 고요하게 가라앉히고 석양을 정신적 휴식처로 만든다. 이렇게 사람들이 집으로 돌아가는 황혼의 회귀는 이중적 의미를 획득하게 되었다. 그것은 실제 고향으로의 회귀이자 정신적 고향으로의 회귀인 것이다.

회귀를 테마로 하는 문학 작품에 등장하는 황혼의 경물은 회귀의 정서가 흘러 넘친다. 우선, 사람들이 돌아온다. 산에서 들에서 또는 시끄러운 관가에서 고단한 하루를 보낸 사람들이 집이나 절로 돌아와 노동을 끝낸 가뿐함과 편안함을 누린다.

日入相與歸　　　해가 지면 함께 집으로 돌아가,

壺漿勞近鄰　　　술병을 놓고 이웃들의 마음을 어루만지네.

　　　　　　　　　　　　　— 도연명, 「계묘세시춘부고전사(癸卯歲始春懷古田舍)」

樹樹皆秋色　　　그루 그루 나무마다 가을이 물들고,

山山唯落暉　　　봉우리 봉우리 산마다 석양이 비춘다.

牧人驅犢返　　　목동은 송아지를 몰고 돌아오고,

獵馬帶禽歸　　　사냥갔던 말은 새를 매고 돌아오네.

　　　　　　　　　　　　　— 왕적(王績), 「야망(野望)」

上方鳴夕磬　　　하늘 위로 저녁 풍경소리 울리고,

林下一僧還　　　나무 아래로 승려가 돌아온다.

　　　　　　　　　　　　　— 류장경(劉長卿), 「숙북산선사란약(宿北山禪寺蘭若)」

西村渡口人煙晚　　서쪽 마을 나루터에 저녁 연기 아련한데,

坐見漁舟兩兩歸　　짝을 지어 돌아오는 고기잡이배들이 보이네.

　　　　　　　　　　　　　— 임포(林逋), 「역종사산정(易從師山亭)」

癡兒了卻公家事　　어리석고 부족하지만 관청일을 끝내놓고,

快閣東西倚晚晴　　저녁에 비갠 틈을 타서 쾌각에 올라 사방을 둘러본다.

　　　　　　　　　　　　　　　一황정견(黃庭堅), 「등쾌각(登快閣)」

자연 속 경물도 돌아오고 새들도 돌아온다.

山氣日夕佳　　해가 지는 아름다운 산 속으로

飛鳥相與還　　새들이 짝을 지어 돌아오네.

　　　　　　　　　　　　　　　一도연명, 「음주(飮酒)」

況有陶籬趣　　도연명과 같은 멋이 있어,

歸禽語夕陽　　새들이 속삭이는 석양의 노래를 듣노라.

　　　　　　　　　　　　　　　一임포, 「교원피서(郊園避暑)」

구름도 돌아온다.

落日登高嶼　　석양에 높이 솟은 언덕에 올라

悠然望遠山　　한적하게 저 먼 산을 바라본다.

溪流碧水去　　골짜기로 푸른 물이 흐르고,

雲帶淸陰還　　서늘한 그림자를 이끌고 구름이 돌아오네.

　　　　　　　　　　　　　　　一저광희(儲光羲), 「유모산오수(遊茅山五首) 4」

소와 양들도 돌아온다.

日之夕矣	해는 저물고,
羊牛下來	양도 소도 돌아오네.

― 『시경』 「왕풍」 「군자어역(君子於役)」

老牛粗了耕耘債	밭갈이로 빚을 다 갚은 늙은 소가
齧草坡頭臥夕陽	석양빛이 내리는 언덕에 누워 풀을 뜯네.

― 공평중(孔平仲), 「화숙(禾熟)」

夕陽牛背無人臥	석양 아래 집으로 돌아오는 소는 아무도 태우지 않고
帶得寒鴉兩兩歸	갈까마귀만 데리고 단 둘이 함께 돌아오네.

― 장순민(張舜民), 「촌거(村居)」

일렁이는 봄날의 물결도 사람들의 마음을 아는 듯 돌아온다.

九江春草綠	구강에는 봄풀이 새파랗게 돋았겠지,
千裏暮潮歸	해질녘 천리 밖 밀물이 돌아오네.

― 유장경(劉長卿), 「송리이십사이가지강주(送李二十四移家之江州)」

이처럼 돌아오는 나그네, 고기잡이 배, 새들과 소와 양들이 함께 어우러져 물아物我가 교감하고 조화를 이루는 황혼의 소나타를 연주한다. 그리고 그 속에서 석양과 회귀본능의 관계가 구축된다.

문학의 회귀 테마는 전원시인들의 붓끝에서 전성기를 구가했다. 전원시인들은 석양과 노을이 드리운 황혼의 전원 풍경을 즐겨 노래했다. 저자의 통계에 따르면, 지금까지 전해오는 도연명의 시 120여 편 가운데 35편이 황혼을 그린 작품이며, 맹호연은 220편 가운데 101편에서 황혼을 그렸다. 전원시인들이 유달리 황혼의 전원을 좋아했던 것은 집으로 돌아가는 저녁의 전원 풍경과 지는 해가 정서적으로나 구조적으로나 모두 일치했기 때문이다. 시적 정취가 넘쳐 흐르는 황혼의 전원은 번잡한 세상과 소외에서 벗어나고픈 시인들이 추구하는 이상이었다. 이러한 이상 추구의 심층에는 '해의 회귀—사람의 회귀—정신적 회귀'로 연결되는 논리가 존재한다. 사람들의 생활과 황혼의 회귀 구조가 맞아떨어질 때 자유롭고 편안한 영혼의 희열이 획득된다. 왕유王維의 「위천전가渭川田家」를 보자.

斜陽照墟落	석양이 비추는 마을,
窮巷牛羊歸	외진 골목으로 소와 양들이 돌아온다.
野老念牧童	어린 목동을 기다리는 노인,
倚杖候荊扉	지팡이에 기대어 사립문 밖을 내다본다.
雉雊麥苗秀	장끼 울음소리 보리 이삭 푸르고,
蠶眠桑葉稀	잠든 누에 드문드문 뽕잎 성글다.
田夫荷鋤至	괭이 지고 돌아오는 농부들,
相見語依依	저마다 홍겹게 인사 나누네.
即此羨閒逸	아, 이 얼마나 그리운 풍경이던가,
悵然吟式微	그저 고요히 시나 읊조릴 뿐.

관중평원의 오래된 고요와 석양빛에 젖은 한 폭의 전원 풍경화가 황혼 회귀의 구조와 잘 맞아떨어진다. 살랑이는 뽕밭과 보리밭, 돌아오는 소떼

와 양떼들, 어깨에 괭이를 걸친 농부들, 고요하게 저무는 해 (…중략…) 고단한 노동을 마친 후 돌아와 휴식하는 전원, 생명의 소란함에서 시적인 고요로 나아간다. 따스하고 조화로운 황혼의 전원 풍경이 "즉차선한일即此羨閑逸" 부러움에 마지 않는 정신적 동경과 지향을 불러온다.

寂寥東郭外	삭막한 성곽 동편에 살던
白首一先生	백발 선생.
解印孤琴在	비단 인수 내던지고 외로운 거문고만 존재하고.
移家五柳成	새로 옮긴 집에는 다섯 그루 버드나무가 이루어졌네.
夕陽臨水釣	해가 지면 물가에서 고기를 잡고
春雨向田耕	봄비 내리는 날이면 밭을 가네.
終日空林下	종일 고요한 숲속에 있으니,
何人識此情	이 멋을 어느 누가 알리요.

*인수(印綬) : 관청의 인장을 매단 비단 끈

— 유장경(劉長卿), 「과전안의장명부교거(過前安宜張明府郊居)」

부귀공명과 관직에 염증을 느낀 시인은 석양 아래서 낚시를 하고 봄비 속에서 밭을 가는 전원생활을 그리워한다. '황혼회귀' 테마는 언명하지 않아도 석양 그 자체에서 회귀본능의 정서가 묻어 나온다.

翠微終南裏	비 갠 종남산 취미사에
雨後宜返照	석양빛이 비친다.
閉關久沈冥	문을 닫고 깊은 생각에 빠졌다가

杖策一登眺	지팡이를 짚고 산마루에 오른다.
遂造幽人室	은거의 집을 짓고
始知靜者妙	고요의 이치를 깨닫네.
儒道雖異門	유가와 도가가 유별하나
雲林頗同調	구름과 숲은 같은 가락이어라.
兩心相喜得	이심전심으로 기뻐하고
畢景共談笑	해지는 풍경을 함께 즐기네.
瞑還高窗眠	어둠이 오면 높은 곳에서 잠을 청하고
時見遠山燒	때때로 멀리 화전불이 보이네.
緬懷赤城標	가슴에는 적성산 봉우리를 품고,
更憶臨海嶠	삐죽이 솟은 임해산을 잊지 않으리.
風泉有清音	바람소리 물소리 청아한데
何必蘇門嘯	굳이 명사에 따라갈 필요가 있겠는가.

― 맹호연, 「제종남취미사공상인방(題終南翠微寺空上人房)」

맹호연은 유가와 도가가 입속入俗과 탈속脫俗의 인생관을 가진 서로 다른 문호이지만 전원과 자연을 좋아하고 꿈꾼다는 점에서는 같다고 보았다. 유가와 도가가 그리는 전원의 꿈은 정확하게 일치한다. 전원의 꿈은 또 비갠 후의 석양雨後宜返照, 멀리서 이따금씩 피어오르는 화전민의 산불時見遠山燒이 주는 황혼의 정서에서 깨달음을 얻고 고요하게 은거하는 삶 속에서 희열을 체험한다.

일반적으로 전원시인들의 붓끝에서 그려진 인간과 황혼의 회귀 구조는 순방향으로 발전하기 때문에 늘 편안하고 따뜻한 심리적 체험이 표현된다. 반대로 인간과 황혼회귀의 구조가 역방향으로 운동하는 경우, 슬픔과 고통이 생겨날 수밖에 없는데 이때 인간과 황혼의 안티테제가 형성된다. 황혼회귀의 안티테제는 몇 가지 기본 양식이 있다.

첫째, 황혼의 정한을 노래한 규원시가 있다. 황혼 규원시는 『시경』 왕풍편에 실린 「군자어역君子於役」까지 거슬러 올라갈 수 있다. 이 시의 예술적 성취 가운데 중요한 한 가지는 황혼회귀의 테제와 안티테제를 효과적으로 대비시켰다는 점이다.

테제는 훼에 올라가 쉬는 닭과 지는 해, 돌아온 양과 小雞棲於桀 日之夕矣 羊牛下括이며 안티테제는 전쟁터에서 돌아오지 않는 남편君子於役 苟無飢渴이다. 닭도 양도 다 돌아오는데 우리 서방님만 돌아오지 못하고 있다. 이렇게 '회귀'의 테제와 '불귀不歸'의 안티테제가 정서적 모순을 이루고 있는데 테제는 부차적이고 안티테제가 중심의 역할을 하고 있다. 이 때문에 시 전편에서 슬픔의 정서가 흘러 나온다. 황혼의 기다림과 소망은 황혼 규원시의 일반적인 양식이다.

梳洗罷	곱게 빗은 머리 말갛게 씻은 얼굴,
獨倚望江樓	홀로 강 가 누대에 기대어 바라본다.
過盡千帆皆不是	지나가는 수많은 배들은 모두 내 님이 탄 배가 아닌데,
斜暉脈脈水悠悠	석양빛 이어지고 강물 아득히 흐르니
腸斷腸斷白蘋洲	부평초 모래톱에서 애간장 끊어지네.

　　　　　　　　　　　　　　— 온정균(溫庭筠), 몽강남(夢江南)「소세파(梳洗罷)」

斜陽獨倚西樓	석양 아래 홀로 서쪽 누각에 기대어,

遙山恰對簾鉤　　　창밖에 마주한 먼 산을 바라본다.

人面不知何處　　　님의 얼굴은 어디로 갔나,

綠波依舊東流　　　푸른 물결은 변함없이 동쪽으로 흘러가건만.

―안수(晏殊), 「청평락(清平樂)」

　　두 번째는 해가 저문 뒤에도 끝나지 않는 오랜 타향살이다. 황혼의 규방에 그리움으로 애타는 여인이 있다면 해 저무는 길 위에는 돌아가지 못한 나그네가 있다. 원정 나온 군인이건 벼슬자리를 찾아 나선 선비이건 집을 떠나온 사람이라면 해질녘에 집을 그리워하는 '황혼회귀'의 심리가 있다.

浮雲遊子意　　　떠도는 구름은 나그네 마음,

落日故人情　　　지는 해는 옛 벗의 정이라.

―이백, 「송우인(送友人)」

怪禽啼曠野　　　괴이한 새는 광야에서 울부짖고,

落日恐行人　　　떨어지는 해가 나그네를 두렵게 하네.

―가도(賈島), 「모과산촌(暮過山村)」

夕陽西下　　　　해는 서쪽으로 지는데,

斷腸人在天涯　　나그네는 세상 끝에서 애가 끊어진다.

―마치원(馬致遠), 천정사(天淨沙) 「추사(秋思)」

　　세상 끝을 떠돌며 타향에서 방랑하는 처량함은 황혼 무렵에 극대화되는데 그것은 해가 지면 집으로 돌아가는 경험적 형식과 배치되기 때문이다. '황혼회귀'의 테제가 회귀본능의 원만하고 조화로운 실현이라면 그 안티테제는 상실과 좌절의 안타까움이다.

셋째는 저녁의 이별이다. 자고로 정이 깊을수록 이별의 고통은 커진다고 했다. 고전시가에 나오는 이별 장면은 대부분 황혼을 배경으로 하고 있다.

> 日暮飛鳥還　　새들이 둥지를 찾아드는 해 저무는 저녁,
> 行人去不息　　떠나는 이는 쉬지도 않고 걸어가네.
>
> —왕유, 「임고태송려습유(臨高台送黎拾遺)」

> 吹簫淩極浦　　퉁소소리 아득한 호수 위를 날아가고,
> 日暮送夫君　　해 저무는 저녁 벗을 떠나보낸다.
>
> —왕유, 「기호(欹湖)」

> 一般離思兩銷魂　　무릇 이별의 그리움은 넋이 나가는 고통이라.
> 樓上黃昏　　　　규중의 여인도 황혼이요,
> 馬上黃昏　　　　말 위의 낭군도 황혼일지니.
>
> —류선륜(劉仙倫), 「일전매(一剪梅)」

황혼의 이별을 소재로 한 시들을 보고 옛사람들은 해질녘에 이별을 많이 했다는 결론을 내린다면 지나치게 천진한 생각일 것이다. 이러한 예술적 표현은 현실과 '황혼회귀'의 모순을 교묘하게 이용했을 뿐이다. 황혼이 상징하는 회귀의 의미가 크면 클수록 나그네는 더 먼 길을 떠나고 안티

테제와 테제의 거리가 멀면 멀수록 시의 서정 공간과 긴장감은 커진다. '황혼회귀'의 구조를 아래와 같이 설명할 수 있다.

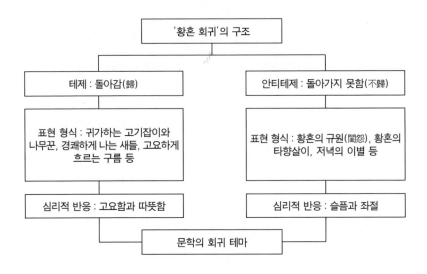

해가 서쪽으로 넘어가는 저녁에 집으로 돌아가는 일이 억겁만겁으로 반복되면 문화 구조의 심층에 퇴적되어 '황혼회귀'의 구조가 형성된다. 이 구조에서 테제는 돌아감이요, 안티테제는 돌아가지 못함이다. 테제는 저녁이 되어 집으로 돌아가는 고기잡이와 나무꾼, 숲속 둥지로 돌아가는 새, 하늘의 흐르는 구름 등의 형식으로 표현되고 안티테제는 규방 여인들의 한과 슬픔, 해가 저물어도 끝나지 않는 타향살이, 저녁의 이별 등 형식으로 표현된다. 황혼의 테제가 따스하고 즐거운 심리적 체험을 불러온다면 안티테제는 상실과 슬픔의 감정이다. 그러나 안티테제가 테제와 역방향으로 발전한다고 해서 테제의 의미가 상실되는 것은 아니다. 오히려 테제의 의미가 잠재적으로 작용하기 때문에 안티테제가 의미를 가지게 되는데 테제와 안티테제 양자가 한데 어우러져 문학의 회귀 테마를 표현하게 된다.

| 萬壑有聲含晚籟 | 만 개의 골짜기에서 어둠의 소리가 울리고, |
| 數峰無語立斜陽 | 산봉우리들 말없이 석양 아래 섰네. |

— 왕우칭(王禹偁), 「촌행(村行)」

| 秋景有時飛獨鳥 | 외로운 새 한 마리 때때로 가을하늘을 날고, |
| 夕陽無事起寒煙 | 석양 아래 아무런 일 없이 쓸쓸한 연기가 피어오른다. |

— 임포(林逋), 「고산사서상인방사망(孤山寺瑞上人房寫望)」

중국문학에서 황혼의 예술적 기능이 명확하게 밝혀지지는 않았지만 시인들은 황혼과 석양이 가진 예술성을 기민하게 포착했다. 황혼과 석양은 말 없는 위대한 예술가이자 철학자처럼 중국인들의 예술 영혼을 일깨움으로써 미학과 역사가 살아있는 황혼 정서의 문학세계를 만들어냈다.

5. 해를 보내는 의식
– 문화 속의 황혼과 석양 : 황혼 이미지에 대한 이론적 고찰

| 終古閑情歸落照 | 천고의 한가로운 정이 석양에 걸리고, |
| 一春幽夢逐遊絲 | 봄날의 그윽한 꿈이 거미줄 위를 내달린다. |

황혼과 석양이 시인들의 마음을 빼앗은 것은 우연이 아니다. 중국인들이 저무는 해를 바라보며 느끼는 감정은 조상대대로 쌓아온 황혼과 석양의 생명 체험과 미적 체험을 바탕으로 형성된 것이다. 황혼 이미지는 고대

로부터 전해진 오래된 종교, 신화, 예술, 철학, 생산방식 등과 밀접한 관련이 있다. 따라서 황혼 이미지를 고찰하기 위해서는 어떤 한 측면에 국한된 관점이 아닌 문화 전반에 대한 통합적인 관점이 필요하다.

1) 신화세계에서 황혼은 여명과 같은 신성神性을 가진다

일출과 일몰은 원시인류에게 강렬한 설렘과 울림을 주면서 그들을 고요한 관조와 사색으로 이끌었다. 고대 바빌로니아의 서사시「길가메시」에는 우주산의 수호자가 등장하는데 그가 맡은 중요한 일은 하루도 빠짐없이 일출과 일몰을 지켜보면서 해를 관찰하는 것이었다.『산해경』대황동경과 대황서경에도 일출과 일몰에 대한 기술이 각각 여섯 군데 있다. 억겁과 만겁의 일출과 일몰을 보면서 가지게 된 신성한 감정은 아침저녁으로 태양에 제사를 올리는 엄숙하고 장중한 의식으로 수렴되었다.『상서尙書』「요전堯典」에 '인빈출일寅賓出日', '인전납일寅餞納日'이라는 말이 나오는데 여명과 황혼에 해에게 제사를 지내는 고대풍속이다.

> 희중에게 양곡이라 불리는 우이에 살면서 아침에 떠오르는 해를 경건하게 맞이하고 순서에 따라 봄농사를 관장하도록 명했다. (…중략…) 화중에게 서쪽 매곡에 살면서 지는 해를 경건하게 보내고 순서에 따라 가을걷이를 관장하도록 명했다.
> 分命羲仲, 宅嵎夷, 曰暘穀. 寅賓出日, 平秩東作 (…中略…) 分命和仲, 宅西, 曰昧穀. 寅餞納日, 平秩西成.

황혼에 해를 바라보며 지내는 제사는 하상주 삼대에 걸친 일반적인 풍습이었다.

교제에는 하늘에 크게 보답하여 해를 주로 하고 달을 짝짓는다. 하후씨는 어두운 황혼에 제를 올리고, 은나라 사람은 밝은 낮에 제를 올리고, 주나라 사람은 아침부터 황혼까지 해에 제를 올린다.

郊之祭, 大報天而主日, 配以月. 夏後氏祭其闇 殷人祭其陽 周人祭日 以朝及闇.

—『예기』「제의(祭義)」

『예기』의 기록에 따르면 은나라만 정오에 제를 올리고 하나라와 주나라는 황혼에 제를 올렸다. 그러나 또 갑골 복사를 보면 은나라도 황혼에 제를 올리는 풍습이 있었다.

복사 중에 나오는 '出日', '入日'이 바로 아침저녁으로 제를 올린 기록이다. '寅餞納日', '祭日於暗', '入日'과 같은 기록에서 황혼을 바라보는 사람들의 마음속에서 일어난 거대한 울림이 전해진다. 고대의 제사의식은 인류가 일몰을 종교적으로 받아들였다는 사실을 보여주는데 황혼에 이루어진 종교적 의식은 기본적으로 다음과 같은 의미가 있다. 첫째, 황혼의 일몰은 여명의 일출과 비교하면 웅장함이 덜하다. 그러나 석양은 『회남자』「천문훈」에서 보듯이 신화를 통해 더 많은 생명의 경험과 더 큰 역사적 의미를 가지게 되었다.

양곡暘穀에서 나와, 함지鹹池에서 목욕하고, 부상扶桑을 지나는데 이때를 신명晨明이라 한다. 부상에 올라 운행을 시작할 때를 비명朏明이라 한다. 곡아曲阿에 이르면 단명旦明이라 한다. (…중략…) 우연虞淵에 이르면 황혼이라 하고 몽곡蒙穀에 이르면 정혼定昏이라 한다.

出於暘穀, 浴於鹹池, 拂於扶桑, 是謂晨明. 登於扶桑, 爰始將行, 是謂朏明, 至於曲阿, 是謂旦明. (…中略…) 至於虞淵, 是謂黃昏, 至於蒙穀, 是謂定昏.

둘째, 신화세계의 여명과 황혼은 세계를 두 개로 나누는데 전자는 위대한 삶의 열정을, 후자는 죽음에 다가가는 슬픔과 감상을 상징한다. 회남자 천문훈에서는 정오에서 저녁까지 해가 지나가는 장소를 '비곡悲谷', '비천悲泉' 등 슬픔의 언어로 표현했다. 고유高誘는 '비곡'을 "깊고 가파른 서남방의 큰 골짜기로서 그 위에 올라서면 슬픈 생각이 들어 비곡이라 불린다悲谷, 西南方之大壑, 言其深峻. 臨其上, 令人悲思, 故曰悲谷"라고 주를 달았다. 신화 속 '비곡'에 있는 슬픔은 사실상 해가 질때 생겨나는 허무한 마음이다. 이 점에 있어서 '시가이원詩可以怨'의 문학적 전통과 일치하는 상실과 슬픔의 상징이다.

캐나다 학자 노드롭 프라이는 문학의 테마를 '여명—봄—탄생', '낮—여름—승리', '황혼—가을—죽음', '밤—겨울—소멸'의 4개 기본 양식으로 나누었는데 많은 연구자들이 중국문학의 테마로서 슬픈 가을에 주목했다. 세월이 저무는 계절인 가을에 대한 탄식은 날이 저물어가는 황혼에서 연장된 것이다.

셋째, 황혼에 이루어진 수많은 종교의식과 석양 아래서 울려 퍼진 수많은 옛 노래들, 그 신비와 신성 속에 심미적 희열과 예술적 위안이 담겨 있다. 그리하여 엄숙한 제사의식이 예술의 세계로 이어지고 '인전납일寅餞納日'과 같은 종교의식까지도 황혼 예술의 일부로서 그 내용을 규정하게 되었다.

2) 유구한 농경문화의 전통을 가진 중국인들은 태양의 운행과 일치하는 생활 리듬을 반복해 왔다

해가 뜨면 일하고 해가 쉬는 '일출이작日出而作, 일락이식日落而息'의 생산 방식 속에서 황혼은 운동 후의 정지, 노동 후의 휴식이라는 의미를 획득하게 되었다. 수많은 생명활동과 예술활동들은 고단한 물질활동이 끝난 후에 이루어졌다. 고대에는 해질녘에 혼례를 올렸는데 공영달은 『의례정의儀禮』「사혼례士昏禮」소에서 정현鄭玄의 『삼례목록三禮目錄』을 인용하여 선비가 처를 맞이 하는 예는 황혼에 이루어졌기 때문에 '혼례'라는 말이 생겼다고 했다.

> 선비가 아내를 맞이하는 예는 어두운 저녁에 올리기 때문에 '혼'이라는 말을 쓰게 되었다. 양이 가고 음이 오는 때로서 해가 지고 3각刻이 지나면 '혼'이다.
>
> 士娶妻之禮, 以昏爲期, 因而名焉必以昏者, 陽往陰來, 日入三商爲昏.

중국 남방 지역의 많은 농촌마을에는 해질녘에 결혼식을 올리는 풍습이 지금까지 그대로 남아 있다. 장례식에서도 해질녘에 죽은 사람의 혼을 부르는 초혼의식을 하는 경우가 많다. 생과 사의 두 가지 중요한 활동이 모두 황혼에 이루어지는데 이를 통해 황혼의 특별한 의미를 찾아볼 수 있다. 농촌사회의 특징이 나타나는 시구들을 보면 집으로 돌아가는 전원의 따뜻한 황혼이 세상 끝에서 방랑하는 나그네를 불러들인다. 또 만물이 휴식에 들어가는 황혼이 보여주는 시간적 특징은 허정虛靜을 추구하는 중국문학의 예술적 목표와 정확하게 맞아 떨어진다. 농업문명 바탕으로 형성된 생산방식도 황혼 이미지가 문학의 소재로 선택받게 된 원인 가운데 하나다.

3) 황혼의 예술 형식은 철학적 의미로 가득하다

해와 달보다 높고 밝은 상象은 없다懸象著明, 莫大於日月. 고대철학에서 태양은 신성한 계시였다. 주역에도 여명과 황혼을 철학적으로 사유한 괘상이 있다. 진晉의 괘상은 ☷☲상리하곤, 리離는 해日, 곤坤은 땅地으로서 지평선 위로 떠오르는 태양을 상징한다. 「상象」에서는 "밝은 해가 땅위로 떠오르는 것이 진晉이다. 이로써 군자는 스스로 밝은 덕을 밝힌다明出地上, 晉. 君子以自昭明德"고 했고 『설문해자說文』에서는 "진晉은 나아갈 진進이다. 해가 뜨면 만물이 나아간다晉, 進也. 日出以萬物進"고 했다. 반대로 명이明夷는 ☷☲상곤하리이며, 땅 속으로 꺼지는 해를 상징한다. 「상象」에서는 "밝은 해가 땅 속으로 들어가는 것은 명이다明入地中, 明夷"라고 했으며, 명이明夷 초구初九 효사에서는 "명이가 날 때 그 왼쪽 날개를 늘어뜨리고, 군자는 떠나면서 삼일을 먹지 않는다明夷於飛, 垂其左翼, 君子於行, 三日不食"고 했다. 이것은 객지를 고단하게 떠도는 나그네의 슬픔을 말하는 것이다. 해가 지는 황혼은 전통철학 속에서 더 풍부한 예술적 의미를 가지게 되었다.

4) 해의 정치화는 황혼 이미지가 형성된 중요한 원인이다

오랜 기간 이어졌던 봉건사회에서 해는 정치적 상징 의미를 가졌다. "천지신天之神, 일위존日爲尊", 해는 천상의 군주였으며 군주는 인간 세상의 해였다. 『한서』「이심전李尋傳 권75」에 이런 단락이 있다.

해는 모든 양陽의 으뜸으로서 햇빛이 비치면 만리萬裏가 함께 빛나니 곧 임금의 표상이다. 그리하여 해가 떠오를 무렵에 맑은 바람이 일고 모든 음陰의 기운들이 숨어들 듯, 임금이 조정에 나서면 색色에 이끌리지 않는다. 해가 막 떠오를 때 불처럼 뜨겁듯 임금이 조정에 오르면 간신들이 나서지 못하고 충직한 자가 나오므로 장애가 없다. 해가 중천에서 빛나듯 임금의 덕이 높고 밝으니 모든 대신들이 나라를 위해 일한다. 해가 지면 단순하게 침소에 들어 일상의 예를 따른다.

夫日者, 眾陽之長, 輝光所燭, 萬裏同晷, 人君之表也. 故日將旦, 淸風發, 群陰伏, 君以臨朝, 不牽於色. 日初出, 炎以陽, 君登朝, 佞不行, 忠直進, 不蔽障. 日中輝光, 君德盛明, 大臣奉公. 日將入, 專以壹, 君就房, 有常節.

군주를 찬양하는 언어들은 해의 원형에서 이미지를 가져온 경우가 많은데 군주의 도덕과 정치는 해의 운행 과정과 일대일 대응 관계에 있다.

천하를 군림하는 제왕은 인격화된 해와 같다. 해는 군주의 상징으로서 황혼의 석양이 아닌 아침에 솟아오르는 밝고 힘찬 해다. 해가 저무는 황혼은 쇠락하는 정치의 상징이다. 여명과 아침은 정치적 의미를 표현하는 데 주로 사용되고 황혼은 문화·예술 영역에서 다양하게 사용된다.

6. 맺음말

독일작가 호프트만이 "시는 언어를 통해 원시세계에서 울려오는 메아리를 들려준다"고 했다. 원형적 상징 의미를 가진 황혼은 "인류의 심리와 운명을 응축하고 있으며 조상들의 역사 속에서 동일한 방식으로 무수하게 반복된 기쁨과 슬픔의 잔류물이다" 그래서 황혼 이미지를 만나는 순간마다 우리는 역사를 새롭게 느끼고 찰나에 영원을 체험하게 되는 것이다.

소떼도 돌아오고 양떼도 돌아오는데 그리운 우리 님은 왜 아직도 돌아오지 않느냐고 노래한 『시경』의 황혼 규원시에서 혁명적이고 영웅적인 비장한 정신을 노래한 모택동의 「억진아憶秦娥」「루산관婁山關」까지, 이 모든 예술 형식은 민족의 비탄과 환희를 함께 노래하고 있다. 이런 이미지들에 노출될 때 우리는 개인이 아닌 마음 깊은 곳에서 울려오는 민족 전체의 합창소리를 듣게 된다.

제4장

숲의 상징과 그 문학적 함의

—

1. 머리말

숲은 인류의 원시 고향으로서 야만의 상고시대에서 인류를 구해냈다. 원시인류는 나무 위에 집을 짓고 채집으로 먹거리를 해결하면서 숲을 삶의 의지처이자 터전으로 개척했다. 그러나 문명의 진보 과정에서 인류는 온갖 역경을 겪으며 개척한 숲을 떠나게 되었다. 그렇지만 숲의 정서는 일종의 상징으로서 인류의 정신세계 깊은 곳에 자리하고 있다. 나무를 숭배하며 제사를 지내는 종교세계나 숲의 의경意境을 시적으로 노래하는 문학세계는 상고의 꿈과 신비한 감정을 바탕으로 하고 있다. 울창한 수풀에서는 생기와 기쁨이 넘쳐 흐르고, 시들어가는 초목에서는 무기력한 생명의 슬픔이 배어 나온다. 이처럼 원형비평적 관점에서 보면 숲은 인류와 동떨어진 식물들만의 세계가 아니라 문화적 의미로 충만한 초록의 고향이다. 그 안에는 인류가 겪은 파란과 곡절이 있고, 길고 어두운 밤을 걸어 나온 감동적 이야기가 있다.

2. '황금가지' – 사수社樹, 나무 숭배와 고향으로서의 숲

나무 숭배는 세계 각지에서 보편적으로 성행했던 풍속으로서 오래된 민족에게는 오래된 목신木神신화가 있다. 희랍의 나무꾼들은 '드리아데스Dryads'라고 불리는 나무의 님프를 숭배했으며 멕시코의 토타Tota와 로마의 유피테르 페레트리우스Jupiter Feretrius도 모두 나무 형상이다. 또 세계 생명수World Life trees라는 나무가 있는데 『성경』에 나오는 에덴동산에도 생명수가 있다. 모순茅盾 선생에 따르면, 북유럽신화에 나오는 기이한 생명수Yggdrasill[1]는 우주의 나무, 시간의 나무, 생명의 나무로서 온 세상을 뒤덮고 있다.[2] 이 같은 생명수는 토템이자 모든 생명을 창조하는 신으로서 숭배와 수호의 대상이었다.

저명한 인류학자 프레이저James George Frazer, 1854~1941는 "초자연적 생명은 더 이상 나무의 신이 아닌 숲의 신이 된다. 나무의 신이 일정 정도 각각의 구체적인 나무에서 벗어나게 된 후, 모든 추상적 신들에게 구체적인 사람의 형상을 부여하던 초기 인류의 관념적 경향에 따라 나무의 신은 사람의 형상으로 모습을 바꾸게 되었다. 그래서 고전예술에서 나무의 신은 늘 사람의 형상으로 묘사되었는데, 그들에게 있는 숲의 특성은 나뭇가지 또는 그와 유사한 명시적인 상징물로 드러난다".[3] 원시 숭배물은 인류 생존의 기반이 되는 기본 물질인 경우가 많다. 세계 생명수는 숲과 인류생활에 밀접한 관련이 있는 흙에서 태어났다. 사람 형상의 목신은 인류와 나무의 근원적 관계와 신비를 보여준다. 인류가 자신과 나무의 근원적 관계를 문화적 형식으로 표현하게 되면 나무와 숲은 특별한 문화적 의미를 가지게 된다.

다수의 상황에서 숲에 대한 숭배와 제사는 종교적 의식과 함께 이루어졌다. 프레이저는 황금가지를 수호하던 오래된 고대 풍습에 특히 주목했다. 로마 근교의 네미 호숫가에 숲의 여신 디아나의 신전이 있는데 그 옆으로 커다란 나무 한 그루가 자라고 있었다. 어느 누구도 그 나무의 가지

---

1   원문에는 Odin으로 되어 있는데 오류로 추정됨.
2   茅盾, 『神話研究－北歐神話ABC』天津：百花出版社, 1980, p.203.
3   弗雷澤, 徐育新 外譯, 『金枝』北京：中國民間文藝出版社, 1987, p.178.

를 꺾을 수 없도록 금지되었지만 외지에서 도망쳐온 노예에게만은 허용되었다. 도망온 노예가 나뭇가지를 성공적으로 꺾고 기존의 사제司祭와 결투를 해서 이기면 새로운 사제이자 숲의 왕이 되었다. 그나 새로운 숲의 왕은 시시각각으로 신전 옆의 크고 무성한 성수聖樹를 지켜야 했다. 또 다른 노예가 와서 나뭇가지를 꺾게 되면 다시 한번 더 결투를 벌여야 하기 때문이다. 새로운 도망 노예가 그를 죽이고 결투에서 이기면 그 자리를 대신하여 새로운 숲의 왕이 된다.

황금가지 이야기는 숲의 왕이 탄생하는 흥미진진한 이야기일 뿐만 아니라 심오한 상징적 의미를 담고 있다. 우선 그것은 숲의 신성함을 상징하는데 황금가지를 잃게 됨으로써 왕의 보좌를 빼앗기고 죽음의 재앙까지 맞이하게 된다는 것이다. 둘째, 숲의 왕이 가진 신성함을 상징하는데 그의 권력은 도망, 가지 꺾기, 결투 등의 과정을 거쳐야만 획득된다. 그것은 자격의 선택이자 능력의 획득이다. 이 과정 자체에서도 숲에 대한 경외심이 생겨난다. 황금가지는 나무 숭배의 상징물이자 숲을 숭배하던 인류의 신성한 감정을 집약적으로 표현하고 있다.

다른 민족들처럼 중국에도 나무에 대한 제사와 숭배문화가 존재한다. 신성한 의미를 가진 사수社樹가 바로 중국 고대의 '황금가지'다.

『설문해자』에서 "社토지의 신사는 땅의 주인을 뜻하며 示보일 시와 土흙 토의 회의會意자다社, 地主也. 從示土"라고 밝히고 있으며 『춘추전春秋傳』에는 "홍공의 아들 구룡은 사신이다共工之子句龍爲社神"라는 기록이 있다. 또 『주례』에서는 "스물다섯 집을 '社'로 하고 각각 그 땅에 적합한 나무를 심는다. 祜는 社의 고문이다[以二十五家爲社, 各樹其土所宜之木. 祜, 古文社]"라는 기록이 있다.

여기서 '祜'자가 특히 눈길을 끈다. '社'의 고자古字는 고대의 사제社際가

땅에 지내는 제사가 아니었다는 정보를 준다. 그것은 원래 나무에 제사를 지내는 나무 숭배를 나타내는 말이었는데 훗날 땅에 지내는 제사의 의미가 생겨났다.[4] 옛 '禮'자에서 '土'자는 소리를 나타낸다. '社'는 '土'와 발음이 유사했는데 '土'는 소리를 나타내는 역할만 한다.

명을 받드는 자는 조상 앞에서 상을 내리고, 명을 받들지 않는 자는 '사社' 앞에서 죽이고 처자까지 모두 죽이겠다.

用命賞於祖, 弗用命戮於社, 予則孥戮汝.

—『상서』「감서(甘誓)」

두 '사社' 사이에서 공실公室을 보좌한다(인용자주 – 周社와 毫社 사이에 있는 조정에서 나랏일을 한다).

間於兩社, 爲公室輔.

—『좌전』「민공(閔公) 2년」

란포欒布는 연나라와 제나라에서 벼슬을 했고, 전숙田叔은 노나라에서 승상을 했다. 백성들이 그 정치를 기리기 위해 동상을 세우고 '사社'를 세웠다.

布歷燕齊, 叔亦相魯. 民思其政, 或金或社.

—『한서』「서전(敍傳)」

---

4 '社'자의 땅에 대한 제사의 의미는 훗날 생겨난 것이다. 이 문제에 대한 깊이 있는 논의는 『華中師院學報』1984년 4기에 등재된 저자와 지도교수 석성회(石聲淮) 교수의 공동 논문 「木的祭祀與木的崇拜」를 참고할 것.

이상에서 인용한 자료는 모두 운문 형식인데 '社'는 '祖조상조', '輔덧방나무보', '魯노둔할노' 등과 소리가 유사했다. '社'의 초문初文은 土에서 뜻이 아닌 소리를 취하였다는 점을 알 수 있다. 그런데 사직의 진정한 주인은 나무였다. 기록에 따르면 고대중국에서는 사직에서 나무에 제사를 올리는 것이 일반적인 풍습이었다. 『논어』「팔일八佾」에서 하상주 3대 모두 나무에 제사를 올렸다는 사실을 확인할 수 있다.

> 애공이 '사社'에 대해 묻자 재아는 "하나라는 소나무, 은나라는 잣나무, 주나라는 밤나무를 심어 백성들을 전율케 했습니다"고 대답했다.
> 哀公問社於宰我. 宰我對曰, 夏後氏以松, 殷人以柏, 週人以栗, 曰使民戰栗.

『묵자』와 『한서』를 통해서도 아주 오랜 옛날부터 나무에 제사 지내는 풍습이 다양한 형태로 존재했음을 알 수 있다. 『묵자』「명귀明鬼」편에 "하상주 3대의 성왕은 나라를 세우고 도읍을 정하면 반드시 정단正壇을 택하여 종묘로 삼고, 나무가 크고 무성한 곳을 택하여 총사叢社를 세웠다"[5]는 내용이 있다. 또 『한서』「효사지效祀志 상」편에는 고조가 풍읍豊邑에서 분유사枌榆社, 느릅나무 사당에서 기도했다高祖禱豊枌榆社는 내용이 있다. 이에 대해 안사고顏師古는 "이 나무를 사신社神으로 삼아서 생겨난 이름이다以此樹爲社神, 因立名也"라고 주를 달았다. 『백호통의』「사직社稷」편에서는 『상서』「일편逸編」의 글을 인용하여 "대사大社에는 소나무, 동사東社에는 잣나무, 남사

---

5   원작에는 '蕆位'이라고 되어 있으나, 손이양(孫詒讓)이 『묵자간고(墨子間詁)』에서 '位'가 '社'의 오기임을 밝혔다. "虞夏商周三代之聖王, 其始建國營都日, 必擇國之正壇置以爲宗廟, 必擇木之修茂者立以爲叢社."

南社에는 가래나무, 서사西社에는 밤나무, 북사北社에는 회화나무를 심는다 大社唯松, 東社唯怕, 南社唯梓, 西社唯栗, 北社唯槐"**6**는 내용이 있다. 『주례』 「지관地 官」 「대사도大司徒」에도 "각 사직에 담을 쌓고 그 땅에서 잘 자라는 나무를 심어 전주田主,땅의신로 삼는다. 그리고 그 나무의 이름을 사직과 들의 이름 으로 사용한다設其社稷之壝而樹之田主. 各以其野之所宜木, 遂以名其社與其野"는 내용이 있다. 나라마다 제사의 대상이 되는 나무는 각각 달랐지만 신수神樹 앞에 서 보여준 사람들의 경외심과 신성한 감정은 다르지 않았다.

원시 사제社祭에서는 흙으로 제단을 만들고 그 위에 나무를 심어 '사주社 主'라고 했다. 남녀노소가 함께 모여 소와 양을 제물로 받치고 제사를 올 렸는데 엄숙하고 숙연한 종교적 분위기와 함께 노래와 춤이 어우러진 예 술적인 의식이었다. 제단은 또 문단文壇이기도 했다. 사수社樹에 대한 엄숙 한 숭배는 웅장한 예술활동과도 밀접한 관련이 있다. 이런 활동들은 한대 漢代에 성행했는데 『회남자』 「정신훈精神訓」에 "오늘 이 궁벽한 곳에서 사 신社神께 제사를 올리며 함께 어울려 노래하고 즐기나이다今夫窮鄙之社也, 叩 盆拊瓴, 相和而歌, 自以爲樂矣"라는 내용이 있다. 당대唐代의 시인 왕건王建도 「신 수사神樹詞」에서 이렇게 노래했다.

我家家西老棠樹	우리 집 서쪽에 있는 오래된 팥배나무는
須晴即晴雨即雨	맑은 날씨가 필요하면 맑게 갠 하늘을 보여주고, 비가
	필요하면 비를 내려주네.
四時八節上杯盤	사시팔절四時八節마다 술과 고기를 올리고,

6　『魏書·劉芳傳』引『五經通義』.

願神莫離神處所	오래도록 신령님이 깃들기를 기원하네.
男不著丁女在舍	집안에 내외 모두 편안하고,
官事上下無言語	관청에서는 위아래로 말 없도록 하소서.
老身長健樹婆娑	몸이 오래 건강하고 나무가 무성하며,
萬歲千年作神主.	천년만년 우리를 지켜주소서.

위 시에서 표현된 것은 순조로운 가업과 안정된 벼슬길에 대한 개인적인 소망에 불과하지만 개인의 운명을 신수의 가호加護에 내맡긴다는 측면에서 신수를 숭배하고 나무에 제사를 지내는 원시문화와 풍속의 흔적을 찾아볼 수 있다.

『백호통의』「사직」편에 "사직에 나무를 심는 까닭은 무엇인가? 높고 눈에 띄어서 백성들이 우러러 보고 공적을 찬양하기 때문이다社稷所以有樹何? 尊而識之, 使民人望見師敬之, 又所以表功也"는 내용이 있다. 나무에 제사를 지내는 풍속은 나무를 생계의 수단으로 삼고 나무와 더불어 살아가는 인류의 숲에 대한 애착을 반영하고 종교적 제사라는 상징 형식을 통해 숲에 대한 감사의 마음을 표현한다. 이를 통해 "만물 가운데 나무를 능가하는 것은 없기 때문에 나무를 심는다萬物莫善於木, 故樹木也"는 보편적 관념이 형성되었고 인류는 나무를 우러러 보며 찬사를 보낸다. 인류의 푸른 고향 숲을 돌이켜봄으로써 나무가 문화사에서 한 위대한 역할을 확인할 수 있다.

1) 인류의 원시 터전 숲

최초의 인류가 숲에서 거주했기 때문에 사람들은 나무와 끊을 수 없는 운명적 인연을 맺게 되었다. 엥겔스는 몽매의 시대에 대해 "그것은 인류의 유년기이다. 사람들은 여전히 최초에 거주하던 열대나 아열대의 숲에서 살고 있었고 그들 중 최소한 일부는 나무 위에 살고 있었다. 이렇게 말해야만 사람들이 맹수들 틈에서 생존할 수 있었던 이유를 설명할 수 있다"[7]라고 했다. 이 몽매의 시대를 중국 고대에서는 '유소씨有巢氏의 시대'로 불렀다. 『장자』「도척盜跖」편에 "옛날에는 짐승은 많고 사람은 적었다. 사람들은 짐승의 공격을 피하기 위해 나무 위에 둥지巢를 틀고 낮에는 도토리나 밤을 줍고 밤에는 나무 위에서 잠을 잤다. 그래서 그들을 유소씨의 백성이라 한다古者禽獸多而人少, 於是民皆巢居以避之, 晝拾橡栗, 暮棲木上, 故命之曰有巢氏之民"는 내용이 있다. 여기서 보여지는 것은 숲속에서 거주하던 고대인들의 생활이다. 깊고 울창한 숲은 인류가 나고 자란 요람이다. 숲에서 나오는 '초목지실草木之實, 나무 열매' 또한 상고시대의 주요 먹거리 공급원이었다. 採캘채의 옛 글자는 나무 아래서 한 손으로 과실을 따는 형상을 닮았는데 인류가 먹거리를 채집하는 모습을 그린 한 폭의 풍속화와 같다. 비록 나무 열매는 보잘 것 없이 아주 작지만 사람들에게 더 높은 단계로 나아갈 수 있는 에너지를 공급했다. 이 같은 위대한 삶의 체험이 숲의 상징 형식에 축적되어 있다. 그래서 사람들은 숲에서 친근하고 따뜻한 느낌을 받을 수밖에 없다.

2) 문명을 향해 나아가는 '목기시대'

숲은 인류를 몽매와 야만의 시대에서 구해냈을 뿐만 아니라 문명을 향해 나아갈 수 있도록 도왔다. 인류문화사를 고찰해보면 기나긴 '목기시대'

---

7 『馬克思恩格斯選集』第四卷, 北京 : 人民出版社, 1972, p.17.

가 존재했다고 확신할 수 있다. 독일 인류학자 율리우스 리프스Julius, E. Lips는 "선사 인류의 문명 수준인 태즈메이니아인Tasmanians, 멸족, 오스트레일리아인현존과 다른 대륙의 채집 부락 가운데 여명기에 '목기시대'가 있었다는 사실을 찾아볼 수 있다. 철기시대, 청동기시대, 마제석기시대가 각각 3천 년간 지속되었다고 가정할 경우, 타제석기시대의 앞선 시대 그리고 그보다 앞선 '목기시대'는 더 오랫동안 지속되었다고 단언할 수 있다"[8]고 했다. 그러나 쉽게 부식되는 목기는 보존이 안된 까닭에 그 존재가 간과되어 왔다. 목기시대의 존재를 부정하는 것은 인류가 처음부터 돌도끼와 석기로 문명의 시대를 열었다고 주장하는 것과 같다. 도구의 발명은 문명 발전의 중요한 지표 가운데 하나다. 이를 전제를 많은 중요한 도구와 기물들의 발명이 나무와 관련되어 있다는 사실을 증명할 수 있다. 엥겔스가 사람과 동물을 철저하게 구분했다고 말한 불의 발명은 나무에 구멍을 뚫으면서 생겨난 결과다. 『장자』「외물」편에서도 "나무와 나무가 마찰하면 불이 타오르고, 쇠와 불이 함께 있으면 녹아서 흐른다木與木相摩則然, 金與火相守則流"고 했다. 그리고 불을 발명한 것으로 알려진 수인씨도 나무에 구멍을 뚫어서 불을 만들어냈다. 불이 나무에서 나온다는 '화생어목火生於木'은 상고 인류의 보편적 관념이었다. 이러한 의미에서 불이 몽매의 시대를 밝혔다면, 나무는 인류가 문명으로 나아가는 지팡이가 되었다. 이뿐만 아니라 농업의 발명, 배와 수레의 이용, 활의 발명, 가옥 건축 등 모두가 나무를 응용하고 개발한 것이다.

『역경』「계사 하」편에 이런 내용이 있다.

---

[8]   E. 利普斯, 汪寧生 譯, 『事物的起源』, 成都 : 四川民族出版社, 1982, p.105.

포희씨가 죽은 후, 신농씨가 나무를 자르고 구부려 보습과 쟁기를 만들고 쟁기와 보습의 이점을 천하에 알렸다. (…중략…) 나무를 파고 깎아 배와 노를 만들고 가로막혀 있던 먼 곳으로 건너갈 수 있게 하여 천하를 이롭게 했다. (…중략…) 나무를 잘라 공이를 만들고 바닥을 파내 절구를 만들었다. 절구와 공이의 이점을 만민이 누리도록 했다. (…중략…) 시위로 나무를 당겨 활을 만들고, 나무를 깎아 화살을 만듦으로써 활과 화살의 이점을 취하고 천하를 두렵게 했다. (…중략…) 상고 때는 동굴이나 들판에서 살았는데 후세에 성인들이 집을 만들었다. 위로는 지붕을 올리고 아래로는 벽을 만들어 비바람에 대비했다.

包犧氏沒, 神農氏作, 斫木爲耜, 揉木爲耒, 耒耜之利, 以敎天下. (…中略…) 刳木爲舟, 剡木爲楫, 舟楫之利, 以濟不通致遠. 以利天下. (…中略…) 斷木爲杵, 掘地爲臼. 杵臼之利, 萬民以濟. (…中略…) 弦木爲弧, 剡木爲矢, 弧矢之利, 以威天下. (…中略…) 上古穴居而野處, 後世聖人之宮室, 上棟下宇, 以待風雨.

『역전』의 문화사적 서술을 통해 인류 역사상의 중대한 발명은 모두 목기시대와 관련되어 있다는 사실을 알 수 있다. 농기구, 선박교통, 가옥 조리기구, 활 병기 등 수많은 위대한 발명품들이 나무를 기본 재료로 사용하고 있다. 목기의 발명과 이용은 생산, 교통, 주거, 음식, 전쟁 등 인류의 중요한 활동과 밀접한 관련이 있으며 문명의 발전 과정과 더불어 나무에 대한 인식도 확장·발전했다.

3) 고향과 생명을 상징하는 숲

숲과 인류생활의 밀접한 관계 그리고 문화사에서 나무가 했던 개척적 역할 때문에 숲에 대한 신비감과 경외심이 민족의 집단 무의식 깊은 곳에 퇴적되면서 사람들은 생명과 고향을 나무에 연관시키기도 한다. 갑골문에서 '生날생'자는 '𤯓'인데, 나무가 땅을 뚫고 자라나는 형상이다. 또 혈연관계를 나타내는 '姓성성'자는 사람이 나무 앞에서 무릎을 꿇고 절을 하는 형상인 "𤯓"이다. 두 글자에서 나무와 생명의 관계에 대한 소박한 인식이 드러난다. 이를 바탕으로 나무는 고향과 조국의 상징물로 확대되었다.

'邦나라방'자는 갑골문에서 "𤰫" 금문에서 "𤰫" 설문에서 "𤰫"인데 마을에 나무가 서 있는 풍경을 닮았다. 개인의 생명을 나타내는 '生', 혈연과 연관된 '姓', 정치와 연관된 '邦' 모두 나무 제사와 관련이 있다. 이러한 글자들이 보여주는 것은 숲에 대한 인류의 깊은 그리움의 정이 아닐까.

維桑與梓	뽕나무와 가래나무에도
必恭敬止	공경하는 마음이 생겨난다.
靡瞻匪父	우러러봄이 아버지 아님이 없고
靡依匪母	생각함이 어머니 아님이 없네.
不屬於毛	터럭 하나도 부모와 연결되어 있지 않던가.
不離於裏	살결도 이어지는 것이 아니던가.
天之生我	하늘이 나를 낳았으니,
我辰安在	나의 좋은 시절은 언제일까.

—『시경』「소아」「소변(小弁)」 제3연

주희朱熹는 『시집전詩集傳』에서 뽕나무와 가래나무를 '부모님이 심은 것 父母所植'이라고 풀이했다. '부모님이 심은 것'이기 때문에 뽕나무와 가래나무를 보고도 신성한 감정이 생겨난다고 해석하면 우회적이라 뜻이 잘

통하지 않을 수 있다. 사실 뽕나무와 가래나무에 대한 공경의 마음은 나무에 제사를 올리는 인류 보편의 풍속에서 비롯되었으며 고향을 뜻하는 나무의 상징 의미에서 비롯되었다.

고대로마의 황금가지에서 중국의 사수社樹까지, 고대의 나무 숭배 풍속에서 시적인 숲의 의경까지 숲나무의 '문화 콤플렉스'가 퇴적되어 있다. 고향의 숲을 떠난 인류는 점점 더 모순적이고 복잡한 심리를 드러냈다. 사람들은 문명과 진보를 추구하는 한편, 정신적으로는 늘 옛 고향을 뒤돌아보며 원시의 터전을 그리워했다. 특히, 문명사회가 모순과 갈등을 드러낼 때마다 사람들은 원시의 풍경을 시적으로 승화했다. 원시의 터전을 상징하는 숲은 속세에서 탈피하여 몸과 마음의 자유를 찾고자 하는 사대부들의 정신적 낙원이 되었다. 꿈 속에서도 잊지 못하는 아득한 원시의 시적 공간으로서 숲의 의경은 시 속에서 새롭게 기억되고 창조되었다.

3. 상림桑林의 제사와 상원桑園의 노래

숲을 원형으로 하는 시가詩歌들 가운데서도 상림과 상원은 특별한 의미를 가진다. 프랑스의 한학자 장 피에르 디에니Jean-Pierre Diény는 장편논문 「목녀와 잠랑Pastourelles et Magnanarelles, Essai sur un thème littéraire chinoise」[9]에서 중국문학 가운데 목장을 배경으로 하는 목녀문학과 상림을 배경으로 하는 상녀문학을 각각 고찰했다. 중국문학에서 특별한 위치를 차지하고

9　錢林森 編, 『牧女與蠶娘』, 上海 : 上海古籍出版社, 1990.

있는 상원문학은 남경여직男耕女織의 전통적 농업 방식에서 비롯되었다. "다섯 묘의 집터에 뽕나무를 심는다五畝之宅, 樹之以桑", "백묘의 밭에 시간을 빼앗기지 않는다百畝之田, 勿奪其時"는 구절에서 보듯 고대 사상가들이 추구한 이상사회의 모델 역시 뽕나무와 관련이 있다. 또 상림 숭배와 신화 속에서 뽕나무가 가지고 있는 특별한 의미에도 주목해야 한다.

뽕잎을 따서 실을 뽑아내는 양잠은 중국의 중요한 농업활동이었다. 기원전 3,300년경의 유적지인 양저良渚 유적지에서 집누에를 원료로 만든 견직물이 출토되었다.[10] 『상서』「우공」편에도 "뽕나무가 잘 자라는 흙에서 누에를 먹인다桑土既蠶"는 기록이 있다. 전국시대 동기銅器와 한대 화상석畫像石에는 뽕나무 위아래에서 일하는 여인들의 모습이 새겨진 것이 많은데 여인들이 꾀꼬리의 노래를 들으며 뽕을 따는 고대의 채상도采桑圖를 우리 눈 앞에 보여준다.

向春之末	봄날의 끝에서
迎夏之陽	여름날의 해를 맞이한다.
鶬鶊喈喈	꾀꼬리는 꾀꼴꾀꼴 지저귀고
群女出桑	여인들은 무리지어 뽕을 따네

— 송옥(宋玉), 「등도자호색부(登徒子好色賦)」

원시 숭배는 심오한 물질적 동인이 있는 경우가 많다. 상원은 사람들의 생존을 보장해주는 물질적 기반이었고, 문화 발전의 자양분을 공급하는

---

10 夏鼐, 『中國文明的起源』, 台北：台灣滄浪出版社, 1986, p.51.

정신적 터전이었으며, 원시의 종교적 숭배물이자 시로 노래되는 상징물이기도 했다.

상림 제사는 은상 무렵에 유행했다. 『묵자』「명귀明鬼」편에 송나라의 상림 제사가 등장한다.

연나라가 조택祖澤에서 제사를 지내듯 제나라는 사직에서, 송나라는 상림에서, 초나라는 운몽에서 제사를 지내고 남녀가 모여 지켜본다.

燕之有祖, 當齊之社稷, 宋之桑林, 楚之有雲夢也. 男女之所屬而觀也.

은나라의 후예인 송나라 사람들의 상림 제사는 은상의 종교적 전통을 계승한 것이다. 그래서 『여씨춘추』「신대愼大」편에 "무왕이 상과의 전쟁에서 이기고 (…중략…) 탕의 후손을 송의 국군으로 세워 상림 제사를 계승하고자 했다武王勝殷 (…中略…) 立成湯之後於宋, 以奉桑林"는 내용이 있고, 『회남자』「수무훈修務訓」에 "탕임금은 가뭄이 들자 몸소 상림에서 기도를 올렸다湯旱以身禱於桑山之林"는 내용이 있다. 이에 대해 고유高誘는 상림은 구름과 비를 불러올 수 있기 때문에 그곳에서 기도를 올린다桑山之林能興雲致雨, 故禱之"고 주를 달았다. 상나라 탕왕이 상림에서 지낸 기우제를 통해 은나라 사람들의 상림 숭배와 제사 풍습을 확인할 수 있다. 사람들은 세상을 고루 적셔주는 비와 바람에 대한 희망을 상림에 걸고 기도했다. 상림은 은상 사람들의 '황금가지사수,社樹'이기도 했다.

뽕나무에 대한 숭배와 더불어 신화세계에 신성하고 위대한 태양의 나무인 부상扶桑이 출현했다. 굴원은 「이소離騷」와 「구가九歌」의 신국神國을 오가는 장면에서 태양의 나무를 즐겨 노래했다.

飮餘馬於鹹池	함지鹹池에서 말에게 물을 먹이고
總餘轡乎扶桑	부상扶桑에 고삐를 매어두었다네.
折若木以拂日兮	약목若木을 꺾어 태양의 먼지를 털어내고,
聊逍遙以相羊	잠시 거닐며 배회하노라.

—「이소」

| 暾將出兮東方 | 밝은 해가 동방에서 떠올라, |
| 照吾檻兮扶桑 | 부상에서 나의 난간을 비추네. |

—「구가」「동군(東君)」

왕일은 "동방에 부상이라는 나무가 있는데 그 높이가 만 길이나 된다. 해는 양곡에서 몸을 씻고 부상 위로 떠올라 사방을 환하게 비춘다言東方有 扶桑之木, 其高萬仞, 日下浴於暘谷, 上拂於扶桑, 爰始而將登, 照耀四方"고 주를 달았다. 거 대한 상상력으로 채워진 왕일의 주를 통해 태양신에 대한 찬미와 나무에 대한 숭배를 동시에 느낄 수 있다. 종경문鍾敬文은 부상을 원시인들의 마음 속에 존재하는 신神의 일종으로서 신화학에서 말하는 세계수로 보았다.[11] 이 위대한 태양목太陽木은 사실 숲 숭배를 집약적으로 보여주는 표현 형식 에 불과한 것으로서 그다지 신비스럽지는 않다. 부상의 원형은 보통의 뽕 나무다. 진병량陳炳良과 칼그렌Bernhard Karlgren도 뽕나무가 부상이라고 주 장했다.[12] 시인들은 신화세계의 부상을 한껏 찬미했으며 현실생활에서도

---

11 鍾敬文, 「馬王堆論漢墓帛畵的神話史意義」, 『中華文史論叢』 第2輯, 1979, p.82.
12 陳炳良, 「中國古代神話新釋兩則」, 『清華學報』 第苑卷 第2期, 『文學論文集』(下), 1969,
p.209.

뽕나무와 상원을 노래했다. 부상을 노래한 것과 마찬가지로 상원에 대한 예찬에서도 생명과 사랑에 대한 고풍스럽고 소박한 원시의 신성한 예찬을 담고 있다. 상원을 노래한 작품들에서는 세 가지 중요한 테마에 주목해 볼 필요가 있다.

1) 상원과 문학적 사랑

상림에는 종교적이고 주술적인 신비한 분위기뿐만 아니라 자유분방한 사랑의 노래도 수없이 많다. 원시 종교활동은 원시적 습속에 따른 남녀 간의 일상적 사랑이 수반되는 경우가 많기 때문이다. 『시경』 「용풍」 「상중桑中」을 보자.

爰採唐矣	새삼을 따러 어디로 갔을까,
沫之鄉矣	매향沫鄉에 갔었다네.
雲誰之思	누구를 생각하며 갔을까,
美孟薑矣	어여쁜 강씨 가문 맏딸이었다네.
期我乎桑中	뽕나무 숲에서 기다리고 있다가
要我乎上宮	나를 누각으로 이끌고 갔었다네.
送我乎淇之上矣.	헤어질 때는 기수 강변까지 나와서 바래다 주었다네.

이 시는 경학자들로부터 '상간복상桑間濮上', '망국지음亡國之音'이라는 비난을 받았는데 실제로는 중요한 종교활동과 남녀의 자유연애를 그린 한 폭의 풍속화다. 상림은 청춘남녀가 사랑을 나누는 낙원으로서 사랑을 뜻하는 은어이기도 하다. 『시경』에 실린 사랑의 노래들 중 다수는 상원에서

비롯되었다. 예를 들면, 「위풍」「분저여汾沮洳」가 있다.

彼汾一方	분수강 저 편에서
言採其桑.	뽕 따는 우리님
彼其之子	우리님
美如英	꽃처럼 아름답네.
美如英	꽃처럼 아름다운 우리님,
殊異乎公行	왕실에서 일하는 공행公行보다 멋지네.

뽕나무에서 사랑이 연상되기도 하지만 고대의 뽕나무는 비바람으로부터 몸을 보호할 수 있는 옷을 만들어주었고 사람들의 마음까지 촉촉하게 적셔주었다. 원래 '상중桑中'은 종교적 의미를 가진 말이었지만 사랑을 상징하는 말로 그 의미가 확장되었다.

『좌전』 성공2년에 초나라 무신巫臣이 하희夏姬와 밀회를 즐기기 위해 가솔들을 이끌고 초나라를 떠나려고 할 때 신숙궤申叔跪라고 하는 대신이 조롱하듯 말한다.

> 이상하도다! 삼군三軍의 두려움을 가진 자에게서 또 상중지희桑中之喜가 보이는구나. 필시 다른 사람의 첩을 훔쳐서 도망칠 작정이다.
> 異哉! 夫子有三軍之懼, 而又有桑中之喜, 宜將竊妻以逃者也.

'상중지희桑中之喜'는 무신과 하희의 애정 행각을 은유하는 말이다. '상중'은 상고 때부터 이미 사랑을 뜻하는 은어로 사용되었다.

『시경』의 중요한 예술적 표현 양식인 '흥興'에서도 뽕나무는 사랑을 은유한다.

桑之未落	잎이 지기 전
其葉沃若	뽕나무는 무성하고 아름다웠다네.
於嗟鳩兮	비둘기야,
無食桑葚	오디를 따먹지 마라.
於嗟女兮	여자들아,
無與士耽	사내에게 빠지지 마라.

—「위풍」「맹(氓)」

隰桑有阿	진펄에 뽕나무
其葉有難	잎새가 무성하네.
既見君子	우리님 만났으니
其樂如何	그 즐거움 어떠하리.
隰桑有阿	진펄에 뽕나무
其葉有沃	잎새가 우거지네.
既見君子	우리님 만났으니
雲何不樂	어찌 아니 즐거우리.

—「소아」「습상(隰桑)」

위 두 시에서 뽕나무는 모두 '흥'으로 사용되었다. 흥은 중국시가에서 원형에 대한 오래된 해석이다.[13]

뽕나무가 사랑의 '흥'이 된 데는 오랜 문화적 기원이 있다. 굴원의 「천문天問」에 나오는 "어찌 저 도산녀와 대상에서 정을 통했는가焉得彼塗山女, 而通於台桑"라는 구절에서 보듯 대우大禹와 도산녀의 원시적 사랑도 뽕나무 아래에서 이루어졌다. 이를 통해 상원과 사랑의 오랜 역사를 확인할 수 있다.

2) 상원桑園과 상녀桑女 문학테마

상원을 배경으로 한 작품들을 통해 상녀의 사랑을 테마로 하는 문학 양식이 형성되었다.

春日載陽	따뜻한 봄 햇살 아래
有鳴倉庚	꾀꼬리들이 지저귀고
女執懿筐	광주리 든 여인들은
遵彼微行	오솔길을 따라
爰求柔桑	연한 뽕잎을 따러 가네.

—『시경』「빈풍(豳風)」「칠월(七月)」

부드러운 봄바람과 눈부신 햇살 속에서 노래하는 꾀꼬리와 뽕을 따는 소녀들을 그린 위 시는 상녀문학의 효시를 이루었다. 상녀문학 가운데서도 가장 영향력 있고 널리 알려진 작품은 한대의 악부 「맥상상陌上桑」이다. 또 채상녀采桑女를 테마로 하는 『추호희처秋湖戱妻』, 『진변녀陳辯女』는 민간에도 널리 전해졌다. 상원에서는 늘 여성이 주인공으로 등장한다. 여성은

---

13 상세한 내용은 다음을 참고하라. 「興與象-中國文化的原型批評」, 『學習與探索』 第4·5期, 1989.

상원문학의 주역인 동시에 상원에서 이루어지는 생산 활동의 주역이다. 상고사회에서부터 여성들은 뽕나무를 심고 누에를 쳤다. 군주와 황후도 연경演耕과 친상親桑을 하는 오랜 습속이 있었다.

> 왕이 몸소 밭을 갈고 왕후가 몸소 누에를 치는 까닭은 무엇인가? 천하의 농사와 양잠을 이끌기 위함이다.[14]

상녀를 주인공으로 하는 테마에서 두 가지 점에 주목할 필요가 있다. 첫째, 상녀는 주로 아름답고 매혹적인 용모를 가지고 있는 동시에 부귀에 현혹되지 않고 정조와 절개를 지키는 곧은 품성을 가지고 있다. 오두五頭 마차를 세워두고 옆에서 맴도는 사군使君을 완강하게 거부하는 나부羅敷에서 높은 신분의 진나라 대부 해거보解居甫를 거절한 평민 진변녀陳辯女, 돈으로 유혹하는 추호秋胡를 물리친 결부潔婦에 이르기까지, 상녀문학은 도덕적 내면을 가진 여인들을 그리는 아름다운 찬가다.

둘째, 상녀를 소재로 한 이야기에 있는 극적인 효과다. 눈빛만으로도 사람을 움직일 정도로 막강한 권세를 가진 『맥상상』의 사군은 여염집 아낙 정도는 손쉽게 취할 수 있으리라 생각한다. 그런데 나부는 자신의 남편을 치켜세우며 사군을 조롱하고 비난한다. 이 부분에서 강한 희극적 효과가 만들어진다. 『추호희처』도 마찬가지다. 전개 과정은 희극적이지만 결부가 강에 몸을 던져 죽는 비극적인 결말로 끝을 맺는다. 오랜 벼슬길에서 고향으로 돌아오던 추호는 뽕을 따고 있던 한 여인에게 수작을 건다. 집에

---

14 『白虎通義』「耕桑」. "王者所以親耕, 後親桑何? 以率天下農蠶也."

돌아온 후 추호는 자신이 희롱했던 그 여인이 다름아닌 자신의 아내라는 사실을 알게 되는데 이 과정 역시 희극적이다.

상녀문학이 시사하는 바는 매우 많다. 우선, 중국문학의 심미적 추구는 외재적인 동시에 더욱 내재적이다. 심미적 추구와 도덕적 추구가 조화와 일치를 이루고 있다. 또 문학 발전사적 측면에서 봤을 때, 상녀문학은 초기에는 생명의 쾌락을 추구하다가 후기에는 도덕적 마음가짐을 추구하는 과정을 거쳤다. 처음에는 『시경』「용풍」「상중」과 같이 자유분방한 감정을 표현했으나 이후에는 부현傅玄의 『염가행豔歌行』처럼 도덕적 설교를 보여준다. 한대 이후의 유명한 악부곡 가운데는 채상采桑 곡목이 많다. 채상녀는 시인들이 즐겨 노래하는 대상이었다.

> 美女妖且閑　　곱고 아리따운 아가씨,
> 采桑岐路間　　갈림길에서 뽕잎을 딴다.
>
> ― 조식(曹植), 「미녀편(美女篇)」

아름다운 상원과 여주인공, 부귀를 탐하지 않고 지조와 사랑을 지키는 도덕정신이 채상녀 문학의 테마가 되었다. 도덕적 역량의 굴기屈起는 인류정신의 진화와 정화, 야만을 개조하는 문명을 상징한다.

3) 상원과 전원문학

모든 고전문학에는 짙은 전원의 분위기가 깔려 있다. 특히 사분오열의 시대에 풍파와 고난을 겪고 있던 사대부들은 마음 기댈 곳을 찾지 못하고 늘 전원으로의 회귀와 은거를 꿈꿨다. 전원으로의 회귀와 상원으로의 회귀는 같은 의미였다. 상원은 농업문명의 상징이자 전원의 상징이기 때문이다.

十畝之間兮　　　　십묘의 땅 사이에서

桑者閑閑兮　　　　사람들이 한가롭게 뽕을 따네.

行與子還兮　　　　그대와 함께 돌아가리,

十畝之外兮　　　　십묘의 땅 옆으로.

桑者泄泄兮　　　　사람들이 한가롭게 뽕을 따네,

行與子逝兮　　　　그대와 함께 떠나가리.

—『시경』「위풍」「십묘지간(十畝之間)」

　　이 시에 대해 주희는 "정치가 어지럽고 나라가 위태로우면 현자들은 조정에 있기를 즐기지 않고 벗들과 함께 농포農圃로 돌아가고 싶어한다"[15]고 주를 달았다. 이 해석이 맞다면 이 시는 중국에서 가장 오래된 전원 은거시다. 그런데 이 시에서는 전원의 즐거움을 "상자한한桑者閑閑", "상자설설桑者泄泄"로 표현했다. 상원의 즐거움과 전원의 즐거움은 동의어이며 상원과 전원은 사대부들이 동경하는 정신적 휴식처다. 아래와 같은 시들도 있다.

相見無雜言　　　　만나면 잡스러운 말 없이

但道桑麻長　　　　뽕나무와 삼을 키우는 얘기를 하네

桑麻日已長　　　　뽕나무와 삼은 나날이 자라고,

我土日已廣　　　　내 땅도 나날이 늘어가네.

—도연명,「귀전원거(歸田園居) 5수」제2수

15　朱熹,『詩集傳』卷五. "政亂國危, 賢者不樂仕於其朝, 而思與其友歸於農圃."

乳雀啁啾日氣濃	어린 참새 짹짹 노래하는데 태양 빛 뜨거워지고,
雉桑交影綠重重	막 나온 뽕잎 우거지니 초록빛 짙어지네.
秧田百畝鵝黃大	백묘 논에는 노란색 곡식싹이 트네.
橫策溪村屬老農	이어진 개울가 마을은 늙은 농부에게 맡기네.

― 임포(林逋), 「초하(初夏)」

我昔聞諸葛 園林遍種桑	일찍이 제갈량이 넓은 원림에 뽕나무를 가득 심었다는 말을 들었다네.
吾宅才五畝 牆下亦成行	우리집 터는 겨우 다섯 묘, 담벼락 아래도 줄을 지어 심었네.
不愛椹子垂 愛此遠枝揚	오디 열매 늘어지는 것은 좋아하지 않지만, 이곳에서 멀리까지 나뭇가지 흔들리는 것을 좋아한다네.
濃陰日夕佳 常在吾廬旁	짙은 어둠은 저녁에 아름다운데, 늘 내 오두막 옆에 있구려.

― 사중휘(謝重輝), 「상(桑)」

술잔을 들고 나누는 농사 얘기에서는 순박하고 두터운 인정이 느껴지고, 짙푸른 뽕나무와 풍성한 채소밭에서는 자연의 원시적 정취가 넘쳐난다. 또 그림처럼 아름다운 상원과 농밀한 녹음, 세속에서 멀리 떠나온 편안한 마음에서 상원의 따뜻함과 고요함이 묻어난다. 상원桑園, 상마桑麻, 상림桑林은 고향의 상징으로서 소외되고 타락한 속세에 저항하고 정신적 자유를 추구한다. 야만에서 벗어나 농업문명의 시대에 접어든 이후, 숲에 대한 화하민족의 원시적 숭배는 상림과 상원의 이미지로 표현되었다. 상림과 상원을 노래하는 시들 속에서 원시세계의 메아리가 울린다.

4. 슬픔과 기쁨의 숲 그리고 은거를 꿈꾸는 사대부들

캐나다 학자 프라이는 셰익스피어 희곡에서 배경으로 자주 등장하는 숲의 세계가 희극과 봄을 상징한다고 분석했다. "푸른 세계의 희곡은 생명이 황무지를 극복한다는 제의적 주제와 유사한 플롯을 가지고 있다. 푸른 세계는 여름이 겨울을 이긴다는 상징성을 희곡에 부여한다."[16] 울창한 숲의 세계에는 야만을 이기고 문명을 향해 진보하는 힘이 넘쳐난다. 울창하고 무성한 숲이 봄과 여름, 기쁨과 승리를 상징한다면 헐벗은 나무는 가을과 겨울, 패배와 죽음을 상징한다. 숲의 영고성쇠는 사람들의 영혼을 뒤흔들고 슬픔과 기쁨의 감정 양식을 응축하고 있다. 또 숲의 슬픔과 기쁨은 인류의 감정 기복에도 영향을 준다.

세상의 모든 물이 서로 통하듯 슬픔과 기쁨을 의미하는 숲의 상징도 중국문화에서 같은 의미를 가진다. 어떤 사물이나 시대에 대해 사대부들이 보인 반응과 감정이 나무가 무성하게 자라났다가 쇠잔해가는 과정과 연관되어 있다는 점에 주목해볼 필요가 있다.

| 遵四時以嘆逝 | 계절을 따라 흘러가는 세월에 한숨 짓고, |
| 瞻萬物而思紛 | 만물을 바라보며 어지러운 상념에 젖는다. |

---

16 Frye N. 『批評的解剖』; 張隆溪, 『二十世紀西方文論述評』, 北京 : 三聯書店, 1988, p.65 에서 재인용.

悲落葉於勁秋   서늘한 가을날 낙엽에 슬픔이 일고,

喜柔條於芳春   눈부신 봄날 여린 가지에 기쁨이 솟는다.

― 육기(陸機), 『문부(文賦)』

　초목의 영고성쇠가 생명에 대한 옛 시인들의 감성을 촉발했다. 도연명은 「귀거래사」에서 높이를 다투며 자라나는 나무들의 즐거움을 노래했고 송옥은 「구변九辯」에서 시들어가는 풀과 나무들의 슬픔을 노래했다. 신록의 기쁨과 낙엽의 슬픔에서 중국문인들의 정서적 양식이 보여진다. 이 같은 정서적 양식은 바로 숲이 불러오는 영혼의 반응이다.

　중국문학에는 이른바 '슬픈 가을悲秋'의 테마가 있다. 슬픈 가을의 실질은 가을이라는 특정 시간에 대한 감상이 아니라 시들어가는 모든 생명에 대한 서글픈 탄식이다. 시들어가는 생명은 시들어가는 숲의 이미지로 표현된다. 스산한 가을과 메마른 숲은 언제나 생명에 대한 상실감을 불러오고 여기에는 사람, 나무, 숲의 문화적 연관성이 작용하고 있다.

　시들어가는 초목과 시인의 슬픔을 연결한 최초의 사례는 굴원이다. 그는 「이소離騷」와 「구가九歌」 「상부인湘夫人」에서 이렇게 노래했다.

唯草木之零落兮   시들어가는 초목이 잎을 떨구니,

恐美人之遲暮   아름다운 이도 늙고 쇠약해질까 두렵네.

嫋嫋兮秋風   소슬소슬 가을바람,

洞庭波兮木葉下   동정호에 물결이 일렁이고 낙엽이 진다.

봄에서 가을로 세월이 가면서 시들어가는 초목, 가을바람에 낙엽 지는 동정호, 메마른 숲의 비극적 분위기 속에 뜻을 이루지 못한 노년의 슬픔이 드리워져 있다. 송옥은 「구변」에서 "슬픈 가을의 풍경이여, 쓸쓸한 초목이 잎을 떨구고 시들어가는구나悲哉秋之爲氣也, 蕭瑟兮草木搖落而變衰"라고 노래했다. 이 시에서 사람들은 슬픈 가을의 정서에 집중하지만 시인의 슬픔을 불러일으키는 것은 가을이라는 추상적 시간이 아니라 '초목요락草木搖落, 낙엽지는나무'이다. 그래서 두보의 시에도 떨어지는 잎을 보며 송옥의 슬픔을 알게 된다搖落深知宋玉悲는 구절이 있다「영회고적(詠懷古蹟) 5수」중 제2수. 낙엽의 슬픔은 문화적 상징 의미를 가지고 있다.

중국문학에서 '낙엽'의 이미지는 영락하여 떠도는 신세로 인한 슬픔을 표현하는 데 자주 사용된다. 사진謝榛의 『사명시화四溟詩話』 권1에 다음과 같은 단락이 있다.

위소주는 "창문 안의 사람은 늙어가고 문 앞의 나무는 이미 가을이다"고 했고, 백낙천은 "나뭇잎이 노랗게 물들 때면 사람은 곧 백발이 된다"고 했다. 사공도는 "빗속에 누런 잎의 나무, 등불아래 백발 노인" 세 편의 시는 동일한 기저機杼이지만, 눈 앞의 광경을 잘 그려낸 사공도의 시가 가장 뛰어나다. 한없이 서글픈 감정이 언어에 그대로 묻어난다.

韋蘇州曰：窗裏人將老, 門前樹已秋. 白樂天曰：樹初黃葉日, 人欲白頭時. 司空曙曰：雨中黃葉樹, 燈下白頭人. 三詩同一機杼, 司空爲優：善狀目前之景, 無限凄感, 見乎言表.

위응물, 백거이, 사공도의 우열을 가릴 필요는 없다. 중요한 것은 노쇠

해가는 인간을 낙엽으로 비유했다는 점이다. 여기서 인간과 숲의 심리적 연관성이 드러나는 것이 아니겠는가? 중국에는 잎이 떨어지면 뿌리로 돌아간다는 '엽낙귀근葉落歸根'이라는 고사성어가 있는데 숲이 인류의 근본이라는 심오한 뜻을 담고 있다. 또 숲은 사실상 인류의 원시적 터전이자 정신적 고향이기도 하다. 이 때문에 중국 사대부들의 마음은 늘 숲을 향하고 있었던 것이다.

메마른 숲이 슬픔을 일으키는 것과 달리, 싱그러운 초록의 울창한 숲은 유쾌하고 따뜻한 느낌을 준다.

> 숲속에서 바람 소리를 들으며 앉아있는 즐거움을 어느 누가 알리.
> 誰知林棲者, 聞風坐相悅.
>
> —장구령(張九齡), 「감우(感遇) 20수」 제1수

숲이 주는 기쁨과 환희는 인생의 슬픔을 희석하고 퇴색시킨다. 성공과 이익을 쫓고 이해득실을 따지며 전전긍긍하는 불안과 걱정은 숲속의 맑은 바람 속에서 깨끗하게 씻겨나간다. 혜강嵇康의 「형수재공목입군증시兄秀才公穆入軍贈詩 19수」 제13수를 보자.

輕車迅邁	빠르게 내달리던 마차를
息彼長林	울창한 숲속에 멈춰 세운다.
春木載榮	울창하게 자란 봄 나무는
布葉垂陰	짙은 그림자를 늘어뜨리고
習習穀風	골짜기의 맑은 바람

吹我素琴	내 소박한 거문고 위를 스치네.
咬咬黃鳥	꾀꼴꾀꼴 꾀꼬리 암수
顧儔弄音	서로 마주보고 농밀하게 지저귄다.
感寤馳情	문득 내 마음은
思我所欽	그리운 이를 향해 달려가고
心之憂矣	가슴 속 근심은
永嘯長吟	오래도록 끊임없이 울고 있구나.

　혜강의 시에서도 마음속 근심이 끊이지 않는 쓸쓸함이 묻어 나오지만 생기 넘치는 신록과 녹음의 세계가 시인의 근심을 씻어내고 고요하고 평화로운 숲의 세계로 이끈다. 이것은 다름아닌 황야와 겨울의 극복을 상징하는 숲의 주제가 재현된 것이다. 지저귀는 꾀꼬리, 울창하게 자라난 나무, 자연의 아련한 소리가 한없는 정신적 위안을 준다.

　음유시인의 선조 도연명은 숲속에서 느끼는 희열과 즐거움을 한 단계 더 높은 곳으로 올려놓았다. 따뜻하고 즐거운 숲의 경계를 시적으로 표현한 「독산해경讀山海經」의 한 구절을 보자.

孟夏草木長	이른 여름 초목이 자라,
繞屋樹扶疏	집을 두른 나무는 무성하네.
衆鳥欣有托	새들이 머물 곳을 찾아 기뻐하니
吾亦愛吾廬	나도 내 오두막이 좋구나.

　무더운 여름, 시인은 울창한 수풀 속에 오두막을 짓고 짙은 나무 그늘

을 받아들인다. 새들이 둥지에 머물듯 시인도 푸른 나무가 둘러싼 세계에 도취되어 있다. 셰익스피어가 그려낸 숲이 그러하듯 도연명의 숲에서도 희극적 색채가 배어 나오고 천진하고 조화로운 생명의 정서가 넘쳐 흐른다. 그래서 도연명의 시에는 숲속의 정취가 자주 등장한다.

斯晨斯夕	아침이나 저녁이나 늘
言息其廬	누추한 오두막에 머무노니,
花藥分列	꽃과 약초가 늘어서 있고,
林竹翳如	휘장처럼 둘러싼 대나무 숲.
清琴橫床	맑은 거문고 가로 놓고,
濁酒半壺.	탁한 술 반 주전자.
黃唐莫逮	황제와 당요의 시대로 돌아갈 수는 없으나
慨獨在餘	홀로 한가로움을 즐기노라.

— 도연명, 「시운(時運)」

시인은 나무 밑에 가로 누워 탁주 반 주전자를 마신다. 몸은 이 세상에 있으나 마음은 아득히 먼 옛날로 날아오른다. 이것은 전원의 즐거움이라기보다는 숲속의 즐거움이다. 위대한 시인은 민족의 원시적 이미지를 가장 잘 그려내는 시인이다. 그래서 우리는 시인이 그려낸 숲을 통해 아득히 먼 옛날로 돌아가고 그곳에서 몸과 마음의 희열을 얻게 된다. 도연명의 시를 통해 우리는 숲속의 기쁨을 체험하고, 마음속에 자리 잡은 원시적 이미지를 소환하여 고금古今과 물아物我가 혼연일체를 이루는 원시적 힘을 얻게 된다.

采采榮木	탐스럽게 자란 무궁화 나무,
結根於茲	이곳에 뿌리를 내렸네.
晨耀其華	아침이면 화려하게 피었다가
夕以喪之	저녁이면 떨어지네.
人生若寄	인생은 잠시 머무는 것이라
憔悴有時	언젠가는 시들어가지.
靜言孔念	고요히 생각에 잠기노라니
中心悵而	마음이 서글퍼지네.

— 도연명, 「영목(榮木)」

도연명의 시에서 나무는 생명이자 인생이며 경험이자 상징이다. 그래서 그는 늘 의식적 무의식적으로 생명과 나무를 한데 연결했다.

도연명 이후 전원시인들에게 숲속의 풍류는 일종의 서정적 전통이 되었다. 맹호연은 「이씨원와질李氏園臥疾」에서 나는 도연명의 취미를 사랑한다. 숲과 들에는 속된 정이 없다"고 했다. 이 말은 전원시인들의 속마음일 것이다. 숲은 도연명으로 대표되는 음유시인들의 정신적 터전으로서 번잡한 세상에서 벗어나 혼탁한 마음을 씻어내는 상징 형식이다.

왕유는 전원시인으로 알려져 있지만 전원을 소재로 쓴 시는 그다지 많지 않다. 이러한 의미에서 그는 전원시인이라기보다 숲의 시인이라고 하는 것이 나을 것이다. 그의 시 상당수가 숲속의 즐거움으로 널리 알려졌다.「녹시鹿柴」,「죽리관竹裏館」,「수장소부酬張少府」등 대부분이 그러하다. 고요한 숲의 의경에 취한 시인은 아무 거리낌이 없는 마음과 고결한 정신으로 온갖 고난을 겪은 여행자가 다시 고향에 돌아온 것과 같은 따스한 느낌을 받으며 석양과 명월을 벗삼아 숲속에서 소요한다. 이러한 경계는 개별 시인이 지향하는 꿈을 넘어서 모든 사인士人 계층이 동경하는 정신적 안식처였다. 그래서 숲은 세속에서 도피하여 소요하는 정신의 시적 터전이 되었다.

맹호연은 「숙종남취미사宿終南翠微寺」에서 "유가와 도가는 이문이나 운림은 같은 같은 가락이다儒道雖異門,雲林頗同調"라고 했다. 유가와 도가 두 학파는 사상이나 학설은 서로 엇갈리고 상충되지만 산수를 사랑하고 운림雲林에 심취하는 마음은 일치한다. 시인들이 정말로 깊은 산속으로 도피하여 세상과 단절된 원시생활을 했을까 걱정할 필요는 없다. 숲속으로의 은둔은 상징적 의미를 가진 일종의 정신적 회귀다. 도연명의 「귀조歸鳥」 제2수, 왕유의 「수하사증갈건지작酬賀四贈葛巾之作」, 왕우칭王禹偁 의 「하장작공감치사賀將作孔監致仕」, 진여의陳與義의 「차운사표형장원동견기次韻謝表兄張元東見寄」 등의 작품에서 숲과 샘은 은거의 대명사다. 숲과 샘은 인류의 아련한 옛 기억을 담은 시의 정신적 터전이기도 하다. 그러나 숲 이미지에서 정신적 회귀의 의경이 생겨난 것은 인류와 숲의 원시적 관계 때문이다. 숲은 인류 생존의 요람이자 문화세계에 퇴적된 원형으로서 고향에 대한 인류의 기억을 일깨운다.

5. 숲의 의경과 고향의 계시

서구문학에는 실낙원의 문학 양식이 있다. 아담으로 대표되는 인류는 죄를 짓고 에덴동산에서 쫓겨난다. 또 인류가 처한 현실도 실낙원의 현실이다. 이 때문에 인류는 반드시 연옥의 고난을 거쳐야만 에덴동산으로 돌아갈 수 있다. 여기서 우리는 낙원에는 늘 숲의 풍경이 존재한다는 점에 주목할 수 있다. 에덴동산의 생명수와 지혜수, 석가모니가 깨달음을 얻은 보리수 등이 그러하다. 그런데 중국문학에서는 낙원에 대한 독특한 인식이 있다. 중국인의 낙원은 공간적 의미의 '천국'이나 '천당'이 아니라 시간적 의미의 고대, 그 가운데서도 고대의 숲은 낙원 의경의 전형이다.

鶴鳴於九皐	높은 언덕에서 울어대는 학,
聲聞於野	그 소리 들판까지 울려 퍼지네.
魚潛在淵	연못 속에 숨은 물고기,
或在於渚	때때로 물가로 올라오네.
樂彼之園	즐거운 저 동산
爰有樹檀	울창한 박달나무
其下維蘀	아래 키 작은 개암나무.
它山之石	다른 산에 있는 돌을 가져와
可以爲錯	숫돌로 삼을 수 있으리.

—『시(詩)』「소아(小雅)」「학명(鶴鳴)」

위 시에 나오는 '낙피지원樂彼之園'에서 '낙원'이라는 말이 처음으로 등장했는데 숲과 관련되었다는 점에서 의미가 있다. 낙원은 '원유수단爰有樹檀', 박달나무가 있는 곳에 있다. 중국문학에서는 서구문학에서처럼 인간 세상의 낙원을 강렬하게 추구하지는 않았다. 그런데 시인들이 그려낸 숲의 의경으로 봤을 때 그들은 원시의 낙원을 추구했던 것은 아닐까? 시인들의 숲속에서 우리는 고향의 평온함과 따스함이 있는 아득한 원시성을 체험할 수 있다.

1) 물아혼융物我渾融의 따스한 경계

원시의 고향을 상실했다는 중요한 표지 중 하나는 사람과 자연의 분리다. 사람은 자연의 일부가 아닌 자연의 대립면이다. 이성理性은 인류와 원시 터전의 가족 구성원인 동식물을 갈라 놓았다. 이 때문에 낙원을 찾는 인류는 늘 물아物我가 분리된 상태에서 벗어나 물아가 혼융되고 천인이 합일된 원시의 영토를 되찾으려 한다. 그리하여 인류는 자연의 주인이 아닌 자연의 일부가 된다. 정보신丁寶臣은 「화영숙신청독과동산和永叔新晴獨過東山」에서 이렇게 노래했다.

芳辰百五前	아름다운 봄날 한식이 오기 전에
選勝到林泉	명승지를 골라 샘물이 맴돌아 흐르는 산속으로 갔네.
萬樹綠初染	뭇 나무들은 막 초록으로 물들여지고 있고,
群花紅未然	꽃들은 아직 붉은 빛 피우지 았았네.
陰岩猶貯雪	그늘진 바위에는 눈이 쌓였는데
暖穀自生煙	양지바른 골짜기에는 아지랑이 피어 오른다.
婦汲溪頭水	아낙은 개울물을 긷고
人耕草際田	사내는 밭을 가네.
日中林影直	햇살 아래 숲 그림자 곧게 드리우고,
風靜鳥聲圓	새소리 고요한 바람을 타고 울린다.
健令多情甚	건령(구양수)은 봄을 좋아하여
尋春最古先	앞장 서서 봄나들이를 나섰었지.

시인은 여린 초록의 봄 숲, 붉은 꽃이 타오르는 아름다운 숲의 풍경을

가져왔다. 속세와 단절된 숲속에서 간사한 마음을 버리고 자연과 조화를 이루는 따뜻한 정서가 넘쳐 흐른다. 대자연의 꽃과 풀, 새와 벌레들이 인류와 조화롭게 공존하는 숲의 정경에서 따뜻한 분위기가 생겨난다. 특히 "일중림영직日中林影直, 풍정조성원風靜鳥聲圓", 이 두 구절은 순수한 객관적 물상을 넘어서는 초연한 영혼의 체험이다. '일중림영직'이 시각적 이미지라면 '풍정조성원'은 온 힘을 다해 마음의 귀를 열어야 그 안의 이치를 깨달을 수 있다.

천인이 합일하고 물아가 혼융하는 시의 세계에서는 대자연의 모든 것들이 순진무구한 생기를 내뿜는다. 꽃은 스스로 향기롭고 풀도 스스로 초록이 빛난다. 새들과 짐승들도 각각의 본성대로 오가고, 모든 것들이 아무런 꾸밈없이 자연스런 조화 속에 있다. 시 몇 수를 더 보자.

尋君石門隱	석문에 은거하는 벗을 찾아
山近漸無青	산속으로 접어드니 초록이 퇴색되어 가네.
鹿跡入柴戶	사립문에 사슴 흔적이 남아 있고
樹身穿草亭	초막은 우거진 나무에 뒤덮여 있네.
雲低收藥徑	약초를 캐러 가는 길은 구름이 낮게 깔리고,
苔惹取泉瓶	샘물 깃는 항아리는 푸른 이끼로 물들었네.
此地客難到	찾아오는 이 없는 이 곳,
夜琴誰共聽	한밤의 거문고 소리는 누가 함께 들을까.

― 고비웅(顧飛熊), 「제마유예석문산거(題馬儒乂石門山居)」

適與野情愜	산을 좋아하는 내 마음에 딱 맞는

千山高複低	높고 낮은 봉우리들,
好峰隨處改	천태만상으로 변신하는 봉우리에 빠져
幽徑獨行迷	산길에서 그만 길을 잃었네.
霜落熊升樹	서리가 내려 곰은 나무 위를 오르고
林空鹿飲溪	텅 비어 있는 숲으로 사슴이 물 마시러 오네.
人家在何許	인가는 어디에 있는가,
雲外一聲雞	구름 저 편에서 닭 울음소리가 들려오네.

— 매요신(梅堯臣), 「노산산행(魯山山行)」

短髮巢山客	깊은 산속의 늙은 나그네,
人知姓字誰	누가 그 이름을 알리.
穿林雙不借	짚신으로 산을 넘고
取水一軍持	항아리에 물을 마신다.
渴鹿群窺澗	목마른 사슴떼 골짜기 물을 엿보고,
驚猿獨裊枝	놀란 원숭이 나무 위로 뛰어오른다.
何曾畜筆硯	어찌 붓과 벼루가 필요하리,
景物自成詩	경물이 시가 되거늘.

— 육유(陸遊), 「소산(巢山)」

한 편씩 따로 보면, 단편적인 이미지로 그치지만 세 편을 전체로 두고 보면 숲의 정경이 상징적으로 연결된 이미지군이라는 것을 알게 된다. 시인의 붓끝에서 우거진 숲, 샘을 향해 달려가는 목마른 사슴, 숲을 가로지르는 호랑이들, 나뭇가지에 매달린 놀란 원숭이들 (…중략…) 이 모든 것들이 그 어떤 소음과 방해도 없는 곳에서 자유롭게 천성을 내뿜는다. 여기서 상징적 의미를 가진 숲속의 낙원이 만들어지고 생기와 활력의 시가 넘쳐 흐른다.

중국시인들은 시적인 삶을 위해서는 속세와 절연하고 번잡하고 소란한 세계와 단절해야 한다고 보았다. 시인들은 한 없이 투명한 시의 경계로 들어가기 위해 물가로 달려가는 목마른 사슴이 있는 숲속의 정경을 가져왔다.

가도賈島는 "숲은 고요한 새만을 그리워하여 이 마음이 외롭다樹林幽鳥戀, 世界此心疏"[17]고 했으며 진사도陳師道는 "사람의 소리는 숲속에 잠겨 있고, 절집은 구름에 둘러싸여 있다. 속세의 인연이 다할 때 존엄한 부처의 뜻을 알게 된다人聲隱林杪 僧舍繞雲根, 頓攝塵緣盡 方知象教尊"[18]고 했다. 모두 숲속을 거닐며 속념을 없애고 세상과 거리를 유지해야 한다고 말하는 것이다.

조화롭고 투명한 시 속으로 걸어 들어가는 초연한 정신, 이러한 초연한 경계는 고요한 숲의 의경이 주는 계시와 인도를 통해 획득된다. 울창한 나무, 하늘을 가린 녹음, 소매 자락에 이는 맑은 바람, 속세에서 멀리 벗어난 안온한 공간 속에서 시인들은 이리저리 소요하며 각자의 즐거움을 누리는 가운데 정신적 충만과 자족을 얻게 된다.

2) 창망하고 고박한 시간 체험

전술한 바와 같이 고향에 대한 중국인들의 인식은 종교의 그것과는 확연하게 다르다. 종교세계의 고향은 시간이 멈춘 공간으로서 인류가 살고 있는 곳과는 차원이 공간이다. 반면 중국의 옛 고향은 시간적인 것이다.

---

17 賈島, 「孟融逸人」.
18 陳師道, 「遊鵲山院」.

유가에서 추구한 삼대성세三代聖世이건, 길도 배도 다리도 없이 만물이 공존하는 도가의 원시적 시대이건 모두 시간적 구조 위에 존재한다. 그런데 이 시간은 세계와 인류의 출발점인 원시의 시간이기 때문에 고향을 되찾기 위해서는 창망한 상고의 시간까지 거슬러 올라가야 한다. 그래서 고전문학에 그려진 숲의 의경은 대부분 우거진 고목들이며 '고목'이나 '노수老樹' 같은 시어가 많이 사용된다. 이렇게 숲의 의경은 특정한 의미를 가지게 되었고 원시적 분위기와 함께 나타난다. 그리하여 사람들의 시간적 체험에도 오래된 원시성이 담겨 있다. 도연명은 숲속의 정취를 수도 없이 노래했지만, 황제와 당요의 시대에 미치지 못함을 한탄한 「시운時運」, 멀리 흰구름을 바라보며 옛사람을 그린다는 「화곽주부和郭主簿」처럼 시간적으로는 늘 머나먼 상고시대를 지향했다. 숲의 의경은 황제와 당요의 상고시대로 사람들을 이끌고 간다.

古木半陰藏宿霧　　고목 위에 걸린 반달 잠든 안개 속에 숨고,
山禽相語厭遊人　　속삭이는 산새들 사람들을 피해 간다.

　　　　　　　　　　　　　　—진수(陳洙), 「유운제산(遊雲際山)」

고목이 우거지고 산새들이 소곤대는 숲속에서 인간 세상의 모든 번잡함은 환영받지 못한다.

長松含古翠　　낙랑장송에 오랜 푸른 빛이 서리고,
衰藥動微薰　　시들어가는 약초에서 희미한 향기가 피어오른다.

　　　　　　　　　　　　　　—임포(林逋), 「중봉(中峰)」

소나무에 고대의 푸른 빛이 서렸다는 부분에서 다시 한번 원시의 의미가 살아난다. 음유시인에게 시간은 생명을 단절하고 공명과 이익을 추구하는 것이다. 그래서 위 시에서 힘겹게 추구하는 것은 시간의 명확한 경계를 지우는 일이다. 그것은 과거와 현재가 어우러진 시간적 체험을 통해 창망하고 유원한 역사를 되돌려 놓으려는 시도다.

3) 생기와 활력, 고요와 침정의 심미적 이미지

고향의 숲이 주는 심미적 이미지에는 많은 계시적 의미가 있다. 우선 대자연의 왕성한 생기와 활력을 한껏 드러낸다. 나무가 울창한 숲은 푸른 빛과 붉은 빛이 어우러진 색채의 향연을 보여준다. 그 안에서 모든 생명은 각자의 천성을 자유롭게 키워나간다. 그러나 또 다른 한편으로 시에서 표현된 생기와 활력은 생명의 소란함과 조급함이 아닌 생명의 고요와 아련함이다. 이것은 소박하고 진실한 모습으로 돌아가고자 하는 정신적 측면의 심미적 요구와 맞아 떨어진다.

> 사물이 무성하게 자라나면 각기 그 뿌리로 돌아간다. 뿌리로 돌아가는 것을 고요라 한다.
>
> 夫物芸芸, 各復歸其根, 歸根曰靜
>
> ―『노자』 16장

숲의 심미적 의경은 생명의 고요를 지향한다. 그것은 생명의 사멸이 아니다. 세속에서 벗어나 새로운 해방을 맞이하고 대자연과 생명의 율동을 따라 밀착한다. 고요한 그곳에서 생명의 빛을 토해낸다. 왕유의 「녹시鹿

柴」를 보자.

空山不見人	텅빈 산에 사람은 보이지 않고
但聞人語響	말소리만 들려온다.
返景入深林	숲속 깊은 곳에 찾아 든 석양이
復照青苔上	푸른 이끼를 비춘다.

　인적 없는 고요한 산, 향기로운 풀들이 청록으로 물든 숲에 한 줄기 석양 빛이 비친다. 이것은 생명을 상징하는 빛이 아닐까 싶다. 시에는 숲속의 샘물 소리와 메아리 소리, 새소리도 들어있지만 그것은 소란한 세속의 소리가 아니라 스스로 울리는 천상의 소리다. 그것은 유원하고 심오한 생명 체험과 원시적 고향에 대한 사색을 불러온다.

6. 맺음말

　이상의 분석을 통해 한 명의 시인 또는 한 편의 시를 단편적으로 놓고 숲의 이미지를 분석할 경우, 그 의미가 크지 않거나 개인의 취향에 불과할 수 있다는 점을 알게 되었다. 그러나 문학 전반의 숲 이미지를 통합하여 전체적으로 고찰하면 거대한 숲의 세계를 구성할 수 있다. 그 숲의 세계에는 우리 민족의 숲을 향한 종교적 숭배에서 시적 지향의 역사까지 고루 녹아 있다. 민족의 슬픔과 기쁨, 옛 꿈과 그리움을 기록한 한 편의 거대한 숲의 교향곡을 방불케 한다.

제5장

비雨

고전 이미지의 원형 분석

1. 머리말

육유는 촉나라로 가던 도중 자욱하게 내리는 가랑비를 맞으며 시심이 발로하여 시를 읊조린다.

衣上征塵雜酒痕	떠도는 동안 쌓인 옷의 먼지는 술 자국과 섞였고,
遠遊無處不銷魂	머나먼 나그네길 어느 한 곳 애닯지 않은 곳 없다.
此身合是詩人未	과연 이 몸은 시인이 될 수 있던가,
細雨騎驢入劍門	가랑비 속에 나귀를 타고 검문관으로 들어선다.

— 육유(陸遊), 「검문도중우미우(劍門道中遇微雨)」

일찍이 전종서 선생은 다양한 실증 자료를 바탕으로 파촉 지역에서 시인들이 다수 배출되었다는 사실을 증명한 바 있다. 그는 검문劍門에 도착한 육유가 나귀 위에서 스스로 시인이 될 재목인가를 자문한 것은 나귀가 시인들 '특유의 이동수단特有的坐騎'이기 때문이라고 했다.[1] 그러나 비가 시인의 모티프로 작용했다는 점을 간과했다. 시인의 물음은 나귀를 타고 검문에 도착한 후에 느끼는 무한한 감격일 뿐만 아니라 촉으로 가는 길에서 비를 맞으며 생겨난 무한한 시정詩情이다.

고전문학에서 비는 전통적인 서정적 이미지다. 옛 시인들은 비속에서 시를 읊조리는 습관이 있었다. 『전당시全唐詩』에 나오는 비의 이미지는 7천여 곳에 이른다. 당나라 승려 제기齊己는 「신추우후新秋雨後」에서 "밤비에

---

1   錢鍾書, 『宋詩選注』, 北京 : 人民文學出版社, 1958, p.201.

은하수 맑게 빛나고, 가슴 속 시의 정령이 깨어난다夜雨洗河漢, 詩懷覺有靈"라
고 노래했다. 밤비는 우주와 세계를 깨끗하게 씻어 내리고 시의 정령을 불
러낸다. 바람과 비가 시심을 불러일으킨다는 생각은 송대 시인들 사이에
서 널리 퍼진 관념이었다.

　황정견黃庭堅은 "사흘 동안 내린 비가 천지사방의 먼지를 깨끗이 씻어 내리
고, 시옹詩翁은 시가 구름을 넘어선다고 비를 반긴다三雨全淸六合塵, 詩翁喜雨句凌
雲"[2]고 노래했다. 양만리楊萬裏도 "시인들이 시가 될만한 소재가 없다고 원망
하므로 하늘이 비와 바람을 내렸다. 소재를 얻고도 또 원망하며 하늘에 언제
비바람이 그치고 날이 개느냐고 묻는다詩人長怨沒詩材, 天遣斜風細雨來. 領了詩材還又
怨, 問天風雨幾時開"[3]라고 노래했다. 양만리의 시는 '시옹희우詩翁喜雨'의 진정한
의미를 밝혀낸 시다. 시인들은 바람과 비를 시의 촉매이자 재료로 삼았다.
그래서 나귀를 타고 검문에 도착한 육유는 시인 특유의 탈 것과 파촉 지방의
시적인 풍광, 그리고 하루 종일 자욱하게 내리는 비를 놓지고 싶지 않았던
것이다. 양만리는 육유에게 보낸 시에서 "시를 재촉하는 비가 산촌에 내리니
풍년이 되리리卻將半掬催詩雨, 灑入山村作歲豐"[4]고 노래했다. 두 다작 시인은 비가
시를 재촉한다고 굳게 믿었다. 공중에서 흩뿌리는 아련한 비는 작시의 원료
이자 영감이었다. 중국시단을 적신 비는 원형적 의미를 가진 고전적 이미지
다. 이어서 원형비평의 관점에서 얽히고 설킨 시와 비의 연관성을 탐구하고
자 한다.

2　黃庭堅, 「次韻張昌言給事喜雨」.
3　楊萬裏, 「瓦店雨作四首」.
4　楊萬裏, 「簡陸務觀史君編修」.

2. 시와 비의 관계와 기우제

원시선민들은 현대인들보다 자연계의 날씨 변화에 더 많은 관심을 가졌다. 프레이저는 『황금가지』에서 "주술사들이 부족의 이익을 위해 행하는 여러 가지 일 가운데 가장 중요한 것은 날씨의 조절이었다. 특히 적당한 강우량을 확보해야 했다. 물은 생명의 근원이며 많은 나라들이 비가 내릴 때 물을 확보했다. 비가 내리지 않으면 채소도 메마르고 사람과 가축도 목이 말라 죽는다"[5]라고 했다. 이 같은 내용은 중국 고대문헌에서도 일일이 열거할 수 없을 정도로 자주 등장한다.

『상서尙書』「홍범洪範」에 이런 내용이 있다.

> 의문을 없애기 위해서 점치는 사람을 골라 세우고 점을 치도록 명한다. 비가 온다, 비가 갠다, 안개가 낀다, 구름이 꼈다 걷혔다 한다, 두 군사가 교전한다, 정괘다, 회괘다라고 말할 것이다.
>
> 稽疑︰擇建立蔔筮人. 乃命蔔筮︰曰雨, 曰霽, 曰蒙, 曰驛, 曰克, 曰貞, 曰悔.

알고 싶은 것이 있거나 어려운 일이 생기면 점을 쳐서 물었는데 그 첫 번째 물음이 비가 내리는지의 여부였다. 이를 통해서 비에 대해 관심이 얼마나 지대했는가를 미루어 짐작할 수 있다. 사람들이 비에 관심을 가지게 된 배경에는 두 가지 측면의 동인이 있다. 첫째, 자신의 생존에서 출발한다. 물은 생명의 근원이기 때문에 원시인류는 늘 물이 가까운 곳에 거주했

---

5   Frazer, James George, 『金枝』, 徐育新 外譯, 北京︰中國民間文藝出版社, 1987, p.95.

다. 그리고 또 물은 빗물을 통해서도 제공되었기 때문에 물 숭배는 비에 대한 기도와 갈구로 전환되었고 빗물은 생명의 물이 되었다. 둘째, 원시인의 관념은 신성神性으로 충만했다. 비는 순수한 자연현상이 아니라 신비한 의미가 내재된 대상이었다. 비는 고대에 하늘의 물, 천수天水로 불렸다. 『설문해자說文』에서는 "비는 구름에서 내린다雨水從雲下也", 『석명釋名』 「석천釋天」에서는 "비는 깃털이다, 새의 깃털처럼 움직이며 흩어진다雨, 羽也, 如鳥羽動則散也"고 기술하고 있다. 또 『이아爾雅』 「석천釋天」에 "단비가 때맞춰 내리니 만물이 기뻐한다甘雨時降, 萬物以嘉"는 내용이 있다. 자연현상인 비가 천상에서 흩날리는 깃털로 묘사된 것은 모든 생명의 근원인 비에 대한 예찬이면서 비에 대한 선민들의 신성한 종교적 감정이 반영된 것이다.

원시종교에서는 비를 내리게 하거나 멈추게 하는 의식이 오랫동안 행해졌다. 갑골문에도 비가 언제 내릴 지를 점치는 복사葡辭가 대량 존재한다. 대자연이 만들어내는 비를 향한 관심과 의문에서 비가 가진 신성성神聖性을 확인할 수 있다. 갑골문 복사의 '媚아첨할미', 『초사』 「천문天問」의 '淋부평초평', 『산해경』의 '應龍응룡' 등은 바람을 비로 바꾸는 힘을 가진 우신雨神이다. 상고시대에는 기우제를 지낼 때 무당을 나무장작 위에서 불태우는 제례까지 성행했다. 『좌전』, 『장자』, 『춘추번로』 등 고대문헌에는 '폭무暴巫, 무녀를 햇빛에 말린다', '분무焚巫, 무당을 불태운다', '인사내무人祠乃雨, 사람을 제물로 바쳐야 비가 온다' 등의 기록이 나온다. 모골이 송연한 이 풍습들을 통해 비와 비의 신을 두려워하는 고대인들의 경외심을 확인할 수 있다. 『주역』 건괘 단사彖辭에 "구름이 움직여 비가 내리니 만물이 형태를 갖춘다雲行雨施 品物流形"는 구절이 나온다. 이 말은 비가 가진 특별한 문화적 의미를 승화하고 압축한 표현이다. 비는 만물을 낳고 기르는 상징기호다.

비에 대한 희구希求, 비의 신에 대한 숭배는 또 인류의 감정 양식을 만들어내고 비에 대한 원시적 노래를 낳았다. 종교활동이자 예술활동이었던 고대의 기우제에서 우사雨師는 인류 최초의 가수였으며 비를 향한 그의 노래는 인류 최초의 가곡이었다. 여기서 우리는 시와 비의 원시적 연관성을 발견할 수 있다.

1) 종교활동이자 예술활동으로서 원시 기우제

원시 무속의식은 예술활동과 거의 동시에 이루어졌다. 제인 엘렌 해리슨J. E. Harrison은 "예술과 의식은 같은 뿌리에서 나오지 않았을까 하는 의구심이 들 정도로 긴밀하게 엮여 있다"[6]고 했다. 수많은 원시시대 유적들에서 기우제를 지내는 우사단雩祀壇이 발견되었다. 『설문해자』에서는 우雩를 "여름에 적제에게 지내는 제사로서 단비를 기원한다夏祭樂於赤帝, 以祈甘雨也"라고 풀이하고 있다. 『예기』 월령에서는 "유사에게 백성을 위해 모든 수원水源에 제사를 올리도록 명한다. 큰 기우제에 성대한 음악을 연주하게 한다. 모든 고을의 제후와 경사들에게 곡식의 결실을 기원하는 기우제를 올려 백성을 이롭게 하도록 명한다命有司爲民祈祀山川百源. 大雩帝, 用盛樂. 乃命百縣, 雩祀百辟卿士有益於民者, 以祈穀實"는 내용이 있다. 사람들은 신령 앞에서 간절하게 비를 구하는 종교의식에 풍년에 대한 소망을 담았다.

'雩기우제 우'는 '雨비 우'와 '虧어조사 우'로 이루어져 있는데 '虧'는 탄식하는 소리다. 정현鄭玄은 기우제를 "탄식하며 비를 구하는 제사籲嗟求雨之祭也"라고 했다. 『황금가지』에 극심한 가뭄으로 온 나라가 가난과 기아에 허덕일

---

6   Harrison J. E., 「藝術與儀式」, 葉舒憲 外編, 『神話—原型批評』, 西安：陝西師範大學出版社, 1987, p.76.

때 큰 소리로 통곡하며 기도하는 오스트레일리아 디에리족에 관한 내용이 있다. 그들은 '무라무라'라고 하는 시조始祖에게 단비를 내려달라고 기도했다. 디에리족의 대성통곡은 중국 고대 기우제에서 탄식하며 비를 기원하는 '우차구우籲嗟求雨'와 같은 의미를 가진다. 기우제는 오래된 종교활동이자 예술활동이다. 성대한 음악으로 이루어진 예술 형식을 갖추고 있으며 탄식과 눈물로 표현되는 진실한 감정도 있다. 그래서 기우제는 원시시대의 중요한 문학활동이기도 하다.

갑골문 복사에 나오는 '예무隷舞'는 상고시대의 기우제로서 성대한 예술활동이었다. 원시예술은 시와 음악과 춤이 삼위일체를 이루는 종합예술이었는데 '예무'도 춤만 추는 것이 아니라 노래가 동반된 춤이었다. 거문고와 비파를 연주하고 북을 치며 신농씨를 영접하고 단비를 기원한다琴瑟擊鼓, 以禦田祖, 以祈甘雨고 한 『시경』「소아」「보전甫田」이 그 증거다. "雩는 羽를 사용하는 翌와 같기 때문에 깃털춤이다雩, 又做翌, 或從羽. 羽舞也"라는 『설문해자』의 풀이를 통해서도 원시인류가 아름다운 깃털옷을 입고 춤과 노래가 있는 성대한 축제를 벌였으리라고 짐작할 수 있다. 이러한 종교의식은 성대한 시사詩社라고 할 수도 있다. 기우제는 비와 비의 신을 숭배하고 신격화하는 과정이자 시화詩化하고 예술화하는 과정이었다.

2) 인류 최초의 가수 우사雨師

비와 바람을 일으키고 날씨를 조절하는 일은 원시 주술사들의 중요한 책임이었다. 프레이저는 주술사가 맡은 사명 가운데 가장 중요한 것은 빗물 공급을 확보하는 것이라고 보았다. "천수天水의 공급을 조절하기 위한 특별한 주술사 계층이 존재했다."[7] 이러한 의미에서 원시 주술사는 우사雨

師로 부를 수 있다. 우사는 종교활동을 이끄는 주재자이자 문학활동을 하는 전문 예술가였다. 왕국유는 『송원희곡고』에서 "가무의 성행은 고대의 무巫에서 시작된 것이 아닐까? 무는 대개 상고시대에 성행했다"[8]고 했다. 무사舞師는 기우제와 같은 종교적 목적으로 존재했지만 노래와 춤에 관한 예술적 재능을 가지고 있었다. 『주례』춘관 사무司巫에서는 "나라 안에 큰 가뭄이 들면 사무師巫에게 춤을 추면서 기우제를 지내게 한다若國大旱,則師巫而舞雩"는 내용이 있다. 무사巫師와 우사雨師는 한 사람이 맡은 두 개의 역할이었는데, 우사는 종교활동에서 가수 역할을 수행했다. 여기서 상나라 탕 임금이 기우제를 올리는 이야기商湯禱雨를 개별 사례로 분석하고자 한다.

종교적 세계였던 원시시대에는 최고의 무사巫師가 최고의 정치 지도자인 경우가 많았다. 이야기 속 탕임금도 부족장과 우사의 이중 신분을 가지고 있었다.

상나라 탕임금의 기우제 이야기는 『묵자』「겸애」, 『순자』「대략」, 『여씨춘추』「순민」, 『제왕세기』, 『시자尸子』, 『설원說苑』「군도」에 두루 실려 있는데 『순자』와 『여씨춘추』에서는 아래와 같이 기술하고 있다.

탕임금은 가뭄이 들자 기도를 올리며 빌었다. 정치가 올바르지 않았습니까, 백성들을 고통스럽게 했습니까? 어찌 이리 오래 비를 내리지 않으십니까? 궁궐이 너무 높았습니까, 처첩들이 청탁을 받았습니까? 어찌 이리 오래 비를 내리지 않으십니까? 뇌물을 주고받았습니까, 중상모략이 난무했습니까? 어찌 이리 오

7   Fraser J., 徐育新 外譯, 『金枝』, 北京 : 中國民間文藝出版社, 1987, p.95.
8   王國維, 「宋元戱曲考」, 『王國維文學論著三種』, 北京 : 商務印書館, 2001, p.58. "歌舞之興, 其始於古之巫乎? 巫之興也, 蓋在上古之世."

래 비를 내리지 않으십니까?

湯旱而禱曰：政不節與, 使民疾與? 何以不雨, 至斯極也! 宮室榮與, 婦謁盛與?

何以不雨, 至斯之極也? 苞苴行與, 讒夫興與? 何以不雨, 至斯極也?

—『순자』「대략(大略)」

옛날옛날 탕임금이 하나라를 물리치고 천하를 바로잡을 때, 날이 심하게 가물어 5년 동안 흉년이 이어졌다. 탕임금은 몸소 상림에서 기도를 올리며 빌었다. "나 한 사람의 죄가 뭇 백성들에게 미치지 않도록 하옵소서. 백성들이 지은 죄는 모두 나의 죄입니다. 나 한 사람의 어리석음 때문에 하늘과 귀신이 뭇 백성들의 생명을 해치지 않도록 하옵소서."

昔昔湯克夏而正天下, 天大旱, 五年不收. 湯乃以身禱於桑林曰：餘一人有罪,

無及萬夫. 萬夫有罪, 在餘一人. 無以一人之不敏, 使上帝鬼神傷民之命. 於是翦其

發, 磨其手, 以身爲犧牲, 用祈福於上帝, 民乃甚悅, 雨乃大至.

—『여씨춘추』순민편

정진택鄭振鐸 선생은 기우제를 올리는 탕임금의 이야기를 한 편의 고대 시극詩劇으로 보았다.[9] 처음부터 예술을 목적으로 만들어진 시극이 아닌 종교활동의 일부이지만 시와 극의 예술적 결합을 완벽하게 구현했다. 다음과 같이 분석해 볼 수 있다.

시간   탕임금이 하나라를 정벌하고 천하를 정립하던 시기

---

9 『鄭振鐸文集』「湯禱篇」第四卷, 北京：人民文學出版社, 1985, pp.475~476.

배경	심한 가뭄으로 인한 5년에 걸친 큰 가뭄
주요 인물	탕임금
장소	상림桑林
주요 플롯	기우제와 자책

축문

① 정치가 올바르지 않았습니까, 백성들을 고통스럽게 했습니까?

어찌 이리 오래 비를 내리지 않으십니까?

궁궐이 너무 높았습니까, 처첩들이 청탁을 받았습니까?

어찌 이리 오래 비를 내리지 않으십니까?

뇌물을 주고받았습니까, 중상모략이 난무했습니까?

어찌 이리 오래 비를 내리지 않으십니까?

② 나 한 사람의 죄가 뭇 백성들에게 미치지 않도록 하옵소서.

백성들이 지은 죄는 모두 나의 죄입니다.

나 한 사람의 어리석음 때문에 하늘과 귀신이 뭇 백성들의 생명을 해치지

않도록 하옵소서.

의식	머리와 손톱을 자르고 스스로 희생한다.
결말	큰 비가 내리고 백성들이 기뻐한다.

후대에 글을 쓰는 과정에서 일부 문명적 요소가 더해질 수밖에 없지만, 기우제는 성대한 예술행사이기도 했다는 점을 확인할 수 있다. 우사는 무속활동의 주요 감독이며, 경건하고 진실된 축문은 고대의 원시 가곡이기도 하다. 이처럼 우사는 사실상 인류 최초의 가수다. 비에 대한 종교적 기도와 숭배 속에서 인류의 가장 오래된 시가 창작되었던 것이다.

3) 기우제의 축문 - 오래된 가곡

기우제는 고대부터 이어진 오래된 예술활동이다. 하늘에 바치는 축문도 종교적 의미를 가진 원시 가곡이다. 유명한 복사 한 단락을 보자.

癸卯蔔, 今日雨	계묘일이니 오늘은 비가 내린다.
其自西來雨	서쪽에서 오는 비인가?
其自東來雨	동쪽에서 오는 비인가?
其自北來雨	북쪽에서 오는 비인가?
其自南來雨	남쪽에서 오는 비인가?

— 곽말약(郭沫若), 『복사통찬(卜辭通纂)』 375편

이 복사에 대해 소애蕭艾 선생은 "우두머리 점술사가 주문을 외면서 기도를 하는 한편, 소의 꼬리 같은 신물을 손에 들고 빙글빙글 춤을 춘다. 우두머리 점술사가 '오늘은 비가 내린다'를 선창하면 보조하는 정인貞人, 상나라의 관직명들이 뒤를 이어 합창한다. 서쪽에서 오는 비인가?', 동쪽에서 오는 비인가? (…중략…) 이렇게 서로 노래를 주고받으며 기우제의 끝을 알린다. 음악과 춤, 시가 있는 공연이 막을 내리는데 이를 '무풍巫風'이라 한다".[10] 소애 선생의 해석에 따르면, 복사는 종교적 의미도 있지만 예술적 분위기가 농후한 원시의 합창이기도 하다. 주재자의 선창과 보조하는 정인들의 화답으로 합창이 오고 가면서 종교적 신성과 시적 노래가 혼연일체를 이룬다. 이는 근거 없는 주관적 상상이 아니다. 모든 원시부락에는

---

10 蕭艾, 「卜辭文學再探」(『全國商史學術討論會論文集』), 『殷都學刊』, 1985.

시적인 기우제 축문이 있었다.

비를 기원하는 오래된 노래는 테살리아와 마케도니아에 거주하던 희랍인들에게도 존재했다. 『황금가지』에 실린 가사는 중국 고대의 기우제 축문보다도 더 소박하고 생생하다. 고대중국의 기우제 축문에 대한 보다 쉽고 구체적인 해석이라고 볼 수 있다.

准備好所有的甘露	달콤한 이슬들을 준비하시어
來滋潤一切生靈	모든 살아있는 것들을 적셔 주소서.
錄了森林和大路	숲과 길을 초록으로 적셔 주소서.
全靠上蒼的恩助	이 모든 것은 하늘의 은혜와 축복이시니.
啊, 我的上帝	아, 나의 하늘이시여!
願我們的平原上	우리의 대지에
有霏霏細雨降臨	자욱한 이슬비를 뿌려주소서.
讓葡萄鮮花怒放	포도꽃을 활짝 피우시고
讓田野果實盈盈	들판의 과실들을 여물게 하소서.
使穀粒碩大飽滿	알알이 곡식들을 영글게 하시고
家家都富裕殷實	집집마다 여유와 풍요를 주소서.[11]

이처럼 원시 기우제의 축문들은 원시시대에 예술성이 가장 뛰어났던 가곡이기도 하다. 종교세계에서 비는 생명을 의미했고, 이 의미가 예술세계에 존재하는 원형의 의미를 결정했다. 기우제가 벌어지던 고대의 제단

---

11 Fraser J., 徐育新 外譯, 『金枝』, 北京 : 中國民間文藝出版社, 1987, p.105.

에서 비의 예술혼이 태어났다. 대자연의 모든 빗방울들은 시를 통해 원시 세계의 목소리를 울리고 있다. 그래서 빗속에서 태어난 시인의 노래들을 감상할 때마다 우리가 느끼게 되는 것은 어떤 구체적인 시간과 공간에서의 체험이 아니라 무한과 영원의 체험이다. 그것은 아득한 상고인류의 재현이다. 길고 긴 인류의 역정이 찰나간에 주마등처럼 스쳐지나간다.

3. 기우祈雨·폭우暴雨·운우雲雨 원형과 희우喜雨·고우苦雨·사랑의 정서 양식

원형은 한 민족의 예술과 문화에 대해 규범성과 계시성을 가지는 심리적 구조다. 원시 이미지는 시인의 표현 공간을 제약한다. 프레이저는 "다이아노이아dianoia의 측면에서 신화세계는 활동이 충만한 장소 또는 영역으로 볼 수도 있는데 동시에 시의 의미 또는 양식은 개념과 내용을 가진 이미지 구조라는 한 가지 원칙을 분명하게 기억해야 한다"[12]라고 했다. 이 말을 시의 관점에서 보면, 시의 이미지에는 다양한 원시신화의 내용이 담겨 있고, 또 원시 이미지는 시인의 정서적 세계에서 대략적인 방향을 어느 정도 규정할 수 있다는 의미로 이해할 수 있다.

시인들이 빗속에서 부른 노래에는 희우, 고우, 사랑의 세 가지 기본 정서 양식이 존재한다. 이러한 정서 양식이 형성된 것은 원시세계의 기우, 폭우, 운우 원형과 밀접한 관계가 있다. 시를 읽노라면 원시세계의 목소리

---

12 Frye N., 「原型批評」, 『神話理論』, 葉舒憲 外譯, 『神話―原型批評』, 西安 : 陝西師範大學 出版社, 1987, p.175.

가 메아리 친다.

1) 기우祈雨 원형과 시의 희우喜雨 양식

비가 오기를 비는 행위는 비와 관련된 여러 종교적 활동 가운데서도 가장 보편적인 것이다. 농경민족이건 유목민족이건 충분한 강우량이 생존과 발전을 위한 필요조건이었기 때문이다. 갑골문 복사와 고대 사서史書에 있는 비를 기원하는 수많은 언어들을 통해 빗물에 대한 기대와 갈망을 확인할 수 있다.

『시경』「대아」「운한雲漢」에서는 주나라 선왕이 기우제를 올리는 과정을 온전하게 기록하고 있다.

倬彼雲漢	높디 높은 저 은하수,
昭回於天	하늘을 돌며 밝게 빛나네.
王曰於乎	임금께서 말씀하시길,
何辜今之人!	대체 우리에게 어떤 허물이 있길래,
天降喪亂	하늘이 죽음과 재앙을 내리고
饑饉薦臻.	기근이 끊이질 않는가!
靡神不舉	모든 신령들에게 일일이 제사를 지내며
靡愛斯牲.	제물을 아끼지 않았네.
圭璧既卒	규벽도 남김 없이 바쳤는데
寧莫我聽	어찌 나의 간청을 들어주시지 않는가.

이 시는 전체 8개 연으로 이루어져 있으나 지면 관계상 1연만 소개한다.

정현鄭玄은 "가뭄 때문에 뭇 신령들에게 빠짐없이 제사를 올린다. 삼생三牲도 아끼지 않았고 예물로 올리는 규벽도 바닥이 났지만 구름을 비로 바꿔 달라는 나의 정성을 들어주지 않았다爲旱之故, 求於群神, 無不祭也. 無所愛於三牲, 禮神之圭璧又已盡矣, 無聽聆我之精誠而興雲雨"라고 주를 달았다. 극심한 가뭄 속에서 임금에서 백성에 이르기까지 근심걱정으로 마음들이 타들어 간다. 군주도 기꺼이 스스로를 책망한다. 사람들은 가축과 보물까지 자신이 가진 것을 다 갖다 바치며 신의 환심을 사고자 애쓴다. 그때 하늘에서 때맞춘 비가 내리면 가뭄이 계속되는 동안의 오랜 고통이 순식간에 단비의 기쁨으로 바뀌고 무한한 시정詩情으로 승화된다.

남아프리카 줄루족은 비가 오지 않으면 하늘의 동정심을 자극하기 위해 '천조天鳥'를 잡아 죽이기도 했고 심지어 아이를 산 채로 땅에 묻기도 했다. 연민을 느낀 하늘이 '천수天水'라는 눈물을 흘리고 그것이 비가 되어 내리기를 바랐던 것이다. 비가 내리면 그들은 큰소리로 "우손도께서 비를 내리셨다"라고 외쳤다. 세르비아인들은 기우제가 성공하면 기뻐하며 노래를 불렀다.

我們走過這座村莊	우리가 마을을 지나면
雲彩在天上飄蕩	구름도 하늘을 떠돈다.
我們快快走呀	어서 가자, 어서 가자!
雲彩卻更快飛揚	구름도 더 빠르게 날아오른다.
它們已追過我們了	구름이 우리를 따라 잡고
淋濕了葡萄和穀秧	포도와 곡식들을 적시네.[13]

비가 오기를 기원하는 종교적 갈구와 비가 내린 후에 느끼는 희열은 오랜 역사적 근원을 가지고 있다. 당나라 때 사직에서 연주되던 음악 가운데 「전폐등가奠幣登歌」, 「송신送神」과 같은 기우제에 사용되던 노래가 지금까지 전해오고 있다.

歲正朱明	세월은 여름이 되어,
禮布元製	온갖 제물들을 올리고 하늘에 비를 기원한다.
惟樂能感	악기를 연주하고 노래를 부르며
與神合契	신령과 감응한다.
陰霧離披	날이 흐리고 안개가 자욱하니
靈馭搖裔	신령님의 부름으로 하늘에서 비가 내린다.
膏澤之慶	단비를 경하하며
期於稔歲	풍년을 기다리노라.

—「전폐등가(奠幣登歌)」

整駕升車望寥廓	수레를 채비하고 올라서는 먼 하늘을 바라보니,
垂陰薦祉盪昏氛	비를 내려 복을 주시니 어두운 기운이 씻겨나가네.
饗時靈貺僾如在	신령님의 은혜가 아직도 은은하니,
樂罷餘聲遙可聞	저 멀리 여음이 들려오는 듯 하다.
飲福陳誠禮容備	음복을 하며 다시 한번 정성을 바치고
撤俎終獻曙光分	제기를 물리니 서광이 비치누나!

---

13 Frye N., 徐育新 外譯, 『金枝』, 北京 : 中國民間文藝出版社, 1987, p.105.

跪拜臨壇結空想　　제단 앞에 꿇어앉아 바라노니,

年年應節候油雲　　연년세세 고른 기후 짙은 구름과 비를 주소서.

　　　　　　　　　　　　　　　　　　　　　　　　　　—「송신(送神)」

　촉촉한 단비 속에서 풍년을 꿈꾸고, 해마다 적절한 비를 내려달라고 무릎을 꿇고 기도하던 노래들이 오늘날까지 그 여음을 울리면서 고대인들의 환호와 찬양을 전해준다. 비를 기다리는 뜨거운 열망 속에서 비는 위대한 생명의 의미를 획득했다. 기독교의 낙원, 이슬람교의 천국, 불가의 극락세계처럼 아무런 걱정도 없는 낙토樂土에서마저 물과 그 원천이 되는 비는 필수불가결한 것이었다. 중국 고대에는 만물을 윤택하게 하고 왕성한 생명의 기운을 불러오는 희우喜雨를 감림甘霖, 감우甘雨, 감로甘露라고 불렀다. 사실 비는 달거나 쓰다고 하는 맛과는 관련이 없다. 비에 대한 '달콤한' 체험은 미각적이라기보다는 일종의 심리적 체험일 것이다. 원시시대부터 지금까지 인류는 비를 기다리는 조바심과 비가 올 때 느끼는 희열을 수천, 수백만 번 반복해 왔다. 그리고 그 감정들은 원형적 의미를 가진 심리적 양식인 '희우'로 응결되었다. 달콤함甘은 희우에 대한 구체적이고 생생한 묘사다. 이 말을 듣는 순간, 대지를 고루 적시는 단비의 포근함과 즐거움이 우리 마음 깊은 곳에서 느껴지기 때문이다. 이렇게 인류가 느끼는 편안함과 즐거움의 감정이 시인을 통해 표현되면서 생겨난 서정 양식이 바로 '희우'다.

　희우시喜雨詩 가운데 가장 널리 알려진 작품은 두보의 「춘야희우春夜喜雨」이다.

好雨知時節	때를 아는 좋은 비는
當春乃發生	봄이 되면 찾아 든다.
隨風潛入夜	살며시 바람을 타고 어둠 속으로 숨어들어
潤物細無聲	소리 없이 온 세상을 적시지.
野徑雲俱黑	들판의 두렁길마다 검은 구름이 드리우고
江船火獨明	강물 위 고깃배가 외로운 등불을 밝힌다.
曉看紅濕處	날이 밝으면 비에 젖은 붉은 꽃들이
花重錦官城	금관성錦官城을 에워싸겠지.

이 시가 오랫동안 사람들의 애송시로 항상 새로운 예술적 매력을 더해가는 까닭은 작품 자체도 뛰어난 기교와 예술성을 가지고 있지만 무엇보다도 사람들의 마음속에 퇴적되어 있는 원시 이미지를 노래했기 때문이다. 이 작품을 출발점으로 희우喜雨 양식의 일반적인 특징을 찾아내고자 한다.

(1) 때맞춰 내리는 봄비의 시간적 의미

비가 주는 기쁨에서 가장 중요한 것은 적절한 시기에 때맞춰 내린다는 점이다. 『예기』와 『여씨춘추』 「월령」편에 때맞춰 내리는 비의 의미가 담겨 있다. 때맞춰 내리는 모든 비가 봄비는 아니지만, 가장 좋은 때에 맞춰 내리는 비는 봄비다. 왜냐하면 만물이 싹트는 봄철에 가장 필요한 것은 촉촉한 비이기 때문이다. 밤새 내린 봄비가 산과 들을 초록으로 물들이고 사람들은 풍년에 대한 희망으로 기쁨이 넘친다. 이러한 점에서 「춘야희우」의 첫 구절은 봄철의 필요를 가장 예술적으로 표현했다고 평가할 수 있다. 『장자』 「외물」편에도 봄비가 내리는 때 초목이 활짝 꽃을 피운다春雨日時,

草木怒生"는 구절이 나오는 등 때맞춰 내리는 봄비는 많은 작품들에서 사람들이 가장 간절하게 기다리는 대상으로 표현된다.

於穆聖皇, 仁暢惠渥　인자하고 호방한 은혜를 베푸시는 아름다운 성군이시여,

辭獻減膳, 以服鰥獨　백성들의 바침을 사양하고 음식을 줄여, 홀아비와 자식
　　　　　　　　　　없는 노인과 같은 어려운 이들을 감복시키셨네.

和氣致祥, 時雨滲漉　그 기운이 상서로워 때맞춰 봄비가 내리나니,

野草萌變, 化成嘉穀　들판의 풀들이 싹을 틔어, 기쁜 곡식으로 변하였네.

　　　　　　　　　　　　　　　　—조식(曹植), 「시우구(時雨謳)」

昨夜一霎雨　간밤에 내린 보슬비

天意蘇群物　잠든 만물들을 깨우는 하늘의 뜻인가.

何物最先知　어느 만물이 가장 먼저 처음 알아차렸나,

虛庭草爭出　뜰 안에 풀들이 다투어 돋아나네.

　　　　　　　　　　　　　　　—맹교(孟郊), 「춘우후(春雨後)」

天街小雨潤如酥　장안 거리에 가랑비 연유처럼 부드럽고,

草色遙看近卻無　펼쳐진 풀빛 멀리 바라보다 가까이 다가서면 흔
　　　　　　　　적없이 사라져 버리네.

最是一年春好處　일년 중 가장 아름다운 이른 봄,

絕勝煙柳滿皇都　장안성에 넘실대는 버들보다 절경이라네.

　　　　—한유(韓愈), 「조춘정수부장십팔원외(早春呈水部張十八員外) 2수」 제1수

시인은 비가 내린 후 초록을 되찾은 풀빛과 신록이 우거진 버드나무를 통해 생명을 찬미한다. 비는 생명의 촉진제인 것이다. 이러한 비의 의미가 "때를 아는 좋은 비는 봄이 되면 찾아든다好雨知時節,當春乃發生"는 시구에 집약되어 있다.

때맞춰 내리는 또 다른 비는 가뭄 끝에 내리는 비다. 두보의 「희우喜雨」가 가뭄에 맞춰 내리는 비를 노래했다.

南國旱無雨	남쪽 땅에 가물어 비가 내리지 않다가
今朝江出雲	오늘 아침에는 강가에 구름이 인다.
入空才漠漠	하늘 가득 차오른 구름,
灑迥已紛紛	투둑투둑 빗방울을 떨군다.
巢燕高飛盡	둥지 안 제비들 하늘 끝까지 날아오르고,
林花潤色分	숲속의 꽃들도 촉촉한 생기를 내뿜는다.
晚來聲不絕	저녁이 되어도 빗소리 끊이질 않으니,
應得夜深聞	밤 깊을 때까지 들려오겠구나.

지독한 가뭄을 겪은 후, 한 차례 봄비가 때맞춰 내린다. 가뭄이 해갈되면서 시인의 조바심과 애타는 기다림도 해갈된다. 시인은 가뭄에 내리는 귀한 비를 반기는 둥지 속 제비와 숲속의 꽃까지 선명하게 그려냈다. 우울한 분위기의 고우苦雨와는 달리, 보슬보슬 내리는 봄비는 천상의 소리를 울리는 음악이며 시다. 그리하여 길고 깊은 밤에 은은하게 들려오는 악부시가 등장하게 되었다.

원대의 왕운王惲은 "시원한 바람이 사흘간 계속된 더위를 물리고, 때맞쳐 내리는 비는 만금과 바꾼다淸風破暑連三日, 好雨依時抵萬金"**14**고 노래했다. 긴 가뭄 끝에 내리는 비는 봄비처럼 만금과 바꿀 수 있는 귀한 희우다. 왜 냐하면 백거이가 「희우」에서 노래하듯 가뭄에 내리는 비는 생명을 재생 시키고 풍년의 희망을 가져다주기 때문이다.

西北油然雲勢濃	서북 쪽에서 천천히 구름이 짙어지더니,
須臾滂沛雨飄空	삽시간에 비가 쏟아져 내린다.
頓疏萬物焦枯意	만물의 메마른 기운이 일시에 사라지니,
定看秋郊稼穡豐	가을엔 틀림없이 풍년이 들겠네.

시인은 시나브로 내리는 빗속에서 풍요로운 가을의 정경을 미리 내다 본 것이다.

(2) 바람을 타고 소리 없이 만물을 적시는 비의 형식적 특징

청대의 구조오仇兆鼇는 두보의 「춘야희우」에 대해 "거친 바람과 함께 내 리는 폭우는 만물을 상하게 한다. '潛자매질할잠'과 '細가늘세'를 취하여 고요 하고 가는 비를 노래했다. 조화가 생기는 순간과 가장 가깝다"**15**고 했다. 그런데 희우 양식에서 거친 폭우가 아닌 소리 없이 대지에 스며들어 만물 을 적시는 세우미풍細雨微風에 주목할 필요가 있다.

---

14 王惲, 「過沙溝店」.
15 仇兆鼇, 『杜詩詳注』第二冊 卷十, 北京：中華書局, 1979, p.799. "雨驟風狂, 亦足損物. 曰潛曰細, 寫得脈脈綿綿, 於造化發生之機, 最爲密切."

有潤物皆澤	습기가 있으면 만물은 모두 윤택해지는데,
無聲人不聞	소리가 나지 않아 사람들은 듣지 못하는 것이라네.

— 장뢰(張耒), 「화응지세우(和應之細雨)」

세우는 아무도 모르는 사이에 땅 속으로 부드럽게 스며들어 생명의 밝고 환한 빛깔로 태어난다. 이러한 품격 때문에 세우는 고목膏沐, 고대에 여인들이 사용한 머릿기름. 덕정이나 은택을 상징, 은택恩澤, 동풍화우東風化雨, 초목의 생장에 유익한 바람과 비, 훌륭한 가르침과 교육을 상징와 같은 상징적 의미를 획득하게 되었다.

(3) 생기와 기쁨이 충만한 심리적 반응

희우는 언제나 생기와 희망을 준다. 두보의 「춘야희우」에서 "비에 젖은 꽃들에 둘러싸인 금관성曉看紅濕處, 花重錦官城"은 실재하는 장면이 아닌 무한한 상상의 소산이다. 기쁨이 넘치는 봄밤의 빗소리를 들으며 시인은 이튿날 새벽 촉촉한 봄비를 머금고 피어날 꽃덤불을 떠올린 것이다.

위응물韋應物은 「유거幽居」에서 "간밤에 다녀간 보슬비에 봄풀이 돋아나는 것도 몰랐네微雨夜來過, 不知春草生"라고 노래했다. 봄밤에 보슬비가 대지를 촉촉하게 적신다. 이튿날 아침, 생기 넘치는 파란 봄풀들이 눈앞에 펼쳐진다. 간밤에 시인은 비가 오는 것도 모르고 깊은 잠에 빠져들었다. 파랗게 자라난 풀들을 보고서야 간밤에 소리도 없이 봄비가 다녀갔다는 것을 알아차린다.

육유陸遊는 「임안춘우초제臨安春雨初霽」에서 "작은 누각에서 밤새도록 봄비 소리를 듣고 있네. 내일 아침 외진 골목에선 살구꽃 파는 소리가 들려오겠지小樓一夜聽春雨, 深巷明朝賣杏花"라고 노래했다. 두보의 시처럼 찬란한 생명에 대한 무한한 상상력이 넘친다.

송나라 조변趙蕃의 「우후증사원雨後贈斯遠」은 더 전형적인 작품이다.

已是霜凝更雨深濕	얼어붙은 서리 위로 축축한 비가 내리니,
春其漸起但無痕	기척은 없어도 조금씩 봄이 다가오고 있음이라.
莫嗟草色有垂死	스러지는 풀빛을 슬퍼하지 마라,
定有梅花當返魂	매화의 혼이 기어코 되살아날 터이니.
小駐要須窮日日	잠시 머물다 가더라도 날이면 날마다 기다리고
細尋無惜遍村村	고을마다 찾아 다니리라.
揩摩病目從茲始	이제 병든 눈을 비비고
並待君詩洗睡昏	그대의 시 기다리며 잠드는 저녁 씻어내리라.

비록 계절은 풀빛이 스러지고 천지 간에 서리가 내리는 늦가을이지만, 가늘게 내리는 비가 시인에게 봄의 발걸음과 봄의 생기, 타오르는 매화의 혼이 소생하는 생명의 희망을 전해준다. 숨길 수 없는 시인의 희열 속에서 비는 생명의 부활을 상징하는 예술적 기호가 된다.

두보는 「수함견심水檻遣心 2수」 제1수에서 "보슬비에 물고기는 물 밖으로 고개를 내밀고, 미풍에 제비는 비껴 난다細雨魚兒出, 微風燕子斜"라고 노래했다. 시인은 부드러운 비와 바람을 맞으며 즐거워하는 물고기들과 경쾌하게 날아오르는 제비를 그리고 있다. 표면적으로는 물고기와 제비를 노래하고 있지만, 본질적으로는 봄비로 인해 기쁨과 즐거움을 느끼는 시인의 심리적 반응을 표현한 것이다.

송나라 옹권翁卷은 「향촌사월鄕村四月」에서 "산과 들은 초록이 지천이고 물은 하얗게 빛난다. 두견새 울음 속에 안개 같은 비가 내린다綠遍山原白滿川, 子規聲裡雨如煙"고 노래했다. 반가운 비가 내린 후 넘치는 생명의 기운을 넓은 들판까지 확장했다. 생기로 가득한 들판, 하늘빛이 투명하게 비치는 무논, 자욱한 비가 구슬프게 우는 두견에 연결되면서 구슬픈 소리가 끝없는 즐거움으로 채워진다.

2) 홍수 원형과 시인의 고우苦雨 정서

비는 원형세계에서 생명의 기호이기도 하지만, 그칠 줄 모르고 계속되는 장마와 범람하는 홍수는 인류에게 재난적 기억을 남긴다. 원시신화에서 현세 인류는 홍수 이후의 유민으로 그려진다. 『구약』 창세기편에 나오는 노아의 방주가 전형적인 양식이다. 중국 고대에도 거대한 물길이 멈추지 않는 홍수신화가 많다. 홍수가 범람하는 원인은 그칠 줄 모르고 내리는 장맛비다. 그래서 원시신화에는 비를 갈구하는 기우제도 있지만 비를 그치게 하는 기청제 같은 의식도 있다. 기우제의 비가 구원과 희망을 의미한다면, 기청제의 비는 또 다른 의미절망과 환멸이다. 동중서董仲舒의 『춘추번로春秋繁露』 「지우止雨」편에 실린 기청제의 축문을 보자.

축이 말하기를 "아! 하늘이 오곡으로 사람을 기를진데, 올해는 장마가 심하여 오곡이 제대로 여물지 않나이다. 살진 짐승과 맑은 술을 올리고 토지신께 간청하나이다. 비를 멈추시어 백성들의 고통을 덜어주소서. 음이 양을 해치는 것은 하늘의 뜻을 거스르는 것이니 음이 양을 해치지 않도록 하소서. 하늘의 한결같은 뜻은 사람을 이롭게 하는 데 있건데, 사람들이 비가 그치기를 원하오니 감히 토지신께 고하나이다." 의식이 끝날 때까지 노래는 부르지 않고 북만 친다.

祝曰, "嗟, 天生五穀以養人, 今淫雨太多, 五穀不和. 敬進肥牲清酒, 以請社靈. 幸爲止雨, 除民所苦. 無使陰滅陽, 陰滅陽不順於天. 天之常意, 在於利人, 人願止雨, 敢告於社." 鼓而無歌, 至罷乃止.

축문은 홍수에 대한 원시인류의 재난적 기억과 일맥상통한다. 또 이 같은 종교의식의 순환과 반복을 통해 시인들은 풍우風雨 원형의 또 다른 의미고우,苦雨를 만들어냈다.

고우의 첫 번째 특징은 아주 오랜 시간 동안 그칠 줄 모른다는 점이다. 『이아』「석천」편에서 "오래도록 내리는 비를 음淫이라고 한다久雨謂之淫"고 했다. 또 시인의 붓끝에서 그려진 고우는 언제나 '어두운 구름이 오래도록 사라지지 않는陰雲久不開' 시간적 의미를 가지고 있다.

淫雨彌旬日	꼬박 열흘 장맛비가 내려,
河流若奔渠	강물이 세차게 내달린다.

—부함(傅鹹), 「시(詩)」

淒淒苦雨暗銅駝	차갑고 쓸쓸한 빗속에 구리낙타에도 어둠이 드리우고,
裊裊涼風起漕河	강변에서 앙상하고 스산한 바람이 불어온다.
自夏及秋晴日少	여름부터 가을까지 맑은날이 드물어,
從朝至暮悶時多	아침부터 저녁까지 시름이 넘친다.

*구리낙타: 고대에 궁문 앞에 세워두던 낙타 동상

—백거이(白居易), 「구우한민대주우음(久雨閒悶對酒偶吟)」

열흘이 지나도록 계속되는 장마에 불어난 강물이 질주하고 비는 멈출 줄을 모른다. 홍수가 범람하여 생계를 걱정해야 하는 지경에 이르고 시인은 끝없는 번뇌에 시달린다.

둘째, 고우는 급하고 거칠며 파괴적이다. 명나라 이동양李東陽이 「풍우탄風雨嘆」에서 거센 폭풍우로 인한 재난을 이렇게 묘사했다.

산봉우리가 뒤흔들리고 골짜기가 용솟음친다. 승냥이와 호랑이가 울부짖고 뿌리째 뽑힌 나무가 둥둥 떠내려간다. 모래톱과 섬은 흔적도 없이 사라져 피신할 곳이 없다. 순식간에 생명이 깃털처럼 가벼워진다.

山隳谷洶豺虎嗥, 萬木盡拔乘波濤, 洲沉島滅無所逃, 頃刻性命輕鴻毛.

심덕잠沈德潛은 「후수림탄後愁霖嘆」에서 이렇게 그리고 있다.

재작년에는 천리가 넘는 땅이 헐벗고 작년에는 삼오 지역에 물난리가 났다. 올해는 또 장마가 멈추지 않는다. 거센 파도가 치는 들판에 물고기와 자라가 출몰하고 교룡이 노닌다. 곡식을 거두지 못한 농가에서는 먹을 것이 없어 원망과 한숨이 넘친다.

前年赤地千餘裏, 去年三吳逢大水, 今年淫雨仍不休. 波濤滾滾通平疇, 魚鼈出沒蛟龍遊. 田家有麥刈不得, 對此啾啾嘆無食.

고우에 대한 애끓는 원망과 한숨에서 세상의 종말이 도래할 것만 같은 공포감이 느껴진다. 시인은 광풍과 폭우로 뿌리째 흔들리는 백양나무와 자두나무, 물에 잠긴 들판, 온갖 물고기들과 자라가 출몰하는 장면을 그려냈다. 홍수 앞에서 원시인류가 느꼈을 공포와 무력함이 생생하게 다가온다. 이 같은 처풍고우凄風苦雨는 번민과 고뇌를 겪고 있는 시인의 심경과 결합되면서 슬픔과 무기력의 기호가 된다. 여기서 비는 끝없는 향수, 이상의 환멸, 고난의 벼슬길을 상징하는 한편, 비바람으로 인해 앞날의 희망이 사라진 생명의 슬픔을 상징하기도 한다.

『시경』「소아」에 「우무정雨無正」이라는 작품이 있는데, 많은 후인들이 그 뜻을 잘 이해하지 못했다. 왜냐하면 작품의 첫 행에 나오는 두 글자를 제목으로 삼는 것이 『시경』의 관례였는데, 「우무정」에는 '우무정'이라는 말이 없기 때문이다. 사실 '우무정'이라고 제목을 지은데는 상징적 의미가 있다. 이 작품에서 비는 고난을 암시하는 고우苦雨다. 첫 머리에서 "호호호천浩浩昊天, 불준기덕不駿其德"이라며 끝없이 넓고도 높은 하늘이 덕이 모자란다고 노래하는데 이것이 곧 '우무정'이 나타내는 상징 의미다. 『한시韓詩』「연나라 한영韓嬰이 해설한 시경」에 "비가 끝없이 내려서 농사를 다 망쳤다雨無其極, 傷我稼穡"는 구절이 있다. 끝도 없이 내리는 장맛비가 헤아릴 수 없는 천명과 끝없는 고난을 상징하는 것이다.

유종원柳宗元은 「등류주성루기장정봉련사주登柳州城樓寄漳汀封連四州」에서 "거친 바람이 물 위의 부용을 흔들어대고, 빗방울이 담장 위 모란덩굴을 때린다驚風亂颭芙蓉水, 密雨斜侵薜荔牆"며 슬픈 한숨을 내쉬었다. 이상은李商隱은 후회와 회한으로 실의에 빠져 「풍우風雨」에서 "메마른 잎새는 비바람에 나부끼는데 푸른 누각에서 흥겨운 풍악소리 흘러 나온다黃葉仍風雨, 靑樓自管弦"고 노래했다. 모두 자신의 위태로운 처지를 비바람에 빗대어 표현한 예술적 형식이다.

중국시인들이 힘겨운 정치적 환경과 일상생활을 비바람에 비유한 것은 멈추지 않는 긴 비에 대한 상고인들의 재난적 기억을 근원으로 파괴적 의

미가 부여되었기 때문이다. 장마는 시인들에게서 이상의 환멸을 상징하
는 대명사로 거듭나게 되었다.

조식曹植은 「증백마왕표贈白馬王彪」에서 이렇게 노래했다.

太穀何寥廓	적막하고 공허한 골짜기,
山樹鬱蒼蒼	산나무가 울창하다.
霖雨泥我塗	장마에 길은 진창이고,
流潦浩縱橫	여기저기 흙탕물이 흘러내린다.
中逵絕無軌	길 위로 수레가 지난 흔적 끊어져
改轍登高崗	높은 등성이로 방향을 튼다.
修阪造雲日	산마루에 올라서니 구름 낀 하늘이 펼쳐지고,
我馬玄以黃	나의 말은 병들고 지쳤네.

위 시에서 비가 내려 진흙탕이 된 길은 사실적이면서도 상징적인 표현
으로 앞을 내다볼 수 없는 억울함과 고통이 외재화된 형식이다. 길 위에서
만나는 비와 바람은 시인들이 즐겨 사용하는 전통적인 이미지로서 인생
의 고난과 이상의 파멸을 상징한다. 당나라 황도黃滔의 「하제동귀류사형
부정랑중함下第東歸留辭刑部鄭郎中諴」도 의미 있는 작품이다.

鶯聲歷歷秦城曉	꾀꼬리 지저귀며 장안의 아침이 밝고,
柳色依依灞水春	버들가지 한들대며 파수에 봄이 온다.
明日藍田關外路	내일은 남전관 머나먼 길,
連天風雨一行人	진종일 몰아치는 비바람을 맞으며 한 나그네가 떠나간다.

시인은 꾀꼬리가 지저귀고 버들가지가 한들대는 오늘의 풍경 속에서 비바람이 몰아칠 내일의 머나먼 길을 내다본다. 시인이 내일 비바람을 맞으며 길을 떠날 나그네를 노래한 것은 날씨를 예보하는 것이 아니라 심상화된 표현이다. 비바람은 삶의 고난과 불투명한 앞날을 상징한다. 그런데 비바람 속 나그네가 가지는 상징성은 고우苦雨 원형에서 비롯된 것이다. 고우는 슬픔과 한에 사무친 시인의 감정과 가볍게 연결되어 시인의 좌절과 절망을 상징하고 특정한 정감적 내포를 가지게 된다.

背壁影燈背影壁	가물거리는 남은 등불 벽에 그림자 드리우고
蕭蕭暗雨打窓聲	타닥타닥 빗소리 창문을 두드린다.

　　　　　　　　　　　　　—백거이(白居易), 「상양백발인(上陽白髮人)」

梧桐樹, 三更雨	오동나무가 삼경에 비를 맞고 섰다.
不道離情正苦	이별의 정이 얼마나 아픈지 말하지 않는다.
一葉葉, 一聲聲	한 잎 한 잎, 방울방울,
空階滴到明	빈 계단 위에 날이 새도록 떨어진다.

　　　　　　　　　　　　　—온정균(溫庭筠), 「경루자(更漏子)」

數峰淸苦	고요하고 쓸쓸한 봉우리들이
商略黃昏雨	황혼에 비가 오지 않을까 두런두런 이야기를 나눈다.

　　　　　　　　　　　　　—강기(姜夔), 「점강진(點絳唇)」

추적추적 내리는 고우가 희미하게 꺼져가는 등불, 우수수 떨어지는 낙엽, 적막한 황혼과 어우러져 어찌할 수 없는 슬픔, 쓸쓸하게 떠도는 비극적 이미지를 구성하고 있다.

3) '운우雲雨'의 원형 의미와 시인의 사랑 양식

원시인류는 바람과 비, 천둥과 번개를 인간과 독립된 별개의 자연현상으로 생각하지 않았다. 레비 브륄은 『미개사회의 사유*Les fonctions mentales dans les sociétés inferieures*』에서 원시세계는 자연과 인류사회가 서로 감응하는 '융즉融郞'이 존재한다고 했다. '융즉'은 '인류⇋자연'으로 표시될 수 있다. 이 원리에서 출발하면, 양성의 교합이 인류 생명의 근원을 구성하므로 자연계에서 복숭아가 붉어지고 버드나무가 푸르러지는 현상과 만물의 발생 과정에도 당연히 같은 논리가 적용된다. 따라서 구름이 움직이고 비가 내리는 자연현상도 천지의 생명 과정으로 볼 수 있다.

동중서의 『춘추번로』「구우求雨」편에 "네 계절 모두 경자일로 날을 잡아 관리들과 백성들 모두 부부가 함께 지내도록 한다. 기우제의 대체는 지아비는 숨기려 하고 여자는 함께 즐기고자 하는 것이다四時皆以庚子之日, 令吏民夫婦皆偶處, 凡求雨之大體, 丈夫欲藏匿, 女子欲和而樂"라는 내용이 있다. 동중서의 이 청우법請雨法을 나필羅泌이 『노사路史』「여론餘論」편에 인용하여 "관리들의 아내에게 비가 올 때까지 지아비를 마주 보라고 명한다吏妻各往視其夫, 到起雨而止"고 적고 있다.

비가 내리지 않을 때 따로 떨어져 지내던 부부를 함께 지내게 하거나 마주 보고 서게 하는 것은 모두 남녀의 교합을 통해 하늘의 운우雲雨 행위를 이끌어내려는 시도로서 "부부의 합방-천지의 교합-비가 내림"으로 연결되는 논리가 숨겨져 있다. 마찬가지로 구름에서 비가 내리는 자연계의 현상과 인류의 생명충동도 서로 감응하는 논리 관계에 있다.

『역易』「건」괘「단시彖辭」에서 "위대한 건원은 만물이 시작되는 근본으로 하늘과 통한다. 구름을 움직이고 비를 내리니 만물의 형체가 운동하고 변화한다大哉乾元, 萬物資始, 乃統天. 雲行雨施, 品物流形"고 했다. 여기서 '운우'와 자연의 '품물 유형'이 연결되면서 생명 창조를 의미한다.

『시경』에서 '비雨'를 비흥比興으로 사용한 작품은 대부분 남환여애男歡女愛를 상징한다. 「정풍」편에 실린 「풍우」에서는 "차가운 비바람 몰아치고, 구구구 닭 울음소리 들려오네. 그대를 만났는데 어찌 즐겁지 아니하리風雨凄凄, 雞鳴喈喈. 既見君子, 雲胡不夷"라고 노래한다. 왜 비바람이 부는 장면에 밀회하는 연인의 기쁨을 대비시켰을까? 여기서 '비'는 다른 의미로 사용된 것이다.

굴원의 「구가九歌」「산귀山鬼」편에서는 "우르르쾅 천둥소리, 어둑어둑 비 내리는데, 끼익끼익 원숭이소리 밤을 울리고, 솨아솨아 바람소리 우수수 낙엽 진다. 그대를 생각하니 문득 시름에 젖어드네雷塡塡兮雨冥冥, 猿啾啾兮夜鳴, 風颯颯兮木蕭蕭, 思公子兮徒離憂"라고 노래했다. 아득하게 내리는 처연한 비를 사랑의 좌절과 고뇌에 연결시킨 것이다. 비와 남환여애의 의미적 연관 관계는 송옥宋玉에 이르러서 더욱 뚜렷해졌다. 그는 「고당부高唐賦」에서 이렇게 노래했다.

소첩, 무산의 남쪽 험준한 산봉우리에 있겠나이다. 아침에는 구름이 되었다가 저녁에는 비가 되어 내리겠습니다. 아침이면 아침마다 저녁이면 저녁마다 양대 밑에서 기다리겠나이다.

妾在巫山之陽, 高丘之阻, 旦爲朝雲, 暮爲行雨, 朝朝暮暮, 陽台之下.

무산의 신녀와 초나라 양襄왕이 낮에는 구름처럼 밤에는 비처럼 사랑의 기쁨을 나누는 한 폭의 그림을 그려냈다. 신녀와 양왕의 애절한 사랑은 실현될 수 없는 꿈이기에 한없는 아쉬움을 남긴다. 그리하여 신녀식의 사랑은 절망적이고 비극적인 경우가 많다.

이상은李商隱은 「유감有感」에서 "고당부가 나온 이후, 초나라 하늘의 구름과 비는 수많은 의심을 받았다―自高唐賦成後, 楚天雲雨盡堪疑"고 했다. 송옥의 「고당부」 이후, 무산운우巫山雲雨나 양대일몽陽臺一夢이라는 말은 처연하고 아름다운 심미적 이미지가 결합되면서 사랑을 상징하게 되었다. 이백은 「청평조淸平調」에서 "한 떨기 붉은 모란 향기로운 이슬 머금고, 무산의 구름과 비는 슬픔으로 애가 끊어지네―枝紅艷露凝香, 雲雨巫山枉斷腸"라고 노래했다. 또 유우석은 「양류지사楊柳枝詞」에서 "끝나지 않은 양대의 이야기를 생각하다 님을 위한 죽지가로 화답하네因想陽台無限事, 爲君迴唱竹枝歌"라고 노래했다. 운우는 양성의 노골적인 행위를 넘어 결코 갈라 놓을 수 없는 꿈에서도 잊지 못할 사랑을 상징하는 대명사가 되었다. 이상은의 「과초궁過楚宮」을 보자.

巫峽迢迢舊楚宮	머나먼 무협의 초나라 옛 궁궐,
至今雲雨暗丹楓	비구름이 붉은 단풍을 뒤덮고 있네.
微生盡戀人間樂	사람들은 한껏 세상의 즐거움을 구하는데,
只有襄王憶夢中	오직 양왕만이 꿈속을 그리워하네.

시인은 이루어질 수 없는 사랑을 '시우詩雨'라는 상징 형식에 담았다. 이상은은 여러 작품에서 그리움을 비로 표현했다. "후두둑 저녁비 쏟아지니

울적한 그리움 쏟아져 내리네積雨晚騷騷, 相思正鬱陶"「영기한로주(迎寄韓魯州)」, "쇠
락한 기와 위로 봄날의 꿈처럼 비가 흩날리고, 온종일 바람 불어도 깃발은
날지 못한다一春夢雨常飄瓦, 盡日靈風不滿旗"「중과성녀사(重過聖女祠)」, "비를 사이에
두고 붉은 누각을 쓸쓸하게 바라본다. 등롱 위로 주렴 같은 비가 내리고
나는 홀로 돌아오네紅樓隔雨相望冷, 珠箔飄燈獨自歸"「춘우(春雨)」 등. 비는 이상은의
시세계에서 한 단계 더 형식화·심미화되었다. 비를 사이에 둔 붉은 누각紅
樓隔雨'에서 비는 그리움의 매개체이자 단절과 격리를 상징한다. 봄날의 꿈
같은 비一春夢雨'에서 비는 꿈이다. 사랑도 그리움도 결국 꿈결 같은 환상인
것이다. 자연의 비바람에 초자연적 속성이 부여되면서 시인들은 비를 이
용해 아련하고 처연한 감정과 사랑을 표현했다. 비에 그리움의 속성이 부
여되면서 빗속의 간절한 기다림은 연인에 대한 그리움을 연상시킨다.

秋雨梧桐葉落時　　　가을비에 오동잎이 질 때

一백거이, 「장한가(長恨歌)」

중국희곡에서 오동잎 위로 떨어지는 빗소리는 수많은 사람들의 슬픔을
담고 있다. 현종과 양귀비의 비극적 사랑을 그린 희곡도 제목이 오동우梧桐
雨다. 백박白樸의 「오동우」 제4절에서는 밤중에 잠에서 깬 현종이 오동나무
아래서 양귀비와 함께 빗소리를 듣던 때를 회상한다. 바다처럼 산처럼 굳은
사랑의 맹세를 떠올리는 부분에서 작가는 비가 가진 이미지들을 그려낸다.

一會價緊啊　　　빠를 때는,
似玉盤中萬顆珍珠落　옥 쟁반에 수만 톨 진주 쏟아져 내리는 듯하다가도,

266　만당의 종소리

一會價響呵	소리 울릴 적엔,
似代筵前幾簇笙歌鬧	성대한 잔치 자리에서 생황소리 온통 요란한 듯도 하고,
一會價淸呵	개일 때는,
似翠巖頭一派寒泉瀑	푸른 바위 끝에서 찬 샘물 되어 떨어져 내리는 듯하다가,
一會價猛呵	맹렬할 적엔,
似繡旗下數面徵鼙操	수 놓인 깃발 아래서 몇 개나 되는 출정의 북 울리는 듯하다.

— 『중국고전희곡 10선』, 박성훈·문성재 역, 115쪽

비는 사랑의 아련함과 애틋함을 곱고 섬세하게 전달한다. 그리하여 독자들은 비가 암시하는 사랑의 슬픔을 체험할 수 있게 된다. 시인의 붓끝에서 그려진 비의 이미지가 강렬할수록 그리움도 강렬하다. 잘라도 잘리지 않고, 다듬어도 여전히 어지러운 그것은 이별의 아픔이다剪不斷, 理還亂, 是離愁. 이처럼 복잡하고 표현하기 어려운 감정들은 비의 이미지를 빌려 만질 수 있고 느낄 수 있고 체험할 수 있는 것이 된다. 드넓은 비의 세계는 가슴에 사무치고 뼈에 사무칠 정도로 애절한 사랑의 감정을 전해준다.

자연계에서는 가끔 비가 그치지 않아 홍수가 범람한다. 이 비는 고난과 파멸이다. 또 만물을 고루 소생시키는 단비는 환희이자 구원이다. 그리고 아득하고 처연하게 내려앉는 안개비는 사랑과 그리움이다. 비는 기쁨이자 슬픔이며 그리움이다. 자연의 비는 이렇게 예술적 상징 형식으로 새롭게 창조되었다. 엘리어트는 "시는 수많은 경험의 집중이며, 집중 후에 생겨나는 새로운 무엇이다"[16]라고 했다. 고전시가에서 흔히 보여지는 비의 이미지에 이렇게 많은 예술적 의미가 담기게 된 것은 바로 전통에서 비롯

된 위대한 힘이 있기 때문이다. 비 이미지에 대한 순간순간의 신선한 체험을 통해 우리는 원시의 시간으로 되돌아가 과거의 위대한 힘을 직접 경험할 수 있다.

4. 물상과 심상 – 슬픔의 비, 정화의 비, 선정의 비

에른스트 카시러Ernst Cassirer는 순수한 형식의 왕국인 예술은 추상적인 것이 아닌 감각에 호소하는 것이라고 했다.[17] 비 이미지는 시의 순수한 형식을 구성한다. 그러나 이러한 형식에는 우리 민족의 풍부한 역사에 담긴 심미성을 응집하고 있으며, 형식은 의미에 대한 추상과 집중이다. 클라이브 벨Clive Bell은 예술을 '유의미한 형식'으로 보았다. 형식은 객관적 '물상'으로 표현되며 '의미'는 시인들의 드넓은 영혼의 세계다. 예술적 직관의 대상이 되는 '물상'은 복잡미묘한 '심상'을 감추고 있다. 따라서 비에 대한 이미지 비평은 형식의 표층을 관통하여 의미의 심층을 탐색하는 것이 기본이다.

1) 비와 눈물 – 빗소리에 담긴 나그네의 우수

빗속에서 태어난 시는 빗속의 슬픔을 동반한다. "등불 그림자에 고향꿈 일렁이고, 빗소리에 나그네 시름 깊어진다鄕夢漸生燈影外, 客愁多在雨聲中"고 노래한 송나라 왕원량汪元量의 「비주邳州」가 대표적이다. 중국 전통문학에서

---

16 Eliot T.S., 卞之琳 譯, 『傳統與個人才能』, 『艾略特詩學文集』, 北京：國際文化出版公司 1989, p.8 참조.
16 Eliot T.S., 卞之琳 譯, 『傳統與個人才能』, 『艾略特詩學文集』, 北京：國際文化出版公司 1989, p.8 참조.
17 Cassirer E., 於曉 譯, 『語言與神話』, 北京：三聯書店, 1988, pp.166~167.

비 이미지는 '나그네客 – 우수愁 – 빗소리雨聲'로 이어지는 전형적인 예술 형식을 이루고 있다. 빗소리에 시인의 눈물과 슬픔이 녹아있고, 슬픈 시인의 눈에 비친 비는 하늘의 눈물이다. 눈물은 슬픔의 비다. 그래서 '천인동읍天人同泣, 우누동적雨淚同滴'이라는, 하늘과 인간이 함께 울고 비와 눈물이 함께 떨어진다는 말이 있다.

전종서 선생은 「관저편管錐編」에서 중국과 서방의 다양한 자료들을 바탕으로 '우누동적'을 증명하며 이같이 밝혔다.

> 하늘은 비를 내리고 인간은 눈물을 흘린다. 양자를 같은 것으로 인식하는 데는 긴 시간이 걸리지 않는다. 서방의 동화에 계모의 학대를 견디다 못해 누나가 남동생을 데리고 집을 나간다. 도중에 비가 내리자 아이는 "우리가 괴로워서 눈물을 흘리니 하늘도 함께 우는구나"하며 탄식한다. (…중략…) 주룩주룩 비가 내리면 눈물이 주르르 흘러내린다.[18]

천인동읍과 우누동적을 보여주는 사례들은 수없이 많다. 여류사인詞人 이청조李淸照의 붓끝에서 비는 언제나 눈물과 함께 내린다.

傷心枕上三更雨	상심한 베갯머리, 툭툭툭 삼경에 비가 내린다.
點滴凄淸. 點滴凄淸. 愁	떠나온 자는 툭툭툭 빗소리에 가슴이 무너져
損北人	내린다.

---

18 錢鍾書,『管錐編』第二冊, 北京 : 中華書局, 1979, pp.755~756. "天下雨而人下淚, 兩者見成連類, 不費工夫. 西方童話寫小兒女不堪後母一之虐, 姊攜弟走, 適遇零雨, 嘆雲, "吾儕酸心下淚, 天亦同泣矣!" (…中略…) 雨若蕭蕭, 則淚欲潸潸."

不慣起來聽.　　　　　　툭툭툭 툭툭툭, 견딜 수 없는 빗소리에 몸을 일으

　　　　　　　　　　　켜 앉는다.

──「첨자채상자(添字采桑子)」 파초(芭蕉)

小風疎雨蕭蕭地　　　　잔잔한 바람 속에 성근 비가 떨어진다.

又催下　　　　　　　　또 떨어진다,

千行淚　　　　　　　　천 갈래 눈물이.

──「어가행(禦街行)」 고안아(孤雁兒)

　　이청조의 작품에서 무엇이 빗물이고 무엇이 눈물인지 정확하게 분간하기 어렵다. 그녀의 언어를 빌리면 근심스럽다는 말 한 마디로 다 표현할 수 없다. "오동잎 위로 떨어지던 비, 저녁이 되어서도 추적추적. 이 순간을 어찌 '愁시름수'자 하나로 끝낼 수 있을까?梧桐更兼細雨, 到黃昏, 點點滴滴. 這次第, 怎 一個愁字了得"「성성만(聲聲慢)」. 우누동적의 의미를 바탕으로 시인들은 빗물과 눈물이 교차할 때 '滴방울적'자를 즐겨 사용했다.

夜雨滴空階　　　　　　밤비는 텅 빈 섬돌 위로 방울방울 떨어지고,

曉燈暗離室　　　　　　새벽의 등잔불은 객당에서 어른댄다.

──하손(何遜), 「종진강주여유고별시(從鎭江州與遊故別詩)」

無端一夜空階雨　　　　밤새 텅 빈 섬돌 위를 제멋대로 때리는 비,

滴破思鄕萬裏心　　　　만리 밖 고향을 그리는 마음도 방울방울 부서진다.

──장영(張詠), 「야우(雨夜)」

雨滴空階如自語　　　　빗방울은 혼잣말처럼 섬돌 위로 떨어지고,

風吹長木更相呼　　　　바람은 고목에 화답하듯 불어댄다.

— 공평중(孔平仲), 「서재동석(西齋冬夕)」

點滴空階雨送涼　　　　텅 빈 섬돌 위로 떨어지는 빗방울 한기를 뿜고,

青燈對影獨凄傷　　　　등잔불에 비친 그림자 홀로 시름하네.

— 육유(陸遊), 「우야감회(雨夜感懷)」

　　'滴'자는 비의 외재적 파괴력을 약화시키면서 비가 주는 심리적 충격은 오히려 강화한다. 비는 시인의 고단한 영혼을 툭툭 건드리는 영혼의 눈물이다. 육유는 「비雨」에서 "끝없이 펼쳐진 들판은 싫지 않지만 섬돌 위로 떨어지는 빗방울 소리는 정말 싫다不嫌平野蒼茫色, 實厭空階點滴聲"고 했다. 시인이 빗소리를 견디기 어려워하는 것은 '빗방울'이 상징하는 번뇌와 고통 때문이다. 류약우劉若愚, James J. Y. Liu 선생에 따르면, 이미지는 심상mental picture이나 감관의 지각(시각만이 아닌)을 환기시키는 언어적 표현을 가리킨다. '우누동적'에서 비가 환기시키는 것은 고향에 대한 끝없는 그리움과 우수다. 이경李璟은 「완계사浣溪沙」에서 "푸른새는 구름 너머 소식을 전해주지 않고, 정향꽃은 빗속의 시름처럼 맺혀 있네青鳥不傳雲外信, 丁香空結雨中愁"라고 했다. 진관秦觀은 「완계사」에서 "자유롭게 흩날리는 꽃잎은 꿈결처럼 가뿐하고, 아득하게 내리는 가랑비는 시름처럼 가늘게 이어진다自在飛花輕似夢, 無邊絲雨細如愁"고 했다.

　　'근심愁'의 정서가 처량하고 서글픈, 차갑고 싸늘한, 끝도 없이 아득한 가랑비로 표현됨으로써 주관적이고 추상적인 정서가 경험할 수 있는 상

징적 표현 형식으로 구체화되었다.

주방언周邦彦은 「쇄창한瑣窗寒」 한식寒食에서 "오동꽃이 핀 작은 뜰에 근심의 비가 고요히 내려앉는다桐花半畝, 靜鎖一庭愁雨"고 했다. 주방언은 '愁雨수우', 근심의 비를 직접 사용함으로써 비가 가진 우수와 한의 정서를 더욱 명료하게 전달한다. 장첩蔣捷은 「우미인虞美人」에서 빗소리를 듣는 행위를 매개로 시인의 일생을 엮어낸다.

少年聽雨歌樓上	청년 시절에는 유곽에서 빗소리를 들었다네.
紅燭昏羅帳	비단 휘장 뒤로 붉은 촛불이 일렁거렸지.
壯年聽雨客舟中	장년이 되어서는 떠도는 배 위에서 빗소리를 들었다네.
江闊雲低	구름이 낮게 드리운 넓은 강물 위로
斷雁叫西風	외로운 기러기 바람 따라 울어댔지.
而今聽雨僧廬下	오늘은 절집 처마 밑에서 빗소리를 듣나니,
鬢已星星也	어느새 희끗희끗한 귀밑머리.
悲歡離合總無情	슬픔도 기쁨도 만남도 이별도 언제나 무정하니,
一任階前	섬돌 앞 빗방울아,
點滴到天明	날이 밝도록 떨어져라.

여기서 비는 시인의 서정적 단서다. 인생의 번뇌를 몰랐던 젊은 시절의 시인은 비바람이야 치든 말든 붉은 촛불이 아른대는 비단 휘장 뒤에서 빗소리를 들으며 쾌락과 유희에 탐닉한다. 장년에 이르러 떠돌이 신세가 된 시인은 배 위에서 빗소리를 듣는다. 구름이 낮게 드리운 드넓은 강에 내리는 처량하고 서글픈 빗속에서 스산한 가을바람 속 외로운 기러기의 애달

픈 울음소리를 듣는다. 이 부분에서 쓸쓸한 감상이 더해진다. 어느덧 머리에 서리가 내린 시인은 절집 처마 밑에서 망연하게 빗소리를 듣는다. 시인은 마치 떨어지는 빗방울을 헤아리듯 날이 밝을 때까지 빗소리를 듣는다. 이것은 일종의 경험이자 정서가 된다. 이 경험과 정서는 비에 담긴 끝없는 우수와 한에서 벗어날 수 없다.

'비雨-우수愁'의 이미지를 깊이 있게 분석해보면, 시인의 슬픔과 한을 표현하는 몇 가지 기본 형식을 발견할 수 있다. 첫째, 비는 격리와 단절로서 시인의 고독과 환멸을 불러온다. 비가 우수와 고뇌를 의미할 때는 언제나 공간적 격리와 단절된 길이 수반된다.

日長巴峽雨濛濛　　　날은 길고 파협巴峽에서 자욱한 비를 만났네,
又說歸舟路未通　　　집으로 돌아가는 배는 길이 막혔다고 말하네.

― 융욱(戎昱), 「운안조우(雲安阻雨)」

鹹陽橋上雨如懸　　　공중에 걸린 함양교 위로 비가 내리고,
萬點空濛隔釣船　　　하늘을 뒤덮은 자욱한 안개가 고기잡이 배를 가로 막는다.

― 온정균(溫庭筠), 「함양치우(鹹陽値雨)」

數間茅屋誰知處　　　초가 몇 채 자리한 이곳을 어느 누가 알까,
煙雨濛蒙隔斷橋　　　자욱한 안개비에 끊어진 다리.

― 육유, 「서회(書懷)」

비를 노래하는 음우시吟雨詩에는 '隔사이뜰 격'자가 자주 사용되는데 공간
적으로는 한계와 장애이며 심리적으로 환멸과 막막함을 나타낸다. 이 가
운데 '우중단교雨中斷橋', 빗속에 끊어진 다리는 다양한 의미를 담고 있다.
다리가 끊어졌다는 것은 길이 사라졌다는 것을 의미한다. 독일 철학자 하
이데거는 "길이라는 말 속에 사유가 말하는 비밀의 비밀이 숨겨져 있을 것
이다 (…중략…) 모든 것이 다 길이다"[19]라고 했다. 하이데거는 논문 제목
으로 '길'을 많이 사용했다. '길'이 가진 심오한 상징적 의미를 바탕으로
하이데거 최고의 격언이 태어나기도 했다. "희망은 길 위에 있다."

노자와 장자는 본질적 상태의 경계를 '도道'라고 했다. 그리하여 '도'는
구원과 희망이 된다. 길이 있기 때문에 희망이 있다. 우리는 종종 희망을
'출구出口'나 '활로活路'라고 한다. 그리고 희망이 없는 곳을 '절로絶路' 또는
'사로死路'라고 한다. 그 비밀이 바로 여기에 있다. 끊어진 다리가 말하는
막다른 길, 무너진 미래는 절망과 파멸을 의미한다. "자욱한 안개비 속에
끊어진 다리煙雨濛濛隔斷橋"가 주는 고통 속에서 우리는 어떤 구체적인 상황
때문에 생겨난 고통만을 느끼는 것일까? 끊어진 다리의 개별적 이미지가
의미하는 것은 모든 인류가 보편적으로 겪는 이상의 파멸과 막막한 미래
에 대한 슬픔이 아니겠는가.

길이 없음으로 인한 슬픔은 시인을 고독과 외로움 속으로 밀어 넣는다.
비가 그치지 않는 길, 빗속에 끊어진 다리는 파멸에 대한 슬픈 탄식이며
구원을 대한 외침이자 구조를 향한 요청이기도 하다.

둘째, 추적추적 내리는 찬비와 방랑하는 시인의 처량함이다. '풍우소소

---

19 Otto Poggler, 『馬丁·海德格的思想道路』. 薛華, 「海德格和老子」, 『文史哲』 第1期, 1987
에서 재인용.

風雨蕭蕭', 스산한 비바람이라는 표현은 『시경』「정풍」「풍우風雨」에서 최초로 등장했다. '蕭蕭소소'는 차갑고 처량하다는 뜻이다. 시인이 그려낸 비의 차가움과 따뜻함은 온도를 의미하는 외재적 감각이 아니라 내재적인 정서의 표현이다. 고전시가에서 자주 사용되는 '한우寒雨', '냉우冷雨', '량우涼雨'는 내면의 우울과 슬픔, 갈등과 고통을 암시한다. 쓸쓸한 바람과 찬비는 생명을 슬퍼하는 시인에게 드넓은 영혼의 서정 공간을 제공한다. 처량하게 내리는 찬비와 쓸쓸한 타향살이는 시인의 고독한 방랑생활을 나타낸다. 타향을 떠도는 시인은 늘 처량한 비바람 속에서 시를 읊조린다.

萬葉秋風孤館夢　　가을바람에 우수수 낙엽지고, 외로운 객사는 꿈에 젖는다.

一燈夜雨故鄕心　　밤비 속에 등불을 밝히고 고향을 그린다.

　　　　　　　　　—왕원량(汪元量),「추일수왕소의(秋日酬王昭儀)」

江湖行客夢　　꿈꾸는 강호의 나그네,

風雨故鄕情　　비바람 속에 고향을 그리워한다.

　　　　　　　　　—문천상(文天祥),「취옥루(翠玉樓)」

一聲新雁三更雨　　비 내리는 삼경, 북쪽에서 날아온 기러기 울부짖는데,

何處行人不斷腸　　애타지 않는 나그네 어디 있으리.

　　　　　　　　　—원개(袁凱),「객중야좌(客中夜坐)」

비의 이미지가 처량할수록 시인의 방랑생활도 힘겹다. 비는 시인이 서

정활동을 하는 공간으로서 서정의 배경을 구성한다. 배경이 쓸쓸하고 처량할수록 유랑생활의 슬픔과 고통이 깊어지고 섬세해진다. 그리고 이를 통해 시의 긴장감tension이 형성되고 긴장감의 추구를 바탕으로 빗속의 이별은 빗속의 슬픔 속에 나타나는 일반적인 형식이 된다.

風流雲散　　　　　바람처럼 떠돌고 구름처럼 흩어지고
一別如雨　　　　　비처럼 이별한다.

　　　　　　　　　　　　　　　　—왕걸(王粲), 「증채자독(贈蔡子篤)」

雲雨從玆別　　　　구름과 비인 양 이제 헤어져야 하나니
林端意渺然　　　　숲 가에서 마음은 아련해진다.

　　　　　　　　　　　　　　　—맹호연(孟浩然), 「송왕대교서(送王大校書)」[20]

寒雨連江夜入吳　　찬비가 간밤에 강을 따라 오 땅에 들어왔다네.
平明送客楚山孤　　아침에 벗을 보내러 누각에 오르니 건너편 초산楚山마저 외롭구나

　　　　　　　　　　　　　　　—왕창령(王昌齡), 「부용루송신점(芙蓉樓送辛漸)」

　　비 이미지는 원래 고독과 좌절의 의미를 가지고 있다. 이를 바탕으로 고향을 등지고 타향에서 정처 없이 떠도는 세상 끝의 나그네를 빚어냄으로써 추락한 신세와 불투명한 앞날에 대한 감상이 더욱 강화되고 억누를 수

20　번역 : 이성호, 『맹호연전집』, 문자향, 2006, 479면.

없는 슬픔의 정서가 생겨난다. 예로부터 정이 많은 사람은 이별의 아픔도 깊다고 했는데 차갑고 쓸쓸한 비까지 내리니 어떻게 견딜 수 있겠는가. 왕부지王夫之는 『강재시화薑齋詩話』 권1에서 "즐거운 경물로 슬픔을 그리고, 슬픈 경물로 즐거움을 그리면 그 슬픔과 즐거움이 배가 된다以樂景寫哀, 以哀景寫樂, 一倍增其哀樂"고 했다. 그러나 슬픔과 즐거움을 배가시키기 위해 반드시 정서와 반대되는 경물을 이용할 필요는 없다. 슬픈 경물로 슬픈 정서를 그리고 즐거운 경물로 즐거운 정서를 그림으로써 단계적으로 정서를 강화해 나가다가 최고조로 끌어올리는 기법 역시 슬픔과 즐거움을 배가하는 효과가 있지 않겠는가.

셋째, 비바람처럼 험난한 정치적 환경과 삶에 대한 상징이다. 비 이미지는 시인들의 반복적인 노래를 통해 슬픔과 원망이 보태지고 험난한 정치와 삶을 상징하게 되었다. 이 상징 속에서 자연적 물상의 의미는 점차 옅어지고 그 사상적 의미는 더욱 커졌다. 그리하여 비는 특별한 사상적 기호로 자리 잡았다.

중국 정치 서정시의 선구자 완적阮籍은 「영회시 13수」에서 "번개와 섬광이 번쩍이고 천둥소리가 울리는데 흩날리는 가랑비가 북쪽 숲을 흠뻑 적시는激電震光, 迅雷遺音. 零雨降集, 飄溢北林" 광경을 그린 후, "지나간 옛 것들을 돌이키며 오늘과 다가올 것들을 슬퍼하고, 정해진 삶의 시간이 갈수록 시름만 깊어진다感往悼來, 懷古傷今. 生年有命, 時過慮深"며 실의에 빠진 마음을 털어놓는다. 이 시에서 번개와 비바람은 사실적인 물상이 아니라 순수한 상징 형식으로서 무정한 비바람 속에 정치와 관련된 추상적 비유가 담겨 있다. 육유는 「풍우」에서 "세상사를 생각하면 스스로가 슬퍼지고 그럴수록 바람소리 비소리에 더욱 귀기울인다因思世事悲身事, 更聽風聲雜雨聲"고 노래했는데,

동림당명나라 말기 동림서원(東林書院)을 중심으로 정치운동을 전개한 붕당의 경련警聯이 연상된다. "바람소리, 빗소리, 책 읽는 소리, 소리소리 귓속으로 들어온다風聲雨聲讀書聲, 聲聲入耳." 바람소리와 빗소리에 귀 기울인다는 것은 자연의 소리에 귀를 기울이는 것이 아니라 급변하는 세상과 정치 상황에 대한 관심을 가지는 것이다. 시인들은 지식인의 책임감으로 조국의 현실과 정치를 걱정했다. 시인들의 마음속에서 불어대는 비바람은 무너져가는 정치를 상징한다. 정권이 바뀌고 신구가 교체되는 고비마다 수많은 비바람이 시의 세계로 날아들었다. 남송의 시인 문천상文天祥은 「과영정양過零丁洋」에서 이렇게 노래했다.

山河破碎風飄絮	조국 산천은 바람에 날리는 버들솜처럼 흩어지고,
身世浮沉雨打萍	나의 신세는 비에 젖은 부평초처럼 흔들린다.
惶恐灘頭說惶恐	황공탄의 패배는 아직도 부끄러운데,
零丁洋裡嘆零丁	영정양의 포로는 아직도 의지할 데 없이 고독하다.

나라가 기울어가는 가운데 시인은 걱정으로 마음이 타들어간다. 나라는 버들솜처럼 가을바람에 흩어지고 개인은 찬비를 맞으며 부평초처럼 떠돈다. 버들솜을 날리는 바람과 차갑고 쓸쓸한 비는 극도로 험난한 정치적 환경을 암시한다. 이를 바탕으로 거센 비바람과 오래도록 그치지 않는 장마는 특정한 정치적 의미를 나타내는 말이 되었다.

2) 키 큰 숲을 적시는 비 - 세속의 혼탁한 먼지와 열기를 씻어 내리는 '시우詩雨'
아리스토텔레스 이래로 예술에서 영혼을 정화하는 기능을 강조해 온

서구시학에서는 비극을 문학적인 '장식'의 언어를 통해 연민과 공포를 유발하고 감정을 '배설'시키는 것으로 보았다.[21] 카타르시스Katharsis는 기원전 5세기 희랍에서 의료용어로 사용되던 말이었는데 당시 철학자들이 정신적 영역인 비평에 차용하여 영혼의 정화를 의미하는 말로 사용했다. 중국어로는 마음속의 울분을 털어놓는다는 의미의 '선설宣泄'이나 막힌 물길을 튼다는 의미의 '疏導'로 번역되기도 했으며 영혼을 도야한다는 의미로 '도야陶冶'로도 번역되었는데 모두 영혼의 정화한다는 의미로 볼 수 있다. 중국 고전시학에서도 예술의 정화 작용을 강조한다. 그러나 이론적 해설이 아닌 시의 실천적 표현을 더욱 중시했다. 고전시가 작품들은 예술적 '정淨'을 추구하면서 고요한 영혼과 투명한 예술공간의 창조에 치중했다. 비는 고전시가에서 속세의 먼지를 씻어 내리고, 온 세상과 우주가 맑게 빛나는 깨끗한 공간적 물상을 창조한다. 그리고 한편으로 고결한 정신과 공활하고 초탈한 영혼의 세계를 빚어낸다. 이를 바탕으로 비를 노래한 많은 시들이 비의 정화 기능을 표현하는 데 역점을 두고 있다. 비가 맑게 씻어 내린 공간은 곧 영혼의 세계다. 굴원은 「구가九歌」「대사명大司命」편에서 공간을 깨끗하게 씻어내는 비의 기능을 노래하고 있다.

> 令飄風兮先驅　　돌개바람아, 앞장서서 길을 뚫어라.
> 使涷雨兮灑塵　　장대비야, 물을 뿌려 먼지를 씻어 내려라.

모든 신들이 한자리에 모이고 먼지를 씻어 내리는 장대비가 내린다. 비

---

21 Aristoteles, 陳中梅 譯, 『詩學』, 北京 : 商務印書館, 1996, p.63.

는 깨끗하고 청신한 예술공간을 창조한다. 한편, 도연명은 촉촉하고 청량
한 비를 신화세계에서 인간사회로 끌고 왔다.

微雨洗高林　　　가는 비가 키 큰 숲을 씻어 내리고

清飆矯雲翮　　　맑은 바람에 구름새가 높이 날아오른다.

―「을사세삼월 위건위참군사도경전계시(乙巳歲三月爲建威參軍使都經錢溪詩)」

　촉촉한 비가 나무를 적시고 맑은 바람이 옷깃으로 스미는 숲속에서 시
인은 가슴을 활짝 펴고 유유자적 거닌다. 숲을 맑게 씻어 내리는 쾌적한
산비는 시인의 마음속 어두운 구름까지 몰아낸다. 미불米芾의 언어를 빌리
면, "강물 위로 촉촉한 비가 내리면 근심스런 마음이 활짝 열린다微雨過江來,
煩襟爲一開"「보살만(菩薩蠻)」 '씻어내림洗'은 먼지와 대응한다. 예술이 필요로
하는 것은 띠끌과 그을음이 사라진 청신한 세계이기 때문이다.

夜雨塵初滅　　　밤비에 먼지가 걷히고

秋空月正懸　　　가을하늘에 밝은 달이 걸려 있다.

―장구령(張九齡), 「봉화리부최상서우후대명조당망남산(奉和吏部崔尙書雨後大明朝堂望南山)」

雨濯萬木鮮　　　비에 씻긴 나무들이 선명하게 빛나고,

霞照千山濃　　　노을 비친 산들이 짙게 물든다.

―이화(李華), 「기조칠시어(寄趙七侍禦)」

微雨洗山月　　　보슬비가 산달을 씻어 내리고,

白雲生客衣　　　흰구름이 나그네의 옷자락을 휘감는다.

─시윤장(施閏章), 「우숙단원(雨宿壇院)」

시인은 사람들을 촉촉한 비에 말갛게 씻긴 노을과 달빛 속으로 이끌고 간다. 온 영혼이 맑고 투명한 고요 속에 잠겨 든다. 소란한 속세에서 멀리 벗어나 고요 속에서 생명의 빛을 뿜어낸다.

비는 전원시인들에게 외재적으로 격렬한 생명충동이 아닌 생명의 고요한 내재적 체험을 선사했다. 이와 관련한 작품 가운데 왕유王維의 「산거추명山居秋暝」이 대표적이다.

空山新雨後　　　텅 빈 산에 비가 내리자,

天氣晚來秋　　　성큼 가을 기운이 다가선다.

明月松間照　　　밝은 달은 소나무 틈에서 빛나고,

清泉石上流　　　맑은 샘은 돌 위에서 구른다.

竹喧歸浣女　　　대나무 숲이 떠들썩하니 빨래터 처녀들이 돌아오고,

蓮動下漁舟　　　연잎이 흔들리니 고깃배가 내려오는 것이리라.

隨意春芳歇　　　봄날의 꽃향기는 놓아주고,

王孫自可留　　　오래도록 산중에 머물러도 좋으리.

이 시를 분석할 때, 보통 밝은 달과 맑은 샘, 빨래터의 처녀들, 고깃배와 같은 아름다운 경물에 집중한다. 사실 이 모든 경물들은 비가 내린 후 만들어진 깨끗하고 상쾌한 예술공간 안에 존재하는 것들이다. 변화무쌍한 가을산은 막 내린 비에 씻겨 더 청명하고 깊이 있는 모습을 드러낸다. 소

나무 사이에 걸린 밝은 달 그리고 빨래터에서 돌아오는 소박한 처녀들이 촉촉한 빛을 더하면서 생생한 생명의 힘이 드러난다. 계속해서 왕유의 「서사書事」를 보자.

輕陰閣小雨	비 갠 후 살짝 흐린 하늘,
深院畫慵開	집안 깊숙이 틀어박혀 한낮까지 게으름을 부린다.
坐看蒼苔色	가만히 앉아 푸른 이끼를 바라보고 있자니,
欲上人衣來	내 옷을 타고 기어오르는 듯 하다.

시인은 가벼운 붓놀림으로 우리를 맑고 고요한 세계로 이끌고 간다. 권력과 이익에 급급한 마음이 청량한 빗속에서 깨끗하게 씻겨 내려간다. 시인은 그윽한 대자연의 소리에 귀를 기울이고 푸른 이끼에서 환각을 일으킨다. 이끼는 마치 신이 나서 뛰어다니는 개구쟁이 아이처럼 옷소매 위로 기어오른다. 이 시는 비에서 선가적 분위기가 느껴진다.

육유는 「추우북사작秋雨北榭作」에서 "일찌감치 문서를 물리고 일찌감치 잠자리에 들었네. 낙숫물 소리는 베갯머리에서 듣는 것이 으뜸이지了卻文書早尋睡, 簷聲偏愛枕間聞라고 노래했다. 처마에서 떨어지는 빗소리를 좋아하는 시인은 빗소리를 즐기기 위해 일찍 잠자리에 드는 것도 마다 않는다. 그것은 자연에 가까이 다가가는 행위다. 음악 같은 빗소리에 영혼이 순결하게 정화되고 세속의 온갖 상념들이 사라진다. 문서를 물렸다는 것은 공무에서 벗어나는 것을 의미할 뿐만 아니라 세속에서 벗어나 정신적 소요를 누릴 수 있는 세계로 찾아가는 것을 의미한다.

3) 선정의 빗방울 - 명상과 선을 향한 비

당나라의 시승詩僧 교연皎然의 시 「산비山雨」를 보자.

一片雨	비가 내리더니,
山半晴	산 저편은 맑게 개었네.
長風吹落西山上	긴 바람 서산 위로 떨어지고,
滿樹蕭蕭心耳淸	우수수 나무 우는 소리에 마음의 귀가 맑아진다.
雲鶴驚亂下	놀란 학들이 구름 아래로 내려앉고,
水香凝不然	물은 향기를 가두지 않는다.
風回雨定芭蕉濕	바람 돌아가고 비가 그쳐 파초는 젖었는데,
一滴時時入晝禪	한 방울 한 방울에 수시로 선정에 든다.

　　시승 교연의 비는 자유분방한 움직임 속에 쓸쓸한 사멸死滅의 분위기가 느껴지지 않는 섬세함과 고요함이 있다. 바람과 비가 잦아든 후 촉촉하게 물을 머금은 파초가 빗속에서 선적인 사유를 이끌어내고 빗방울이 떨어질 때마다 선정으로 빠져든다. 비는 심미적이다. 그래서 한쪽은 비가 내리고 한쪽은 맑게 갠 산의 빛깔, 쏴하고 길게 스치는 바람, 구름 사이를 누비는 학, 향기를 내뿜는 맑은 물, 비를 머금고 촉촉하게 살이 오른 파초가 어우러져 마음이 맑아지고 귓가가 고요해지는 한 폭의 아름다운 산수화를 그려낸다. 또 그 안에서 아름다운 음악이 울려 퍼지는 듯하다. 비는 깊은 사유와 선가적 깨달음으로 인도한다. 교연은 또 다른 시에서 이렇게 노래한다.

日欹諸天近	날은 저물어 하늘이 가까워지고
雨過三華潤	한바탕 비가 내려 만물은 촉촉해지네.
留客雲外心	세상사를 잊은 길손은 걸음을 멈추고
忘機松中韻[22]	거문고 선율이 솔숲에서 잔잔하게 흘러나오네.

   비는 불가의 사상적 승화 속에서 시인을 고통과 번민이 사라지는 깊은 시적 사유로 이끌고 간다. 송나라 사람 진여의陳與義는 「우계愚溪」에서 "차가운 저녁이 오고, 나그네의 생각은 빗속에서 깊어진다寒聲日暮起, 客思雨中深"고 했다. 빗속에서 깊어가는 나그네의 생각은 현실적 고난에 대한 생각이 아니라 세속으로부터의 초탈과 삶의 불행에 대한 해소를 유도함으로써 시적인 삶의 고요로 이끌고 간다. 한표韓淲의 「완우가애晚雨可愛」, 육유의 「추우秋雨」에서도 빗소리에 귀 기울이는 행위를 통해 생명 본질에 대한 경청을 유도하고 고요의 경계 속으로 이끌고 들어간다. 하이데거는 "고요란 무엇인가, 그것은 소리 없이 세계와 만물을 소환하는 방식으로 명령한다. 그것은 곧 고요의 소리다"라고 했다. 고요의 소리에 귀를 기울일 때 천지가 교융하고 만물이 내 안으로 들어온다. 이것은 중국 전통철학에서 만물이 무성해지면 다시 그 뿌리로 되돌아가고 고요해진다는 귀근왈정歸根曰靜의 정신과 일치하는 것이다. 시인은 빗속에서 깊은 사유에 빠지고, 비는 시인을 본질과 고요의 상태로 되돌리는 사자使者가 된다. 빗소리는 신성의 소환을 의미하는 시적 언어다. 그래서 시인들은 빗소리를 즐겨 들었다.

---

22 皎然, 「杼山上峰和顔使君真卿袁侍禦五韻, 賦得印字, 仍期明日登開元寺樓之會」.

| 自移一榻西窓下 | 서창 아래로 책상을 옮기고, |
| 要近叢篁聽雨聲 | 대숲 가까이 다가가 빗소리를 듣는다. |

— 진여의(陳與義), 「종보지동씨원정(縱步至董氏園亭) 3수」

대숲에 비 떨어지는 소리를 듣기 위해 시인은 책상을 서쪽 창문 아래로 옮겨가는 수고를 마다하지 않는다. 이것이 과연 개인적인 취향에 불과한 것일까? 여기서 비는 자연의 상징으로서 속세의 천태만상에서 벗어난 사람들이 본질적인 상태의 시적 정취 속으로 빠져드는 것을 의미한다. 송나라 사람 방악方嶽의 「청우聽雨」도 의미가 있다.

竹齋眠聽雨	대나무 서재에서 잠결에 듣는 빗소리,
夢裏長青苔	꿈 속에서 푸른 이끼가 자라나네.
門寂山相對	고요한 대문은 산을 마주보고 섰고,
身閑鳥不猜	이 몸의 한가함은 새들도 시샘하지 않네.

세속을 향한 문을 굳게 걸어 잠그고 빗속에서 잠을 청한다. 꿈 속에서 파란 이끼가 자라나고 몸과 마음은 새조차도 의심하지 않을 정도로 한가롭고 고요하다. 대나무 숲에 둘러싸인 서재에서 빗소리를 듣는 경계 속에서 자연으로 귀의한 시인은 몸과 마음이 완전하게 물화되어 더 이상세계가 존재하지 않는다. 비는 소란한 속세에서 시적 정취가 있는 비밀스런 그곳으로 사람들을 이끌고 간다.

선가에서는 비를 이용한 설법이 많다. 육조혜능六祖慧能의 설법 「단경壇經」에 이런 단락이 있다.

예컨대 빗물이 하늘에서 생겨나지 않는 것과 같다. 원래 강과 바다에 있던 물을 용왕이 몸소 끌고와 모든 중생들과 모든 초목들, 모든 유정한 것들과 무정한 것들에게 고루 은혜를 내리는 것이다. 그 모든 물들이 다시 큰 바다로 흘러 들어가 하나로 어우러진다. 중생들의 본성인 반야의 지혜도 이와 같다.[23]

혜능은 비가 불교의 교리를 가장 잘 체현한다고 보았다. 첫째, 불성은 모든 곳에 존재하며 비처럼 만물을 적신다. 둘째, 불성은 비처럼 어느 한 곳도 빼놓지 않고 평등하게 골고루 내린다. 따라서 모든 중생에게는 불성이 있고 또 모든 불성은 다 평등하다. 혜능의 또 다른 게송을 보자.

心地含情種	마음속에 생명의 씨앗을 품으면,
法雨即花生	부처의 비를 맞는 즉시 꽃을 피우고,
自悟花情種	꽃이 스스로 생명의 씨앗을 깨치면
菩提果自成	보리열매가 저절로 맺힌다.[24]

비에 대한 선가의 깨달음은 비와 선, 비와 시의 결합을 촉발하고 고전 시가의 선우禪雨를 형성했다. 당나라 승려 가지可止의 「정사우우精舍遇雨」를 보자.

空門寂寂淡吾身	고요한 절 안에서 이 몸까지 담박해지고,

---

23 慧能, 郭朋 校釋, 『壇經校釋』, 北京 : 中華書局, 1993, p.54. "譬如其雨水, 不從天有, 元是 龍王於江海中, 將身引此水, 令一切衆生, 一切草木, 一切有情無情, 悉皆蒙潤. 諸水衆流, 卻入大海, 合爲一體. 衆生本性般若之智, 亦復如是."
24 Ibid., p.104.

溪雨微微洗客塵　　아련한 개울비가 나그네 먼지를 씻어 내린다.

臥向白雲情未盡　　흰구름을 바라보고 누우니, 정이 끝 간 데 없다.

任他黃鳥醉芳春　　꾀꼬리야, 한껏 지저귀며 봄향기에 취하거라.

고요한 불문, 담담한 몸, 개울가에 내리는 비가 먼지를 깨끗하게 씻어 내리고 흰 구름 속에 누워 봄날에 도취되어 끝도 없이 지저귀는 꾀꼬리의 노래를 듣는다. 시는 불가의 향기로운 마음이 묻어나고 청량한 비가 선적인 분위기를 더한다. 선禪의 비는 속세의 먼지가 씻기고 마음이 해방되는 낙토를 향해 나아간다.

暮塵微雨收　　가는 비가 저녁 먼지를 거두어들이고,

蟬急給鄕秋　　매미소리 급하니 가을 고향 생각나게 하네.

一片月出海　　바다 저편에서 둥근 달이 떠오르니,

幾家人上樓　　몇 집에서 사람들 누대에 오르는가?

— 관휴(貫休), 「여중회손로(旅中懷孫路)」

四郊雲影合　　사방에서 검은 구름이 몰려 들고,

千裏雨聲來　　천리 밖 빗소리가 들려오더니,

盡洗紅埃去　　붉은 먼지 깨끗하게 씻기고

並將清氣回　　맑은 기운이 되돌아오네.

— 제기(齊己), 「희하우(喜夏雨)」

선가의 비는 하늘에서 내려온 계시자를 방불케 한다. 선가적 분위기의

'시우詩雨'는 후세까지 많은 영향을 끼쳤다. 강서시파를 대표하는 황정견黃庭堅은 이렇게 노래했다.

西風將小雨	하늬바람이 몰고 온 보슬비에
涼入居士徑	서늘함이 거사가 있는 오솔길로 스며든다.
苦竹繞蓮塘	참대나무 둘러싼 연못가에서
自悅魚鳥性	물고기도 새도 스스로 기쁨이 넘친다.
紅妝倚翠蓋	붉은 연꽃은 푸른 연잎에 몸을 기대고 있지만
不點禪心靜	고요한 마음은 흔들리지 않는다.[25]

비는 시인에게 들길의 청량감과 청정심을 가져다 준다. 붉은 먼지가 이는 복잡한 세계가 비의 세례를 받은 후 선적인 희열과 청량감이 생겨난 듯하다. 비는 사상思想이 되고 선禪이 되었다.

대성리학자 주희도 「분천관우焚天觀雨」에서 글을 읽는 낭랑한 소리와 비 내리는 저녁의 종소리를 노래했다讀書清磬外, 看雨暮鐘時. 사찰에서 종소리를 들으며 저녁비를 바라보는 정취는 성리학을 벗어나 따뜻한 생명의 선적 희열로 나아가는 듯하다. "안개구름이 드리운 저녁, 서늘한 비가 텅 빈 산을 뒤덮는다層雲生薄晚, 涼雨遍空山."[26] 여기서 '서늘함涼'은 실의에 빠진 슬픔이 아니라 희열의 청량함으로서 내면의 탁열濁熱이 사라진 후 얻어지는 선불에 대한 깊은 체득과 깨달음이다.

나그네의 우수에서 선불적 사유에 이르기까지 비는 시인들의 눈물과

---

25 黃庭堅, 「又答斌老病癒遺悶二首」.
26 朱熹, 「伺僚小集梵天寺, 坐間雨作, 已復開霽步至東梳玩月賦詩二首」其一.

슬픔을 한데 모으고, 시인들은 마음속 탁열을 깨끗하게 씻어내림으로써 고난의 해소와 초월을 실천했다. 비는 조금씩 그 소리를 키워가면서 시인들의 정서가 변화하고 발전해온 역정을 보여주고 있다.

5. 빗속의 낮은 읊조림과 한밤의 빗소리
– 비의 공간적 이미지와 심미적 경계

이미지는 역사적이다. 이미지의 역사는 시인의 정서가 흘러온 역사이며 심미적 예술공간을 구현해 온 역사다. 우리는 빗방울이 떨어질 때마다 선정의 세계로 들어간 교연의 시에서 깨달음을 얻는다. 비는 깊은 사유가 있는 선정의 세계다. 비는 심미적이다. 백거이는 「춘우야면秋雨夜眠」에서 밤 늦게 등잔 불을 끄고 빗소리를 들으며 단잠에 빠져들었다臥遲燈滅後, 睡美雨聲中. 위장韋莊은 「보살만菩薩蠻」에서 하늘처럼 푸른 봄날의 강물 위에 배를 띄우고 빗소리와 함께 잠을 청했다春水碧於天, 畫船聽雨眠. 빗소리는 시인을 꿈속으로 이끄는 아득하고 은은한 천상의 소리다. 그것은 심미적 관조이자 예술적 도취다. 여희철呂希哲은 대나무 침상에 기왓장을 베고 홀로 누워 비 갠 산들을 바라보았다竹床瓦枕虛堂上, 臥看江南雨後山「절구(絕句)」. 비가 갠 푸른 산이 아무리 보아도 질리지 않는 것은 심미적이기 때문이다. 이 때문에 시인들이 어떤 이미지를 선택하는 것은 역사적 서술방식을 선택하고 심미적 방식을 선택하는 것이다.

人生難得秋前雨　　인생에서 가을이 되기 전에 무더위를 식혀주는 비를

만나기는 여간 어려운 것이 아니라오.

乞我虛堂自在眠　　날씨도 시원해진 김에 나는 집에서 편안하게 잠이나

　　　　　　　　　청해야겠소.

— 강기(薑夔), 「평보견초부욕왕(平甫見招不欲往)」

중국시인들에게는 비를 감상하는 고상한 취미가 있다. 이때의 비는 만물을 윤택하게 하는 공리적인 비가 아닌 순수한 심미적 관조의 대상이다.

竹憐新雨後　　　막 내린 비에 대나무가 어여쁘고,

山愛夕陽時　　　석양 비친 저녁 산이 사랑스럽다.

— 전기(錢起), 「곡구서재기양보궐(穀口書齋寄楊補闕)」

山色雨深看更好　　산색이 비에 깊어져 보기 더욱 좋고,

湖光煙接望遠迷　　안개 젖은 호수가 더욱 아득하게 보인다.

— 한원길(韓元吉), 「우중백공지호상(雨中伯恭至湖上)」

빗에 젖은 산과 호수의 빛깔, 사각사각 푸른 대나무, 시처럼 그림처럼 마음을 끌어 당긴다. 비는 분명 시와 그림의 의경을 창조하는 뛰어난 시화가詩畵家임에 틀림없다.

문인들이 비를 좋아한 것은 정서표현상의 필요 때문이었는데 그것은 일종의 심미적 추구이기도 했다. 이 같은 심미적 경계에서 비 온 후 사랑스러워진 대나무, 빗물을 머금고 짙어진 산의 빛깔과 같은 시각적 아름다움이 표현되었고, 대숲에 떨어지는 빗소리, 오동잎 위로 떨어지는 빗소리

와 같은 음악적 아름다움도 함께 표현되었다. 빗속의 미학은 실로 황홀하고 매혹적이다.

양만리楊萬裏는 "키 작은 살구나무 가지에 하나둘 어여쁜 꽃이 폈네小樹嫣然一兩枝, 晴醇雨醉忽相宜"「군포행화(郡圃杏花)」라고 하며, 비에 취하는 것은 살구꽃나무가 아니라 시인의 심미적 희열이다.

사공도司空圖는 『시품』「전아典雅」편에서 "옥병에 술을 채우고 초당에 앉아 비를 즐긴다玉壺買春, 賞雨茅屋"라고 했고 곽소우郭紹虞 선생은 "고요하고 편안한 초당에서 비를 감상하는 풍경에서 그 전아함이 보여진다賞雨茅屋, 幽居自得, 見其雅"[27]고 주를 달았다. 문학세계에서 사용되는 성긴 가랑비, 밤비 소리 등 비의 다양한 이미지들이 전통미학의 전아한 멋을 보여준다.

1) 가늘게 사락사락 내리는 비 - 아련한 완약婉約의 심미적 형식

자연계의 비는 천 가지의 자태와 만 가지의 형태를 가지고 있다. 부슬부슬 내리는 비도 있고, 억수같이 쏟아지는 비도 있다. 부현傅玄은 「고우苦雨」에서 "우물을 엎어 놓은 듯 장맛비가 쏟아져 누런 흙탕물이 거대한 파도처럼 출렁인다霖雨如倒井, 黃潦起洪波"고 했고 황경인黃景仁은 「춘야잡영春夜雜詠」에서 "갑자기 쏟아진 소나기에 은빛 물결이 세차게 내달린다驟雨忽如注, 急雷翻銀濤"고 했다. 질풍과 폭우 속에 하늘까지 넘쳐 오르는 물, 용솟음치는 은색 파도, 그러나 비 가운데서도 중국 고전문학을 대표하는 심미적 형식은 공포감을 주는 질풍과 폭우가 아니라 조금씩 조금씩 스며드는 비, 사뿐사뿐 흩날리는 비, 안개처럼 자욱한 비, 은실처럼 가는 비, 내리는 듯

27 郭紹虞, 『詩品集解』, 北京 : 人民文學出版社, 1981, p.13.

마는 듯 알 수 없는 비, 세우細雨, 미우微雨, 경우輕雨, 소우小雨, 연우煙雨다.

雨來細細複疏疏	가늘게 사락사락 내리는 비,
縱不能多不肯無	내릴 듯 그칠 듯 애태우는 비.
似妒詩人山入眼	먼산에 눈길 주는 시인에 시샘하듯,
千峰故隔一簾珠.	방울방울 구슬주렴을 꿰어 구비구비 산봉우리를 가리네.

—양만리,「소우(小雨)」

이처럼 내릴 듯 그칠 듯한 비가 고전미학의 완약하고 청려하면서도 아
득하고 아련한 비 이미지를 구성한다.

六尺屛風遮宴坐	육척 병풍 앞에 정좌하고,
一簾細雨獨題詩	주렴 너머 내리는 가는 비 홀로 시를 써내려 간다.

—진여의(陳與義),「석한병기(石限病起)」

아련하게 내리는 가는 비가 무한한 시정을 불러오고, 비가 시를 쓴다는
예술적 창조력을 이끌어냈다.

① 미우微雨

微雨洗高林	가는 비가 키 큰 숲을 씻어 내리고
淸飇矯雲翮	맑은 바람에 구름새가 높이 날아오른다.

—도연명,「을사세삼월 위건위참군사도경전계시(乙巳歲三月爲建威參軍使都經錢溪詩)」

鳴雨既過漸細微　천둥비 조금씩 잦아들더니,

映空搖颺如絲飛　어두운 하늘에서 가느다란 실처럼 흔들리며 나부낀다.

— 두보, 「우부절(雨不絶)」

② 세우細雨

風輕不動葉　바람은 이파리도 날리지 못하게 가볍고,

雨細未霑衣　비는 옷도 적시지 못하게 가늘다.

— 소역(蕭繹), 「영세우(詠細雨)」

細雨魚兒出　가는 비에 물고기들이 수면 위로 고개를 내밀고,

微風燕子斜　부드러운 바람에 제비들이 비껴난다.

— 두보, 「수함견흥(水檻遣興) 2수」 제1수

此身合是詩人未　이 몸은 과연 시인이 될 수 있던가,

細雨騎驢入劍門　가랑비 속에 나귀를 타고 검문관으로 들어선다.

— 육유, 「검문도중우미우(劍門道中遇微雨)」

③ 소우小雨

小雨晨光內　새벽에 비가 내리네.

初來葉上聞　이파리 위로 빗방울 떨어지는 소리 들려오네.

— 두보, 「신우(晨雨)」

天街小雨潤如酥　　장안 거리에 가랑비 연유처럼 부드럽고,

草色遙看近卻無　　펼쳐진 풀빛 멀리 바라보다 가까이 다가서면 흔적없

　　　　　　　　　이 사라져 버리네.

— 한유(韓愈),「조춘정수부장십팔원외(早春呈水部張十八員外) 2수」제1수

④ 연우煙雨

南朝四百八十寺　　남조의 사백팔십 사찰,

多少樓臺煙雨中　　얼마나 많은 누대가 안개비 속에 잠겨 있는가.

— 두목(杜牧),「강남춘(江南春)」

數間茅屋誰知處　　초가 몇 채 자리한 이곳을 어느 누가 알까,

煙雨濛濛隔斷橋　　자욱한 안개비에 끊어진 다리.

— 육유,「서회(書懷)」

⑤ 섬우纖雨

黃昏猶是雨纖纖　　황혼에 여전히 비가 부슬부슬 내리더니

曉開簾　　　　　　아침에 주렴을 걷으니,

欲平簷　　　　　　흰 눈이 처마까지 쌓였네.

江闊天低　　　　　드넓은 강 위로 하늘이 낮게 내려앉고,

無處認靑簾　　　　건너편 주막 푸른 깃발이 눈에 묻혀 알아볼 수 없다.

— 소식(蘇軾)「강성자(江城子)」

小窗過了簾纖雨	작은 창으로 곱고 가는 비가 흩날리고,
細與東風說晩寒	동쪽바람에게 저녁의 쓸쓸함을 털어놓네.

—시추(施樞), 「만사(晩思)」

⑥ 사우絲雨

自在飛花輕似夢	자유롭게 흩날리는 꽃잎은 꿈결처럼 가뿐하고,
無邊絲雨細如愁	아득하게 내리는 가랑비는 시름처럼 가늘게 이어진다.

—진관(秦觀), 「완계사(浣溪沙)」

小雨絲絲欲網春	그물처럼 촘촘한 비는 봄빛을 가두고,
落花狼藉近黃昏	꽃은 어지럽게 떨어지며 황혼이 다가오네.

—이미손(李彌遜), 「차운춘일즉사(次韻春日即事)」

자연계에 가늘고 조용히 내리는 비만 있는 것은 아니지만, 세우細雨와 미우微雨는 중국 전통의 심미적 이미지를 구성하는 중요한 형식이다. 역사적으로도 세우는 중국문학에서 오래도록 노래되어 왔다. 『시경』「빈풍」「동산東山」에 "동쪽 전쟁터에 가서 오랫동안 돌아오지 못했었지. 돌아올 때는 아득한 안개비가 내렸었지我徂東山, 慆慆不歸. 我來自東, 零雨其濛"라는 구절이 있는데 중국에서 가장 오래된 세우시細雨詩라 할 수 있다. 고향으로 돌아오는 전사의 상실감과 막막함이 하루 종일 뿌옇게 내리는 비에 실려 세우 이미지의 미감과 정감 형식을 구성한다. 진대秦代의 석고문石鼓文에도 천천히 가늘게 내리는 비를 의미하는 「영우零雨」라는 제목의 시가 있다.

시인들의 심미적 시선은 줄곧 가볍게 흩날리며 아득하게 내리는 세우에 집중되어 왔다. 도연명의 「정운停雲」, 사조謝朓의 「관조우觀朝雨」에서도 실처럼 가늘고 안개처럼 엷은 세우 이미지를 그리고 있다. 시인들은 세우라는 자연 물상을 선택하는 동시에 세우의 심미적 형식을 선택했다.

생명성의 측면에서 봤을 때, 시인들은 순하고 여린 풀빛, 초록의 버드나무, 붉은 복사꽃을 바라보며 영혼까지도 촉촉한 비에 젖은 듯 기분 좋은 청량감을 내보인다. 세우는 만물을 촉촉하게 적시면서도 흔적을 남기지 않는 신비함과 섬세함이 있다. 그래서 우리의 영혼은 광희狂喜와 폭소가 아닌 입가에 미소가 번지는 편안함과 흡족함을 느끼게 된다.

미적 심리에서 봤을 때, 안개비가 내리는 예술공간에 존재하는 아련하고 몽롱한 물상이 미학적으로 일정한 간격과 거리를 만들어낸다. 이것은 무중간화霧中看花의 미학적 전통과도 일치한다. 종백화 선생은 "비와 바람도 '거리 두기'의 좋은 조건이다. 안개가 자욱한 풍경은 시적 경계요, 회화적 의경이다"[28]라고 했다. 당연히 예술적 거리에도 정도의 차이가 있다. 그것은 벽처럼 가로막고 차단시키는 것이 아니라 아련하고 몽롱한 가운데 밝고 환한 빛이 새 나오는 것이다. 그래서 심미적 대상이 될 수 있는 것은 가로막고 차단하는 폭우나 호우豪雨가 아니라 아련하고 몽롱한 세우일 수밖에 없다.

---

28 宗白華, 『美學散步』, 上海：上海人民出版社, 1981, p.21. "風風雨雨也是造成間隔化的好條件, 一片煙水迷離的景像是詩境, 是畫意."

2) 회화적 의경과 음악적 경계 - 세우, 석양, 간밤의 빗소리

終古閑情歸落照   천년의 한가로운 정이 석양에 내걸리고,
一春幽夢逐遊絲   봄날의 아련한 꿈은 거미줄 위를 내달린다.

— 납란성덕(納蘭性德), 「완계사(浣溪沙)」 「고북구(古北口)」

짙은 황혼의 야색夜色이 드리운 중국문학은 특수한 시간적 체험으로 인해 황혼에 내리는 비와 간밤의 빗소리가 자주 등장하게 되었다. 원나라 방회方回가 편찬한 『영규율수瀛奎律髓』에 비를 노래한 시 135수가 수록되어 있는데 그 가운데서 저녁비와 밤비를 소재로 한 시는 80여 수에 달한다. 그러나 모우시暮雨詩와 야우시夜雨詩는 서로 다른 심미성을 가지고 있다. 황혼에 내리는 비를 노래한 시는 한 폭의 그림처럼 시각적 이미지에 치중한다. 반면, 밤비는 음악이자 천뢰天籟로 청각적 이미지에 치중한다. 당나라의 오융吳融은 「미우微雨」에서 황혼을 이렇게 그리고 있다.

天青織未遍   하늘은 푸른빛을 다 엮지 못했는데,
風急舞難成   일렁이는 바람이 어지러이 가로막네.
粉重低飛蝶   진분홍빛 나비는 나직나직 날고
黃濃不語鶯   진노랑 꾀꼬리는 울듯 말듯 머뭇거리네.
乍隨春靄亂   봄 아지랑이 잠깐 스치듯 지나가고
還放夕陽明   다시 석양 빛이 훤하다.
惆悵池塘遠   연잎에 알알이 맺힌 이슬 방울이 가볍구나.
荷珠點點輕   연꽃 위의 이슬방울은 경쾌하다.

방회는 이 시를 한 폭의 미우화微雨畵라고 평했다. 보슬보슬 비 내리는 황혼의 풍경 속에 나비는 사뿐사뿐 춤을 추고 꾀꼬리는 나른하게 지저권다. 절반의 비, 절반의 석양이다. 시인은 마음속에 번지는 담담한 서글픔을 피할 길 없다. 그러나 보슬비와 석양이 주는 심미적 희열이 생명의 슬픔을 어느 정도 희석해준다. 아련하게 명멸하는 빛, 섬세하고 청량한 저녁 비가 비 갠 후의 맑고 그윽한 풍경화를 그려낸다. 황혼의 비를 노래한 시들은 맑음과 흐림이 반씩 섞여 있는 경우가 많다. 석양과 비가 결합하여 명멸하고 변화하는 심미적 의경을 창조해낸다. 육유의 「춘우春雨」가 대표적이다.

倚闌正爾受斜陽	석양빛을 받으며 난간에 기대어 서니,
細雨霏霏度野塘	비가 보슬보슬 들판의 연못을 뒤덮네.
本爲柳枝留淺色	버들가지 싹을 틔우려고 했으나
卻敎梅蕊洗幽香	매화가 먼저 그윽한 향기 풍기네.
小沾蝶粉初何惜	나비 날개가 젖은들 안타까우리오,
暫澀鶯聲亦未妨	꾀꼬리 노래 그친들 거리끼리오.
造物無心寧遍物	무심한 조물주가 만물을 고루 적시니,
憑誰閑與問東皇	하릴없이 동황에게 무엇을 물으리오.

시인은 난간에 기대어 황혼의 석양빛을 즐긴다. 갑자기 찾아온 보슬비에 버드나무는 신록이 돋고 매화꽃 향기가 그윽하다. 촉촉하고 청신한 빗속에서 시인은 무심한 조화에 빠져 한가로이 동황의 뜻을 묻는 유쾌하고 청신한 마음의 경계로 접어든다.

송대 조번趙蕃의 「우망우제雨望偶題」에 "청산에 아득한 비가 내리고 안개 속으로 백로가 난다. 멀리서 시가 다가오고 저 속에 그림이 있다漠漠靑山雨, 霏霏白鷺煙. 詩材來遠近, 畵幅極中邊"는 구절이 있다. 저녁의 보슬비가 무한한 시정과 심미적 희열을 불러온다.

황혼에 가늘게 내리는 비가 심미적 이미지에 치중한다면, 한밤에 들려오는 빗소리는 천뢰가 어우러진 대자연의 은은한 소리를 표현하는 청각적 이미지에 치중한다. 밤비를 노래한 작품들은 비가 연주하는 자연교향곡의 운율적 아름다움을 집중적으로 표현하고 있기 때문에 가장 많이 사용되는 시어는 '우성雨聲, 빗소리'이다.

涼冷三秋夜	싸늘하고 깊은 가을밤,
安閑一老翁	평안하고 한가로운 어느 한 늙은이.
臥遲燈滅後	느지막이 불을 끄고 자리에 누워,
睡美雨聲中	빗소리를 들으며 단잠에 빠져든다.

—백거이, 「추우야면(秋雨夜眠)」

秋陰不散霜飛晩	가을 비구름은 흩어지지 않고, 저녁 무렵 서리 날리는데,
留得枯荷聽雨聲	메마른 연잎을 남겨두고 떨어지는 빗소리를 듣는다.

—이상은(李商隱), 「숙락씨정기회최옹최곤(宿駱氏亭寄懷崔雍崔袞)」

數點雨聲風約住	톡톡 떨어지던 빗소리 바람에 묻히고,
朦朧淡月雲來去	어슴푸레 몽롱한 달 구름에 가리네.

—이욱(李煜), 「접련화(蝶戀花)」

제5장_비(雨)   299

客子光陰詩卷裡   나그네의 세월은 시권詩卷 속에서 흘러가고,

杏花消息雨聲中   살구꽃 소식은 빗소리에 실려오네.

—진여의(陳與義), 「회천경지로인방지(懷天經智老因訪之)」

前江後嶺通雲氣   앞뜰의 강물 뒤뜰의 산봉우리 구름으로 뒤덮이고,

萬壑千林送雨聲   구비구비 봉우리마다 빗소리 울려 오네.

—진여의, 「관우(觀雨)」

여기서 빗소리가 천둥번개로 표현되지 않고 파초를 두드리고 살구꽃을
적시는 비, 처마 와 오동잎에 떨어지는 비 등 사물과 사물, 자연과 자연의
부딪힘 속에서 울려 나오는 소리라는 점에 주의할 필요가 있다. 봉우리마
다 골짜기마다 온갖 하늘의 소리가 울려 퍼지면서 빗소리에 계시적 의미
가 부여되고 사람들은 천지가 어우러지는 교향악에 귀를 기울이게 된다.

隔窓知夜雨   창 밖에 비가 내린다고

芭蕉先有聲   파초가 먼저 소리를 들려주네.

—백거이, 「야우(夜雨)」

一夜不眠孤客耳   외로운 나그네는 밤새 잠 못 들고,

耳邊愁聽雨蕭蕭   시름에 잠긴 빗소리 추적추적 귓가에 맴돈다.

碧紗窓外有芭蕉   푸른 사창紗窓 너머 파초가 비를 맞고 섰다.

—조보지(晁補之), 「완계사(浣溪沙)」

| 簾櫳無影覺雲起 | 주렴에 그림자 어른대지 않으니 구름이 잔뜩 꼈나 보구나, |
| 草樹有聲知雨來 | 풀과 나무들이 소리를 울리니, 비가 오는구나. |

—육유, 「오월십일일수기(五月十一日睡起)」

梧桐雨細	오동잎을 적시는 비,
漸滴作秋聲	물방울이 되어 가을소리를 내고,
被風驚碎	바람에 놀라 부서지네.

—장집(張輯), 「소렴단월(疏簾淡月)」

빗소리는 하늘과 땅 사이에서 울리는 진정한 음악이다. 시인들은 또 그 음악을 이해하는 진정한 지음으로서 빗소리를 경청했다. 진여의는 서쪽 창으로 탁자를 옮기고 대나무 숲에 떨어지는 빗소리를 들었고自移一榻西窗下, 要近叢篁聽雨聲, 육유는 작은 누각에서 밤새도록 봄비 소리에 귀를 기울였다小樓一夜聽春雨. 빗소리를 듣는 행위는 개인적 기호가 아니라 자연의 음악을 감상하는 심미적 차원이 된 듯하다.

3) 비의 이미지 조합과 미학적 의경의 생성

이미지는 자족성과 독립적인 표현력을 가지고 있으면서도 폐쇄적이지 않다. 그래서 하나의 이미지는 다른 이미지와의 조합을 통해 새로운 예술적 표현공간을 창조하고 그 공간을 확대해 나간다. 고전문학에서 비 이미지는 청산, 강호, 누각, 석양 등의 이미지와 함께 심미적 이미지군을 이루고 더 심미적이고 유의미한 예술세계를 형성한다.

① 청량한 산비

山雨初含霽　　산비는 맑게 개려 하고,

江雲欲變霞　　강 위의 구름은 노을이 되려 하네.

─송지문(宋之問), 「도대유령(度大庾嶺)」

山中一夜雨　　산 속에 밤새도록 비가 내리더니,

樹杪百重泉　　나뭇가지마다 구비구비 샘물이 흐르네.

─왕유, 「송재주리사군(送梓州李使君)」

空山新雨後　　비 갠 후의 텅 빈 산,

天氣晩來秋　　저녁 늦게 가을이 찾아 든다.

─왕유, 「산거추명(山居秋暝)」

九秋氣爽　　9월의 상쾌한 가을날,

正溪山雨過　　막 비가 지난 산 속에

茅簷淸暇　　초가지붕이 맑고 한가롭다.

─미우인(米友仁), 「염노교(念奴嬌)」

竹風不斷涼如水　　대숲에 부는 바람 줄곧 물처럼 차고

山雨無聲細似塵　　고요한 산비 먼지처럼 곱다.

─백옥섬(白玉蟾), 「역도록초음(易道錄招飮) 5수」

산비는 비의 시청각적 이미지를 먼 곳에 위치시킨다. 높고 큰 산과 가늘고 섬세한 비, 강한 산과 부드러운 비, 흔들림 없는 산과 가볍게 흩날리는 비가 어우러져 아득하고 담박한 미학적 의경을 구성한다. '산비山雨' 이미지는 아득하고 서늘한 공간에서 맑고 깨끗한 의경을 만들어낸다. 산과 비, 하늘과 땅, 시와 비의 이미지 조합은 독자들을 비 갠 저녁 산의 청신하고 자유로운 공간으로 이끌고 간다.

② 강과 호수에 내리는 비

寒雨連江夜入吳	찬비가 간밤에 강을 따라 오吳 땅에 들어왔다네.
平明送客楚山孤	아침에 벗을 보내러 누각에 오르니 건너편 초산楚山마저 외롭구나

— 왕창령(王昌齡), 「부용루송신점(芙蓉樓送辛漸)」

산비 이미지가 강함과 부드러움의 미학적 조합이라면, 강과 호수에 내리는 비는 부드러움, 청신함, 온화함을 나타낸다.

門外平湖新雨過	막 비가 그친 잔잔한 호수 위로
碧煙一抹鷗飛破	갈매기 한 마리 푸른 안개를 흩트리며 날아간다.

— 진관(秦觀), 「어가오(漁家傲)」

비 갠 후의 맑고 깨끗한 호수 위로 옅은 안개가 피어 오르고, 날아오를 듯 다시 몸을 움츠리는 갈매기 한 마리가 아스라함을 보탠다. 물안개 사이

를 가볍게 날아가는 갈매기는 표면적으로는 움직이고 있지만 사실상 더
고요하고 아득한 곳, 보일 듯 말 듯한 그곳을 지향하고 있다. 꿈인 듯 꿈이
아닌 듯한 아름다운 의경이다.

③안개비와 누대

春潮映楊柳　　　봄날의 강물 위로 버드나무 비치고,
細雨入樓臺　　　가는 비가 누대로 날아든다.

―최도(崔塗),「춘일등오문(春日登吳門)」

南朝四百八十寺　　남조의 사백팔십 사찰,
多少樓台煙雨中　　얼마나 많은 누대가 안개비 속에 잠겨 있는가.

―두목(杜牧),「강남춘(江南春)」

此界自生雨　　　이곳은 외따로 비가 내리는데,
上方猶有星　　　하늘에는 아직도 별이 빛난다.
樓高鐘尚遠　　　누각은 높고 불종은 멀리 있는데,
殿古像多靈　　　불전 안 오래된 불상들이 신령하다.

―장빈(張蠙),「숙산사(宿山寺)」

누대와 사찰은 인문경관이고 비는 자연물상이다. 안개비 내리는 누대
는 인문경관과 자연경물의 융합과 결합을 표현한다. 그런데 인문경관은
대자연 앞에서 언제나 허약하고 창백하다. "얼마나 많은 남조의 사찰이

안개비 속에 잠겨 있는가南朝四百八十寺, 多少樓台煙雨中", 인문경관인 사찰은 자연의 안개비 속에서 찰나에 사라져버릴 것만 같은 처연하고 아련한 느낌을 준다. 사찰에서 비를 바라봄으로써 비 이미지는 더 아득한 시간과 공간으로 들어가게 되었다. "이곳에는 비가 오지만 저 위에는 별이 빛난다此界自生雨, 上方猶有星." 비는 우리가 살고 있는 하계에 존재한다. 하계에는 비가 내리고 있지만 천상계에서는 별이 찬란하게 빛나고 있지 않은가.

④밤비와 외로운 등불

| 雨中山果落 | 빗 속에 산열매 떨어지고, |
| 燈下草蟲鳴 | 등불 아래 풀벌레 울어댄다. |

－왕유(王維), 「추야독좌(秋夜獨坐)」

| 雨中黃葉樹 | 빗속에 누렇게 시든 나무, |
| 燈下白頭人 | 등불 아래 백발 노인. |

－사공서(司空曙), 「희외제로륜견숙(喜外弟盧綸見宿)」

| 桃李春風一杯酒 | 봄바람 불던 시절 복사꽃 오얏꽃 아래서 한 잔 술을 나누었지. |
| 江湖夜雨十年燈 | 비 내리는 강호의 밤, 십 년 세월 홀로 등잔불을 마주하네. |

－황정견(黃庭堅), 「기황기복(寄黃幾複)」

'밤비-외로운 등'의 예술 형식은 특별한 의미를 가진 상징적 언어다. 비는 외롭고 쓸쓸한 환경을 상징하고 등불은 타오르는 시인의 마음을 상징한다. 드넓은 밤하늘, 처량한 비, 타는 등잔불. 비가 처량하게 내릴 수록 등불도 처연하게 타오르고, 타오를수록 비장해진다. 여기서 우리는 예술성 넘치는 처연하고 비장한 장면을 확인할 수 있다.

⑤ 비 갠 풍경

天開斜景遍	비 갠 후 석양빛이 두루 비치고,
山出晚雲低	높은 산에 저녁 노을이 낮게 걸린다.
餘濕猶沾草	남은 물기 풀잎을 적시고,
殘流尙入溪	빗물 줄기 개울로 흘러간다.

—맹호연, 「도중우청(途中遇晴)」

雨後煙景綠	비 온 후 안개 속 푸른 풍경,
晴天散餘霞	맑은 하늘에 흩어지는 노을.
東風隨春歸	동풍은 봄과 함께 돌아와
發我枝上花	나무에 꽃을 피운다.

—이백, 「낙일억산중(落日憶山中)」

溪上遙聞精舍鐘	물 위에서 멀리 산사의 종소리를 들려
泊舟微徑度深松	배를 세우고 좁은 길을 따라 깊은 솔숲으로 들어갔지.
靑山霽後雲猶在	비 갠 푸른 산에 흰 구름 내걸리고

畫出東南四五峰　　　동남쪽의 산봉우리들 그림처럼 솟았네.

— 랑사원(郎士元), 「백림사남망(柏林寺南望)」

雨脚收不盡　　　　　아직 비는 그치지 않았는데

斜陽半古城　　　　　석양이 옛 성을 반쯤 드리웠네.

— 매요신(梅堯臣), 「하일만제여최자등주양고성(夏日晚霽與崔子登周襄故城)」

　중국 고전시사詩詞에는 석양 노래가 특히 많다. 달중광笪重光은 『화전畫筌』에서 "비 온 후 산에 걸린 붉은 석양을 좋아한다愛落景之開紅, 值山嵐之送晚." 비 온 후의 석양은 특별한 멋이 있는 의경이다. 서기徐璣는 「임술이월壬戌二月」에서 "봄의 얼굴은 비가 갤 때마다 달라지고, 날씨는 비가 내린 후에 따뜻해진다春容每到晴時改, 天氣偏從雨後和"고 했다. 비 갠 후의 햇살은 청량하면서도 따뜻하다. 아련함 속에 밝은 빛이 있고 화려함 속에 고요가 있다. 비 온 후의 경물들은 중화中和의 아름다움이라는 전통미학과 맞물려 중국시인들이 즐겨 표현하는 예술적 공간이 되었다.

　비는 문학세계의 위대한 화가다. 보슬보슬 비가 내리자 눈깜짝할 사이에 안개에 둘러싸인 고요한 산이 있는 수묵화가 그려진다. 붉은 복사꽃, 초록의 버드나무, 하얀 살구꽃, 새파란 풀, 비의 손길이 스치면 생명의 활기와 아름다움이 더해진다. 비는 정갈하고 청량한 예술공간을 만들어내고 환하게 빛나는 생명의 심미적 형식을 가져온다. 양귀비의 슬픔과 아름다움도 빗속에서 시가 되었다.

玉容寂寞淚闌幹　　　옥과 같은 얼굴 쓸쓸한 눈물이 엇갈리고,

梨花一枝春帶雨　　배꽃 가지 봄비에 젖었구나.

—백거이, 「장한가(長恨歌)」

배꽃과 봄비의 비유가 있기에 슬픈 양귀비에게서 매력을 느낄 수 있다. 그래서 고전미학 이론에서는 비의 이미지를 이용해서 미학 양식을 정리했다.

명수明秀　잠시 비가 내린 후 시원한 기운이 몰래 찾아온다[29]
도세淘洗　비 온 후 석양이 비친 먼 산이 마치 목욕을 한 듯하다[30]
생동生動　천파天葩가 막 피어날 때 그 위로 영우靈雨가 내려 앉는다[31]

비 이미지는 명정하고 청순한, 깨끗하고 정화된, 생생하고 핍진한 고전미학의 멋을 전달한다.

6. 맺음말

언어로부터 세계를 향해 걸어가고, 언어 속에서 세계가 드러난다. 비 이미지에는 공간적으로 변화무쌍하고 광활한 정서와 청신하고 온화한 심

29　顧翰, 『補詩品』, 郭紹虞 注, 『詩品集解』「續詩品注」, 北京：人民文學出版社, 1981, p.86 참고. "小雨初晴, 涼意潛送."
30　馬榮祖, 『文頌』, 郭紹虞 注 『詩品集解』「續詩品注」, 北京：人民文學出版社, 1981, 104p. 참고. "雨餘反照, 遠山如沐."
31　Ibid., p.108. "天葩欲綻, 靈雨乘之."

미적 형식이 결집되어 있다. 역사적 층위에서 비 이미지는 상고시대의 신성한 제단에서 발원하여 오랜 세월 쇠퇴하지 않고 현대 중국시단까지 발걸음을 이어왔다.

5·4운동 이후 중국 고전시가는 언어에서부터 심미적 형식에 이르기까지 혁명적인 변화를 경험했다. 그러나 곧 역사와 전통에서 벗어나 새로운 시 예술 형식을 수립하기란 상상하기 어렵다는 사실을 알게 되었다. 이로 인해 일정 정도 신고전주의가 궐기하는 결과가 나타났다. 현대문학사상의 신월파新月派, 구엽시파九葉詩派 모두 전통 의경意境으로 회귀하기 위해 노력했다. 그런데 이러한 맥락에서 나타난 작품들 속에서 비의 정령이 새롭게 부활했다. '시성詩聖'으로 일컬어지는 1920년대 시인 이금발李金發이 최초의 시집 『미우微雨』를 중국시단에 선사했다. 몽롱한 '미우'는 현대 초기 상징시파의 원류를 한데 모았다. 또 기름종이 우산을 받쳐들고 중국시단에 영향을 끼친 신월파 시인 대망서戴望舒도 「우항雨巷」으로 청년들에게 영향을 미쳤다.

撐著油紙傘, 獨自	종이우산을 받쳐들고, 홀로
彷徨在悠長, 悠長	길고 긴 시간을 방황한다
又寂寥的雨巷	또 쓸쓸하게 비 내리는 골목에서,
我希望逢著	나는 희망한다
一個丁香一樣的	라일락과 같은
結著愁怨的姑娘	슬픔과 원망이 맺힌 소녀와 마주치기를
她是有	라일락과 같은
丁香一樣的顔色	그녀는 라일락과 같은 빛

丁香一樣的芬芳	라일락과 같은 향기
丁香一樣的憂愁	라일락과 같은 슬픔을 가지고
在雨中哀怨	빗속에서 원망한다
哀怨又彷徨	원망하고 또 방황한다.

이 시는 자연스럽게 고전시가에서 나타나는 사랑과 그리움의 전통으로 연결되면서 "정향꽃은 빗속의 시름처럼 맺혀 있네丁香空結雨中愁", "아득하게 내리는 가랑비는 끝없는 수심처럼 가늘다無邊絲雨細如愁" 등의 시구를 연상시킨다. 슬픔과 원망의 비는 고전의 보루堡壘에서 현대시의 전당으로 걸어 나왔다. 시인 변지림卞之琳도 비 이미지를 빌려 벗에 대한 그리움을 표현하는 「우동아雨同我」를 썼다.

天天下雨	날마다 비가 내린다
自從你走了	네가 떠난 날부터
自從你來了	네가 돌아온 날부터
天天下雨	날마다 비가 내린다
兩地友人雨	두 벗이 있는 곳에 비가 내린다.
我樂意負責	나는 즐거운 마음으로 책임지려네
第三處沒消息	세 번째는 소식이 없다
寄一把傘去	우산이라도 보낼까
我的憂愁隨草綠天涯	내 걱정은 풀을 따라 하늘 끝까지 파래진다
鳥安於巢嗎	새는 둥지에 잘 있을까
人安於客枕	벗들은 편안한 베개에 누웠을까

想在天井裏盛一只玻璃杯	뜨락에다 유리잔 하나를 두고 싶네
明朝看天下雨	내일 아침 세상에 내린 비를 봐야지
今夜落幾寸	오늘밤 비는 얼마나 내렸을까.

왕찬王粲 "바람처럼 흘러가고, 구름처럼 흩어지고, 비처럼 영영 이별하네風流雲散, 一別如雨"「증채자독(贈蔡子篤)」라고 했고 두보는 "예전에는 비가 와도 늘 거마를 타고 손님들이 찾아왔는데 지금은 비가 오면 오지 않네常時車馬之客, 舊雨來, 今雨不來"「추술(秋述)」라고 했다. 이들의 탄식과 슬픔은 현대 시인들에게서 벗에 대한 그리움이라는 예술 형식으로 응축되었다. 소식 없는 벗에게도 시인은 우산을 보낼 생각을 한다.

양만리가 "하늘이 보낸 소재天遣詩材"로 표현한 비는 또 다시 현대 시인들의 심금을 연주한다. 이것은 고금을 관통하여 영혼을 울리는 원시 이미지의 위대한 힘이 아닐까?

제6장

문 門

한 낱말에 대한 시학적 비평

1. 머리말

현대사회의 초고층 빌딩과 마천루가 기술을 뽐내고 있지만, 문화사적인 측면에서 원시인류가 창조한 움집은 최초의 가옥으로 그 어떤 현대 건축물보다도 큰 의미를 가진다. 최초의 집이 생김으로써 문이 있게 되었고 몸을 누일 수 있는 보금자리가 생겼다. 문은 인류문화의 결정체로서 인류의 생존공간을 자연과 문화 두 개의 세계로 구분한다. 문은 또 자연과 문화의 연결점이기도 하다. 독일 철학자 게오르그 짐멜Georg Simmel은 「다리와 문」에서 "사람은 어느 한 순간 문 안이나 문 바깥에 서 있지 않은 때가 없다. 문을 통해 자아는 외부세계로 나가고 외부세계에서 다시 자아를 향해 걸어 들어온다"[1]고 했다. 하루하루가 수천수백만 번 지나는 동안, 문은 다양한 상징 의미를 가지게 되었다. 중국시학에서 문은 특별한 의미를 가진다. 시인들이 그린 문은 활짝 열린 문이 아닌 닫힌 문인 경우가 많다.

| 園日涉以成趣 | 날마다 뜰을 거니는 것으로 즐거움을 이루었으니, |
| 門雖設而常關 | 문은 있으나 늘 닫혀 있네. |

─도연명, 「귀거래혜사(歸去來兮辭)」

| 只應守寂寞 | 다만 적막함을 지켜야 할테니, |
| 還掩故園扉 | 돌아와 고향 집의 사립문을 닫는다. |

─맹호연, 「유별왕유(留別王維)」

---

1   G. Simmel, 涯鴻·宇聲 外譯, 『橋與門─齊美爾隨筆集』, 上海 : 三聯書店, 1991, p.7.

窮巷獨閉門   가난한 골목에 외롭게 닫힌 문,

寒燈靜深屋   쓸쓸한 등불 깊고 고요한 집.

— 잠참(岑參), 「송왕대창령부강녕(送王大昌齡赴江寧)」

舟橫野渡寒風急   쓸쓸한 바람이 부는 들판의 나루터에 배는 흔들리고,

門掩荒山夜雪深   문 닫힌 황량한 산속에 밤 눈이 수북하게 쌓여간다.

— 허혼(許渾), 「증이이궐(贈李伊闕)」

欲黃昏   황혼이 다가올 제,

雨打梨花深閉門   배꽃을 두드리는 비에 문을 굳게 잠근다.

— 이중원(李重元), 「억왕손(憶王孫)」

위 시들에서 닫힌 문은 세계에 대한 거부가 아니라 수용이자 소환이라는 점에 주의할 필요가 있다. 번잡한 속세에 대한 거부일 뿐, 고요하고 공활한 자유를 수용하고 시적인 정신세계를 소환한다. 따라서 '문'이라는 말을 시학적으로 비평하고 고전시가의 문화적 의미를 해석하기 위해서는 옛 시인들의 심리를 분석하는 것이 무엇보다도 중요하다.

2. 문의 어원적, 문화적, 상징적 의미 고찰

시는 인류의 모국어다. 그리고 언어는 시의 주춧돌이며 비평의 출발점이다. 『성경』에서는 "태초에 말씀이 있었다. 말씀이 있음으로써 세상이

모습을 드러냈다"라고 했다. 하이데거는 "말과 언어 속에서 만물은 처음으로 존재 속으로 들어와 '있음'이 된다"[2]고 했다. 말과 언어는 존재 의미에 대한 확립이다. 말과 언어가 없으면 모든 것들이 캄캄한 어둠 속에 묻힌다. 따라서 존재가 드러나기 위해서는 반드시 명명이 필요하다. 그래서 하이데거는 "말이 없는 곳에는 아무것도 존재하지 않는다"고 또 말했다. 다시 말해, 말이 없는 곳에서 의미는 혼란과 고통 속에서 침묵할 수밖에 없다. 바로 이런 의미에서 하이데거는 "시는 언어적 방식으로 존재를 확립한다"고 선언하였다.

존재를 세우고 존재를 드러내는 말은 사물에 대한 시인의 최초의 명명이고 최초의 언설이다. 이러한 언설과 명명은 영원히 새롭고 비중복적인 것이다. 처음 만난 그 눈빛으로 세계를 가늠하고 세계를 그려낸다. 이로 인해 경이롭고 신비로운 힘이 생겨나게 된다. 우리는 일상생활 속에서 마모된 채로 단조롭게 반복되는 기호체계를 사용하고 있다. 이러한 언어기호는 더 이상 의미가 드러나지 않고 시성詩性 또한 은폐되어 있다. 이 때문에 시학의 언어비평은 역사의 연기와 먼지를 지우고 시적 명명의 신선함과 신비를 되찾아야 한다. 이것이 바로 언어학적 시 비평의 출발점이다.

시에 대한 언어학적 탐색을 통해 우리는 한 말이 가지고 있는 어원적 의미, 문화적 파생 의미, 예술적 상징 의미를 확인할 수 있다. 말의 어원적 의미는 원시적이며 근원적이며 단순하다. 문화적 파생 의미는 파생되고 확장된 것이며 복잡하다. 예술적 상징 의미는 시적이고 비유적이며, 기탁된 것이고 비경험적인 것이다. 예술적 상징 의미는 원시 명명에 대한 회복

---

2   Heidegger, *Introduction to Metaphysics*, p.13. 餘虹, 『思與詩的對話—海德格爾詩學引論』, 北京 : 中國社會科學出版社, 1991, p.174에서 재인용.

으로서, 사람들이 어원적 의미가 가진 신선함을 체험할 수 있도록 한다. 또 예술적 상징 의미에서 회복되는 것은 의미가 아니라 정서다. 왜냐하면 상징은 비사실적이기 때문이다. 예를 들어, 어원학적으로 '도道'의 원시 의미는 '길'이다. 높고 험한 산속, 거칠고 황량한 들판에서 살던 원시인들이 먼 곳의 세계로 통하는 끝없이 아득한 길을 맨 처음 밟았을 때, 얼마나 신기하고 신성했을 것이며, 그러한 명명은 또 얼마나 시적이었을 것이며 감동적이었을 것인가! 그래서 사람들은 수많은 신성한 것들을 '도'라고 부르게 되었다. 노자와 장자는 우주와 인생의 신비한 체험을 '도'라고 했으며, 그들의 학설 또한 도가라고 불린다. 유가와 불가에서도 세계에 대한 본질적인 깨달음을 '도'라고 한다. 또 예술철학에서도 모든 위대하고 심오한 의미는 다 '도'라고 부른다. 도리道理, 세도世道, 인도人道, 문이재도文以載道, 득도다조得道多助 등. '도'라는 말은 추상적 의미가 끊임없이 강화되면서 본래의 근원적이고 구체적인 의미는 매몰되었다. 그래서 우리가 '도'라는 말을 꺼낼 때 맨 처음 떠오르는 것은 구체적이고 익숙한 길이 아닌 추상적 법칙이나 이론인 경우가 많다. 이는 문화적 의미가 부단하게 파생되고 확장된 결과다. 예술적 상징 속에서만 '도'의 원시적 의미가 조금씩 드러난다. 아래 시들을 보자.

| 三徑就荒 | 세 갈래 오솔길은 황폐해졌지만, |
| 松菊猶存 | 소나무와 국화는 여전하구나. |

― 도연명, 「귀거래혜사(歸去來兮辭)」

| 古木無人徑 | 고목들이 **빽빽**한 숲속 인적 없는 오솔길, |

| 深山何處鐘 | 깊은 산 어디선가 울려오는 종소리. |

— 왕유, 「과향적사(過香積寺)」

| 青松臨古路 | 푸른 소나무는 옛길을 따라 섰고, |
| 白月滿寒山 | 흰 달은 시린 겨울산을 고루 비춘다. |

— 유장경, 「숙북산선사란약(宿北山禪寺蘭若)」

| 青苔生滿路 | 푸른 이끼가 가득한 길, |
| 人跡至應稀 | 인적도 드물다. |

— 조사수(趙師秀), 「대자도(大慈道)」

시인들이 그린 좁고 황폐한 옛길은 시간적으로 길의 '오래됨古'과 '멂遠'을, 공간적으로 길의 '황폐함'과 '깊숙함'을 나타낸다. 사람들은 일상에서는 평탄한 대로를 선택하지만 예술에서는 최대한 좁고 황폐한 길을 추구한다. 왜냐하면 그러한 길만이 현실의 반복과 소란을 피할 수 있기 있기 때문이다. 또 험난한 자연을 개척한 인류 창업 초기의 역사적 기억과 위대한 정신의 역사를 환기시킴으로써 원시 명명의 고박함과 청신함을 체험할 수 있다. 여기서 길은 구체성을 벗어나 상징성을 가지게 된다.

예술적 상징 속에서 '길'은 구원을 의미한다. 하이데거는 제목에 '길'을 사용한 논문들이 수도 없이 많다. 그는 "희망은 길 위에 있다"고 했다. 중국문화에서도 '道길도'와 '路길로'는 희망을 상징한다. 좌절과 실패가 거듭되고 길이 없는 곳을 사로死路'나 '절로絶路'라고 한다. 반면, 구원과 희망이 있는 곳은 생로生路, 활로活路, 문로門路라고 한다. 길이 있기에 희망이 있다.

'문'이라는 말도 길과 마찬가지로 단순하고 원시적인 어원적 의미, 복잡하게 파생된 문화적 의미, 시적이고 신선한 상징적 의미를 가지고 있다. 이 세 층위의 의미를 중심으로 '문'에 대해 고찰하고자 한다.

첫째, 어원적으로 문의 가장 원시적인 의미는 고향이다. 문은 갑골문에서 "門"나 "門"다. 두 개의 문짝이 달린 가장 일반적인 형태의 문은 집과 함께 등장한 것이다. 집에서 사는 거주형태는 문화사적으로 인류의 운명을 바꾼 획기적인 문화다. 인류 최초의 조상은 동굴이나 들판에서 생활했는데 모건Lewis Henry Morgan이 말한 몽매시기의 저급한 단계다. 엥겔스는 "이 시기는 인류의 유년으로서 사람들은 맨 처음 살았던 곳, 즉 열대나 아열대의 숲속에 살았다"[3]라고 했다. 만약 숲속과 들판이 몽매시대의 표지라면 집은 문명시대의 도래를 의미한다. 중국 고대문헌에서는 이 시대를 '유소씨'의 시대라고 부른다. 『주역』 「계사 하」에서는 "상고시대에 들판의 동굴에서 살았는데, 훗날 성인이 비바람을 피할 수 있도록 위에는 대들보를 올리고 아래는 서까래를 놓아 집을 만들었다上古穴居而野處, 後世聖人易之以宮室, 上棟下宇, 以待風雨"는 내용이 있다. 또 『한비자』 「오두五蠹」에 "상고시대에 사람은 적고 짐승은 많았다. 사람들이 짐승과 벌레, 뱀의 습격을 받자 성인이 나타나 나무를 쌓아 둥지를 만들었다. 백성들은 기뻐하며 그를 왕으로 모시고 '유소씨'라고 칭했다上古之世, 人民少而禽獸衆, 人民不勝禽獸蟲蛇. 有聖人作, 構木爲巢, 以避群害, 而民悅之, 使王天下, 號之曰有巢氏"는 내용이 있다. 이를 통해 최초의 집은 비바람의 피해와 맹수의 습격을 피하기 위한 목적으로 만들어졌다는 것을 알 수 있다. 집을 지음으로써 몽매와 야만에서 벗어나 문명과

---

3 『馬克思恩格斯選集』第四卷, 北京 : 人民出版社, 1972, p.17.

문화의 시대로 나아갈 수 있었다. 집이 생기면서 문도 생기게 되었다. 인류는 자연계와 구분되는 문화적 공간을 가지게 되면서 몸을 누이고 쉴 수 있는 보금자리로서의 집을 가지게 되었다.

집의 문은 방위防衛와 보호保護를 의미한다. 門은 또 '戶지게호'자를 쓰기도 하는데 '戶'는 '護보호할호'의 본자本字다. 『설문해자』에서는 '문'을 "두 개의 '戶'로 구성되어 있다從二戶"고 풀이하였다. 문은 두 짝의 '戶'로 되어 있기 때문에 '戶'는 한 쪽 문이다. 또 '戶'는 보호한다는 의미다. 『석명釋名』「석궁실釋宮室」에서는 "戶는 護다. 그래서 보호하고 막는 것이다戶, 護也, 所以謹護閉塞也"라고 풀이하고 있다. '문'이 가진 '지킨다'는 의미는 상당히 중요하다. 문은 자연계에서 비바람과 맹수들의 공격을 막고 사회적으로는 또 외부인의 출입을 막는다. 문이 인류를 자연과 사회로부터 이중으로 보호할 때, 집은 비로소 고요하고 따뜻한 곳, 안전한 곳으로 인류의 정신에 각인된다. 또 이 지점에서 문의 종교적 의미가 생겨났다. 왜냐하면 원시 숭배는 단순히 신비한 것이라기 보다는 심오한 물질적 동인이 있는 경우가 많기 때문이다. 은주殷周시대에 문에 제사를 지내는 예속禮俗이 있었다. 『예기』「곡례曲禮 하」에 "제후는 매년 영토의 사방, 산천, 오사에 제사를 지낸다諸侯方祀, 祭山川, 祭五祀, 歲遍"라는 내용이 있다. 여기서 '오사五祀'란 정현鄭玄의 주에 따르면 은나라의 제법으로 호戶, 부뚜막灶, 중류中霤, 문門, 길行을 가리킨다. 또 『제법祭法』에 "천자는 칠사, 제후는 오사, 대부는 삼사, 사인은 이사를 세우는 것이 주나라의 제법이다"라는 내용이 있다. 평범한 문이 제사의 대상이었다는 기록을 통해 상고문화에서 문이 얼마나 중요했는지 그 의미를 충분히 짐작할 수 있다.

중국 고대신화에서 문을 지키는 신은 신도神荼와 울루鬱壘 두 형제다. 수문신守門神은 전설 속 황제시대 때부터 있었다. 사람들은 전설에 따라 왼쪽 문짝에는 신도를 그리고 오른쪽 문짝에는 울루를 그렸다. 무거운 철갑옷을 걸치고 큰 도끼를 손에 든 신도와 울루의 모습이 귀신들도 멀리 줄행랑을 칠듯 위풍당당하다. 당나라 때 위척공尉遲恭과 진숙보秦叔寶가 귀신과 잡귀 들로부터 당태종 이세민을 지키기 위해 무장을 하고 성문을 지켰다. 태종 이 그 공을 치하하고 무사태평을 기원하기 위해 화공에게 두 사람의 모습을 궁문에 그리라고 명했는데 이것이 오늘날 가장 널리 알려진 수문신이다.

중국의 수문신 가운데는 동물과 식물도 있다. 『물류상감지物類相感志』에 '호문초護門草'라고 하는 신령한 풀에 관한 내용이 나오는데, 상산常山 북쪽에 서 나는 호문초를 뜯어서 문에 매달아 놓으면 사람이 지나갈 때마다 풀이 소리를 질러서 도둑도 깜짝 놀라서 도망간다고 한다. 식물인 호문초 외에 동물로는 우렁이가 있다. 전하는 바에 따르면, 주나라 장인 노반魯班이 문에 우렁이 모양의 장식을 만들었는데 문을 열려면 우렁이의 허락을 받아야 했 다. 그렇지 않으면 아무리 애를 써도 문을 통과할 방법이 없었다. 신화와 전설은 잡동사니의 무덤이 아니다. 그 속에는 '문'이라는 글자의 원초적 의 미가 잘 보존되어 있다.

일상의 평범한 문이 숭배와 기도의 대상이 될 수 있었던 것은 문의 원시 의미가 주거住居이기 때문이다. 원시시대의 주거생활은 인류가 동물계에서 독립해서 종족을 발전해나갈 수 있었던 중요한 표지다. 문으로 대표되는 원시의 주거공간은 인류 자신에 대한 근본적인 보호 수단이었다. 그래서 수문신(사람, 동물, 식물을 막론하고)은 기본적으로 수호守護의 기능을 했다. 결 론적으로 수문신은 문을 상징한다. 그리고 '수호'와 '집'은 수문신 숭배의 비밀이자 '문'이라는 말의 가장 원시적이고 단순한 의미다.

둘째, 문은 광범위한 사회문화적 의미를 가지고 있다. 문의 문화적 의미는 수많은 사회적 만남 속에서 끊임없이 확장되고 파생되면서 생겨났다. 문은 복잡한 과정 속에서 의미가 형성되었기 때문에 그 의미를 이해하기 위해서는 역사적 분석이 필요하다. 의미의 역사는 단순함에서 복잡함으로, 일의一義에서 다의로 가는 변화의 과정이다. 촘스키는 원시인류에게 '순수하고도 순수한' 또 '익숙하고도 익숙한' 순수언어가 있다고 보았다. 이 장의 '어원 단순주의' 이론과 관련하여 촘스키의 '순수언어' 이론에서 영감을 얻었지만, 의미의 생성 과정은 복잡한 역사적 과정임을 지적하고 싶다. 그 어떤 단순한 낱말의 의미도 언어적 맥락Linguistic Context 속에 바라보아야 한다. 낱말이 일단 맥락 속에 들어가면 구체적인 언어환경 속에서 확장되고 파생된다. 낱말 뜻의 변화를 고려하지 않고 '순수한 언어'에 대해 논하는 것은 다소 단편적이고 기계적이다. 아울러 문이라는 낱말에 대해 원시적 의미를 고찰하는 한편 문화재생적 의미도 고찰할 필요가 있다.

문명의 진보 과정에서 소박했던 문의 의미도 끊임없이 변화해 왔다. 우선 문은 지위와 신분의 상징이다. 그래서 문제門第, 가문, 문망門望, 가문의 명망, 호문豪門, 부유하고 권세있는 집, 주문朱門, 고관대작의 집, 한문寒門, 가난한 집, 빈문貧門, 가난한 집, 자문柴門, 가난한 집 등 여러 가지 대립적 의미의 말이 생겨나게 되었다. 문이 사람의 신분과 계급의 상징으로 그 의미가 파생되었지만 본래의 원시적 문은 매우 단순하고 소박했다. 『시경』「진풍」「횡문衡門」에 "횡문 아래서 천천히 쉴 수 있다衡門之下, 可以棲遲"라는 구절이 있는데 이에 대해 모전毛傳에서는 "횡문은 나무를 옆으로 누인 문으로 누추하다는 말이다衡門, 橫木爲門, 言淺陋也"라고 했다. 비록 누추한 문이라도 비바람을 피할 수 있고 편안하게 몸을 뉘일 수도 있기 때문에 옛 은자들이 즐겨 노래했다. 그런데 명문세족 집안과 궁중왕실에서 원시적 의미가 왜곡되어 문은 빈부와 존비를 상징하게 되었다. 『예서禮書』의 규정에 따르면 천자는 아홉 개의 문을 세울 수 있었고 제후는 일곱 개, 대부는 다섯 개의 문을 세울 수 있었다. 정현은 『예기禮記』「월령」편의 '구문九門'에 "천자는 구문九門은 노문路門, 응문應門, 치문雉門, 고문庫門, 고문皐門, 성문城門, 근교문近郊門, 원교문遠郊門, 관문關門이다"라고 주를 달았다. 겹겹이 둘러싼 아홉 개의 궁문은 봉건왕권의 질서와 존엄을 상징했고 깊숙한 금원禁苑은 귀족 계급의 품계와 작위를 상징했다. 『수경주水經注』에서는 『백호통의白虎通義』를 인용하여 "문에 반드시 궐闕이 있는 것은 무엇 때문인가? 궐로써 문을 장식하여 존비를 구분한다門必有闕者何, 闕者所以飾門, 別尊卑也"라고 했다. 이 같은 문들은 집을 지키기 위한 원시적 의미의 문이 아니다. 문은 다양한 계급과 계층을 나타내는 상징기호로 바뀌었다. 사람들은 자신의 존엄을 과시하고 드높이기 위해 거금을 들여 문을 장식했고 주문朱門, 호문豪門, 후문侯門 등 고관대작의 저택을 가리키는 말들이 생겨났다. 화려한 대문이 있는 집은 부의 과시와 사치를 조장하였으며 귀족 계급과 통치 계급의 자만심을 반영했다. 그리고 나뭇가지를 엮어서 만든 원시적 형태의 사립문도 따뜻한 고향집이 아니라 가난과 청빈의 상징물로 바뀌었다. 문이 본래의 어원적 의미를 상실했다는 것은 사람들이 원시적 고향집과 멀어졌다는 것을 의미한다. 온갖 장식과 조각으로 문을 화려하게 꾸미는 사치 속에서 시적인 삶의 의미는 완전히 사라지고 말았다.

한편으로 원시의 문은 무한한 자연의 공간에서 인류문명의 한 영역을 분리해냈다. 그 실질은 지키고 보호하는 것이었으나 사회가 발전하는 과정에서 보호하는 기능은 가로막고 차단하는 기능으로 변질되어 갔다. 원시의 문은 본질적으로 자연과의 소통을 유지했다. 왜냐하면 문은 기본적으로 활짝 열어젖히는 것이 그 쓰임새로서 인류가 자연으로 나아가기 위해 반드시 문을 거쳐야 하기 때문이다. 짐멜은 '문'의 기능에 대해 "우리가 추구하는 유한성은 어떤 형태를 갖춘 것 또는 선험적으로 존재하는 무한성 속에 늘 갇혀 있다. 따라서 문은 사람들이 서 있거나 또는 설 수 있는 교차지점이 된다. 집은 독립된 유한의 공간으로서 사람들이 무한한 공간 속에서 자신을 위해 선택한 한 지점이다. 문은 유한한 공간과 무한한 공간을 연결하고 문을 통해 경계와 무경계가 서로 교차된다. 경계와 무경계는 고정된 기하학적 형식의 벽이 아닌 문이라는 가변적인 형식에서 교차된다"[4]고 했다. 짐멜에게 문은 영원히 가변적인 기하 형식으로서 무한과 유한이 만나는 교차점이다. 문은 닫을 수 있다. 그러나 그 닫음은 보호하기 위해서이지 차단하기 위한 것이 아니다. 세계와의 단절은 더욱 아니다. 문은 또 언제나 열려 있다. 열린 형식으로 세계를 받아들이고 세계로 나아간다. 문의 열림은 문이 본질적으로 세계와의 소통이라는 것을 증명한다. 그런데 문이라는 말의 문화적 파생 의미는 주로 세계와 단절된 방향으로 나아간다. 사람과 사람의 경계, 사람과 자연의 경계는 문의 파생 의미를 이루는 중요한 내용이다. 봉건사회에서는 궁궐을 수비하는 관직이 많았는데 주로 무엇인가를 제한하기 위해 만들어진 직제들이었다. 『주례周禮』에 혼인閽人, 사문司門, 사관司關과 같은 문과 관련된 직제들이 다수 등장한다. 「천관天官」편의 혼인은 왕궁의 문을 관장하는 문지기로서 외부인의 출입을 금지했다. 「지관地官」편에서 사문은 성문의 열쇠를 관리하는 직책으

---

4   G. 齊美爾, 涯鴻·宇聲 外譯, 『橋與門─齊美爾隨筆集』, 上海 : 三聯書店, 1991, pp.4~5.

로 부정한 물품을 출입을 제한했고 사관은 각 지방의 관문에서 새절璽節을 관리하고 공물公物이나 문서의 출입을 확인했다.

　중국 고대예법은 문을 설치하는 여러 가지 제도에 관한 것인데 그 실질은 계급의 표지와 존엄의 수호였다. 이에 따라 원래 고향집을 상징하는 문의 원시적 의미가 존엄을 상징하는 궁전으로 바뀌게 되었다. 바다처럼 넓고 깊숙한 왕궁과 금원禁苑이 문을 굳게 닫으면 닫을 수록 위엄이 높아졌고 예법의 복잡할수록 권력은 강해졌다. 그래서 집은 친근한 고향집의 이미지를 잃어버리고 우러러봐야 하는 두려움의 건축물로 변해갔다. 또 보호의 의미는 폐쇄와 단절로 바뀌었다. 정치적 권위를 가진 문은 세계를 수용하지 않고 거부했다. 궁궐의 높고 큰 문은 사람과 자연을 단절시키고 나아가 사람과 사람을 단절시켰다.

　굴원은 「이소」에서 "하늘의 문지기에게 문을 열라고 명했으나, 그는 문에 기대어 바라만 보았다네吾令帝閽開關兮, 倚閶闔而望予"라고 노래했다. 시인은 하늘의 문에 자신의 이상을 투영하고 있지만 하늘의 문지기는 본체만체 신경도 쓰지 않는다. 무정한 문 때문에 신과 인간의 관계가 단절되고 시인은 이상이 환영처럼 사라지는 고통을 느끼게 된다. 이와 함께 문은 원시적 의미를 상실하고 차단과 격리의 문이 된다.

　중국어에서 '관管'은 원래 열쇠를 의미했는데 관리, 관제, 주관, 관장, 관할 등 여러 가지 파생 의미가 생겨났다. 관리할 수 있다는 것은 권력과 위엄을 가지고 있다는 의미이며 관리를 당한다는 것은 제한과 속박을 당한다는 의미다. 그러나 그 뿌리를 캐면 관의 최초의 의미는 문에서 파생되어 나왔다. '管열쇠'을 장악한다는 것은 문을 관장하는 것이고 문에 대한 권력을 가졌다는 것이다. 여기서 '문'이라는 말의 문화적 의미가 발전하고 파생되는 궤적을 확인할 수 있지 않을까?

문화적 의미가 파생되는 과정은 복잡한 통시적 과정이다. 최초의 오두막 집에 만들어진 최초의 사립문에서 형형색색의 누대와 전각을 장식하는 화려한 조각彫刻문에 이르기까지 문의 의미는 세월과 함께 점점 더 복잡해지고 번잡해졌다. 그런데 이 같은 의미의 확장은 구체적인 의미항이 늘어나는 것이지만 인류가 시적으로 세계를 장악하고 명명命名을 장악하는 데 있어서는 일종의 손상이라 하지 않을 수 없다. 문의 사회적 의미는 문의 시적 언설을 파괴했다. 시인들이 신성神性을 소환하고 생생하고 정서적인 최초의 언설을 찾기 위해서는 예술적 상징 속으로 들어가야 한다. 예술적 상징 속에서 직접 과거를 체험하고 오늘을 수용하여 미래로 나아간다. 그래서 우리는 '문'이라는 낱말의 예술적 상징적 의미를 고찰하지 않을 수 없다.

셋째, 문의 예술적 상징적 의미다. 카시르Ernst Cassirer는 인간을 상징의 동물이라고 보았다. 인간의 말과 생각과 행동은 결국 상징적 행위다. 지나치게 광범위한 측면이 없지 않지만 상징은 인류문화와 예술의 중요한 수단임은 분명하다. 중국 고대의 『역경』이 '상象'을 그 기본 출발점으로 삼고 있다.

말로써 그 뜻을 다 표현하지 못하는 어려움에 처했을 때, 중국철학과 예술에서는 상징의 깃발을 높이 들었다. 상징은 구체성을 통해 전체성에 다가가고 유한성에서 무한성으로 나아간다. 상징은 우주와 세계일 수도 있고 하늘과 땅일 수도 있고 해와 달일 수도 별일 수도 있다. 그리고 풍경일 수도 물건일 수도 낱말일 수도 있다. 상징은 사실적이면서도 사의적寫意的이고 경험적이면서도 선험적이다. 사실적이라는 것은 그것이 존재하는 것이며 현실적이고 경험할 수 있는 것임을 의미한다. 선험적이라는 것은 존재하는 것이 아님을 의미한다. 왜냐하면 그것은 무한을 향하고 있기 때문이다. 그것은 또 신비한 것이다. 소식蘇軾의 언어를 빌리면 그것은 꽃 같기도 하고 꽃 같지 아니하기도 하다似花還似非花「수룡음(水龍吟)」. 피일휴皮日休는 「도화부桃花賦」에서 "염외지염艷外之艷이요, 화중지화華中之華"라고 했다. 다시 말해, 상 바깥에 상이 있고 말 속에 말이 있다는 것이다. 지나치게 이론적이라면, 왕유王維의 「답장오제答張五弟」를 예시로 좀더 구체적으로 설명보고자 한다.

終南有茅屋 前對終南山　　종남산을 바라보는 초막집 하나.
終年無客長閉關　　　　　한 해가 다가도록 찾는이 없어 사립문은 늘 닫혀 있고,
終日無心長自閒　　　　　하루 종일 무심하니 한가롭기 그지 없네.

시인은 종남산 아래 굳게 닫힌 사립문이 있는 풍경을 그리고 있다. 이 시의 중심어는 '폐관閉關'인데 사실적이면서도 상징적인 시어다. 해질 녘의 닫힌 사립문은 시인의 생활을 보여주는 진실된 삶의 초상화다. 한편으로 해 저무는 깊은 산, 쓸쓸하게 닫힌 사립문은 시인이 선택한 삶과 삶의 경험, 말로 형용할 수 없는 미묘하고 복잡한 정신적 생활을 상징한다. 시인은 세상과 단절된 인생을 그리기 위해 애쓰지 않는다. 석양이 드리운 산 속의 굳게 닫힌 문을 그릴 뿐이다. 이를 통해 결국 문은 예술적 상징의 층위로 들어서게 된다. 말이 상징 속으로 들어가면 진정한 '언설'이 된다. '말로써 그 뜻을 다 표현할 수 없는' 당혹감을 깨부수고 유한한 형식으로 광활한 무한의 공간에 도달하게 되는 것이다. 서방의 상징주의 비평가들은 상징을 세상 '최고의 진실'로 보았다. 괴테는 「신비의 합창」에서 "사라

져가는 모든 것은 상징일뿐. 아름답지 못한 것들이 이곳에서 완성되고 영원한 여성이 우리를 이끌고 올라간다"[5]고 노래했다. 괴테의 시에서 상징의 의미가 무엇인지 드러난다. 상징은 꽃 한 송이, 풀 한 포기, 언덕 하나와 골짜기 하나에 국한된 감동이 아니다. 상징은 하나하나의 감동을 바탕으로 작가의 영원한 사상적 추구를 표현하는 것이다.

블레이크William Blake는 상징이 추구하는 영원한 꿈을 이렇게 표현하고 있다.

> 모래알 하나에 세계를 보고
> 들꽃 한 송이에 천국이 있다.
> 그대의 손 바닥 위에 무한을 올리고
> 영원을 찰나에 담아라.

모래 한 알에 세계가 있고 들꽃 한 송이에 천국이 있다면, 사립문에도 세계가 있고 천국이 있다. 이것이 바로 문의 상징 형식 속에 담긴 무한한 비밀이다. 문은 상징 속에서 더 이상 평범한 낱말이 아니라 무한하고 풍부한 세계다. 문을 열고 닫는 행위는 단순한 물리적 행위가 아니라 살아있는 중국 고전예술 세계를 담고 있다. 이렇게 낱말이 가진 상징 의미를 비평하는 것이 우리의 첫 번째 임무다. 여기서 우리는 '문'이라는 낱말에 대한 시학적 비평을 다음과 같이 도식화할 수 있다.

---

5 梁宗岱, 『象征主義』. 『詩與真』, 北京 : 商務印書館, 1985, pp.75~77에서 재인용.

문의 시학적 의미

층위	성격	의미
어원적 층위	물리적이고 단순함	거주와 고향집
파생적 층위	문화적이고 복잡함	계급과 존비
상징적 층위	예술적이고 시적임	거부와 개입

3. 새로운 명명命名—문의 상징적 의미 분석

상징주의에서는 "우주는 상징의 숲이다"라고 말한다. 높은 산과 흐르는 물, 밝은 달과 별, 노래하는 새와 벌레들, 향기로운 꽃과 풀 (…중략…) 어느 하나 상징적 의미를 가지지 않은 것이 없다. 상징은 인류의 역사만큼 오래되었다. 그리고 그것은 세계에 대한 인류의 명명에서 비롯되었다. "상징주의는 최초의 인류가 모든 살아있는 사물들을 명명할 때 내뱉은 최초의 말들이다. 또는 그 이전 신이 세상을 창조할 때 천지만물을 명명할 때부터 시작되었다."[6] 이 말은 다음과 같은 내용을 담고 있다. 첫째, 상징은 인류의 원시시대부터 시작되었다. 왜냐하면 인류는 명명의 방식으로 세계를 인식하고 세계를 드러내기 때문이다.

둘째, 모든 명명은 상징적 방식으로 이루어진다. 명명은 뜻을 세우는 것이다. 그러나 모든 명명은 유한한 형식의 제약을 받기 때문에 부분적이고 구체적일 수밖에 없다. 또 무한한 세계의 그 어떤 명명도 상징적 수단을 사용할 수밖에 없다. 시몬스Arthur Symons는 칼라일Thomas Carlyle를 인용하여 "진정한 상징 속에서, 즉 우리가 '상징'이라고 부를 수 있는 것 중에

---

6   Arthur Symons, 『印象與評論·法國作家』, 黃晉凱 主編 : 『象徵主義·意象派』, 北京 : 中國人民大學出版社, 1989, p.96 재인용.

서, 명확하건 아니건, 직접적이건 아니건, 늘 '무한'의 어떤 체현과 드러남이 있다. '무한'은 '유한'에 뒤섞여 마치 닿을 수 있을 것 같은 유형의 모습으로 나타난다"[7]고 했다. 이 말은 예술 분야에 그대로 적용될 수 있다. 모든 예술적 체험은 유한한 예술 형식을 빌려 세계를 포용하고 고금을 관통하는 무한에 도달한다.

무엇보다도 원시 명명의 본질은 시성詩性이다. 원시 명명은 현대적 의미의 이성적 정의가 아닌 시적인 깨달음이다. 이탈리아 학자 비코Giambattista Vico는 『새로운 학문』에서 원시적 지혜는 시적인 지혜, 원시적 역사는 시적인 역사, 원시적 천문은 시적인 천문이라고 했다. 원시적 동심과 호기심이 가득한 눈에는 어느 하나 생명의 빛으로 가득 차지 않은 것이 없고 시성으로 가득 차지 않은 것이 없다. 그래서 그들이 창공을 바라보고 대지를 내려다보며 만물에 이름을 지어줄 때 과학적 분리가 아닌 전체적 시정신과 일체를 이룬다. 따라서 진정한 상징은 시로 돌아가는 것이며 다시 명명으로 돌아가는 것이다.

그러나 현대생활은 본질적으로 또 '시정신의 결핍'을 의미한다. 시정신이 사라진 언어가 표현의 주요 수단이 되면서 시는 세계를 장악하는 기능을 상실했다. 무한한 시정신을 담은 말들은 과학적이고 도구적인 의미항 해석으로 대체되었다. 의미는 무미건조해졌고 이해는 편협해졌으며 상징은 가난해졌다. 상징은 시와 시인에게서만 사용되었다. 하이데거는 시적 언설을 영원히 중복되지 않는 최초의 언설, 존재에 대한 최초의 명명이라고 했다. 시적 언어는 모든 무감각해진 눈빛을 낯설고 새롭게 만든다. 무

---

7   Ibid., p.97.

감각해진 눈빛은 세계에 대한 은폐다. 시적인 눈빛은 세계를 환하게 밝히고 드러낸다. 이처럼 놀라운 시인들의 '최초의 발견'은 시인들을 '최초의 명명자'로 만든다. 시인들의 최초 명명과 최초 명명의 상징은 일치한다. 우리가 '문'이라는 단어에 쌓인 역사의 먼지를 털어내고 새롭게 명명하여 문이 가진 시적인 세계를 되찾아오기 위해서는 우선 문의 상징적 의미를 고찰할 필요가 있다.

1) 의미의 귀환歸還 - 고향과 세계-문의 상징 의미 1

'문'의 의미에는 역사의 먼지가 수북하게 쌓여 있다. 사회적인 의미에서 문은 건축물의 일부로서 고향과 집이라는 의미를 상실했다. 그러나 옛 시인들의 붓끝에서 문은 일상적인 의미에서 벗어나 명명의 시적 의미를 드러내고 있다. 문의 시적 의미는 고향을 가리키고 있다.

"떠나간 사람들의 귀향을 노래", "집으로 돌아오는 사람들의 아름다움을 노래"한다고 알려진 트라클의 「겨울밤」에 대해 하이데거는 신성한 부름이 가득하다고 평했다. "눈이 사람들을 깜깜한 밤하늘로 이끌고 간다. 저녁 예배를 알리는 종소리가 길게 울리면서 일시적 존재자인 그들을 신성한 존재자 앞으로 이끌고 간다. 집과 식탁은 일시적 존재를 대지와 결합시킨다. 명명되고, 그래서 부름을 받는 사물들이 스스로 하늘, 대지, 일시적 존재자와 신성한 존재자로 모여든다."[8] 하이데거의 분석은 날카로운 지혜가 번뜩이고 시적 정취가 충만하다. 눈, 하늘, 종소리 그리고 방랑자들이 신성神性과 시성詩性을 부르는 화면을 구성한다. 그러나 이 위대한 철

8　Heidegger, 彭富春 譯, 『詩·語言·思』, 北京：文化藝術出版社, 1991, p.174.

학자는 트라클이 그려낸 '문'의 이미지를 간과했다. 이 시에서 '문'은 고향의 상징물이다. 정처 없이 떠돌던 사람들이 방황과 상실과 어둠의 대문을 조용하게 넘어선다. 문은 고향이다. 그래서 문밖에는 무력한 방랑자들이 있고 문을 들어서면 "맑고 투명한 밝음 속에 식탁 위의 빵과 향기로운 술이 빛난다". 문으로 상징되는 고향의 따뜻함과 충만함이 방황과 좌절의 외부 세계와 선명하게 대비된다. 사람들이 문에서 기대하는 것과 고향에 대한 이상은 일치한다.

중국시인들에게서도 문은 고향의 이미지 기호다. 전원시인 도연명도 고향으로 돌아온 시인이다. 그가 그린 원초적 고향 풍경 속에는 언제나 고박한 문이 있는데 정신적 고향을 향한 시인들의 힘겨운 탐색이 드러난다. 그는 「귀거래사」에서 현령 자리를 내려놓은 후 배를 타고 먼 고향으로 돌아가는 정경을 그렸다.

乃瞻衡宇, 載欣載奔	마침내 대문과 처마가 보여 신이 나서 내달렸네.
僮僕歡迎, 稚子候門	어린 종이 반갑게 맞이하고 아이들이 문 앞에서 기다리네.
三徑就荒, 松菊猶存	세 갈래 오솔길은 잡초가 무성해도 소나무와 국화는 여전하네.
攜幼入室, 有酒盈樽	아이들을 이끌고 집안으로 들어가니 술통에 술이 가득하네.
引壺觴以自酌	술병을 기울여 홀로 술을 따라 마시며
眄庭柯以怡顏	뜰의 나무들을 바라보니 얼굴에 기쁨이 넘치네.
倚南窗以寄傲	남쪽 창에 기대어 한껏 우쭐거려도 보네.
審容膝之易安	겨우 무릎을 펴는 비좁은 집일지라도 편안하기 그지없네.

| 園日涉以成趣 | 날마다 뜰을 거니는 것으로 즐거움을 이루었으니, |
| 門雖設而常關 | 문은 있으나 늘 닫혀 있네. |

　위 구절에서 '문'이 세 번 나오는데 모두 고향을 상징하는 기호로서 정처 없이 떠도는 나그네들을 소환한다. 우선, 관직에 염증을 느끼고 다시 고향으로 돌아가는 시인의 눈에 가장 먼저 들어온 것은 고향집의 문이다. 소박한 고향집의 '대문과 처마衡宇'를 바라보며 시인은 자신도 모르게 천진한 아이처럼 한달음에 내달린다. 이것은 외재적인 쾌락으로서 언어 표면에서 드러난다. 시인이 대문을 들어서자 세 갈래 오솔길은 잡초가 무성하게 자라나 거칠어졌지만 소나무와 국화는 그대로다. 시인은 홀로 술잔을 기울이며 정원의 나무들을 바라보고 편안한 기분으로 정신적 즐거움 속으로 빠져든다. 이것은 내재적인 쾌락으로서 정신세계를 가득 채운다. 세 번째 나오는 문은 삶의 방식에 대한 시인의 선택이다. 문은 있어도 늘 닫혀 있다는 것은 속세에서 벗어나 자연과 고향으로 돌아간 삶을 상징한다. 문은 거마와 인파로 붐비는 출입구가 아니라 소박함과 따뜻함, 충실함이 넘쳐나는 고향이다. 여기서 문은 복잡한 문화적 의미를 내던지고 원시의 고향 풍경 속으로 복귀한다. 시인의 노래 속에서 우리는 직접 옛 시절로 돌아가 원시 명명의 시적세계에 빠져 드는 느낌을 받는다. 도연명이 그려낸 문은 사실적이기도 하지만 그보다는 더 사의적이다. 왜냐하면 문은 시적인 삶을 추구하는 시인의 꿈을 상징하기 때문이다. 도연명이 고향집의 즐거움을 노래한 시 두 편을 더 감상하자.

| 衡門之下 | 허술한 대문이지만 |

有琴有書	거문고가 있고 책이 있네.
載彈載詠	거문고를 타며 시를 읊으니
爰得我娛	즐겁기 그지없네.
豈無他好	어찌 다른 취미 없겠냐마는
樂是幽居	고요하게 지내는 것이 낙이라네.
朝爲灌園	아침에는 정원에 물을 주고
夕偃蓬廬	저녁이면 초가에 몸을 누이네.

—「답방참군(答龐參軍)」

寢跡衡門下	허술한 문 아래 자취를 숨기고,
邈與世相絕	세상과 아득하게 멀어졌네.
顧盼莫誰知	둘러 보아도 아는 이 없고
荊扉晝常閉	사립문은 대낮에도 늘 닫혀 있네.
淒淒歲暮風	스산한 세모의 바람,
翳翳經日雪	어둑어둑 진종일 내리는 눈.
傾耳無希聲	귀 기울여도 희미한 소리조차 들리지 않고
在目皓已潔	눈앞에는 온통 새하얀 벌판.
勁氣侵襟袖	거센 바람 옷깃으로 스미고
簞瓢謝屢設	밥 한 그릇 물 한 바가지도 아쉽네.
蕭索空宇中	쓸쓸한 빈 집에서
了無一可悅	즐거울 일 하나 없는데
歷覽千載書	천년의 책을 두루 살피며
時時見遺烈	때때로 옛 성현들의 공적을 되새기네.

高操非所攀	높은 지조는 따라잡지 못해도
謬得固窮節	곤궁한 세월은 견뎌냈다네.
平津苟不由	평탄한 길을 탐하지 않는 느긋한 삶을
棲遲詎爲拙	어찌 어리석다하리.
寄意一言外	내 뜻은 말 바깥에 있으니
茲契誰能別	어느 누가 알아주리오.

―「계묘세십이월중작여종제경(癸卯岁十二月中作与从弟敬)」

위 두 편의 시는 모두 '형문衡門'으로 시작된다. 『시경』「진풍」편에 "형문지하衡門之下, 가이서지可以棲遲"라는 구절로 시작되는 「형문」이 있다. 모전에 따르면 '형문'은 나무 막대기를 가로질러 만든 문으로서 누추한 집을 가리키고 '서지棲遲'는 마음 편히 살아간다는 뜻이다. 시인들은 허술한 문에 거문고와 책이 있는 은거생활의 즐거움과 만족감을 노래하면서, 원시의 고박한 고향에 대한 꿈을 표현한다. 허술한 문은 아침에는 채소밭에 물을 주고 저녁에는 오두막에 누워 쉬는" 생활의 풍경과 함께 나타난다. 이런 정경 속에서 시인은 나와 세상을 망각하고 하는 본질적 상태를 찾으며, 거문고를 타고 시를 읊는 정신적 희열 속으로 깊이 빠져든다. 비록 '형문'은 누추하지만 시와 고향에 대해서는 활짝 열려 있다.

시인들이 원시의 고향을 찾는 가운데 문은 역사와 문화의 먼지를 걷어내고 본래의 모습을 드러낸다. 시인이 그려낸 '문'은 용과 봉황이 새겨진 울긋불긋 화려한 대문이 아니라 가장 순수한 형태의 문이다. 나뭇가지를 엮어서 만든 사립문은 고독한 시인을 동반한다. 그러나 이 같은 문이야 말로 가장 본질적인 상태로서 시적인 삶과 보호를 보여준다. 문명사회에서 인류는 온갖 화려한 문과 기둥으로 꾸며진 건축물들을 쌓아 올림으로써 원시의 고향을 잃어버렸다. 하이데거의 표현을 빌리면, 우리는 끊임없이 짓고 있지만 살 곳은 사라져버렸다. 왜냐하면 우리 삶의 터전은 시정신이기 때문이다. 그래서 중국 옛 시인들은 지위와 권위를 상징하는 궁궐의 붉은 문이 아닌 싸리나무로 엮은 초라한 문을 노래했다. 사립문은 고향으로 돌아가고자 하는 시인들의 물화된 기호다. 아래 시들을 보자.

坐止高蔭下　　키 큰 나무 그늘 아래 멈춰 앉고,
步止蓽門裡　　사립문 안을 맴돌며 걷는다.

—도연명, 「지주(止酒)」

山中相送罷　　산 속에서 벗을 보내고,
日暮掩柴扉　　석양 아래 사립문을 닫는다.

— 왕유, 「송별(送別)」

然燈松林靜　　타오르는 등잔불에 고요한 솔숲,
煮茗柴門香　　뜨거운 찻잔에 향기로운 사립문.

— 잠참(岑參), 「문최십이시어관구야숙보은사(聞崔十二侍禦灌口夜宿報恩寺)」

綠水接柴門　　푸른 강문에 안긴 사립문이
有如桃花源　　마치 도화원과 같다.

— 이백, 「지광릉숙상이남곽유거(之廣陵宿常二南郭幽居)」

白沙翠竹江村暮　　흰 모래밭에 푸른 대숲이 드리운 강촌의 저녁,

相送柴門月色新　　손님을 보내는 사립문에 달빛이 새롭다.

一두보,「남린(南鄰)」

柴門掩寒雨　　닫힌 사립문 위로 찬 비가 내리고,

蟲響出秋蔬　　벌레 소리 가을의 들판을 울린다.

一가도,「수요소부(酬姚少府)」

野人於我有何情　　야인은 나에게 무슨 정이 있는가,

半掩柴門向月明　　사립문을 반쯤 걸고 밝은 달을 바라본다.

一두순학(杜荀鶴),「숙촌사(宿村舍)」

松下柴門閉綠苔　　소나무 아래 사립문은 푸른 이끼에 뒤덮히고

只有蝴蝶雙飛來　　나비 한 쌍만이 날아다닌다.

一요절(饒節),「우성(偶成)」

斜陽寂歷柴門閉　　석양 아래 쓸쓸하게 닫힌 사립문,

一點炊煙時起　　때때로 한 가닥 밥짓는 연기 피어오른다.

一육유,「도원억고인(桃源憶故人)」

因君動高興　　그대가 고향으로 가시니 기쁜 마음에

予亦夢柴扉　　나도 꿈 속에서 사립문을 그린다오.

一송렴(宋濂),「송허시용환섬(送許時用還剡)」

山亭寥落接人稀	산속의 외로운 정자 찾는 이 없고,
泥補柴門葉補衣	진흙으로 바른 사립문 낙엽 옷을 걸치고 있네.

— 당인(唐寅), 「제화입사수(題畫廿四首)」

『시경』을 필두로 중국시인들은 사립문을 삶의 지향점으로 삼았다. 가도賈島나 두순학杜荀鶴처럼 가난한 시인들뿐만 아니라 송렴宋濂처럼 높은 벼슬을 했던 시인들까지도 오매불망 사립문을 그리워했다. 시인들이 정말 가난한 삶을 지향했던 것일까? 사실 사립문은 일종의 상징이다. 문의 물질적 형식이 두 개의 문짝으로 이루어진 단순한 형태일 때 문의 어휘적 의미도 가장 원시적이고 가장 단순한 명명 상태로 돌아간다. 이로써 사립문의 이미지는 원시 고향의 상태를 투영하고 사람들의 정신도 시의 자유로운 경계 속으로 되돌아간다. 사립문은 온갖 시련과 고난을 다 겪은 가시밭길 위의 시인들을 비바람을 피할 수 있는 고향으로 데리고 간다. 여기서 예술세계와 현실세계의 반비례 관계가 드러난다. 예술세계가 단순하고 원시적일수록 영혼의 세계는 더욱 충실하고 풍부해진다. 도연명의 「계묘세시춘회고전사癸卯歲始春懷古田舍」 제2수를 보자.

先師有遺訓	타계하신 스승께서
憂道不憂貧	도를 걱정할지언정 가난은 걱정말라 하셨네.
瞻望邈難逮	우러러보아도 아득하여 닿을 수 없으니,
轉欲志長勤	부지런히 일하는 데 뜻을 두겠네.
秉未歡時務	쟁기 들고 때맞춰 일하며,
解顏勸農人	웃는 얼굴로 농군들을 북돋아주네.

平疇交遠風	넓은 들판으로 먼 바람이 찾아 들고,
良苗亦懷新	순한 모종들도 생기를 머금네.
雖未量歲功	일 년 농사 짐작할 수 없지만,
既事多所欣	일하는 마음 한없이 즐겁구나.
耕種有時息	밭 갈고 씨 뿌리며 때때로 쉬니,
行者無問津	나그네는 길을 묻지 않네.
日入相與歸	해가 지면 함께 돌아와,
壺漿勞近鄰	술병으로 고단한 이웃들을 달래주네.
長吟掩柴門	길게 읊조리며 사립문을 닫고,
聊爲隴畝民	기꺼이 들판의 백성으로 살아가리.

이 시를 읽노라면 우선 '고향'의 청신하고 담박한 감각이 전해진다. 도연명이 그려낸 전원 풍경은 고요하고 편안한 고향 풍경과 일치하는데 '문'에서 그것이 드러난다. 사립문을 닫고 들판의 백성이 되겠다는 구절이 핵심인데 사립문을 닫는 행위는 귀향을 상징한다. 고향은 폐쇄된 공간이 아니라 밭 가는 농부가 있는 전원의 세계로서 요원한 역사적 공간 속에 존재하는 이상이다. 도주陶澍는 『정절선생년보고이靖節先生年譜考異』에서 '회고전사懷古田舍'는 '전사회고田舍懷古'라고 밝혔는데, 전원 속에서 옛날을 그리워한다는 뜻이다. 이로써 고향은 황제와 당요가 있는 역사 속 공간과 연결되고 그곳에 있는 시인들의 고향에는 언제나 고박한 사립문이 있다.

그러나 고향으로 통하는 문에 이르기까지는 시련과 고난이 뒤따른다. 그래서 하이데거는 시인에게 "이미 집으로 가는 길 위에 있다고 해도, 집으로 돌아가는 자는 여전히 집으로 가지 못한다"[9]고 말했다. 왜냐하면 고향집의 대문은 굳게 닫혀 있기 때문이다. 집안의 어떤 신성한 존재가 문을 열게 하기 위해서는 문을 열라고 소리쳐 외쳐야 한다. 다시 말해 그 빛깔과 향기에 걸맞는 적절한 명명을 통해 그것을 드러낼 필요가 있다. 방랑자는 고향의 방언을 망각했다. 방랑자는 잃어버린 고향의 방언을 기억 속에 되살려야만, 고향집의 대문이 열리는 비밀의 언어를 외치고 명명할 수 있다. 이 점을 이해하게 되면, 비로소 우리는 왜 한밤에 문을 두드리는 소리가 옛 시가들 속에 있는지를 깨닫게 된다. 그것은 세상 사람들에 대한 경각의 소리요, 신성의 소환이다. 가장 전형적인 예는 가도의 「제리응유거題李凝幽居」에 나오는 구절이다.

鳥宿池邊樹   새는 연못가 나무 위에 잠들고,
僧敲月下門   중은 달빛 아래 문을 두드린다.

호자胡仔가 『초계어은총화苕溪漁隱叢話』 전집前集 권19에서 인용한 「유공가화劉公嘉話」에 따르면, 가도는 장안으로 가는 길에서 위 두 구절을 지으며 미느냐推 두드리냐敲로 고민을 거듭했다. 시를 소리 내어 읊어보다가 마침 지나가던 한유의 마차에 부딪혔다. 가도가 사정을 털어놓자 한유는 잠시 생각에 잠기더니 가도에게 두드리는게 더 낫겠다고 말한다. 이 고사가 널리 전해져 '퇴고'라는 말의 기원이 되었다. 이에 대해 청나라 왕부지王夫之는 『강재시화薑齋詩話』에서 다른 관점을 피력했다.

---

9   餘虹, 『思與詩的對話—海德格爾詩學引論』, 北京 : 中國社會科學出版社, 1991, p.184에
     서 재인용.

"중이 달빛 아래 문을 두드린다"는 시구는 헛된 생각과 짐작일 뿐이다. 마치 다른 이의 꿈을 말하듯 형용은 그럴 듯하지만 자신의 마음이 어디 조금이라도 담겨 있는가? 줄곧 미느냐 두드리냐 두 글자를 되뇌었던 것은 생각 속에만 있었기 때문이다. 경景을 보고 마음이 움직였다면 미는 것 아니면 두드리는 것, 틀림없이 둘 중 하나를 취했을 것이다. 정靜과 경景이 만나면 절로 영묘해 지는데 어찌 쓸데없는 수고를 하겠는가?

"僧敲月下門", 只是妄想揣摩, 如說他人夢, 縱令形容酷似, 何嘗毫髮關心? 知然者, 以其沉吟"推", "敲"二字, 就他作想也. 若卽景會心, 則或推或敲, 必居其一, 因情因景, 自然靈妙, 何勞擬議哉.

왕부지는 시인은 마땅히 생활의 진실을 온전하게 존중해야 한다고 주장한다. 미는 것이 두드리는 것이고 두드리는 것이 미는 것이기 때문에 생활의 진실을 존중하면 고민할 필요도 없고 주저할 필요도 없다는 것이다. 그는 예술적 창작을 생활의 진실과 동일시하는 오류를 범했다. 앞에서 다룬 일련의 시들은 그 표현을 사실과 상징의 차원으로 나눌 수 있다. '두드린다敲'가 '민다推'보다 뛰어난 것은 예술적 상징의 차원에서 사람들을 고향으로 돌아오라고 소환하는 예술적 의미를 보여주기 때문이다. 사실적 차원에서는 새가 잠들고 승려가 돌아오는 장면이지만 상징적 차원에서는 회귀 테마의 전형으로 볼 수 있다.

하루 종일 하늘을 날던 새는 부드러운 달빛 아래 잠긴 둥지로 깃들고, 중은 고요한 밤 달빛을 밟고 문 앞에 돌아와 섰다. 바로 이 지점에서 문제가 생긴다. 밀 것인가 두드릴 것인가? 사실적인 차원에서 말하면 승려는 아마 문을 밀고 들어갔을 것이다. 그러나 예술적 표현에 있어서는 두드림을 선택하는 것이 더 낫다. 왜냐하면 시에서 그리고 있는 풍경은 온갖 소음들이 잠든 세상, 둥지에 깃든 새, 집으로 돌아온 승려 만물이 고요한 달빛 속에 잠기고 세상 모두가 고요하고 편안한 경계에 있다. 예정에 없이 돌아온 승려가 문을 똑똑 두드리고 밤의 고요가 깨진다. 그것은 방랑자를 소환하는 소리, 세상 사람들을 깨우치는 소리, 돌아갈 곳 없는 떠돌이에게 집으로 돌아오라고 명령하는 소리다. 이렇게 달빛 속에서 울리는 문 두드리는 소리는 사실의 한계를 깨고 사람들을 고향 앞으로 데리고 간다.

문은 상징적 차원에서 인류의 생존공간을 고향집과 세계 두 개의 공간으로 나눈다. 사람들은 세상을 떠돌아 다니면서도 시시각각 고향을 그리워한다. 집은 시적인 거주공간이다. 시인들이 그려낸 집은 사람이 사는 집이지만 상징적 차원에서 그것은 인류가 시적으로 존재하는 세계다. 유장경劉長卿의 「봉설숙부용산주인逢雪宿芙蓉山主人」을 보자.

日暮蒼山遠	해는 저물고 푸른 산은 아득하다
天寒白屋貧	날은 차고 하얀 눈이 내린 가난한 집.
柴門聞犬吠	사립문 밖 개 짖는 소리 들려오고,
風雪夜歸人	눈바람 몰아치는 밤 그가 돌아온다.

여기서 고향집과 세계는 '사립문'으로 구분되어 있다. 날은 어두워지고 먼 산들이 쓸쓸한 초가집을 둘러싸고 있다. 낡고 영락한 풍경은 마치 세상 끝에서 떠도는 방랑자를 더 외롭게 버려두는 듯하다. 이때 문을 지키는 개 소리가 방랑자를 문 앞으로 이끌고 온다. 눈바람 속에서 돌아온 시인이다. 고향집의 따뜻함을 직접적으로 그리지 않았지만 눈바람 몰아치는 문밖의

세계와 대비되면서 모든 것을 다 짐작할 수 있다. "술을 앞에 두고 닭고기와 기장이 익어가네. 문밖에는 눈바람이 몰아치는데對酒雞黍熟, 閉門風雪時"라고 한 당나라 조영祖詠의 「귀여분산장류별로상歸汝墳山莊留別盧象」이 더 좋은 보충설명이 될 수 있다. 집안에는 따끈하게 데워진 술과 초대상이 차려져 있다. 그런데 문밖은 눈바람이 몰아치는 세계다. 따뜻한 고향과 고난의 세계가 대비되는 순간이 아닐까?

트라클이 그린 눈이 흩날리는 문밖과 풍성한 식탁도 고향과 세계에 대한 상징이 아닐까? 술과 함께 닭고기와 기장이 익어가는 눈 내리는 장면과 이곡동공異曲同工의 묘가 있지 않을까? 시인들은 서로 다른 시대, 서로 다른 나라에 있었지만 고향집의 따뜻함은 다르지 않다. 서로 다른 민족과 서로 다른 나라의 문화를 비교할 때 주로 문화적 차이점에 주목하게 된다. 그런데 문화는 차이점보다는 유사성이 더 크다. 왜냐하면 인류의 정신은 서로 통하기 때문이다.

예술적 상징 속에서 문은 집을 상징한다. 그래서 많은 시인들이 고향집의 문을 노래했다.

石徑入丹壑	돌길을 따라 단풍 든 붉은 계곡으로 들어가니,
松門閉青苔	굳게 닫힌 소나무 문 푸른 이끼가 자라네.

—이백, 「심산승부우작(尋山僧不遇作)」

落葉滿山砌	낙엽이 수북 쌓인 산속,
蒼煙埋竹扉	푸른 안개에 묻힌 대나무 문.

—저광희(儲光羲), 「산거이배십이적(山居貽裴十二迪)」

門臨秋水掩　　　문 앞을 가로 막은 가을 강물 위로

帆帶夕陽飛　　　돛단배가 석양을 싣고 날아오른다.

　　　　　　　　— 유장경(劉長卿),「남호송서이십칠서상(南湖送徐二十七西上)」

晴山卷幔出　　　맑게 개인 산 구비구비 모습을 드러내고,

秋草閉門深　　　무성한 가을풀이 닫힌 문을 가리네.

　　　　　　　　— 유장경,「구일제채국공주루(九日題蔡國公主樓)」

一問淸泠子　　　차가운 빗소리 들려와,

獨掩荒園扉　　　거친 뜰 앞 사립문을 홀로 걸어 잠근다.

　　　　　　　　— 위응물(韋應物),「기배처사(寄裴處士)」

明朝別後門還掩　　내일 아침 떠나고 나면 또 문은 닫히고,

修竹千竿一老身　　곧게 뻗은 대나무 울타리 안에 늙은 몸만 남으리.

　　　　　　　　— 엄유(嚴維),「세초희황보시어지(歲初喜皇甫侍禦至)」

月下門方掩　　　달빛 아래 문을 걸어 잠그니,

林中寺更遙　　　숲속의 절이 더욱 아득해진다.

鐘聲空下界　　　은은한 종소리 세상을 텅 비우고,

池色在淸宵　　　연못 위로 맑은 밤이 드리운다.

　　　　　　　　— 요합(姚合),「과무가승원(過無可僧院)」

어떤 특정 시인의 특정 시구만 국한해서 본다면 의미가 없을 지도 모른

다. 그러나 하나의 통합체로 보면 시인들이 문을 고향으로 그리고 있다는 사실을 발견하게 된다. 또 석양과 노을, 아득하게 펼쳐진 가을 강물, 쓸쓸한 풀빛, 푸른 이끼가 자란 한적한 오솔길, 쇠락한 정원에서 홀로 선 대나무, 달빛을 흔드는 종소리 이런 서정적인 경물들이 신성한 고향집의 문을 둘러싸면서 세속과 대립하는 정신세계를 구성한다. 북적대는 세계와 비교하면 쓸쓸한 한기가 돌지만 고향집의 원초적 단순함 속에 시적인 고요와 온기가 넘쳐난다.

2) 반역 – 열기와 닫기 : 문의 상징 의미 2

'문'이라는 말에 담긴 고향집의 의미를 고찰할 때, 사람들은 말의 '구조'를 찾는 것으로 이해하기 쉽다. 사실상 시인에게서 언어는 구조를 쌓는 것이자 구조를 해체하는 것이기도 하다. 시인은 원시적 구조를 찾기 위해서 먼저 해체해야 한다. 해체란 언어의 명명 의미를 상식과 보통의 사람들이 부여한 사회적 의미들로부터 해방시키는 것이며, 세상과 역사의 먼지를 떨어내고 시적 명명의 청신한 의미를 회복하는 것이다. 시인의 언설은 고통과 번민의 열매다. 가도가 「제시後題詩後」에서 "삼 년 동안 빚어낸 두 구절, 두 줄기 눈물이 되어 흐른다兩句三年得, 一吟雙淚流"고 했듯 언어 형식상의 조탁彫琢도 어렵지만 그보다 더 중요한 것은 상식으로부터 언어를 해방시키고 문화적 반역을 실천하는 것이다.

일상적 커뮤니케이션에서 문의 명명적 의미는 겉으로 드러나지 않고 숨어 있다. '문'과 관련된 말들은 문제門弟, 집안 수준, 문망門望, 가문의 명망, 문검門臉, 외관, 외모, 주문朱門, 부귀한 집안, 한문寒門, 한미한 집안, 후문侯門, 고관대작의 저택 등과 같이 복잡한 문화적 의미를 가지고 시적 명명의 함의는 은폐된 경우가 많다. 그래서 고향집을 상징하는 '문'을 예술적으로 표현하는 시에서 시인들이 하는 중요한 임무는 언어에 대한 저항과 관습에 대한 저항이다.

우선, 문은 문화적 기호로서 장식과 겉치레에 치중하게 되었고 신분과 지위, 존비귀천을 나타내는 말이 되었다. 이 점은 "천자와 제후는 문을 쌓아 올리고 높은 것을 귀한 것으로 한다"[10]는 기록에서도 확인할 수 있다.

『패문운부佩文韻府』에 실린 '문'과 관련된 591개 항 가운데, 존비와 계급의 개념이 분명하게 드러나는 경우는 580개 항이다. 그런데 시인들은 문을 통해 원시의 고향집을 그려야 하기 때문에 문의 일상적 의미와 정치적 의미를 제거하고 문화적 구조 속에서 저항해야 한다. 고전시가에서 문은 언제나 정치적 의미와 대립하고 있다. 현실에서 존귀하고 장식이 많을수록 예술적 상징에서는 원시적이고 단순하다. 현실에서 대문 앞이 붐비면 붐빌수록 예술적 상징에서는 싸늘하고 적막하다. 예술은 반역적 형식으로 정치와 문명에 저항한다. 당나라 이중李中의 「소사所思」를 보자.

門掩殘花寂寂	닫힌 문 위로 고요하게 꽃잎 지고,
簾垂斜月悠悠	주렴 사이로 비스듬한 달빛이 아련하다.
縱有一庭萱草	뜰 안 가득 망우초가 피어나도,
何曾與我忘憂	나의 근심 어찌 잊을 수 있으리오.

고요하게 달이 기우는 밤, 문을 굳게 걸어 잠근다. 그러나 시인은 세상도 시름도 잊지 못한다. 문이 가슴에 가득 찬 울분까지 잠그지는 못하는

---

10 『禮記』「禮器」. "天子諸侯臺門, 此以高爲貴也."

것이다. 이구령李九齡은 「산사우제山舍偶題」에서 "온종일 산을 바라보고 앉아 나라의 흥망을 걱정하는 마음 아는 이 있을까誰知盡日看山坐, 萬古興亡總在心"라고 한탄했다. 시인들의 두문사객杜門辭客은 정치를 완전히 잊은 것이라기보다는 일종의 정치적 선택이었다. 쓸쓸한 사립문에 또 다른 세계로 열린 주문朱門, 고문高門, 후문侯門에 대한 분노와 저항이 숨겨져 있다. 두보는 붉은 대문 안에서 술이 넘치고 고기가 썩어가는 동안 길가에는 얼어 죽은 시체들이 널려 있는朱門酒肉臭, 路有凍死骨 잔인한 현실을 겪은 후 은거를 선택하여 「야로野老」에서 "늙은이의 울타리 앞으로 강물이 휘감아 돌고, 사립문도 강물 따라 비뚤어 열렸네野老籬前江岸回, 柴門不正逐江開"라고 노래했다. 아침에는 부잣집 대문을 두드리고 저녁에는 살찐 말의 먼지를 뒤쫓아 다녔던 비통한朝扣富兒門, 暮隨肥馬塵「봉증위좌승장이십이운(奉贈韋左丞丈二十二韻)」 경험이 있었기에 가을풀이 고요하게 자라난 곳에서 작은 문을 걸어 잠그는所居秋草靜, 正閉小蓬門「진주잡시20수(秦州雜詩二十首)」 생활을 선택하게 되었던 것이다. 시인들이 붉은 대문으로 겹겹이 둘러 싸인 궁궐과 금원을 바라보며 노래한 사립문과 초가지붕에는 세속과 정치에 대한 저항 심리가 투영되어 있다. 가지可止의 「정사우우靜舍遇雨」에서 시적인 생활을 보여주는 '공문空門' 또한 정치적인 관점에서 보면 반역의 상징으로 해석될 수 있다.

空門寂寂淡吾身　　텅 빈 집이 고요하니 내 몸까지 맑아지고

溪雨微微洗客塵　　개울가 보슬비에 속세의 먼지 씻기네.

臥向白雲情未盡　　흰구름을 바라보고 누우니 정이 끝이 없는데,

任他黃鳥醉芳春　　노란 꾀꼬리야, 이 향기로운 봄에 맘껏 취하거라.

사람들은 문정약시門庭若市, 거수마룡車水馬龍 같은 말로 성공과 출세를 표현하고 문전냉락門前冷落, 문가라작門可羅雀, 문 앞에 참새 잡는 그물을 펴도 될 정도로 한산함 같은 말로 실패와 몰락을 표현한다. 그러나 예술적 상징에서는 오히려 반대다. 찾는 이 없이 한산한 대문은 고향의 따뜻함, 시적인 생활, 인격의 충실과 완성을 상징한다. 유장경의 「송김창종귀전당送金昌宗歸錢塘」을 보자.

新家浙江上	절강에 있는 새 집으로
獨泛落潮歸	홀로 썰물을 따라 가겠구나.
秋水照華髮	가을 강물이 희끗희끗한 머리 비추고,
涼風生褐衣	차가운 바람이 베옷을 드날리겠지.
柴門嘶馬少	사립문 앞 말 울음소리 사라지고
藜杖拜人稀	지팡이 짚고 찾아오는 이도 없을텐데,
惟有陶潛柳	오직 도연명이 심었던 버드나무만이
蕭條對掩扉	쓸쓸히 닫힌 사립문을 마주하고 있네.

저잣거리처럼 붐비는 고관대작들의 대문 앞과 비교하면 시인들의 문 앞은 스산하고 쓸쓸하다. 깊은 고요 속에 소슬한 바람이 불고 서늘한 가을 물이 흐른다. 사람도 거마도 다니지 않는 고독과 약간의 무력함 속에서 세상 사람들과 다른 시인의 독립적 인격이 드러난다. 가을바람 속에 홀로 선 '도잠류陶潛柳'는 도연명의 독립적인 정신세계를 상징한다. 맹호연의 「유별왕유留別王維」를 보자.

寂寂竟何待	이 적막 속에서 무엇을 기다리는가,

朝朝空自歸	아침마다 나서지만 빈 손으로 돌아오네.
欲尋芳草去	향기풀을 찾아 떠나고 싶었으나
惜與故人違	벗과의 이별이 안타까웠네.
當路誰相假	어느 높으신 분이 덕을 베푸시려나,
知音世所稀	세상에 나의 소리를 아는 자 드물도다.
只應守寂寞	그저 고독을 지킬 뿐,
還掩故園扉	고향 동산에서 사립문을 굳게 걸었네

시인은 가는 사람 오는 사람 끊임없이 열리는 세속의 문 앞에서 고독한 생활을 선택했다. 표면적으로는 세상과 다투지 않고 도피한 삶처럼 보이지만 전체 사회를 배경으로 보면 사실상 그것은 도전이고 부정이고 저항이다. 사립문을 거는 행위는 세속세계에 대한 유기遺棄다.

문을 여닫는 일상적인 행위가 시 속에서 이루어지면 사회에 대한 저항과 투쟁의 목소리가 실린다. 시인들은 보통 문을 걸어 닫은 은거를 선택하는데 이것이야말로 세상에 대한 저항이다. 시인들의 문은 오로지 맑고 깨끗한 시의 세계를 향해 열릴 뿐이다. 이 점은 제기齊己에게서 가장 잘 드러난다.

四鄰無俗跡	사방에 세상의 발자취 없는데,
終日大開門	하루 종일 대문은 활짝 열려 있다.

—「과상강당홍서재(過湘江唐弘書齋)」

3) 외침 - 문이 있는 풍경과 문이 없는 풍경 : 문의 상징 의미 3

시인들의 반역은 시가 뒤집어진 세계를 바라보고 있기 때문이다. 시인들은 뒤집어진 세계를 바라보며 일상을 배반하고 자연으로 돌아간다. 그러나 반역 그 자체가 목적인 것은 아니다. 하이데거는 시를 존재의 노래라고 했다. 시가 존재와 고향으로 돌아가기 위해서는 시인들이 본질을 향해 소리 높여 외쳐야 한다. 반역 자체도 외침을 의미한다. 문은 예술적 상징 기호로서 반역이자 외침이다. 사랑을 갈구하고 고향을 그리워하고 이상을 추구하는 사람에게 그것은 구원과 희망을 의미한다. 하이데거에 대한 평론을 다시 인용하면, "칠흑 같이 어두운 밤, 하늘에 해는 보이지 않는다. 그러나 일단 문을 들어서면 햇빛보다 더 찬란한 빛이 있다".[11]

(1) 의문倚門 - 기다림의 외침

중국문학에는 심오한 회귀 테마가 있다. 문에 기대어 무엇인가를 바라보는 모습은 회귀 테마를 표현하는 관습적인 형식으로서 왕유王維의 「위천전가渭川田家」가 대표적이다.

斜陽照墟落	기우는 해가 쇠락한 마을을 비추고,
窮巷牛羊歸	가난한 골목으로 소와 양이 돌아온다.
野老念牧童	노인은 어린 목동을 기다리며
倚杖候荆扉	지팡이를 짚고 사립문에 기대선다.

---

11 George steiner, 『海德格爾』. 餘虹, 『思與詩的對話—海德格爾詩學引論』, 北京 : 中國社會科學出版社, 1991, p.13에서 재인용.

해 저무는 황혼, 석양이 고즈넉하게 드리운 쓸쓸한 골목으로 소와 양들이 돌아오는 저녁. 지팡이를 짚은 노인이 사립문에 기대선 채 소를 몰고 풀을 먹이러 나간 어린 손자를 기다린다. 아름다운 한 폭의 풍경화다. 여기서 '고향'을 상징하는 문은 사람들에게 돌아오라고 외친다. 고전시가에서 문에 기대어 서는 것은 기다림을 의미한다. 그 비밀이 바로 문에 있다. 문은 고향의 깃발이다.

문에 기대어 서는 행위가 기다림이 된 것은 한 감동적인 고사에서 비롯되었다. 전국시대에 왕손가王孫賈라는 소년이 있었는데 나이 열다섯 살에 제나라 민왕을 모셨다. 민왕이 궁을 나간 후 행방이 묘연해지자 소년의 어머니는 아들을 기다리는 자신의 마음에 빗대어 아들을 꾸짖었다.

> 네가 아침에 나가 저녁 늦게 돌아오면 나는 대문에 기대어 너를 기다린다. 네가 저녁 늦게 나가 돌아오지 않으면 나는 마을 어귀 이문里門까지 나가서 기다린다. 너는 지금 섬기는 왕이 어디로 갔는지도 모르면서 어찌 집으로 돌아올 수 있느냐.
>
> 女朝出而晚來, 則吾倚門而望. 女暮出而不遠, 則吾倚闖而望. 女今事王, 王出走, 女不知其處, 女尚何歸.
>
> ─『전국책』「제책(齊策) 6」

문에 기대어 선다는 것은 기다리는 것, 소리쳐 부르는 것, 어디를 가건 얼마나 먼 곳에 있건, 늘 귀를 쫑긋 세우고 그의 발자국 소리를 기다리며 돌아오라고 외치는 것이다. 그리고 이것이 바로 집이다. 그런데 또 집을 상징하는 것은 '문'이다. 모함을 당해 도성 영도郢都를 떠나 타향을 떠돌던 굴원은 늘 나라의 '문'을 그리워했다. 「애영衰郢」에서 국문國門을 회상하고 그리워하는 구절이 여러 군데 있다.

出國門而軫懷兮	국문을 나서니 가슴이 미어지는구나,
甲之朝吾以行	갑일의 아침에 나는 떠나네.
過夏首而西浮乎	하수를 지나 서쪽으로 흘러가네,
顧龍門而不見	뒤돌아보니 이제 용문은 보이지 않네.
曾不知夏之爲丘兮	일찍이 하수가 언덕이 될지 알지 못했으며,
孰兩東門之可蕪	그 큰 궁궐과 동쪽의 두 문이 폐허가 될지 누가 알았으랴.

고향에 대한 깊은 그리움과 애정을 상징하는 국도國都의 문은 시인의 불타는 애국심을 불러낸다. 이렇게 문은 향수를 자극하고 고향으로 돌아오라는 외침의 기호가 되었다.

長安朔風起	삭풍이 부는 장안,
窮巷掩雙扉	가난한 골목 굳게 닫힌 사립문.
新歲明朝是	새해가 내일 아침인데,
故鄕何路歸	언제쯤 고향으로 돌아갈 수 있으려나.

— 이경(李景), 「제야장안작(除夜長安作)」

도성에서 떠돌며 고향을 그리워하는 시인의 슬픔에서 간과할 수 없는 논리적 단서는 '궁항窮巷'과 '쌍비雙扉'인데 고향의 문과 심층적으로 연결되어 있다. 시인은 타향에서 굳게 닫힌 문을 보며 고향집 대문을 떠올리고 자신도 모르게 마음속에서 고향으로 돌아가지 못하는 슬픔이 솟구친다.

(2) 장문원長門怨 – 사랑의 외침

고전시가에는 세상 끝을 떠도는 방랑자를 고향으로 불러들이는 외침의 소리도 있지만 세상 끝 연인을 불러들이는 규문閨門 안 여인들의 외침도 있다. 여인들의 외침에는 장밋빛 사랑이 덧칠되어 있다.

金風萬裏思何盡	만리 밖 금빛 가을바람을 따라 그리움도 한이 없고,
玉樹一窗秋影寒	창에 드리운 느티나무 그림자 쓸쓸하다.
獨掩柴門明月下	달빛 아래 홀로 사립문을 걸어 잠그고,
淚流香袂倚闌幹	난간에 기대어 눈물로 향기로운 옷소매를 적신다.

―두목(杜牧), 「추감(秋感)」

소슬한 가을바람 속 그리움에 지친 규중 여인의 서늘한 그림자가 비친다. 여인은 사립문에 비스듬히 기대어 붉은 눈물을 흘린다. 그런데 시인은 왜 달빛 아래 사립문에 기대 있는 가인佳人의 모습을 그렸을까? 사립문은 여기서 사랑을 부르는 기호이며 먼 세상 끝으로 떠난 님에 대한 규중 여인의 사모와 연정을 나타내는 사랑의 상징물이기도 하다. 위장韋莊의 「경루자更漏子」, 온정균溫庭筠의 「보살만菩薩蠻」, 안기도晏幾道의 「청평락淸平樂」 등에서도 문에 기대는 행위가 구체적인 실재 행위가 아닌 사랑의 상징 형식으로서 사랑을 향한 외침의 소리로 등장한다.

장문원長門怨은 고대 악부樂府의 제목으로서 류조劉皂와 배교태裵交泰의 「장문원」 등 왕의 총애를 받지 못하는 궁녀들의 한을 노래했다. 『악부해

제樂府解題』에 따르면 '장문長文'은 한대의 궁궐 이름으로서 한무제의 진황후가 유폐되어 있던 곳이다. 사마상여가 왕의 사랑을 잃어버린 진황후를 위해 애틋하고 절절한 「장문부長門賦」를 지었는데 훗날 사람들이 장문원이라는 제목으로 시를 지었다. 그리고 이런 작품들을 통해 문의 열림과 닫힘은 애정의 유무를 뜻하는 대명사가 되었다. 닫힌 문은 여성의 세계에서 무애無愛의 상징이다. 이러한 무애 상태가 사랑을 부르고 사랑을 갈구하는 상태를 불러온다. 당나라 시인 류방평劉方平의 유명한 작품 「춘원春怨」에 나오는 흩날리는 배꽃과 닫힌 문은 상징성이 넘쳐난다.

紗窗日落漸黃昏　　비단 창에 해가 떨어져 점차 황혼에 접어드는데,
金屋無人見淚痕　　화려한 집 사람은 없는데 눈물 흔적만이 보이네.
寂寞空庭春欲晚　　적막한 궁궐 봄날은 다하고,
梨花滿地不開門　　떨어진 배꽃 뜰을 뒤덮어도 문은 열리지 않는다.

이 시에서 궁중의 여인이 창에 기대어 남몰래 그리움의 눈물을 흘리는 이유가 직접적으로 표현되지는 않았지만 해 저무는 황혼, 적막한 궁정, 떨어지는 배꽃, 닫힌 문의 이미지로 구성되어 견딜 수 없는 그리움과 사랑에 대한 갈구가 분명하게 드러난다. 왜냐하면 여기서 '폐문', '황혼', '낙화'는 쓸쓸한 사랑, 체념과 방황으로서 고독과 그리움의 상징이며 견딜 수 없는 그리움을 뜻하는 말들이기 때문이다. 위장의 「경루자更漏子」, 구양수의 「접련화蝶戀花」, 이중원의 「억왕손憶王孫」 등에서도 닫힌 문은 사랑의 상실과 슬픔, 방황과 고독을 나타낸다. 굳게 닫힌 문은 사랑에 대한 외침이요 기다림이다.

(3) 공문空門 - 해탈의 외침

문과 길은 원래 사람이 드나들고 이동하기 위한 것이다. 그런데 수많은 우여곡절을 겪은 후 문과 길은 구체적이고 실재적인 의미를 버리고 목적지로 향하는 방법과 수단이 되었다. 왜냐하면 문과 길의 상징 의미는 희망과 이상이기 때문이다. 굴원은 현실에서 이상이 좌절된 후 상상 속 신화세계를 오가며 하늘나라에서 인간사회의 정의를 되찾고자 했다. 그러나 "나는 천문의 문지기에게 문을 열라고 명했으나 그는 문에 기대어 그저 바라만 보았다吾令帝閽開關兮, 倚閶闔而望予"는 구절에서 보듯 이상을 상징하는 천문天門은 열리지 않았다. 문지기의 냉담함은 이상의 파멸을 나타낸다. 문이 없는 현실세계에서 문을 찾는 시인들의 정해진 운명을 암시하는 듯하다. 이로써 시인들은 인류의 희망과 구원을 찾아 헤매는 존재들이 된다.

문은 이상을 나타내지만 현실사회에서 사인士人 계층이 문희망에 이르기는 어렵다. 그래서 옛 사상가들은 문의 한계를 지워버리고 '무문無門'과 '공문空門'으로 들어가 희망의 상징이 되었다. 『장자』「인간세」편에서는 심재心齋와 좌망坐忘의 사상적 원칙을 논한 후 이렇게 말한다.

> 그 새장 안으로 들어가 이름에 흔들리지 않고 자유로울 수 있다면, 받아주면 응답하고, 받아주지 않으면 가만히 있어라. 문도 구멍도 없이 마음을 하나로 모으고 부득이 할 때 나서면 된다.
>
> 若能入遊其樊而無感其名, 入則鳴, 不入則止, 無門無毒, 一宅而寓於不得已, 則幾矣.

'毒'은 '竇구멍두, 개천독'의 동음가차假借다. '竇'은 구멍을 의미하며 '문'과 대구를 이룬다. 방법을 강구하지 않고 오직 자신의 마음에 따라 어쩔 수 없을 때에만 일을 도모한다. 이것이 바로 장자가 사람들에게 가르쳐주는 생존을 위한 새로운 방법이다. 현실생활 속에서 '문'을 통과하기 어렵다면 정신세계에 있는 '무문無門'의 문을 찾을 수밖에 없다. 불가의 문은 또 다른 새로운 의미가 있다. 정복보丁福保가 편찬한 『불학대사전』에서는 불교적 의미의 '문'을 이렇게 풀이하고 있다.

> 인가의 입구다. 다름과 들어감의 두 가지 뜻이 있다. 법에는 열반으로 들어갈 수 있는 여러 가지 다른 종류가 있으며 사람을 열반으로 들어가게 한다. 그래서 불경에서 법을 문이라고 한다.[12]
> 人家之門口也, 具差別與趣入之兩義, 於法有種種差別, 能使人趣入涅槃, 故指經中法爲門.

문은 보도중생普渡衆生하고 열반으로 들어가 정토에 이르는 방법을 가리키는데 이러한 방법을 불가에서는 '진문眞門'이라고 한다. 당나라 선도善導는 『반주찬般舟讚』에서 "모든 여래는 방편으로 금일 석가존과도 같다. 수기설법隨機說法은 모두 몽익이고, 각자 깨달음을 얻고 진문으로 들어간다一切如來皆方便, 亦同今日釋迦尊. 隨機說法皆蒙益, 各得悟解入眞門"고 했다. 불가에서는 모든 유형의 세계를 허무하고 공허하다고 본다. 세계는 영혼의 환상에 불과하기 때문에 진정한 문과 진정한 해탈은 모든 제약에서 벗어난 '공문空門'이다.

불가에서 법法을 논할 때 네 개의 문이라는 말을 사용한다. 네 개의 문은 모든 법이 있다는 '유문有門', 모든 법은 공空이라는 '공문空門', 모든 법

---

12 丁福保, 「佛學大辭典」, 北京 : 文物出版社, 1984, p.648.

은 있으면서 공空이라는 '역유역공문亦有亦空門', 또 모든 법은 있지 않으면서 공하지 않다는 '비유비공문非有非空門'이다.

『지도론智度論』20에서는 열반성에 공문空門, 무상無相, 무작無作의 세 문이 있다고 한다. 불가의 문은 무형의 무작위의 공문인 것이다. 이러한 문만이 구원이고 해탈이며 정신세계에만 존재할 수 있다. 이런 까닭에 공문은 불가의 대명사가 될 수 있었다.

오늘날 볼 수 있는 일반적인 사찰은 외문에 세 개의 문이 나란히 서 있다. 그것은 공문, 무상문, 무작문을 나타내는데 '삼해탈문'이라고도 한다. 불가에서는 인간 세상의 모든 희로애락과 부귀공명의 본질을 간파했다. 공문은 "일생에 상심할 일이 얼마나 많았던가, 공문으로 가지 않으면 어디서 달랜단 말인가一生幾許傷心事, 不向空門何處銷"「탄백발(嘆白髮)」라고 노래한 왕유의 시처럼 현실세계에서 절망한 후 나타나는 구조와 구원의 새로운 방식이다. 가지의 「정사우우精舍遇雨」와 같이 시인들은 철학적 공문을 구체화하고 형상화했다. 공문은 비록 텅 비어 존재하지 않는 것이지만 그 본질은 '있음'이다. 빈 가운데 있고 없는 가운데 있으니 크게 있는 '대유大有'다. 갖가지 형태의 구체적인 문이 사라진 후의 공문은 모든 제약이 사라진 활짝 열린 '문'을 의미한다. 이것이 바로 가장 크게 있는 것이고 가장 큰 문이기도 하다. 문이 가리키는 무한은 불가에서 말하는 인류를 구하는 문이다.

상징은 예술이며 상징적 의미는 무궁무진하다. 문의 상징적 의미는 고향이며 반역과 외침이다. 그러나 또 이것이 문이 상징하는 전부는 아니다. 인류는 제한적으로 상징에 접근할 수 있지만 상징의 궁극에 도달할 수는 없다. 이러한 의미에서 우리가 밝히고자 하는 문의 상징적 의미는 전체가 아닌 부분일 수밖에 없다.

4. 닫힌 문 – 특별한 시학적 이미지 기호

문이 가진 두 가지 고유의 기능은 여는 것과 닫는 것이다. 그러나 흥미롭게도 시인들이 그려낸 '문'은 대부분 닫혀 있다. 닫힌 문은 시인들에게 삶의 기호嗜好이자 예술적 추구였다. 다음과 같은 옛 시들 속에서 굳게 닫힌 문을 발견할 수 있다.

豈是交親向我疏　　어찌 내게 친교가 소홀하다 하는가,
老慵自愛閉門居　　늙고 게으른 탓에 문을 닫고 지내는 것이 좋을 뿐이네.
—백거이, 「노용(老慵)」

長吟掩柴門　　길게 읊조리며 사립문을 닫고,
聊爲隴畝民　　기꺼이 들판의 백성으로 살아가리.
— 도연명, 「계묘세시춘회고전사(癸卯歲始春懷古田舍) 2수」

草綠長門掩　　굳게 닫힌 장문궁에 풀이 무성하고 깊숙한
苔青永巷幽　　영항 골목에 푸른 이끼가 뒤덮였네.
—두심언(杜審言), 「부득첩박명(賦得妾薄命)」

對酒雞黍熟　　술을 앞에 두고 닭고기와 기장이 익어가는데,
閉門風雪時　　닫힌 문으로 눈바람이 몰아치네.
— 조영(祖詠), 「귀여분산장류별로상(歸汝墳山莊留別盧象)」

田家趨隴畝　사람들이 논두렁 밭두렁으로 달려나가고

當晝掩虛關　한낮에 대문은 잠기지 않고 닫혀 있다네.

　　　　　　　　—저광희(儲光羲),「전가잡흥(田家雜興) 8수」제4수

窮巷獨閉門　가난한 골목에 외롭게 닫힌 문,

寒燈靜深屋　쓸쓸한 등불 깊고 고요한 집.

　　　　　　　　—잠참(岑參),「송왕대창령부강녕(送王大昌齡赴江寧)」

性拙偶從宦　본성이 어리석어 어쩌다 벼슬을 하지만

心閑多掩扉　마음은 한가로워 대부분은 사립문 닫아두네.

　　　　　　　　—전기(錢起),「신창리언회(新昌裏言懷)」

且喜閉門無俗物　문을 닫고 속물 없이 지내니 또한 기쁘고,

四肢安穩一張床　침상에 사지를 펴고 누우니 편안하기 그지없다.

　　　　　　　　—노동(盧仝),「객회남병(客淮南病)」

月下門方掩　달빛 아래 문을 걸어 잠그니,

林中寺更遙　숲속의 절이 더욱 아득해진다.

　　　　　　　　—요합(姚合),「과무가승원(過無可僧院)」

隔簾風雨閉門時　주렴 너머로 비바람이 몰아치니 문을 닫을 때,

此情風月知　이 마음 청풍명월은 알리라.

　　　　　　　　—구양수(歐陽修),「완랑귀(阮郎歸)」

| 閉門非爲老 | 문을 닫는 것은 늙어서가 아니라 |
| 半世是閑人 | 반평생 한가롭게 살아왔을 뿐이라네. |

— 육유, 「춘우(春雨)」

| 門寂山相對 | 고요한 대문은 산을 마주보고 섰고, |
| 身閑鳥不猜 | 이 몸의 한가함은 새들도 시샘하지 않네. |

— 방악(方嶽), 「청우(聽雨)」

굳게 닫힌 문은 세속에 대한 시인의 거부다. 그러나 문이 시인들의 생활공간과 세속세계를 분리시킬 때 비로소 신성하고 시적인 하늘의 문이 활짝 열린다. 이렇게 닫힌 문은 세속세계를 징벌한 후에 무한한 시의 공간을 포용하는 예술 형식이 된다.

1) 닫힌 문 – 단절-세속과 사람들로부터의 도피

닫힌 문은 단절과 제약을 의미한다. 짐멜Georg Simmel은 "문은 실내공간과 외부공간 사이에 세워진 하나의 움직이는 칸막이로서 내부와 외부를 분리된 상태로 유지한다. 문은 열 수 있다는 점에서 움직이지 못하는 벽과 대비되지만 닫힌 문은 사람들에게 외부의 모든 것과 차단된 듯한 더 강한 폐쇄감을 준다"[13]고 했다. 공간적인 형식에 있어 인류는 문을 통해 대자연과 분리된 공간을 확보하게 되었고 닫힌 문은 외부세계에 대한 거부와 분리를 의미한다. 시는 바로 이 점을 이용하여 문을 세상에서의 도피와 사람

---

13 Georg Simmel, 涯鴻·宇聲 外譯, 「橋與門—齊美爾隨筆集」, 上海:三聯書店, 1991, p.4.

들과의 분리를 의미하는 이미지 기호로 만들었다.

시의 본질과 세속세계의 모순이 시인들을 상실감에 빠진 집단으로 만들었다. 시인들의 닫힌 문과 은거는 상실감과 방황에 빠진 시인들의 어려운 상황을 전형적으로 보여준다. 닫힌 문은 시인들의 처절한 상실감과 고통을 반영하고 세계로부터의 도피 심리를 반영한다. 당나라 설능의 「증은자贈隱者」가 문이 나타내는 도피적 의미를 잘 보여준다.

門前雖有徑   문 앞에 길은 있어도
絶向世間行   세상을 향한 움직임은 끊어졌네.

문 앞에 길이 있지만 시인들은 세속세계로 나아가기를 거부하고 청정한 시의 공간에서 살아간다. 노동盧仝은 「객회남병客淮南病」에서 "문을 닫고 속물 없이 지내니 또한 기쁘고, 침상에 사지를 펴고 누우니 편안하기 그지없다且喜閉門無俗物, 四肢安穩一張床"고 노래했다. 문을 닫고 사는 까닭은 세계가 지저분하고 혼탁하기 때문이다. 스스로 창조한 시적인 공간으로 숨어 들어가야만 세계로부터의 오염을 막을 수 있다. 위응물韋應物은 「현내한거증온공縣內閒居贈溫公」에서 "비록 세상의 그물 속에 몸을 두고 있지만 마음은 청정하다雖居世網常淸淨"고 노래했다. 시인이 세상의 그물 속에서도 늘 깨끗한 마음을 가질 수 있는 것은 문을 굳게 닫고 있기 때문이다. 문은 외부세계가 시를 침범하지 못하도록 차단한다. 그래서 시인은 시가 찾아 드는 투명하고 청정한 순간을 깨달을 수 있는 것이다. 시인에게서 고독은 견디기 힘든 감정이 아니라 시적인 투명함과 희열이다.

築室在人境	속세에 집을 짓고
遂得眞隱情	참된 은거의 정을 구하네.
春盡草木變	봄날이 다하니 초목이 자라고,
雨來池館淸	비가 오니 연못과 누각이 깨끗해지네.
琴書全雅道	거문고와 서화는 모두 고상한 도道라 보고
視聽已無生	들음이 무생無生이라.
閉戶脫三界	문을 닫고 삼계를 벗어나니,
白雲自虛盈	흰구름이 저 혼자서 차고 이지러지네.

— 왕창령(王昌齡),「정법사동재(靜法師東齋)」

　　문을 닫음으로써 시인은 세속세계에서 벗어날 수 있다. 그래서 시인들은 인간 세상에 집을 짓고 살면서도 인간 세상의 소란스러운 소리에서 벗어나 은거의 진정한 멋과 소중함을 깨달을 수 있다. 문이 닫힌 집이 있기에 시인은 삼계三界로부터 벗어나 풀과 나무들이 자라고 시들어가는 가운데 맑은 빗소리를 들으며 자유롭게 떠도는 흰구름을 바라볼 수 있다. 마음은 만리를 달려가고 시심으로 충만한 가슴으로 표일하게 속세를 벗어난다. '닫힌 문'은 시인과 세속의 분리를 상징하는 기호다. 세속과의 단절은 집단으로부터의 분리, 보통 사람들과의 단절을 의미한다. 시인의 도피는 우선 세속 사람들로부터의 도피를 의미한다. 개체는 수많은 중생들의 무리로부터 벗어나 시적인 자아를 향해 걸어갈 수 있다.

厭向人間住	속세의 삶을 피해 산속에 들어오니,
逢山欲懶歸	다시 돌아가고 싶지 않네.

| 片雲閒似我 | 구름은 나를 닮아 한가롭고, |
| 日日在禪扉 | 날마다 선禪의 사립문에 서 있네. |

— 교연(皎然), 「기욱상인상방거(寄昱上人上方居)」

| 還如山裏日 | 산속으로 돌아간 날들처럼 |
| 門更絶人敲 | 문을 두드리는 사람 하나 없네. |

— 관휴(貫休), 「동강한거작(桐江閒居作) 12수」 제8수

外事休關念	바깥 세상은 모두 잊어버리고
灰心獨閉門	고요한 마음으로 홀로 문을 닫네.
無人來問我	내게 물어오는 이 아무도 없고,
白日又黃昏	밝은 해는 또 황혼이 된다.

— 제기(齊己), 「폐문(閉門)」

시인들이 사는 곳은 아무도 문을 두드리지 않는 인적이 끊긴 곳이다. 세속적으로 보면 일종의 자기방치이자 철저한 고독이다. 그것은 세속의 굴레에서 벗어나 정신적 자유를 향해 나아간 시인들의 모습이자 외계와의 충돌 속에서 드러난 독립된 인격 의지다. 그것은 차라리 고독할지언정 시류에 편승하지 않겠다는 시인들의 독립된 지조와 절개를 보여준다.

2) 닫힌 문 – 시적인 자유의 추구(단절, 불통, 절연, 절교, 차단, 봉쇄, 두절)

닫힌 문은 단절인 동시에 추구이기도 하다. 단절의 대상은 세속의 세계, 추구의 대상은 시적인 삶이다. 하이데거는 사람은 대지 위에서 시적으로

살아가는 존재라고 했다. 시인은 세속에서 도피해 자아를 향해 걸어간다. 시인들은 자발적으로 속세와 단절한 후 충만한 시의 세계로 향한다. 닫힌 문은 시적이지 않은 것들은 모두 문밖에 세워 두고 시적인 투명함과 고요를 하나로 아우른다.

승려 제기는 문을 걸어 닫은 은거하는 삶 속에서 느끼는 생명의 자유와 고요를 직접적으로 노래했다.

莫問關門意	문을 닫은 까닭을 묻지 말게,
從來寡往還	예전부터 오고감이 드물었네.
道應歸淡泊	도는 맑고 깨끗한 곳으로 돌아가야 하고
身合在空閒	몸은 텅 비고 한가로운 것이 맞다네.
四面苔圍綠	푸른 이끼가 사면을 둘러싸고,
孤窗雨灑斑	쓸쓸한 창으로 빗방울 아롱지네.
夢尋何處去	꿈 속에서 어떤 곳을 찾아 헤매는가,
秋色水邊山	가을빛 물든 물가 산이라네.

— 「저궁막문시(渚宮莫問詩) 15수」

닫힌 문은 저 멀리 무욕과 허심의 도를 지향하며 온 몸과 마음이 한 점 거리낌 없는 정신세계를 한가롭게 거닌다. 사위를 둘러싼 푸른 이끼, 쓸쓸한 창으로 내리는 찬 비, 가을빛으로 물든 산과 강에서 피어나는 시적인 몽환을 억누르지 못 한다. 한 조각 시심詩心이 속세의 그물을 끊어내고 맑고 투명한 생명의 빛을 토해낸다. 전원시인 왕유의 시에 등장하는 문도 늘 굳게 닫혀 있다.

雖與人境接　　비록 속세와 접해 있어도,

閉門成隱居　　문을 닫으면 은자가 되네.

―「제주과조수가연濟州過趙叟家宴」

借問袁安舍　　원안의 집을 물으니,

儵然尙閉關　　유유자적 여전히 문 닫고 있구나.

―「동만대설억호거사가(冬晚對雪憶胡居士家)」

迢遞嵩高下　　아득하게 먼 숭산 아래로

歸來且閉關　　돌아가 문을 닫고 살고 싶네.

―「귀숭산작(歸嵩山作)」

輕陰閣小雨　　옅은 그늘진 누각에 보슬비 내려,

深院晝慵開　　조용한 정원 한낮이 되어서야 문을 여네.

―「서사(書事)」

東皐春草色　　동편 물가 언덕에 봄풀이 새파랗게 자라,

惆悵掩柴扉　　슬픔과 원망으로 사립문을 닫는다.

―「귀망천작(歸輞川作)」

不枉故人駕　　옛 친구를 헛걸음으로 돌려보낼 수는 없지만,

平生多掩扉　　평소에는 늘 사립문을 닫고 있었다네.

―「희조삼지류숙(喜祖三至留宿)」

靜者亦何事	은자에게 무슨 할 일이 있던가,
荊扉乘晝關	어두워지기 전에 사립문을 닫네.

—「기상즉사전원(淇上即事田園)」

徒禦猶回首	몸종과 마부 여전히 고개 돌려보는데,
田園方掩扉	전원의 사립문은 막 닫히네.

—「송최구흥종유촉(送崔九興宗遊蜀)」

山中相送罷	산속에서 벗을 보내고,
日暮掩柴扉	해 저물어 사립문을 닫는다.

—「산중송별(山中送別)」

終南有茅屋	종남산에 오두막이 하나 있네,
前對終南山	앞쪽으로 종남산을 바라보고 있다네.
終年無客長閉關	한 해가 다 가도록 찾아오는 이 없어 늘 문은 닫혀 있고,
終日無心長自閒	온종일 무심하고 늘 한가롭다네.

—「답장오제(答張五弟)」

굳게 닫힌 왕유의 사립문에서 우리가 얻게 되는 것은 적막과 사멸이 아
니라 생명의 공활과 고요, 시적인 따뜻함과 담백함이다. 스스로 "일평생
문을 닫고 지냈다平生多掩扉"고 고백한 시인은 푸른 산과 석양빛 속에서 무
한한 시정이 요동친다. 사립문이 있는 맑고 고요한 오두막, 거문고 한 대
와 책 몇 권, 장기판 하나와 술 몇 잔. 바쁘게 달려가는 문밖의 세계와 비

교하면 그곳은 시가 있는 편안하고 고요한 공간이다. 세상과 세상의 영욕을 망각한 자유로움 속에서 생명의 진정한 의미를 즐길 수 있다.

淸川帶長薄	풀과 나무가 무성한 맑은 시내를 따라
車馬去閒閒	마차를 타고 한가롭게 거닌다.
流水如有意	물은 무언가 뜻을 품은 듯 흐르고,
暮禽相與還	저녁새들 더불어 함께 둥지로 깃든다.
荒城臨古渡	황폐한 옛 성은 오래된 나루터를 마주보고,
落日滿秋山	가을 산 위로 석양빛이 가득하다.
迢遞嵩高下	아득하게 먼 숭산 아래로
歸來且閉關	돌아가 다시 문을 닫노라.

─「귀숭산작(歸嵩山作)」

왕유의 시는 도연명의 유명한 작품 「음주飮酒」를 연상시킨다.

結廬在人境	속세에 지은 집이라도
而無車馬喧	거마 소리 들리지 않는다오.
問君何能爾	그대에게 묻노니, 어찌 그럴 수 있소?
心遠地自偏	마음이 멀어지니 땅도 알아서 한편으로 물러나더이다.
採菊東籬下	동쪽 울타리 아래서 국화를 따고,
悠然見南山	아련하게 남산을 바라보네.
山氣日夕佳	산에는 고운 저녁노을이 걸리고,
飛鳥相與還	새들은 떼를 지어 둥지로 날아가네.

此中有眞意	이 안에 참뜻이 있나니,
欲辯已忘言	소리쳐 말하고 싶어도 그만 말을 잊었노라.

　도연명의 시와 비교했을 때, 왕유의 시는 황폐한 성터, 오랜 나루터, 기울어가는 해, 가을산에서 아련하고 처량한 분위기가 묻어나 오지만 처연함 속에서도 선적인 희열이 담겨 있다. 맑고 투명한 강물이 빽빽한 숲을 감싸 앉고 사람들로부터 멀리 떨어져 시끄러운 거마소리도 들리지 않는다. 흐르는 물은 뭔가를 생각하고 말하는 듯하다. 석양빛 속에 새떼들이 숲속으로 돌아간다. 황폐하고 허물어진 성은 오래된 나루터를 마주보고 있다. 가을빛에 물든 산 위로 석양과 노을이 진다. 시인은 기꺼이 산 아래로 내달리고, 가슴속에는 끝없는 생각과 감정이 솟구친다. 이 같은 분위기 속에서 문을 가볍게 닫는다. 닫힌 문은 시인의 편안하고 충실한 시적생활을 상징하면서 생명의 완성과 고요를 보여준다.

　당나라 유장경의 시에서도 닫힌 문의 이미지가 30여 군데서 나타난다. 유장경도 대표적인 '닫힌 문의 시인'이라고 할 수 있다. 아래 시를 보자.

踏花尋舊徑	꽃을 즈려밟고 옛 길을 찾아 나서네,
映竹掩空扉	대나무 그림자 텅 빈 사립문에 걸렸네.

—「과은공화상고거(過隱空和尚故居)」

寒燈映虛牖	쓸쓸한 등불 텅 빈 창에 비치고,
暮雪掩閒扉	저녁 눈 고요한 사립문을 가린다.

—「세야희위만성곽하설중상심(歲夜喜魏萬成、郭夏雪中相尋)」

白雲依靜渚 　　흰 구름 고요한 모래톱에 내려앉고

芳草閉閑門 　　향기로운 풀 한적한 문을 가리네.

　　　　　　　　　　　　—「심남계상도사(尋南溪常道士)」

閉門湖水畔 　　호숫가에서 문을 걸어 닫고

自與白鷗親 　　하얀 물새와 더불어 지내네.

　　　　　　　　　　—「제대리황주부호상고재(題大理黃主簿湖上高齋)」

晴山卷幔出 　　맑게 개인 산 구비구비 모습을 드러내고,

秋草閉門深 　　무성한 가을풀이 닫힌 문을 가리네.

　　　　　　　　　　　—「구일제채국공주루(九日題蔡國公主樓)」

歸路卻看飛鳥外 　돌아오는 길에 저 멀리 아득하게 새들이 날고,

禪房空掩白雲中 　문 닫힌 선방 홀로 구름 속에 있네.

　　　　　—「장사증형악축융봉반약선사(長沙贈衡嶽祝融峰般若禪師)」

　유장경은 '닫힌 문'을 중심 이미지로 시의 공간을 활용하고 구축한다. 옛 오솔길과 꽃, 저녁 눈과 길게 뻗은 대나무, 구름이 피어오르는 푸른 산, 호수를 나는 새들, 때로는 석양이 일렁이고 때로는 가을물이 일렁인다. 시인이 문을 닫고 있는 그곳은 작은 집이 아니라 세계와 자연이 공존하는 거대한 예술공간이다. 닫힌 문의 이미지를 사용한 유장경의 여러 시들 가운데서도 "쓸쓸한 등불 텅 빈 창에 비치고 저녁 눈 고요한 사립문을 가린다 寒燈映虛牖, 暮雪掩閉扉"는 시구는 반복적으로 곱씹게 된다. 문밖의 세계에 저

녁 눈이 날리건 말건 시인은 문을 굳게 걸어 잠근다. 창문에 어른대는 쓸쓸한 등불이 긴 밤을 밝히며 시의 신성을 지키고 담박하고 고요한 생명을 되새김질한다. 여기에 몇 가지 층위의 상징이 있다. 저녁 눈暮雪은 현실세계의 무력함과 처량함을 나타낸다. 닫힌 문關門은 눈바람을 물리치고 시적인 고향으로 나아감을 상징한다. 등불은 긴 밤을 밝히고 빛을 토해내는 생명의 상징이다. 고향이 있기에 생명도 따뜻한 빛을 뿜어내고 길고 긴 밤을 이겨내는 감동적인 힘을 준다. 이렇게 닫힌 문은 단절되고 닫힌 가운데서도 활짝 열려 있다.

3) 닫힌 문 – 활짝 열린 정신세계

우리는 중국 고전시가들에서 닫힌 문이 외부와의 단절과 도피이기는 하지만 그것이 만들어 내는 예술공간은 폐쇄적이고 정체된 곳이 아닌 생명의 세계라는 사실을 알게 되었다. 그래서 닫힌 문은 닫힌 문이 아니라 정신세계를 향해 활짝 열린 문이다. 하이데거는 「시인은 무엇 때문에Wozu Dichter」에서 릴케를 인용해서 이렇게 말했다.

'활짝 열려 있음'이 가리키는 것은 하늘, 날씨, 공간이 아니라 그것들을 관찰하고 판단하는 사람에 대한 것이다. 그것들은 또 '대상'이기도 하다. 이 때문에 '불투명'하고 닫혀 있다. 그런데 동물과 꽃은 아마도 스스로를 위해 그 어떤 변명도 필요 없을 지 모른다. 이로 인해 그것은 자신의 몸 앞에 그리고 자신의 몸 위에 표현할 수 없는 활짝 열린 자유를 가지고 있다.[14]

---

14 Heidegger, 彭富春 譯, op.cit., p.98.

하이데거의 시학에서 '활짝 열려 있음'은 덮인 것을 제거한 상태로서 온갖 세상의 먼지를 제거하고 세계 앞에 자신을 드러나게 하는 것이다. 또 열려 있음은 들어옴을 허락하는 것이다. 덮인 것이 제거된 세계는 사람이 자신에게 들어가는 것이다. 사람은 자연에서 더 이상 억지로 주관을 드러내지 않고 일종의 '사람, 사람인 것', '사물, 사물인 것'의 시적 상태에 도달한다. 고전 시에 나오는 '닫힌 문' 이미지가 바로 덮인 것을 제거한 시정신의 드러냄이다. 유장경의 「송정십이환려산별업送鄭十二還廬山別業」를 보자.

潯陽數畝宅	순양 강변 언저리 땅에 집을 짓고,
歸臥掩柴關	저녁이면 돌아와 사립문을 닫네.
穀口何人待	은자의 집에서 누구를 기다리나,
門前秋草閒	문 앞에 가을풀 한가롭네.
忘機賣藥罷	욕심 없이 약초를 팔고,
無語杖藜還	말없이 지팡이를 짚고 돌아오네.
舊筍成寒竹	지난 날의 여린 죽순 서늘한 대숲이 되고,
空齋向暮山	텅 빈 집에서 저녁산을 바라본다.
水流經舍下	시냇물은 집을 휘감아 돌고,
雲去到人間	구름은 사람들 틈으로 흘러간다.
桂樹花應發	계수나무에 꽃 응당 피어 있으니,
因行寄一攀	떠나시는데 꺾어 보내리라.

굳게 닫힌 사립문이 있는 풍경으로 시작되는 위 시에서 닫힌 문은 일종

의 상징 형식으로 통속적인 세계는 문밖에 가두고 광활한 대자연을 향해서 열려 있는 문이다. 이곳의 세계는 속세의 소음도 들리지 않고 가을 풀조차 한가하고 고요하다. 인위적인 주관 없이 스스로 침묵하는 세계다. 뒤덮여 있는 자연과 세계를 벗겨낼 수 있는 것은 침묵의 상태다.

한들거리는 가을 풀, 담담하게 흐르는 흰구름, 텅 빈 방, 저무는 해, 집 아래로 흐르는 물, 만물이 스스로를 향해 돌아간다. 다시 말해 하이데거가 말한 '사물, 사물인 것'이다. '사물, 사물인 것'은 또 '사람, 사람인 것'을 의미한다. 사람은 세계를 주재하지 않는다. 세계와 사람은 모두가 자유롭다. 그래서 사람도 세계로 들어가고 세계는 사람들에게 열려 있다. 이러한 때만이 투명한 시적 순간이다.

위응물韋應物은 「유거幽居」에서 "귀천은 서로 달라도 문을 나서면 모두 도모하는 바가 있다. 홀로 외물에 이끌리지 않고 유거의 멋을 쫓는다貴賤雖異等, 出門皆有營. 獨無外物牽, 逐此幽居情"라고 했다.

귀천은 달라도 문을 나서면 모두 도모하는 바가 있다는 구절에서, 인간 소외에 대한 『장자』의 비판이 떠오른다.

> 하은주 삼대 이래로 사람들은 모두 무언가를 위해 그 본성을 바꾼다. 소인은 이익을 위해 몸을 바치고, 선비는 이름을 위해 몸을 바치고, 대부는 가문을 위해 몸을 바치고, 성인은 천하를 위해 몸을 바친다. 이렇듯 사업이 다르고 명성이 다르나 본성을 해치고 몸바쳐 추구하는 것은 똑같다.[15]

---

15 『莊子』「駢拇」. "自三代以下者, 天下莫不以物易其性矣. 小人則以身殉利, 士則以身殉名, 大夫則以身殉家, 聖人則以身殉天下. 此數子者, 事業不同, 名聲異號, 其於傷性以身爲殉, 一也."

사람들마다 빈부귀천은 서로 다르지만 대문을 나서면 성공과 출세에 매달린다는 점에서는 다름이 없다. 대부에서 소인에 이르기까지, 도둑에서 성인에 이르기까지 그들은 각자 다른 외물外物을 위해 부역한다. 때로는 명예나 이익을 위해, 때로는 가족이나 나라를 위해 투쟁하고 희생한다. 그러나 외물의 부역자가 되면서 사람의 본성은 모두 소외되고 다 함께 슬퍼질 수밖에 없다. 인간을 소외하는 거대한 사회는 고향 바깥의 세계다. 다시 말해 귀천은 서로 달라도 문을 나서면 모두 도모하는 바가 있는 것이다. 이렇게 자아를 상실하고 끊임없이 소외되는 공간은 모두 문밖에 집중되어 있다. 그렇다면 '닫힌 문'은 소외에서 벗어나 소박함으로 가는 상징이 된다. '닫힌 문'과 '문밖'은 모두 어떤 목적을 추구하는 세계와 대비되면서 시적인 투명함과 고요함을 구성한다. 이어서 선적인 분위기가 넘치는 불가佛家의 시들을 몇 편 살펴보자.

僧家竟何事	승려는 하루 종일 무슨 일을 하는가,
掃地與焚香	바닥을 쓸고 향을 피우네.
淸磬度山翠	맑은 풍경소리 푸른 산을 가로 지르고,
閒雲來竹房	한가로운 구름 죽방竹房으로 찾아든다.
身心塵外遠	몸과 마음은 멀리 속세 밖을 떠돌고
歲月坐中長	세월은 가부좌 속에 흘러간다.
向晚禪堂掩	어둠이 찾아 들고 문이 닫히니,
無人空夕陽	아무도 없는 사찰에 석양빛만 스러진다.

——최동(崔峒), 「제숭복사선원(題崇福寺禪院)」

紅日半銜山	붉은 해가 산 중턱에 걸리고
柴門便掩關	사립문이 닫힌다.
綠蒲眠褥軟	푸른 버들에 보드라운 잠을 청하고,
白木枕頭彎	구부러진 하얀 나무 베개.
松月來先照	송월이 먼저 찾아와 비추고,
溪雲出未還	시내의 구름은 아직 돌아오지 않았네.
迢迢淸夜夢	맑은 밤 아득한 꿈,
不肯到人間	속세로 돌아갈 수 없네.

— 청공(淸珙), 「산거(山居)」

위 작품들은 속세에서 벗어나 높고 먼 곳에 뜻을 두고 있다. 시간과 공간이 모두 몸 밖에 놓여 있다. 몸과 마음은 멀리 속세 밖을 떠돌고 세월은 가부좌 속에 흘러간다. 시인들은 맑은 밤 아득한 꿈을 꾸면서 인간 세상으로 돌아가기를 거부한다. 광활한 시의 세계가 시인들에게 활짝 열려 있기 때문이다. 하늘과 땅 사이에 청량한 종소리가 울려 퍼지고 흰구름이 한가롭게 오간다. 이 같은 풍경 속에서 시인들은 밤늦도록 선방에서 나오지 않고 사립문은 걸어 잠근다. 닫힌 문은 시정신을 향해 열려 있다. 그렇다면 또 열린 문은 어떠할까. 이제 열린 문이 있는 시들을 보자.

| 開門聽潺湲 | 문을 열고 졸졸 시냇물 소리 듣고, |
| 入徑尋窈窕 | 오솔길로 깊고 그윽한 골짜기 찾아 나선다. |

— 이교(李嶠), 「조발고죽관(早發苦竹館)」

雙扉碧峰際   푸른 봉우리에 사립문,

遙向夕陽開   멀리 석양을 향해 열리네.

— 유장경(劉長卿), 「유휴선사쌍봉사(遊休禪師雙峰寺)」

野老籬前江岸回   늙은이의 울타리 앞으로 강물이 휘감아 돌고,

柴門不正逐江開   사립문도 강물 따라 비뚜로 열렸네

— 두보(杜甫), 「야로(野老)」

四鄰無俗跡   사방에 세상의 발자취 없는데,

終日大開門   하루 종일 대문은 활짝 열려 있다.

— 제기(齊己), 「과상강당홍서재(過湘江唐弘書齋)」

黃葉任從流水去   노랗게 물든 나뭇잎 물결따라 흘러가고,

白雲曾便下山來   흰구름 산 아래로 내려오네.

寥寥岩畔三間屋   쓸쓸한 언덕 위 세 칸 오두막,

兩片柴門竟日開   두 짝 사립문은 온종일 열려 있네.

— 청공(淸珙), 「산거(山居)」之五

　세속을 향해 열리지 않은 문은 시적이다. 닫힌 문은 시를 소환하고, 닫힌 문을 여는 행위는 시를 소환하는 행위다. 문을 여는 까닭은 고관대작을 맞이하기 위한 것도 아니고 사람들을 초대하기 위한 것도 아니다. 문은 잔잔한 물, 스러지는 석양빛, 한들한들 흩날리며 노랗게 물들어가는 나뭇잎,

고요하게 흘러가는 흰 구름, 동쪽을 내달리는 강물을 향해 열려 있다. 열린 문이 받아들이는 것은 소박한 자연인 것이다. 제기의 「폐문閉門」에서 문의 의미가 잘 드러난다. 문은 열리고 닫히는 순간에 옛 시인들의 정신적 이상을 보여준다. 문은 자연을 향해 열려 있지만 세속세계를 향해서는 닫혀 있다. 시적인 세계에 변두리는 없다. 닫힌 문은 한계가 아니라 무한한 세계를 향한 입구다.

5. 문 – 예술 형식에 대한 심미적 분석

형식주의 비평가들은 언제나 형식이 예술의 본질임을 강조한다. 아름다움이 곧 형식이라는 주장에는 동의할 수 없지만 형식이 하는 심미적 역할 그 자체는 간과할 수 없다. 아름다움이 반드시 예술 형식일 필요는 없지만 예술 형식은 반드시 심미적이어야 한다. 문이라는 시학적 이미지는 고향의 상징, 시의 상징으로서 의미를 가진다. 그러나 이러한 상징 형식이 그 자체로 심미적 역할을 하지 못하면 그 의미 또한 기댈 곳이 없다.

1) 문과 고전 시학의 심미적 형식 – 고박소담古樸素淡

고박古樸과 소담素淡은 중국 고전시가에서 일관적으로 추구해온 심미적 이상이다. 도가에서도 "견소포박見素抱樸, 소사과욕少私寡欲"『노자』 19장라며, 소박하고 욕심 없는 원시적 심미 형식을 주장했고 유가에서도 "일단사一簞食, 일표음一瓢飲"『논어』「옹야」이라며, 소박한 삶의 경계를 추구했다. 여기서 한 가지 흥미로운 사실이 등장하는데, 사람들은 온갖 장식과 채색으로 문화를 화려하게 발전시켜 나가면서 예술세계에서는 원시적 단순함과 순박함으로 돌아가고자 한다. 고전미학의 중요 내용은 시간적으로는 유원한 원시성, 이미지적으로는 고졸한 담아함이다. 문을 예로 들면, 사람들은 현실생활에서 인적 없는 깊숙한 곳에 높은 문이 있는 집을 짓고 예술세계에서 고졸하고 소박한 사립문이 있는 집을 그리는데 여기서 심미적 고졸함과 소박함이 나타난다.

'사립문柴門'은 옛 시가에 자주 나타나는 예술 형식으로서 원시의 고향으로 돌아가고자 하는 정신세계와 중국시학의 심미적 풍격을 보여준다.

寂寞柴門人不到　　　적막한 사립문 찾아오는 이 없고,
空林獨與白雲期　　　텅 빈 숲에서 홀로 흰구름을 기다리노라.
　　　　　　　　　　　　　　　　　　―왕유,「조추산중작(早秋山中作)」

欲掃柴門迎遠客　　　사립문을 깨끗하게 쓸고 멀리서 온 손님을 맞이하고
　　　　　　　　　　싶었지만,
青苔黃葉滿貧家　　　내 가난한 집은 온통 푸른 이끼와 누런 낙엽들뿐이네.
　　　　　　　　　　　　　　　　　―유장경,「수리목견기(酬李穆見寄)」

田舍清江曲　　　　　초가집 주위로 푸른 강이 굽이돌고,
柴門古道旁　　　　　사립문 옆으로 옛길이 이어지네.
　　　　　　　　　　　　　　　　　　　　　―두보,「전사(田舍)」

柴門兼竹靜　　　　　사립문도 대숲도 고요한데,

378　　만당의 종소리

山月與僧來　　산 속의 달 스님 따라 찾아오네.

— 전기(錢起), 「산재독좌희현상인석지(山齋獨坐喜玄上人夕至)」

柴門流水依然在　　사립문도 시냇물도 그대로인데,

一躍寒山萬木中　　그대는 한달음에 깊은 산속으로 달려가버렸네.

— 한굉(韓翃), 「송제산인귀장백산(送齊山人歸長白山)」

青山繞屋柴門掩　　푸른 산에 둘러싸인 절집 사립문은 닫히고,

只見梅花不見僧　　스님은 없이 매화꽃만 피었네.

— 진자신(陳自新), 「서룡사(瑞龍寺)」

　　시인들의 문은 늘 그렇게 원시적이고 소박하다. 나무판 두 개, 막대기 몇 개가 바로 시인들의 문이 취하고 있는 기하학적 구조다. 담아하고 고졸한 색채에서도 원시적 분위기가 풍긴다. 사립문을 둘러싸고 있는 가을 대나무와 봄 풀, 노란 단풍과 푸른 이끼, 달빛과 황혼, 푸른 강물과 붉은 매화 등과 같은 경물들 속에서 시인들의 문은 고요하고 소박한 심미적 풍격을 드러낸다. 고한顧閑이 『보시품補詩品』에서 풍격의 하나로 '고담古淡'을 처음으로 논했다. 사람들은 도연명의 시를 극치의 화려함에서 소박함으로 돌아간다고 말한다. 고한의 『보시품』에 따르면 금과 옥으로 깎은 수레도 살이 없는 추륜推輪에서 시작된 것처럼 모든 화려함은 소박함에서 시작된다. 그래서 "불탁부조不琢不雕, 비치비린匪緇匪磷"은 시 미학에서 최고의 기준이 되었고 석양빛과 달빛, 시냇물 소리와 샘물소리에 둘러싸인 사립문은 소박함의 미학을 보여주는 예술 형식이 되었다.

春風駐遊騎 　　봄바람 속에 말을 타고 거니노라니,

晚景澹山暉 　　저녁 햇살에 맑게 빛나는 산.

一問淸泠子 　　처사님이 계시는지 한번 물으니,

獨掩荒園扉 　　거친 뜰에 사립문 외롭게 닫히네.

　　　　　　　　　　　　　　　　　　　—위응물, 「기배처사(寄裴處士)」

秋鐘儘後殘陽暝 　　가을 종소리 다하니 어둠이 내리고,

門掩松邊雨夜燈 　　소나무 옆 문은 닫히고 비오는 밤 등불 반짝이네.

　　　　　　　　　　　　　　　　　　　—제기, 「이구화상인(貽九華上人)」

小閣柴門近 　　사립문 옆 작은 누각,

黃昏畫角聲 　　황혼을 울리는 화각 소리.

　　　　　　　　　　　　　　　　　　　—육유, 「문각(聞角)」

柴門黃葉下 　　낙엽 지는 사립문,

別後正須關 　　벗이 떠난 후 빗장을 걸어야 하리.

　　　　　　　　　　　　　　　　　　　—방악, 「송왕위귀근(送王尉歸覲)」

　소박한 옛문은 황량한 들판에서 자신의 미학적 가치를 드러낸다. 처연함 속에 여유가 있고, 슬픔 속에 희열이 있다. 철저하게 절망하지도 않고 파안 대소하지도 않는다. 여기에 문이라는 예술 형식의 미학이 있다.

2) 문의 시공간적 이미지 조합과 슬픔의 전통미학

제3장「중국문학의 황혼정서」에서 중국의 심미적 전통은 무력과 절망의 비극적 몸부림도 파안대소하는 희극적 광희狂喜도 아닌 심미적 희열과 생명 체험의 슬픔이 공존하는 미학이라고 밝혔다. 이 슬픔의 미학적 전통은 시인들이 그려낸 문의 이미지에도 집중되어 있는데 대부분의 문이 시간적으로 황혼이나 가을 속에 서 있다.

① 황혼의 문

倚杖柴門外   지팡이를 짚고 사립문 밖에 서서,
臨風聽暮蟬   바람 속에 저녁 매미 소리를 듣노라.

─ 왕유,「망천한거증배수재적(輞川閑居贈裴秀才迪)」

黃昏掩門後   황혼에 문을 닫은 후,
寂寞自心知   외로운 마음 나만 안다네.

─ 융욱(戎昱),「별리작(別離作)」

花落柴門掩夕暉   꽃잎이 분분한 사립문 위로 석양이 걸리고,
昏鴉數點傍林飛   까마귀 몇 마리 숲을 비껴 나네.

─ 주돈이(周敦頤),「춘만(春晚)」

柴門偶一出   어쩌다 한 번씩 사립문 밖으로 나가,
倚杖立斜陽   지팡이를 짚고 기우는 해를 바라본다네.

②가을의 문

| 閉門寂已閉 | 한산한 문은 적막하게 이미 닫혀 있고, |
| 落日照秋草 | 지는 해가 가을풀을 비춘다. |

| 繞院綠苔聞雁處 | 푸른 이끼가 가득한 뜰에 기러기 소리 들려오네, |
| 滿庭黃葉閉門時 | 누런 낙엽이 수북하게 쌓이니 문을 닫을 때라. |

| 木落驚年長 | 낙엽이 지고 또 한 해가 바쁘게 달려가니, |
| 門閒惜草衰 | 문 앞은 한산하고 시들어 가는 풀이 서글프네. |

캐나다 학자 노드롭 프라이는 『비평의 해부』에서 황혼과 가을을 쇠퇴의 원형으로 보았다. 황혼과 가을의 시간적으로 무력하고 처량한 슬픔의 이미지다. 그래서 황혼과 가을의 문도 슬픔의 문이다.

시간은 엎치락뒤치락 숨 돌릴 틈도 없이 흘러간다. 앞서가면 지나치고 뒤따르면 붙잡지 못한다. 무릇 해와 달은 끊임없이 돌고 시간은 사람을 기다리지 않는다.

時之反側, 間不容息, 先之則太過, 後之則不逮. 夫日回而月週, 時不與人遊.

—『회남자』「원도훈(原道訓)」

중국 전통사상에서 시간은 통제불능의 필연이자 슬픔과 두려움의 대상이다. 그러나 사립문을 닫고 집으로 들어가면 슬픔은 희석되고 시간의 흐름은 더 이상 의미가 없다. 문 안에서 시인의 영혼은 작은 위안을 받고 생명의 슬픔을 처연한 심미적 형식으로 승화시킨다.

문은 공간적으로 비, 눈 등의 이미지와 결합되는 경우가 많다.

閉門風雨裡	비바람 속에 굳게 닫힌 문,
落葉與階齊	낙엽이 계단까지 쌓이네.

—요합(姚合), 「무공현중작(武功縣中作) 30수」其十八

孤館閉秋雨	외로운 객사는 가을비에 닫혔고,
空堂停曙燈	빈 사랑채에 새벽 등이 꺼진다.

—두목(杜牧), 「행차백사관선기상하남왕시랑(行次白沙館先寄上河南王侍郎)」

舟橫野渡寒風急	쓸쓸한 바람이 부는 들판의 나루터에 배는 흔들리고,
門掩荒山夜雪深	문 닫힌 황량한 산속에 밤 눈이 수북하게 쌓여간다.

—허혼(許渾), 「증이이궐(贈李伊闕)」

비와 눈이 외부세계의 침범과 습격을 상징한다는 것을 쉽게 알 수 있다. 그러나 문이 있기 때문에 시인은 자신의 공간을 지킬 수 있다. 무한한 비와 눈의 세계에 비해 집은 유한하고 협소하지만 원시시대 때부터 지켜져온 보호의 공간이다. 문이 있어서 위안과 따뜻함이 생겨난다. 비바람은 차갑고 슬프다지만 문은 따뜻하다. 눈비와 문의 이러한 공간적 이미지 조합은 전통적인 슬픔의 미학이 예술적으로 표현된 것이다.

3) 문의 심미적 체험 - 청정과 고요

공간의 청정함과 영혼의 고요함은 또 하나의 미학적 전통이다. 영혼의 고요는 청정한 외부공간을 통해 표현되고 청정한 공간은 영혼의 고요라는 심미적 체험을 강화한다. 닫힌 문 안에는 공간의 청정함과 영혼의 고요함이 있다. 청정과 고요의 조합이 기분 좋은 미학적 세계, 순결하고 고요한 예술적 세계를 이끌어낸다. 고요한 문은 정지된 생명이 아닌 영혼의 자유와 편안함을 상징한다. 왜냐하면 인간의 소리만 잠들었을 뿐 풀벌레 소리, 새소리, 바람소리, 샘물소리, 은은한 밤의 종소리는 그대로이기 때문이다. 그것은 천뢰의 소나타요 터져 나오는 생명의 빛이다.

불가에서는 번뇌에서 벗어나는 것을 적寂이라 하고 고통을 끊어내는 것을 정靜이라 한다. 시와 선禪은 같은 뿌리에서 나온다. 시인들의 닫힌 문과 은거는 고요와 정적 속에서 깊은 사유의 세계를 끌어내고 심미적 희열이 고독과 적막을 희석한다.

綠樹深深處	짙푸른 나무가 우거진 깊은 산속에
長明焰焰燈	장명등이 타오른다.
春時遊寺客	봄이 온 사찰에 사람들 노닐고,
花落閉門僧	분분한 낙화 속 승려는 문을 걸어 닫았네.

萬法心中寂	만법이 가슴에서 고요를 찾고,
孤泉石上澄	외로운 샘물 돌 위에서 빛난다.
勞生莫相問	고단한 중생들아 묻지 말지니,
喧默不相應	소란해도 잠잠해도 대답 없으리.

—제기, 「서고사승방」

시승詩僧의 마음은 맑고 고요한 물처럼 세상사에 번뇌하거나 동요하지 않는다. 선사禪寺의 고요한 분위기에 취해 모든 것들이 텅 비어 있고 마음 속에 맑은 샘물이 흐르는 듯하다. 꽃잎이 분분한 닫힌 문 속 승려는 의미이자 예술 형식이다. 문은 구체적이고 심미적인 시학의 언어다.

6. 맺음말

문이라는 한 낱말에 대한 시학적 비평을 통해 문이 시에서 시로 되돌아 가는 과정을 확인할 수 있었다. 어원적으로는 문의 첫 번째 명명은 시적이 었다. 문의 원시적 의미는 고향이자 보호다. 문이 만들어낸 공간이 인류를 자연계의 습격으로부터 분리시켰다면 고향을 향해 걸어갈 때 문의 명명은 얼마나 격정적이고 시적인 언어인가. 그러나 문명이 발전하고 진보하는 과정 속에서 문의 시학적 의미는 끊임없이 마모되었다. 문은 그 예술적 빛을 잃어버리고 가문이나 문벌 등의 파생 의미를 가지게 되었다. 그래서 운명처럼 시인의 머리 위로 문의 시적인 명명을 되찾아오는 임무가 떨어 졌고 시인들에게서 문의 풍부한 예술적 상징 의미가 태어나게 되었다. 이러한 의미에서 문의 시학적 의미는 시에서 출발하여 시로 되돌아가는 것이다.

　원시적 형태의 문은 거친 나무판 두 짝에 불과하지만 특별한 역사적 의미와 미학적 의미를 가지고 있다. 시어詩語에 대한 연구는 정지된 언어학적 해석에 머물지 않고 시학적 예술비평으로 나아가야 할 것이다. 왜냐하면 말은 복잡한 역사적 의미를 보여주고 살아있는 예술적 내용을 포함하기 때문이다. 하나의 낱말은 하나의 세계다. 우리가 할 일은 낱말에서 역사를 향해 나아가고 세계를 향해 나아가는 것이다.

제7장

당시唐詩의 종소리

─

1. 머리말

당시에 나오는 종소리는 그 의미를 반복적으로 되새기게 되는 심오한
예술적 이미지다. 먼 곳에서 아침저녁으로 울리는 은은한 종소리를 통해
당대 시인들의 풍부한 영혼과 그 시대만의 독특한 미학을 확인할 수 있다.
『전당시』외편 포함에는 종소리를 나타내는 표현이 1,206회 출현한다. 복잡
하고 엄격한 절차와 격식을 갖춘 궁중의 종소리는 구름을 뚫고 하늘 높이
울려 퍼지면서 천하의 패권을 움켜쥔 황제의 권위와 제국의 위엄을 상징
한다. 또 오래된 산사에서 울리는 맑고 그윽한 탈속의 종소리는 속세를 간
파한 선禪과 법法의 향기를 흩뿌린다.

尋空靜餘響   공중을 맴도는 고요한 여음,
裊裊雲溪鐘   뭉게뭉게 구름 낀 시내에 종소리.

—상건(常建), 「제삼봉(第三峰)」

萬古行人離別地   예부터 나그네가 이별하는 곳
不堪吟罷夕陽鐘   다 읊조리지 못한 채 석양에 종소리 드리우네.

—위장(韋莊), 「파릉도중작(灞陵道中作)」

종소리는 시인들의 굴곡진 삶과 벼슬길에 대한 무거운 탄식을 실어나
르기도 하고 혼융渾融과 고고高古의 투명한 희열을 전해주기도 한다. 종소
리는 어느 특정한 한 시인만이 좋아했던 소재가 아니다. 진자앙, 왕유, 맹
호연, 이백, 두보, 백거이, 이상은 등『전당시』에서만 280여 명의 시인들

이 종소리를 노래했다. 시 속의 종소리는 당대 시인들의 심미적 이상을 보여준다. 종소리는 하나의 물상이자 이미지로서 역사적이며 시대적이다. 맨 처음 울려 퍼진 상고의 종소리는 오래된 역사 속에서 비바람을 맞으며 문화와 예술의 세계로 옮겨갔다. 이로써 단순한 물질적 형식이었던 종소리는 예술적 상징기호로 승화되었다. 우리는 당시의 종소리를 통해 물리적 진동이 아닌 위대한 예술의 울림을 체험하게 된다. 천년이 지난 지금까지도 당시唐詩의 종소리는 우리의 영혼을 울린다.

2. 종고도지鐘鼓道志 – 당시에 나타난 종소리의 역사적 의미

시에서 상징이 되는 물상은 두 가지 유형이 있는데, 하나는 순수한 자연적 물상, 또 하나는 문명의 진보 과정에서 인류가 창조한 물상이다. 전자에는 석양과 밝은 달, 푸른 산과 물, 봄바람, 가을바람 등이 있고 후자에는 쓸쓸한 등불, 외딴 마을과 옛길, 전원의 오래된 집 등이 있다. 시간적 측면에서 보면 자연적 물상은 문명적 물상에 비해 훨씬 오래 되었다. 그러나 문명적 물상도 자연적 물상과 마찬가지로 역사의 순환과 반복을 통해 인류의 영혼 깊은 곳에 침적되었다. 그래서 문명적 물상 역시 예술세계에서 모습을 드러낼 때마다 고금을 잇고 미래를 밝히는 위대한 힘을 보여준다. 또 문명적 물상의 탄생은 자연을 인식하고 야만에서 탈출한 감동적인 역사와 관련이 있다. 문명적 물상의 출현은 고난의 긴 밤을 지샌 인류의 역사적 기억을 환기시킨다. 그래서 문명적 물상은 더 큰 역사적 의미가 있다. 그 가운데서도 종소리는 인류문명사를 대표하는 원시 이미지다.

종은 인류의 문명이 일정 정도 발전한 이후에 생겨난 산물로서 청동기문
명의 결정체다. 『여씨춘추』「고악古樂」, 『예기』「명당위明堂位」, 『산해경』
「해내경海內經」에서는 순임금 때의 목수 공수工倕나 백릉伯陵의 두 아들 고鼓
와 연延이 종을 만들었고 전한다. 곽말약郭沫若의 주장에 따르면 종鐘이나 탁
鐸은 초기에 나무나 대나무로 만들었다.[1] 또 당란唐蘭 선생에 따르면 종은
대나무, 도기, 동으로 이어지는 몇 단계의 발전 과정을 거쳤다.[2] 이처럼 종
의 역사는 아주 먼 옛날까지 거슬러 올라갈 수 있다. 원시적 형태의 종은
대나무 한 마디 또는 속이 빈 다른 종류의 나무에서 비롯되었을 수도 있고
도기로 만든 그릇에서 비롯되었을 수도 있다. 그런데 이 같은 재료로 만들
어진 종은 소리의 높낮이가 제각각이었다. 오직 청동으로 주조한 종만이
일정한 높이의 소리를 낸다. 불과 청동의 담금질을 통해 종은 조화롭고 공
활한 소리가 어우러지는 예술적 힘을 가지게 되었다. 고고학 발굴조사에서
편종編鍾, 필종畢鐘, 저종貯鐘, 용鏞, 요鐃 등 종과 유사한 형태의 상대商代의 악
기들이 대량으로 출토되었다. 주대周代의 종은 보편적인 예기禮器로서 정치,
문화, 외교, 예술, 종교, 의례 등 다양한 사회활동에 두루 사용되었다. 이런
점에서 종은 청동기문명의 대표적 문물이라 할 수 있다.

종은 청동을 제련하는 제작법을 통해 풍부한 예술적 표현력을 획득하
고 중국 고전음악을 대표하게 되었다. 송응성宋應星은 『천공개물天工開
物』에서 "종은 금속 악기의 으뜸으로서 한 번 울리면 큰 소리는 10리 안까
지 들리고 작은 소리는 1리 밖까지 닿는다. 그래서 임금이 조정에 나오거
나 관리들이 관청에서 일을 할 때 반드시 종으로 사람들을 불러모은다. 각

---

1   郭沫若, 『青銅時代』, 北京 : 科學出版社, 1957, p.323.
2   唐蘭, 「古樂器小記」, 『燕京學報』 14, pp.59~64.

고을의 주례酒禮에서도 종소리에 맞춰 노래를 한다. 불사와 사당에서는 종소리로 신도들의 성심을 일깨우고 귀신에 대한 경외심을 불러 일으킨다.鐘爲金樂之首, 其聲一宣, 大者聞十裏, 小者亦及裏之餘. 故君視朝, 官出署必用以集衆, 而鄕飮酒禮必用以和歌, 梵宮仙殿用以明攝謁者之誠, 幽起鬼神之敬"라고 기술했다.

종은 청동을 재료로 사용하고 형태적으로 중앙이 비어있기 때문에 공활하고 청아한 소리가 난다. 저음과 고음이 조화롭게 어울려 그 은은한 소리가 먼 곳까지 퍼져나가면서 풍부한 음악적 표현력을 발휘한다. 그래서 종은 신하들을 소집하고 천하를 호령하는 정치적 장소에도 사용었되고 문화적으로 풍속을 바로잡는 예악과 교화에도 사용되었다. 또 종은 종교적 신비감을 조성하는 제사적 의례적 기능도 했다. 그래서 옛사람들은 종소리를 소리 중에서도 으뜸 가는 소리로 꼽았다.

『고금악록古今樂錄』에서는 종류鐘類 악기를 종鐘, 박鎛, 순錞, 탁鐲, 요鐃, 탁鐸의 여섯가지로 분류했다. 종과 유사한 악기가 다양하게 보급되었다는 것은 사람들이 종소리의 예술을 좋아했다는 방증이다. 종의 출현은 새로운 문명의 출현을 의미한다. 종은 시와 결합되면서 새로운 예술의 시대를 열었다.

종소리는 풍부한 의미와 상징이 내포된 원시 이미지다. 종소리 이미지에 대한 연구가 많지 않는 것은 이미지에 대한 편견 때문이다. 사람들은 이미지의 '형상성Bildlichkeit'을 지나치게 강조한 나머지 이미지의 '청각적 상상Hearingimagination'을 간과하는 경향이 있다. 그래서 머리J. M. Murry는 "이미지는 시각적일 수도 청각적일 수도 있기 때문에 이미지가 시각적일 뿐이라거나 주로 시각적이라는 인식을 철저하게 없애야 한다"[3]고 역설했다.

종소리는 청각을 통해 그윽한 신운神韻과 스스로 울리는 천뢰天籟의 음악적 경계를 보여준다. 금성옥진金聲玉振과 비향방통秘響傍通의 음악적 경계는 중국 고전시가를 대표하는 심미적 목표다. 그래서 종소리의 청각 이미지는 전통적인 시각 이미지 보다 더 큰 표현력과 호소력을 가진다고 할 수 있다.

종소리가 이미지화되는 과정은 정서화, 역사화, 예술화되는 과정이기도 했다. 파운드E. Pound는 이미지를 순간 속에 드러나는 이성와 감성의 복잡한 경험이라고 했다.[4] 순간적으로 표출되는 이미지의 감각은 그것과 관련하여 인류의 감성과 이성이 겪어온 복잡한 경험과 역사를 수반한다. 그래서 당시唐詩에서 울리는 종소리에 귀를 기울이면 종소리의 가장 깊은 밑바닥에 쌓인 풍부한 역사를 느낄 수 있다.

寥亮來豐嶺	맑고 아름다운 소리가 풍령으로 오니,
分明辨古鐘	분명히 옛 종소리임을 알겠네.

　　　　　　　　　　　　　　　　　　　　　— 무명씨, 「청상종(聽霜鐘)」[5]

古木無人徑	인적 없는 고목숲,
深山何處鐘	깊은 산 어디선가 울려오는 종소리

　　　　　　　　　　　　　　　　　　　　　— 왕유(王維), 「과향적사(過香積寺)」

忽憶秋江月	문득 가을 강물에 비친 달을 떠올리니,

3　René Wellek · Austin Warren, 劉象愚 外譯, 『文學理論』, 北京 : 三聯書店, 1984, p.203.

4　Ibid., p.202.

5　『全唐詩』 권787, 北京 : 中華書局, 1960, p.8874.

如聞古寺鐘   오래된 옛절에서 종소리가 들려오는 듯하네.

　　　　　　　　　　　—고황(顧況), 「기강남학림사석빙상인(寄江南鶴林寺石冰上人)」

古刹疏鐘度   오래된 옛절에서 종소리가 실려오고,

遙嵐破月懸   먼 산에는 이지러진 달이 걸려 있네.

　　　　　　　　　　　—이하(李賀), 「남원(南園) 13수」

　위 시들에 나오는 고목, 고찰, 심산深山은 태고의 종소리 이미지를 불러
온다. 논리적으로 시인은 옛 종소리를 들을 수 없다. '古'는 종소리가 담고
있는 역사를 암시한다. 울창한 고목, 고요한 사찰, 멀리 보이는 푸른 산이
아득히 먼 역사적 공간을 부각시킨다. 이러한 예술적 분위기 속에 은은한
종소리가 더해지면서 시인은 마치 옛날로 직접 돌아간 듯한 느낌을 받는
다. 시의 세계에서 종소리는 종이 태어난 청동시대부터 시작된 모든 역사
적 의미를 담고 있다. 종소리와 함께 아득하게 먼 옛날로 돌아가는 듯하다.
　『순자』「악론」편에 '종고도지鐘鼓道志'와 '금슬악심琴瑟樂心'이라는 말이
나온다. 종과 북으로 사람들의 뜻을 이끌고 거문고와 비파로 마음을 즐겁
게 한다는 뜻이다. 선진시대에 '志'는 매우 광범위한 개념을 가지고 있었
는데 문일다聞一多는 기억, 기록, 회포懷抱의 세 가지 의미를 가진다고 보았
다. 그런데 이것은 내용적 측면이며 장르적 측면에서 '志'는 '詩'와 통용될
수 있다. '志'의 거대한 포용량이 종소리에 담긴 역사성을 결정했다. 그래
서 예술세계의 종소리를 설명할 때는 요원하고 광활한 역사적 의미를 추
적해야 한다.

1) 신성한 상고의 종소리

상고시대에 종소리는 특별한 의미를 가진 신성한 언어였다. 종교와 제사의 기능을 했던 종은 초자연적 세계에 대한 인류의 신비한 감정을 담아서 소리로 전달했다.

『설문해자』에서는 종을 악종樂鐘이로 풀이했는데 음악에서 종소리는 인간이 신과 소통하는 특별한 언어였다. 샤이에Jacques Chailley는 "원시인에게 음악은 예술이 아니라 일종의 힘이었다. 음악을 통해 세계는 창조되었고 (…중략…) 원시인의 관점에서 음악은 신이 내린 본질 중 인간이 획득한 유일한 (…중략…) 신이 음악을 통해 인간에게 말을 걸면 인간은 음악을 통해 다시 신에게 이야기한다"[6]고 했다. 이 같은 상고인류의 관념을 바탕으로 종은 특별한 신성神性을 획득했다. 종소리는 예술적인 동시에 정신적이다. 종소리는 신을 향한 인류의 호소인 동시에 신의 뜻을 전달하는 언어였다. 그래서 상고의 종소리는 종교적 제례의식에도 사용되었다.

『주례』춘관春官 대사악大司樂에 "악기를 나누어 하늘의 제사에 쓰고 선왕의 제사에 쓰며 사방의 제사에 차례대로 쓴다. 황종을 연주하고 대려로 노래하며 운문의 춤을 추어서 천신에게 제사 지낸다. 태주를 연주하고 응종으로 노래하며 함지의 춤을 추어서 지기에게 제사 지낸다. 고선을 연주하고 남려로 노래하며 대소의 춤을 추어서 사방에 제사 지낸다. 유빈을 연주하고 함종으로 노래하며 대하의 춤을 추어서 산천에 제사 지낸다分樂而序之, 以祭以享以祀. 乃奏黃鐘, 歌大呂, 舞雲門, 以祀天神. 乃奏大蔟, 歌應鐘, 舞鹹池, 以祭地祇. 乃奏姑洗, 歌南呂, 舞大, 以祀四望. 乃奏蕤賓, 歌函鐘, 舞大夏, 以祭山川"는 내용이 있다.

6　Jacques Chailley, *40,000 Years of Music*, London, 1964, p.54. 韓經太, 『中國詩學與傳統文化精神』, 成都 : 四川人民出版社, 1990, pp.199~200에서 재인용.

질서정연한 제사의식에서 종은 주선율로 사용되었다. 황종黃鍾은 하늘에 제사를 지내고 응종應鍾은 땅에, 함종函鍾으로 산천에 제사를 지냈다. 마르크스는 원시종교를 원시인의 세계관과 세계의 총체적인 강령이라고 보았다. 그래서 종소리는 특별한 의미를 획득하게 되었다. 옛사람들은 종을 '음지군아音之君也',[7] 소리 가운데 으뜸가는 소리라고 했다. 종소리는 일체의 음악을 초월하는 음악이었던 것이다. 여기서 종소리의 예술적 위상과 종교적 의미가 확인된다. 1953년에 발굴한 안양安陽 대사공촌大司空村의 상대 무덤에서 소리가 나는 종이 출토되었다.[8] 종은 현실생활에서뿐만 아니라 사후의 영혼에 대해서도 초탈과 정화의 작용을 했다. 아주 오랜 세월동안 종은 종교적 제사의식에서 중요한 기능을 했다. 『시경』에 종소리가 여덟 군데서 나오는데 모두 종묘제사와 관련된 것이다. 「소아」편 「초자楚茨」는 경건하고 정성어린 분위기의 제사를 그린 시다. 여러 곳에서 '종고기계鍾鼓既戒, 종과 북이 준비되었다', '고종송시鼓鍾送屍, 종소리와 북소리가 시동을 배웅한다'와 같이 제사의식에서 종이 등장한다. 또 「주송周頌」 「집경執競」에서도 '종고황황鍾鼓喤喤, 종소리와북소리가떠들썩하다'과 같이 종소리를 묘사하고 있다. 종소리와 북소리가 어우러지는 가운데 상고인들은 의례를 갖추고 신의 가호를 기원했다. 종소리의 종교적 전통은 봉건시대의 역대 통치자들에게 계승되었다. 곽무천郭茂倩의 『악부시집』에 실린 교묘가사郊廟歌辭들 가운데 신에게 올리는 제사에 종을 사용하였다는 내용이 많다. 대표적으로 유신庾信의 「주사방택가週祀方澤歌」에도 '종고황황'이라는 표현이 나온다. 당시唐詩에서 종소리는 예술성을 강화하는 한편 상고시대의 종교성도 그대로 이어갔다. 『전당시』에

---

7   『회남자』 「본경훈」 '대종정' 있는 고유(高誘)의 주를 참고할 것.
8   馬得志 外, 「一九五三年安陽大司空村發掘報告」, 『考古學報』 第九冊, pp.32~49.

실린 교묘가사 가운데 제사와 관련된 종소리가 15곳이 있는데 '종가효일鐘歌曉溢, 종소리와 노랫소리가 넘쳐 흐른다', 전전고종填填鼓鐘, 북소리와 종소리가 가득하다와 같이 흥겨우면서도 경건한 제사 분위기를 엿볼 수 있다. 『악부시집』에 실려 있는 당대의 악가를 보자.

疊璧凝影皇壇路	둥근 옥과 같은 해와 달이 황단皇壇에 그림자를 드리웠네.
編珠流彩帝郊前	오색찬란한 구슬 꾸러미가 천자의 궁궐 앞에서 빛나네.
已奏黃鐘歌大呂	황종과 대려를 연주하며 태평성대를 기원하네.[9]
還符寶歷祚昌年	정성스레 제사를 마치며 내년은 풍년이기를 바라네.

황종黃鐘과 대려大呂의 선율 속에 복록과 태평성대를 향한 기원이 어우러지면서 종소리의 형식과 의미가 통일된다. 이것은 상고세계의 의식과 일맥상통한다. 상고의 인류가 맨 처음 청동이 만들어내는 아름다운 음악소리를 들었을 때 느꼈을 영혼의 울림이 연상된다. 고대 인류는 세상을 이끄는 위대한 신에게 아름다운 종소리를 바쳤다.

2) 정치적 이상과 권위를 상징하는 종소리

정치와 종교가 분리되지 않았던 상고사회에서는 최고의 종교 지도자는 최고의 정치 지도자이기도 했다. 그리하여 종의 제사적 기능 또한 정치적 기능으로 옮겨갔다. 상대商代의 유물 가운데 나라의 권위와 정치적 위엄을 나타내는데 사용되었던 '종정鐘鼎'이 있다. 또 『주례』의 기록을 살펴보면

---

9 『樂府詩集』第一册, 北京 : 中華書局, 1979, p.59.

주대에 종을 관리하는 별도의 관리가 있었다. 상고사회에서는 '흔종釁鍾'이 성행했는데 새 종을 만들 때 사람이나 동물을 제물로 삼는 야만적인 풍속이었다. 흔종은 나라와 최고 통치자의 존엄, 거역할 수 없는 권력의 힘을 보여준다. 『산당사고山堂肆考』권162에 주장공이 큰 종을 주조하자 조귀曹劌가 임금을 접견하여 "나라는 작은데 종의 크기가 지나치니 군께서는 어찌 그것을 헤아리지 않으십니까?魯莊公鑄大鐘, 曹劌入見曰 : 今國褊小而鍾大, 君何不圖之"라고 하였다. 종의 크기는 나라의 힘에 걸맞아야 하고 그 힘을 넘어서 큰 종을 주조한다는 것은 질서의 파괴를 의미하기 때문에 사대부들이 우려하지 않을 수 없었다.

이와 같이 종이 정치를 상징하게 되면서 두 가지 의미가 파생되었다. 먼저 종은 침범할 수 없는 신성한 위엄을 나타낸다. 『예기』「악기」편에서 "군자는 종소리를 들으면 무신을 생각한다君子聽鐘聲則思武臣"고 했다. 종소리를 들으며 위풍당당한 무신을 떠올리는 것은 종이 가지는 중후하고 엄숙한 상징적 의미 때문이다. 또 종은 고귀한 정치적 신분과 지위를 의미한다. 귀족들이 귀를 즐겁게 하는 감각적 향유에 빠질 수 있었던 것은 그들이 가진 우월한 신분을 때문이었다. 종을 쳐서 식구들을 불러모으고 솥을 여러 개 늘어놓고 식사를 한다는 '종명정식鐘鳴鼎食'이라는 말은 부귀와 사치의 대명사다. 종에 새겨진 상대와 주대의 금석문에는 '자자손손子子孫孫, 영보용지永保用之'와 같은 축복과 기원의 말들이 많다. 종의 전승은 정치적 지위와 권력의 전승이다. 그래서 왕족과 귀족들은 종을 소중한 보물로 여겼다.

당대의 최고 통치자들도 종소리를 즐겨 노래했다. 다음 시들을 보자.

羽旄飛馳道	깃발이 치도에서 휘날리고
鐘鼓震岩廊	종과 북이 조정을 뒤흔든다.

*치도: 임금이 다니는 길

—당태종, 「정일림조(正日臨朝)」

前庭列鐘鼓	조정 앞뜰에 종과 북을 늘어놓고,
廣殿延群臣	마당 가득 군신들을 가득 불러모았네.

—당덕종, 「중춘린덕전회백료관신악시(中春麟德殿會百僚觀新樂詩)」

新年宴樂坐東朝	새해가 밝아 대명궁에서 연회를 열었네,
鐘鼓鏗鍠大樂調	종소리 북소리 우렁차게 울리네.

—최일용(崔日用), 「봉화인일중연대명궁은사채루인승응제(奉和人日重宴大明宮恩賜彩縷人勝應制)」

위 시들에서 그리고 있는 종소리는 예술적 감흥보다는 정치적 분위기
가 농후하다. 종소리는 봉건황제가 가졌던 천상천하 유아독존의 위엄과
권위를 나타내고 고관대작과 귀족들의 만족감과 기쁨을 드러낸다. 그들
에게서 종은 정치를 상징하는 기호였다.

3) 문화와 인생의 품격을 상징하는 종소리

종은 문명이 일정 단계까지 발전한 이후에 등장한 산물이다. 청동의 발
견, 고도의 제련 기술 그리고 음악에 대한 인류의 인식은 종이 등장하기
위한 선결조건이었다. 그래서 종은 문명의 결정체이자 문화의 상징물이
다. 『습유기拾遺記』에 "문덕이 있는 자는 종과 경쇠를 하사받고 무덕이 있

는 자는 창과 방패를 하사받았다文德者錫以鐘磬, 武德者錫以乾戈"는 내용이 있다. 종과 무기의 대비는 문명과 야만, 문화와 폭력의 대비다. 『예기』 「악기」편에서는 "종고와 간척은 안락을 조화롭게 하는 것이다鐘鼓幹戚, 所以和安樂也"라고 했다. 종소리는 악기 소리이기도 하지만 더 중요한 것은 삼강오륜을 지키고 사람들의 사회적 관계를 조율하는 예악과 교화의 의미다. 종소리에 문화의 품격이 담긴 것이다.

순자가 말한 '종고도지鐘鼓道志'에서 '지志'는 도덕과 윤리 그리고 인생의 품격이다. 그래서 고대인들은 종소리의 청탁淸濁을 무엇보다도 중요하게 생각했다. 『국어』 「주어周語 하」편에 "종소리는 귀로 듣는 것이다. 귀에 들리지 않으면 종소리가 아니다. (…중략…) 귀로 화합의 소리를 살피는 것은 청탁의 사이에 있다夫鐘聲以爲耳也, 耳所不及, 非鐘聲也. (…中略…) 耳之察和也, 在淸濁之間"고 했다. 종소리의 청탁은 단순한 소리의 차이가 아닌 인격의 차이인 것이다. 『설원說苑』 「수문修文」편에 "종과 북의 소리는 분노했을 때 치면 격렬하고, 근심이 있을 때 치면 슬프고, 기쁜 일이 있을 때 치면 즐겁다. 그 뜻이 바뀌면 그 소리도 바뀌고, 그 뜻이 금석에도 통하는데 하물며 사람은 어떠하겠는가?鐘鼓之聲, 怒而擊之則武, 憂而擊之則悲, 喜而擊之則樂. 其志變其聲亦變, 其志誠通乎金石, 而況人乎"라는 내용이 있다. 종소리의 장단과 완급은 사람들의 희노애락을 나타낸다. 그래서 예술적 종이 정치적 도구로 사용될 때 사람들은 종소리 속에서 한 인간의 뜻과 한 나라의 뜻을 듣게 되고 종소리를 통해 도덕과 정치, 나라의 흥망을 판단할 수 있다.

『좌전』 「양공襄公 29년」에 오나라의 공자 계찰이 위나라에서 진나라로 가면서 척 지방에서 머물렀다. 그때, 계찰은 종소리를 듣고 이렇게 말했다. "이상하구나, 다툼이 있을 때 덕이 없으면 죽음을 면할 수 없다고 했다.

임금에게 죄를 짓고 이곳에 와있는 사람이 두려움에 떨어도 모자랄 판에 어찌하여 음악을 즐기는가?異哉, 吾聞之也. 辯而不德, 必加於戮, 夫子獲罪於君以在此, 懼 猶不足, 而又何樂"

두예杜預는 "변辯은 쟁爭과 같은 뜻이다"라고 주를 달았다. 오나라의 공 자 계찰이 종소리에서 들은 것은 도덕이었다. '종고도지鐘鼓道志'는 '시언 지詩言志'와 마찬가지로 경학자들이 도덕을 해석하는 도구였다. 여기에 담 긴 문화적 의미는 예술적 내용을 압도한다. 당나라 잠문본箴文本은 태극전 에 있는 종에 새긴 종명鐘銘에서 이렇게 기술하고 있다.

무릇 금은 덕이며, 다섯가지 재료 가운데 으뜸 가는 보배다. 종은 악기로 사용 되어 여덟 가지 음이 조화롭게 어울려 절도가 있다. 군대와 나라에서 크고 작은 일에 두루 사용된다. 그래서 무예를 닦는 자는 종으로 사람들을 경계시키고, 역 법을 관장하는 자는 종으로 시간을 알린다. 이러한 유래가 지금까지 이어진다.

夫金之爲德, 冠五材而稱寶. 鐘之爲器, 諸八音而表節. 成物兼於軍國, 致用適於 洪纖. 故習戎者用之以警眾, 司歷者俟之以考辰, 其由來也尚矣.

종소리는 다양한 문화현상에 광범위하게 적용되었다. 예술적으로 8음 이 어우러진 조화로운 소리를 들으면 몸과 마음의 희열을 느낄 수 있다. 정치적으로 종소리는 나라를 통치하고 군대를 통솔했다. 사상적으로 종 소리는 세상 사람들을 깨우치는 가르침과 지혜였다. 과학적으로 종소리 는 시간을 알리는 기능을 하면서 생활을 조화롭게 했다. 청동으로 만든 종 에 문화적 의미가 부여되면서 무생물인 금속에도 '덕'이 생기고 '생명'이 생기게 되었다. '덕'은 문화와 인생의 품격이다.

4) 시간과 역사를 상징하는 종소리

미국학자 수잔 랭거Susanne. K. Langer는 "시계鐘, clock는 형이상학적 관점에서 상당히 문제적인 기구로서 시간적 경험에 대한 특수한 추상이다. 다시 말해, 시간은 순수한 연속으로서 자신과 무관한 일련의 관념적 사실들을 통해 상징되지만, 연속되는 유일한 관계에 의해 하나의 무한하게 '빽빽한' 서열 속에 배열된다. 이 방식에 따라 생각해보면, 시간은 연속된 일차원적 통일체로서 확장되지 않은 어떤 한'순간'과 이어지는 다른 한'순간' 사이에서 한 단락을 잘라낼 수 있다"[10]고 했다.

시계는 시간에 두 가지 기술적 조작을 가한다. 우선, 혼돈의 시간을 구체적인 단위로 구분하고 일정한 순간으로 구성된 시간의 연속된 서열을 만들어낸다. 또 시간을 알리는 소리로 추상적 시간을 청각적 형식으로 전환함으로써 시간을 구체적이고 들을 수 있는 형식으로 만든다. 시간의 종이 울리는 매 순간은 경고다. 북은 사람들을 움직이게 하고 종은 사람들을 멈추게 한다鼓以動眾, 鐘以止眾.[11] 그리하여 종소리는 특수한 상징성을 가지게 되었다. 시인들은 세상을 일깨우는 종소리에 짧은 생명과 가야 할 먼 길에 대한 깊은 탄식을 담았다. 종소리에서 시간의 슬픔이 담긴 짙은 안개가 피어난다.

당시에서 종소리는 시간을 알려주는 종소리의 의미를 계승하고 예술적 초월을 실현했다. 종소리는 세상과 역사를 바꾸는 시간에 대한 슬픔을 담고 있으며, 현실을 초월해서 영원을 체험하는 깨달음의 의미를 가지고 있다. 그리고 아득하고 광활한 시간적 체험을 향해 나아간다.

---

10 Susanne Langer, 劉大基 外譯, 『情感與形式(Feeling and Form)』, 北京 : 中國社會科學出版社, 1986, p.129.

11 채옹, 『독단(獨斷)』, 『후한서』「예의지」편의 주를 참조할 것.

花間午時梵　　꽃 틈에서 피어나는 오후의 불경소리,

雲外春山鐘　　구름 너머 봄 산에서 울리는 종소리

— 유장경, 「등동해룡흥사고정망해간연공(登東海龍興寺高頂望海簡演公)」

姑蘇城外寒山寺　　고소성 밖 한산사,

夜半鐘聲到客船　　한밤의 종소리 나그네 뱃전까지 밀려오네.

— 장계(張繼), 「풍교야박(楓橋夜泊)」

孤村樹色昏殘雨　　외딴 마을 나무 위로 어둑한 잔비 내리고,

遠寺鐘聲帶夕陽　　멀리 절집의 종소리가 석양을 몰고 온다.

— 노륜(盧綸), 「여종제근동하제후출관언별(與從弟謹同下第後出關言別)」

　　당시에서 종소리는 시간에 대한 강한 다그침과 조급함을 버리고 시화되고 예술화되는 경향을 보여주기도 한다. 향기로운 풀과 꽃이 가득한 봄 산에 울려 퍼지는 종소리, 산속의 쓸쓸한 사찰의 종소리, 강물을 따라 흘러가는 배와 한밤의 종소리, 석양이 드리운 쓸쓸한 마을, 비를 맞고 선 나무가 있는 저녁의 종소리…… 이 모든 종소리는 예술적 처리를 거친 후 슬픔의 체험에 머무르지 않고 선적 깨달음과 함께 영원한 깨달음을 향해 나아간다.

　　하나의 이미지는 하나의 역사다. 이미지는 간결하고 응축된 형식 속에 역사의 온갖 비바람을 온전히 담고 있다. 당시의 종소리 이미지에는 상고 시대 종소리의 역사적 의미가 담겨 있기 때문에 종소리를 통해서 당나라 사람들의 정신뿐만 아니라 상고세계의 메아리까지 들을 수 있다. 다시 말

해, 시에서 종소리 이미지의 모든 정경情景과 테마가 동시에 나타난다. 이것이 바로 서구 평론가들이 말하는 '연상의 전체성The totality of association'이다. 그러나 또 당시의 종소리는 상징적 의미를 계승하고 있을 뿐만 아니라 동시에 혁신과 창조를 이루어냈다는 점에서 특별한 매력이 있다.

종소리 이미지의 혁신은 전체적으로 보다 더 시화되고 예술화되었다는 점이다. 종소리는 다층적인 문화적 속성을 가지지만 주로 음악예술 영역에 속한다. 『국어』「주어周語 하」편에 "종소리는 귀로 듣는 것이다. 귀에 들리지 않으면 종소리가 아니다夫鐘聲以爲耳也, 耳所不及, 非鐘聲也"라고 했다. 청각에 작용하는 종소리는 주로 감관의 희열을 주는 음악소리다. 그래서 종소리는 시예술과 함께 한다. 다시 말해 "쇠와 돌로 움직이고, 실과 대나무로 연주하고, 시로 말을 하고, 노래로 읊는다金石以動之, 絲竹以行之, 詩以道之, 歌以詠之"『국어』「주어 하」. 그런데 인류 초기의 예술은 실용성과 공리성功利性이 두드러졌다. 중국 고대의 예술이론도 교화적 목적에 편중하여 종의 실용적 기능을 과도하게 강화함으로써 종의 예술성을 훼손했다. 당대에 이르러 시가예술이 전성기를 맞이하면서 종소리도 더 큰 예술성과 표현력을 가지게 되었는데, 다음과 몇 가지로 정리할 수 있다.

우선, 종소리 이미지는 상고문화의 내용을 유지한 상태에서 형식화되고 시화되는 방향으로 발전했다. 이에 따라 종소리는 특별한 시언어가 되었다. 종소리는 구체성과 예술성을 가진 시언어일 뿐만 아니라 상징성을 가진 음악 언어다. 시와 종의 결합은 언어와 음악의 결합이자 소리와 그림의 결합이다. 시와 종이 결합되면서 종소리는 더 큰 예술성을 가지게 되었다.

둘째, 당대의 종소리는 유가의 실용적 전통에서 불가 사상으로의 전환을 이루어냈다. 종소리에 짙은 불가적 분위기가 실리면서 시단의 종소리는 더 맑고 투명해졌다.

셋째, 종소리는 예술적으로 황종黃鍾, 대려大呂로 대표되는 선진양한先秦兩漢 시대의 장중하고 엄숙한 소리에서 청량하고 맑은 소리로 전환되었다. 당시에서 보여지는 종소리는 가까운 곳에서 울리는 큰 소리가 아닌 유원하고 광활한 공간 속으로 스며드는 은은하고 아련한 소리다.

사르트르는 『문학이란 무엇인가』에서 "한 낱말을 내뱉을 때마다 나는 세계 속으로 더 깊숙하게 개입하게 되고 세계 위로 드러나게 된다. 왜냐하면 나는 그것을 초월하여 미래를 향해 가기 때문이다"[12]라고 했다.

당시의 종소리는 예술적 제련과 정화를 거친 후 전아하고 고요한, 고고하고 투명한 시세계를 만들어냈다. 종소리는 세계를 수용하는 과정에서 세계를 향해 걸어갔다. 수천년 동안 울려온 종소리는 당시를 통해 역사를 껴안고 현실과 미래를 보여주는 문화와 미학의 이미지 기호로 응축되었다.

3. 종경청심鐘磬淸心 - 당시 속에 울려 퍼지는 선禪의 종소리

시성 두보는 개원開元 29년 용문산 봉선사에 머물면서 이런 시를 썼다.

已從招提遊	절을 따라 노닐다가
更宿招提境	다시 경내에서 하룻밤 묵었네.
陰壑生虛籟	그늘진 골짜기에서 텅빈 바람이 불어오고,
月林散淸影	달빛숲 맑은 그림자 흩어지네.

12 Tzvetan Todorov, 王東亮 外譯, 『批評的批評』, 北京 : 三聯書店, 1988, p.43에서 재인용.

天闕象緯逼	하늘에 맞닿은 산봉우리 별들이 쏟아지고,
雲臥衣裳冷	구름 속에 누운 옷자락이 서늘하네.
欲覺聞晨鐘	잠결에 들려오는 새벽 종소리,
令人發深省	깊은 깨달음을 부르네.

관직에서 유학을 숭상하며 나라와 군주에 충성을 다했던 시인 두보도 불사의 은은한 새벽 종소리에 이끌려 깊은 성찰의 경계로 빠져들었다. 송나라 장표신張表臣『산호구시화珊瑚鉤詩話』권3에서 두보의 "잠결에 들려오는 새벽 종소리, 깊은 깨달음을 부르네欲覺聞晨鐘, 令人發深省"에 대해 "종과 경쇠는 청심清心과 욕생欲生, 연각緣覺의 깨달음이다鐘磬清心, 欲生緣覺"라고 했다. 두보의 종소리는 세상으로 나아가려는 유교적 각성이 아니라 세속을 초월한 깊은 불가적 사유다. 두보의 시뿐만 아니라 '청심'과 '연각'의 불가적 정신은 당나라 시예술 전반에서 나타나는 주선율이다. 불가적 분위기는 당대 종소리 이미지의 중요한 변화 가운데 하나다. 당대 이전의 종소리에 주로 반영된 것은 유가의 정치적 이상인 예악지치禮樂之治와 예술적 목표인 중화지미中和之美였다.

형태적으로 종은 크게 예종禮鐘과 가종歌鐘으로 나눈다. 예종은 주로 종묘 제사나 정치적 의식에 주로 사용되었다. 『시경』「소아」「초자楚茨」에 "예의를 갖추고 종과 북까지 갖추었네. 효성스런 자손들이 자리를 잡으니 공축이 기도를 올리네禮儀既備, 鐘鼓既戒, 孝孫徂位, 工祝致告"라는 구절이 있는데, 예종의 전형적 형식이다. 종은 정치적 교화의 기능이 있었기 때문에 정치적 내용으로 유가의 정치적 이상인 인의 정치를 체현했다.

『국어』「주어 하」편에서 영주구伶州鳩는 "정치는 음악과 같은데, 음악은

'和'를 추구하고 '和'는 '平'을 추구하는 것이니 (…중략…) 소리가 서로 어우러지는 것을 '和'라하고, 작은 소리와 큰 소리가 뒤섞이지 않는 것을 '平'이라 하니, 금으로 종을 주조한다夫政象樂, 樂從和, 和從平 (…中略…) 聲應相保曰和, 細大不踰曰平, 如是而鑄之金"고 했다.

종의 주조는 물질적 창조를 넘어선 유가의 정치적 이상 '화和'를 실현하는 행위였다. 중국 고전철학 범주에 속하는 '화'는 유가의 정치적 이상이기도 하다. '화'는 조화와 어울림이다. 이른바, "조화가 되면 만물의 생장이 번성하고和實物, 완전히 일치하면 발전이 이어지지 않는다同則不繼"『국어』「정어」라는 말이 있다. 동同은 차이가 없다는 것이다. 그런데 화和는 차이가 없다는 뜻이 아니라, 차이가 있는 서로 다른 사물들 간의 조화와 어울림이다. 화의 정치는 사람과 사람, 사람과 사회, 사람과 자연 등 다양한 관계를 조율한다. 『국어』「주어」편에 나오는 영주구의 주장에서 종소리에 담긴 정치적 품격을 확인할 수 있다. '화'는 중국철학이 추구하는 경계이자 유가예술이 추구하는 극치의 경계다. 유가는 특히 심미적으로 예술적 '천지지화天地之和'를 강조했다.

『예기』「악기」편에 다음과 같은 내용이 있다.

악樂은 천지의 어울림和이며 예禮는 천지의 질서序다. 어울림이 있기에 만물이 생겨나고 질서가 있기에 만물이 서로 구분된다. 악은 마음을 움직이고 례는 겉모습을 움직인다. 악이 지극하면 어우러지고, 례가 지극하면 유순해진다. 마음이 어우러지면 겉모습이 유순해지니 백성들이 그 얼굴빛을 보고 서로 다투지 않으며 그 용모를 보고 경거망동하거나 나태해지지 않는다.

樂者, 天地之和也, 禮者, 天地之序也. 和, 故萬物皆化, 序, 故群物皆別. 樂也者,動於內者也, 禮也者, 動於外者也. 樂極和, 禮極順, 內和而外順, 則民瞻其顏色, 而弗與爭也, 望其容貌, 而民不生易慢焉.

소리는 사람과 천지를 조화롭게 함으로써 사회의 질서와 통일을 이룬다. 또 개인은 사회뿐만 아니라 자연과도 조화를 이룬다. 이것이 바로 유가가 추구하는 최고의 경계다. 종소리는 높은 소리도 탁한 소리도 아닌, 격렬하지도 침울하지도 않은 혼융과 공명의 소리가 특징이다. 그래서 종은 중화의 아름다움을 추구하는 예술적 이상을 나타낸다.

'화和'는 예종의 기능일 뿐만 아니라 가종의 기능이기도 했다. 가종은 주로 귀족과 사대부들의 연회에 사용되었다. 예술적 희열이 정치적 교화보다 더 중요했지만 그 기저에는 '화'에 대한 심미적 추구가 작동되고 있다. 『시경』을 보면 「주남」 「관저關雎」에 "아름다운 여인과 종과 북으로 즐기고 싶네窈窕淑女, 鐘鼓樂之", 「소아」 「빈지초연賓之初筵」에 "종과 북을 갖춰놓고, 술잔을 들고 이리저리 오가네鐘鼓旣設, 擧酬逸逸"라는 구절이 있다. 모두가 종소리가 주는 음악적 희열을 강조하고 있다. 귀족 계급의 감각적 향유가 중심이지만 "술잔을 들고 이리저리 오간다"는 구절에서 사람들의 관계를 조율하는 종소리의 기능을 엿볼 수 있다.

종소리에 담긴 유가적 정신에 대해 당대 이정李程이 「고종어궁부鼓鐘於宮賦」에서 상세하게 밝히고 있다.

종과 북의 소리를 듣는 것은 수신의 좋은 비유다. 소리는 시작되어 바깥으로 퍼진다. 이것은 밝은 이치로써 반드시 선과 악의 근원을 드러낸다. 소리를 살핌으로써 크고 작은 법도를 지킨다. 궁에서 울리면 막힘없이 곳곳으로 퍼져나가 순식간에 사방을 가득 채운다. 사람들은 소리를 듣고 스스로를 경계하고 깨우치게 된다. 어두운 곳에 있는 사람이 신독愼獨하고 말많은 곳에서 중정中正을 지키는 것이 어찌 종 가장 자리에 있는 아홉개 장식 때문이겠는가? 사계절의 운행이 음률에 대응하고 오음이 규칙에 부합하니 어지러운 것을 살피고 다스려 시비를 밝힌다. (…중략…)

소리의 청탁을 가리고 오음을 사용하는 것이 마음을 움직이는 것이지 어찌 귀를 즐겁게 하는 것이겠는가? 군자가 종소리를 듣는 것은 우렁차게 울리는 소리만을 듣는 것이 아니다.

徵鼓鐘於前聞, 誠修身之善喻. 始自中出, 終能外布. 此夫曠理, 必彰善惡之由, 將以審音, 不失洪纖之度, 擊之於宮, 聲無不通, 乍超越以迴出, 竟周流而四充. 聞之者足可以自誠, 聽之者於焉而發聰. 若然則處暗室者, 可以愼獨, 在多言者曷若守中, 豈徒夾兩欒滿九乳? 運四氣而應律, 合五音而中矩, 必將察理亂之變, 明是非之主, 播洪音於萬鈞, 在敏乎而一鼓. 由審音以聽焉, 鐘之爲喻, 警夫行道之人, 聲也何從, 出乎有過之地, 苟由中而既發, 諒聞外之難秘. 夫鐘之所響, 響而見聽, 人之所愼, 愼於未形, 雖扣之而在寢, 必聞之而盈庭. 禮失所議, 想杜蕢之揚觶, 教之以義, 嘉大禹之勒銘. 和順積中, 鏗訇發外. 可以掩笙鏞之逸響, 節幹羽之繁會. 究彼所從, 爰自九重, 鏗然有聲, 初疑乎叔之離磬, 鏗以立號, 如辨乎倕之和鍾. 其小也, 究而無滅, 其大也, 樋而不容. 原乎其異, 察乎所以, 若禮之失, 唯鐘是比. 苟因聲而必聞, 信無良而可恥. 故能分清濁, 韻宮徵, 將有感於動心, 寧取樂於盈耳? 故君子之聽鐘, 非其鏗鏘而已.

이정의 변부駢賦는 유가의 종소리를 이론적으로 정리한 것이라고 볼 수 있다. 이정은 군자는 종소리의 우렁찬 소리만을 듣는 것이 아니다君子之聽鐘, 非其鏗鏘而已"라고 했다. 군자는 종소리를 들으며 윤리의 변화와 도적적

선악을 생각해야 한다는 것이다. 종과 북의 소리를 수신의 좋은 비유라고
한 것은 음악적 종소리를 이념화하고 도덕화한 것이다. 종소리가 사람들
에게 주는 것은 예술적 감동이 아닌 도덕적 각성이다. 개인에게 종소리는
선악의 근원을 드러내보이고彰善惡之由, 스스로를 경계하게 함으로써 지혜
롭게 한다聞之者足可以自誡, 聽之者於焉而發聰. 사회적 정치적으로 종소리는 변란
을 다스리고 시비를 가린다察理亂之變, 明是非之主. 종소리가 역사의 흥망성쇠,
정치적 변화, 도덕적 교화의 의미를 가지게 되면서 예술적 의미는 점점 약
화되었다. 이정은 유가가 이해하는 종소리에 대해 윤리적이고 문화적으
로 해석했지만, 당대의 종소리는 예술과 불교의 길을 향해 나아갔다. 당시
의 종소리는 대부분 산속의 고찰에서 울리는 종소리로서 선 불교적 사유
가 짙게 깔려 있다. 아래의 시들에서 보듯이 선가적 정서는 당시의 종소리
가 가진 대표적 특징이다.

梵鐘交二響   범패소리 종소리 어우러지고,
法日轉雙輪   법의 바퀴 해의 바퀴 함께 나아가네.
　　　　　　　　　　　ㅡ 당태종(唐太宗), 「알병주대흥국사(謁並州大興國寺)」

更聞金刹下   금빛 탑주 아래서
鐘梵晚蕭蕭   저녁을 울리는 종소리 범패소리를 듣노라.
　　　　　　　　　　　ㅡ 손적(孫逖), 「입추일제안창사북산정(立秋日題安昌寺北山亭)」

蒼蒼竹林寺   푸릇푸릇한 죽림사,
杳杳鐘聲晚   은은한 저녁 종소리

— 유장경(劉長卿), 「송령철상인(送靈澈上人)」

東林精捨近　　동림정사에 이르니,

日暮但聞鐘　　해는 지고 가만히 종소리가 들려온다.

— 맹호연(孟浩然), 「만박심양망려산(晚泊潯陽望廬山)」

一持楞伽入中峰　능가경을 들고 산속으로 들어가니,

世人難見但聞鐘　사람들 보이지 않고 종소리만 들려오네.

— 잠참(岑參), 「태백호승가(太白胡僧歌)」

孤村樹色昏殘雨　외딴 마을 나무 위로 어둑한 잔비 내리고,

遠寺鐘聲帶夕陽　멀리 절집의 종소리가 석양을 몰고 온다.

— 노륜(盧綸), 「여종제근동하제후출관언별(與從弟瑾同下第後出關言別)」

何時最是思君處　언제 님이 가장 그립던가,

月入斜窻曉寺鐘　비스듬한 달빛이 창으로 찾아들 때, 절집에서 새벽종
　　　　　　　　　소리 찾아들 때.

— 원진(元稹), 「악주우관엄간댁(鄂州寓館嚴澗宅)」

窗間半偈聞鐘後　창 사이에서 게송 소리 한창일 때 종소리를 들리니,

松下殘棋送客回　소나무 아래 끝나지 않은 장기판에 손님 보내고 돌아
　　　　　　　　　오네.

— 온정균(溫庭筠), 「기청원사승(寄清源寺僧)」

野寺鐘聲遠   들녘 사찰의 종소리 아득하고,

春山戒足寒   봄산의 계율은 시리구나.

—교연(皎然), 「송지홍사미부상원수계(送至洪沙彌赴上元受戒)」

웅장한 기상의 성당盛唐에서 황혼의 만당晚唐에 이르는 동안, 불가에 귀의한 시승, 거친 사막을 질주하던 변방의 시인, 푸른 소나무와 흰 구름에 취한 전원의 은자는 물론 막강한 권력을 가졌던 당태종까지 모두가 불사의 종소리에 빠져들었다. 그들은 깊은 산속의 고찰에서 석양과 밝은 달을 벗하여 능가경을 앞에 두고 게송과 선시를 읊조리며 고요한 종소리를 들었다. 이로써 종소리는 선불교 음악의 대명사가 되었다.

종소리와 불가적 정서의 결합은 불교가 동쪽으로 전파되는 과정에서 이루어졌다. 고대중국에서 종이 정치적 기능과 예술적 기능의 두 가지 기능을 동시에 수행하고 있을 때, 고대 인도의 종은 불교이념을 널리 알리는 법기法器로서 석가모니의 종소리를 울렸다. 종은 범어로 Ghanta간따라고 하며 건치犍稚나 건추犍椎로 불리기도 했는데 '나무를 두드린다'는 뜻이다.

『증일아함경增壹阿含經』에 이런 내용이 있다. 아난이 강당으로 올라가 손에 건치를 들고 "지금 이 여래의 신고信鼓를 치리니 여래의 제자들과 중생들은 모여라"고 말했다. 그리고 다시 게송을 읊었다. "마력의 원한 굴복시키고 마음의 매듭 남김없이 끊어내네. 노지에서 건치를 치리니 소리를 들은 비구들은 모여라. 불법을 듣고자 하는 자들은 죽음의 바다를 건너라. 이 묘한 소리를 들으면 이곳으로 구름처럼 모여라阿難即升講堂, 手執犍稚, 並作是說. 我今擊此如來信鼓, 諸有如來弟子衆者, 盡當普集, 爾時復說此偈 : 降伏魔力怨, 除結無有餘. 露地擊犍稚, 比丘聞當集. 諸欲聞法人, 度流生死海. 聞此妙響音, 盡當雲集此." 종소리는 요괴와

마귀를 물리치고 속세의 연을 끊어내 승려들을 불러 모으는 계시적 의미를 가진다. 「행사초行事鈔」 상편에 "이 종을 울리는 것은 십방十方의 승려들을 불러 모으기 위해서다. 종소리를 듣고 함께 모여 화합하고 또 악으로부터 고통을 받는 모든 중생들이 평온을 얻을 수 있다我鳴此鐘者爲召十方僧衆, 有得聞者, 並皆雲集, 共同和利, 又諸有惡趣受苦衆生, 令得停息"는 내용이 있다. 종소리는 고난으로부터의 해탈과 극락세계를 상징하기 때문에 불가에서는 아침저녁으로 종을 울리는 의식이 전통으로 자리 잡게 되었다.

『백장청규百丈淸規』 「법기法器」편에 "큰 종은 선원仙院에서 시작을 알린다. 새벽종은 긴 밤을 깨뜨려 잠자는 승려들을 일깨우고, 저녁종은 희미한 갈림길에서 진리를 일깨워 어리석음을 물리친다大鐘, 叢林號令資始也, 曉擊即破長夜, 警睡眠, 暮擊則覺昏衢, 疏冥昧"고 했다. 북과 종은 불가의 필수 과목이다. 종은 불가의 의식과 불법의 진리를 한 몸에 담고 있기 때문에 범패와 함께 불가적 깨달음의 대명사가 되었다. 진도陳陶는 「제거상인법화신원題居上人法華新院」에서 "종소리 범패소리 승들의 나라를 이루고 강산이 불가를 칭송한다鐘唄成僧國, 湖山稱法家"고 했다. 종소리를 듣고 있노라면 불법을 전하는 범패소리가 들려오는 듯하다. 산과 강, 호수와 바다도 부처의 진리를 연역적으로 증명한다. 종소리가 울리는 곳에 불사가 존재하고 부처의 진리가 모습을 드러낸다.

幡影中天颺   깃발 그림자 하늘로 날아오르고,
鐘聲下界聞   하계에는 종소리가 들려온다.

— 원진(元稹), 「대운사이십운(大雲寺二十韻)」

曲徑繞叢林	구불구불 오솔길은 숲을 둘러싸고 있고,
鐘聲雜梵音	종소리에 범패소리 뒤섞인다.

— 모융(牟融), 「방청상인(訪請上人)」

千船火絶寒宵半	뱃전에 등불 꺼지고 쓸쓸한 밤 깊어가는데,
獨聽鐘聲覺寺多	홀로 종소리 듣노라니 사찰이 많음을 깨닫는다.

— 유언사(劉言史), 「야박윤주강구(夜泊潤州江口)」

汲井嘗泉味	우물 물을 길어 물맛을 보고,
聽鐘問寺名	종소리를 들으면 절 이름을 묻는다.

— 가도(賈島), 「원동거희당온기빈지(原東居喜唐溫琪頻至)」

종소리가 들려오면 어느 사찰인지 물어볼 정도로 종과 불교는 불가분의 관계에 있다. 사찰을 그린 당시 가운데 종소리가 나오지 않는 경우는 매우 드물다. 오랫동안 사람들의 마음을 울려온 불가의 종소리는 정신세계에도 지대한 영향을 미쳤다. 불교의 영향으로 입신출세를 주장하던 유가의 종소리는 탈속적 분위기로 바뀌게 되었고, 세속의 향락을 상징하는 가종歌鐘도 선가禪家의 초월적인 종소리로 바뀌었다. 시인들은 종소리를 통해 욕심을 지우고 현실세계의 온갖 환상을 부정하면서 영원한 삶과 우주를 체험하는 깨달음에 빠져들었다.

종이 불교와 결합되면서 시는 심오한 사상적 깊이를 가지게 되었다. 종은 사람들에게 정치가 상징하는 고귀함과 존엄이 아닌 속세를 초월한 청량함을 가져다주었다. 장표신張表臣의 시구를 빌리면 "종경청심鐘磬淸心, 욕생연각欲生緣覺"이다. '청심'과 '연각'은 당시에서 풍기는 불가와 선가의 향기가 응축된 표현이다.

우선, 당시의 종소리는 '청심'이다. '청심'이란 "육근六根과 육진六塵에서 멀리 벗어난 영혼의 밝은 빛, 문자에 사로 잡히지 않는 본성과 진리, 깨끗한 심성과 타고난 불성으로 헛된 연을 끊어낸 깨달음"[13]이다. 속세의 모든 굴레로부터 벗어나 잡념이 사라지면 온 몸과 마음이 환한 깨달음의 빛 속에 놓인다. 시승 교연은 이렇게 노래했다.

古寺寒山上	차가운 산 위 오래된 옛절,
遠鐘揚好風	멀리서 종소리 바람처럼 날아온다.
聲餘月樹動	은은한 울림 달빛 아래 나무를 흔들고,
響盡霜天空	서리 내리는 하늘 끝에 닿는다.
永夜一禪子	홀로 긴 밤을 지샌 선승,
泠然心境中	마음이 초연해지네.

「문종聞鐘」이라는 제목의 위 시는 겨울산의 오래된 사찰과 달밤에 들려오는 종소리가 있는 친근한 느낌을 전한다. 부드러운 달빛 아래 은은한 종소리가 바람결에 실려온다. 아득하게 펼쳐진 풍경 속에 선적인 분위기가 가득하다. 시인은 오장의 기가 막힘없이 소통하고 정신이 눈처럼 깨끗해진다. 영혼은 맑고 고요한 시의 드넓은 경계를 향해 나아간다. 청량한 종소리에 속세의 온갖 번뇌와 욕망이 깨끗하게 정화되면서 자유롭고 따듯

---

13 『五燈會元』卷3, 北京 : 中華書局, 1984, p.133. "靈光獨耀, 迥脫根塵, 體露眞常, 不拘文字, 心性無染, 本自圓成. 但離妄緣, 卽如如佛."

한 생명을 체험할 수 있다. 종소리가 실어오는 것은 잡념을 없애는 선가적 정신이다. 모융牟融의 시 「방청상인訪請上人」을 보자.

曲徑繞叢林	구불구불 오솔길은 숲을 둘러싸고 있고
鐘聲雜梵音	종소리에 범패소리 뒤섞인다.
松風吹定衲	솔바람 장삼 속으로 잦아들고,
蘿月照禪心	덩굴 사이 달빛 고요한 마음을 비춘다.
撫景吟行遠	경물들 속에 시를 읊으며 먼 길을 가니,
談玄入悟深	현묘한 이치를 나누며 깊은 깨달음에 빠져드네.
不能塵鞅脫	속세의 굴레에서 벗어날 수 없으니,
聊復一登臨	높은 곳에 올라 아래를 바라볼 뿐이네.

시인은 구불구불한 오솔길을 따라 숲속을 거닌다. 솔바람이 옷자락을 날리고 밝은 달이 고요한 선심禪心을 비추는 가운데 경물들을 바라보며 시를 읊조린다. 이 모든 것들은 종소리와 범패소리에서 비롯된 예술적 깨달음이다. 종소리의 사유와 정서는 시적인 삶을 위한 표현의 공간을 만들어냈다. 찬란한 시의 빛 속에서 삶도 밝게 빛난다. 진리가 모습을 드러내자 속세의 안개들은 멀리 사라진다. 대숙륜戴叔倫은 "서봉사에서 하룻밤 묵은 후 속세의 번뇌가 깨끗하게 사라진다. 숲속에 석양이 비치고 높은 누각에서 종소리가 울린다一宿西峰寺, 塵煩暫覺清. 遠林生夕籟, 高閣起鐘聲"[14]고 노래했다. 깊은 산속의 고찰에 발을 들이는 순간, 속세의 연이 툭하고 끊어지는 소리

---

14 戴叔倫, 「留宿羅源西峰寺示輝上人」.

가 들려오는 듯하다. 먼산에 저녁 안개가 엷게 피어나고, 문득 아련한 종소리가 울려온다. 시인은 속세 바깥으로 이끌려 자연과 생명의 본성이 있는 시적 공간으로 들어선다.음으로, 종소리에 담긴 선불교적 분위기가 현실세계를 부정하고 영원한 피안으로 향하는 신성神性을 전달한다. 불교의 철학적 출발점은 인생과 세계에 대한 부정을 바탕으로 하고 있다. 인간의 생존, 욕망과 꿈은 평생의 고통이다. 모든 물질세계는 환상이며 아무것도 없는 공空이다. 그래서 불법에 대한 진정한 깨달음은 고난과 욕망으로부터의 해탈과 초월인데 그 의미가 종소리에 담겨 있다. 「행사초行事鈔」 상편에 "증일아함경에서 이르길 종을 칠 때 모든 악과 고통이 멈춘다[一宿西峰寺, 塵煩暫覺淸. 遠林生夕籟, 高閣起鐘聲"고 했다. 종소리가 울리는 곳에 번뇌와 고난으로부터의 해탈이 있고 희망과 구원이 있다. 도선道宣 『속고승전續高僧傳』「지흥전智興傳 권29」에 망자가 꿈속에서 자신의 처에게 "불행하게 병사하여 지옥에서 살며 다섯가지 괴로움을 다 겪었으니 그 고통을 말로 할 수 없었다. 누가 나를 알겠는가. 이 달 초하루에 선정사 스님이 종을 울려준 덕분에 그 소리가 지옥을 흔들고 나와 함께 고통받던 자들이 일시에 해탈하였다[不幸病死, 生於地獄, 備經五苦, 辛酸叵言, 誰知吾者. 賴以今月初日, 蒙禪定寺僧智興鳴鐘, 發聲響震地獄, 同受苦者, 一時解脫]"는 내용이 있다. 지옥으로 떨어진 망자들이 불사의 종소리를 듣고 그 즉시 고통에서 벗어나 해탈을 얻었으니 종소리가 해탈과 희망의 상징을 의미하는 것 아니겠는가?

하이데거1889~1976는 횔덜린Hölderlin을 인용하여 "위험이 있는 곳에 구원이 있다"고 했다. 부정의 장소는 구원의 장소다. 불교에서 종소리는 현실에 대한 부정을 바탕으로 구원과 해탈의 기호가 되었다. 당시의 종소리는 이러한 상징적 의미 속에서 특수한 시어로 전승되었다. 종소리는 삶의 온갖 불행을 해소하고 신성하고 영원한 피안의 세계로 나아가 생명을 체험한다.

蒼蒼竹林寺	푸릇푸릇한 죽림사,
杳杳鐘聲晚	은은한 저녁 종소리

―유장경(劉長卿),「송령철상인(送靈澈上人)」

東林精捨近	동림정사에 이르니,
日暮但聞鐘	해는 지고 가만히 종소리가 들려온다.

―맹호연(孟浩然),「만박심양망려산(晚泊潯陽望廬山)」

露灑一鶴睡	이슬 젖은 학은 잠에 빠져들고,
鐘餘萬象閑	은은한 종소리에 만물이 한가롭다.

―관휴(貫休),「수두사군견기(酬杜使君見寄)」

閒聽老僧語	한가로이 노스님의 말씀 들으며,
坐到夕陽鐘	석양의 종소리가 울릴 때까지 앉았노라.

―제기(齊己),「이장생(貽張生)」

푸른 대숲, 쓸쓸하게 저무는 해, 세상의 온갖 소리들이 고요하게 잠들고 노승이 한가롭게 이야기한다. 나른하고 편안한 분위기 속에서 종소리는 마치 인생의 불행과 슬픔을 말하는 듯하다. 또 종소리는 고난에 대한 초월을 실현하고 구원을 획득한 고요하고 조화로운 정신세계로 걸어들어간다.

"하루 종일 낚싯대를 드리웠어도 고기는 못잡고 종소리 속에서 세상과 멀어진다直鉤終日竟無魚, 鐘鼓聲中與世疏."[15] 종소리는 세상에서 벗어나 자연에 가까이 다가간다. 성당 시기의 저명한 두 시인 왕유와 왕창령이 불사에서 만나 종소리의 오묘한 깨달음 속에 빠져들었다. 왕창령이 왕유에게 써준 시를 보자.

本來淸淨所	본시 청정했던 이 곳,
竹樹引幽陰	대나무가 그윽한 녹음을 이루었네.
簷外含山翠	처마 밖 산빛은 푸른 비취를 머금고,
人間出世心	세상 속 마음은 세상 밖에 있네.
圓通無有像	원통의 깨달음은 형상이 없고,
聖境不能侵	성인의 경계는 범할 수 없다.
眞是吾兄法	참으로 내 형님의 불법이로구나,
何妨友弟深	어찌 아우의 깊은 정을 해치리오.
天香自然會	천향은 자연히 모여들고,
靈異識鐘音	영물은 종소리를 알아 듣는다네.

— 「동왕유집청룡사담벽상인형원오운(同王維集靑龍寺曇壁上人兄院五韻)」

시인은 천진한 아이와 같은 예술정신으로 '종소리의 음악'을 듣고 음미한다. 종소리를 음미하는 것은 자연과 하늘의 향기를 호흡하는 것과 같다. 우거진 대나무숲, 푸른 산이 눈부신 대자연에 정신을 내맡기고 속세 밖 원통圓通과 무상無相의 맑은 소리가 울리는 신성한 경계로 걸어 들어간다. 이

---

15 方乾, 「贈會稽楊長官」.

같은 신성한 경계야 말로 현대 철학자들이 추구하는 시적인 거주다.

하이데거는 대지 위에서 시적으로 거주하고 싶어하는 것을 인류의 본성이라고 했다. 시적인 거주의 첫 번째 조건은 신성을 지키는 것이다. 기독교의 교회와 불가의 사찰 모두가 종소리로 신성한 말씀을 전한다. 이 때문에 종소리는 시인과 지자智者를 일깨우는 예술언어가 되었다. 고대 그리스정신을 고취하는 것으로 이름난 철학자 니체는 다섯 살 때 부활절 종소리 속에서 계시를 받은 후 일생 동안 그의 영혼 속에서 신비한 저녁 종소리가 울렸다고 한다.

은은한 저녁 예배 종소리, 들녘의 하늘을 울린다.

마치 나에게 알려주는 듯하네.

이 세상에서 고향과 하늘의 즐거움을 찾게 되는 이 아무도 없다고.

나는 단 한 번도 이 땅에서 벗어난 적이 없다네, 언제나 그 가슴 속으로 되돌아가고 말았다네.

종소리가 은은하게 울리면, 나도 몰래 생각 속으로 빠져들었네.

우리 모두는 영원의 고향을 향해 내달리고 있다고.

어느 누구든 시시각각 이 땅의 속박에서 벗어나기 위해 몸부림 치네.

고향의 목가를 부르고, 천국의 낙원을 찬미하네.[16]

종소리는 정신적 고향을 찾아 헤메는 니체의 꿈을 담고 있다. 저녁 예배 종소리, 부활의 종소리가 영혼을 뒤흔들고 천국의 이상으로 그를 이끌

---

16 周國平,『詩人哲學家』, 上海︰上海人民出版社, 1987, p.198.

고 간다. 그래서 니체의 디오니소스적 철학은 원시 존재와 고대 그리스의 생명에 대한 정신적 회귀에 집중되어 있다. 하이데거가 귀향歸鄕의 시인이라고 부른 또 한 명의 시인 트라클에게도 「겨울밤」이 있다.

> 창 밖에서 눈꽃이 가볍게 흩날리고
> 저녁 예배 종소리가 은은하게 울린다.
> 집안에서는 모든 준비가 끝났다.
> 식탁 위에는 사람들을 위한 성찬이 차려졌다.
> 오직 몇몇 방랑자들만이
> 어두운 골목에서 대문을 향해 걷고 있다.
> 금빛 찬란한 은혜의 나무,
> 대지의 차가운 이슬을 마신다.
> 방랑자들이 고요하게 들어선다.
> 고통이 문지방을 돌로 만들었다.
> 맑고 투명한 밝음 속에
> 식탁 위의 빵과 향기로운 술이 빛난다.

하이데거는 트라클의 시를 분석하면서 명명이자 부름이라고 했다. 이름을 부르면 친근해진다. "눈이 사람들을 어두운 밤 하늘 아래로 이끌고 간다. 저녁 예배 종소리가 길게 울린다. 일시적 존재자인 그들을 신성한 존재자 앞으로 이끌고 간다. 집과 탁자는 일시적 존재자와 대지를 결합시킨다. 명명되고 그래서 이름 불려지는 것들은 스스로 하늘, 대지, 일시적 존재자와 신성한 존재자에게로 모여든다."[17] 종소리는 사람들을 신성한 존재자 앞으로 이끌고 간다. 그리하여 '하늘-대지-신성한 존재자-일시적 존재자'의 4차원적 구조가 만들어진다. 4차원적 구조는 인류의 진정한 시적 거주다. 그 안에서 사람들은 하늘을 받아들이고 대지를 구원하며, 신성자를 기다리고 일시적 존재자를 인도한다. 종소리의 부름으로 신의 뜻이 나타나고 인간은 신성을 가지게 되었다. 또 인간은 근본적으로 거주의 결핍을 해소하고 구원의 희망을 가지게 되었다. 신성으로 충만한 종소리가 구원의 상징기호라는 점은 의심의 여지가 없다.

　　다시 당시로 돌아오면, 당시의 종소리 역시 신성의 언설로 충만하다. "깃발 그림자 하늘로 날아오르고, 하계에는 종소리가 들려온다幡影中天颺, 鐘聲下界聞." 원진元稹의 「대운사이십운大雲寺二十韻」에서 종소리는 공간적으로 '상계'를 오간다. 이른바 '상계'는 하이데거가 말한 신성이 머무는 '하늘'이며 종교적인 천국과 피안이 있는 곳이다. 이로 인해 종소리는 신성한 언어의 규정성을 획득하게 되었다. 백거이의 「기도광선사寄韜光禪師」를 보자.

一山門作兩山門	하나의 산문을 두 사찰이 함께 쓰니,
兩寺原從一寺分	두 사찰은 본시 한 사찰에서 갈렸더라.
東澗水流西澗水	동쪽 물줄기 서쪽으로 흐르고,
南山雲起北山雲	남산의 구름 북산의 구름을 일으키네.
前臺花發後臺見	앞 누대에서 꽃이 피면 뒷 후대에서 보이고
上界鐘聲下界聞	상계의 종소리 하계에서 듣네.
遙想吾師行道處	오래전 스승님 수행하던 곳을 생각하니,

17　Martin Heidegger, 彭富春 譯, 『詩·語言·思』, 北京 : 文化藝術出版社, 1987, p.174.

天香桂子落紛紛   향기로운 계수나무 꽃잎 분분하게 날리네.

    백거이는 당대의 시인들 중에서 종소리를 가장 즐겨 노래한 시인이다. 『전당시』에 실린 백거이의 시 가운데 42곳에서 종소리가 나온다. 그의 종소리는 모두 계수나무 꽃 향기가 그윽한 '상계上界'에서 온 것이다. 상계에서 울리는 종소리를 하계에서 듣는다는 것은 위에서 아래로 내려오는 신성의 계시와 소환을 의미하고 하늘의 신성에 대한 사람들의 갈구를 의미한다. 종소리는 하늘과 땅, 인간과 신을 연결하면서 사람들을 위대하고 신비한 시공 속으로 이끌고 간다.

隱隱起何處   은은한 소리 어디에서 들려오는가,

迢迢送落暉   멀리 석양빛을 배웅하네.

蒼茫隨思遠   생각을 따라 아득하게 멀어지네,

蕭散逐煙微   안개를 따라 아련하네 흩어지네.

秋野寂雲晦   가을들녘 고요한 구름이 드리운 저녁,

望山僧獨歸   산을 바라보니 승려 홀로 돌아가네.

—위응물(韋應物), 「연제종(煙際鐘)」

渺渺飛霜夜   아득하게 서리 날리는 밤,

寥寥遠岫鐘   고요하게 울리는 먼 산의 종소리

出雲疑斷續   구름 너머 드문드문 종소리,

入戶乍舂容   대문을 두드리며 찾아오는가.

度枕頻驚夢   때때로 놀란 꿈 속에서 깨어나니,

隨風幾韻松	바람따라 솔향기 실려오네.
悠揚來不已	은은한 소리 끝이 없는데,
杳靄去何從	아득하고 아련하게 어디로 가는가.
彷彿煙嵐隔	안개가 피어오르는 듯 저 멀리,
依稀岩嶠重	아련하게 겹겹이 늘어선 산봉우리.
此時聊一聽	때마침 들려오는 종소리,
餘響繞千峰	천 개의 봉우리를 감고 메아리 치네.

— 대숙륜(戴叔倫), 「청상종(聽霜鐘)」

眾香天上梵仙宮	하늘의 향기로운 나라 신선들의 궁,
鐘磬寥寥半碧空	고요한 종소리 푸른 하늘을 뒤덮네.
清景乍開松嶺月	소나무 골짜기 맑은 달빛,
亂流長響石樓風	어지럽게 흐르는 물소리 돌집에 이는 바람.
山河杳映春雲外	봄하늘 구름 너머에 드리운 산과 강,
城闕參差茂樹葉	무성한 수풀에 가린 궁궐.
欲盡出尋那可得	한눈에 담고 싶지만 어찌 가당한가,
三千世界本無窮	본시 삼천세계 끝이 없어라.

— 무원형(武元衡), 「춘제룡문향산사(春題龍門香山寺)」

종소리는 천계에서 울리는 신의 노래처럼 달빛과 황혼을 뒤덮는다. 표연하게 떠나온 세속과 연을 끊어내는 듯한 느낌 속에서 천계의 고요함과 청량함이 날아온다.

요합姚合의 「과무가상인원過無可上人院」에서 "고요한 소리 끝없이 들려오네, 쓸쓸한 경쇠소리 아련하게 멀어지는 종소리. 오랫동안 만나지 못해 번민했던 스승을 만나뵈니 맑고 시원한 기운이 나를 찾아드네寥寥聽不盡, 孤磬與疏鐘. 煩惱師長別, 淸涼我暫逢"라고 노래했다.

은은한 종소리 속에서 시인은 멀리 떠나온 자의 고독, 세상으로부터의 소외, 인간 세상의 모든 번뇌과 고통을 깨끗하게 씻어낸다. 종소리가 있는 곳에 신의 뜻이 있고 마음을 정화시키는 선정禪定의 깨끗함이 있다. "숲이 열리자 밝은 달이 드러나고, 만 개의 봉우리에서 고요한 종소리가 들려오네林開明見月, 萬壑靜聞鐘."[18]

천계에서 내려온 시적 언설과 신비한 언어에 귀기울이기 위해 시인들은 예술적 '고요靜'를 만들어 낸다. 인간 세상의 모든 소란한 소리는 잦아들고 오직 종소리만 홀로 울린다.

萬籟此都寂	온갖 소리들이 이곳에서 잠드는데,
但餘鐘磬音	다만 종소리 편경소리 들려오네.

—상건(常建), 「제파산사후선원(題破山寺後禪院)」

花間午時梵	꽃 틈에서 피어나는 오후의 불경소리,
雲外春山鐘	구름 너머 봄 산에서 울리는 종소리

—유장경(劉長卿), 「등동해룡흥사고정망해간연공(登東海龍興寺高頂望海簡演公)」

機閑看淨水	한가로운 마음으로 맑은 물을 바라보고,

18 皎然, 「陪盧中丞閑遊山寺」.

境寂聽疏鐘　　　　　고요한 경계에서 은은한 종소리를 듣는다.

— 교연(皎然), 「건원사집황보시어서각(建元寺集皇甫侍禦書閣)」

하이데거는 "고요란 무엇인가? 그것은 단순한 소리 없음이 아니다. 소리가 없는 상태는 오직 성대활동의 결여일 뿐이다. (…중략…) 고요한 움직임 속에서 사물과 세계가 자신에게로 돌아간다. (…중략…) 세계와 만물을 소환하는 방식으로 명령을 내린다. 이것이 고요의 소리다. (…중략…) 언어는 고요의 소리로 말을 한다"[19]라고 했다. 종소리의 고요, 그것은 부르는 자의 등장이다. 그가 부르는 것은 인류가 아주 오래전에 멀어진 신성으로서 자연과 만물의 영원 속으로 들어간다.

은은한 종소리와 맑은 범패소리가 울린다. 종소리는 불가적 분위기 속에서 예술적 감염력과 신성의 호소력을 획득했다.

4. 당시에 나타난 종소리의 시간적 의미

종소리는 청각적인 소리 이미지로 표현된다. 종소리를 듣는 행위는 소리를 듣는 것일 뿐만 아니라 세계를 듣는 행위이며, 세계를 듣는 가운데 깊은 사유에 빠져든다. 아일랜드문학가 예이츠는 "운율의 목적은 깊은 사유의 순간을 연장하는 데 있다. 다시 말해 잠들 듯 말듯한 순간, 그것은 창조의 순간이다. 때로는 매혹적인 단조로움으로 우리를 편안하게 잠들게

---

19 Martin Heidegger, 『詩·語言·思』, 영문판, pp.206~207. 餘虹, 『思與詩的對話』, 北京 : 中國社會科學出版社, 1991, p.182에서 재인용.

하고 때로는 변화로써 우리를 깨우고 진정으로 우리를 매혹시키기도 한다. 이러한 상태에서 의지의 압력으로부터 해방된 영혼이 상징으로 표현된다. (…중략…) 운율은 째깍째깍 가볍게 이동하는 시계소리처럼 귀 기울이지 않을 수 없는 그 무엇이다"[20]라고 했다. 예이츠의 분석은 계시적 의미를 가진다. 리드미컬한 종소리는 시간에 운율을 부여함으로써 혼돈의 시간을 리듬과 질서가 있는 시간으로 바꾼다. 종소리는 상징이며 운율이다. 리드미컬한 운율 속에서 세계에 대한 깊은 사유를 이어가고 시간에 대한 의미 있는 경청을 이어간다. 이러한 경청은 두 가지 내용으로 표현된다. 첫째, 불안과 공포를 체험하는 시간에 대한 경청으로서 그것은 역사적 깨달음이다. 둘째, 생명과 세계의 영원성을 체험하는 공간에 대한 경청으로서 그것은 철학적 체험이다.

시간적으로 당시의 종소리는 늘 고요하고 적막한 밤중에 울린다 "고소성 밖 한산사, 한밤의 종소리 나그네 뱃전까지 밀려오네姑蘇城外寒山寺, 夜半鐘聲到客船"라고 노래한 장계張繼의 「풍교야박楓橋夜泊」이 한밤중에 울리는 종소리의 전형이다. 캐나다 학자 N. 프라이는 '밤-겨울-소멸'을 문학의 기본 테마에 포함시켰다. 그러나 종소리의 존재로 인해 당시의 밤은 죽음과 소멸이 아닌 희망과 구원을 의미하게 되었다.

| 夜臥聞夜鐘 | 밤에 누워 밤 종소리 듣노라니, |
| 夜靜山更響 | 밤이라 더 크게 울리네. |

—장설(張說), 「산야문종(山夜聞鐘)」

20 William Butler Yeats, 「詩歌的象徵主義(The Symbolism of Poetry)」, 黃晉凱 外編, 『象徵主義意象派』, 北京 : 中國人民大學出版社, 1989, p.91 참고.

秋深臨水月　　　깊어가는 가을 강물 위로 달이 뜨고,

夜半隔山鐘　　　깊은 밤중 산너머로 종소리 들려오네.

一황보염(皇甫冉),「추야숙엄유댁(秋夜宿嚴維宅)」

白日空山梵　　　한낮의 텅빈 산에 범패소리,

淸霜後夜鐘　　　맑은 서리 내린 밤에 종소리.

一최동(崔峒),「숙선지사상방연대사원(宿禪智寺上方演大師院)」

迎風騷屑千家竹　　바람 속에 싸르르 흔들리는 대숲,

隔水悠揚午夜鐘　　강물 너머 실려오는 한밤의 은은한 종소리.

一진우(陳羽),「재주여온상야별(梓州與溫商夜別)」

夜入霜林火　　　밤이라 서리 내린 숲에 불이 들어서고,

寒生水寺鐘　　　물가 사찰의 종소리 한기를 실어오네.

一장호(張祜),「강서도중작(江西道中作) 3수」제1수

시인들이 주로 고요한 밤에 종소리를 듣는데는 몇 가지 의미가 있다. 첫째 밤의 시간적인 특수성을 강조한다. 둘째, 종소리가 일으키는 영혼의 파장과 그 힘을 강조한다. 셋째, 공간의 고요와 평온을 만들어낸다.

당나라 사람들은 "구절구절 깊은 밤에 시가 얻어지고 하늘 너머에서 영혼이 돌아온다句句夜深得, 心從天外歸"[21]고 말한다. 시가 밤의 세계를 질주하

21　劉昭禹,『唐詩紀事』卷46 四部叢刊本,『全唐詩』762卷.

는 것은 낮으로 대변되는 현실세계의 정지와 휴식을 의미하고, 신성이 머무는 '높고 먼 하늘 밖의 세계'에 대한 추구를 의미한다. 인간 세상의 모든 시끄러운 소음들이 밤의 어둠 속에 묻히고 인생의 의미들도 모두 부정된다. 신성의 언설을 상징하는 종소리가 고요하게 울려 퍼지면서 희망과 구원의 길로 들어선다.

전기錢起는 「수묘발원외숙룡지사견기酬苗發員外宿龍池寺見寄」에서 이렇게 노래했다.

寧知待漏客	어찌 알았으랴, 입조를 기다리던 관리라면,
淸夜此從容	맑은 밤 이처럼 한적하고 편안한 것을.
暫別迎車雉	벼슬자리는 잠시 미뤄두고,
還隨護法龍	불사에 찾아왔다네.
香煙輕上月	향기로운 안개 살포시 구름을 가리고,
林嶺靜聞鐘	숲속 깊은 곳에서 고요한 종소리 들려오네.
郢曲傳甘露	노래가락 달콤한 이슬에 실려오고
塵心洗幾重	가슴 속에 켜켜이 쌓인 먼지 씻겨나가네.

시인은 산사에서 유유자적한 밤을 보낸다. 자욱하게 내려앉은 안개와 몽롱한 달빛, 갑자기 종소리가 적막하고 고요한 산을 울리며 어둠을 깨뜨리고 하늘과 땅 사이를 가득 채운다. 시인의 영혼은 먼지와 티끌들을 깨끗하게 씻어내리고 따뜻하고 빛나는 마음의 고향을 향해 나아간다. '밤-종-고요'의 형식적 구조 속에서 '밤'은 현실세계의 슬픔과 무기력을 상징하고 '종'은 현실을 초월하고 속세에서 벗어난 신성의 세계를 상징한다.

'고요'는 속세의 소음을 부정하고 투명한 시의 세계로 나아가는 심리적 반응이다. 육기陸機는 『문부文賦 』에서 "허무를 살펴 유를 만들고 고요를 두드려 소리를 울린다課虛無以責有, 叩寂寞而求音"고 했다. '종소리-밤'은 고요와 텅빔의 소리다. 밤은 자연과 인류의 모든 창조물들을 뒤덮는다. 이것이 바로 텅비어 없는 것이다. 종소리는 신비의 소리가 되어 언어로 형용할 수 없는 영원의 경계 속에서 우리를 깊은 예술적 사유 속으로 이끌고 간다. 이로 인해 밤이라는 특정 시간에 존재하는 종소리인 '밤-종'의 양식은 그 자체가 시적인 구조다.

황혼의 저녁 종소리는 당시에 나오는 종소리 중에서 가장 일반적인 시간적 형태다. 아래 시들을 보자.

更聞金剎下	다시금 사찰에서 듣노라니,
鐘梵晚蕭蕭	종소리 범패소리 저녁이라 쓸쓸하네.

—손적(孫逖), 「입추일제안창사북산정(立秋日題安昌寺北山亭)」

東林精捨近	동림정사에 이르니,
日暮但聞鐘	해는 지고 가만히 종소리가 들려온다.

—맹호연(孟浩然), 「만박심양망려산(晚泊潯陽望廬山)」

蒼茫寒色起	검푸른 한기 자욱하게 퍼지고,
迢遞晚鐘鳴	머나먼 저녁 종소리 끝없이 이어진다.

—위응물(韋應物), 「추경예랑야정사(秋景詣瑯琊精舍)」

| 南堤衰柳意 | 남쪽 언덕에서 버드나무 시들어가고, |
| 西寺晚鐘聲 | 서쪽 사찰에서 저녁 종소리 울리네. |

― 원진(元稹), 「견행(遣行) 10수」 제8수

| 十年別鬢疑朝鏡 | 떠나온 십 년 세월 희끗한 귀밑머리 아침마다 거울을 의심하고, |
| 千裏歸心著晚鐘 | 천리 밖에서 돌아온 마음 저녁종을 울리네. |

― 나은(羅隱), 「무주별완병조(撫州別阮兵曹)」

| 見時濃日午 | 한낮의 뜨거운 햇살 아래 만나, |
| 別處暮鐘殘 | 희미한 저녁 종소리 속에서 헤어지네. |

― 한악(韓偓), 「천복사강연우견우별(薦福寺講筵偶見又別)」

시간적 의미의 '晚저물 만', '暮저물 모', '黃昏황혼'이 종소리에 슬픔을 더한다. 해 저무는 황혼은 중국예술에서 선호되는 특정한 시간대이다. 중국문학은 일출의 웅장한 경계가 아닌 황혼에 물든 쓸쓸한 분위기를 그리는데 더 많은 힘을 쏟아왔다. 중국문학에서 시시때때로 흘러나오는 짧은 청춘과 덧없이 소멸해가는 인생에 대한 감상, 어스름한 어둠과 함께 밀려드는 슬픔, 날은 저물고 갈길은 먼 나그네의 탄식이 그러하고 안개에 묻힌 쓸쓸한 저녁 들판, 뉘엿뉘엿 저물어가는 해와 오랜 타향살이, 스러지는 저녁노을 속 귀갓길을 그린 고전작품 속 미학적 정경들이 그러하듯 붉은 석양빛으로 물든 풍경들이 모여 짙은 황혼의 정서를 연출한다.

청대 허요광許瑤光이 『시경』의 「군자어역君子於役」에 대해 "닭들은 홰에서 쉬고, 소와 양들이 산에서 내려온다. 지는 해를 바라보며 전쟁에 나가 굶주림과 목마름에 시달릴 남편을 생각한다. 당나라 규원시의 기원이다. 황혼은 가장 견디기 힘든 시간이다雞棲於桀下牛羊, 飢渴縈懷對斜陽. 已啟唐人閨怨句, 最難消遣是黃昏"라고 하였다. 전종서 선생은 황혼에 괴로움을 느끼는 이유를 설명하면서 "사별과 생별, 죽은 자에 대한 애도와 멀리 떠난 자에 대한 그리움은 모두 황혼 시간에 일어난다. 경물들이 마음을 툭툭 건드리는 가장 견디기 어려운 시간이다蓋死別生離, 傷逝懷遠, 皆於黃昏時分, 觸緒紛來, 所謂最難消遣"라고 했다.

중국문학의 황혼정서에는 복잡한 문화적 근원이 있다. 원시인류는 해가 뜨고 해가지는 과정을 하나의 생명 과정으로 보았다. 일출, 낮, 일몰, 밤은 각각 생명, 성장, 쇠퇴, 죽음을 상징한다. 아침에 떠오르는 해가 생기 넘치는 청춘의 생명을 의미한다면 황혼은 쇠잔하게 시들어가는 생명을 상징하고 다가오는 죽음에 대한 공포와 황혼의 슬픔을 보여준다. 황혼-종소리 속에 내재된 슬픔은 이러한 상징적 의미의 반영이다.

종소리는 생명의 훼손과 파괴를 동반한다. "남쪽 언덕에서 버드나무 시들어가고, 서쪽 사찰에서 저녁 종소리 울리네南堤衰柳意, 西寺晚鐘聲"에서 '쇠류衰柳, 시들어가는 버드나무'와 '만종晚鐘, 저녁종이 대구를 이루고 있는데 훈고학의 동의호훈同義互訓이다. 저녁종은 뜨겁게 타올랐다가 쓸쓸하게 소멸해가는 생명을 위한 만가輓歌와 같다. "한낮의 뜨거운 햇살 아래 만나, 희미한 저녁 종소리 속에서 헤어지네見時濃日午, 別處暮鐘殘"에서 사그라드는 종소리는 인류가 생명의 여정에서 고난과 좌절을 겪으며 입은 영혼의 상처다. 그래서 종소리 속에는 늘 무한한 우주 속에 존재하는 유한한 생명의 슬픔과 비애가 있다.

태양이 동에서 서로 이동하는 과정은 생기와 활력이 소멸해가는 과정, 소년에서 장년을 거쳐 말년으로 가는 과정을 상징하고 기원, 발전, 성장, 쇠퇴를 거치는 역사적 과정을 상징한다. 그래서 종소리를 노래한 시 속에는 단순한 시간적 고뇌뿐만 아니라 거대한 역사적 의미도 공존한다.

十年別鬢疑朝鏡	떠나온 십 년 세월 희끗한 귀밑머리 아침마다 거울을 의심하고,
千裏歸心著晩鐘	천리 밖에서 돌아온 마음 저녁종을 울리네

—나은(羅隱), 「무주별완병조(撫州別阮兵曹)」

別來滄海事	헤어지고 겪은 수많은 사연들,
語罷暮天鐘	저녁종이 울릴 때야 끝이 나네

—이익(李益), 「희견외제우언별(喜見外弟又言別)」

생명이 겪는 온갖 시련과 고난들이 종소리의 각성과 계시 속에 사라지고 개별 생명의 고군분투는 말없는 종소리에 부정되는 듯하다. 위응물韋應物의 「등악유묘작登樂遊廟作」를 보자.

微鐘何處來	희미한 종소리는 어디에서 오는가,
暮色忽蒼蒼	홀연히 어슴프레한 저녁빛이 내린다.
歌吹喧萬井	집집마다 노래가 울려 퍼지고
車馬塞康莊	큰길에는 거마가 북적이네.
昔人豈不爾	옛사람인들 어찌 달랐겠는가,

百世同一傷   백 년 세월 같은 아픔을 겪었네.

歸當守衝漠   홀로 적막함을 지키며,

跡寓心自忘   속세를 담은 마음 모두 잊으리.

　　시인은 창연한 모색 속에 울리는 희미한 종소리를 들으며 끝없이 한탄하
다. 화려한 춤과 노래, 거마의 행렬 뒤로 거대한 역사가 떠오른다. 뜨겁게
타오르는 것은 꺼지기 마련이고 화려한 시절은 내리막길이 있기 마련이다.
황혼의 종소리는 시간적 계시이자 역사의 경고다. 그래서 시인은 화려한 세
상을 바라보면서 그 속으로 들어가고 싶어하기 보다는 은둔과 도피를 선택
한다. 시인이 돌아가고자 하는 곳은 실재하는 세계가 아닌 정신의 고향이다.
황보염皇甫冉은 「동리만만망남악사회보문상인同李萬晚望南嶽寺懷普門上人」에서
"석자의 몸과 마음에는 티끌이 없으니 홀로 의발을 들고 사람들 틈을 떠난
다. 그리운 저녁 송림사를 바라보니 흰구름 속에 종소리 울릴 釋子身心無垢
紛, 獨將衣鉢去人群. 相思晚望松林寺, 唯有鐘聲出白雲"이라고 했다. 세속을 떠나온 시인
은 가볍게 날아드는 저녁 종소리를 들으며 먼지와 티끌을 털어내고 먼 하늘
저 밖에서 꿈처럼 거닌다. 저녁종은 현실에 대한 실망, 피안에 대한 희망과
동경을 암시한다. 밤종과 저녁종이 세속에서 벗어난 초탈이라면 새벽종과
아침종은 세상 속으로 나아가는 입속入俗의 의미를 가진다. 새벽종은 바쁘고
급하다. 새벽종은 잠든 사람들을 바쁘고 분주한 일상 속으로 떠민다. 이것은
은둔과 도피의 성향이 짙은 중국인들에게는 하이데거가 말한 현존재의 고
통을 의미한다. 그래서 새벽종에서 드러나는 시인의 정서는 두려움이다.

羈旅長堪醉   떠도는 나그네들 술로 견뎌야 하리,

相留畏曉鐘　　　함께 머물고 싶으나 새벽 종소리가 두렵구나.

　　　　　　　　　　　　　—대숙륜(戴叔倫),「강향고인우기객사(江鄕故人偶寄客舍)」

曉鐘催早朝　　　새벽종이 아침 조회에 나가라고 재촉하네,

自是赴嘉招　　　이제 그 즐거운 부름에 응하여 길을 나서야지.

　　　　　　　　　　　　　　　—가도(賈島),「송황보시어(送皇甫侍禦)」

坐恐晨鐘動　　　두려운 새벽 종소리,

天涯道路長　　　하늘 끝 저 머나먼 길.

　　　　　　　　　　　　　　—사마찰(司馬紮),「숙수안감당관(宿壽安甘棠館)」

山枕上　　　　　베게를 베고 누우면,

常是怯晨鐘　　　늘 새벽 종소리가 두려워지네.

　　　　　　　　　　　　　　　　　—고현(顧夐),「감주자(甘州子)」

惹香暖夢繡衾重　　향기로운 꿈 따스한 비단금침,

覺來枕上怯晨鐘　　잠에서 깨어나니 새벽종이 두려워지네.

　　　　　　　　　　　　　　　　　—顧夐,「완계사(浣溪沙)」

　　"새벽종이 아침을 재촉한다曉鐘催早朝." 시의 세계에서 새벽종은 현실세
계에 참여하라고 사람들을 일깨우는 입속入俗의 계시다. 새벽종은 시인의
고요하고 평온한 일상을 파괴하고 거대한 사회적 힘의 존재를 일깨운다.
그래서 시인의 영혼은 두려움과 공포로 가득하다. "산 속에서 베개를 베

고 누우면 늘 새벽 종소리가 두렵다山枕上,常是怯晨鐘." '怯겁'은 세계에 대한 두려움, 시가 결여된 생활에 대한 두려움이다. 새벽종은 번거롭고 복잡한 일상의 시작을 의미하기 때문이다. 위 시들 중에서 새벽 종소리에 대한 두려움과 미래의 머나먼 길에 대한 두려움을 노래한 사마찰의 시가 가장 전형적인 의미를 보여준다. 새벽종과 먼 길은 서로 다른 상징 의미를 가진다. 시간적인 새벽종은 긴장되고 초조한 일상의 시작을 알린다. 공간적으로 먼 길은 고난과 시련으로 점철된 머나먼 인생의 길이다. 이러한 시간과 공간 속에 존재하는 심리적 정서는 당연히 두려움이다. 이로 인해 중국시인들이 그린 여명의 순간은 해가 힘차게 떠오르면서 천지가 밝아오는 웅장한 경계가 아니라 차갑고 쓸쓸한 분위기를 풍긴다. 재촉하는 새벽종 속에서 드러나는 것은 무력하게 방황하는 마음이다.

遠鐘和暗杵 　　멀리 들리는 종소리는 저녁 다듬이소리와 어울리고,
曙月照晴霜 　　새벽 달은 맑게 빛나는 서리를 비춘다.

　　　　　　　　　　　　　　　　─권덕여(權德輿),「강성야박기소사(江城夜泊寄所思)」

幾處曉鐘斷 　　여기저기 희미하게 끊어지는 새벽 종소리,
半橋殘月明 　　다리 위에 걸린 이지러진 달.

　　　　　　　　　　　　　　　　　　　　　─당구(唐求),「효발(曉發)」

殘更正好眠涼月 　　새벽은 차가운 달이 잠들기에 좋을 때인데,
遠寺俄聞報曉鐘 　　멀리 절집에서 새벽을 알리는 종소리 들린다.

　　　　　　　　　　　　　　　─제기(齊己),「이거서호작(移居西湖作) 2수」제1수

눈길을 끄는 것은 동이 트는 새벽종을 그린 당시들 가운데 붉게 타오르는 일출의 장관을 그린 시가 매우 드물다는 점이다. 하늘가에는 늘 창백한 달이 이지러지고 싸늘한 서리가 흔적을 남긴다. 이것은 새벽종이 울릴 때 찬 서리와 달만 있고 동쪽으로 해가 솟구치는 장관이 없어서 그런 것이 아니라 오랜 문화적 전통의 결과이자 심미적 선택의 결과다. 새벽종도 저녁종처럼 사람들을 깊은 사유로 이끌고 가는 특정한 시간적 이미지를 가지고 있다.

두보는 「선하기주곽숙우습부득상안船下夔州郭宿雨濕不得上岸」에서 "새벽종 소리가 구름 너머로 젖어든다晨鍾雲外濕"라고 노래했다. 이 시구에 대해 청대의 저명한 문예평론가 섭섭葉燮이 『원시原詩』 내편에서 "소리에서 촉촉함을 들었으니 그것은 하늘로부터의 심오한 깨달음이다. 지극한 이치와 사실로부터 깨달음을 얻어야만 이러한 경계에 이를 수 있다聲中聞濕, 妙悟天開, 從至理實事中領悟, 乃得此境界也"라며 찬사를 아끼지 않았다. '운외雲外'는 속세와 대비되는 시어로서 한밤에 내린 비의 세례를 받은 듯하다. 입속入俗을 상징하는 새벽종도 젖어들고 고단한 영혼도 젖어들면서 현실을 초월한 깨달음을 획득한다. 구름너머에서 울리는 종소리에 '발發' 대신 '도度'를 사용함으로써 한층 더 높은 예술성을 가지게 되었다.

아침저녁으로 울리는 종소리는 사람들에게 시간을 알려주고 깨달음을 준다. 시와 종이 결합되면서 예술세계에 시간적 운율이 생기게 되었다. 새벽, 아침, 저녁, 밤, 한밤 특정한 시간대마다 당시의 종소리는 특별한 의미를 가진다. 당시에 나오는 종소리의 시간 분석을 통해 긴 역사 속에서 축적되어온 시간에 대한 탄식과 당대 시인들의 깊은 철학적 사유를 확인할 수 있다.

5. 종소리의 수사적 의미 및 예술적 품격

종소리는 깊은 사유이자 아름다움이다. 종소리에는 사상적 깊이가 있고
예술적 품격이 있다. 그래서 북송 범온範溫의 『잠계시안潛溪詩眼』「논운論韻」
편에서 왕정관王定觀이 "종소리는 큰 소리가 가고 난 다음, 여음餘音이 다시
오니, 아득하고 은은한 소리 밖의 음이다"[22]라고 하였다.

시인에게 종소리는 사상적 이해의 대상이 아니라 예술적 음미의 대상
이다. '성외지음聲外之音'은 종소리의 의미에 대한 단순한 역사적 해석이
아니라 종소리가 가진 예술적 품격에 대한 감상이다. 시는 언어로 세계를
보여준다. 러시아 형식주의 비평가는 "시는 독립적 가치를 가지고 있는
언어다"[23]라고 했다. 문제는 언어에 대한 선택, 다시 말해 흔히 말하는 수
사修辭로서 일종의 언어현상이자 예술현상이다. 언어를 선택하고 이미지
를 선택하고 예술 품격을 선택하는 것이다.

현대시인 왕두칭王獨清의 「창백한 종소리蒼白的鐘聲」를 보자.

창백한	종소리	시들은	몽롱	
蒼白的	鍾聲	衰腐的	朦朧	
흩어진	영롱	황량한	몽롱한	골짝에서
疏散	玲瓏	荒涼的	朦朧的	縠中
── 시든풀	천겹	만겹		

---

22 郭紹虞, 『宋詩話輯佚』, 北京 : 中華書局, 1980, p.373. "蓋嘗聞之撞鐘, 大聲已去, 餘音復
來, 悠揚宛轉, 聲外之音."

23 Tzvetan Todorov, 王東亮·王晨陽 譯, 『批評的批評』, 北京 : 三聯書店, 1988, p.4.

—— 衰草	千重	萬重	
들어라	영원한	황당한	옛종
聽	永遠的	荒唐的	古鍾
들어라	천소리	만소리	
聽	千聲	萬聲	

작가의 해설에 따르면 위 시는 "사람들의 신경에서 진동하는, 보이면서 보이지 않는, 느껴지면서 느껴지지 않는 선율의 파장, 짙은 안개 속에서 들리는 듯 들리지 않는 듯 멀고 먼 종소리"에 "말로 할 수 있을 듯 말로 할 수 없을 듯한 감정"을 담고 있다.[24] 위 시는 여러 개의 구句를 이용해 종소리의 물리적 운동에 따른 리듬, 음량, 거리를 나타내고 있다. 그러나 자세히 들여다보면 그 안에서 쓸쓸하고 아득한 종소리를 발견할 수 있다. 전통 미학에서 말하는 충담沖淡하고 고원高遠한 슬픔의 미학이다. 현대의 종소리에도 고대의 종소리가 가졌던 미학이 녹아있다.

당시의 종소리는 고전적 종소리로서 공간적으로 높고 먼 하늘에서 예술적 품격을 보여준다. 갈조광葛兆光 선생은 "중국인들은 종소리나 방울소리가 들리면 바로 옆에 있기 보다는 먼 곳에 떨어져 있으려 했다. 종소리가 가까운 곳에서 귀를 어지럽히면 마치 질 솥에서 우레소리가 울리는 것처럼 깜짝 놀라거나 불안하고 초초할 뿐이다. 반면, 멀리서 울리는 종소리는 끝도 없이 아득하고 황홀하여 구름 너머 그곳으로 가고 싶은 마음이 든다"[25]고 했다.

---

24 王獨清, 「譚詩」· 葛兆光, 「語言與印象」, 『上海文學』第9期, 1991 참조.
25 葛兆光, Ibid.

이 말은 광활하고 아득한 종소리의 예술공간을 설명하는 독보적인 인식이다. 그런데 종소리에서 멀리 떨어지려고만 했다고 단순화하는 것은 매우 정확한 견해 같지는 않다. 당대 이전의 종소리는 먼 곳에서 울리지 않았다. 『시경』 「소아」 「고종鼓鐘」에 "고종장장鼓鐘將將", "고종개개鼓鐘喈喈", "고종흠흠鼓鐘欽欽" 같은 종소리에 관한 표현들이 나오고 『초사』 「초혼招魂」에도 "종과 북을 벌려놓고 새로운 노래를 만든다陳鍾按鼓, 造新歌些"는 표현이 나온다. 『악기』에 종소리로 명령한다는 "종성갱鐘聲鏗, 갱이입호鏗以立號"도 가까운 곳에서 울리는 종소리이며 양웅揚雄의 「감천부甘泉賦」에도 "황금동상 용맹하여 높은 기둥에 종이 매달려 있다金人仡仡其承鐘虡兮"고 가까이에 있는 종을 묘사하고 있다. 모두 먼 곳에서 들려오는 종소리가 아니라 가까운 곳에서 울리는 종소리다. 당대에 이르러 "깃발이 휘날리고, 종과 북이 조정을 뒤흔든다羽旄飛馳道, 鐘鼓震岩廊",[26] "구름을 뚫고 우뚝 솟은 궁궐에서 종소리와 북소리가 일제히 울린다大殿連雲接爽溪, 鐘聲還與鼓聲齊"[27]와 같은 구절이 등장하는데 예술적 표현공간이 넓게 확장되고 불가 사상이 침투하면서 종소리는 더 유원하고 투명해졌다. 종소리는 머나먼 구름 사이, 하늘 끝 푸른 산 너머 사찰에서 바람처럼 실려왔다.

孤村樹色昏殘雨   외딴 마을 나무 위로 어둑한 잔비 내리고,
遠寺鐘聲帶夕陽   멀리 절집의 종소리가 석양을 몰고 온다.

— 노륜(盧綸), 「여종제근동하제후출관언별(與從弟瑾同下第後出關言別)」

---

26 唐太宗, 「正日臨朝」.
27 唐宣宗, 「題涇縣水西寺」.

溪上遙聞精舍鐘　　강물 위에서 멀리 사찰의 종소리를 듣고,

泊舟微徑度深松　　배를 세워두고 오솔길 따라 깊은 솔숲으로 들어갔네.

—낭사원(郎士元), 「백림사남망(柏林寺南望)」

向爐新茗色　　화로 옆에서 햇차를 음미하노라니,

隔雪遠鐘聲　　눈쌓인 산 너머에서 멀리 종소리가 들려오네.

—주경여(朱慶餘), 「숙진처사서재(宿陳處士書齋)」

遠鐘當半夜　　먼 곳의 종소리 한밤을 울리고,

明月入千家　　밝은 달 집집마다 찾아드네.

—어업(於鄴), 「포중즉사(褒中即事)」

溪山盡日行　　산골짜기에 해가 다하고,

方聽遠鐘聲　　멀리서 종소리 들려오네.

—맹관(孟貫), 「숙산사(宿山寺)」

古寺寒山上　　차가운 산 위 오래된 옛절,

遠鐘揚好風　　멀리서 종소리 바람처럼 날아온다.

聲餘月樹動　　은은한 울림 달빛 아래 나무를 흔들고,

響盡霜天空　　서리 내리는 하늘 끝에 닿는다.

—교연(皎然), 「문종(聞鐘)」

공간적으로 종소리는 가까운 곳이 아닌 먼 곳에서 바람처럼 실려온다.

들릴 듯 말 듯 먼 종소리가 점점 가까이 다가온다. 까마득한 우주에서 그 모습을 드러내지 않은 은은한 소리의 빛이 극치의 심미적 의경을 구성한다. 종소리는 또 저녁 눈과 밝은 달, 깊은 산속의 고찰, 석양이 드리운 외딴 마을의 모습을 또렷하게 부각시키면서 넓고 아득한, 높고 큰 마음의 소리가 담긴 풍경을 그려낸다. 종소리가 멀수록 상상의 공간은 넓어지고 그 예술적 의미도 풍부해진다. 이가우李嘉祐의 「원사종遠寺鐘」을 보자.

疏鐘何處來	은은한 종소리 어디에서 오는가,
度竹兼拂水	대숲을 맴돌다 강물을 뒤흔드네.
漸逐微風聲	조금씩 잦아드는 희미한 바람소리,
依依猶在耳	아직도 귓가를 맴도네.

위 시는 아련한 종소리의 예술적 정취를 보여주는 전형적인 작품이다. 종소리는 어디인지 알 수 없는 허무 속에서 실려온다. 끊길 듯 이어질 듯, 들릴 듯 말 듯, 대숲 사이로 수면 위로 자욱하게 내려앉는 종소리가 기억을 끝없이 상기시킨다.

멀리서 들려오는 종소리를 예술적으로 표현하기 위해 당대의 시인들은 '隔격'자를 사용했다. 공간적 거리를 이용해 종소리에 예술적 신운神韻을 실었던 것이다. 아래 시들을 보자.

秋深臨水月	깊어가는 가을 강물 위로 달이 뜨고,
夜半隔山鐘	깊은 밤중 산너머로 종소리 들려오네.

—황보염(皇甫冉), 「추야숙엄유댁(秋夜宿嚴維宅)」

迎風騷屑千家竹　　바람 속에 싸르르 흔들리는 대숲,

隔水悠揚午夜鐘　　강물 너머 실려오는 한밤의 은은한 종소리.

—진우(陳羽), 「재주여온상야별(梓州與溫商夜別)」

月影緣山盡　　달그림자 산속으로 사라지고,

鐘聲隔浦微　　종소리 강물 위로 사라지네.

—조하(趙嘏), 「효발(曉發)」

落月蒼涼登閣在　　푸르스름한 달빛 누각 위로 기울고,

曉鐘搖盪隔江聞　　흔들리는 새벽 종소리 강 너머에 들린다.

—온정균(溫庭筠), 「숙송문사(宿松門寺)」

　곧바로 들을 수 있는 종소리를 먼 산과 강을 거친 다음에 시인의 청각으로 연결함으로써 은은하고 아련한 종소리의 여운을 남기는 예술적 효과를 달성했다. 이것은 예술의 '거리두기'를 위해서다. 중국 고전문학에서는 직접적인 도달보다 효율적인 '간격'을 더 강조하는 경향이 있다. "주렴 너머 보이는 달隔簾看月", "강 건너 보이는 꽃隔水看花"처럼 산 너머에서 강 건너에서 들려오는 종소리도 같은 차원의 심미적 추구다. 종백화 선생은 "미감의 양성은 비움에 있다. 물상과 거리를 두고 나아가지도 멈추지도 않으면 물상은 고립되고 절연된다. 무대의 장막, 그림의 액자, 조각상의 돌받침, 건축물의 계단과 난간, 시의 리듬과 운각韻脚처럼 스스로 경계가 된다. 창문을 통해 바라보는 산과 강, 밤의 어둠이 내린 화려한 거리, 은은한 달빛이 비치는 작은 풍경, 모든 것들이 거리와 간격 속에서 아름다운 풍경을 만들어낸다"[28]고 했다. 그렇다. 일정한 거리는 심미적 주체와 심미적 객체, 심미적 물상과 자연세계를 구분하고 이를 통해 예술표현의 능동적 작용을 강조하는 기능을 한다. 아울러 종소리와의 거리는 시와 현실의 거리를 벌리기도 한다. 그것은 세상으로부터의 격조隔阻, 자연으로의 접근이다. 속세에서 멀어진 독립적이고 투명한 시적 상태에서 아름다움이 생겨난다. 온정균溫庭筠의 「숙진생산재宿秦生山齋」에 나오는 한 구절을 보자.

> 龕燈落葉寺　　절마당 석등 위로 낙엽이 지고,
> 山雪隔林鍾　　눈 쌓인 산 너머에서 종이 울린다.

위 시는 산속의 풍경을 그리고 있다. 세상의 모든 소리가 고요히 잠들고 불등이 맑고 투명하게 빛난다. 우수수 낙엽이 지고 소복소복 눈이 쌓인다. 먼 산에서 적막을 깨는 은은한 종소리가 전해온다. 예술적 경청은 완전한 탈속과 절연 속에서 완성된다. 「숙진생산재宿秦生山齋」는 「숙진승산재宿秦僧山齋」라고도 불린다. 시인이 승원僧院에 있을 때 지은 작품이기 때문에 종소리는 바로 옆에서 울렸을 텐데 시인은 의도적으로 먼 곳의 종소리를 그렸다. 이것은 온전히 예술적 표현을 위한 것이다. 눈 쌓인 산 너머에서 들려오는 종소리는 아득하고 아련한 소리 밖의 소리로 전통미학의 비향방통秘響傍通과 복채잠발伏采潛發의 예술적 추구를 실천한다.

종소리는 공간적인 거리와 심미적인 간격을 통해 청각적인 예술효과를

---

28 宗白華, 『美學散步』, 上海 : 上海人民出版社, 1981, p.26. "美感的養成在於能空, 對物象造成距離, 使自己不沾不滯, 物象得以孤立絕緣, 自成境界 : 舞台的簾幕, 圖畫的框廓, 雕像的石座, 建築的台階, 欄杆, 詩的節奏, 韻腳, 從窗戶看山水, 黑夜籠罩下的燈火街市, 明月下的幽淡小景, 都是在距離化, 間隔化條件下誕生的美景."

만들어낸다. 예를 들어 아래 시들을 보자.

> 寂寞疏鐘後　　　종소리가 지난 후 적막함이 찾아오고,
>
> 秋天有夕陽　　　가을날 석양이 지네.
>
> ―경위(耿湋), 「준공원회구(濬公院懷舊)」

> 杳杳疏鐘發　　　저 멀리서 은은하게 울리는 종소리,
>
> 因風淸復引　　　바람이 맑음을 다시 데리고 오네.
>
> ―사공도(司空曙), 「원사종(遠寺鐘)」

  희미하게 멀어져가는 종소리는 이완된 리듬으로 세계의 운행 속도를 늦춘다. 느린 종소리는 정체되고 완만한 시간을 의미한다. 세계는 더 이상 사람들을 소환하지 않는다. 사람들은 시작도 끝도 없이 아득하고 드넓은 예술의 세계를 거닐 뿐이다.

  종소리의 심미성은 청각을 바탕으로 만들어진다. 그러나 종소리의 심미적 경계는 또 단순한 음악적 형식만은 아니다. 음악적 종소리는 석양과 시린 달, 먼 산과 고찰 등의 이미지와 조합되어 음악과 회화, 소리와 색채가 어우러진 예술공간을 만들어낸다. 몇 가지 익숙한 조합들을 살펴보자.

1) 황혼의 저녁 종소리

  중국문학에서 황혼은 슬픈 탄식도 있고 심미적 따뜻함도 있다. 일본 승려 편조금강遍照金剛은 "석양을 바라보고 있으면 구름과 노을을 녹여 넣고 싶은 생각이 들기 마련이다. 숲속의 동굴 속에서 마음을 담금질한 후에 맑

은 소리로 아름다운 시를 시원하게 쏟아낸다"[29]고 했다. 고전시가에서 황혼과 석양은 서로 다른 상징으로 사용된다. 황혼은 슬픔의 정서를 나타내고 석양은 심미적 희열을 나타낸다. 공간적으로는 "석양무한호夕陽無限好"와 같이 끝없이 아름다운 석양에서 느끼는 따뜻한 희열, 시간적으로는 "지시근황혼只是近黃昏"과 같은 황혼 무렵의 슬픔이다. 그런데 석양과 종소리가 함께 조합되면 따뜻한 석양빛과 은은한 여운이 이어지는 종소리의 심미적 감수성이 어울려 시각과 청각이 결합된 예술적 공간이 만들어진다.

> 遠林生夕籟　　　숲속에 석양이 비치고,
> 高閣起鐘聲　　　높은 누각에서 종소리가 울린다.
>
> ― 대숙륜(戴叔倫), 「유숙라원서봉사시휘상인(留宿羅源西峰寺示輝上人)」

> 殘陽過遠水　　　스러지는 햇빛 저 멀리 강을 건너고,
> 落葉滿疏鐘　　　흩날리는 낙엽들 사이로 종소리 가득하다.
>
> ― 장호(張祜), 「제만도인선방(題萬道人禪房)」

> 王粲不知多少恨　　　왕찬이 얼마나 많은 한을 품었는지,
> 夕陽吟斷一聲鐘　　　석양 종소리 속에서 모두 읊어대었다네.
>
> ― 위장(韋莊), 「춘운(春雲)」

위 시들에서 나타나는 '석양－종소리'는 시각적으로는 아련한 석양과

---

29 遍照金剛, 「文鏡秘府論·南卷·集論」. "夫夕望者, 莫不熔想煙霞, 煉情林岫, 然後暢其清調, 發以綺詞."

노을, 청각적으로는 하늘에서 길게 울리는 저녁 종소리, 심미적으로는 "삼나무숲과 대숲에는 석양이 빛나고, 창에 기대어 서서 멀리서 아련하게 들려오는 종소리를 듣는杉篁宜夕照, 窗戶倚疏鐘"육구몽,「강서언회(江墅言懷)」 나태 속에 약간의 자유와 편안함이 있다. 정서적 층위에서는 가슴에 한을 품고 석양에 울리는 종소리를 듣는王粲不知多少恨, 夕陽吟斷一聲鐘, 감상 속에 낮은 독백이 있고 한숨이 있다. 심미적 아름다움이 시간의 슬픔을 지우고, 시간의 슬픔이 심미적 희열을 약화시킨다. 이로 인해 자극적이지도 광적이지도 않은 아름다움이 표현된다. 슬픔 속에 따뜻함이 있고 감상 속에 위안이 있다. 류장경의 「송령철상인送靈澈上人」를 보자.

蒼蒼竹林寺	짙푸른 죽림사,
杳杳鐘聲晩	아득하게 울리는 저녁 종소리.
荷笠帶夕陽	삿갓에 석양빛 두르고
靑山獨歸遠	푸른 산속으로 홀로 멀어져가네.

푸른 대숲에 둘러 싸인 불사, 황혼의 안개 속에 저녁종이 울린다. 삿갓을 쓰고 베옷을 입은 승려가 석양을 밟으며 산골짜기로 돌아온다. '석양 –저녁종'은 수묵화에서 농묵과 채색으로 표현된 부분이다. 제기齊己의 「하일초당작夏日草堂作」을 보자.

沙泉帶草堂	샘이 초당을 안고 흐르고,
紙帳卷空床	종이 장막이 빈 침상을 감싸고 있네.
靜是眞消息	고요만이 참된 경계라,

吟非俗肺腸	시는 속된 마음에서 나오지 않는다.
園林坐淸影	숲속 맑은 그늘에 앉아,
梅杏嚼紅香	붉은 살구향을 깨문다.
誰住原西寺	누가 서편의 절집에서
鐘聲送夕陽	종을 울리며 석양을 보냈나.

—석제기(釋齊己), 「하일초당작(夏日草堂作)」

늙은 시승이 초당에 단정히 앉아 숲속의 그림자를 둘러본다. 입안 가득 향기로운 살구를 머금고 영혼의 고요를 지킨다. 절 밖으로는 해가 서쪽으로 기울고 황혼의 종소리가 울린다. 아련한 석양과 은은한 종소리가 고요한 마음의 노래처럼 빛나는 시적인 거주를 향해 나아간다.

2) 달과 종소리

태양신 아폴로와 같은 낭만적이고 광적인 정신이 결여된 중국예술은 고요하고 투명한 맑고 담박한 달빛 같다. "달은 중국 옛 시단의 하늘에 높이 걸려 있다. (…중략…) 그녀는 인간 세상의 연극을 지켜보는 아름답고 창백한 관중이다. 그녀가 아는 모든 비밀과 격정과 환락은 빠르게 붕괴하거나 천천히 부패한다. (…중략…) 그녀는 수많은 산들에 가로막힌 연인들의 그리움과 연결된다."[30]

당나라 사람들은 시와 달의 관계에 많은 관심을 가졌다. 유우석은 "양주에서 한밤에 벗을 찾아가 달빛 아래 새로 지은 시들을 끝도 없이 읊었다揚州

---

30 Michael Katz, 「艾米·洛威爾與東方(Amy Lowell and the Orient)」, 張隆溪, 『比較文學譯文集』, 北京：北京大學出版社, 1982, p.184 재인용.

從事夜相尋, 無限新詩月下吟"³¹고 노래했고 시승 제기는 "달빛 아래 형상이 있고, 무형 속에 시상이 있다月華澄有象, 詩思在無形"³²고 노래했다. 달이 시정詩情을 불러온다는 생각은 당나라 사람들의 공통 인식이었다. 달과 종의 결합은 '명월ー종소리ー고요한 밤'의 구조를 만들어내고 전아典雅와 고고高古의 풍격이 통일된 맑고 투명한 시를 표현해냈다.

清鐘揚虛轂　　맑은 종소리 텅빈 골짜기를 울리고,

微月深重巒　　희미한 달빛 구비구비 산속으로 깊어가네..

　ー전기(錢起), 「동성초함여설원외왕보궐명투남산불사(東城初陷與薛員外王補闕暝投南山佛寺)」

竹壇秋月冷　　대나무 제단 위 시린 가을달,

山殿夜鍾清　　한밤중 산사에 맑은 종소리.

　　　　ー전기(錢起), 「연울림관장도사방(宴鬱林觀張道士房)」

夜靜沙堤月　　고요한 밤 모래톱에 달이 뜨고,

天寒水寺鐘　　차가운 물가 절집에서 종소리 울린다.

　　　　　ー당구(唐求), 「주행야박기주(舟行夜泊夔州)」

林開明見月　　숲이 열리자 밝은 달이 드러나고,

萬壑靜聞鐘　　만 개의 봉우리에서 고요한 종소리가 들려오네

　　　　　　ー교연(皎然), 「배로중승한유산사(陪盧中丞閒遊山寺)」

31　劉禹錫, 「酬淮南廖參謀秋夕見過之作」.
32　齊己, 「夜坐」.

고요한 달빛과 은은한 종소리는 늘 '맑음淸'의 심리적 반응을 가져온다. '맑음'은 잡념을 없애고 영혼의 세계에 달빛과 종소리를 불러들인다. 달빛이 있음으로써 청각적인 종소리가 눈으로 볼 수 있게 되고 종소리가 있음으로써 시각적 달빛이 들을 수 있게 되었다. 달빛 아래서 종소리를 듣는 체험은 아름다움의 세례이자 정신적 승화다.

3) 먼 산과 종소리

'먼 산－종소리'는 당시 종소리 미학의 또 하나의 일반적 형식이다.

秋山起暮鐘　　　멀리 가을산에서 저녁종이 울리고,
楚雨連滄海　　　비 내리는 초나라 하늘 푸른 바다로 이어진다.
　　　　　　　　　　　　　　—위응물(韋應物),「회상즉사기광릉친고(淮上即事寄廣陵親故)」

遠峰斜日影　　　멀리 산봉우리 해그림자 기울고,
本寺舊鐘聲　　　절집에는 옛 종소리 울리네.
　　　　　　　　　　　　　　—유우석(劉禹錫),「송원상인귀계정(送元上人歸稽亭)」

今來故國遙相憶　　멀리 고국을 그리워하노라니,
月照千山半夜鐘　　달빛이 산들을 비추고 한밤의 종소리 울리네.
　　　　　　　　　　　　　　—허혼(許渾),「기제화엄위수재원(寄題華嚴韋秀才院)」

산은 중국문화에서 인자仁者의 숭고함을 상징한다. 공자는 인자는 산을 좋아하고 지자智者는 물을 좋아한다고 했다. 산은 굳건하고 장엄하다. 물은 유동적이고 융통성이 있다. 인자와 산은 상호대응한다. 산은 과묵하고 굳건한 위대한 인격이다. 높은 산처럼 우러러본다는 고산앙지高山仰止는 인자에 대한 숭고한 경의를 나타낸다. '먼산−종소리'의 형식 속에서 종소리는 천계에서 온 신성의 언설이며 먼산은 침묵하는 경청자다. "천하명산승점다天下名山僧占多", 산 속에서 지냈던 승려들은 종을 푸른산과 골짜기로 가지고 들어왔다.

하이데거는 시화된 작품은 대지의 신비를 간직하고 있다고 했다. 작품은 언제나 끊임없이 자신이 드러내는 '세계' 속에 자신의 사물성을 부여한다. 빛깔 속으로 숨어들고 돌 안으로 숨어들고 소리 안으로 숨어들고 말 안으로 숨어든다.[33] 그래서 종소리−먼산 구조 속에서 먼산은 대지를 상징하고 종소리는 하늘을 상징한다. 동시에 대지는 그 위에 거주하는 자−사람을 연상시키고 하늘은 신성한 존재자를 연상시킨다. 이렇게 산과 종이 결합하여 하늘, 대지, 사람일시자, 신성의 4차원적 구조가 만들어진다. 이 4차원 구조는 하이데거의 관점에서 인간의 본질적 거주이며 종소리가 울려 퍼지는 먼산도 진정한 시적 노래가 된다.

당시 속 종소리의 예술적 품격은 공간적이고 의경적이면서도 시대적인 특징을 가지고 있다. 많은 학자들이 성당과 만당의 시를 논하면서 심미적 풍격의 차이를 지적하였다. 섭섭葉燮은 『원시原詩』 외편에서 "성당의 시는 봄꽃이다. 울창한 복사꽃과 오얏꽃, 탐스러운 목단과 작약같은 화려한 아름다움을 귀하게 여기니 쓸쓸함이나 소박함이 전무하니 족히 아름답다. 만당의 시는 가을꽃이다. 물 위의 부용과 울타리 옆 국화꽃 덤불 같은 그

---

33 Martin Heidegger, 彭富春 譯, 『詩·語言·思』, 北京：文化藝術出版社, 1991, p.143.

욱한 아름다움과 저녁의 운치가 있으니 어찌 아름답지 아니한가?盛唐之詩, 春花也. 桃李之穠華, 牡丹, 芍藥之妍艷, 其品華美貴重, 略無寒瘦儉薄之態, 固足美也. 晚唐之詩, 秋花也. 江上之芙蓉, 籬邊之叢菊, 極幽艷晚香之韻, 可不爲美乎"라고 했다.

만개한 봄날의 꽃처럼 화려한 성당의 시가는 왕성한 청춘의 진취적 정신을 노래했다. 반면 만당의 시가는 스러지는 저녁 노을, 기세가 꺾인 서풍처럼 빛을 잃고 꺼져가는 생명의 고갈과 처연함을 노래했다. 이러한 심미적 차이는 종소리 속에서도 강하게 드러난다.

생명의 차원에서 보면, 성당의 종소리는 생명에 대한 외재적 추구에 치중했다. 당명황唐明皇은 "가종歌鐘소리를 들으며 밝은 달을 바라보니 지난 날의 즐거움이 그대로 되살아나네歌鐘對明月, 不減舊遊時"34라고 노래했다. 자유분방하고 다재다능했던 황제가 밝은 달 아래서 가종소리를 들으며 느낀 환희와 희열을 짐작할 수 있다. 그의 중신重臣이었던 장열張說은 "여섯 개의 종이 어우러져 여섯 개의 소리가 되고, 팔일무 가락에 여덟 줄기 바람이 인다六鐘翕協六變成, 八佾徊徉八風生"35라고 노래했다. 태평성대에 취한 사인들의 뜨거운 마음이 잘 나타난다. 또 이백은 「백구사白鳩辭」에서 "종 울리는 소리, 북 치는 소리. 백구의 노래를 부르며 넘실넘실 깃털춤을 추네鏗鳴鐘, 考朗鼓. 歌白鳩, 引拂舞"라고 했다. 종소리는 진취적인 시대정신을 전한다. "십 년 동안 제도 밖에서 자유롭게 떠돌았다十載飄然繩檢外"고 노래한 두목의 「념석유念昔遊」는 신흥 지주 계급의 지향과 사상해방을 요구하는 사대부들의 시대적 목소리를 담고 있다. 성당의 종소리는 추구이자 관심이었으며 생명의 향락이었다. 그런데 만당에 이르자 쇠잔한 생명의 정서가 짙

---

34 唐明皇, 「軒遊宮十五夜」.
35 張說, 「封泰山樂章」「舒和」.

어지면서 종소리는 사대부의 내재적 생명 체험에 치중했다.

曙鐘寒出嶽　　새벽 종소리 산속 한기를 실어오고,

殘月迥凝霜　　희미한 달빛 얼어붙은 서리 위에서 빛나네.

―마대(馬戴), 「조발고원(早發故園)」

禦溝寒夜雨　　개울에 차가운 밤비 내리고,

宮寺靜時鐘　　사찰에 고요한 종소리 울린다.

―가도(賈島), 「숙윤상인방(宿贇上人房)」

落月蒼涼登閣在　　푸스름한 달빛 누각 위로 기울고,

曉鐘搖盪隔江聞　　흔들리는 새벽 종소리 강 너머에 들린다.

―온정균(溫庭筠), 「숙송문사(宿松門寺)」

　수사적으로 '寒', '冷', '涼' 등을 많이 사용했는데, 뼛속 깊은 곳까지 서늘함이 느껴진다. 얼음처럼 시린 종소리는 생명의 감각이 안으로 안으로 수렴하는 영혼의 체험을 의미한다. 성당시기의 위대한 기상과 영웅적 패기는 사라졌다. 성당의 종소리는 탈속과 은둔의 분위기 속에서도 한계가 사라진 아득하고 드넓은 공간적 숭고미가 지배적이다. 그러나 만당의 종소리는 모든 것이 비극적이고 무기력하다. 세상의 변화에도 무감각한 반응을 보이고 정신세계는 자꾸만 협소해진다. 종소리는 성당에서 만당에 이르기까지 시인들의 정신적 변화를 보여주는 것이 아닐까?
　심미적 형식에서 성당의 종소리는 거친 바람과 푸른 파도가 일렁이는 웅혼雄渾의 아름다움이 있다. 반면 만당의 종소리는 낙엽이 지는 외딴 마을의 처연한 아름다움이 있다. 음성 형식적으로 성당의 종소리는 천지를 가득 메우는 우렁찬 소리로 풍부하고 왕성한 정신적 역량을 보여준다. 그런데 만당에 이르러 종소리는 가시적인 변화를 보여준다. 종소리는 더 섬세하고 가늘어지는데 만당시인 장교張喬가 그린 종소리가 대표적이다. 『전당시』에 수록된 장교의 시 가운데 종소리가 등장하는 것은 아래의 네 수다.

鐘殘含細韻　　종소리는 가느다란 여운을 품고,
煙滅有餘香　　연기는 사라져도 향기를 남긴다.

―「적조미상인(吊造微上人)」

鳥行來有路　　새들은 길을 따라 날지만,
帆影去無蹤　　돛단배는 정처없이 나아간다.
幾夜波濤息　　몇 개의 밤이 지나고 마침내 파도가 잠들자,
先聞本國鐘　　가장 먼저 고국의 종소리가 들려오네.

―「송승아각귀동해(送僧雅覺歸東海)」

鳥歸殘照出　　돌아가는 새들 사이로 스러지는 석양빛 비치고,
鐘斷細泉來　　끊어지는 종소리 사이로 가느다란 샘물이 흐른다.

―「유흡주흥당사(遊歙州興唐寺)」

潮平低戍火　　잔잔한 물결 타오르는 병영의 불빛,

木落遠山鐘   낙엽지는 먼 산의 종소리.

— 「강촌(江村)」

장교가 그린 종소리에는 높은 산을 뒤흔들던 기백은 사라지고 종소리의 여음 같은 잔잔한 슬픔이 자리하고 있다. 웅장한 소리는 낮아지고 변조되었다. 이것은 전란 속에서 온갖 고난을 겪은 만당 사람들에게 생겨난 영혼의 변화를 보여준다. 심미적 의경에서 성당의 종소리는 높은 하늘과 밝은 달, 푸른 산과 물이 배경이지만 만당의 종소리는 황혼과 석양, 낙엽과 가을바람 속에 있다.

종소리는 자주 등장하는 시적 이미지일 뿐만 아니라 당나라 사람들의 심미적 풍격을 보여주는 상징물이다. 사공도는 『시품』에서 "화산의 푸른 밤, 사람들은 맑은 종소리를 듣는다太華夜碧, 人聞清鐘"라며 종소리로 '고고高古'의 예술 풍격을 설명했다. 곽소우郭紹虞 선생은 "화산에 밤이 찾아들자 세상의 모든 소리가 고요해진다. 사위는 온통 푸른빛에 잠긴다. 이때 문득 맑은 종소리가 들려온다. 티끌 한 점 없이 모든 잡념이 사라진 투명한 감각은 속세와 단절된 고요함 속에서 태고의 시간을 거니는 듯하다"[36]고 했다. 종소리는 태고의 시간을 거닐며 속세의 연을 고요히 끊어내는 고고의 아름다움을 표현한다. 이외에도 종소리는 다음과 같은 더 많은 예술풍격을 나타낸다.

　정련(精煉):

---

36 郭紹虞, 『詩品集解』, 北京 : 人民文學出版社, 1981, p.11. "太華入夜, 萬籟俱寂, 一碧無餘, 此時此際, 忽聞清鐘, 更覺一塵不染, 萬念胥澄, 直令人靜絶塵氛, 神遊太古."

처음에 돌북을 치고, 차츰 쇠북이 어우러진다(初震石鼓, 漸調金鏞).

소리가 천지를 가득 채우고, 은은하고 풍성하게 울린다(聲滿天地, 隱隱隆隆).

— 고한(顧翰), 『보시품(補詩品)』

화평(和平):

분노가 사라지고 고요를 즐기니, 홍몽의 세계로 나아간다(怒泯喜寂, 神往鴻蒙).

꿈속에서 동이 트고, 멀리 사찰에서 은은하게 종이 울린다(夢回平旦, 遠寺疏鐘).

— 허봉은(許奉恩)『문품(文品)』

고고(高古):

밤중에 원관이 열리고, 하늘의 종소리가 울린다(夜開元關, 盪聞天鐘).

미간에 빛이 가득하고, 북두성과 만난다(光滿眉宇, 與鬥相逢).

— 양기생(楊夔生), 『속사품(續詞品)』

위 예시에서 중국예술 영혼 깊은 곳에 자리하고 있는 당시의 종소리를 확인할 수 있다. 문품, 시품, 사품에서 고고와 정련, 화평에 이르는 모든 풍격에서 은은한 당대의 종소리가 울리고 있다.

6. 맺음말

당시의 종소리는 종소리의 여운이 하늘을 가로지르는 광활한 성당盛唐의 공간에서 시작하여 꿈속에서 그리움의 종이 울리는 만당의 슬픈 감상 속에서 끝난다. 당시의 종소리는 사상적으로 "종고도지鍾鼓道志"의 유가적 종소리에서 "종경청심鍾磬淸心"의 불가적 종소리로 이어지는 역사적 전환을 거쳤다. 종소리 이미지의 역사적 전환 과정은 심미적 전환의 과정이기도 하다. 종소리 이미지는 당시의 예술공간에서 맑고 아련한 소리로 후대의 시가에 긍정적 영향을 미쳤다. "멀리 봄강에 물풀무 돌아가고, 골짜기에서 은은한 종소리 흘러 나온다連筒春水遠, 出轂晚鐘疏"[37]라고 한 소식이나 "아무도 없는 옛절에 불상은 기울고, 높이 걸린 종 하나 환한 석양이 비춘다古寺僧歸佛像傾, 一鍾高掛夕陽明"[38]라고 노래한 원목 등에서 그 영향을 확인할 수 있다. 은은한 종소리 속에 태고의 소리가 메아리 친다. 당시의 종소리 이미지는 예술적 품격에 본질적 규정성을 가진다. 당시에서 울리는 종소리에는 시대가 담겨 있고 민족의 문화와 예술정신이 담겨 있다.

---

37 蘇軾, 「獨遊富陽普照寺」.
38 袁枚, 「鐘」.

제8장

등불과 촛불의 시

—

1. 머리말

『성경』 창세기에 "신께서 빛이 있으라 하시니 빛이 있었다"는 말이 있다. 모든 민족이 민족 고유의 문화적 원천과 전통을 가지고 있지만 빛과 불에 대한 숭배와 찬미는 인류 공동의 문화적 경향이었다. 빛이 없었다면 인류의 존재도 상상할 수 없다. 그래서 『성경』에서는 또 "어둠 속에 앉아 있는 백성들이 큰 빛을 보게 되었다"고 했다. 인류가 야만의 상고시대에서 벗어난 이후 빛을 숭배하는 엄숙한 제사는 사라졌다. 그러나 빛과 불을 숭배하는 원시의 위대한 정신은 사라지지 않고 다양한 문화적 형식으로 남아 있다. 중국 고전시사의 등촉燈燭 이미지 또한 빛을 찬송하던 원시인류의 정신과 일맥상통한다. 본질적으로 등불과 촛불은 빛과 불로서 빛의 승화요 불의 재생이다. 그래서 등불과 촛불에 대한 노래는 원시인류의 빛 숭배 풍습과 긴밀하게 연결되어 있다.

송나라 진여의陳與義는 「야우夜雨」에서 "바둑판에서 세상의 이치가 드러나고, 등잔불에서 좋은 시가 피어난다棋局可觀浮世理, 燈花應爲好詩開"고 했다. 등불과 촛불은 긴 밤을 밝히고 시단을 밝히고 시인들의 영혼을 밝혔다. 등불과 촛불 그림자 아래서 시가 끝없이 피어났다. 옛 시인들이 노래한 등불과 촛불은 어둠을 밝히는 신성의 빛이었다. "겨울밤이 어찌 길지 않으리, 새벽까지 등촉이 타오르네冬夜豈不長, 達旦燈燭然."[1] 등불과 촛불은 온 몸을 태워서 바치는 희생정신이었다. "스스로를 불살라 쓰임을 다하고, 자신을 죽여 인을 실천한다自焚以致用, 亦有殺身以成仁."[2] 그리고 또 심미적인 예술 형식

---

1 韓愈, 「示爽」.
2 傅鹹, 「燭賦」.

이었다. "환락이 끝나니 하얀 머리가 서글프고, 어둠이 깊으니 붉은 촛불이 애달프다樂極傷頭白, 更深愛燭紅."[3]

깊은 밤 붉게 타오르는 촛불은 시인들의 심미적 희열을 불러 일으켰다. 사인詞人들에게 널리 알려진 유명한 사패詞牌에도 촛불 그림자가 붉게 흔들린다는 뜻의 촉영요홍燭影搖紅이 있다. 그래서 "날이 저물어도 걱정할 필요 없네, 타오르는 등불이 있기 때문不須愁日暮, 自有一燈然"[4]이라고 노래한 유명한 시구가 태어나게 되었다. 긴긴 밤 한 켠에서 타오르는 등불은 어둠에 저항하는 따뜻한 힘이다. 홀로 앉은 창문에 일렁이는 등불과 붉게 타오르는 촛불은 그윽하고 따뜻한 예술 형식이다. 그래서 범성대範成大는 "종이 바른 창에 향은 짙게 피어오르고, 붉은 촛불 아래 두런두런 이야기를 나누네席簾紙閣護香濃, 說有談空愛燭紅"[5]라고 노래했다. "달은 등불만 못하고 등불은 달을 넘어서네, 달 구경은 안가도 등 구경은 가야지月不如燈燈勝月, 不消觀月但觀燈"[6]라고 한 백옥섬의 노래는 더욱 의미심장하다. 등불을 바라보는 즐거움이 달 구경의 재미를 넘어선다. 등불과 촛불 감상은 옛 문인들의 고상한 취미였다. 이러한 취미가 형성된 배경에는 인류의 역사만큼 오래된 생생한 원시의 이야기가 있다.

3　杜甫,「酬孟雲卿」.
4　王維,「過盧四員外宅看飯僧共題七韻」.
5　範成大,「雪寒圍爐小集」.
6　白玉蟾,「山歌三首」.

2. 등불과 촛불을 위한 노래, 빛과 불의 원시 숭배

등불과 촛불은 중국시단을 환하게 밝혔다. 많은 오래된 노래들에서 등
불과 촛불 이미지를 찾아볼 수 있는데 위로는 『시경』에서부터 시작된다.
「소아」「정료庭燎」를 보자.

夜如何其	밤은 어찌 되었나,
夜未央	아직 밤은 다하지 않았네.
庭燎之光	빛나는 궁중의 횃불이여
君子至止	제후들이 당도하는구나,
鸞聲將將	쟁그랑쟁그랑 방울소리 울리네.
夜如何其	밤은 어찌 되었나,
夜未艾	아직 밤은 끝나지 않았네
庭燎晣晣	밝은 궁중의 횃불이여!
君子至止	제후들이 당도하는구나
鸞聲噦噦	댕그랑 댕그랑 방울소리 울리네.
夜如何其	밤은 어찌 되었나
夜鄉晨	이제 곧 새벽이 된다네.
庭燎有煇	타오르는 궁중의 횃불이여
君子至止	제후들이 당도하는구나,
言觀其旂	그들의 깃발이 보이네.

위 시는 밤이 새도록 타오르는 횃불을 그리고 있다. 제후들의 옥패가

찰랑대는 규칙적인 운율과 어울려 깊고 넓은 의경의 예술적 화면을 구성한다. '정료庭燎'는 고대의 촛불이다. 『주례』「천관」「혼인閽人」에 '문에 료燎를 세운다設門燎'는 말이 나오는데 정현鄭玄의 주에 따르면 "료는 지촉地燭이다". 『설문해자』에서도 "촉燭은 정료, 화촉灬燭이다"라고 밝히고 있다. 「정료庭燎」에서 정현은 "땅에 세우는 것을 료라 하고 손에 드는 것을 촉이라 한다"고 했으며, 또 "문밖에 세우는 것을 대촉大燭, 문안에 세우는 것을 료라 하는데 모두가 만물을 환하게 밝히기 위한 것이다"라고 했다. 땅에 두면 횃불燎, 손에 들면 촛불燭인 것이다. 『시경』의 '정료지광'은 두 가지 측면에서 의미가 있다. 빛과 불을 숭배하는 인류의 원시적 정서를 표현했다는 점에서 의미가 있고, 등불과 촛불을 찬미한 예술의 기원이라는 점에서 의미가 있다. 『주례』「천관」편에 "궁정宮正은 왕이 출타를 할 때 宮집궁과 廟사당묘에서 燭촛불촉을 손에 든다"는 내용이 있고, 「추관秋官」편에 "사훤씨司烜氏는 나라의 큰일이 있으면 燭과 庭燎정료에 불을 붙인다"는 내용이 있다. 『주례』의 기록에 따르면 궁중의 조정朝廷에서나 종묘 제사에서나 모두 횃불을 높이 받쳐들고 태우는 장엄한 의식을 행했다. 여기서 종교와 정치의 위엄, 횃불에 대한 숭배와 신비가 드러난다. 이러한 신비한 정서가 시인에게도 전해져 머리맡에 놓인 촛불과 벽에 걸린 등잔불에 대한 노래로 이어졌다.

煌煌閒夜燈 반짝반짝 고요한 밤에 등불,
修修樹間亮 곧게 뻗은 나무들 틈에서 밝게 빛난다.

—습착치(習鑿齒), 「영등롱(詠燈籠)」

百花疑吐夜　　뭇 꽃들이 밤을 토해낸 듯,

四照似含春　　사방을 비추니 마치 봄이 온 듯 하네.

的的連星出　　환한 불빛이 별빛을 비추고

亭亭向月新　　저 멀리 달을 반기네.

　　　　　　　　　— 강총(江總), 「삼선전야망산등시(三善殿夜望山燈詩)」

夜色帶春煙　　어둠 속에 봄 안개가 서리고,

燈花拂更燃　　등불은 더욱 거세게 타오른다.

　　　　　　　　　— 유장경(劉長卿), 「양주우중장십댁관기(揚州雨中張十宅觀妓)」

終宵處幽室　　밤이 다하도록 어두운 방에서

華燭光爛爛　　촛불만이 환하게 빛난다.

　　　　　　　　　— 한유(韓愈), 「강한답맹교(江漢答孟郊)」

春蠶到死絲方盡　　봄 누에는 죽어서 실을 토하고

蠟炬成灰淚始乾　　촛불은 재가 되어서 눈물을 그친다.

　　　　　　　　　— 이상은(李商隱), 「무제(無題)」

桃李春風一杯酒　　복사꽃 오얏꽃 흩날리는 봄바람 속에서 한 잔 술을 나
　　　　　　　　　누다가,

江湖夜雨十年燈　　강호에 내리는 밤비 속에서 십년의 등불을 밝힌다.

　　　　　　　　　— 황정견(黃庭堅), 「기황기복(寄黃幾復)」

東風夜放花千樹　　봄바람 부는 밤 가지마다 꽃을 피우더니

更吹落　　　　　　다시 봄바람에 날려 떨어진다.

星如雨　　　　　　흩날리는 유성우처럼.

寶馬雕車香滿路　　화려한 거마 북적이는 향기 가득한 거리.

鳳簫聲動　　　　　봉황퉁소 요란한데

玉壺光轉　　　　　밝은 옥항아리 빙글빙글 돌고

一夜魚龍舞　　　　밤새도록 물고기와 용들이 춤을 춘다.

─신기질(辛棄疾), 「청옥안(靑玉案)·원석(元夕)」

隨園一夜鬥燈光　　밤새도록 다투며 빛나는 등불들,

天上星河地上忙　　천상의 은하수 지상으로 바삐 흐르네.

深訝梅花改顏色　　놀란 매화 빛깔을 바꾸고,

萬枝淸雪也紅妝　　가지마다 내려 앉은 맑은 눈 붉게 단장하였네.

─원목(袁枚), 「수원장등사(隨園張燈詞)」

　　밝고 환한 등불과 흔들리는 촛불이 중국 고전시가의 예술적 아름다움
을 만들어내고 불꽃이 꽃망울처럼 터지고 천상의 은하수가 지상으로 흘
러내리는 성대한 축제로까지 발전했다. 등불은 생명의 상징이기 때문에
등불축제는 생명을 경축하는 축제가 되었다. 춘추시대에서 한대에 이르
기까지 옛 문인들은 수많은 등불과 촛불을 글로 남김으로써 그들의 뜨거
운 사랑을 증명했다. 『전당시』에 실린 시 가운데 등불 이미지를 그린 시가
1,563수에 달하며 촛불 이미지를 그린 시도 986수에 이른다. 등불과 촛
불의 노래가 모여 거대한 장관을 이루었다고 말할 수 있다. 백거이는 등불

과 촛불에 유별난 애정을 보였다. 그의 시에서 등불과 촛불 이미지는 185회 등장하는데 당시 전체에 나오는 등불과 촛불 이미지의 1/10을 차지할 정도다. 등불의 시인이라고 칭해도 부족함이 없다. 모두가 잠든 밤에 등불과 촛불은 슬픔과 고통으로 점철된 시인들의 처참한 삶을 기록하고 생명의 슬픔을 태운다. 세상의 모든 소리들이 잦아든 어둠 속에서 홀로 빛나는 맑고 투명한 등불은 시인의 뜨거운 가슴을 상징하고 따뜻한 환희의 심미적 체험을 반영한다.

시인들이 수많은 등불과 촛불을 그려냈지만 그것들은 결국 불과 빛에 대한 찬양과 찬미다. 빛은 등불의 영혼이며 불은 촛불의 성격이다. 등과 불로 구성된 등불燈火이라는 말이 그것을 증명한다. 등과 불에 대한 시인들의 노래에서 원시인류가 밤의 장막이 드리워진 산과 들판에서 모닥불을 피우고 빛을 향해 제사를 올리던 거대한 장면이 떠오른다.

빛에 대한 숭배와 찬미는 태양신과 불의 신에 대한 숭배로 표현된다. 태양은 만물을 고루 비추고 대지를 환하게 밝힌다. 태양은 가장 큰 빛이며 가장 중요한 빛의 원천이다. 그래서 태양은 신화에서 가장 중요한 숭배 대상이다. 이집트 나일강 유역에서 고대 바빌로니아의 메소포타미아 유역에 이르기까지 고대 인도에서 화하민족에 이르기까지, 세계 곳곳에서 태양신과 태양신화가 전해진다. 고대 그리스신화에서 낮의 신 아폴로는 태양의 신이자 빛의 신이다. 그의 또 다른 이름 포이보스는 '빛이 난다'는 뜻으로 그는 곧 빛의 신이다. 세계 각지에 퍼진 '십자문十字紋'은 사실상 빛이 모여든 형상이며 태양 숭배의 흔적이다.

달비엘라Count Goblet D'Alviella는 『기호의 전파The Migration of Symbols』에서 기원전 3000년경 고대 아시리아인들의 십자문을 분석하면서 "십자가는 그들의 천신天神, Anu를 나타내는데 십자를 닮은 네 개의 부호로 이루어져 있다. 중간에 동그라미가 있고 그 둘레에 겹쳐진 마름모가 바깥으로 뾰족하게 퍼지는 모양이다. 동그라미와 마름모는 파피루스 문자로 된 비문碑文에서 태양을 나타낸다. 우주의 태양이 사방으로 빛을 발산하는 모양이 아닐까? 아시리아인들의 등변等邊 십 자형에 대해 보다 더 합리적인 해석을 할 수도 있다. 이런 십 자는 처음에는 태양이 비추는 네 개의 중요한 방위 표시에 불과했는데 훗날 발광체를 나타내는 기호로 바뀌게 되고 필연적으로 하늘에서 통지하는 최고의 신을 표시하는 기호로 바뀔 수밖에 없었다는 사실이다. 이 같은 현상은 칼데아인, 인도인, 그리스인, 페르시아인갈리아인, 아메리카 원주민도 포함될 수 있음에게서 찾아볼 수 있다"[7]고 했다.

중국 고대에도 태양을 숭배하는 원시풍속이 있었다.『상서』「요전堯典」에 나오는 "인빈출일寅賓出日"과 "인전납일寅餞納日"은 떠오르는 해를 맞이하고 지는 해를 보내는 오래된 제사의식이다. 갑골문에도 '賓日빈일', '出출', '入日입일', '又日우일' 등의 복사蔔辭가 나오는데 곽말약郭沫若이 은나라 사람들이 해에 제사를 올린 기록이었다는 사실을 증명했다. 태양신은 여러 신들 가운데 가장 중요하고 특별한 의미를 가진다.

『예기』「교특생郊特牲」에 "교제는 하지를 맞이하여 지내는 제사로서 하늘에 보답하여 해를 주신으로 한다郊之祭也, 迎長日之至也, 大報天而主日也"라는 기록이 있다. 이에 대해 정현은 "하늘의 신 가운데 해의 신이 가장 높다天之神日爲尊"고 했으며, 공영달은 "하늘의 신들 가운데 해의 신이 가장 높기 때문에 제사를 올릴 때 해를 모든 신의 주신으로 삼는다天之諸神, 唯日爲尊, 故此祭者,

7   何新, 『諸神的起源』, 北京 : 三聯書店, 1986, pp.2~3에서 재인용.

日爲諸神之主"고 했다. 중국의 태양신은 '희화羲和'다.『상서』「요전」에 따르면 희화는 거대한 하늘을 따라서 해와 달, 별의 운행을 기록하고, 백성들에게 농사짓는 때를 알리는欽若昊天, 歷像日月星辰, 敬授人時 중요한 일을 맡았다.

불 숭배는 원시인류의 빛 숭배를 대신한 중요한 형식이다. 불의 발명은 인류문화사에서 가장 중요한 사건이다. 긴 밤을 밝히고 추위를 막아주는 불이 발명되면서 인류는 따뜻한 음식을 먹을 수 있게 되었고 생산수단의 혁명까지 이루어냈다. 인류의 문명은 불이 밝혔다고 할 수 있다. 그래서 엥겔스Engels는『자연변증법』에서 "세계 해방에서 한 역할을 따지면, 마찰로 만들어진 불의 역할이 증기기관을 넘어선다. 왜냐하면 마찰로 불을 만들면서 처음으로 자연의 힘을 지배하게 되었고 궁극적으로 사람이 동물과 구분되었기 때문이다"라고 했다. 원시인류에게 불의 발명은 또 하나의 태양을 만든 것과 같았다. 그래서 인류의 빛 숭배는 불 숭배라는 형식으로 재현되었다.

『중국 고대사회에 관한 최신 연구中國古代社會新研』[8]에서 세계 각지의 불 제사 풍속을 고찰한 이현백李玄伯 교수는 불에 제사를 지내는 의식은 동서양의 정치와 문화에서 공통적으로 나타난 제도라고 보았다. 불은 가정을 이루고 국가를 세우는 기반으로서 생명의 연속과 종족의 번성을 의미한다. 그래서 중국인들은 '향화香火, 향불'이나 '연화煙火, 연기'라는 말로 혈연의 계승을 나타낸다. 이현백 교수에 따르면 고대의 '父아비부'는 가장을 부르는 말이었다.『설문해자』에서는 '父'를 "집안을 이끌고 가르치는 사람家長率教者"으로 풀이하고 있다. 또 '父'의 원시 의미는 불을 드는 사람으로 금

---

8   李玄伯,『中國古代社會新研』, 開明書店, 1948. 上海文藝出版社, 영인본(1988) 참조.

문金文에서는 ୨로 표시했다. 손으로 불을 받들고 있는 형상으로 프로메테 우스와 같은 존재를 뜻한다. 이 점은 '主주인주'자의 의미에서도 증명된다. '主'의 원시 의미는 촛불과 등불로서 불에 제사를 지내던 풍속의 흔적이 나타난다. 『설문해자』에 따르면 '主'는 등불의 심지다燈中火炷也. '主'의 본 자는 ।인데 타오르는 불꽃 형상이다. 신성한 불에서 비롯된 '主'는 인류의 불제사 풍속을 보여준다.

원시인들의 마음속에서 불과 태양은 같은 의미였다. 불은 태양의 사자 使者이며 태양은 불의 승화다. 그래서 불에 제사 지내고 해에 제사를 지내 는 다양한 민족들의 풍속은 종종 서로 연결되어 있다. 영국 인류학자 프레 이저James George Frazer는 『황금가지』에서 유럽 각지의 불축제를 설명하면 서 "어떤 불축제는 날짜에서뿐만 아니라 기념하는 방식에서도 의도적으 로 태양을 모방하였다는 사실을 알 수 있다. 불이 붙은 수레바퀴를 굴리며 산을 내려가는 풍속은 하늘에서 태양이 이동하는 모습을 모방했을 가능 성이 매우 크다. (…중략…) 민간에서는 간혹 중하절仲夏節에 지피는 불을 '하늘의 불'로 부르기도 했다. 옛부터 사람들이 지상의 불빛과 천상의 불 빛을 의식적으로 연결시켰다는 점이 분명하게 드러난다"⁹고 했다.

원시인들이 불을 둘러싸고 노래하고 춤 추면서 일출을 맞이할 때 불을 둘러싸고 노래하며 춤 추면서 일출을 맞이하는 것은 태양과 불에 대한 숭 배와 신앙이었으며 문화적 상징 속에서 해의 신과 불의 신이 일치와 조화 를 이루었다. 태양과 불에 대한 원시인류의 숭배의식은 광적이고 뜨겁다. 오늘날 사람들에게는 타고 남은 잿더미처럼 느껴질지도 모르겠지만 불과

---

9   James George Frazer, 徐育新 譯, 『金枝』, 西安 : 中國民間文藝出版社, 1987, p.910.

해에 제사를 지냈던 위대한 정신은 다양한 형식의 문화적 상징물로 지금까지 살아있다.

휠라이트P. E. Wheelwright는 「원형 상징原型性的象征」에서 "모든 원형 상징에서 아마 어떤 심리적 정신적 성질로서 '빛'보다 더 널리 알려지고 더 쉽게 이해되는 것은 없을지 모른다"[10]라고 했다. 그렇다. 빛의 상징 의미는 태양과 불을 숭배하는 상고인류의 제사에서 기원하였다. 중국문화에서 빛에 대한 추구는 태양을 뒤쫓아 다닌 과부誇父와 같은 신화정신이거나 또 굴원과 같은 옛 사대부들의 인격이다. 중국의 고대 지식인들은 정신적으로 모두 빛과 밝음光明에 대한 추구를 자신의 임무로 삼았다. 그 원형은 모두 태양과 불이다. 그러나 문화는 직관적인 형식으로만 원시정신을 반영하는 것이 아니라는 점을 직시해야 한다. 원시의 문화정신은 '전위displacement'의 과정을 통해 재현된다. 전위는 후기의 문화 양식으로 원시문화정신을 복잡한 형태로 표현하는 것이다.

프라이는 「원형비평・신화이론」에서 "신화를 인간적인 방향으로 전위시키기도 하고 현실주의와 달리 이상화된 방향으로 내용을 정형화하기도 한다"[11]고 했다. 전위는 원시문화의 의미를 끊임없이 냉각시키고 새로운 예술 형식으로 바꾸는 과정이다. 예를 들면, 원시시대 종교와 천국의 양식이 문명시대에 이르러 전원 양식으로 대체되었다. 천국의 낙원은 시인이 꿈꾸는 전원으로 바뀌고 천국의 정원은 전원시 속의 청순한 시냇물과 무성한 수풀로 바뀌었다. 또 천국의 신을 모시는 시자侍者는 전원의 평범한

---

10 P. E. Wheelwright, 「原型性的象征」, 葉舒憲 外編, 『神話―原型批評』, 西安:陜西師範
        大學出版社, 1987, p.221.
11 Northrop Frye, 「原型批評―神話理論」, Ibid., p.176.

농부가 되었다.

마찬가지로 태양과 불에 대한 원시인류의 예배와 찬미도 전위의 과정을 거쳤다. 우선, 태양과 불에 대한 숭배는 원시종교의 외재적 숭배가 아니라 정신 영역의 빛에 대한 추구와 동경으로 전환되었다. 다음으로 활활 타오르는 모닥불과 횃불 외에도 머리맡에 놓인 등불과 촛불 이미지도 노래의 대상이 되었다.

원시신화는 원시인류의 이야기다. 이성적 각성이 원시종교의 짙은 안개를 걷어냈지만 원시인류의 이야기는 새로운 문화 형식 안에 그대로 남아 있다. 예술적 등불과 촛불 속에 여전히 원시의 태양이 빛나고 횃불이 활활 타오른다. 옛 시인들은 등불과 촛불에 태양과 불의 영혼을 부여했다. 등불과 촛불을 그리는 오래된 노래들을 들어보자.

唯茲蒼鶴	푸른 학처럼
修麗以奇	빼어나게 아름답네.
身體削	몸은 가늘고
頭頸委蛇	머리는 뱀처럼 또아리를 틀었네.
負斯明燈	머리에 등불을 이고,
躬含水池	연못을 향해 몸을 구부리네.
明無不見	보이지 않는 곳 없이 밝히고,
照察纖微	작고 미미한 것까지 비추네.
以夜繼晝	밤에도 낮이 이어지니,
烈者所依	충성스러운 자들이 기대고 의지하네.

— 유흠(劉歆), 「등부(燈賦)」

煌煌丹燭	환하게 타오르는 붉은 촛불,
焰焰飛光	빛나는 불꽃이 날아다니네.
取則景龍	그 모양 용을 닮고
擬象扶桑	해를 닮았네
照彼元夜	새해 첫날 밤을 밝히며
炳若朝陽	해처럼 빛나네
焚形監世	육체를 불살라 세상을 비추니,
無隱不彰	숨김 없이 모든 것들이 드러나네.

―부함(傅鹹), 「촉명(燭銘)」

百花疑吐夜	뭇 꽃들이 밤을 토해낸 듯,
四照似含春	사방을 비추니 마치 봄이 온 듯 하네.
的的連星出	환한 불빛이 별빛을 비추고
亭亭向月新	저 멀리 달을 반기네.
採珠非合浦	합포에서 캔 진주는 아니고,
贈珮異江濱	보낸 패옥은 한수에서 난 것과 다르다네.
若任扶桑路	만약 부상의 길에 있다면,
堪言並日輪	감히 태양에 비견될만하다 하겠네.

―강총(江總), 「삼선전야망산등시(三善殿夜望山燈詩)」

시인들이 등불과 촛불 이미지에 태양의 영혼과 성격을 부여했다는 점에 주목하게 된다. "보이지 않는 곳 없이 밝고, 작고 미미한 것까지 살펴비춘다"는 것은 태양정신의 현현이다. 시인들은 등불과 촛불을 노래하며 세상을 고루 비추는 태양과 환하게 타오르는 등촉을 연결했다. 태양-등촉은 시의 세계에서 생겨난 '전위'다. 등불과 촛불을 바라보며 시인들은 햇빛을 연상했다. 등촉은 시인들에게 있어서 태양의 화신으로 노래되는 찬미의 대상이 되었다.

　등촉 이미지는 불의 성격을 체현한다. 유운劉歆이 「등부燈賦」에서 '몸은 마르고 머리는 또아리를 튼 뱀처럼 구불부불하다'고 한 것은 등과 불의 형상이다. 원대의 사종가謝宗可는 「설등雪燈」에서 "등불이 추위를 불사르고 긴 밤을 밝힌다. 옥으로 만든 벌레가 하얀 비단 등갓으로 날아든 듯 불꽃이 타오른다一炬燒寒照夜長, 玉蟲飛入白紗囊"라고 했다. 명대의 이동양李東陽은 「하등河燈」에서 "불 속의 연꽃이 물 위에서 피어난다. 어지럽게 흔들리는 붉은 불꽃과 짙푸른 물이 어우러진다火裡蓮花水上開, 亂紅深綠共徘徊"라고 했다. 두 시에서 등불은 모두 불의 형상으로 시작된다. 시인들은 등불을 묘사했지만 사실상 불을 노래한 것이다. 긴 밤을 밝히는 등불과 불 속에서 피어난 연꽃 같은 연등이 시인의 눈 속에서 활활 타오르는 횃불로 바뀐다. 순식간에 원시인류가 횃불을 높이 들고 긴 밤을 밝히던 태고의 풍경 속으로 돌아가는 듯하다.

　휠라이트는 인류의 정신세계에서 빛은 세 가지 기본 상징 의미를 가진다고 했다.[12] 첫째, 빛은 가시성을 낳았다. 빛은 어둠 속으로 사라져 보이지 않는 것들을 또렷한 형상으로 드러낸다. 자연적이고 쉬운 은유를 통해 물리적 빛의 가시적 활동이 심리적 지성 활동으로 전환된다. 그래서 빛은 매우 자연스럽게 심리 상태를 나타내는 기호로 변환되었다. 다시 말해 빛

12　P. E. Wheelwright, 「原型性的象征」, Ibid., pp.222~223.

은 가장 맑은 상태의 영혼을 나타내는 기표로 바뀌었다. 둘째, 현대사회에서는 빛과 열을 구분하지만, 고대에는 빛과 열은 직관적으로 연결된 관계였다. 그래서 빛은 지혜롭고 맑은 상태에서 불의 은유적 의미를 만들어내게 되었다. 불의 연소성은 빛을 영혼의 연소제로 만들고 열정과 에너지라는 상징 의미를 부여했다. 셋째, 빛은 모든 곳을 고루 비추는 성격이 있다. 불은 특별한 전파력을 가지고 있다. 이 점에서 또 영혼의 특징과 연결된다. 즉 영혼은 빛과 열처럼 인도하고 전파하는 작용을 한다. 이 점은 중국인들에게도 결코 낯설지 않다.

『상서』「반경盤庚」에 "들판의 불처럼 가까이 다가갈 수 없다若火之燎於原, 不可向邇"는 생생한 비유가 있다. 나아가 모택동은 "작고 작은 불로도 들판을 불태울 수 있다星星之火, 可以燎原"며 거스를 수 없이 커져가는 진보의 힘을 비유했는데 실제 장면에 대한 묘사가 아니라 정신적인 상징이다.

등불은 빛의 응집이며 촛불은 불의 재생이다. 등불과 촛불은 세상을 밝히는 태양, 타오르는 불의 성격을 가지고 있다. 그리고 예술세계의 등촉 이미지 역시 빛과 불의 상징 의미를 가지고 있다. 우선, 상징세계에서 등불과 촛불은 일종의 발광체로서 타오르거나 환하게 비춘다. 길고 긴 밤, 시인들은 밝은 빛을 집중적으로 그렸다. 진나라 사람 습착치習鑿齒는 「영등롱詠燈籠」에서 밤하늘을 환하게 밝히는 등롱을 "반짝반짝 고요한 밤에 등불, 곧게 뻗은 나무들 틈에서 밝게 빛난다. 등불은 바람을 따라 깜빡이고, 바람은 등을 따라 오르락내리락하네煌煌閒夜燈, 修修樹間亮, 燈隨風煒燁, 風與燈升降"라고 했다. 가장 매혹적인 것은 밤 바람에 일렁이는 나무 사이에서 빛나는 등불이다. 촛불을 그린 시 가운데, 한유는 "밤이 다하도록 어두운 방에서 촛불만이 환하게 빛난다終宵處幽室, 華燭光爛爛"[13]고 노래했고, 육유는

"촛불은 먹물을 비추고 바람은 인장향을 날린다燭映一池墨, 風飄半篆香"14라고
했다. 한유의 시에서 촛불은 찬란한 빛을 퍼트리고 육유의 시에서 촛불은
책과 먹의 향기를 흩날린다. 등불을 그린 시 가운데 노륜은 "배 위의 등불
이 물결을 비추고, 양쪽 언덕 나무에 서리가 맺힌다一船燈照浪, 兩岸樹凝霜"15
라고 노래했고 제기는 "짙푸른 숲 깊은 곳에서 장명등 불꽃이 타오른다綠
樹深深處, 長明焰焰燈"16라고 노래했다. 제기의 시에서 배 위의 등불이 강물을
비추자 강기슭의 가을 나무들이 환하게 모습을 드러낸다. 제기는 타오르
는 불등佛燈과 마음속 깨달음을 노래했다. 빛과 열은 시인의 마음과 영혼
을 따뜻하게 비추고 빛은 등불과 촛불이 가진 최고의 품격이 되었다.

둘째, 등불과 촛불은 예술세계에서 희망과 구원을 상징하고 축복과 열
정의 생명을 상징한다. 종교세계에서 빛은 구원과 희망의 계시적 의미를
가진다. 『성경』에서 신의 첫마디가 "빛이 있으라"였다. 또 예수는 "나는 세
계의 빛이다. 나를 따르는 자는 암흑 속에서 헤매지 않고 생명의 빛을 얻
게 될 것이다요한복음8:12, 빛이 있는 동안 그 빛을 믿고 따르면 너희들은 빛
의 아들이 될 것이다요한복음12:36, 잠자는 자여, 깨어나라. 죽음 속에서 부
활하면 그리스도가 너를 비출 것이다에베소서5:14"라고 했다. 여기서 빛은
신의 은유이며 구원의 상징이다. 빛은 사람들을 고난에서 벗어나 행복으
로 인도하는 모든 신비한 힘을 은유한다. 그래서 사람들은 빛을 생명과 연
관짓는다. 등불과 촛불 역시 발광체이므로 희망과 구원의 의미를 가진다.

왕유는 "날이 저물어도 걱정할 필요 없네, 타오르는 등불이 있기 때문不

---

13 韓愈, 「江漢答孟郊」.
14 陸游, 「春殘」.
15 盧綸, 「送樂平苗明府」.
16 齊己, 「書古寺僧房」.

須愁日暮, 自有一燈然[17]이라고 노래했다. 해가 저물고 어둠이 짙어가는 황혼은 가장 상심하는 시간이지만 빛나는 등불이 있어서 시인은 희망과 믿음을 버리지 않는다. 밤을 밝히는 등불 하나가 환한 빛과 따뜻한 온기를 전한다. 그래서 왕유는 해가 저물어도 걱정하지 말라고 노래했던 것이다. 대숙륜戴叔倫은 「숙천축사효발라원宿天竺寺曉發羅源」에서 "황혼이 되어 오래된 사찰로 하룻밤 의탁하러 갔네, 마당 깊은 곳 등불 하나 밝게 타오르네黃昏投古寺, 深院一燈明"라고 노래했다. 황혼에 절에서 하룻밤 묵기를 청했다는 것은 시인이 먼길을 떠도는 나그네임을 의미한다. 저녁과 먼길은 옛 문인들의 지친 영혼, 알 수 없는 앞날에 대한 상징이다. 그러나 이 슬픈 정경 속에서 환한 등불이 나타나 구원의 희망을 보여주고 마치 집으로 돌아온 듯한 느낌을 준다. 트라클도 "방랑자들이 고요하게 들어선다. 고통이 문지방을 돌로 만들었다. 맑고 투명한 밝음 속에 식탁 위의 빵과 향기로운 술이 빛난다"고 노래했다.

셋째, 등불과 촛불은 스스로를 태워 세상을 밝히는 삶의 품격을 나타낸다. 부함傅咸은 「촉명燭銘」에서 "육체를 불살라 세상을 비추니, 숨김 없이 모든 것들이 드러나네焚形監世, 無隱不彰"라고 촛불을 노래했다. 여기에는 스스로를 불태워 세상을 밝힌다는 계시적 의미가 담겨 있다. 또 등불과 촛불이 타오르는 배경은 긴 밤이다. 밤을 배경으로 등불과 촛불이 보여주는 것은 도전과 저항의 정신이다.

風幌夜不掩　　　　바람에 펄럭이는 장막은 어둠을 가리지 못하고,

---

17 王維, 「過盧四員外宅看飯僧共題七韻」.

秋燈照雨明　　　　　가을 등불은 빗방울을 환하게 밝힌다.

— 왕건(王建), 「수장십팔병중기시(酬張十八病中寄詩)」

此時聽夜雨　　　　　밤비소리를 듣고 있노라니

孤燈照窗間　　　　　쓸쓸한 등불 창틈을 비추네.

— 위응물(韋應物), 「간군중제생(簡郡中諸生)」

　캄캄하게 깊어만 가는 밤, 끝없이 이어지는 가을비 속에서 등불은 강인한 정신으로 불타오르며 저항한다. 이것이야 말로 옛 지식인들의 인격을 그린 초상화가 아닐까?

　넷째, 등불과 촛불은 지혜와 예술을 상징한다. 원형 상징에서 모든 우매하고 야만적이고 폭력적인 것은 밤과 어둠으로 상징된다. 반면, 지혜롭고 문명적인 것, 예술적이고 아름다운 것은 빛나고 투명한 상태로 보여진다. 야만이 어둠이라면 지혜는 빛이 되고 등불이 되고 촛불이 된다. 서구의 실존주의 철학에서는 존재를 해석할 때 '빛'이라는 말을 자주 사용한다. 빛은 모든 것을 밝히고 모든 것을 드러낸다. 인간의 모든 행위는 빛 속에서 이루어지고 지속된다. 지혜는 혼돈의 세계를 가까이 느낄 수 있게 만들고 명료하고 질서정연하게 만든다. 그래서 빛은 지혜의 대명사이기도 하다.

3. 마음의 등불 — 철학과 지혜의 은유

상징의 세계에서 등불과 촛불이 가지는 가장 큰 의미는 영혼의 은유다. 미국 비평가 에이브럼스M. H. Abrams는 *The Mirror and the Lamp*에서 서구 예술비평사의 여러 가지 영혼에 대한 비유를 정리했다. 흥미롭게도 영혼의 비유는 전체 문예사상의 발전과 함께 변화해 왔다. 모방설에서는 영혼을 거울로 비유했고 반영론에서는 영혼을 샘물로 비유했다. 표현설에서는 영혼을 등불과 촛불로 비유했다. 거울에서 샘물까지, 샘물에서 등불과 촛불까지, 이 이미지의 변화는 철학, 문예학, 인식론의 발전단계를 보여준다. 등불을 마음에 비유한 것은 영혼을 발광체로 보고 영혼의 인지 과정을 빛이 비추는 과정으로 보았다는 것을 의미한다. 인지되는 모든 것은 비추어지고 비추어지지 않는 것은 암흑이며 몽매다. 플라톤주의자들은 인간의 정신을 대상들을 밝게 비추는 '신의 촛불'로 보았다. 인간정신은 자신이 가진 빛보다 더 밝은 빛으로 대상을 밝힌다. 정신은 촛불의 명제다. 왜냐하면 창조주 자체가 '빛의 원천'이기 때문이다. 그는 지혜의 등불로 하계를 아름답게 장식한다. "이 등불은 사람들의 등불에 대한 알 수 없는 찬미와 숭배과 함께 세상을 영원토록 밝힐 것이다."[18]

지혜는 등불이고 촛불이다. 여기에는 기원적으로 더 오래된 전통이 있다. 고대 그리스신화에서 아폴로는 태양의 신인 동시에 예술, 의학, 신학의 신이기도 했다. 거의 모든 인류문화의 지혜가 아폴로에게 집중되어 있었다. 태양신으로서의 아폴로의 이야기는 익히 잘 알려져 있다. 그러나 사

---

18 M. H. Abrams, 『鏡與燈(*The Mirror and the Lamp*)』, 北京 : 北京大學出版社, 1989, p.85.

람들은 아폴로의 여러 가지 책임 뒤에 숨겨진 중요한 상징적 의미에는 크게 주의하지 않는다. 빛의 신과 지혜의 신이 하나의 신으로 일체화되는 지점에서 빛과 지혜의 의미적 연관성이 만들어진다.

중국 고전철학에서도 지혜와 영혼은 불빛과 촛불에 비유되었다. 『잠부론』「찬학讚學」에서는 "마음의 도는 사람 눈 속의 불빛과 같다. 캄캄하고 어두운 구덩이나 방 안에서 아무것도 보이지 않을 때 촛불을 키면 만물이 환하게 드러난다. 이때 불빛은 눈의 빛이 아니다. 눈이 그 빛을 빌려서 밝아지는 것이다道之於心也, 猶火之於人目也. 中阱深室, 幽黑無見, 及設盛燭, 則百物彰矣. 此則火之耀也, 非目之光也, 而目假之, 則爲明矣"라고 했다. '도道'는 중국철학에서 인지되는 모든 것들을 포괄하는 지고지상의 개념이다. 철학자들은 도를 불과 촛불로 비유했다. 인지되지 않는 몽매의 상태, 즉 지혜가 닿지 않는 곳은 밤이고 암흑이다. 이 말의 함의는 마음을 등불과 불로 본다는 것이다. '계몽'은 깨달음이다. 계몽은 무지하고 우매한 상태에서 지식과 각성을 가지게 되는 것을 의미한다. 여기에 두 가지 비유적 의미가 있다. 첫째, 무지는 암흑이고 빛이 없는 상태다. 둘째 지식과 지혜는 빛이 비추는 상태다. 그래서 이 말 자체가 영혼을 가리키는 것이고 등불과 촛불의 정체성을 가리키는 것이다. 지혜에서 빛이 난다는 생각은 중국철학에서 보편적인 관념이었다.

『주역』에서 이괘離卦는 ☲를 사용하며 불과 해를 상징한다. 대유괘大有卦는 해가 하늘에서 빛나는 형상이다. 이 두 괘상은 모두 지혜를 상징한다. 대유괘의 상전象傳에서는 "군자는 악을 막고 선을 드높여 하늘의 훌륭한 명을 따른다"고 밝히고 있다. 불은 타오르는 빛으로서 물질세계를 비출 뿐만 아니라 정신세계의 선악까지 드러낸다. 태극도는 음양을 나타내는 기호로 구성되어 있는데 복합적인 이미지 기호를 사용하고 있다. 음양어

陰陽魚의 분할선은 S형이다. "태극도에서 짝을 이루는 두 부분은 명암, 자웅, 생사, 지와 무지 등의 말로 표시될 수 있다."[19] 이 도식에서 빛은 지혜에 대해 최고의 그리고 최종적인 귀결의 상징이다. 그래서 휠라이트는 "빛의 이미지는 영혼의 상태를 나타내는 기의적 상징을 대신하기에 매우 적합하다"[20]고 했다.

중국 도가에서도 빛과 지혜는 연결되어 있다. 일본학자 이마미치 도모노부今道友信는 『동양의 미학』에서 장자의 철학을 '빛의 형이상학'으로 정의했다. 『장자』「소요유」에 있는 유명한 이야기를 보자.

> 북명北冥에 곤이라는 이름의 물고기가 있었는데 그 크기가 몇 천리나 되는지 알 수 없었다. 이 물고기가 변신하여 새가 되었는데 붕이라고 불렀다. 붕은 등이 몇 천리나 되는지 알 수 없었다. 힘차게 날아오르면 그 날개가 하늘에 드리운 구름 같았다. 새는 거센 파도를 타고 남명南冥으로 옮겨갔는데 남명은 천지天池다.
>
> 北冥有魚, 其名爲鯤. 鯤之大, 不知其幾千裏也. 化而爲鳥, 其名爲鵬, 鵬之背, 不知其幾千裏也. 怒而飛, 其翼若垂天之雲. 是鳥也, 海運則將徙於南冥. 南冥者, 天池也.

도모노부는 이 익숙한 이야기를 독특하고 새로운 관점으로 해석했다. 그는 북명北冥의 '북'자는 중국 고전에서 '음陰'을 의미하는데, 다시 말해 부정의 한 극으로서 어둠의 방향이다. 북명에서 남명으로의 이동은 사고思

19 P. E. Wheelwright, 「原型性的象征」, 葉舒憲 外編, 『神話―原型批評』, 西安：陝西師範大學出版社, 1987, p.225.
20 Ibid., p.226.

考가 북쪽의 바다에서 남쪽으로 날아가는 것은, 긍정적인 한 극을 향해 가는 것이고 환하고 밝은 빛이 가득한 방향, 하늘 방향으로 날아가는 것이다. 또 '곤鯤'이 '붕鵬'으로 변신하는 것 역시 사고 전환의 필연성을 의미한다. 다시 말해 상대적인 사고에서 벗어나 절대적인 하나의 세계로 돌아가는 것이다. 장자는 "노자처럼 무無의 근거를 추구하는 것이 아니다. 그가 동경하는 것은 진정한 빛이다. (…중략…) 빛 속의 이 같은 도취, 몽롱하게 부유하는 것을 장자는 소요유라 이름하였다".[21]

학술 연구에서 어쩌다 한 걸음 나오면 완전히 다른 세계를 발견하게 된다. 큰 붕새가 하늘 높이 날아올라 남쪽의 머나먼 바다로 나아가는 넓고 큰 경계, 도모노부에게 있어 그것은 혼돈과 몽매에서 지혜의 빛을 향해 날아가는 과정이었다. 곤은 혼돈과 몽매, 붕은 지혜와 인식을 상징한다. 일본학자의 식견에 감탄하는 동시에 『장자』의 '빛의 형이상학'에 대한 해석에서 부족한 느낌 또한 받게 된다. 여기서 몇 가지 의문을 제기하고 내용을 보충하고자 한다.

첫째, 어원적으로 곤鯤은 원시의 혼돈을 상징한다. 중국어에서 원시의 혼돈 상태는 혼륜混淪, 흘륜囫圇, 곤륜崑崙 등으로 표시된다. 중국어에서 '곤'은 곧 혼돈이다. 표면적으로 읽으면 '곤'이지만, 분석적으로 읽으면 혼돈이다. 반면 붕鵬은 밝은 빛과 각성을 나타낸다. 『설문해자』의 풀이에 따르면, '붕'자는 '봉鳳'의 고자古字 朋로 쓴다. '봉'은 중국 민간에서 화계火鷄나 화조火鳥로 불리는데 오백년이 되면 스스로 몸을 불사른 후 부활하는 새다. 그래서 장자는 봉을 빛의 상징물이자 자유로운 소요에 도달하는 상

---

21 今道友信, 蔣寅 外譯, 『東方的美學』, 北京 : 三聯書店, 1991, p.127.

징물로 삼았다.

둘째, 『장자』 내부에 북에서 남으로, 암흑에서 광명으로 나아가는 논리적 관계가 존재한다. 『장자』의 제1편은 「소요유逍遙遊」, 외편의 마지막편은 「지북유知北遊」다. 소요유에서 곤은 붕으로 변신한 후 북명에서 남명으로 간다. 즉 몽매에서 지혜로 나아가는 것이다. 또 지북유에서 '지知'는 '지智'와 통한다. 지혜의 상태에서 다시 원시의 몽매로 돌아감을 나타낸다. 그러나 여기서 복귀는 단순한 반복이 아니다. 지혜가 질적 비약을 이룬 후에 다시 자연으로 돌아가는 복귀다. 이것은 불가에서 말하고 있는 것과 매우 유사하다.

이 노승이 30년 전 참선을 하지 않고 있을 때 산을 보면 산이었고 물을 보면 물이었다. 그런데 훗날 지식을 친견한 후 문턱에 들어서게 되니 산을 봐도 산이 아니었고 물을 봐도 물이 아니었다. 그런데 지금 마음의 안식처를 얻게 되니 예전처럼 산을 보면 산일뿐이고 물을 보면 물일 뿐이다.[22]

셋째, 장자는 자신의 글에서 빛으로 도에 대한 깨달음과 영혼을 은유하면서 자유롭고 투명한 상태를 표현했다. 그는 제물론에서 "부어도 가득 차지 않고 퍼내도 마르지 않는 것, 또 그 유래를 알 수 없는 것, 그것을 숨겨진 빛이라 한다注焉而不滿, 酌焉而不竭, 而不知其所由來, 此之謂葆光"는 '보광론葆光論'을 제시했다. 빛은 영혼에 대한 장자의 기본 인식이다. 영혼은 빛과 같

---

22   普濟, 『五燈會元』 卷十七, 北京:中華書局, 1984, p.1135. "老僧三十年前未參禪時, 見山是山, 見水是水. 及至後來, 親見知識, 有個入處. 見山不是山, 見水不是水. 而今得個休歇處, 依前見山只是山, 見水只是水."

은 발광체로서 수만 수천의 강물을 받아들여도 넘치지 않고, 수없이 증발 되면서도 고갈되지 않는다. 이것은 일종의 초험적인 자연 상태이고 영혼 에서 찾아온 고요와 평화다. 「경상초庚桑楚」편에서 "영혼이 편안하고 안정 된 자는 하늘의 빛을 발한다. 하늘의 빛을 발하는 자는 사람들이 그 사람 을 알아본다宇泰定者, 發乎天光. 發乎天光者, 人見其人"고 했다. 여기서 '宇'는 영혼 을 의미한다. 고요하고 안정된 영혼은 늘 빛을 발산한다. 고요한 영혼의 빛만이 자신을 비추고 만물을 비출 수 있다. 하이데거의 말을 빌리면 빛 속에서만 세계가 열리고 드러난다. 그리고 '하늘의 빛天光'은 영혼의 대명 사다.

　『주역』의 괘상과 장자의 '빛의 형이상학'에서부터 태양과 불의 성격이 인류의 정신세계 속으로 스며들었다. 마음이 인식을 대신하게 될 때 마음 도 빛이 된다. '마음의 등불'이라는 말은 불가에서 나온 말이다. 불교용어 '심등心燈'은 『불학대사전』에 따르면 "영혼을 가리키는 말로서 고요하고 밝은 것을 의미한다猶言心靈, 靜中不昧之義". 독실한 불교도였던 양나라 간문 제 소강蕭綱이 『광명홍집廣明弘集』「여광신후서與廣信侯書 권16」에서 "어찌 밤을 밝히는 마음의 등불뿐이겠는가, 아침에 날아오르는 마음의 꽃도 있 다네豈止心燈夜炳, 亦乃意蕊晨飛"고 했다. 『자은사慈恩寺』「삼장법사전 권9」에는 "지혜는 마음을 환하게 밝히는 등불이고, 고요는 생각의 파도를 잠재운다 智皎心燈, 定凝意水"는 말이 있다. 등불은 불가의 인격과 정신을 나타낸다.

下界水長急　　하계에는 물이 급하게 흐르고,
上方燈自明　　저 위쪽에는 등불이 홀로 빛나네.

　　　　　　　　　　　　　　　— 노륜(盧綸), 「제운제사상방(題雲際寺上方)」

| 一燈心法在 | 등불에 심법이 있고, |
| 三世影堂空 | 삼세의 영당이 텅비었네. |

— 양사악(羊士諤), 「산사제벽(山寺題壁)」

고요한 사찰에서 빛나는 등불이 시인의 붓끝에서 티끌 하나 묻지 않은 맑은 영혼의 빛과 부처의 빛이 환하게 비치는 영혼의 빛을 깜빡인다. 이러한 마음의 등불은 "다스려서 깨끗해진 것이 아니므로 자성청정이라 하고 마음의 본체 곳곳이 밝게 빛나 어두운 곳이 없으니 원명이라 한다".[23] '원명圓明'은 불가의 인격적 경계를 체현한다. 이러한 경계는 두루 환하게 비추어 어두운 곳이 없는 영혼의 빛이다. 반대로 무불무지無佛無知의 상태는 등불도 빛도 없는 무등무명無燈無明의 상태다. 성불의 최고 경계인 열반의 경계 속에서 불가는 '무상등無上燈'을 밝힌다. "모든 것에는 끝이 있다. 고통 없이 열반에 드는 것을 무상등이라 한다一切有結盡, 無病爲涅槃, 謂之無上燈." 『아함경(阿含經)』30

불가에서는 절대진공의 여래법계는 언어로 표현하기 어렵다고 한다. 즉 언설상言說相도 없고 문자상文字相도 없다. 불가는 언어외적 상징과 비유를 즐겨하는데 통상적인 비유가 곧 등불의 비유다.

모든 법의 진정한 실상은 적멸이요 의지하지 않는 것이니, 여래의 방편력은 중생을 위해 나타나는 것이다.

여래에게 모든 법은 무성이요 의지하지 않는 것이니, 만물의 형상을 드러내

---

23 法藏, 『妄盡還源觀』. "處垢不染, 修治不淨, 故雲自性淸淨, 性體遍照, 無幽不燭, 故曰圓明."

는 것은 밝은 등불과 같다.

諸法眞實相, 寂滅無所依, 如來方便力, 能爲衆生現.

如來於諸法, 無性無所依, 而能現衆像, 顯相猶明燈.

— 『화엄경』 세간정안품(世間淨眼品) 권1

여러 가지 형체와 소리로 또는 여러가지 말과 여러가지 계율과 수행법, 여러 가지 방편으로 중생을 교화한다. 모든 밝은 지혜는 중생들을 고루 비추는 세계의 등이다.

或現種種色身音聲教化衆生, 或現諸語言法, 種種威儀, 種種菩薩行, 種種巧術, 一切智明爲世界燈, 普照衆生.

— 『화엄경』 입법계품(入法界品) 권15

세상이 복잡하고 불가 경전의 계율이 수천 수만 갈래가 뒤엉켜 있어도 결국 밝은 지혜가 세상을 고루 비추는 등불이다. 등불과 촛불처럼 세상을 밝히는 모든 것들은 영혼이고 지혜다.

"등불은 깨달음과 같아서 길잃은 나그네 마음을 밝힌다燈如悟道, 爲照客心迷."[24] 등불은 고난 속의 중생들을 구제하는 지혜의 불로서 성불의 경계를 나타내는 최고의 상징물이다. 중생의 집착과 보살의 깨달음의 가장 큰 차이는 깨달음의 마음을 밝게 비추는 등불의 유무다.

"대를 이어 풍류를 전하고, 등불로 불법을 전한다繼世風流在, 傳心向一燈."[25] 등불은 불가의 지혜와 영혼을 상징하는 한편 의발衣鉢을 전수하는 불가의

---

24 孟浩然, 「夜泊廬江聞故人在東林寺以詩寄之」.
25 皎然, 「雪夜送海上人常州觀叔父上人殷仲文後」.

정신을 상징하기도 한다. 고승들은 『오등회원五燈會元』, 『경덕전등록景德傳燈錄』, 『전등록傳燈錄』 등과 같이 자신이 쓴 글의 제목으로 등불을 즐겨 사용했는데 불가사상의 전수를 의미하는 대명사다.

진정한 선불禪佛의 정신은 언어로 전달할 수 없다. 영혼은 등불이 꺼지지 않고 전해지는 것처럼 마음에서 마음으로만 전해질 수 있다. 동진東晉의 고승 혜원대사는 '불과 장작의 비유'로 불가정신인 윤회와 전생轉生의 '명이지공冥移之功'을 설명했다.

불이 장작으로 옮겨붙는 것은 정신이 육체로 옮겨가는 것과 같다. 불이 다른 장작으로 옮겨붙는 것은 정신이 다른 육체로 옮겨가는 것과 같다. 앞의 장작은 뒤의 장작이 아니므로 나무가 땔감으로 수명을 다하게 되는 오묘함을 알고, 앞의 육체는 뒤의 육체가 아니므로 감정과 현상 사이의 깊은 감응을 깨달을 수 있다. 미혹한 자는 육체가 한 번의 생에서 소멸하는 것을 보고 정신과 감정이 함께 소멸한다고 생각한다. 이것은 장작 하나가 다 타는 것을 보고 불이 소멸했다고 하는 것과 같다.

火之傳於薪, 猶神之傳於形. 火之傳異薪, 猶神之傳異形. 前薪非後薪, 則知指窮之術妙. 前形非後形, 則悟情數之感深. 惑者見形朽於一生, 便以謂神情俱喪, 猶睹火窮於一木, 謂終期都盡耳.

―『홍명집(弘明集)』「형진신부멸(形盡神不滅) 권5」

불가에서는 부처의 사상도 인류가 대대손손 이어온 횃불처럼 꺼지지 않고 영원히 타오른다고 생각한다. 불과 빛이 인류정신에 아름다운 기억으로 남아 있지 않다면 이렇게 생생한 비유와 상징이 출현할 수 없다. 마음의 등불이 켜지면 보리菩提의 깨달음을 얻고 희망의 길에 이를 수 있다.

한산寒山은 "석가불이 전생에 연등불의 수기를 받았는 이야기를 자주 들었으니, 연등불과 석가불은 전생과 후생의 지혜를 따질 뿐이네常聞釋迦佛, 先受然燈記, 然燈與釋迦, 只論前後智"26라고 노래했다. 타오르는 등불은 불가로의 귀의歸依와 정신의 구원을 의미한다. 등불과 촛불이 예불가를 부르는 승려를 비추며 시인들의 선사상을 일깨웠다.

案上香煙鋪貝葉　　책상 위에 향을 피우고 패엽경을 펼쳐 놓았네,

佛前燈焰透蓮紅　　부처 앞 등불 붉은 연꽃처럼 타오르네.

— 유우석(劉禹錫), 「화악천재계월만야대도장우회영(和樂天齋戒月滿夜對道場偶懷詠)」

香火一爐燈一盞　　향불 하나 등잔불 하나 놓고,

白頭夜禮佛名經　　백발의 노승이 밤중에 예불을 올리고 불경을 읽는다.

— 백거이(白居易), 「희례경로승(戲禮經老僧)」

松門山半寺　　　　송문산 중턱에 걸린 사찰,

夜雨佛前燈　　　　밤비 내리는 불전에 등불이 빛난다.

— 마대(馬戴), 「기종남진공선사(寄終南眞空禪師)」

一燈常到曉　　　　등불은 새벽까지 타오르고,

十載不離師　　　　십 년이 되어도 스승을 떠나지 않네.

— 관휴(貫休), 「동강한거작(桐江閑居作) 12수」

26　寒山, 「詩三百三首」.

깊고 고요한 밤, 사찰에서 푸른 등불과 붉은 촛불이 빛난다. 등불과 촛불이 일종의 경계와 지혜가 되어 시인과 승려의 풍부하고 복잡한 정신세계를 투영한다. 영일靈—은 "등불은 삼세를 이어 전해지고, 나무는 늙어 만 그루 소나무가 된다燈傳三世火, 樹老萬株松"[27]고 했다. 천년의 시간을 거치면서 늘 푸른 소나무도 늙어가는데 하물며 사람은 어떠하겠는가? 등불이 전해지는 한 불법의 등불도 꺼지지 않고 인류에게 불멸의 희망을 가져다준다.

"하늘이 공자를 낳지 않았다면 만고의 세월이 어두운 밤과 같았을 것이다天不生仲尼, 萬古長如夜"라고 말하는 유가, "영혼이 편안하고 안정된 자는 하늘의 빛을 발한다宇泰定者, 發乎天光"고 말하는 도가, 빛을 상징하는 주역의 괘상, 마음의 등불을 전하는 불가에 이르기까지 등불과 촛불은 영혼과 정신을 상징한다. 등불과 촛불은 무한한 깨달음으로 중국 고전철학계와 지성계를 풍부하게 했다. 지혜와 영혼이 감응하는 곳에 밝은 빛이 고루 비추고 그곳에서 세계가 모습을 드러낸다.

중국어의 '눈빛眼光'이라는 단어는 매우 흥미롭다. 모든 볼 수 있는 것, 모든 인식할 수 있는 것은 다 빛이다. 눈은 발견하는 것이기 때문에 빛이 된다. 『성경』 마태복음에서도 "눈은 빛이다"라고 했는데 '눈빛'의 속뜻을 밝히는 말이다. 여기서 등불과 촛불이 영혼을 상징하게 된 까닭을 이해할 수 있다. 왜냐하면 그것은 밝히는 것이고 타오르는 것이기 때문이다.

---

27 靈—, 「靜林精舍」.

4. 타오르는 등불과 촛불 – '경전적 이미지'의 형식적 구성

원시 종교활동은 원시 예술활동이다. 태양과 불에 대한 종교적 숭배는 거의 대부분 예술적 노래와 함께 이루어졌다. 프레이저는 『황금가지』에서 각 지역의 불축제를 상세하게 기술했다. 유럽 각지의 불축제는 보통 봄과 여름에 이루어진다. 프랑스 프랑슈콩테에서는 사월의 첫 번째 일요일을 횃불Brandons의 일요일이라고 불렀다. 해마다 사월의 첫 번째 일요일에는 횃불을 피웠기 때문이다. 마을의 청년들이 수레 한 대에 모여 타고 거리를 돌며 딸이 있는 가정에서 장작을 얻어온다. 그 장작들을 모은 후 불을 지피면 교구의 모든 사람들이 나와서 불구경을 한다. 저녁 기도 종소리가 울리면 사람들은 "불구경 가자! 불구경 가자!"라고 외친다. 이것이 불축제의 구호다. 그런 다음 처녀총각들과 아이들이 한데 모여 불을 에워싸고 춤을 춘다.

오베르뉴산 지역의 불축제는 모든 마을에서 모닥불을 지핀다. 밤의 장막이 내리면 불꽃이 타오르고 사람들은 흥겹게 춤추고 노래한다. 또 불을 뛰어넘으며 평안과 축복을 기원하기도 한다. 그런 다음 사람들은 '그라나미아'라는 의식에 참가한다. 그들은 걸어가며 목청 높여 "나의 친구 그라노여, 나의 아버지 그나노여, 나의 어머니 그라노여!"라고 노래한다. 그런 다음, 사람들은 타오르는 횃불을 나무 아래서 흔들며 "Brando, brandomnci tsaqme brantso, in pean panei!"라고 노래한다. 뜻은 "횃불이여, 타올라라, 모든 가지에 과일이 한 바구니씩 열리도록!"이라는 말이다.[28]

---

28 James George Frazer, 徐育新 譯, 『金枝』, 西安 : 中國民間文藝出版社, 1987, pp.867~868.

프레이저가 『황금가지』에서 기술하고 있는 것은 민간에 남아 있는 원시 풍속의 흔적들이다. 춤과 노래가 곁들여진 예술 형식과 신비한 종교적 의식이한데 어우러진 이 흔적들에서 불 숭배와 예술적 노래를 확인할 수 있다. 예술 형식의 바탕에 원시적 의미가 숨어 있다. 원시적 격정이 조금씩 가라앉은 후 활활 타오르는 모닥불 앞에 바쳐진 열광적인 춤과 노래가 등불과 촛불에 대한 예술적 노래로 전환되었다. 이로써 등불과 촛불은 시인들이 그리는 '경전적 이미지'가 되었다. 경전적 이미지는 시인들의 작품에서 반복적으로 등장하면서 문학의 특정한 정감과 미학을 보여주는 예술 형식이다. 황혼이 문인들의 특별한 시간 체험을 보여주고, 달이 고전예술의 독특한 심미적 형식을 보여주는 것처럼, 등불과 촛불도 고전시가 속에서 빛을 발하며 시인들의 독특한 정서와 미학을 보여주는 경전적 이미지다.

그러나 경전적 이미지는 전혀 무의미한 무한반복이 아니다. 전통 예술 형식에 대한 감각을 이용해 과거의 예술적 체험을 환기하는 한편 서로 다른 시공 속에서 새로운 예술적 경계를 창조한다. 이미지는 형식적 기호를 가진 의미이며 형식의 구성은 다차원적이다. 과거의 문학비평에서는 형식에 대한 연구를 중요하게 다루지 않고 형식을 양식으로 보았다. 사실 형식은 풍부한 의미를 가지고 있다. 의미나 내용은 반드시 적절한 예술 형식을 통해 표현되어야 한다. 그래서 등촉 이미지 속의 정감 형식, 시공 형식, 심미 형식을 분석하고자 한다.

1) 등불의 존재와 등불의 부재 – 등촉 이미지의 정감 형식

해가 뜨고 지고 낮이 가고 밤이 오면서 대자연은 끝없이 순환한다. 떠오르는 태양은 사람들에게 희망과 생명의 힘을 가져다 주었고 불의 발명은 인류 역사의 새로운 장을 열었다. 찬란한 아침 노을과 환하게 빛나는 밤의 불빛들이 신성한 숭배심과 경탄의 감정에 휩싸인 원시인들을 비추었다. 이러한 심오한 정감적 의미는 수없는 순환과 반복 속에서 민족 심리 구조의 심층에 아로 새겨졌다. 이 같은 영혼을 배경으로 등불과 촛불은 희망과 구원을 상징하고 시인들의 축복과 열정의 심리적 정감을 반영한다.

중국 고대에는 불꽃을 보고 길흉을 판단하는 풍속이 있었다. 이시진李時珍은 『본초강목』에서 "불꽃이 튀면 백 가지 경사가 생긴다燈花爆而百事喜"는 한나라 사람 육가陸賈의 말을 인용하였다. 『한서』 「예문지藝文志」에도 불꽃을 보고 점을 치는 방법이 나오는데 등불과 촛불의 밝기에 따라 희비를 점쳤다. 이 풍속은 옛 시인들에게도 깊은 영향을 미쳤다. 폭발하듯 튀어오르는 불꽃은 시인들에게 경사롭고 상서로운 마음을 가져다줬다.

燈花何太喜　　　얼마나 경사스러운 불꽃인가,
酒綠正相親　　　마침 푸른빛 술이 함께 하네.

— 두보(杜甫), 「독작성시(獨酌成詩)」

今日喜時聞喜鵲　오늘은 좋은 날 반가운 까치 소리 들려오네,
昨宵燈下拜燈花　어젯밤 등불 아래서 불꽃에 빌었지.

— 어현기(魚玄機), 「영리근인원외(迎李近仁員外)」

應是燈花憐舊客　불꽃이 오랜 나그네를 가엾게 여겼나,
故隨人意報平安　잘 있다는 소식을 전해왔네.

— 학경(郝經), 「촉화(燭花)」

원형비형의 관점에서 보면, 불꽃에 담긴 행운과 경사의 의미는 수천년에 걸친 빛과 불에 대한 인류의 숭배와 제사에서 기원하고 횃불을 높이 들고 불러온 수많은 노래와 춤에서 기원한다. 등불과 촛불은 중국시인들의 가슴 속에서도 희망의 불이다.

一盞寒燈雲外夜   쓸쓸한 등불 하나 저 멀리 밤을 밝히고,
數盃溫酎雪中春   따뜻한 술 몇 잔 눈 속에 봄을 부르네.
—백거이(白居易), 「화이중승여이급사산거설야동숙소작(和李中丞與李給事山居雪夜同宿小酌)」

馬寒村驛暮   날 저문 역참에 말은 추위에 떨지만,
燈暖帝城春   봄이 된 도성의 등은 따뜻하다네.
—옹권(翁卷), 「送徐平事赴省試」

눈이 쏟아지는 추운 겨울밤, 창밖의 외로운 등불 하나가 긴 밤을 물리치고 시인에게 영혼의 온기와 정신적 위안을 전해준다. 여기서 등불은 환한 빛이자 따뜻한 고향으로서 희망의 대명사다. 한유는 「시상示爽」에서 "겨울밤이 어찌 길지 않으리, 새벽까지 등촉이 타오르네冬夜豈不長, 達旦燈燭然"라고 노래했다. 견디기 힘든 긴 겨울밤, 등불이 곁에 있기에 희망과 위안이 있고 겨울밤에서 벗어나 여명으로 달려갈 힘이 생겨난다. 불에 대한 상고 인류의 숭배, 모닥불을 에워싸고 춤추고 노래한 조상들의 열정이 새벽이 올 때까지 등불을 바라보며 추운 겨울밤을 지켜낸 시인의 믿음으로 전위되었다.

뜨겁게 타오르는 등불은 생명의 쾌락과 절정을 강화한다. "하늘의 은하

수 나뭇가지를 흔들고, 궁궐의 불꽃 하늘까지 타오른다宮闕星河低拂樹, 殿廷燈燭上熏天",29 "웅장한 만무춤 타오르는 촛불에 일렁이고, 아름다운 퉁소소리 푸른 구름 속으로 파고든다萬舞當華燭, 簫韶入翠雲",30 "아홉 갈래길 위로 등불 그림자 드리우고, 밝은 달빛이 천개의 문을 가로지른다九陌連燈影, 千門度月華",31 "집집마다 촛불이 빛나고, 열린 대문 안으로 보이는 곱게 단장한 여인十萬人家火燭光, 門門開處見紅妝"32 등불과 촛불이 비추는 곳에 생명의 축복과 열정이 번진다. 등불 하나가 온 세상을 환하게 비춘다. 등불이 만들어낸 화려한 풍경 속에서 생명의 격정이 넘쳐난다. 시인들의 노래 속에서 횃불을 높이 들고 우리를 향해 다가오는 원시인류의 그림자가 보이는 듯한다.

따스한 등불은 우리를 평화로운 고향으로 불러 들인다. "가난한 골목 외롭게 닫힌 문, 쓸쓸한 등불 깊고 고요한 집窮巷獨閉門, 寒燈靜深屋",33 "쓸쓸한 등불 텅빈 창을 비추고 저녁 눈 고요한 사립문을 가린다寒燈映虛牖, 暮雪掩閑扉".34 환하게 타오르는 등불이 '寒한', '冷냉', '雪설', '雨우' 등 춥고 눈비 내리는 열악한 환경과 대비되면서 등불이 따뜻한 고향으로 이끌고 간다. 당나라 사람 포하包何는 「동리랑중정률원완자수同李郎中淨律院梡子樹」에서 "맑은 물을 주니 새싹이 자라고, 등불을 밝히니 따뜻함이 더한다瀘水澆新長, 燃燈暖更榮"라고 노래했다. 시인이 느끼는 '따뜻함'은 등불과 촛불의 따뜻함이자 고향의 따뜻함이다. 이 따뜻한 온기는 외계의 거친 비와 바람에 대응하는 것이다.

---

29 杜審言, 「守歲侍宴應制」.
30 令狐峘, 「釋奠日國學觀禮聞雅頌」.
31 郭利貞, 「上元」.
32 張蕭遠, 「觀燈」.
33 岑參, 「送王大昌齡赴江寧」.
34 劉長卿, 「歲夜喜魏萬成郭夏雪中相尋」.

"등불을 밝히니 솔숲에 고요가 찾아들고, 차를 끓이니 사립문에 향기가 그윽하다然燈松林靜, 煮茗柴門香",[35] 세상의 온갖 소리들이 잠들고 등불 하나 투명하게 타오른다. 시인은 끽다의 여유 속에서 속세를 망각한다. 고향의 따뜻함이 실려오는 불빛 속에서 속세의 모든 것들이 문밖으로 밀려나고 영혼은 밝은 희망의 빛으로 가득찬다.

등불과 촛불의 이미지에서 테제는 희망과 경사다. 등불이 부재하거나 등불이 어둡고 희미한 것은 좌절과 고통의 안티테제를 의미한다. 안티테제는 테제와 반대로 운동하지만 테제가 작용하지 않는 것을 의미하지는 않는다. 오히려 안티테제는 테제를 더 강화하는 형식이다. 왜냐하면 등불이 희망과 길조이고 등불의 부재는 절망이고 고통이기 때문이다.

대숙륜戴叔倫은 "두 마을 모두 밤비가 내리고, 여관에는 등불도 없다兩鄕同夜雨, 旅館又無燈"[36]고 노래했다. 등불이 없다는 것은 실재하는 장면을 그대로 그린 것이기도 하고 절망과 우울의 표현이기도 하다. 밤-비-여관-무등無燈이 객지를 떠도는 처량하고 고통스러운 마음을 구성한다. 등불의 부재는 절망감의 집중적 반영이다. 또 어둡고 희미한 등불은 불투명한 인생과 심리 상태를 의미한다. 원진元稹은 「문악천수강주사마聞樂天授江州司馬」에서 이렇게 노래했다.

殘燈無焰影幢幢	꺼져가는 등불 흐릿한 그림자 흔들리는데,
此夕聞君謫九江	오늘 저녁 그대가 구강으로 귀양간다는 소식을 들었네.
垂死病中驚坐起	죽어가는 병중에서 깜짝 놀라 일어나 앉으니

---

35 岑參, 「聞崔十二侍禦灌口夜宿報恩寺」.
36 戴叔倫, 「赴撫州對酬崔法曹夜雨滴空階五首」.

暗風吹雨入寒窓   어두운 비바람이 쓸쓸한 창으로 몰려드네.

원진은 절친한 벗 백거이가 구강으로 폄적됐다는 소식을 듣는다. 오랫동안 와병 중이던 시인은 병든 몸으로 자리에 일어나 앉는다. 하루 종일 몰아치는 비바람을 바라보며 시인은 슬픔과 절망의 마음을 쏟아낸다. 고통과 절망의 마음은 '불 꺼진 잔등殘燈無焰'에서 드러난다. 흐릿한 '잔등'은 시인의 고통스러운 마음을 상징한다. 그러나 그 서정의 바탕에는 '등촉―희망'의 정감이 있다. 등불이 희망을 상징하기 때문이다. 꺼진 등불은 이상이 사라진 절망의 마음을 나타낸다. 중국 고전 시에서 '잔등'에 담긴 의미와 정서는 매우 분명하다.

夢破寂寥思   꿈은 깨지고 쓸쓸한 생각에 잠기네,
燈殘零落明   등불은 꺼지고 희미한 빛 속으로 떨어지네.

　　　　　　　　　　　　　　　　―방간(方乾), 「추야(秋夜)」

天涯孤夢去   꿈을 찾아 홀로 세상 끝으로 갔네,
篷底一燈殘   장막 아래 등불 하나 빛나네.

　　　　　　　　　　　―이중(李中), 「한강모박기좌언(寒江暮泊寄左偃)」

誰知苦吟者   누가 고통의 시를 읊고 있는가,
坐聽一燈殘   듣고 있노라니 등불이 꺼져가네.

　　　　　　　　　　　　　　　　―이중(李中), 「추우(秋雨) 2수」

중국시인들은 어둠의 등불 속에서 절망하고 방황하는 인생에 대한 쓸쓸한 정감을 끝도 없이 풀어냈다. 잔등은 무력하고 처량한 시인의 심리 상태를 나타낸다. 그런데 잔등은 일종의 사의寫意적 이미지로서 실재 존재하는 장면이어야 할 필연적 이유는 없다. 잔등은 고전시가에서 이미지 기호로 자주 나타난다. 그러나 등불의 부재가 나타내는 정감 형식은 등불의 존재가 나타내는 정감 형식에 의해 결정된다. 왜냐하면 뜨겁게 타오르는 등불이 있어서 꺼져가는 등불의 슬픔도 생겨나기 때문이다.

2) 등불과 촛불 이미지의 시공간 구성

상징은 고립된 것이 아니다. 간혹 우리가 어떤 말을 하는 행위는 또 다른 의미의 말을 동시에 하는 행위일 수도 있다. 예를 들어, 표면적으로 삶을 말하더라도 잠재적으로는 죽음을 말하는 것이기도 하다. 왜냐하면 삶은 죽음에 대해서만 의미가 있기 때문이다. 마찬가지로 등촉 이미지를 이야기하면 하나의 특정한 시간인 밤으로 연결된다. 왜냐하면 등불은 밤에 비로소 의미를 가지게 되고 등촉이 타오르는 시간적 배경 또한 밤이기 때문이다. 그런데 인류에게 등불과 촛불은 태양과 낮의 연장이다. "차를 마시며 불경의 진리를 깨닫고, 등불을 붙여 석양을 이어간다啜茗翻眞偈, 然燈繼夕陽",[37] "저녁 눈에 봄 추위가 남아 있고, 쓸쓸한 등불에 밝은 낮이 이어진다暮雪餘春冷, 寒燈續晝明".[38]

아울러 한 이미지의 존재는 일정한 공간 형식를 가진다. 이미지를 어떤 시공의 좌표 위에 두면 시인의 특정 심리가 드러나고 민족의 특정한 정감

---

37 李嘉祐, 「同皇甫侍卿題薦福寺一公房」.
38 耿湋, 「題莊上人房」.

양식과 심미 양식이 드러난다. 당연히 시공은 무한하다. 시인들은 삼라만상에서 서로 다른 시공의 이미지를 골라내어 생명과 예술의 풍부한 감수성을 표현한다. 이로써 시간과 공간이 만나고 시각과 청각이 교차하고 자연과 인간이 어우러지는 예술세계를 조직한다. 이미지들의 조합은 무궁무진하다. 여기서 몇 가지 자주 나타나는 이미지의 시공 양식을 고찰해보자.

(1) 밤배와 등불

배는 중국문학에서 중요한 서정적 이미지로 자주 사용되었다. "돛 그림자 위에 시가 일렁이고 노젓는 소리에 꿈이 흔들린다詩思浮沉檣影裡, 夢魂搖曳櫓聲中."[39] 중국시인들은 배 위에서 수많은 노래들을 남겼다. "등불 밝은 선창에서 밤이야기 깊어가고, 강산의 나그네길 이른 겨울시를 읊조린다燈火船窗深夜話,江山客路早冬詩."[40] 배도 가고 시도 가고, 배는 시인을 싣고 끝없는 시정詩情을 싣는다. 고기잡이 배와 가을달, 쓸쓸한 돛과 저무는 해, 나루터에서 흔들리는 빈 배 등은 사람들이 지향하는 고전적 이미지들이다. 이러한 이미지에서 가장 뛰어난 것은 밤의 어둠을 가르는 뱃전의 등불일 것이다.

"들판의 두렁길마다 검은 구름이 드리우고 강물 위 고깃배가 외로운 등불을 밝힌다野徑雲俱黑, 江船火獨明."[41] 여기서 '배-강물-밤-등불'의 구조는 시인의 유랑과 방황을 기록하고, 시인의 슬픔을 기록하고, 시인의 희망을 기록한다. 먼 길을 떠난 시인을 이야기하면 시인의 이상과 방황을 이야기하게 된다.

---

39 白玉蟾, 「黃岩舟中」.
40 戴復古, 「李季允侍郎舟中」.
41 杜甫, 「春夜喜雨」.

등불을 이야기하면 밤을 이야기하게 되고 배를 이야기하면 물을 이야기하게 된다. 캄캄한 밤중의 등불과 뱃전의 등불은 동시에 연상되는 이미지로서 집약된 예술적 감수성을 보여준다. 황정견은 "복사꽃 오얏꽃 흩날리는 봄바람 속에서 한잔 술을 나누다가, 강호에 내리는 밤비 속에서 십년의 등불을 밝힌다桃李春風一杯酒, 江湖夜雨十年燈"라고 노래했다. 이 시에서 '밤－호수－비－등불' 이미지는 집약과 통합의 형식을 통해 이미지의 통합적 힘을 만들어낸다. 유랑생활 속에서 무엇가를 찾고 갈구한 시인의 역사가 드러나는 이 시에서 배는 시인의 이력이고 등불은 시인의 영혼이다. '배－밤－등불'의 서정 형식에서 시인은 비를 이용해서 이미지를 부각한다. 이를 통해 유랑하는 시인의 타오르는 영혼은 고통과 고독이 더해지고 아련한 심미적 완약婉弱이 생겨난다.

山風寒殿磬　　　　차가운 바람이 부는 산속 사찰에서 경쇠소리 울리고,
溪雨夜船燈　　　　밤비 내리는 뱃전에 등불이 빛난다.

　―허혼(許渾), 「세모자광강지신흥왕복제협산사사수(歲暮自廣江至新興往復中題峽山寺四首)」

夜雨寒潮水　　　　밤비에 차가운 물결 밀려오고,
孤燈萬裏舟　　　　외로운 등불을 밝힌 작은배 만리길을 떠돈다.

　―이군옥(李群玉), 「광강역전연류별(廣江驛餞筵留別)」

燈影秋江寺　　　　등불이 가을 강물 위로 절집 그림자를 드리우고,
篷聲夜雨船　　　　돛 위로 떨어지는 밤비소리를 들으며 배는 간다.

　―온정균(溫庭筠), 「송승동유(送僧東遊)」

배 이미지는 시인에게 머나먼 여정과 여행의 고난을 의미하고 인생이라는 고통스러운 여행의 슬픔을 의미한다. 추적추적 내리는 밤비, 쓸쓸한 등불을 매단 조각배, 유유하게 흐르는 강물이 담담하면서도 스산한 한 폭의 아름다운 풍경화를 그려낸다.

(2) 숲속의 달과 산속의 불빛

'산−숲−달−등불'의 이미지조합은 시인을 더 넓고 입체적인 공간으로 이끌고 간다. 산은 웅장하고 위대한 대지, 달은 아득하고 드넓은 창공이다. 그리고 등불은 시인이다. 이렇게 '산−달−등불'이 천지인天地人 삼자가 존재하는 공간을 만들어낸다. 시인들은 등불을 달에 비유하고 달을 등불에 비유한다. "등불은 달처럼 빛나고, 그대의 얼굴은 봄날처럼 빛난다燈光恰似月, 人面並如春."[42] "스승께서 친히 돌아가는 길을 가리키시니, 둥근 달이 등불처럼 걸려 있네師親指歸路, 月掛一輪燈."[43] 등불은 지상의 달이고 달은 천상의 등불이다. 등불과 달은 모두 캄캄한 밤을 밝히는 빛이다. 달은 자연의 빛이고 등불은 인위적 빛이라는 차이점이 있지만 밤이라는 공통적인 배경을 가지고 있기 때문에 달과 등불은 같은 의미적 기반을 가지고 있다. 아래 시들에서 달과 등불은 함께 어둠과 싸우고 저항한다.

九陌連燈影	아홉 갈래 길 위로 등불 그림자 드리우고,
千門度月華	밝은 달빛이 천개의 문을 가로지른다.

—곽리정(郭利貞), 「상원(上元)」

---

42 高瑾, 「上元夜效小庾體」.
43 寒山, 「詩三百三首」.

入夜翠微裡   푸른빛 서린 깊은 산 속에 밤이 찾아들고,

千峰明一燈   뭇 산봉우리에 등불 밝게 빛난다.

— 유장경(劉長卿), 「龍門八詠 원공감(遠公龕)」

紅燈初上月輪高   붉은 등불을 밝히니 둥근 달이 높이 떠올라,

照見堂前萬朶桃   대청앞 복사꽃 환하게 비추네.

— 이선고(李宣古), 「두사공석상부(杜司空席上賦)」

松下山前一徑通   소나무 아래 작은 오솔길,

燭迎千騎滿山紅.   갑자기 나타난 기마부대를 맞이하는 촛불이 온 산을

                    붉게 물들이네.

— 조하(趙嘏), 「절동배원상공유운문사(浙東陪元相公遊雲門寺)」

시인은 긴 밤 속에 있지만 지상의 등불과 천상의 달빛이 함께 비추고 있기 때문에 전체적인 공간은 고결하고 유원하다. 청아하고 투명한 시인의 마음이 삶의 온갖 불행과 슬픔을 희석한다. 동시에 말없는 산과 인가의 등불, 천상의 달빛이 숭고한 풍경을 그려낸다. 롱기누스Longinus는 『숭고에 관하여Peri hypsous』에서 "장엄하고 거대한 스타일은 대부분 이미지의 적절한 운용에 의지한다"[44]고 했다. '청산—명월—등불'은 숭고미가 있는 심미적 이미지다.

---

[44] 伍蠡甫 編, 『西方文論選』, 上海 : 上海譯文出版社, 1983, p.128.

(3) 낙엽과 등불

등불과 계절의 변화는 연관성이 크지 않다. 등불과 촛불은 봄에 피고 가을에 시드는 식물과 달리 계절의 변화에 아랑곳하지 않고 항상 타오르고 빛나기 때문이다. 그러나 문인들의 영혼을 울리는 짙은 가을 분위기에 휩싸인 중국문학에서 등불과 촛불도 쓸쓸한 가을을 배경으로 그려진다. "한가로운 물가에 자리한 초가집들, 가을밤 등잔불 아래 책을 읽는다數間茅屋閒臨水, 一盞秋燈夜讀書". [45] "바람에 펄럭이는 장막은 어둠을 가리지 못하고, 가을 등불은 빗방울을 환하게 밝힌다風幌夜不掩, 秋燈照雨明". [46]

"가을 등불이 나무들을 환하게 비추고 차가운 빗방울 떨어지는 소리 연못을 울린다秋燈照樹色, 寒雨落池聲." [47] 빛나는 등불이 시인과 함께 가을밤을 지샌다. '가을'이라는 특정 계절은 가을이 가진 특정한 슬픔의 정서를 규정하면서 시인들의 방황과 무기력을 투영한다. 가장 전형적인 것은 『홍루몽』 45회에서 임대옥이 노래한 「추창풍우석」에 나오는 가을 등불이다.

秋花慘淡秋草黃	가을꽃 처연하게 떨어지고 가을풀 누렇게 메마르네,
耿耿秋燈秋夜長	시름에 젖은 등불 긴 가을밤을 태우네.
已覺秋窗秋不盡	창문 너머 가을 끝이 없는데,
那堪風雨助凄涼	처량한 비바람을 어찌 견디리.
助秋風雨來何速	가을바람은 어찌 비를 재촉하는가,
驚破秋窗秋夢綠	깨진 창으로 가을의 푸른꿈 소스라치네.

---

45 劉禹錫, 「送曹璩歸越中舊隱詩」.
46 王建, 「酬張十八病中寄詩」.
47 姚合, 「武功縣中作三十首」.

| 抱得秋情不忍眠 | 가을의 정을 품고 차마 잠들 수 없다 |
| 自向秋屛移淚燭 | 병풍 앞으로 눈물 흘리는 촛불을 옮겨놓네. |

임대옥의 가장 민감하고 연약한, 가장 자존적이고 가장 상처입기 쉬운 영혼은 『홍루몽』의 비극적 분위기를 가을꽃과 가을풀, 가을바람과 가을비, 가을밤과 가을의 쓸쓸함이 담긴 꺼지지 않고 영원히 빛나는 '등불'이라는 형식에 담았다. 가을밤의 등불은 시인의 마음을 상징한다. 그래서 시인들은 가을밤의 등불을 즐겨 노래했다.

"떨어지는 나뭇잎 한 장에서 세상의 가을을 알아차린다葉落而知天下秋." 낙엽은 가을의 사자使者다. 그래서 '낙엽 – 등불'은 가을밤의 등불을 표현하는 전형적인 예술 양식이 된다. 당시 몇 수만 살펴보자.

| 虛室寒燈靜 | 빈 방에는 쓸쓸한 등불이 고요하고, |
| 空階落葉飄 | 빈 계단에는 낙엽이 흩날린다. |

— 황보염(皇甫冉), 「야집장인소거(夜集張諲所居)」

| 重露濕蒼苔 | 무거운 이슬이 푸른 이끼를 적시고, |
| 明燈照黃葉 | 환한 등불이 노란잎을 비춘다. |

— 이단(李端), 「과곡구원찬선소거(過穀口元贊善所居)」

| 雨中黃葉樹 | 빗속에 누런 나무, |
| 燈下白頭人 | 등불 아래 백발 노인. |

— 사공서(司空曙), 「희외제로륜견숙(喜外弟盧綸見宿)」

一室背燈臥　　등불을 등지고 방에 누워있노라니,

中宵掃葉聲　　밤중에 낙엽 쓰는 소리 들려오네.

　　　　　— 유우석(劉禹錫), 「추만병중악천이시견문력질봉수(秋晚病中樂天以詩見問力疾奉酬)」

落葉他鄕樹　　낙엽지는 타향,

寒燈獨夜人　　쓸쓸한 등불 아래 잠 못 드는 이.

　　　　　　　— 마대(馬戴), 「파상추거(灞上秋居)」

　　우수수 떨어지는 나뭇잎, 쓸쓸한 가을밤의 등불이 늙고 지친 시인의 탄식을 전한다. 낙엽은 떠나가는 가을, 등불은 시인의 마음이다. 타오르는 마음과 짙은 가을 분위기가 생명의 슬픔을 부각시킨다. 가을날의 노래 속에서 우리도 재촉하는 시간의 리듬을 느끼게 된다. 가을밤의 등불과 낙엽을 그린 위 시들 가운데 가장 널리 알려진 것은 낙엽지는 빗속의 나무와 등불 아래의 백발노인을 노래한 사공서의 시다. 명대의 사진謝榛이 『사명시화四溟詩話』 권1에서 낙엽 이미지가 나오는 유사한 의경의 시 몇 편을 비교했다.

　　위소주는 "창문 안의 사람은 늙어가고 문 앞의 나무는 이미 가을이다"라고 했고, 백낙천은 "나뭇잎이 노랗게 물이 오르고 사람은 백발이 된다"고 했다. 사공서는 "빗속에 잎이 누런 나무, 등불아래 백발 노인" 세 편의 시는 동일한 기저機杼이지만, 눈 앞의 광경을 잘 그려낸 사공서의 시가 가장 뛰어나다. 한없이 서글픈 감정이 언어에 그대로 묻어난다.

韋蘇州曰：窗裏人將老，門前樹已秋. 白樂天曰：樹初黃葉日，人欲白頭時. 司

空曙曰 : 雨中黃葉樹, 燈下白頭人. 三詩同一機杼, 司空爲優 : 善狀目前之景, 無限
凄感, 見乎言表.

사진은 위응물, 백거이, 사공서의 시들이 그 서정적 분위기에 있어 기
본적으로 같다고 전제하면서도 사공서의 경계를 한 수 위라고 보았다. 어
떤 이유에서일까? 사진은 "눈 앞의 광경을 잘 그려냈다善狀目前之景"라고만
했다. 사실 사공서의 작품이 보여주는 묘미는 '낙엽-비-가을-등불'로
이어지는 이미지 조합에 있다. 백거이와 위응물도 '나무-가을-사람'을
그렸지만 '등불-낙엽'의 대비효과가 없다.

낙엽은 쓸쓸한 가을의 도래를 알린다. 그리고 온갖 고난을 겪고 노쇠해
가는 생명의 슬픔을 상징한다. 등불은 빗속의 낙엽을 비추고 한올한올 시
인의 백발을 비춘다. 그리고 온갖 고난을 겪으며 청춘에서 노년에 이르는
생명의 역사를 비춘다. 가을밤의 등불과 낙엽은 오래된 슬픈 영혼의 이야
기를 들려주고 독자들의 영혼에 거대한 울림을 준다.

3) 등불과 촛불 이미지의 심미적 형식

형식에는 정감적 내용이 있고 시공의 존재형태에는 심미적 의미가 있
다. 형식은 주로 심미적이거나 예술적이다. 색채의 관점에서 보면 어둡고
긴 밤에 타오르는 붉은 촛불은 붉게 빛나는 촛불과 짙은 밤의 색채가 어우
러져 한폭의 우아한 풍경화가 된다. 그래서 옛 시인들이 그려낸 여러 이미
지 가운데서도 붉은 촛불 이미지는 심미성이 가장 뛰어나다. 두보는 「수
맹운경酬孟雲卿」에서 "환락이 끝나니 하얀 머리가 서글프고, 어둠이 깊으니
붉은 촛불이 애달프다樂極傷頭白, 更深愛燭紅"고 했다. 여기서 드러나는 것은

어떤 개인의 기호가 아니라 고전미학의 표현이다. 복잡다단한 세상에서 흰말이 문틈을 스쳐지나듯 시간도 황망하게 흘러가고 시인의 머리는 하얀 서리가 내린다. 그 사이 붉은 촛불은 색채와 빛이 어우러지는 심미적 공간을 창조해낸다. 그래서 생명의 슬픔이 붉은 촛불의 심미적 형식을 통해 옅어지고 희석된다. 심미적 기원을 봤을 때 중국미학은 붉은 색을 선호하고 공간적으로 은은하고 몽롱한 빛의 공간을 추구한다. 이로써 붉은 촛불 이미지는 전형적인 고전예술의 형상이 되었다.

유우석은 「포구락사拋球樂詞」에서 "가장 아름다운 것은 붉은 촛불 아래, 가장 알맞은 것은 떨어지는 꽃 앞最宜紅燭下,偏稱落花前"이라고 했다. 짙은 밤의 빛깔, 타오르는 붉은 촛불이 우리를 편안한 무의식의 시간 속에 빠뜨린다. "문밖 푸른 강물은 봄이면 말을 씻기고, 누각 앞 붉은 촛불은 밤이면 사람을 맞이한다門外碧潭春洗馬, 樓前紅燭夜迎人."[48] 한밤에 타오르는 붉은 촛불, 술과 노래로 밤을 하얗게 지새는 사대부들은 아름다움에 흠뻑 젖은 또 한 폭의 풍경화다. 시인들은 흔들리는 촛불의 붉은 그림자와 마음을 흔드는 가인佳人을 연결한다. "아름다운 여인이 붉은 촛불 아래 홀로 앉아 새 비단 옷을 꾸민다美人閉紅燭, 獨坐裁新錦",[49] "붉은 촛불에 비친 그림자 날아오르는 선녀의 자태같고, 윤기 나는 푸른 쪽머리 사람들의 시선을 끌어모으네紅燭影回仙態近, 翠鬟光動看人多",[50] "그때 붉은 촛불을 함께 바라보았지. 꽃을 바라보며 연거푸 술잔을 들었지當時共賞移紅燭. 向花間, 小飲杯盤促".[51] 붉은 촛불과 아름다운 여인이 서로의 모습을 비추면서 은은하고 완약한 고전적 아름

---

48 韓翃, 「贈李翼」.
49 蔣維翰, 「雜歌謠辭·古歌二首」.
50 李郢, 「中元夜」.
51 晁端禮, 「雨霖鈴.」

다음을 보여준다. 이를 통해 신방新房의 붉은 촛불은 사랑에 대한 중화민족의 미학적 이해가 되었다. 명대의 왕세정王世貞은 "녹아내리는 붉은 촛불 한 쌍의 봉황 같고, 아름다운 시는 단장하는 새 신부를 재촉하네紅蠟初鎔雙鳳凰, 新詩句好自催妝"[52]라고 노래했다. 신방의 붉은 촛불은 금방金榜에 이름이 오르는 과거급제와 함께 인생의 가장 큰 경사로서 심미적인 상징성이 있다. 붉은 촛불 그 자체가 심미적 예술 형식이기 때문이다. 이상은李商隱은 「화하취花下醉」에서 "사람들도 흩어지고 술 기운도 흩어진 깊은 밤, 붉은 촛불 속에서 떨어지는 꽃잎을 바라본다客散酒醒深夜後, 更持紅燭賞殘花"고 노래했다. 깊고 고요한 밤, 붉은 촛불이 꽃을 피우는 아름다운 의경이 펼쳐진다. 그래서 백거이는 "언제 붉은 촛불 아래서 죽지가를 듣겠는가幾時紅燭下, 聞唱竹枝歌",[53] "언제 붉은 촛불 아래서 마주보며 흠뻑 취하겠는가何時紅燭下, 相對一陶然"[54]라며 거듭거듭 묻는다.

빛의 관점에서 보면, 빛과 밝음은 그 자체로 심미적이다. 빛나지 않는 심미적 대상을 상상하기란 매우 어렵다. 하이데거는 빛을 최고의 아름다움이라고 했다. 그래서 그는 밝고 투명한 예술적 경계를 재차 표방했다. 세상의 온갖 소리가 고요하게 잠든 긴 밤의 공간에서 투명하게 빛나는 등불은 감동적인 힘을 준다. 그래서 시인들은 밤의 어둠 속에서 빛나는 등불을 표현하고 창조하는 데 필묵을 아끼지 않았다.

百花疑吐夜   온갖 꽃들이 밤을 밝히는 듯,

---

52 王世貞, 「贈郭舜擧祠部新婚詩」.
53 白居易, 「憶夢得」.
54 白居易, 「奉酬淮南牛相公思黯見寄二十四韻」.

四照似含春　　　사위가 빛나니 봄이 온 듯하구나.

的的連星出　　　환한 불빛이 별빛을 비추고

亭亭向月新　　　저 멀리 달을 반기네.

— 강총(江總), 「삼선전야망산등시(三善殿夜望山燈詩)」

聖燈千萬炬　　　불타오르는 성스러운 등불들,

旋向碧空生　　　푸른 하늘 위를 빙빙 돈다.

細雨濕不暗　　　비에 젖어도 꺼지지 않고,

好風吹更明　　　바람이 불면 더욱 환하게 빛나네.

— 촉(蜀) 태비 서씨(徐氏), 「삼학산야간성등(三學山夜看聖燈)」

隨園一夜鬪燈光　　　밤새도록 다투며 빛나는 등불들,

天上星河地上忙　　　천상의 은하수 지상으로 바삐 흐르네.

深訝梅花改顔色　　　놀란 매화 빛깔을 바꾸고,

萬枝淸雪也紅妝　　　가지마다 내려 앉은 맑은 눈 붉게 단장하였네.

— 원목(袁枚), 「수원장등사(隨園張燈詞)」

　시인들은 등불과 촛불의 환하고 밝은 빛을 그리기 위해 많은 노력을 했다. 빛은 일종의 정신적 품격이자 미학적 품격이다. "빛은 자신을 작품 속에 녹이고 작품 속에 녹아든 빛은 곧 아름다움이다."**55**

---

55 Martin Heidegger, 「藝術作品本源」, 『詩·語言·思』영문판, p.56. 餘虹, 『思與詩的對話』, 北京:中國社會科學出版社, 1991, p.236에서 재인용.

5. 등불과 촛불의 인격정신

칸트는 이미지의 사용에 대해 "본질적으로 심의心意에 생기를 부여하기 위해, 그를 대신하여 여러 유사한 표상들의 무궁무진한 영역을 조망한다"[56]고 했다. 칸트는 이미지가 사람들의 심미적 시야와 정신세계를 확장한다고 보았다. 그래서 이미지에는 사람들의 정신적 품격이 모여 있다. 수많은 시인들이 하나의 이미지를 반복적으로 노래하면서 이미지는 영혼이 되고 예술이 되고 그리고 끝으로 인격이 되었다.

청대의 오교吳喬는 『위로시화圍爐詩話』에서 '시중유인詩中有人', 시 속에 사람이 있다고 했다. 그런데 시 속의 사람은 이미지를 통해 드러나는 경우가 많다. 등불과 촛불 이미지에서 스스로의 몸을 불살라 용감하게 저항하는 중국 옛 시인들의 비극적 인격정신이 체현된다.

落日啼連雨　　　날 저물제 울음이 비처럼 이어지는데,
孤燈坐徹明　　　쓸쓸한 등불 아래 앉아 새벽을 밝힌다.

— 최식(崔湜), 「동리원외춘규(同李員外春閨)」

風幌夜不掩　　　바람에 펄럭이는 장막은 어둠을 가지리 못하고,
秋燈照雨明　　　가을 등불은 빗방울을 환하게 밝힌다.

— 왕건(王建), 「수장십팔병중기시(酬張十八病中寄詩)」

---

[56]　Immanuel Kant, 宗白華 譯, 『判斷力批判』, 北京 : 商務印書館, 1964, p.161.

閒思往事在湖亭　　한가로이 지난날 호숫가 정자를 떠올리네,

亭上秋燈照月明　　가을밤 등불이 달을 환하게 비추었다네.

—옹도(雍陶),「억강남구거(憶江南舊居)」

殘磬風中裊　　희미한 경쇠소리 바람 속으로 사라지고,

孤燈雪後青　　외로운 등불 눈 속에서 고요하게 빛난다.

—소식(蘇軾),「관대(觀臺)」

　밤의 어둠으로 뒤덮인 공간에서 가을비가 끝도 없이 내리거나 겨울눈
이 쓸쓸하게 내린다. 그 속에서 등불은 강인한 정신으로 저항하고 타오른
다. 쓸쓸한 등불 하나가 캄캄한 밤하늘에서 파문을 일으키며 격정과 지혜,
선함으로 인간 세상을 따뜻하게 만들고 추위와 무지, 악함을 물리친다. 이
것이야말로 진리와 용기로 저항을 멈추지 않았던 정직한 옛 지식인들의
초상화다. 하나의 이미지 형식을 선택한다는 것은 하나의 인격정신을 선
택하는 것이라고 말할 수 있다.

　다음으로, 등불과 촛불은 용기 있게 저항하는 봉사와 희생정신을 상징
한다. 등불과 촛불은 빛을 만들어내는 발광체다. 그러나 그 빛은 자신을
태우는 대가로 만들어진다. 진나라 부함傅鹹은 「촉부燭賦」서序에서 "촛불
은 스스로를 태움으로써 쓰임을 다하고, 자신을 죽임으로써 인을 실천한
다燭之自焚以致用,亦有殺身以成仁"고 했다. 촛불에게 쓰임이란 사람들에게 밝은
빛과 온기를 주는 것이고, 인仁은 지혜와 선함과 아름다움으로 무지와 악
함, 추함에 저항하는 위대한 정신이다. 그러나 이 모든 것들은 스스로를
태우고 스스로를 희생하는 것에서 비롯된다. 촛불이라는 물상을 통해 인

격적 깨달음을 얻게 된다. 한대의 유흠劉歆은 「등부燈賦」에서 "보이지 않는 곳 없이 밝히고, 작고 미미한 것까지 비추어, 밤에도 낮이 계속되니, 충성스러운 자들이 기대고 의지하네明無不見, 照察纖微, 以夜繼晝, 烈者所依"라고 했다. 보이지 않는 곳 없이, 작고 미미한 것까지 환하게 비추어 밤을 낮처럼 밝힌다고 노래한 것은 등불과 촛불의 품격을 찬미하는 것이다. 그리고 충성스러운 열사에 견줄 수 있다고 한 것은 옛 문인들이 등불과 촛불 이미지의 정신에서 얻은 깨달음으로 내린 자각적인 인격적 선택을 의미한다. 공자 진공襲自珍은 「기해잡시己亥雜詩」에서 "나는 귀신도 두렵지 않고 근심도 없다네, 신령한 문장은 밤이 도와주고 가을 등불 푸르게 빛나네我不畏鬼復不憂, 靈文夜補秋燈碧", "한밤에 서른아홉 베옷 입은 이들을 위해 제사를 올리나니, 문득 가을 등불이 검붉은 기운을 토해내네夜奠三十九布衣, 秋燈忽吐蒼虹氣"라고 노래했다. 가을밤의 등불 이미지는 길고 긴 밤 생명이 보여주는 저항정신의 확장이자 승화다.

다음으로 등불과 촛불은 비극적 분위기를 드러내기도 한다. 밤새 타오르며 세상을 밝히지만 캄캄한 밤에 비하면 상대적으로 나약하고 무력한 등불과 촛불은 비극적 의미를 가지게 된다. 그래서 고전시가에 그렇게 많은 청등青燈, 고등孤燈, 한등寒燈, 잔등殘燈, 미등微燈이 등장한다.

여기서 '寒한', '孤고', '殘잔', '微미' 등의 글자는 시인의 쓸쓸함과 고독, 무력함과 슬픔 등의 감정을 드러낸다. 또 등불과 촛불의 비극적 분위기가 가장 잘 표현된 것은 '촛불의 눈물燭淚'다. 눈물처럼 흘러내리는 뜨거운 촛농에서 시인의 마음과 울음소리가 들려오는 듯하다.

思君如明燭　　　　　　그대를 생각하는 마음, 빛나는 촛불과 같아,

煎心且銜淚　　　애타는 마음 눈물을 삼키네

(…중략…)

思君如夜燭　　　그대를 생각하는 마음, 깊은밤 촛불과 같아,

煎淚幾千行　　　애타는 눈물 천갈래 만갈래.

—진숙달(陳叔達), 「자군지출의(自君之出矣)」

月慚紅燭淚　　　달은 촛불의 눈물을 부끄러워하고

花笑白頭人　　　꽃은 백발노인을 비웃는다.

—무원형(武元衡), 「춘분여제공동연정륙삼십사랑중(春分與諸公同宴呈陸三十四郞中)」

蠟燭有心還惜別　　　촛불도 마음이 있어서 이별을 안타까워하며

替人垂淚到天明　　　날이 밝을때까지 눈물을 흘린다.

—두목(杜牧), 「증별(贈別) 2수」

春蠶到死絲方盡　　　봄 누에는 죽어서 실을 토하고

蠟炬成灰淚始乾　　　촛불은 재가 되어서 눈물을 그친다.

—이상은(李商隱), 「무제(無題)」

紅燭淚前低語　　　붉은 촛불의 눈물 앞에서 낮게 속삭이고,

綠箋花裏新詞　　　초록빛 종이 위에 시를 쓴다.

—안기도(晏幾道), 「청평락(淸平樂)」

銅盤燭淚已流盡　　　구리쟁반 위 촛불은 눈물이 다하고,

霏霏凉露沾衣　　　차갑게 내리는 이슬 옷을 적신다.

　　　　　　　　　　　　　　　　—주방언(周邦彦), 「야비작(夜飛鵲)」

　흔들리는 촛불을 바라보는 두 눈에서 눈물이 글썽인다. 촛불의 눈물과 시인의 눈물이 함께 교직되면서 어쩔 수 없는 슬픔의 분위기가 터져 나온다. 사실상 촛불은 시인을 대신해서 눈물을 흘린다. 그래서 두목은 "촛불이 대신 눈물을 떨군다替人垂淚"고 표현했다. 눈물 흘리는 촛불 뒤에는 눈물을 삼키는 시인이 있다.

　『홍루몽』에서 임대옥은 "눈에 얼마나 많은 눈물방울이 있는지 모른다. 가을에서 겨울까지 흐르고, 봄에서 여름까지 흐르는 눈물을 그칠 길 없다 想眼中有多少淚珠兒, 怎禁得秋流到冬, 春流到夏"라고 묘사되었다. 그녀는 자신의 슬픈 운명 앞에 바치는 눈물을 잠 못드는 가을밤 병풍 앞에서 타오르는 촛불로 전위한다.

抱得秋情不忍眠　　　그리움에 잠못드는 가을 밤,

自向秋屏移淚燭　　　병풍 앞으로 눈물 흘리는 촛불을 옮겨놓네.

淚燭搖搖爇短檠　　　흔들리는 촛불 짧은 촛대를 태우며,

牽愁照恨動離情　　　시름을 끌어내고 한을 비추고 이별의 정을 뒤흔드네.

誰家秋院無風入　　　어디로 가면 가을바람이 불지 않을까,

何處秋窓無雨聲　　　어디로 가면 빗소리 들리지 않을까.

羅衾不奈秋風力　　　비단이불은 가을바람을 막지 못하고,

殘漏聲催秋雨急　　　희미한 물시계 소리 가을비를 재촉한다.

連宵脈脈風颸颸　　　밤새도록 바람소리 빗소리 몰아치는데,

燈前似伴離人泣	촛불은 이별하는 자를 위해 눈물을 흘리네.
寒煙小院轉蕭條	안개 드리운 뜰에 스산한 바람이 일고,
疏竹虛窓時滴瀝	성근 대숲 텅빈 창에 빗방울이 떨어진다.
不知風雨幾時休	언제쯤 비바람이 잦아들려나,
已教淚灑窓紗濕	하염없는 눈물 비단창문을 적셨네.

—『홍루몽』45회 「추창풍우석(秋窗風雨夕)」

소상관에서 요양 중이던 임대옥은 비 내리는 밤 등불을 밝히고 책을 뒤적인다. 「추창풍우석秋窗風雨夕」은 장약허의 「춘강화월야春江花月夜」을 모방하였으나 분위기는 정반대다. 장약허가 그린 생기 넘치는 성당의 밝은 달은 사라지고, 그 자리에 스산한 바람과 빗속에서 그리움의 눈물을 흘리는 촛불이 있다. 눈물은 임대옥의 일생을 관통한다. 촛불의 눈물은 슬픈 운명을 타고난 임대옥의 초상화이자 임대옥의 인격적 화신이다. 시인들이 촛불의 눈물을 노래했던 것은 그 시대 시인들의 비극적 운명을 표현하기 위해서였다. 촛불이 흘리는 눈물 속에 시인들의 슬픈 영혼이 어린다. 이상은李商隱은 「연대시燕臺詩」에서 "바람과 비를 거마처럼 끌고 갈 수 없어, 촛불은 붉게 흐느끼며 동트는 새벽을 원망하네風車雨馬不持去, 蠟燭啼紅怨天曙"라고 노래했다. 촛불의 환한 빛은 울음을 통해 만들어진다. 한편 또 이상은은 "봄 누에는 죽어서 실을 토하고 촛불은 재가 되어서 눈물을 그친다春蠶到死絲方盡, 蠟炬成灰淚始乾"며 백절불굴의 굳은 신념을 노래했다. 이러한 의미에서 촛불은 비극적 분위기 속에서도 장렬한 모습을 잃지 않는다.

6. 맺음말

千載已如夢　　　천년의 세월은 꿈처럼 사라지고

一燈今尚傳　　　등불 하나 오늘도 타오른다.

— 유장경(劉長卿), 「야연락양정구주부댁송양삼산인왕천태심지자선사은거

(夜宴洛陽程九主簿宅送楊三山人往天台尋智者禪師隱居)」

　　지난 날은 연기 같고 천년의 세월은 꿈과 같다. 역사는 이미 멀어지고 등불과 촛불은 광활한 이 땅에서 사라졌다. 그러나 등불과 촛불의 이미지는 여전히 사람들을 불러모으는 힘을 가지고 있다. 한때 도시에서 성행했던 촛불파티는 우리를 사색에 빠뜨린다. 이런 저런 현대적인 조명기구가 넘쳐나는 오늘날, 사람들은 왜 지난날의 촛불을 그렇게 사랑하고 아끼는 것일까? 왜 그 아련하고 몽롱한 분위기를 좋아하는 것일까? 아마도 등불과 촛불에 심오한 역사적 심미적 의미가 담겨 있기 때문이 아닐까. 빛나는 등불과 촛불은 인류가 횃불을 들고 야만에서 벗어나 문명을 향해 달린 그 위대한 역사의 기억을 상기시킨다. 붉게 타오르는 촛불은 민족의 복잡한 역사 신경을 자극한다. 고전예술의 고요한 빛 속에 잠겨 있는 이 순간 역사가 우리를 향해 걸어온다. 융의 말을 빌리면, 원형은 우리를 통해 위대한 힘을 행사한다. 여기서 또 한 편의 옛 시가 떠오른다.

喻筏知何極　　　뗏목은 그 끝을 알아도,

傳燈竟不窮　　　등불은 꺼지지 않고 전해진다.

— 무삼사(武三思), 「추일어천중사심부례상인(秋日於天中寺尋復禮上人)」

제9장

배와 시

—

문명적 사고와 예술적 고찰

1. 머리말

역사적으로 중국은 최소 7,000년 전부터 배를 만들기 시작했다. 1973년 과 1977년 두 차례에 걸쳐 이루어진 절강성浙江省 하모도河姆渡 신석기문화 유적지 발굴 작업에서 나무 재질의 노와 토기 재질의 배 모형이 출토되었다. 단단한 나무로 만들어진 노는 질감이 아름답고 검붉은 흙빛을 띠고 있었다. 노가 있으면 배가 있기 마련이다. 상식적으로 배의 역사는 노의 역사보다 앞선다. 『세본』 작편에 "옛사람들은 낙엽을 보고 배를 만들어냈다古者觀落葉因 以爲舟"는 기록이 있고 『회남자』 「설산훈」에도 "옛사람들은 물에 떠다니는 구멍난 나무를 보고 배를 알게 되었다古者見窾木浮而知爲舟"는 기록이 있다. 건 널 수 없는 아득한 물을 바라보며 인류는 처음으로 독목주獨木舟를 만들어냈 다. 최초의 독목주는 노가 없는 배였다. 배의 발명에서 노의 발명까지 길고 긴 역사적 과정이 있었다. 배 모형은 유려한 곡선과 닭가슴형 뱃머리로 저항 을 줄여 파도를 타기에 좋았다. 배 몸체는 좌우가 대칭을 이루어 배의 안정성 을 높였다. 당시에 이미 배를 만드는 기술이 상당한 수준에 이르렀음을 보여 준다. 배 모형은 배의 실물을 예술적으로 모방한 것이다. 예술적 모방은 언제 나 역사적 진실을 바탕으로 한다.

중국에서 최소 7,000년 전에 배를 발명했다는 증거는 충분하다. 고대 이집트에서도 최소 5,000년이 넘는 배의 역사를 가지고 있다. 이집트에 는 파피루스 풀을 이용하여 만든 초승달처럼 휘어진 모양의 '파피루스 배' 가 있는데 바람과 파도를 타고 고기잡이에 나선 고대 이집트인들의 역사 를 기록하고 있다. 고대 바빌론의 티그리스강과 유프라테스강 유역에서 는 버드나무 가지로 편직하여 천연 역청을 바른 고선古船이 발견됐다. 인도 겐지스강 유역에서도 고대의 배가 다량으로 발견됐다. 고대 인류는 물 옆에서 거주했다. 배 발명의 역사는 인류문명의 발전 역사와 함께한다. 수레를 만들어 육지를 오가고 배를 만들어 물을 오간다(古者見竅木浮而知爲舟."[1] 배는 건널 수 없는 수역을 자유로운 항행의 공간으로 만들면서 인류의 발을 연장하고 인류의 길을 확장했다. 미증유의 물질적 발전과 생산성의 진보가 이루어지면서 협소한 육지에 갇혀 있던 사고의 틀도 무너지고 인류는 우주와 세상에 대해 더 깊이 있는 원시의 시적인 탐색을 시작했다. 방주가 등장하면서 배는 철학과 종교가 한데 어우러진 신화적 색채를 띠게 되었다. 배는 인류문명의 상징이자 구원과 계승의 사회적 기호다. 배의 발명은 위대한 물질적 창조일뿐만 아니라 문화적 창조이자 예술적 창조다.

"돛 그림자 위로 시가 일렁이고, 노젓는 소리에 꿈이 출렁인다(詩思浮沉檣影裡, 夢魂搖曳櫓聲中."[2] 배는 원시인류의 지혜와 영혼을 일깨우고 수많은 예술적 창조를 이끌어냈다. 배는 강가의 원시선민들이 기대어 살아가는 생존의 기반이었고 돛을 높이 올리고 푸른 바다를 항해하는 청춘들의 웅대한 꿈과 포부였다. 배는 사랑하는 님을 애타게 기다리는 규방여인의 꿈이었고 인생의 뜻을 이루지 못한 채 강호와 속세를 떠도는 선비의 마지막 희망이었다. 배는 도도하고 거대한 물을 정복하는 도구였을 뿐만 아니라 예술적 상징이자 기호다. 배는 시이며 음악이며 그림이다. 배는 시고 쓰고 맵고 달고 짠 오미五味의 인생을 싣고 인간군상들의 백태百態를 고스란히 지켜보았다. 배 위에서 벌어지는 상전벽해와 세태염량은 비바람이 몰아치는 세상의 축소판이었다. 또 배는 미학적 의경 속으로 빠져들어 갔다. 물을

1   『周禮』「冬官」「考工記」.
2   白玉蟾, 『黃岩舟中』.

거슬러 올라가는 시련과 역경, 물길을 따라 내려가는 속도감과 리듬, 수면 위를 흐르는 고요와 파문이 심미적 각성과 희열을 선사한다. 머나먼 봄바다와 범선, 가을달과 고깃배, 외로운 돛과 지는 해, 나루터의 흔들리는 배 등등 배를 중심으로 하는 심미적 이미지는 고전시가 예술의 전형적 상징이다.

배는 일반적 의미의 운송수단이 아니라 독특한 예술적 분위기를 가진 시적 언어다. 과학적인 측면에서 수레의 발명은 배의 발명에 뒤지지 않는 의미있는 사건이다. 그러나 예술의 영역에서는 배의 이미지가 수레의 이미지를 훌쩍 뛰어넘는다. 거마로 육상을 이동하는 여정의 고단함보다 끝없는 물 위를 떠도는 고독한 일엽편주가 시인의 민감한 영혼을 더 쉽게 자극하기 마련이다.

"두 아들이 배를 타고, 두둥실 멀리 떠나갔네, 아들들을 생각하면 마음이 안절부절二子乘舟, 泛泛其景. 願言思子, 中心養養",³ "양편 강기슭 푸른 산 서로 마주 보고 솟았네, 외로운 돛단배 하나 해 뜨는 곳에서 건너오네兩岸青山相對出, 孤帆一片日邊來",⁴ "등불 밝은 선창에서 밤이야기 깊어가고, 강산의 나그네길 이른 겨울시를 읊조린다燈火船窗深夜話, 江山客路早冬詩".⁵ 이처럼 타향을 떠도는 외로운 배는 수백수천 년 동안 반복적으로 노래되면서 옛 시인들의 풍부한 영혼과 심미적 정서를 실은 '경전적 이미지'가 되었다.

---

3 『詩』「邶風」「二子乘舟」.
4 李白, 「望天門山」.
5 戴複古, 「李季允侍郎舟中」.

2. 배의 발명 및 문화적 의의 고찰

배는 인류역사에서 가장 중요한 과학 발명물 가운데 하나다. 배를 통해서 인류는 물을 정복하고 초월할 수 있게 되었고 피안에 대한 믿음을 가지게 되었다. 배의 발명은 혁명적인 의미를 가진 역사적 사건이다. 엥겔스는 『가족, 사유제와 국가의 기원』에서 "불과 돌도끼를 이용해서 인류는 독목주獨木舟를 만들 수 있게 되었다"[6]고 밝혔다. 불과 돌도끼는 인류문명사의 중요한 발명물로서 문명과 역사의 이정표적 상징이다. 그리고 배의 발명은 불과 돌도끼를 전제로 하는 더 높은 차원의 문명을 나타낸다. 이에 따라 독목주가 등장하게 된 역사적·문화적 의미를 고찰할 필요가 있다.

'舟배주'는 갑골문에서 𠂤나 𠂤로 쓰고 금문에서로 Ⅲ로 쓴다. 『설문해자』에는 "舟는 船이다. 옛사람 공고와 화적이, 나무를 파서 배를 만들고, 나무를 깎아서 노를 만들고, 통하지 않는 곳으로 건너갔다舟,船也. 古者共鼓貨狄, 刳木爲舟, 剡木爲楫, 以濟不通"라고 기술되어 있다. 최초의 배는 통나무로 만들어진 독목주로 불리는 배다. 생산력이 발전하면서 배는 여러 장의 나무판을 묶은 구조물 형태로 만들어졌다. 갑골문에 나타나는 배는 양 끝이 위로 들려져 있고 평평한 바닥에 목판을 붙여서 만든 목판선이다. 원시적 형태의 독목주에 비하면 장족의 발전을 거친 상태다.

갑골문의 기록을 보면, 배는 은상시대 때 이미 보편적인 교통수단으로 이용되었다. 갑골 괘사卦辭에도 강을 건너는 내용이 수없이 많다.

우성오於省吾 선생은 갑골문에 나오는 '率舟솔주'에 대해 물길을 따라 배

---

6 Friedrich Engels, 『家庭-私有制和國家的起源』, 『馬克思恩格斯選集』第四卷 참고, 北京 : 人民出版社, 1972, p.19.

를 타고 간다는 뜻으로 풀이했다.[7] 갑골문의 '行舟'는 '析舟'라고도 쓰는데 다음과 같은 괘사가 있다.

"□午卜, 惟大中析舟? 惟小中析舟?"(『鄴三』93·3)『鄴中片羽』

우성오는 '中중'은 '史사'의 약자略字로, '析舟'를 닻줄을 풀고 배를 띄우는 것으로 보았다. 은상시대에는 전문적으로 배를 만드는 조선장뿐만 아니라 조선장을 책임지는 전문 관리도 있었다. 주대에는 더 광범위한 수준에서 배를 만들고 이용했다. 『사기』「주본기周本紀」에 "師畢渡盟津"이라는 구절이 있다. 여기서 '渡도'는 그냥 물을 건너는 것이 아니라 배를 타고 강을 건넌다는 뜻이다. 기원전 12세기의 역사적 사실인 주문왕의 혼례를 노래한 『시경』「대아」「대명大明」에 "文定厥祥, 親迎於渭, 造舟爲梁, 不顯其光"이라는 구절이 있는데 여기서 '조주위량造舟爲梁'은 곽박郭璞의 『이아주爾雅注』에 따르면 '배를 나란히 잇대어 만든 다리比船爲橋로 배를 이용해서 부교를 만든 중국 최초의 기록이다. 주나라에는 '주목舟牧'이라는 관직이 있었는데 『예기』「월령」편에 "음력 3월 늦봄에 (…중략…) 주목에게 배를 점검하라고 명한다. 다섯번씩 뒤집어본 다음 천자에게 배가 준비되었다고 아뢰면 천자가 배를 탄다季春之月 (…中略…) 命舟牧覆舟, 五覆五反, 乃告舟備具於天子焉. 天子始乘舟"는 내용이 있다. 또 주나라 사람들은 선박에 대한 엄격한 등급제도를 만들었다. "천자는 배 위에 널판을 놓아 부교를 만들고, 제후를 배 네 척을 연결하고 대부는 두 척, 사는 한 척을 사용한다. 서인은 뗏목을

---

7 於省吾, 『甲骨文字釋林』, 北京 : 中華書局, 1983, p.203.

탄다天子造舟, 諸侯維舟, 大夫方舟, 士特舟, 庶人乘泭."**8**

배 발명의 역사는 단순함에서 복잡함으로 가는 역사적 과정을 보여준다. 원시적 독목주는 단순하고 소박했다. 심지어는 나무 한 토막이나 표주박 한 쪽에 불과한 배도 있었다. 그런데 물질문명이 발전하면서 배를 만드는 기술도 점차 정교하고 치밀해졌고 예술성을 띠기 시작했다.

명대의 라기羅頎는 『물원物原』에서 전체적인 배의 발명 과정을 구체적으로 밝히고 있다. "수인씨는 표주박을 차고 물을 건너갔다. 복희씨는 뗏목을 타기 시작했다. 헌원이 배를 만들었다. 전욱이 상앗대와 노를 만들었다. 제곡이 키와 돛대를 만들었다. 요임금이 밧줄을 만들었다. 하우씨가 방향타, 뜸, 닻, 돛대를 만들었다. 오원이 다락배를 만들었다燧人氏以匏濟水, 伏羲氏始乘桴, 軒轅作舟楫顓頊作蒿槳, 帝嚳作柁槕, 堯作維牽, 夏禹作舵, 加以蓬碇帆槕, 伍員作樓船."

원시적 형태의 배도 종류가 매우 다양하고 세세하게 분류되었다. 『천공개물天工開物』「주차舟車」편에 이런 내용이 있다.

배는 옛 이름만해도 수백가지가 넘고 오늘날의 이름도 수백가지가 넘는다. 배의 형태에 따라 해추, 강편, 산사와 같은 이름을 붙이기도 하고, 적재량에 따라 이름을 붙이기도 하고, 사용된 목재에 따라 이름을 붙이기도 한다. 이름이 수없이 많아 세세하게 다 거론할 수 없다. 해변에서 노니는 자는 원양선을 볼 수 있고, 강변에 사는 자는 조운선을 볼 수 있다. 산이나 평야에만 사는 사람은 일엽편주나 물길을 따라 어지럽게 흘러가는 뗏목밖에 못 본다.

凡舟古名百千, 今名亦百千, 或以形名, 如海鰍、江鯿、山棱之類, 或以量名, 載

---

8 『爾雅』「釋水」.

物之數, 或以質名, 各色木料, 不可殫述. 遊海濱者得見洋船, 居江湄者得見漕舫, 若局趣山國之中, 老死平原之地, 所見者一葉扁舟, 載流亂筏而已.

『석명釋名』, 『선船』에서는 배를 적재량에 따라 200곡斛 이하는 정艇, 300곡은 주주舟周, 500곡 이상에 작은 집이 있는 것은 척후斥候라고 했으며 또 그 구조에 따라 위아래 2단으로 된 것은 함艦, 좁고 긴 것은 몽동艨艟이라 했다.

지역에 따라서도 서로 다른 이름을 사용했다. 『방언方言』에 따르면 관서 지방에서는 선船, 관동 지방에서는 주舟 또는 항航, 남초강상南楚江湘 일대에서는 큰배는 가舸, 작은 배는 차艖나 모䑠라고 했고 작은 모는 또 정艇, 정艇이 길고 얇으면 대艔, 짧고 깊으면 부艀라고 했다.

배를 만드는 재료에 따라서도 송주松舟, 양주楊舟, 백주柏舟로 다양하게 불렸고 배 안의 시설도 각각의 세부적인 이름이 있었다. 평면적으로 독목주에서 목판선까지, 병선竝船과 방주方舟에서 여러 대의 배를 연결한 것까지 다양한 평면의 배들이 있었다. 공간적으로는 일엽편주에서 우뚝 솟은 누선樓船까지, 도구적으로는 노도 없이 흘러가는 속이 빈 통나무배에서 돛대와 노를 사용하는 배, 풍력을 이용하는 돛단배, 재료에 따라서는 단순한 나무에서 돌, 철에 이르기까지, 배의 역사는 끊임없는 과학 발전의 역사이자 예술 발전의 역사였다.

돛은 배의 역사에서 매요 중요한 의미를 가진다. 혹자는 "갑골문에 나오는 '凡무릇범'이 '帆돛범'과 매우 유사하다. 따라서 상나라때 이미 배에 돛을 달고 풍력을 이용했을 수 있다"[9]고 주장하기도 했다. 이 같은 견해에 의문이 들기도 하지만 『시경』 「상송」 「장발長髮」에서 "상토의 힘이 혁혁하여 바다바깥까지 평정하였다相土烈烈, 海外有載" 한 것을 보면 상고 인류도 바다를 정복하고 먼 곳으로 항해했을 것으로 추정되는데 돛과 바람의 힘을 빌리지 않고 나무로 만든 노만으로 먼 곳까지 항해하기는 어려웠을 것이다. 그런데 돛을 가장 먼저 발명한 사람은 돛이 예술 창작의 격정을 불러오리라는 것까지는 짐작하지 못했을 것이다. 훗날 시인들이 돛을 배의 대명사로 즐겨 사용했고 이를 통해 하늘에서 나부끼는 새하얀 돛은 이상의 상징물이 되었다.

배는 인류의 인식을 확장했고 문화를 풍부하게 했다. 과학적인 의미에서 배의 본질은 도도하게 흐르는 물과 거친 파도를 헤쳐나가기 위한 것이다. 또 배의 핵심은 물이라는 장벽을 정복하고 초월하는 것이다. 이러한 의미가 문화 영역에서도 드러난다. 문화적으로 배의 첫 번째 의미는 물을 정복하는 것이며, 방주는 희망과 구원을 의미한다.

물은 인류 생명의 근원이다. 상고 인류는 항상 물이 있는 곳에 거주했다. 그래서 고대의 4대 문명도 강과 호수, 바다에서 생겨났다. 한편 홍수의 범람은 인류에게 엄청난 재난이었는데 때로는 파멸적 재난으로서 고난의 기억을 남겼다.

신화와 전설의 역사에는 두 번에 걸친 인류의 기원이 나온다. 첫 번째는 신의 인간 창조인데 헤브루신화에서는 하느님이 인류의 시조인 아담과 이브를 창조했고 중국신화에서는 여와가 사람을 만들고 뚫어진 하늘을 메웠다. 회족신화에서는 알라가 천지를 개벽하고 인류를 창조했다. 원시인류는 자신의 탄생을 신의 공으로 돌렸는데 자연에 대한 원시인들의

---

9   楊槱,「中國造船發展簡史」,『中國造船工程學會1962年年會論文集』, 北京 : 國防工業出版社, 1964, p.8.

경외심, 스스로에 대한 무지와 혼란이 반영된 것이다. 둘째, 인류의 부활은 홍수로 인한 파멸적 재난 속에서의 자립과 회생이다. 홍수의 재앙 속에서 인류는 스스로를 구하고 자손을 번성시킴으로써 스스로를 창조해냈다.

세계적으로 가장 유명한 홍수신화는 『구약』에 창세기 기록된 헤브루의 홍수신화다. 지상에서 큰 죄를 범하고 하루 종일 나쁜 생각에 빠져있는 인류를 본 여호와는 인간을 창조한 것을 후회하며 상심에 빠져 "내가 만든 사람과 짐승, 곤충, 하늘의 새들까지 모두 지상에서 없애버리겠다"고 했다. 여호와는 오직 노아 일가에게만 은혜를 베풀어 고펠나무로 방주를 하나 만들고 각종 동물들과 노아의 아내를 함께 타게 했다. 그 후 신은 40일간의 홍수를 내렸다. 지상에서 피가 있는 동물은 모조리 멸종했다. 거의 12개월이 지난 후에야 노아는 방주에서 나갈 수 있었다. 훗날 노아의 세 아들의 후예가 인류의 3대 갈래를 이루고 세계 각지에 퍼져나가 인류 재기원의 시조가 되었다.[10]

중국 서남부 지역에 거주하는 소수민족인 이족彝族에게도 유사한 홍수신화가 있다. 그들의 창세 서사시 「매갈梅葛」에 따르면 천신이 사람의 씨를 바꾸기 위해 홍수를 내렸다. 천신은 학박약學博若의 막내아들에게 조롱박 씨앗 세 개를 주며 심으라고 했다. 조롱박이 통가리만큼 크게 열렸을 때 막내아들은 여동생과 함께 조롱박 속에 들어가 조롱박 씨앗을 먹으려 홍수를 피할 수 있었다. 홍수가 지나간 후 남매는 결혼을 했는데 이상한 조롱박을 낳았다. 천신이 조롱박을 열었더니 그 안에서 한족漢, 태족傣, 이족彝, 속족傈, 묘족苗, 장족藏, 백족白, 회족回 등이 걸어나왔고 각 민족의 기

---

10   陶陽·鍾秀, 『中國創世神話』, 上海 : 上海人民出版社, 1989, p.231.

원이 되었다.

초기 인류사회는 홍수의 습격을 경험했다. 헤브루와 중국신화 외에도 이집트, 인도, 북미 인디안 등 민족의 고대문헌, 신화나 전설 속에 홍수에 관한 기록이 남아 있다. 홍수는 세계적인 재난의 기억이자 신과 인간이 창조한 인류의 임계점이다. 신화적 관점에서 홍수의 발생 원인은 하느님의 징벌이나 신들의 전쟁이었으며 천둥신의 복수나 자연재해였을 가능성도 있다.[11] 반면 자연사적 측면에서 살펴보면, 환경이 열악하고 기후가 불안정했던 인류사회 초기에는 비가 자주 내리고 빙하가 녹아 내리면서 강의 범람, 산사태 등 많은 수재가 발생했을 것이다. 수재로 인한 인명 사고, 가옥 파손, 소, 양, 닭, 돼지가 유실되는 장면은 간담이 서늘해지고 모골이 송연해지는 재난적 장면이다. 이 같은 홍수에 대한 두려움과 공포가 각 민족의 기억 속에 집단 무의식으로 자리 잡고 유전되어 결국에는 전 세계적인 재난의 기억으로 남게 되었다. 인류는 인류를 멸망의 위기로 내몬 홍수를 두려워한다. 그런 인류에게 신은 일엽편주에 매달려 생존의 기회를 얻으라는 계시를 내렸다. 물이 장벽으로 존재할 때 배는 일종의 초월이자 길이다. 물이 재난이 되면 배는 구원이자 희망이며 피안이다. 노아와 그 가족은 배 안에서 재난을 피하고 인류의 새로운 시조가 되는 특별한 영광을 누리게 되었다. 학박약學博若의 아이들은 운좋게 조롱박 속에서 위험을 피하고 다시 인류를 번성시킬 수 있었다. 끝없이 펼쳐진 거대한 바다 위에서 일엽편주는 홍수로 인한 유민들을 구원하고 꺼져가는 생명의 불꽃을 되살렸다. 그리고 수천수백 년 후 온 세상의 기쁨과 슬픔, 만남과 이별의 연

---

11 Ibid., pp.233~236.

기緣起를 만들어냈다.

홍수신화에서 고난을 당하는 인류는 언제나 배에 의지함으로써 홍수를 피할 수 있었다. 그래서 배는 희망과 구원의 의미를 가지게 되었고 '방주' 이미지가 생겨났다. 중국고대의 방주는 나무판으로 연결한 보통의 목선일 뿐이었다. 고힐강顧頡剛 선생의 고증에 따르면 방주는 대부 계급이 타는 배의 규격이었다. "수레 두 대를 나란히 엮은 것은 방궤라 하고, 배 두 대를 나란히 엮은 것은 방주라 한다. (…중략…) 방주는 만드는 것은 큰 물의 자연적 위력을 막기 위해서였다兩車並行曰方軌, 則兩船並行曰方舟可知. (…中略…) 夫方舟之製, 本所以抗禦大川之自然威力."[12] 방주의 문화적 의미는 결코 평범하지 않다. 인류는 방주에 의지해 구원받았다. 인류의 잠재의식 속에 있는 구원의 기억이 세대를 이어 퇴적되면서 방주는 희망을 상징하는 언어가 되어 철학, 문학, 종교에까지 영향을 미쳤다. 『역전易傳』 계사系辭에서는 "나무의 속을 파서 배를 만들고 나무를 깎아서 노를 만든다. 배와 노는 물에 가로막힌 양쪽 기슭의 사람들이 오가고 먼 곳으로 항해할 수 있게 함으로써 천하를 이롭게 한다刳木爲舟, 剡木爲楫, 舟楫之利以濟不通致遠, 以利天下"고 했다. 물질적인 측면에서 배와 노의 이점은 불통不通과 치원致遠의 문제, 막힌 곳을 건너가고 먼 곳으로 나아갈 수 있다는 데 있다. 이 같은 의미가 문화 영역으로 빠르게 전이되어 배는 문화적 상징기호가 되었다. 배의 문화적 의미는 우선 '제불통濟不通', 가로막힌 곳을 건너가는 것이다. 다시 말해 '濟건널제'는 장벽을 초월하고 정복하는 것이다. 또 '致遠치원', 먼 곳에 닿는다는 것은 먼곳으로 나아가 꿈과 원대한 포부를 실현하는 것이다. "물이 강둑까

---

12 顧頡剛, 『史林雜識初編』, 北京 : 中華書局, 1963, pp.128~129.

지 차올라 바다처럼 드넓다. 순풍이 불어와 돛을 높이 올린다潮平兩岸闊, 風正 一帆懸."13 "언젠가 바람 불고 파도 치는 때가 오면, 새하얀 돛을 높이 달고 푸른 바다를 건너가리라長風破浪會有時, 直掛雲帆濟滄海",14 "달빛섬에 피리 소 리 비껴가고, 흰돛은 거센 바람을 맞으며 만리길을 나아간다月嶼一聲橫竹, 雲 帆萬裏雄風"15. 돛을 활짝 펼치자 이상의 깃발이 펄럭이고 먼 곳으로 가는 출항의 나팔소리가 울려온다. 옛 문인들은 자신들의 꿈과 이상을 돛과 배 에 실었다.

배는 또 예술세계에서 풍부한 의미를 싣고 옛 시인들을 드넓은 영혼의 세계로 이끌고 갔다. 맨 처음 배를 만들게 된 원시인류의 영감 또한 매우 시적이었다. 『회남자』 「설산說山」에서는 "속이 빈 나무가 물에 떠다니는 것을 보고 배를 알게 되었다見竅木浮而知爲舟"고 밝히고 있으며 『세본世本』 「작편作篇」에서는 "옛사람들은 물에 떠다니는 낙엽을 보고 배를 만들었다 古者觀落葉因以爲舟"고 밝히고 있다. 인류의 모든 발명과 창조는 자연에 대한 모방에서 시작되었고, 원시인류의 마음속에 있는 시적 영감과 직관적 사 고에서 비롯되었다. 물살을 따라 흘러가는 나뭇가지 하나, 물 위에 떠오른 작은 풀 하나가 원시인류에게 발명과 창조의 위대한 영감을 줬다. 그 탄생 부터 시적이었던 배는 예술 영역에서도 넓은 표현공간을 가지게 되었다. 배가 있는 곳에 예술적 표현의 세계가 있다. 『시경』에서 '舟배주'자는 모두 17번 나온다. 배와 같은 의미를 가진 '瓠표주박호', '方모방' 등은 제외했다. 「패풍邶風」 「박주柏舟」를 보자.

---

13 王灣, 「次北固山下」.
14 李白, 「行路難」.
15 胡銓, 「朝中措」.

泛彼柏舟	흔들흔들 잣나무 배가
亦泛其流	물 위에 떠있네.
耿耿不寐	뒤척뒤척 잠 못 드는 것은
如有隱憂	깊은 시름 때문이던가.
微我無酒	술이 없는 것도 아니오
以敖以遊	함께 노닐 벗이 없는 것도 아니건만.

　시인들은 교통수단인 배를 빌려 답답하고 괴로운 마음을 표현했다. 물 위에서 흔들리는 배가 마음속의 근심걱정을 달래준다. 또 위풍편 「죽간竹竿」에서도 "고요히 흐르는 강물 위로 노를 젓는 소나무배를 타고 이리저리 노닐며 시름이나 달래볼까淇水瀳瀳, 檜楫松舟, 駕言出遊, 以寫我憂"라고 노래했다. 배 위로 올라서자 떨쳐버릴 수 없었던 답답함과 슬픔이 다소 가벼워지는 듯하다. 유장하게 흐르는 강물, 간간이 들려오는 노 젓는 소리가 시인의 끝없는 슬픔을 달래고 가라앉힌다. 시는 울음을 대신하는 노래요, 배는 번뇌를 달래는 수단이다. 배로 홍수를 정복한 위대한 역사도 시가의 원시 이미지 속에 축적되어 있다. 『시경』에서 배는 장벽을 초월하고 난관을 극복하는 역사적 의미를 가지고 있다. 「위풍衛風」 「하광河廣」에서 "누가 황하강을 넓다고 했느냐? 갈잎배로도 건널 수 있는 곳을. 누가 송나라를 멀다고 했느냐? 발뒤꿈치만 들어도 보이는 곳을誰謂河廣, 一葦杭之, 誰謂宋遠, 跂予望之"이라고 노랬다. '杭'은 '航'의 옛 글자다. 도도한 강물을 바라보며 시인은 무력과 절망에 빠지지 않고 '일위항지一葦杭之', 갈잎배로도 건너갈 수 있다는 초월과 극복의 의지를 보였다.

　『시경』에는 배를 노래한 작품이 많다. 그런데 지리적으로 북방 지역은 비옥한 평야가 끝도 없이 펼쳐져 있기 때문에 수레가 더 편리했고 강남 지역은 또 전혀 다른 풍경이었다. 묵자는 「공수公輸」편에서 "초나라는 운몽호수에 물소와 사슴이 가득하고 장강과 한수에 물고기와 자라가 넘쳐나 천하에서 가장 풍요롭다荊有雲夢, 犀兕麋鹿滿之, 江漢之魚鱉黿鼉爲天下富"고 했다. 동서남북을 가로지르는 강, 하늘의 별처럼 많은 호수, 배는 생활에서 필수 불가결한 교통수단이었다. 물에 익숙했던 오월문화에서는 배가 더 편리했다. 『여씨춘추』「귀인貴因」편에 "진나라에 갈 때 서서 갈 수 있는 것은 수레가 있어서이고 월나라에 갈 때 앉아서 갈 수 있는 것은 배가 있기 때문이다如秦者, 立而至, 有車也, 適越者, 坐而至, 有舟也"라는 내용이 있다. 『회남자』「제속훈齊俗訓」에서는 "호인들은 말을 잘 타고 월인들은 배를 잘 탄다胡人便於馬, 越人便於舟"고 했다. 『월절서』「월절외전기지전越絶外傳記地傳」에서는 월인들에 대해 "물길로 산으로 간다. 배를 수레로 삼고 노를 말로 삼아, 올 때는 바람처럼 날아오지만 갈 때는 매우 어렵다水行而山處, 以船爲車, 以楫爲馬, 往若飄風, 去則難從"라고 했다. 물이 많은 지리적 환경으로 인해 배가 일상화되었던 오월吳越과 형초荊楚는 독특한 배문화를 가지고 있으며, 시인들의 노래 속에도 예술적으로 표현된 배 이미지가 수없이 등장한다. 「월인가越人歌」에서는 "오늘밤은 어떤 밤인가요, 배를 타고 물 위를 노닐다니요今夕何夕兮, 搴舟中流. 오늘은 어떤 날인가요, 왕자님과 같은 배를 타다니요今日何日兮, 得與王子同舟. 잘못된 사랑이지만 부끄러워하지 않을래요蒙羞被好兮, 不訾詬恥. 마음속 걱정 끝이 없지만 왕자님을 알게 되었잖아요心幾頑而不絕兮, 知得王子. 산에는 나무가 있고 나무에는 가지가 있죠山有木兮木有枝. 그대를 사모하는 이 마음, 그대는 몰라요心悅君兮君不知"라고 노래했다. 월나라 사람의 뱃노래는 은근하고 감동적인 사랑으로 시작된다. 『초사』에 나오는 배는 산과 물을 배경으로 하고 있다. 『초사』에는 배를 타고 가는 장면이 여러 번 나온다. "곱게 단장을 하고 그대를 맞으러 계수나무 배에 오르네美要眇兮宜修, 沛吾乘兮桂舟"「상군湘君」. "배가 어찌 느릿느릿 나아가지 않는가, 소용돌이에 걸려 움직이지 않네船容與而不進兮, 淹回水而凝滯"「섭강(涉江)」. 굴원이 망명길에서 부른 노래들은 배 안의 절망과 비탄으로 가득하다. 「애영哀郢」에서 영도郢都가 함락된 후 장강과 하수를 따라 떠도는 여정을 그리고 있는데 배 위에서 써내려간 슬픔의 노래라고 할 수 있다.

發郢都而去閭兮	영도를 출발해 마을 어귀를 나서니,
荒忽其焉極	느닷없이 어디로 가야하나
楫齊揚以容與兮	일제히 노를 젓자 배는 천천히 나아가고,
哀見君而不再得	다시 임금을 뵐 수 없어 애달프구나
望長楸以太息兮	가래나무를 쳐다보니 한숨이 터지고,
涕淫淫其若霰	눈물은 싸락눈처럼 쏟아지네
過夏首而西浮兮	하수를 지나 서쪽에서 뒤돌아보니,
顧龍門而不見	더 이상 용문이 보이지 않네
心嬋媛而傷懷兮	마음속 울분과 고통 끊이질 않고,
眇不知其所蹠	저 멀리 어느 곳에서 발을 디딜 수 있을까
順風波以從流兮	바람과 파도를 타고 물길따라 흘러가니,
焉洋洋而爲客	이리저리 떠도는 나그네 신세라
淩陽侯之氾濫兮	양후의 거친 파도를 넘고,
忽翱翔之焉薄	새처럼 훨훨 날아 어디로 가나
心絓結而不解兮	마음속 매듭 풀리지 않고

思蹇產而不釋	슬픔과 그리움 떨칠 수 없네
將運舟而下浮兮	배를 타고 떠내려와,
上洞庭而下江	동정호를 지나 장강에 이르렀네
去終古之所居兮	대대로 살던 곳을 떠나,
今逍遙而來東	이제 동쪽으로 떠밀려 왔구나

굴원이 배 위에서 쏟아낸 비통한 언어에 귀를 기울이면 시인이 느낀 고통과 울분의 크기가 그대로 전해진다. 도피와 유랑의 길은 노를 저어도 나아가지 않고 제자리에서 맴돌기만 한다. 배마저도 수많은 근심걱정으로 움직이지 못하는 것같다. 배는 시인을 싣고 슬픔과 울분도 싣는다. 또 배는 굴원에게서 번뇌이기도 했지만 이상과 희망이기도 했다. 「이소離騷」의 장엄하고 아름다운 신계를 주유하는 장면에서 배는 이상의 실현과 암흑의 정복을 상징한다.

朝發軔於天津兮	이른 아침 은하의 나루터를 출발하여,
夕餘至乎西極	저녁에 서쪽 끝에 닿았네.
鳳凰翼其承旆兮	봉황이 활짝 펼친 날개 위로 깃발을 떠받들고,
高翱翔之翼翼	하늘 높이 훨훨 날아오르네.
忽吾行此流沙兮	별안간 나는 사막의 모래늪에 빠져,
遵赤水而容與	적수를 따라 느릿느릿 나아갈 뿐이네.
麾蛟龍使梁津兮	교룡을 불러 나루터에 다리를 만들고,
詔西皇使涉予	서황에게 맞은편 기슭까지 건너가자고 명했네.

시인은 온갖 장애물이 가로놓인 험난한 인생 길에서 천국의 용주龍舟를 상상하며 교룡으로 만든 다리와 강을 건너는 서황西皇을 노래했을 것이다.

수레는 단순한 교통수단을 가리킬 때가 많지만, 배는 구체적인 배에 그치지 않고 문화적 의미를 가질 때가 많다. 수레와 배는 같은 교통수단이지만 오랜 세월에 걸쳐 점진적으로 서로 다른 의미를 가지게 되었다. 수레로 갈 수 있는 곳은 두 다리로도 닿을 수 있기 때문에 수레는 없어도 되지만 배는 필수적이다. 배가 없었다면 머나먼 수역水域은 영원히 차갑고 쓸쓸한 곳으로 남았을 것이다. 피안은 영원히 닿을 수 없는 요원한 곳이 되고 인류는 좁은 육지를 벗어나지 못했을 것이다. 문명의 봄바람도 세상과 단절된 가난하고 소외된 벽촌까지 닿지 못했을 것이다.

물은 인류에게 일종의 장벽이자 단절이자 폐쇄였다. 중국고대의 학관學館은 외부의 소음과 이성 간 접촉을 막기 위해 물로 에워싸인 곳에 세웠기 때문에 반궁泮宮이라고도 불렀다. 물을 울타리로 이용한 것이다. 그런데 배는 교량이자 일종의 초월이다. 차안과 피안을 연결하고 문명과 야만을 연결하고 좁디좁은 마음과 무한한 우주를 연결한다. 배는 문명을 실어왔고 새벽 빛을 실어왔다.

배는 자연으로서의 물에 대한 강력한 도전과 혁명이었다. 배는 차가운 물 위에 인류의 발자국과 목소리를 남겼다. 용龍의 신이 홀로 차지하고 있던 물의 세계를 인류가 노닐고 거니는 또 하나의 성지로 만든 것이다. 신비한 우주에 대한 탐색을 시작했다는 점에서 개척의 의미가 있다.

3. 이섭대천利渉大川 – 배 이미지의 사상과 상징적 의미

배는 물질적이면서도 정신적이고 예술적이면서도 사상적이다. 배의 발명과 배의 기능, 방주를 타고 구원을 받은 신화적 기억으로 인해 배는 다양한 상징적 의미를 가지게 되었다. 배는 도道를 나타내기도 하고 세상이나 사람을 나타내기도 한다. 물과 배는 군신 관계를 나타내기도 처세를 나타내기도 한다. 이 같은 상징은 원시적 사유의 직관적 유비성과 논리적 비약 때문에 각각의 특징을 가진 사상적 계시물이 되었다.

배의 물질적 기능은 물이라는 장벽을 넘어서는 것이고, 정신적 측면에서 홍수와 큰 강을 초월하는 것 또한 하나의 사상적 도약이다. 『주역』에는 '이섭대천利渉大川'이라는 말이 모두 열여섯번 나오는데 열 가지 괘상 수需, 송訟, 동인同人, 고蠱, 대축大畜, 이頤, 익益, 환渙, 중부中孚, 미제未濟와 관련이 있다. '이섭대천'은 『주역』에 자주 사용되는 사상적 비유로서 큰 강을 건너가는 것은 성공이자 길하고 이로운 것이다. 반대로 '불리섭대천不利渉大川'은 실패이자 위태로운 것이다. '불리섭대천'이라는 말은 송괘에 두 번 나온다.

> 송 : 믿음이 있으나 막히고 두렵다. 중간은 길하고 끝은 흉하다. 대인을 보면
>   이롭고 큰 강을 건너면 이롭지 않다.
> 訟 : 有孚, 窒惕, 中吉, 終凶. 利見大人, 不利渉大川.

송괘의 단사彖辭에서는 "이견대인은 중정을 숭상하는 것이고, 불리섭대천은 못에 빠져드는 것이다利見大人, 尚中正也, 不利渉大川, 入於淵也"라고 풀이했

다. '訟송'은 소송의 뜻이다. 『주역』의 관점에서 소송의 도道는 이미 위험에 빠져든 것이다. 그래서 중정의 법칙을 지켜야 길하고 이롭다. 소송은 이미 위험한 상황에 빠져든 것이기 때문에 중정의 법칙을 따르지 않으면 깊은 물에 빠져서도 노가 없는 격이니 설상가상으로 반드시 재앙이 뒤따른다. 왕필은 "모든 불화로 인한 송사는 하는 수 없을 때 이루어지므로 어려움을 건너가기가 특히 어렵다. 믿음을 가지고 막힌 것을 알아보고 두려워할 때 비로소 길한 결과를 얻을 수 있다. 다시 되돌아가서 끝낼 수 없을 때, 중도에 멈추면 길하다. 그 근원을 없애지 않고 송사를 끌고가면 억울하지 않게 송사를 끝낸다 해도 역시 흉하다凡不和而訟, 無施而可, 涉難特甚焉. 唯有信而見塞懼者, 乃可以得吉也. 猶復不可終, 中乃吉也. 不閉其源使訟不至, 雖每不枉而訟至終竟, 此亦凶也"라고 주를 달았다. '이섭대천利涉大川'의 '川'이 난관과 위험을 상징한다는 것을 분명하게 알 수 있다. 수괘需卦의 단사에서 이섭대천을 "가서 공이 있다往有功也"라고 했다. 이에 공영달은 "이섭대천의 뜻을 풀이 한 것으로서 건으로써 강건하게 하기 때문에 험한 곳에 가서 공이 있는 것이다釋利涉大川之義, 以乾剛健, 故行險有功也"라고 소를 달았다. '川'과 '險'은 호훈互訓되는 관계이며 의미가 명료하다. 위험과 재난을 극복하는 것은 배를 빌려 큰 강을 건너가는 것이고 배를 이용해 위험한 곳을 벗어나 안전한 곳으로 가는 것이다.

익괘益卦의 괘사에서는 "가는 곳이 있으면 이롭고 큰강을 건너면 이롭다利有攸往, 利涉大川"고 했다. 단사에서는 "큰 강을 건너면 이롭고, 나무의 도가 행한다利涉大川, 木道乃行"고 했다. 강을 건널 때는 배의 힘을 빌려야 한다. 그것이 바로 '나무의 도木道'라는 것이다. 왕필은 "큰 강을 건너면서 언제나 물에 빠지지 않는다. 유익한 것으로 어려움을 건너기 때문에 나무와 같다以涉大川爲常而不溺者也. 以益涉難, 同乎木也"라고 주를 달았다. 공영달은 "이로서 '이섭대천'을 풀이할 수 있다. 나무는 가볍게 뜨므로 큰 강을 건널 때 물에 빠지지 않는다. 유익한 것으로 어려움을 건너는 것은 나무의 도로 강을 건너는 것과 같다. 강을 건너면 해가 없기 때문에 '익益'을 '이利'로 볼 수 있다. 그래서 '이섭대천利涉大川'이면 '목도내행木道乃行'이라는 것이다此取 譬以釋'利涉大川'也. 木體輕浮, 以涉大川爲常而不溺也. 以益涉難, 如木道之涉川. 涉川無害, 方見益 之爲利, 故雲'利涉大川, 木道乃行也'"라고 했다.

왕필과 공영달 모두 '木道'를 강을 건너는 배의 도로 해석했는데 상당한 이론적 근거가 있다. 옛사람들은 물에 떠다니는 구멍 난 나무를 보고 배를 만들었다. 배의 발명은 물 위에 떠다니는 통나무 덕택이었다. 수천만 번 배로 강을 가로 지른 역사 속에서 배는 정복과 구원의 의미를 축적했다. 이 때문에 고대 사상가들은 '이섭대천'의 상징적 의미를 풀이할 때 배의 비유를 즐겨 사용했는데 '木道'의 진정한 의미에 다름아니다. 더 선명한 비유는 중부괘中孚卦에서 찾아볼 수 있다.

> 중부: 돼지와 물고기에까지 믿음이 미치면 길하고 큰 강을 건너면 이롭고
> 곧으면 이롭다.
>
> 中孚 : 豚魚, 吉, 利涉大川, 利貞.

중부괘의 단사에서는 "이섭대천利涉大川, 승목주허야乘木舟虛也"라고 했다. 이른바 '승목주허'란 배에 의지해서 큰 강과 하천을 건너고 강을 가로 지르는 상象이다. 배를 통해 이득을 취하니 강을 가로지르는 것은 길하고 이롭다. 이것을 중부괘의 상으로 검증해 보아도 상당히 맞아 떨어진다. 중부괘의 상은 '☲'이다. 태兌가 아래에 있고 손巽이 위에 있다. 태는 택澤이

고 손은 목木이다. 목이 택 위에서 움직이는 것으로서 배로 강을 건넌다는 의미다. 이것은 '이섭대천, 승목주허야'에 대한 가장 생생한 해석이다.

환괘渙卦는 직접적으로 배라고 해석할 수 있다. '환'의 괘상은 '☵☴'이다. 감坎이 아래에 있고 손巽이 위에 있다. 감은 물이고 손은 나무로서 배의 모습과도 같다. '환'의 괘사는 "왕가유묘王假有廟, 이섭대천利涉大川"인데, '이섭대천'은 배의 상징적 의미에 대한 오래되고 정확한 해석이다. 단사에서는 "이섭대천利涉大川, 승목유공야乘木有功也"라고 했다. 배라는 바탕이 있기 대문에 '이섭대천'할 수 있는 것이다. 왕필의 주에서는 "나무를 타는 것은 어려움을 건너는 것이다. 나무는 강을 건너기 위한 것이다. 어려움을 건널 때 '환도'를 사용하면 반드시 공이 있다乘木即涉難也. 木者專所以涉川也. 涉難而常用渙道, 必有功也"라고 했는데 '환도渙道'가 배의 도라는 것을 분명하게 알 수 있다. 공영달의 소에서는 "나무를 타고 강을 건너면 반드시 침몰하지 않는다. '환'으로 어려움을 건너니 반드시 성공한다. 그래서 '승목유공'이라 한다乘木涉川, 必不沈溺, 以渙濟難, 必有成功, 故曰'乘木有功也'"라고 했다.

이상과 같이 배는 고대문화에서 단순한 물상이었을 뿐만 아니라 중국인의 정신 깊은 곳에 자리한 사상적 상징기호였으며 일종의 철학적 담론이었다. '기제旣濟,☵☲'와 '미제未濟,☲☵'는 『주역』의 마지막 두 괘다. '기제'는 건너가고 초월하는 것이다. 반면 '미제'는 건너지 못하는 것, 실현할 수 없는 것이다. 『주역』은 마지막 부분에서 '제'와 '미제'를 이용해 그 철학을 개괄했다. 지적할 것은, 『주역』에서는 각각의 사물들은 상극하는 가운데서도 상생하고 상호전환한다고 주장한다. 그래서 '기제'의 경우에도 경우에도 성공에 도취되어 모든 것을 망각해서는 아니 될 것이며 미리 어려움을 미리 예상하고 방비해야 한다君子以思患而豫防之. '미제'의 경우에는 항상 반대 방향으로 바뀔 가능성이 존재하므로 사물을 신중하게 분별하여 적절한 곳에 거하게 해야 한다愼辨物居方. 상을 취해서 뜻을 세우는『주역』의 지도원칙과 중국전통의 이원적 사유 관습에 따라 배로 건너갈 수 있는 지의 여부로 성공과 실패를 판단했다. 여기서 원시철학의 시적이고 직관적인 사유의 특징이 드러난다. 그리고 그것은 배 이미지에 대한 철학적 개괄이다.

배의 象에서 생겨난 '기제'와 '미제'는 중국문인들의 영혼 깊은 곳에 중요한 무의식을 심었다. 고대 사인들이 "궁즉독선기신窮則獨善其身, 달즉겸제천하達則兼濟天下"『맹자』「진심(盡心)」라는 말로 스스로를 격려했지만 천하를 구할 수 있을 정도로 성공한 사람이 얼마나 있었겠는가? 파란과 곡절로 점철된 격동의 시대는 '미제'야 말로 문인들의 보편적 운명이었다. 문학작품 속에는 구원받지 못한 수많은 '미제'의 배들이 떠돌아다니며 시인의 깊은 고독과 슬픔을 보여준다.

『시경』「위풍」「하광河廣」에서는 "누가 황하를 넓다고 했나, 거룻배 하나 띄울 수 없는 것을誰謂河廣, 曾不容刀"이라고 노래했고,「주남」「한수漢廣」에서는 "강이 아득하여 건너갈 수 없네江之永矣, 不可方思"라고 노랬다. '刀칼도'와 '方모방'은 모두 작은 배를 뜻한다. 시인은 건널 수 없는 드넓은 강물을 바라보며 노래했다. 피안은 영원히 닿을 수 없고 내면에서 그리던 광명과 통달의 길은 점차 희미해져갔다. 굴원은「섭강涉江」에서 "배가 어찌 느릿느릿 나아가지 않는가, 소용돌이에 걸려 움직이지 않네船容與而不進兮, 淹回水而凝滯"라고 했다. 시인을 실은 작은 배는 물속을 방황하며 맴돈다. 시인은 물처럼 자신을 둘러싼 비난과 배척을 극복하지 못하고 고국에 대한 근심과 걱정에서 벗어나지 못한다. 무정한 물을 따라 흘러가다 결국 끝없는 물 속에서 침몰할 수밖에 없다.

불세출의 뛰어난 재주를 타고난 영웅이었지만 비극적으로 일생을 마감해야 했던 조식曹植도 '미제未濟'의 이미지로 자신의 비통한 심경을 표현했다. "저 새를 잡고 싶지만, 애석하게도 가벼운 배가 없구나我願執此鳥, 惜哉無輕舟",[16] "어찌 방주로 닿을 수 있을까, 이별의 슬픔 감당하기 어렵네方舟安可極, 離思故難任",[17] "가볍게 건너가고 싶지만, 애석하게도 방주가 없구나願欲一輕濟, 惜哉無方舟".[18] 조식의 시에서 '경주輕舟'와 '방주方舟'는 구체적인 물상이 아니라 정신적 심상이자 시인의 이상이 담긴 상징물이다. 방주는 통달과 광명의 상징이다. 방주를 얻었다는 것은 구원을 얻었다는 것이며, 온갖 풍파가 밀어닥치는 정치투쟁을 피해서 마음속 이상을 실현할 수 있다는 것이다. 그러나 결국 조식은 강물을 가볍게 헤쳐 나갈 수 있는 방주를 얻지 못하고 밤낮으로 하늘을 바라보며 탄식만 하다가 짧은 인생을 마감하게 되었다.

『주역』으로 대표되는 배의 상징적 의미는 중국 고전철학과 역사에서 두루 표현되었다. 『상서尙書』에 배의 이미지를 이용한 비유가 수없이 많은데 배는 정치와 사람, 사건들을 비유하면서 다양한 상징적 의미를 가지게 되었다. 『상서』「익직益稷」편에 하우夏禹가 요堯의 아들 단주丹朱의 죄에 대해 "물이 없는 곳에서 배를 타고, 집에서 떼를 지어 음난하게 놀다가 왕위를 계승하지 못했다罔水行舟, 朋淫於家, 用殄厥世"라고 평가하며 후인들의 경계로 삼았다 정치적 역행과 퇴행을 물이 없는 곳에서 배를 띄운다는 말로 비

---

16 曹植, 「贈王粲」.
17 曹植, 「雜詩七首」.
18 曹植, 「雜詩七首」.

유하면서 배와 정치를 연결했다. 이것은 배가 정치를 상징하게 된 첫 번째 사례다. 「반경중盤庚中」편에서는 반경이 "배를 타는 것과 같으니 건너가지 아니하면 짐들이 썩는다若乘舟, 汝弗濟, 臭厥載"며 은殷으로 천도하는 것을 반대하는 백성들을 일깨운다. 천도하지 않으면 물 위에서 표류하는 배 위에 있는 것처럼 강을 건너갈 수도 없고 배에 실린 짐들도 모두 부패하여 썩은 내가 나게 될 것이라는 뜻이다. 배로 사건으로 비유함으로써 추상적인 것을 구체화시키고 배를 타는 물리적 행위를 철학적 원리를 나타내는 상징기호로 바꾸었다. 「설명 상說命上」에는 은나라 고종이 인재를 애타게 찾는 내용이 나오는데 "만약 큰 강을 건너가게 되면, 그대를 배의 노로 삼겠노라若濟巨川, 用汝作舟楫"라고 훌륭한 신하를 배에 비유했다. 배와 사람의 비유는 중국사상사에 중요한 영향을 미쳤다. 『주역』에 따르면 배와 노는 물로 가로 막힌 먼 곳으로 건너가기 위해 발명되었다. 그런데 사상가들은 이것을 정치와 문화의 상징으로 바꾸어 사용했다. 배의 '濟건널 제'과 '通통할 통'은 인생의 목표와 정치적 목표를 실현하고 막힘없이 나아가는 통달을 상징한다. 『논어』「옹야」편에서 자공은 "널리 백성들에게 베풀고 많은 사람들을 구제할 수 있다면 어떠합니까? 인이라 할 수 있겠습니까如有博施於民, 而能濟衆, 何如, 可謂仁乎"라고 물었다. 여기서 배는 강을 건너가는 구체적인 의미에서 사상적·문화적 기호로 자리매김하게 되었다. 개인적인 이상과 목표를 실현하는 '제濟'에서 세상의 모든 백성을 구하는 '제중濟衆'에 이르기까지, 배 이미지의 상징적 의미는 더 큰 표현공간을 가지게 되었다.

공자의 배 이미지는 시적인 정취가 넘쳐난다. 공자는 『논어』「공야장」편에서 "도가 행해지지 않아 뗏목을 타고 바다로 떠나면 나를 따르는 자는 아마 중유뿐일 것이다道不行, 乘桴浮於海, 從我者, 其由與"라고 했다. 공자는 열국을 주유하면서 그의 '인仁'과 '화和'를 중심으로 하는 예악치국의 이상을 실현하고자 하였으나 곳곳에서 난관에 부딪히며 앞으로 나아가지 못했다. '도'의 실현이 어려워지자 그는 어쩔 수 없이 일엽편주를 타고 강과 바다를 떠돌아다닐 생각까지 했다. 공자는 끝까지 자신의 정치적 이상을 실현하지 못했지만 뗏목을 타고 바다로 떠나지도 않았다. 그러나 정치적으로 좌절했을 때 배를 타고 강과 바다를 소요하고자 하는 마음은 훗날 문인들의 꿈이자 이상이 되었고 선택이 되었다. 시인들이 스스로를 위안하는 정신적 목표였던 것이다.

"인생사 뜻대로 되지 않으니, 내일 아침 머리를 풀어 헤치고 조각배를 타고 떠나리人生在世不稱意, 明朝散發弄扁舟."[19] 배를 타고 강과 바다로 가는 것은 색다른 인생을 선택하는 것이며 속세와 이별을 고하는 것이다. 그것은 유유자적 소요하는 시의 세계다.

노장철학에서는 물의 비유를 즐겨 사용했다. "최고의 선은 물과 같다. 물은 만물을 이롭게 하면서도 다투지 않으며 사람들이 싫어하는 곳에 머물기 때문에 도와 가깝다",[20] "사람은 흐르는 물이 아닌 고요하게 멈춘 물에 자신을 비춰야 한다. 고요하게 멈춰 있을 때 비로소 모든 것들을 멈출 수 있다".[21] 배는 물과 대응된다. 물이 있는 곳에 배가 있고 배의 비유가 있다. 『장자』에서는 배의 비유를 이용해 도의 깊은 의미를 보여준다.

배다리 위로 강을 건너고 있는데 갑자기 빈 배가 와서 부딪힌다. 속이 좁고

---

19 李白, 「宣城謝朓樓餞別校書叔雲」.

20 『老子』 8장. "上善若水, 水善利萬物而不爭, 處衆人之所惡, 故幾於道."

21 『莊子』 「德充符」. "人莫鑑於流水而鑑於止水, 唯止能止衆止."

성질이 급한 사람이라 해도 빈 배를 보고 화내지는 않는다. 그런데 사람이 그 배 위에 타고 있었다면 배를 뒤로 물리라고 소리치며 화를 냈을 것이다. 한번 소리쳐서 듣지 않으면 다시 소리치고 또 반응이 없으면 세 번째 소리치고 그렇게 되면 욕이 끊이지 않을 것이다. 조금 전에는 화를 내지 않았는데 지금에서 화를 내는 것은 조금 전에는 빈 배였고 지금은 사람이 탄 배이기 때문이다. 사람이 마음을 비우고 세상을 노닐 수 있다면 누가 그를 다치게 할 것인가.[22]

'허정虛靜'은 도가가 추앙하는 처세의 원칙으로 어지러운 세상에서 화를 피해가는 생존수단이다. 도가의 관점에서 외재적 형식인 배와 내재적 정신인 도, 텅빈 배와 만물을 포용하는 허정의 도는 일치한다. 그래서 텅빈 배에 영혼의 허정을 비유했다. 골짜기처럼 넓고 깊은 허정의 마음은 세상과 다투지 않으며 마음대로 나아가고 마음대로 물러난다. 이렇게 함으로써 세상 사람들의 질투와 미움의 대상이 되지 않으며 오랫동안 양생하면서 생명을 유지할 수 있다. 도가철학은 곧 생명철학이다. 어떻게 생명을 보존할 것인가 어떻게 그 자연본성을 위반하지 않을 것인가가 철학의 핵심이다.

장자는 자유와 무위의 소요적 인생관을 설명하기 위해 '불계지주不繫之舟'라는 매이지 않은 배의 상징을 즐겨 사용했다. 『장자』「열어구列禦寇」에서 "기술이 있는 자는 몸이 고단하고, 지식이 있는 자는 근심이 있다. 능력이 없는 자는 구하는 바가 없고, 배불리 먹으며 여기저기 두루 노닌다. 매

---

22 『莊子』「山木」. "方舟而濟於河, 有虛船來觸舟, 雖有惼心之人不怒, 有一人在其上, 則呼張歙之, 一呼而不聞, 再呼而不聞, 於是三呼邪, 則必以惡聲隨之. 向也不怒而今也怒, 向也虛而今也實. 人能虛己以遊世, 其孰能害之!"

이지 않은 배처럼 마음을 비우고 자유롭게 노닌다巧者勞而智者憂, 無能者無所求, 飽食而遨遊, 泛若不繫之舟, 虛而遨遊者也"고 했다. 배는 항행을 위한 것이다. 모든 항행에는 목적이 있고 방향이 있는데『장자』의 사상과 모순된다. 그래서 『장자』는 임의적이고 목적 없이 자유로운 매이지 않은 배를 내세우고 있다. 황량한 나루터에서 홀로 흔들리는 배와 같은 소요유의 경계다. 안개비가 자욱하게 내리는 호수 위에서 일엽편주가 제멋대로 떠다닌다. 어디에서 왔는지도 어디로 가는지도 알 수 없다. 떠나온 곳도 돌아갈 곳도 없다. 아는 듯 모르는 듯 자연과 동화되어 만물 가운데 하나가 될뿐이다. 이것은 진정으로 천지 속에 융화된 소요유의 경계다.

유가와 도가의 '도道' 외에 배는 또 처세의 도를 나타내기도 한다.『묵자』 「사과辭過」편에 "성왕이 배와 수레를 만들어 백성들이 일을 편하게 했다. 배와 수레를 만들 때 견고함과 편리함을 추구하여 무거운 물건을 멀리까지 운반할 수 있게 되었다. 비용은 적게 들고 이익은 더 많이 생기니 백성들이 기뻐하며 사용했다聖王作爲舟車, 以便民之事, 其爲舟車也, 全固輕利, 可以任重致遠, 其爲用財少而爲利多, 是以民樂而利之"라는 단락이 있다. 배를 사용하여 노동력을 절감하고 적은 노력으로 많은 성과를 올릴 수 있었다는 이야기다.『등석자鄧析子』 「무후無厚」에서는 "같은 배로 바다를 건너며 중간에 도중에 바람을 만나 한 몸처럼 환란을 극복하고 함께 걱정한다同舟涉海, 中流遇風, 救患若一, 所憂同也"라며 같은 배를 타고 함께 고난을 헤쳐나가는 이치를 설명했다. 양웅揚雄은 『법언法言』「오자吾子」편에서 "배를 버리고 강을 건너는 것도 아니되며, 오경을 버리고 도를 구하는 것도 아니된다舍舟航而濟乎瀆者, 末矣. 舍五經而濟乎道者, 末矣"라고 했다. 또 「과견寡見」편에서는 "나라를 다스리는 것은 배를 모는 것과 같아서 배가 편안하면 사람들도 편안하다乘國者, 其如乘航乎, 航安, 則人斯安矣"

라고 했다. 치국의 도를 배로 설명했다. 배를 타면 노가 필요하듯 나라를 다스릴 때는 오경五經을 근본으로 삼아야 한다. 배의 상징 의미는 배에 대한 이해를 확장했다. 무한한 상징의 세계에서 배는 수단이자 방법이며 희망이자 지주, 사상이자 예술이다.

사람을 배에 비유한 예도 역대 전적에서 자주 나타난다. 『순자』「왕제王制」편에서 "군주는 배, 백성은 물이다. 물은 배를 띄우기도 뒤집기도 한다 君者舟也, 庶人者水也. 水則載舟, 水則覆舟"라고 했다. 군주는 배에 비유하고 백성은 물에 비유했다. 배가 움직이기 위해서는 물의 흐름에 순응해야 한다. 그렇지 않으면 민중이 배를 뒤엎는 전복으로 끝이 날 것이다. 물은 배를 띄울 수도 있고 뒤집을 수도 있다. 이 글은 통치자들에게 시시각각 경계의 종소리를 울리며 고대 정치이론에 중요한 영향을 미쳤다. 『여씨춘추』「지도知度」편에 "패왕은 어진 자에 의지해야 한다. 이윤, 려상, 관리오, 백리계는 패왕의 배이자 천리마다. 강을 건너는 자는 배에 의지하고 먼 곳으로 가는 자는 천리마에 의지한다霸王者託於賢, 伊尹, 呂尚, 管夷吾, 百裏奚, 此霸王者之船驥也. 絶江者託於船, 致遠者託於驥"라고 했다. 관리오나 백리계처럼 걸출한 인재를 빠른 배와 천리마에 비유했다. 천하의 권력을 잡기 위해 필수불가결한 인재들이다.

배는 불교 전적에서도 자주 등장하며 희망과 구원의 종교적 의미를 가지게 되었다. 각해자행覺海慈航, 보도중생普度衆生 등 불가에서 자주 사용되는 말들에서 배는 희망이자 구원이며 불가적 깨달음이다. 불가의 관점에서 삶의 온갖 욕망은 심연이자 고해다. 이 심연과 고해를 초월하고 극복하기 위해서는 부처의 힘으로 뗏목과 배를 만들고 피안에 닿아야 한다.

뗏목의 비유는 불가에서 불법을 비유할 때 자주 쓰는 비유다.

『금강경』에서는 "늘 말했듯이 너희 비구들은 나의 설법도 뗏목의 비유와 같다는 것을 알아야 한다如來常說, 汝等比丘, 知我說法, 如筏喻者"고 했다. 뗏목의 비유란 물을 건너는 뗏목과 배에 불법을 비유하는 것이다. 다시 말해법주法舟와 법선法船이다. 『열반경』 권1에서는 "법선에 오르지 않으면 이곳에서 침몰한다[無上法船, 於斯沉沒]"고 했고 『불설생경佛說生經』 권4에서는 "불법은 배와 같아서 건너지 못한 중생들을 구제한다法爲舟船, 度諸未度"고 했다. 불가의 이상적 경계는 깨달음과 열반이다. 그런데 깨달음과 열반에 이르기 위해서는 부처의 체험과 수련을 통해 삶의 온갖 고난이 있는 욕망의 바다를 초월해야 한다. 마치 배를 타야 강과 바다를 건너갈 수 있는 것처럼 체험과 수련을 통해 중생을 제도하고 보도할 수 있다. 『법화경』 「방편품方便品」에서는 "오직 이것 하나만 사실이고 나머지 둘은 진실이 아니다. 결국 소승으로 중생을 제도하지 못한다唯此一事實, 餘二則非眞. 終不以小乘, 濟度於衆生"고 했다. 『만선동귀집萬善同歸集』에서는 "대반야의 자항을 타고, 고통의 나루 세 개를 지나, 보현의 원해로 들어가, 법계의 소용돌이를 건너간다駕大般若之慈航, 越三有之苦津, 入普賢之願海, 渡法界之飄溺"라고 했다. 부처의 배가 있기 때문에 불성을 획득하고 피안에 도달할 수 있다. 『능엄경』 권6에서는 "깨달음의 본성은 청정하고 원만하며, 원만하고 청정한 깨달음은 크게 묘하다覺海性澄圓 圓澄覺元妙"고 했다. 『대지도론大智度論』 권12에서는 "만약 나아가되 물러나지 않으면 부처의 깨달음을 얻고 피안에 이를 수 있다若能直進不退, 成辦佛道, 名到彼岸"고 했다. 배의 비유는 불교 전적에서 뗏목의 비유를 체계화시킨 상징체계다. '범선'에서 '제도', 또 불가적 경계를 실현하는 '피안'까지 모두가 그러하다. 『오등회원五燈會元』에서는 "고해가 너무도 깊으니 어떤 배를 타고 가야 합니까苦海波深, 以何爲船筏"라고 제자가 묻자 스승이 "나무토막을 배로 삼는다以木爲船筏"라고 대답한다. 선가禪家에서 배는 고해를 건너가는 상징으로 즐겨 사용된다. 『오등회원』권5에 선자덕성船 子德誠 선사에 관한 이야기가 있는데 "절개와 지조가 높고 아득하며 도량 이 남다르다 (…중략…) 수주에 있는 화정으로 갈때 작은 배에 사방에서 온 중생들을 태웠다. 그때 사람들은 멀리서 온 그를 몰라서 선자船子 스님 이라고 불렀다節操高邈, 度量不群. (…中略…) 至秀州華亭, 泛一小舟, 隨緣度日, 以接四方往來 之者. 時人莫知其高蹈, 因號船子和尙"고 했다. 그리고 이 선자 스님이 "양편 기슭의 연꽃이 배를 붉게 물들이네. 어느 중이 허공을 물들일 수 있는가, 나의 생 애를 물어온다면 오직 배와 같았다오. 자손들은 각자 기연에 맡기도록 하 오. 땅도 아니고 하늘도 아니고 이 도롱이 외에는 전해줄 것이 없다오兩岸 映, 一船紅, 何曾解染得虛空, 問我生涯祇是船, 子孫各自賭機緣. 不由地, 不由天, 除卻蓑衣無可傳" 라고 게송을 읊었다. 그는 뗏목과 배에 일생을 싣고 선가의 정신을 가득 실었다.

　시詩와 부賦에는 배의 다양한 상징 의미가 있다. 상징은 사상을 담고 있 다. 물질적 배는 중국 고대사상의 강을 건너 문화정신을 적셨다. 유불선의 배에는 각기 다른 사상이 담겨 있다.

　진나라 조거棗據는 「선부船賦」에서 "맑고 깨끗한 군자와 같다, 겉은 화려 하지 않고 소박하며, 안은 비어 있으면서도 가득 차 있다似君子之淑清, 外質樸 而無飾, 內空虛而受盈"라고 했다. 배를 고결한 성품과 겸손한 마음으로 사람을 대하는 학식과 덕망을 갖춘 훌륭한 군자에 비유했는데 곧 유가의 배다. 당 나라 범양원樊陽源은 「허주부虛舟賦」에서 "큰 이치도 얻을 수 있고, 참뜻도 구할 수 있으나 텅빈 배는 묶어둘 수 없네. 큰 도는 무심한 것과 같이 늘 한가롭게 오가며 영원히 떠올랐다 잠겼다 하네元理可得, 眞宗可尋, 惟虛舟之不繫,

同大道之無心, 每悠悠而去住, 恆泛泛而浮沈"라고 했다. 도가에서 배는 삶의 의미를 통달한 자유로운 인격이다. 떠남과 머뭄에 무심하고 천지에 마음을 담는 진정한 생명의 각성자다. 송대의 승려 심월心月은 「범련관음찬泛蓮觀音贊」에서 "연꽃배를 타고 아득한 물 위를 떠돌며, 관음경도 읊조리고 아미타경도 읊조리네. 희귀하고 오묘한 것은 가는 터럭과 같으니 오탁에 빠진 중생들은 아는가 모르는가一葉蓮舟泛渺瀰, 誦觀音也戴阿彌. 希奇妙相毫端上, 五濁眾生知未知"라고 했다. 또 심월은 「조통판청찬관음趙通判請贊觀音」에서 "염주를 돌리며 연꽃배를 타고 가네. 하늘의 구름은 고요하고, 바다위 바람도 멈춘 듯하네輪數珠, 泛蓮舟. 覺天雲靜, 性海風休"라고 했다. 불가사상을 상징하는 배는 초험적이고 우화적인 의미로 충만하다. 배를 타고 가는 것은 피안으로 가는 항행이다.

영국 역사학자 토마스 칼라일Thomas Carlyle, 1795~1881은 "사람들은 의식적·무의식적으로 상징 속에 있다. 또 상징을 통해 생활하고 일하고 존재한다"고 했다.[23] 배는 홍수를 정복하기 위한 과학적 창조물이지만 문화 상징의 영역으로 들어가 사상과 철학 체험의 기호가 되었다. 배는 사상, 정치, 예술, 문학 분야에서 독특한 사상과 예술의 기호가 되었다. 과학의 배에서 사상의 배, 문화의 배 그리고 예술의 배에 이르는 과정을 통해 "상징이 없으면 문학은 존재할 수 없으며 심지어 언어도 존재할 수 없다"[24]는 말을 믿게 된다.

---

23 黃晉凱 外編, 『象征主義·意象派』, 北京 : 中國人民大學出版社, 1989, p.96.
24 Ibid.

4. 외로운 나그네 배와 옛 시인들의 정신세계

중국문화에서 배는 정신적 지주이자 예술적 상징이다. 외로운 나그네 배는 중국 전통의 문화정신과 예술정신을 싣고 영혼의 항구로 나아갔다. 배위의 시인들이 부른 수많은 노래를 통해 배는 이미지가 되고 시가 되었다. 배는 옛 시인들의 기쁨과 고통을 보여주고 민감한 시인들의 풍부한 정신세계와 영혼의 체험을 보여준다. 시인들이 배 위에서 부르는 노래에 귀를 기울이다 보면 그들의 드넓은 정신세계를 들여다볼 수 있다.

1) 희망과 구원을 의미하는 방주 이미지

유소풍劉小楓은 『구원과 소요拯救與逍遙』에서 중서中西 문화정신의 "가장 근본적인 차이는 구원과 소요다", "중국 정신문화에서 유유자적하는 소요는 가장 높은 수준의 정신적 경계이다"라고 했다. 장자는 물론 출세보다 풍류를 즐기고 싶다는 증점曾點의 말에 나도 그렇다고 화답한 공자도 마찬가지다. 서구 정신문화에서 인류는 몸소 고난을 겪은 예수 그리스도를 통해 구원받고 하느님과 관계를 회복하는 것이 최고의 경계다. 이 두 가지 정신적 속성의 차이가 즐거움의 문화樂感文化와 사랑의 문화愛感文化, 탈속과 구원의 정신적 충돌을 이끌어냈다".[25] 이를 바탕으로 그는 중국의 대시인들은 '도덕-탈속의 정신'을 노래했고, 서구의 대시인들은 '신성-구원의 정신'을 노래했다고 보았다. "사람들은 자신이 속한 세계에서 멀어질 때, 가치의 진실을 인정하는 전제 하에서 분리된 세계를 다시 봉합하는 두

---

25 劉小楓, 『拯救與逍遙』(修訂版), 上海: 三聯書店, 2001, p.29.

갈래의 길이 있다. 하나는 심미적 길로서 유한한 생명을 시의 세계에 밀어 넣는 것이다. 유한한 생명은 슬픔 속에서도 매혹적이고 탐미적이다. 또 하나의 길은 구원과 속죄의 길이다. 이 길의 종착지는 불완전한 인간과 세계, 역사가 초월적인 하느님의 신성 안에서 사랑의 구원을 받게 된다."[26]

인류의 멸망이 눈 앞에 다가왔을 때, 서구문인들은 그리스도의 구원과 속죄의 계시 속에서 구원을 강조하였으나, 중국시인들은 심미적 길을 찾아 시 속으로 들어갔다. 서로 다른 두 종류의 관념체계인 종교과 도덕이 중서지식인들의 영혼에 끼친 영향을 일정 정도 밝혔다는 점에서 큰 의미가 있다. 그러나 이론적 설명은 언제나 대략적인 경향일 뿐이다. 이론적 폭이 구체적이고 세부적인 삶의 현실, 복잡다단한 문화현상, 풍부하고 민감한 정신세계와 일치하기는 어렵다.

중국문화에 유유자적하는 소요의 정신이 존재하는 것은 맞지만 이를 근거로 중국선비들의 정신 깊은 곳에 있었던 강한 구원의식을 전적으로 부정할 수는 없다. 유가에서 주장하는 '인'은 개인의 도덕적 자기완성에만 머물지 않았다. 유가는 인의 정신을 널리 전하고자 했으며 인의 정치를 실현하고 인의 정신으로 사람들을 구제하고자 했다. 유가에서는 '궁즉독선기신窮則獨善其身, 달즉겸제천하達則濟天下, 어려울 때는 홀로 자신의 몸을 선하게 하고, 상황이 좋을 때는 천하를 구제하라'라고 했다. 자신의 몸을 선하게 하는 '독선기신'은 명철보신을 위한 어쩔 수 없는 선택이었지만 천하를 구제하는 '겸제천하'는 옛 지식인들의 진정한 뜻이었다. 중국 전통철학의 정수는 '화和'의 정신이다. '화'란 '화실생물和實生物, 동즉불계同則不繼'[27]의 '화'를 말한다. 다

---

26 Ibid., p.33.
27 『國語』「鄭語」.

시 말해, 서로 다른 것들이 대립하지 않고 조화롭게 어울려야 한다는 것이다. 이는 서구 고전철학에서 말하는 '이항대립'의 정신과 선명하게 대비된다. 그래서 서구시인들은 심미적이거나 아니면 구원적이었다. 반면 중국 고전시인들은 구원적이면서도 심미적이었다. 세상과 백성들을 구제하면서도 강호에서 소요하며 자기수양을 했던 것이다.

배 이미지를 고찰해보면, 서구문화에서 '방주方舟'는 구약성서에서부터 신의 구원을 상징하는 전형적인 기호였다. 반면 중국 고대시가에 나오는 '방주'는 구원이자 초월이었으며 수천수백 년 동안 축적된 삶의 역사에서 비롯된 것이다. 『시경』「패풍」「곡풍穀風」에 나오는 구절 "취기심의就其深矣, 방지주지方之舟之"에서 '방주'라는 말의 기원을 찾아볼 수 있다. '深깊을심'은 깊은 물로서 삶의 여러 가지 어려움과 장애를 의미한다. 삶이 힘겨울 때 일엽편주에 의지해 피안에 닿고자 하는 소망을 노래한 것이다. 여기서 방주는 초월과 승리, 구원의 의미다. 송대 조훈曹勳은 「금조琴操 10수」「장귀조將歸操」에서 "수지심혜水之深兮, 가이방주可以方舟"라고 노래했다. 조훈의 방주와 『시경』의 방주는 같은 의미로서 모두 희망과 구원을 상징하는 배 이미지를 보여준다.

조식曹植은 일찍부터 '방주' 이미지를 자주 사용한 시인이다. 그는 「잡시雜詩 7수」의 제5수에서 이렇게 노래했다.

僕夫早嚴駕	아침부터 마부가 수레를 채비하는 것은
吾行將遠遊	내 곧 먼 길을 가고자 함이네.
遠遊欲何之	먼 곳 어디로 갈 것인가?
吳國爲我仇	나의 원수 오나라라네.

將騁萬裏途	이제 곧 만 리길을 달려 가고자 하나,
東路安足由	어찌 편안한 동쪽길을 거쳐 가겠는가?
江介多悲風	장강에는 슬픈 바람이 불고,
淮泗馳急流	회수와 사수에는 거센 물결이 일겠지.
願欲一輕濟	단번에 훌쩍 건너가고 싶지만,
惜哉無方舟	안타깝게도 방주가 없구나.
閒居非吾志	한가롭게 지내는 것은 나의 뜻이 아니니,
甘心赴國憂	우환에 빠진 나라를 위해 기꺼이 달려가리.

이 시는 황초黃初 4년223년 시인이 낙양을 떠나 동쪽에 있는 봉지 견성鄄城으로 가는 도중에 쓴 것으로 알려져 있다. 당시 조식은 문제文帝 조비의 의심과 박해를 받고 있었다. 나라에 충성할 기회를 잃어버린 시인은 극도의 슬픔과 울분을 느꼈다. 위 시에서 장강을 울리는 바람소리와 회수와 사수의 도도한 물결은 시인을 둘러싼 위험과 역경을 나타낸다. 조식은 강 건너 적들의 땅으로 달라가 나라의 원수를 갚을 수 있는 방주의 출현을 기대했다. 방주는 일종의 상징으로서 시인의 이상과 포부를 담고 있다. 방주의 이 같은 이미지는 조식의 다른 시에서도 자주 나타난다. 「잡시 7수」의 제5수에서 "방주는 무사하게 도착했으려나, 견디기 어려운 이별의 정이로구나方舟安可極, 離思故難任"라고 노래했다. 또 「반석편磐石篇」에도 "방주에 진주와 보물을 싣고 높은 값을 받기 위해 찾아나선다方舟尋高價, 珍寶麗以通"라고 노래했다. 시인은 방주에 꿈과 희망을 실었다. 방주는 실재하는 물상이 아니라 상징적 이미지다. 용솟음 치는 거친 물결 앞에서 시인은 일엽편주에 몸을 싣고 멀고 깊은 강호를 헤쳐나가고, 바람과 물결에 맞서 한달음에 피

안에 이르는 상상을 했다. 조비曹丕도 "방주가 물결을 따라 높아졌다 낮아 졌다 흔들리며 물 위에서 노닌다方舟戲長水, 湛澹自浮沉"[28]고 노래했다. 조비의 시에서 방주는 안정적으로 등극한 후 유유자적 뱃놀이는 즐기는 제왕의 당당한 자신감을 보여준다. 조비도 방주에 기대를 걸고 있지만 조비의 기 대는 조식과 같은 원대한 포부도 아니고 절망 속에서 몸부림치는 자의 꿈 도 아니다.

방주는 시인의 이상을 상징하는 기호다. 도연명은 "매섭게 추운 날 바 람은 휘몰아치는데 강물에 잠긴 방주가 흔들리며 나아간다慘慘寒日, 肅肅其風, 翩彼方舟, 容與江中"[29]고 노래했다. 혹독한 추위에 거센 바람이 부는 환경 속 에 방주가 등장하면서 한줄기 생명의 빛이 비치고 정신적 여유도 생긴다. 그래서 시인들은 방주에 기대와 희망을 실었다. 매와 학을 벗하며 은거한 송대 시인 임포林逋는 "봄이 찾아온 고요한 서호, 봄나들이 나온 방주가 멀 리서 건너오네西湖春物空凝意, 猶望方舟嘗勝來"[30]라고 노래했다. 방주는 학수고 대하던 벗이 찾아온 기쁨인 동시에 시인의 소망과 상상을 담고 있다. 같은 송대의 승려 정각正覺도 "높은 산 위로 바람이 부는데, 방주를 타고 달구경 을 하네披風兮崇丘, 玩月兮方舟"[31]라고 노래했다. 달빛 아래서 배를 타고 누리 는 여유과 자유, 방주가 있어서 꿈과 희망이 있는 듯하다. 그래서 승려 도 화도 "거대한 바다를 건너려면 반드시 방주를 빌려야 한다欲渡巨海, 必假方 舟"[32]고 했다.

28 曹丕, 「淸河作詩」.
29 陶淵明, 「答龐參軍」.
30 林逋, 「寄上金陵馬右丞」.
31 釋正覺, 「禪人幷化主寫眞求贊」.
32 釋道和, 「偈三首」.

이와는 반대로 배가 없으면 희망도 없다. 배가 없다는 것은 절망과 고립을 상징한다. 한대의 악부 「비가悲歌」에서는 "집으로 돌아가려 해도 기다리는 사람이 없고 강을 건너려 해도 타고 갈 배가 없다欲歸家無人, 欲渡河無船"고 노래했다. 실제로 집으로 돌아갈 배가 없었다고 이해한다면 지나치게 천진한 것이다. 맹호연은 "강을 건너고 싶으나 배도 없고 노도 없다. 성세의 한가한 날들이 부끄럽구나欲濟無舟楫, 端居恥聖明"[33]라고 노래했는데 배와 노는 상징으로서 절망적인 정서를 보여준다. 배가 없다는 것은 절망 속에서 출구가 없다는 뜻이다. 그래서 송대 백옥섬白玉蟾은 「증선초贈船稍」에서 "고통의 바다에 배가 없어 중생들이 피안에 닿을 수 없네苦海無船渡, 眾生到岸難"라고 노래했다.

2) 흰 돛단배와 시인의 꿈

배는 시인에게서 예술적 상징으로 전환되었다. 배의 항행은 물리적 사실로서의 이동일 뿐만 아니라 시인의 꿈과 이상을 노래하는 특별한 언어가 되었다. 「계사 하繫辭下」에서 말한 "舟楫之利, 以濟不通致遠, 以利天下"는 시인의 상징언어로 전환되어 특별한 의미를 가지게 되었다. 통하지 않는 곳으로 건너간다는 '제불통濟不通'은 모든 제약과 장애를 초월해 피안에 도달하는 것이다. '치원致遠'은 먼 곳으로의 항해로서 마음속 이상을 실현하는 것이다. 전통문화에서 먼 곳으로 나아가는 '치원'은 기본적으로 원대한 포부를 추구하고 실현한다는 의미다. 『논어』「태백泰伯」에서 "선비는 크고 굳센 마음을 가져야 하니, 짐이 무겁고 길이 멀기 때문이다. 인을

---

33 孟浩然, 「臨洞庭湖上張丞相」.

자신의 임무로 삼으니 어찌 책임이 무겁지 아니하겠는가? 죽은 후에 그
책임이 끝나니, 길이 어찌 멀지 아니한가士不可以不弘毅, 任重而道遠. 仁以爲己任,
不亦重乎, 死而後已, 不亦遠乎"라고 했다. '치원'은 '인'이라는 무거운 책임을 지
는 것, 사명을 가지는 것, 노력하며 전진하는 것, 죽을 때 끝이 나는 것이
다. 제갈량은 『계자서誠子書』에서 "담박하지 않으면 뜻을 분명하게 할 수
없고 고요하지 않으면 멀리 나아갈 수 없다非淡泊無以明志, 非寧靜無以致遠"고
했다. 후대 사람들이 즐겨 인용하면서 제갈량의 말은 선비정신의 길이 되
었다. 배는 먼 곳으로 가기 위한 것이기 때문에 멀리 나아간다는 것은 정
신적 층위의 상징성 또한 가지게 되었다.

　배를 타고 가는 행위도 상징적 의미를 가진다. 남조시인 음갱陰鏗 「도청
초호渡靑草湖」에서 "배는 멀리 나무 아래 머물고, 호수를 가로지르는 새는
돛 위에서 쉬고 있다. 헤아릴 길 없는 도도한 물결을 갈잎 같은 작은배로
건너갈 수 있을까行舟逗遠樹, 度鳥息危檣. 滔滔不可測, 一葦詎能航"라고 노래했다. 이
시에서 "동정호에 봄빛이 가득하고, 잔잔한 호수 위로 비단돛이 펼쳐진다
洞庭春溜滿, 平湖錦帆張"고 노래한 제1연이 실사實寫라면, 도도한 강물을 작은
배로 건너갈 수 있을까라고 묻는 부분은 '허사虛寫'로 정신적인 물음이다.
시인은 삶의 고난 앞에서 과연 일엽편주로 시련과 역경을 극복할 수 있는
지를 따져 묻는다.

　당대의 시인 왕만王灣은 「차북고산하次北固山下」에서 "청산 너머 나그네
길, 배를 타고 푸른물 위를 나아간다. 드넓은 기슭 사이 강물은 가득 차오
르고, 순풍에 돛을 높이 올리네客路青山外, 行舟綠水前. 潮平兩岸闊, 風正一帆懸"라고
노래했다. 청산 너머 먼 곳으로 떠나는 시인은 드넓은 강 위에서 돛을 높
이 올린다. 먼 곳으로 가는 시인의 항해는 꿈과 희망을 실은 정신적 여행

이다. "왁자한 포구에서 배가 먼곳으로 떠나간다. 주막은 텅비고 사람들은 돌아가네浦喧徵棹發, 亭空送客還"[34] "바람과 석양이 떠나는 배들을 재촉하고, 물결이 새로운 모래를 몰고와 모래톱을 바꾸네風搖落日催行棹, 潮卷新沙換故洲"[35] 길은 험난하지만 시인들은 먼 곳으로 배를 타고 나가기를 포기하지 않는다. 드넓은 바다에 올라 먼 곳을 향해 나아가면 순식간에 시공이 뒤바뀐다. 하얀 돛과 배는 자주 노래되면서도 늘 새롭게 다가오는 이미지다. 천문상文天祥은 "강물은 영웅들의 한을 싣고 흘러간다. 강변의 버들가지 울타리처럼 가두어도 난초는 배를 타고 떠나간다江流千古英雄恨, 蘭作行舟柳作樊"[36]고 노래했다. 배는 얼마나 많은 시인들을 태웠으며 또 얼마나 많은 영웅들의 꿈과 이상을 실었을까? 당대 시인들은 대부분 배를 타고 먼 곳으로 떠나는 위대한 경험을 했다. 외롭게 멀어져 가는 배 그림자에는 이별의 감상이 있고 또 청춘의 원대한 꿈이 있다. 이백의 「송맹호연지광릉送孟浩然之廣陵」이 대표적이다. "그리운 벗이 서쪽 황학루에 이별을 고하고, 안개 속에 꽃 피는 삼월 양주로 내려간다. 멀어져가는 외로운 배 그림자 푸른 하늘로 사라지고, 장강만이 하늘끝으로 흘러가네故人西辭黃鶴樓, 煙花三月下揚州. 孤帆遠影碧空盡, 唯見長江天際流." 늦은 봄날, 눈부시게 아름다운 풍경을 등지고 벗이 먼 길을 떠난다. 이별의 슬픔이 밀려오지만 먼 곳에 꿈이 있기에 이별의 감상은 희석되고 비장하고 호방한 기상이 넘쳐 흐른다. 이것이 바로 청춘의 이별이며 성당盛唐의 이별이다. 높이 내건 돛은 신념과 희망의 깃발처럼 우리의 시선을 먼 곳으로 끌고 같다. 당시 두 편을 더 보자.

---

34 庾信, 「應令詩」.
35 郭祥正, 「鳳凰臺次李太白韻」.
36 文天祥, 「和中齋韻」.

朝朝春事晩	날마다 봄 경치 저물고 있어
泛泛行舟遠	두리둥실 저 멀리까지 배를 띄운다.
淮海思無窮	강물 위로 생각은 끝없이 펼쳐지고,
悠揚煙景中	안개 낀 풍경 속으로 미끄러진다.
幸將仙子去	도인과 떠나고자 하였는데,
復與故人同	다시 친구와 함께 하게 되었네.
高枕隨流水	편히 누워 흐르는 물을 따르고,
輕帆任遠風	가벼운 배 멀리 부는 바람에 맡기네.
鐘聲野寺迥	들판의 사찰 종소리 아득하고,
草色故城空	텅빈 옛성에 풀만 무성하네.
送別高臺上	높은 누각에서 떠나는 이를 보내고,
裴回共惆悵	서운함과 아쉬움으로 서성이네.
懸知白日斜	어느새 해는 기울고,
定是猶相望	떠나가는 이도 이쪽을 바라보고 있으리라.

— 황보염(皇甫冉), 「여장보궐왕련사자서방청로동주남하(與張補闕王煉師自徐方清路同舟南下)」

五湖秋葉滿行船	오호의 가을 낙엽이 배 위에 가득하고,
八月靈槎欲上天	팔월의 배는 하늘을 날아오르려 하네.
君向長安餘適越	장안으로 떠나는 그대는 언제쯤 돌아올까,
獨登秦望望秦川	홀로 산등성이에 올라 그대 떠난 강물을 내려다보네.

— 고황(顧況), 「송이수재입경(送李秀才入京)」

두 편 모두 이별과 떠남을 노래하고 있으며 먼 길을 떠나는 수단 역시 모두 배다. 이별의 아쉬움도 있고 그리움도 있지만 그 밑바탕에 있는 정서는 희망이다. 두둥실 두리둥실 흔들리는 배^{泛泛行舟遠}는 끝없는 강물 위로 안개가 내려앉은 아름다운 풍경^{淮海思無窮, 悠揚煙景中} 속으로 나아간다. 여기서 배를 타고 가는 행위는 온갖 정신적 부담을 모두 던져버리고 물결이 흐르는 대로 편안하게 바람이 부는대로 경쾌하고 가볍게 떠나가는 것이다^{高枕隨流水, 輕帆任遠風}. 고황의 시에서 배는 낭만주의적 상상력으로 가득하다. '배^{靈槎}'는 푸른 창공과 꿈 속의 피안을 향해 나아간다. 이처럼 낭만과 이상으로 가득했던 배는 또 끝없는 슬픔을 싣게 된다. "쌍계로 가는 작은배는 넘치는 시름을 다 싣지 못하리^{只恐雙溪舴艋舟. 載不動, 許多愁}"[37]라고 노래된 슬픔의 배와 낭만적 배는 선명하게 대비된다.

가볍게 나아가는 작은배인 '경주^{輕舟}' 이미지에 주목할 필요가 있다. 배의 가벼움은 배의 무게를 넘어선 정신적인 무게다. 배가 꿈과 이상의 기호가 되면서 정신적인 무게가 가벼워졌다. 이백은 「조발백제성^{早發白帝城}」에서 "이른 아침, 노을에 젖은 백제성을 떠나 하루만에 천리 물길 강릉으로 돌아왔네^{朝辭白帝彩雲間, 千裏江陵一日還}. 기슭기슭 원숭이 울음소리 아직 귓전에 맴도는데, 배는 벌써 만겹의 산을 지나왔네^{兩岸猿聲啼不住, 輕舟已過萬重山}"라고 노래했다. 가볍게 나아가는 작은 배가 바람을 타고 물살을 가른다. 아침에 백제성을 출발하여 저녁에 강릉에 도착한다. 배는 세상의 모든 속박을 벗어 던지고 모든 장애물을 극복한 듯하다. 원숭이 울음소리 울리는 강기슭 사이로 배는 겹겹이 가로놓인 난관을 초월하고 하늘 높이 솟아오른다. 하루에 천 리를 내달릴 기세로 먼 곳의 피안을 향해 가볍게 나아가는 작은

---

37 李清照, 「武陵春」.

배에서 시공을 초월한 속도감과 미감美感, 생명의 에너지가 느껴진다. 이 시에서 배는 작가의 탁월한 천재성과 넘쳐나는 자신감을 보여준다. 작가는 현실의 제약을 초월하고 한 발 더 나아가 정신적 비상과 도약을 이루었다.

넘쳐나는 마음속 시름을 싣고 움직이지 못하는 쓸쓸한 배와는 달리 가볍게 나아가는 경주輕舟에서는 정신적 무게 대신 유유자적 소요하는 이상적인 분위기가 느껴진다. 완적阮籍은 「영회詠懷」에서 "태화산에 올라 붉은 소나무와 함께 하늘에서 노닐고 싶네願登太華山,上與松子遊. 세상의 근심을 아는 어부는 물결을 따라 배를 타고 가볍게 흘러가네漁父知世患,乘流泛輕舟"라고 노래했다. 염량세태의 온갖 근심걱정을 알게 된 시인은 배를 타고 강호를 유랑하는 삶을 선택했다. 가벼운 배에 더 이상 '도道'의 무게감은 없다. "뗏목을 타고 바다를 떠다니는乘桴浮於海" 한가함과 즐거움이 있을 뿐이다. "평생의 장대한 뜻은 이곳이 으뜸이라, 가벼운 일엽편주를 타고 안개비속을 누비네平生壯志此最奇,一葉輕舟傲煙雨."**38** 가볍게 나아가는 배는 일종의 초탈이자 원대한 포부와 자신감의 표지다.

一身爲輕舟	가벼운 배에 몸을 싣고,
落日西山際	해 저무는 서산에 이르렀네.
常隨去帆影	돛단배 그림자도
遠接長天勢	먼 하늘 끝까지 따라왔네.
物象歸餘淸	만물이 또렷하게 돌아오고
林巒分夕麗	산봉우리마다 아름다운 석양이 드리웠네.

---

38 吳萊, 「風雨渡揚子江」.

| 亭亭碧流暗 | 푸른 물결 위로 어둠이 내리고, |
| 日入孤霞繼 | 저무는 해는 외로운 노을을 남기고 가네. |

—상건(常建), 「서산(西山)」

蘭亭路上換春衣	난정으로 가는 길에 봄옷을 갈아입고,
梅市橋邊送夕暉	매시교 옆에서 석양을 떠나보냈네.
聞有水仙翁是否	여기에 수선옹이 산다고 들었는데 있는지 없는지,
輕舟如葉槳如飛	배는 나뭇잎처럼 가볍고 상앗대는 날아오르는 듯하네.

—육유(陸遊), 「춘유(春遊)」

    석양빛이 스러지고 있지만 황혼의 아득한 슬픔 대신 시적 상상력과 환희로 넘쳐난다. 시인은 푸른 물과 화창한 봄날에 도취되어 있고 시인이 탄배도 경쾌하고 민첩하다. "배는 나뭇잎처럼 가볍고 상앗대는 하늘로 날아오른다輕舟如葉槳如飛"고 노래한 것은 이백과 같은 낭만과 광기이며, 희망을 찾아가는 항해의 열정과 격정이다.

    돛의 출현은 조선造船 역사상의 일대 사건으로서 그 등장 시기에 관해 은상설, 전국설, 한대설이 있다. 범선이 없으면 더 많은 물건을 실을 수도 없고 더 먼 곳으로 갈 수도 없다. 그런데 예술 영역에서도 범선은 이상을 상징하는 기호로서 중요한 의미를 가진다.

| 征帆恣遠尋 | 먼 곳을 찾아 떠나는 돛단배, |
| 透迤過稱心 | 구불구불 칭심사를 지나가네. |

—낙빈왕(駱賓王), 「칭심사(稱心寺)」

新河柳色千株暗   강가에 버드나무 짙푸른데,

故國雲帆萬裏歸   만리 밖에서 고향으로 돌아오는 흰 돛.

— 유장경(劉長卿), 「송양어릉귀송판주별업(送楊於陵歸宋汴州別業)」

煙渚雲帆處處通   안개긴 강물 위 이리저리 떠다니는 하얀 돛단배,

飄然舟似入虛空   갑자기 허공으로 사뿐 날아오르는 듯하네.

— 백거이(白居易), 「범태호서사기미지(泛太湖書事寄微之)」

遠帆春水闊   멀리 보이는 돛단배, 드넓은 봄강,

高寺夕陽多   높은 산 위 사찰에는 석양이 아름답네.

— 허혼(許渾), 「동관란약(潼關蘭若)」

秋煙漠漠雨濛濛   가을 안개비가 자욱하게 내리는데,

不捲征帆任晚風   돛단배 돛을 펼치고 저녁 바람따라 나아간다.

— 위장(韋莊), 「자맹진주서상우중작(自孟津舟西上雨中作)」

一掛吳帆不計程   돛을 달고 출발한 후 얼마나 떠나왔는지 모르네,

幾回擊纜幾回行   배를 몇 번 멈춰 쉬었다가 길을 떠나기만 한다.

— 주필대(周必大), 「주행억영화형제(舟行憶永和兄弟)」

위 시들에서 시인들이 노래한 흰돛 이미지는 시대는 각기 달라도 먼 곳으로 가고자 하는 소망은 다르지 않다. 앞날은 불투명하고 어둡지만 돛을 펼칠 때마다 꿈과 이상도 펼쳐진다. 돛은 희망과 이상을 상징한다. "언젠

가 바람 불고 파도 치는 때가 오면, 새하얀 돛을 높이 달고 푸른 바다를 건너가리라長風破浪會有時, 直掛雲帆濟滄海"라고 노래한 이백의 「행로난行路難」은 경전적인 흰돛 이미지를 보여준다. 시인은 배척과 좌절 속에서 장안을 떠나 끝없는 여정을 시작한다. "험난한 갈림길에서 방향을 찾지 못하고 헤매는行路難, 行路難, 多歧路, 今安在" 내면의 아픔과 번뇌가 있지만 그 속에서도 자신감을 버리지 않는다. 고통 속에서도 좌절하지 않고, 좌절 속에서도 희망이 가득하다. 거친 역경 앞에서도 의연하게 큰 뜻을 펼치는 자세는 성당 시인들 특유의 강인함이며 그 시대의 가장 지배적인 목소리였다.

3) 외로운 배와 정처없이 떠도는 시인의 슬픔

시인들에게 배는 먼 곳을 향한 꿈과 희망이었지만 모든 항해에는 이별이, 모든 여정에는 비바람이, 모든 꿈과 이상에는 장애물이 있었다. 그래서 시인의 꿈이 매달린 돛에는 이별의 슬픔과 나그네의 고독, 무기력과 절망까지 함께 매달려 있었다. 외로운 배는 시인들의 슬픔과 우수를 싣고 삶의 고난과 역정을 기록했다.

'고주孤舟'는 옛 시가에서 가장 빈번하게 나타나는 시어 가운데 하나로서 '고孤'는 배의 객관적 물상이 아니라 시인의 주관적 심리다. "깊숙한 나루터에 밝은 달빛 가득하고, 외로운 배에 수심에 잠겨 누운 한 사람明月滿深浦, 愁人臥孤舟"[39] 수심에 빠진 인간이 없었다면 어떻게 외로운 배가 있었겠는가. 시인이 고독과 절망의 정서를 배에 실으면서 외로운 배의 이미지가 생겨나게 되었다.

---

[39] 白居易,「將之饒州江浦夜泊」.

山暝聞猿愁	산 어둑해지며 원숭이 울음소리 들려 시름 겨운데,
滄江急夜流	푸른 강물 세차게 한밤을 흘러간다.
風鳴兩岸葉	바람 아래 강기슭 나뭇잎들 우수수,
月照一孤舟	달빛 아래 떠도는 외로운 배 하나.
建德非吾土	건덕은 나의 고향이 아니라오,
維揚憶舊遊	유양에서 노닐던 옛친구가 생각나네.
還將兩行淚	그리하여 두 줄기 눈물
遙寄海西頭	멀리 바다 서쪽 끝으로 보내오.

맹호연의 시「숙동로강기황릉구유宿桐廬江寄廣陵舊遊」는 외로운 배 위에서 느끼는 슬픔을 노래한 전형적인 작품이다. 사물을 분간하기 어려울 정도로 어두운 숲에서 구슬픈 원숭이 울음소리만 들려온다. 아득한 강 위에서 시야는 흐리고 질주하는 물소리만 들려온다. 소슬한 가을바람에 우수수 떨어진 낙엽들이 물 위를 떠다닌다. 시린 달빛 아래 외로운 일엽편주는 무력하게 떠밀려다닌다. 자신도 모르게 슬픔이 밀려오고 두 줄기 고통의 눈물이 처연하게 흘러내린다. 깊고 그윽한 의경 속에 뼛속 깊이 파고든 시인의 슬픔과 고독이 있다. 위 시의 중심 이미지는 외로운 배로서 그 외의 것들은 표현이고 장식일 뿐이다. 외로운 배는 시인을 싣고 시인의 슬픔과 절망을 싣고, 온 세상에 비극적이고 쓸쓸한 분위기를 퍼뜨린다. 시인은 먼 곳에 있는 벗을 그리워하지만 자신의 고통스러운 처지를 비관하는 마음과 자기 연민이 더 크다. 맹호연은 나이 마흔에 장안에서 과거시험에 낙방하고 오월吳越 지방으로 먼 여행을 떠났다. 외로운 일엽편주를 타고 떠난 여행은 근심걱정이 사라진 자유로운 소요유가 아니라 떨쳐낼 수 없을 정도로 깊은

절망이었다. 유장경의 「중송배랑중폄길주重送裴郎中貶吉州」에서도 맹호연과 유사한 심리 상태가 보여진다.

猿啼客散暮江頭	황혼 무렵, 원숭이 울음소리가 처량하고, 강가의 배웅 객들은 이미 사방으로 흩어졌다.
人自傷心水自流	상심한 마음 강물따라 흐른다.
同作逐臣君更遠	함께 쫓겨난 신하 되었는데 그대는 더욱 멀어지노니,
青山萬裏一孤舟	청산만리 더 먼곳으로 떠나가는 그대의 외로운 배 하나.

제목에서 다시 떠나보낸다는 의미의 '중송重送'을 사용하고 있다. 유장경과 배 낭중郎中은 황제의 부름을 받고 장안으로 갔다가 함께 폄적되었다. 유장경은 같은 제목의 오언율시에서 "황제의 부름을 받고 함께 궁궐로 들어갔다가, 강물따라 돛단배 타고 함께 쫓겨가네漢節同歸闕, 江帆共逐臣"라고 노래하기도 했다. 두 사람은 동병상련의 지기知己다. 이별을 앞둔 시인은 오언율시도 모자라 또 칠언절구를 짓고 마음속의 슬픔과 울분을 토해냈다. 맹호연처럼 유장경도 어두운 저녁 끊어진 길에서 원숭이 울음소리 들려오는 슬픈 경물을 그리고 있다. 경물의 슬픔을 통해 마음속의 슬픔을 노래한 것이다. 무정한 강물은 뜻을 잃어버린 자의 고통과 슬픔은 아랑곳하지도 않고 동쪽으로 굽이쳐 흐른다. 이것은 일반적 의미의 정경교융情景交融이 아니라 시인의 내면에 가득 찬 어찌할 도리 없는 절망적 정서를 표현한 것이다. 그런데 "함께 쫓겨가건만 청산만리 더 먼 곳으로 떠나는 그대의 외로운 배 하나"라고 노래한 부분은 서정의 클라이맥스다. 사람들의 시야에 마지막으로 남게 되는 것은 청산만리 까맣게 사라지는 외로운

일엽편주의 이미지다. 점점 멀어져가는 외로운 쪽배 하나, 기댈곳 없이 고독한 시인의 마음이 하루 종일 짙게 드리운 안개처럼 오랫동안 우리 마음속에 머문다.

是日孤舟客 　　 오늘 외로운 배를 탄 나그네,

此地亦離群 　　 이곳에서도 떠나가네

(…중략…)

不醉潯陽酒 　　 심양의 술에 취하지도 않았는데,

煙波愁殺人 　　 물 위의 안개에 수심이 짙어지네.

— 백거이(白居易),「추홍차제과(秋鴻次第過)」

小窓風雨碎人腸 　　 작은 창으로 들어오는 비바람에 부서지는 가슴,

更在孤舟枕上 　　 외로운 배에 누워 몸을 뒤척이네.

— 하주(賀鑄),「서강월(西江月)」

五湖風雨孤舟夜 　　 비바람이 부는 오호의 밤 외로운 배 하나,

萬裏關山一紙書 　　 만리 관산의 풍경은 편지 한 장에 담을 뿐.

— 육유(陸遊),「기우문성주(寄宇文成州)」

漁燈暗 　　 고기잡이 등불 희미한데,

客夢迴 　　 꿈에서 깨어난 나그네,

一聲聲滴人心碎 　　 비소리에 마음이 부서지네.

孤舟五更家萬裏 　　 새벽녘 외로운 배 위 만리 밖으로 떠나온 자

是離人幾行清淚　　　　몇 갈래 맑은 눈물이 흐르네.

—마치원(馬致遠) 수양곡(壽陽曲)「소상야우(瀟湘夜雨)」

　　배가 이미지화되는 과정을 따라 외로운 배도 점점 더 정서화되고 무거
워지면서 고통스러운 영혼을 표현하는 형식이 되었다. 마치 모든 배는 고
독한 시인을 싣고 시인의 애절하고 비통한 마음과 상심의 눈물을 싣고 있
는 듯하다. 지고지상의 황제 이세민마저도 "멀리 황학루로 떠나는 외로운
배 깊은 슬픔을 부르고, 머나먼 청산길 홀로 탄식하네深悲黃鶴孤舟遠, 獨嘆青山
別路長"[40]라고 노래했다. 남당南唐의 마지막 황제 이욱은 "얼마나 많은 원한
지난밤 꿈 속에서 넋이 되었나多少恨, 昨夜夢魂中", "갈대꽃 깊숙한 곳에 외로
운 배 하나 흔들리네蘆花深處泊孤舟"[41]라고 노래하며 기댈 곳 없는 막연함과
슬픔을 표현했다.

　　내면의 고독을 표현하기 위해 시인들은 편주扁舟 이미지를 즐겨 사용했
다. 기댈 곳 없는 영혼과 정신세계의 슬픔과 절망이 작은 조각배에 실렸
다. "피리 소리 강물 위 달그림자 원망하고 편주는 갈 곳을 모르네橫笛怨江
月, 扁舟何處尋. 길게 울리는 피리 소리 초산 너머 구비구비 깊숙한 골목으로
파고드네聲長楚山外, 曲繞胡關深."[42] 편주는 끝없는 슬픔과 원망을 싣고 시인
의 영혼 속으로 나아간다. 작고 비좁은 편주가 광활하고 요원한 공간과 대
비되면서 시인의 내면에서 생겨나는 거대한 심리적 괴리감을 보여준다.
그리고 시인이 느끼는 괴리감은 현실에 대한 시인의 무력감과 좌절에서

40　李世民,「餞中書侍郎來濟」.

41　李煜,「望江梅」.

42　王昌齡,「江上聞笛」.

비롯된 것이다. "석양 아래 걸친 상앗대, 두 줄기 붉은 눈물, 일엽편주半竿殘日, 兩行珠淚, 一葉扁舟."[43] 조각배는 상처입은 시인의 마음과 눈물로 가득 차 있다. 편주는 시인의 절망을 나타내는 기호다. "세상살이 뜻대로 되지 않으니, 내일 아침 머리를 풀어 헤치고 편주를 타리라人生在世不稱意, 明朝散發弄扁舟."[44] 머리를 풀고 작은배를 타고 떠나기로 결심하게 된 것은 뜻대로 되지 않는 현실 때문이다. "칼을 꺼내 흐르는 물을 베어보지만 물은 더욱 거세게 흐르고, 잔을 들어 시름을 풀어보지만 시름은 더욱 깊어진다抽刀斷水水更流, 舉杯消愁愁更愁." 내면의 고통과 번뇌는 도무지 해소될 줄을 모른다.[45] "공명의 꿈이 깨졌으니 편주를 타고 오나라와 초나라를 오가리功名夢斷, 卻泛扁舟吳楚." 공명의 꿈이 깨져버린 절망적인 상황이 없었다면 오나라와 초나라를 오가겠다는 바람을 가질 수 있었을까?

"안개낀 물가에 배를 옮겨 대니, 황혼의 나그네 시름 새롭게 피어나네移舟泊煙渚, 日暮客愁新."[46] 시인은 배 위에서의 심리적 고독을 여기저기 떠도는 방랑자의 심리로 환원한다. "언제나 고향의 강물 그립지만, 만리 밖으로 배를 타고 떠나왔네仍憐故鄉水, 萬裏送行舟."[47] 모든 원행遠行은 고향과 가족, 벗, 심지어 연인과의 이별을 의미한다. "다시 피어난 국화를 보니 다시 흐르는 눈물, 외로운 배에 묶인 고향 생각叢菊兩開他日淚, 孤舟一系故園心"[48]에서 외로운 배는 먼길을 가기 위한 도구이자 고향을 연결하는 끈이다. 그래서 배 위의 시인들은 언제나 고향을 그리워하며 뒤돌아보았다. 고향과 벗, 연

43 張孝祥, 「眼兒媚」.
44 李白, 「宣州謝脁樓餞別校書叔雲」.
45 陸遊, 「謝池春」.
46 孟浩然, 「宿建德江」.
47 李白, 「渡荊門送別」.
48 杜甫, 「秋興八首」.

인에 대한 절절한 그리움과 더불어 기나긴 여정을 떠도는 나그네의 고독이 넘쳐난다. "그리하여 떠도는 자는 대개 나그네배 앞에서 상심한다네故傷遊子意, 多在客舟前."[49] 알 수 없는 머나먼 길과 기댈곳 없는 고독한 현실은 우수와 감상에 쉽게 빠져드는 시인들에게 더 큰 좌절과 상처를 주었다. 그리고 이것은 시인들이 자주 표현하는 '나그네배 심리客船心理'와 연결된다. 장계張繼는 「풍교야박楓橋夜泊」에서 한밤중에 나그네배를 타고 떠도는 서글픈 마음을 성공적으로 그려냈다. 아득하고 처량한 밤중에 한없이 슬픈 시인의 나그네배 심리가 잘 드러난다. 무겁게 기우는 달, 서리 내리는 하늘, 울부짖는 새, 강변의 단풍나무, 고기잡이 등불, 한밤중의 종소리. 이 모든 것들이 결국에는 나그네배로 모여든다. 나그네배를 탄 시인이 느끼는 시각과 청각의 세계, 고통스럽고 힘겨운 마음. 한밤중에 종소리가 들려오는 나그네배는 서정의 마지막 초점이자 시 전편의 핵심 이미지다.

一片孤客帆   외로운 나그네배 하나,
飄然向靑靄   푸른 구름을 향해 날아오른다.

— 유장경(劉長卿), 「조춘증별조거사환강좌(早春贈別趙居士還江左)」

蕭蕭楚客帆   쓸쓸한 초나라의 나그네배,
暮入寒江雨   저녁이 찾아온 시린 강물 위로 비가 내리네.

— 류중용(柳中庸), 「강행(江行)」

---

49 皇甫冉, 「賦得海邊樹」.

東風料峭客帆遠　　차가운 동풍에 멀어져가는 나그네배,

落葉夕陽天際明　　하늘 끝에 석양이 빛나고 낙엽이 지네

— 육구몽(陸龜蒙),「경구(京口)」

急雨暗洲渚　　어두운 모래섬에 갑자기 비가 쏟아지고

顚風吹客船　　세찬 바람 나그네배를 날려보낸다.

— 항안세(項安世),「우중이절구(雨中二絶句)」

시인의 '나그네배 심리'는 앞길을 알 수 없는 아득함과 암담함으로 뒤덮여 있다. 시인의 나그네배는 추위와 바람, 석양과 낙엽을 벗삼아 붉은 노을, 해질녘의 강, 차가운 빗속을 정처 없이 떠다닌다. "가족과 벗들은 소식 한 자 없고, 늙고 병든 몸이 가진 것은 외로운 배 하나親朋無一字, 老病有孤舟."[50] 나그네배에서 느끼는 고단함과 처량함이 묻어 나온다.

어둑어둑한 산, 붉은 석양, 동쪽으로 흘러가는 거대한 강물. 비단처럼 흩어지는 저녁 노을, 안개 자욱한 길. 머나먼 장안은 어디에 있는지 시름에 빠져든다. 작은 고기잡이 불 몇 개, 흐릿하게 다가오는 마을. 작은 나그네배 몸을 낮추고 나루터에 멈춰선다. 고요히 일생을 돌이켜보니, 공명을 쫓은 잘못이 후회스럽네. 완적처럼 막다른 길에 이르렀지만 전원으로 돌아가고자 하는 마음은 늘 좌절되었다네. 애타는 흰달 천리 상심의 들판을 고루 비춘다. 죽지가를 탓할까, 소리소리 원망이 넘치니 어느 누구 때문이던가. 원숭이와 새들이 울부짖는 소

50　杜甫,「登嶽陽樓」.

리 섬을 뒤흔든다. 어두운 잠 못이루고 나루터의 북소리를 듣노라.

黯黯靑山紅日暮, 浩浩大江東注. 餘霞散綺, 向煙波路. 使人愁, 長安遠, 在何處. 幾點漁燈小, 迷近塢. 一片客帆低, 傍前浦. 暗想平生, 自悔儒冠誤. 覺阮途窮, 歸心阻. 斷魂素月, 一千裏, 傷平楚. 怪竹枝歌, 聲聲怨, 爲誰苦. 猿鳥一時啼, 驚島嶼. 燭暗不成眠, 聽津鼓.

— 조보지(晁補之), 「미신인폄옥계대강산작(迷神引貶玉溪對江山作)」

위 시는 옛 중국시인들의 '나그네배 심리'가 잘 반영된 작품이다. 조보지는 시인들이 즐겨 그리는 배 위의 슬픈 경물들을 고루 가져왔다. 어둠이 내린 산, 도도하게 흘러가는 강물, 비단처럼 흩어진 노을, 안개 속에 희미한 고기잡이불, 원숭이와 새들의 구슬픈 울음소리. 이 이미지들을 결합하고 중첩하여 막다른 길에 다다른 시인들의 일생과 회환, 슬픔과 고난을 전형적으로 보여줌으로써 시인들의 나그네 심리를 종합적으로 반영했다.

외로운 나그네배는 또 시인들의 이별을 보여준다. "침울하게 넋이 나가는 것은 이별 때문이다黯然銷魂者, 唯別而已矣."[51] 아픈 이별은 외로운 나그네배를 탄 시인에게 더 큰 고통과 두려움을 안겨준다.

長江一帆遠	긴 강 위로 멀어져가는 돛단배 하나,
落日五湖春	해 저무는 오호의 봄
誰見汀洲上	어느 누가 보고 있을까, 모래톱 위
相思愁白蘋	그리움에 애타는 부평초를.

— 유장경(劉長卿), 「전별왕십일남유(餞別王十一南遊)」

---

51 江淹, 「別賦」.

丹陽郭裏送行舟　　단양의 성곽에서 배를 떠나보냈네,

一別心知兩地秋　　오늘 헤어지면 두 곳에서 슬픈 가을을 맞이하겠지.

日晩江南望江北　　해가 지면 강남에서 강북을 바라보고,

寒鴉飛盡水悠悠　　까마귀들 날아가버린 강물 아득하게 흘러가네.

ー엄유(嚴維), 「단양송위참군(丹陽送韋參軍)」

扁舟去作江南客　　편주를 타고 강남의 나그네가 되었네,

旅雁孤雲　　　　　떠나온 기러기 날아가고, 외로운 구름 떠 있는데,

萬裏煙塵　　　　　전쟁의 연기와 먼지로 뒤덮인 만리길,

回首中原淚滿巾　　고개 돌려 중원을 바라보니 눈물이 수건을 적시네.

碧山對晩汀洲冷　　푸른 산에서 저녁을 대하고 있노라니 모래톱은 차가

　　　　　　　　　워지고,

楓葉蘆根　　　　　단풍잎과 갈대 보이는데,

日落波平　　　　　해는 잔잔한 물결 위로 떨어지고

愁損辭鄉去國人　　고향과 나라를 떠나온 자 괴로움에 빠져드네.

ー주돈유(朱敦儒), 「채상자(采桑子)」

　　이별의 나그네배는 주로 아득한 강물, 쓸쓸한 늦가을, 안개가 자욱한
시공간 속에 놓인다. 외로운 나그네배는 구름까지도 외로운 구름으로 만
들어버린다. 쓸쓸한 경물과 이별의 아픔이라는 주관적 정서가 조응하여
비극적 분위기를 증폭시킨다. 멀어져가는 외로운 돛 그림자는 언제나 이
별의 눈빛과 연결된다. 이별과 그리움, 남은 자와 떠난 자의 끝없는 슬픔
이 시인의 마음을 뒤덮어버린다.

시인들에게 나그네배 심리는 그들의 영혼을 채운 비극의 한 측면에 불과하다. 시인들의 더 큰 비극은 가로막힌 항로다. 몰아치는 비바람과 아득한 눈발이 시인의 앞길을 가로막는다. 가로막힌 길은 중국 고전시가에서 나타나는 또 하나의 서정 형식이다. 『시경』에도 가로막힌 길 이미지가 나온다. 「진풍」 「겸가蒹葭」에 "내가 찾는 그 이는 물 저편에 있네所謂伊人, 在水一方, 거슬러가고 싶으나 길이 험하고 멀구나溯洄從之, 道阻且長"라는 구절이 있다. 험하고 먼 길은 옛 시인들이 이상을 추구하는 길 위에 가로놓인 거대한 장애물이며, 그들의 서정공간에서 사라지지 않는 짙은 안개다. 옛 시인들은 "봄을 간직한 꽃나무 희미하게 보이는데 물과 산이 가로막고 길은 험하네藏春花木望中迷, 水復山長道阻蹄",52 "고생스런 나그네길 물이 가로막고 험한 길이 가로막네行人苦沮洳, 道阻路且修"53라고 노래했다. 현대의 시인도 "하얀 이슬에 갈대는 길을 가로막고, 봄바람에 복사꽃, 오얏꽃 문앞에서 피어난다蒹葭成道阻, 春風桃李及門姸"54고 노래했다. 육로에 비해 수로는 도중에 많은 역류와 비바람이 있기 때문에 더 험난하고 극복하기 힘들다. 그래서 물길은 이상 실현의 어려움을 나타내는 서정적 상징물로 노래되었다.

江雲暗悠悠	어두운 구름 뭉게뭉게 피어오르고,
江風冷修修	차가운 강바람 쏴쏴 불어대네.
夜雨滴船背	갑판 위로 밤비 떨어지고,
風浪打船頭	풍랑이 뱃머리를 때린다.

52 王安石, 「奉和景純十四丈三絶」.
53 文天祥, 「發鄆州喜晴」.
54 錢鍾書, 「作燕謀」.

船中有病客	배 안의 병든 나그네,
左降向江州	강주로 좌천되어 가는 중이라네.

—백거이(白居易), 「주중월야(舟中月夜)」

北風吹雪密還稀	북풍에 날리는 눈 빽빽하게 내리다 듬성듬성,
雪勢漸多風力微	또 눈발은 거세지고 바람은 잦아드네.
孤棹獨依銀世界	은빛세상 속 홀로 떠가는 외로운 배,
山川路絶欲安歸	세상의 길은 끊겼는데 집으로 돌아가고 싶네.

—소철(蘇轍), 「주중풍설오절(舟中風雪五絶)」

위 시들은 '나그네배 – 비바람눈바람 – 끊어진 길'로 연결되는 서정 형식을 취하고 있다. 이 같은 서정 형식은 도중에 눈보라를 만난 시인의 현실을 그리면서 시인의 정신세계를 드러낸다. 험난한 구도의 길과 시인의 절망적 심리를 상징하는 이 서정 형식은 표면적으로는 사실적이지만 본질적으로는 상징적이다. 또 표면적으로는 개인적인 체험이지만 본질적으로는 옛 시인들의 집단 심리를 보여주고 있다.

4) 집으로 돌아가는 고기잡이배와 자유롭게 소요하는 인격정신

상징은 광활한 의미를 품고 있다. 예술세계에서 배 이미지는 희망과 구원을 의미할 뿐만 아니라 고독과 절망을 의미한다. 그래서 구원의 방주도 생겨났고 외롭게 떠도는 나그네배도 생겨났다. 배는 자유롭게 소요한다. 소요하는 배는 세상 바깥에서 자유롭게 내려다보는 시인들의 마음을 반영하고 시인들의 낭만과 자유를 표현하는 형식이다.

최초로 배에 시적 감흥과 낭만적 상상을 불어넣은 것은 공자다. 공자는 안 되는 줄 알면서도 하고야 마는 "지기불가위이위지知其不可爲而爲之"의 정신으로 세상 속으로 나아가고자 했다. 그러나 한편으로는 스스로를 위한 시적인 세계를 만들어냈다. 이른바 "도불행道不行, 승부부어해乘浮於海"다. 이상이 깨져버렸을 때 공자도 일엽편주를 타고 바다를 떠돌겠다는 생각을 한 것이다. 공자가 이상을 실현하기 위해 끝까지 노력한 점에 비춰볼 때, 잠시 스쳐지나간 생각에 불과할지도 모른다. 공자는 작은배를 타고 바다로 가는 낭만을 끝내 추구하지는 않았지만, 배를 타고 강호를 누비고자 하는 정신의 기반을 마련했다. 후세의 문인들도 도를 실현할 수 없는 상황이면 배를 타고 바다로 가겠다는 꿈을 꿨다. 조식은 "뗏목의 뜻은 어디에 있는가, 공자님을 한탄하노리乘桴何所志, 籲嗟我孔公", [55] 장구령은 "뗏목을 타고 가는데도 나름의 뜻이 있기 마련이오, 거센 바람과 파도에 맞서 대업을 이루려는 것만은 아니오乘槎自有適, 非欲破長風", [56] 맹호연은 "공자는 이미 죽었지만, 나는 오늘 뗏목을 타고 바다를 떠도네仲尼旣已沒, 餘亦浮於海", [57] 소식은 "뗏목을 타려던 공자의 뜻도 부질없이 떠오르고, 헌원씨의 악곡소리도 대충은 알아듣겠네空餘魯叟乘桴意, 粗識軒轅奏樂聲" [58] 라고 노래했다. 시인들은 어지러운 세상에서 좌절감을 느낄 때마다 무의식적으로 일엽편주를 타고 강과 바다를 소요하고자 했던 공자의 꿈을 떠올렸을 것이다. 그것은 자유롭게 소요하는 정신적 여행이었다. 장자의 배는 더욱 시적이고 자유정신으로 충만하다. 『장자』「소요유」의 배는 소박하다. "지금 그대에게 다섯

55 曹植, 「磐石篇」.
56 張九齡, 「與王六履震廣州津亭曉望」.
57 孟浩然, 「歲暮海上作」.
58 蘇軾, 「六月二十日夜」.

섬이나 되는 박이 있는데 어찌 큰 배를 만들어 강호를 누빌 생각을 하지 않는가今子有五石之瓠, 何不慮以爲大樽而浮乎江湖." 장자는 아무런 쓸모 없는 박을 배로 만들어 도의 정신을 싣고 광활하고 아득한 시의 공간을 거닐고자 했다. 「열어구列禦寇」편에서는 "배불리 먹고 즐겁게 노니는 것은 매이지 않는 빈 배가 물 위에 떠 있는 것과 같다鮑食而遨遊, 泛若不繫之舟, 虛而遨遊者也"고 하면서 장자가 말하는 자유와 해방의 정신, 자연을 추구하고 기대지 않는 인격적 이상을 더욱 깊이 있게 밝혔다. '매이지 않은 배不繫之舟'는 속박도 한계도 목적도 없는 배다. 바람이 불고 파도가 쳐도 그 어떤 마음의 제약 없이 강호를 떠도는 삶의 정신으로서 온갖 욕망과 한계에 사로잡혀 몸과 마음이 지친 선비들에게 자유와 시정신을 소환했다. 삶의 강물 위에서 자유롭게 소요하는 장자의 배는 후세문인들의 정신세계에 심오한 영향을 미쳤다. 그래서 중국문학의 강에는 수많은 '매이지 않은 배'들이 떠돌고 있다.

宛溪霜夜聽猿愁	완계에 서리 내리는 밤 원숭이 소리 들으며 근심스러운데,
去國長如不繫舟	고향을 떠나 닻줄 끊어진 배처럼 떠돌아다녔네.
獨憐一雁飛南海	남쪽 바다로 날아가는 가련한 기러기 한 마리,
卻羨雙溪解北流	북쪽으로 흘러가는 두 강줄기 부럽기만 하네.

— 이백(李白), 「기최시어(寄崔侍禦)」

問君何所適	그대 가는 곳을 물으니
暮暮逢煙水	매일 저녁 안개 낀 강물을 마주한다고 하네.

| 獨與不繫舟 | 홀로 매이지 않은 배처럼, |
| 往來楚雲裡 | 초강의 구름 속을 오가네. |

— 유장경(劉長卿), 「증상남어부(贈湘南漁父)」

豈無平生志	어찌 평생의 뜻이 없겠는가,
拘牽不自由	얽매이고 붙잡혀 자유롭지 않을 뿐.
一朝歸渭上	어느날 아침 위수로 돌아가,
泛如不繫舟	매이지 않은 배처럼 떠돌고 싶네.

— 백거이(白居易), 「적의(適意) 2수」

已是人間不繫舟	이 마음 세상에 매이지 않은 배처럼,
此心元自不驚鷗	놀라지 않는 물새처럼
臥看駭浪與天浮	하늘로 솟아오르는 어지러운 물결을 보고 누웠네.

— 장효상(張孝祥), 「완계사(浣溪沙)」

중국문인들의 정신세계에 심오한 영향을 미친 또 하나의 고사故事가 있는데 범려範蠡의 유명한 '오호범주五湖泛舟'다. 범려는 춘추시대에 월나라 대부로서 구천을 보좌하였다. 그는 오나라를 멸망시킨 후 오원이나 문종 등의 간신들과 함께 구천 곁에 머무르지 않고 미련없이 물러나는 길을 선택했다. 그후 배를 타고 멀리 오호를 유람했는데 『사기』 「화식열전」에서 그에 대해 "편주를 타고 강호를 떠돌아다녔다. 성과 이름을 바꾸었는데 제나라에 가서 이자피라고 했고 도땅에 가서는 주공이라고 했다. 훗날 나이가 들어서는 자손을 따랐는데 자손들이 사업을 번창하게 키워 거부가 되었다

乃乘扁舟浮於江湖, 變名易姓, 適齊爲鴟夷子皮, 之陶爲朱公. 後年衰老而聽子孫, 子孫修業而息之, 遂
至巨萬"라고 기록하고 있다. 범려는 군주 곁에서 영화를 누리는 대부로 사는
대신 천하에서 가장 부유한 상인이 되고자 했다. 그래서 그는 멸문지화滅門
之禍를 당한 오원이나 문종과 달리 비참한 종말을 피하고 소오강호하는 아
름다운 이름을 얻을 수 있었다. 그래서 시인들은 범려의 그림자를 뒤따르
며 시가 있는 인생의 경계를 추구했다. "배를 타고 범려를 찾아나선 뜻을
어느 누가 알리, 안개낀 오호에서 홀로 속세를 잊노라誰解乘舟尋范蠡, 五湖煙水
獨忘機".59 "십 리에 가득한 봄강물, 배를 타고 돌아오니, 오호를 떠돌던 범
려가 되고 싶을 뿐이네十裏漲春波, 一棹歸來, 只做個五湖范蠡".60

시인들은 먼 곳으로 떠나는 배 대신 강호에서 소요하는 낚싯배를 선택
했다. 옛 시가의 낚싯배 이미지에는 도피적 정서가 가득하다. "지난날 수
천 기마병사를 태운 전함은 떠나고, 오늘 낚싯배 하나 늙은이를 태우고 가
볍게 떠도네戰舸昔浮千騎去, 釣舟今載一翁輕."61 낚싯배가 가벼운 것은 생각의
무게를 덜어내고 세속과의 관계를 포기했기 때문이다.

"언제쯤 속세의 그물을 벗어던지고 낚싯배에서 한가롭게 난간에 기댈
수 있을까安得便拋塵網去, 釣舟閑倚畫欄旁."62 낚싯배 '조주釣舟'는 속세의 그물
'진망塵網'과 대비된다. 낚싯배는 시인들의 정치적 좌절을 의미하는 동시
에 세속을 향한 저항정신을 나타내기도 한다. "오자서의 분노와 굴원의 원
한, 범려의 낚싯배를 두고 다투네伍胥忿怒三閭怨, 爭似鴟夷一釣舟."63 낚싯배를

---

59 溫庭筠, 「利州南渡」.
60 辛棄疾, 「洞仙歌·開南溪初成賦」.
61 陸龜蒙, 「京口」.
62 王禹稱, 「松江亭」.
63 柴望, 「範蠡」.

탄 시인들은 오원伍員이나 굴원처럼 분노하고 투쟁하기보다는 범려처럼 영혼의 상처를 달래는 소요와 유랑을 추구했다. "도롱이는 세속의 것이 아니니, 푸른 강으로 돌아가면 낚싯배가 있으리荷蓑不是人間事,歸去滄江有釣舟."**64**

蘆葦暮修修	긴 갈대 위로 해가 저물고,
溪禽上釣舟	낚싯배 흔들리는 강물 위로 새들이 날아가네.
露涼花斂夕	차가운 이슬에 꽃잎 움추리는 저녁,
風靜竹含秋	바람 고요한 대숲 가을을 머금었네.
素志應難契	본디 뜻은 이루기 어려운 것이니,
淸言豈易求	어찌 고상한 말씀을 쉽게 구할 수 있겠는가.
相歡一瓢酒	술 한 바가지에 서로 즐거워하며,
明日醉西樓	내일은 서쪽 누각에서 취해보게나.

—허혼(許渾), 「여후춘시동년남지야화(與侯春時同年南池夜話)」

三山山下閒居士	삼산산 아래 한가로운 거사,
巾履蕭然	두건과 신발 소박하고.
小醉閒眠	살짝 취해 한가로이 잠드니,
風引飛花落釣船	바람에 흩날리는 꽃잎 낚싯배 위로 떨어지네.

—육유(陸遊), 「채상자(采桑子)」

낚싯배 안의 세계는 가족과 벗들로부터 고립된 외로운 공간도 아니고

---

64 李涉, 「硤石遇赦」.

거센 비바람과 파도에 흔들리는 공간도 아니다. 낚싯배는 차가운 이슬과 고요한 바람의 공간이다. 소박한 차림으로 술에 취해 한가로운 잠에 빠져들자 세계는 고요해지고 시인의 영혼도 편안한 휴식을 취한다. 그러나 시의 세계에서 낚싯배는 고기를 잡기 위한 도구가 아닌 인격정신의 상징이라는 점에 유의해야 한다. 이 점에서 유종원柳宗元의 「강설江雪」이 대표적이다. "구비구비 깊은 산속에 새들도 사라지고, 갈래갈래 길마다 인적도 끊겼네千山鳥飛絶, 萬徑人蹤滅. 도롱이에 삿갓 쓴 노인만이 외로운 배를 타고 눈내리는 시린 강물 위로 낚싯대를 드리운다孤舟蓑笠翁, 獨釣寒江雪." 세상이 온통 새하얗게 뒤덮이고 모든 생명의 흔적이 사라진다. 새들도 날지 않는 깊은 산, 인적 끊긴 오솔길, 숨이 멎을듯한 스산함 속에서 고기잡이 노인만이 홀로 눈속에서 낚싯대를 드리우고 있다. 그가 낚으려는 것은 물고기가 아니라 하늘에서 내리는 눈이다. 이것은 고고하고 초월적인 인격정신의 현현顯現이다. 버림을 당해도 결코 굴복하지 않고 무력하지만 고고한 마음을 가지는 것, 온 세상이 혼탁해져도 독야청청한 정신 바로 그것이다.

"작은 배를 타고 이곳을 떠나, 남은 생을 강호에 맡기리小舟從此逝, 江海寄餘生."[65] 사상과 역사의 누적 속에서 배 이미지는 자연 속에 파묻혀 세상사를 망각한 소요와 자족을 상징하게 되었다. 뗏목을 타고 강과 바다로 나아가는 길을 선택하면서 속세와 이별하고 자연에 순응하여 물결의 흐름을 따라 흘러가는 인생의 가치관을 선택했다.

"백발로 강호에 돌아가리라는 결심을 늘 잊지 않았네, 세상을 되돌려놓고 편주를 타고 떠나리永憶江湖歸白髮, 欲回天地入扁."[66] 배는 더 이상 강과 바다

---

65 蘇軾, 「臨江仙夜歸臨皋」.
66 李商隱, 「安定城樓」.

를 건너가기 위한 도구도 아니고 삶의 고난과 역경에서 벗어날 수 있는 희망의 상징도 아니다. 이제 배는 세상에서 벗어나 하얀 머리로 강호로 들어가는 도피를 의미한다. 원초적인 희망과 구원에서 예술적 소요와 방랑에 이르기까지, 배 이미지는 정신적 전환을 거쳤고 상징성의 확대와 발전을 이루었다. 배를 타고 호수를 떠다니는 행위는 정처없이 떠돌아다니는 인생에 대한 한탄이 아니라 삶의 온갖 욕망을 잊고 눈처럼 깨끗한 마음으로 자유롭게 소요하는 시적인 삶의 체험이다.

동정호와 청초호에 중추절이 다가오니 바람 한 점 없이 잔잔하네. 옥거울 구슬밭 같은 삼만경 드넓은 호수 위를 떠도는 나의 일엽편주. 하얀 달빛 부서지고, 은하수 함께 드리우니, 세상이 온통 투명하게 빛나네. 고요하고 한가로운 마음, 비밀스러운 이 순간을 어찌 그대에게 말로 전할 수 있으리.

오령五嶺 남쪽에서 지내던 때를 생각하니, 외로운 달빛 아래 가슴이 눈처럼 깨끗해지네. 희끗한 수염과 머리털, 서늘한 옷자락으로 아득하게 푸른 호수 위를 고요하게 떠도네. 서강의 맑은 물을 다 퍼내어 북두성 술잔에 따르고 삼라만상을 손님으로 맞이하고 싶네. 뱃전을 두드리며 홀로 읊조리니, 오늘 밤은 또 어떤 밤이던가?

洞庭靑草, 近中秋, 更無一點風色. 玉鑑瓊田三萬頃, 著我扁舟一葉. 素月分輝, 明河共影, 表裡俱澄澈. 悠然心會, 妙處難與君說.

應念嶺表經年, 孤光自照, 肝膽皆冰雪. 短髮蕭騷襟袖冷, 穩泛滄溟空闊. 盡挹西江, 細斟北斗, 萬象爲賓客. 扣舷獨嘯, 不知今夕何夕?

장효상張孝祥의 염노교「과동정過洞庭」은 일엽편주를 타고 떠나는 시적이면서도 호방한 소요유다. 추석 무렵의 동정호는 바람 한 점 없이 잔잔하고 거울처럼 맑다. 하늘의 둥근 달이 호수 위에서 빛나는 깨끗하고 드넓은 시공 속에서 시인의 일엽편주는 하늘과 물이 맞닿은 끝없이 투명한 세계로 나아간다. 당시 시인은 정치적 모함으로 파직되는 불운을 겪고 있었다. 일엽편주를 탄 시인은 뗏목을 타고 바다로 가겠다는 공자를 떠올렸거나 매이지 않은 배가 되겠다는 장자를 떠올렸을 것이다. 어쨌건 그날 밤 시인은 맑고 투명한 인식으로 모든 것을 환하게 꿰뚫고 있었을 것이다. 그것은 배위에서 푸른 호수를 누비는 고요한 마음에서 생겨나는, 말로 형용할 수 없는 깨달음이었을 것이다. 밝은 달빛이 온 몸과 마음을 깨끗하게 씻어내리고 정신세계도 한없이 투명하다. 서강의 푸른 물을 술잔에 채우고 별들과 대작한다. 세상의 뭇 존재들이 함께 술을 즐기는 귀한 손님이다. 시인은 모든 희로애락을 망각하고 오늘 밤이 어떤 밤인지 묻는 위대한 초월적 생명 체험 속으로 빠져든다.

시의 세계에서 배는 언제나 고요하고 평온하게 고향으로 돌아간다. 돌아가는 배는 항구와 피안으로, 고향으로 돌아가는 배다. 그래서 돌아가는 배는 편안하고 고요하다. 돌아가는 배는 고향집이며 정신적 고향이다. 그래서 도연명은 "전원을 꿈꾸고 있건만, 어찌 이리 오래도록 가지 못하는가園田日夢想, 安得久離析, 늘 돌아가는 배를 그리워하나, 측백나무 홀로 서리를 맞고 섰네終懷在歸舟, 諒哉宜霜柏"[67]라고 노래했다. 돌아가는 배歸舟에는 시인이 오매불망 간절하게 바라는 전원의 이상이 실려 있다. 또 돌아감은 정신적 회귀를 의미한다. 사령운은 "꿈속에서 돌아가는 배를 기다리며 모든

---

67 陶淵明, 「乙巳歲三月為建威參軍使都經錢溪」.

피로가 사라졌네夢寐佇歸舟, 釋我吾與勞"[68]라고 노래했다. 돌아가는 배를 기다리는다는 행위의 진정한 의미는 영혼의 휴식이며 모든 세속적 추구를 내려놓은 정신적 회귀다.

江路西南永	물길은 서남쪽으로 길게 이어지는데,
歸流東北騖	돌아가는 물결은 동북쪽으로 달려가네.
天際識歸舟	하늘 끝에는 돌아가는 배 보이고,
雲中辨江樹	구름 속에서 강변의 나무 변별해내네.
旅思倦搖搖	나그네살이 근심으로 마음 어지러운데,
孤遊昔已屢	예전에도 여러 번 외로운 길을 떠났었지.
既歡懷祿情	이미 벼슬살이 즐거워한 적 있었으니,
複協滄洲趣	다시 창주의 즐거움 따르게 되었네.
囂塵自茲隔	번잡한 속세에서 벗어나
賞心於此遇	좋은 풍광을 즐길 수 있겠지.
雖無玄豹姿	숨어사는 검은 범은 아니지만,
終隱南山霧	나도 남산의 안개 속에서 숨어살고 싶네.

—사조(謝朓), 「지선성군출신림포향판교(之宣城郡出新林浦向板橋)」

위 시는 "하늘 끝에는 돌아가는 배 아득하게 보이고, 구름 속에는 강변에 나무가 아련하게 보인다"는 구절이 유명하다. 돌아가는 배에는 먼 여로의 피곤함이 있고 관직을 얻고 기뻐하는 자신에 대한 반성이 있다. 또

---

68 謝靈運, 「酬從弟惠連」.

시끄러운 속세에서 벗어나고자 하는 결심과 털빛을 곱게 유지하기 위해 남산에 숨어사는 검은 범처럼 은거하고자 하는 정신적 자기연민과 자기애가 있다.

乘夕棹歸舟	석양 아래 배를 타고 집으로 돌아가는데,
緣源路轉幽	강물따라 길도 어두워지네.
月明看嶺樹	밝은 달빛에 기슭의 나무들이 보이고,
風靜聽溪流	고요한 바람에 물소리 들려오네.
嵐氣船間入	산 기운이 배 틈으로 스며들고,
霜華衣上浮	하얀 서리가 옷을 적시네.
猿聲雖此夜	밤중에 원숭이 울어대도,
不是別家愁	그것은 고향 떠난 슬픔이 아니라오.

— 장구령(張九齡), 「뢰양계야행(耒陽溪夜行)」

鏡湖流水漾淸波	맑은 물결이 찰랑이는 경호,
狂客歸舟逸興多	사명광객 그대를 태우고 돌아가는 배는 흥이 넘치는구려.
山陰道士如相見	산음의 도사를 만나거든,
應寫黃庭換白鵝	『황정경』을 써주고 하얀 거위와 바꾸게나.

— 이백(李白) 「송하빈객귀월(送賀賓客歸越)」

귀향하는 배에 오르는 풍경은 특별하다. 길 위에는 수많은 사연들이 있지만 눈앞에는 온통 밝은 달과 고요한 바람만이 펼쳐진다. 구슬픈 원숭이 울음소리도 시인의 마음을 울리지 못한다. 또 사명광객四明狂客을 태우고 돌아가는 배는 흥겨움이 넘쳐난다. 그 흥겨움은 시적인 정취가 넘치는 낭만적 상상이며 세속을 초월한 표일한 정서다. 또『황정경』을 써주고 흰 거위를 바꿔온 왕희지王羲之와 같은 동심이기도 하다. 시인이 돌아가는 배에 오른다는 것은 관직사회에서 쌓인 먼지를 씻어내는 것을 의미하고, 타향살이에 지친 나그네와 가족의 해후, 짐을 떨쳐버린 정신적 각성을 의미한다. 그래서 사람들은 늘 고향으로 돌아가는 배를 기다린다. "향수의 눈물 나그네길 위에서 다하고, 하늘 끝 외로운 돛단배를 바라보네鄕淚客中盡, 孤帆天際看",69 "몇 번이나 잘못 알아봤던가, 하늘 끝에서 배가 돌아오는 줄誤幾回, 天際識歸舟".70

5. 그림배畫舫의 심미성과 예술적 표현

괴테는 "시인은 모든 철학이 필요하다. 그러나 절대 철학이 작품 속으로 뛰어들어가게 해서는 안된다"고 했다.71 배 이미지는 풍부한 철학적·문화적 의미가 결합되어 시인들의 수많은 노래 가운데서 형성된 상징적 의미를 축적하고 있다. 이러한 이미지 형식은 의미를 담으려는 것이다. 그렇지만 문학 형식은 의미만으로는 부족하며 심미적인 형식을 갖추어야만 가치가 있다. 발레리Paul Valéry는 "상상, 감각, 환상, 구축의 모든 것을 압축,

---

69　孟浩然,「早寒江上有懷」.
70　劉永,「八聲甘州」.
71　黃晉凱 外編,『象征主義·意象派』, 北京 : 中國人民大學出版社, 1989, p.86.

선별, 퇴고하여 형식 속에 담고 최대한 간명하게 길이가 아닌 힘으로 승부해야 한다. (…중략…) 비유의 아름다움은 샤를 보들레르Charles Baudelaire가 말한 것처럼 기본적인 미학 형식이다"[72]라고 했다. 배의 발명은 강을 건널 수 있게 되었다는 과학적 의미도 있고 대칭적 형식, 조화로운 선, 허공의 공간 등 예술 형식상의 의미도 있다. 그런데 작품 속에 등장하는 푸른 물과 하얀 돛, 종소리, 나그네배, 먼산을 배경으로 가볍게 나아가는 배, 달밤의 노 젓는 소리 등이 어울려 시간적, 공간적, 시각적, 청각적, 동태적, 정태적 성격의 새로운 심미적 공간을 창조해낸다. 그리고 하나의 아름다운 교향악장을 이루며 옛 시인들이 배에서 경험한 독특한 예술적 체험을 보여준다.

1) 배 이미지의 시간미학

시간의 변화는 무의미한 순환과 반복이 결코 아니다. 시간은 오랫동안 사람들의 심리와 정신세계에 영향을 미치면서 심리 구조와 서정모델을 형성했다. 중국의 옛 시인들은 시간의 변화에 대해 심각하고 민감한 반응을 보였는데 춘하추동의 계절적 변화가 고전시가의 의경 속에 자주 출현한다. 흥미로운 점은 봄과 가을 두 계절이 시인의 정서를 가장 잘 자극한다는 점이다. 이 때문에 춘한春恨과 추비秋悲라는 두 가지 서정모델이 형성되기도 했다. 하나는 상심한 봄날의 정서로서 "봄날은 따스하고 (…중략…) 여인의 마음은 울적하고 서글프네春日載陽(…中略…) 女心傷悲",[73] "봄날은 마음속의 한을 키울 뿐이네春日偏能惹恨長"[74]라고 노래했다. 또 하나는 슬픈 가

---

72 Ibid., pp.76~77.
73 『詩』「豳風」「七月」.

을의 정서로서 "슬프구나, 가을의 기운이여悲哉, 秋之爲氣也",[75] "예부터 가을이 오면 슬프고 쓸쓸했다네自古逢秋悲寂寥"[76]라고 노래했다. 또 시인들은 봄배와 가을배를 노래하면서 아름다움과 슬픔이 어우러진, 슬픔 속에서도 풍류가 있는 심미적 특성을 만들어냈다.

봄은 한 해의 새로운 출발점으로서 봄날의 배는 새로운 꿈과 희망을 실었다. "시절은 홀로 풍광을 찾아, 돛단배로 멀리 떠나기 좋은 때리時物堪獨往, 春帆宜別家. 님에게 이별을 고하고 푸른 바다로 떠나가네, 가뿐하고 가볍게 세상 끝으로 나아가네辭君向滄海, 爛熳從天涯."[77] "파산으로 가는 길을 물으니, 봄날에 배를 타고 가는 것이 좋다 하네聞道巴山裏, 春船正好行. 백 년의 흥을 실고서 구강성을 한눈에 둘러보리都將百年興, 一望九江城",[78] "돛단배를 타고 올라가니 양쪽 기슭의 풍광이 한눈에 들어와, 베개에 기대어 맑은 하늘을 바라보네上帆涵浦岸, 欹枕傲晴天, 나그네길이 걱정되지 않는 것은, 선성에 어진 태수가 있기 때문이라네不用愁羈旅, 宣城太守賢".[79] 봄은 집을 떠나 먼길을 나서기 좋은 계절이다. 봄날의 이별에는 머나먼 나그네길의 무게감보다는 배를 타고 떠나가는 호방함과 홀가분함이 있다. 시인들이 봄날에 띄운 배에서는 시가 넘쳐 흐른다. 멀어져가는 봄날의 돛단배는 예술적 아름다움과 상실의 그림자를 드리우고 있다.

野館濃花發 春帆細雨來   시골 객사에 꽃이 짙게 피어나고 봄 돛단배에 가는

---

74 賈至, 「春思」.
75 宋玉, 「九辯」.
76 劉禹錫, 「秋詞」.
77 常建, 「閒齋臥病行藥至山館稍次湖亭」.
78 杜甫, 「絶句三首」.
79 權德輿, 「送張周二秀才謁宣州薛侍郎」.

비가 내린다.

不知滄海上 天遣幾時回 하늘이 언제 푸른 바다에서 돌아가도록 허락할 지
모르겠구나!

　　　　　　　　　　　─두보(杜甫),「송한림장사마남해륵비(送翰林張司馬南海勒碑)」

春帆江上雨　　봄날의 돛단배 비 내리는 강,

曉鏡鬢邊霜　　거울에 비친 귀밑머리 서리가 내렸네

啼鳥雲山靜　　새들이 울어대는 고요한 구름산,

落花溪水香　　꽃잎 떨어지는 시냇물 향기롭네.

　　　　　　　　　　　─대숙륜(戴叔倫),「우(雨)」

曉日漁歌滿　　밝은 햇살 아래 고기잡이 노래 가득하고,

芳春棹唱行　　향기로운 봄에 배는 노래를 부르며 나아간다.

山風吹美箭　　산바람 아름다운 대숲에서 불고,

田雨潤香粳　　들판의 비 곡식을 촉촉하게 적신다.

　　　　　　　　　　　─손적(孫逖),「등월주성(登越州城)」

玉帛徵賢楚客稀　　옥과 비단으로 어진자를 찾으려 해도 사람이 드문데,

猿啼相送武陵歸　　원숭이 울음 무릉으로 돌려보내네.

湖頭望入桃花去　　호수 끝에서 바라보니 복사꽃이 지고,

一片春帆帶雨飛　　봄날의 돛단배는 비를 맞으며 날아가네.

　　　　　　　　　　　─법진(法振),「송우인지상도(送友人之上都)」

위 시에서 '춘범세우春帆細雨'와 '야관농화野館濃花'의 심미적 형식이 눈길을 끈다. 가는 비와 짙은 꽃향기 속에서 하얀 돛단배가 나아가고 향기로운 시냇물이 흐른다. 시인은 돌아갈 때를 알 수 없는 막막함과 희끗희끗해진 귀밑머리의 서글픔을 노래하고 있지만 심미적 희열과 따뜻함이 마음속 고독과 비애를 해소시킨다. 노를 젓는 소리는 노랫소리처럼 아름답고 원숭이 울음에서도 슬픔이 느껴지지 않는다. 마치 가족이 배웅해 주는 듯한 깊은 정이 느껴진다. 그래서 시인의 배는 두 날개를 펴고 먼곳으로 날아가는 듯하다.

봄 배의 경쾌함에 비해 가을 배의 이미지는 다소 무게감이 느껴진다. "청풍강 위 멀어지는 가을 돛단배, 백제성 옆 헐벗은 고목青楓江上秋帆遠, 白帝城邊古木疏",[80] "가을 나무 배 위로 드리우고, 물소리 베개 앞으로 밀려오네 樹色秋帆上, 灘聲夜枕前".[81] 쌀쌀한 가을밤, 강물 위를 떠도는 배에서 들려오는 소리가 슬픔을 더한다. 그러나 시인은 소슬한 가을바람 속에서 무기력한 감상에 그치지 않고 가을날의 정취가 있는 강물과 밝은 달빛을 실은 배 등의 심미적 물상들을 그려낸다.

江柳影寒新雨地	강변의 버드나무에 차가운 비가 내리고,
塞鴻聲急欲霜天	변방의 기러기 재촉하며 울어대니 서리가 내리려나.
愁君獨向沙頭宿	홀로 물가에서 묵을 그대 생각에 시름겹고,
水繞蘆花月滿船	강물은 갈대꽃을 에워싸고 달빛은 배 안에 가득하겠지.

—백거이(白居易), 「증강객(贈江客)」

---

80 高適, 「送李少府貶峽中王少府貶長沙」.
81 張祜, 「送曾黯遊夔州」.

閒夢遠	한가로운 꿈 아스라하고,
南國正淸秋	남쪽나라엔 맑은 가을날이 왔겠지.
千裏江山寒色遠	천리강산에 시린 가을빛 아득하고,
蘆花深處泊孤舟	갈대밭 깊은 곳에 외로운 배 하나 멈춰섰고,
笛在月明樓	달 밝은 누각에선 피리 소리 은은하네.

—이욱(李煜), 「망강매(望江梅)」

여러 차례 폄적되었던 백거이, 망국의 아픔을 겪은 이욱, 마음속에 수많은 아픔과 슬픔이 있지 세상을 바라보는 그들의 눈빛은 여전히 미학적이고 예술적이다. 시인은 비에 젖은 강변의 버드나무, 변방의 기러기, 서리 내리는 하늘을 그리고 남국의 맑은 가을, 추위가 찾아온 풍경을 그림으로써 사람들에게 견딜 수 없는 쓸쓸함과 서늘함을 준다. 그런데 이러한 분위기 속에서 작가는 갈대가 무성하게 자란 강변, 배 안에 가득한 달빛 갑자기 필치를 전환한다. 청명한 달빛을 가득 실은 가을 배, 꽃과 달이 서로를 비추며 마음과 사물이 서로를 껴안는다. 무력함 속에서도 약간의 아름다움이, 고통 속에서도 한가닥의 따스함이 있는 심미적 경계를 보여준다

수잔 랭거Susanne K. Langer는 "현대의 과학적 시간은 병렬된 다차원적 구조로서 '시계 시간'에 대한 체계적 추출이다"[82]라고 했다. 다차원적 시간 체계는 일차원적으로 무한하게 연속된 원시적 이미지 체험이 아니라 직접적인 시간 경험에 대한 추상이다. 추상적 시간은 "하나의 측정장치에서 나타나는 두 가지 상태를 비교하여 계산한다. 이 측정장치는 서로 다른 위

---

82 Susanne Langer, 劉大基・傅志強 譯, 『情感與形式(Feeling and Form)』, 北京 : 中國社會科學出版社, 1986, p.130.

치의 태양이건 표면적으로 서로 다른 위치에 있는 지시바늘이건 상관 없으며 연속적인 같은 가락이나 반복적인 똑딱소리나 빛이나 다 상관 없다. '시간'은 일련의 특수한 숫자가 서로 관계됨으로써 구별되는 것이다. 그 어떠한 상황하에서도 시간은 일종의 '상태'다. 하나의 '순간', 우리가 어떤 용어를 선택하든 간에 그것은 모두 기호로 표시되기 때문에 분명하게 상상할 수 있다".[83] 추상적 시간은 정확하고 이성적이지만 근본적인 문제 하나를 간과하고 있다. 그것은 시간의 구체성과 형상성이다. 일상생활 속에서 시간에 대한 우리의 느낌은 구체적이고 형상적이고 시적이다. 예를 들어, 우리는 '태양이 떴다', '달이 떴다'와 같은 말로 시간을 설명한다. 그러나 일괄적으로 '북경 시간'을 적용하는 중국에서는 매우 큰 차이가 있다. 하얼빈과 우루무치의 일출과 일몰 시간은 다르다. 봄꽃과 가을낙엽도 중국의 남방과 북방에서 아주 큰 차이가 있다. 그래서 수잔 랭거는 '시계의 시간'은 수많은 '흥미로운 감각'을 놓쳐버리는 대가를 지불한다. 이러한 흥미로운 시간 감각은 사실상 원시적이고 구체적이고 시적인 시간이다. 해가 뜨고 지는 것, 달이 차고 이지러지는 것, 꽃이 피고 낙엽이 지는 것, 여름에 비가 내리고 겨울에 눈이 내리는 것으로 시간을 기록한다. 이 흥미로운 시간 감각은 본질적으로 예술적 시간이며 시간이 보여주는 '시간 이미지'를 구성한다. 문학에서 춘한春恨과 비추秋悲의 시간 체험은 본질적으로 예술적 시간 체험이다. 이로 인해 봄배와 가을배도 일종의 예술적이고 시적인 시간 이미지다.

중국문학에서 시간 감각은 1년 4계절 중의 봄, 가을 두 계절과 하루 중

---

83 Ibid.

의 아침과 저녁 두 가지의 시각 대에 서로 다른 민감성을 가진다. 그래서 배 이미지의 심미적 형식을 논의할 때 봄배와 가을배뿐만 아니라 아침배와 저녁배에 대해서도 주의를 기울일 필요가 있다.

依沙宿舸船	모래톱에 배를 대고 있으니,
石瀨月娟娟	돌여울에 비친 달 곱고 아름답네.
風起春燈亂	바람에 등불 어지럽게 흔들리고,
江鳴夜雨懸	세찬 밤비에 강물이 운다.
晨鍾雲外濕	구름 너머 새벽 종소리 촉촉하게 울리고,
勝地石堂煙	명승지 석당은 안개에 쌓였네.
柔櫓輕鷗外	노 젓는 소리에 가볍게 날아가는 물새,
含悽覺汝賢	처량함 속에서 그대의 현명함을 깨닫네.

― 두보(杜甫),
「선하기주곽숙우습부득상안별왕십이판관(船下夔州郭宿雨濕不得上岸別王十二判官)」

비바람이 몰아치는 밤을 지새운 후 동이 터오르는 이른 아침, 강과 산을 뒤덮은 자욱한 안개 속에서 은은한 종소리가 울려 퍼진다. 안개낀 강둑, 고요한 인가, 날아다니는 물새, 노 젓는 소리. 이러한 풍경들이 우울하지 않은 청량하고 그윽한 이별의 의경을 만들어낸다.

水底明河碧浸星	바닥까지 맑은 푸른 강물에 별들이 잠겨 있고,
琉璃不動一江平	드넓은 강물 유리처럼 잔잔하네.
橫鋪十幅指東去	열폭 돛을 펼치고 동쪽을 향해,

坐看曉帆千裏輕　　　가볍게 천리를 나아가는 배를 지켜본다.

—이미손(李彌遜),

「주사알사회천풍이제신기유감고이이절수관여(舟師謁祠回天風已霽信基有感姑以二絶首寬餘)」

　푸른 강물이 유리처럼 투명하고, 거울처럼 고요하다. 별들이 푸른 강물에 잠겨 있고 새벽빛 속에 흰돛이 가볍게 날아간다. 물결을 따라 동쪽에 있는 먼곳을 향해 나가간다. 시인이 그리는 경계는 한 폭의 간결한 수묵화 같다. 가볍고 담백한 필치로 드넓은 의경을 그려냈다. 위 시는 먼길을 떠나는 슬픔보다는 심미적 고요함과 아득함이 지배하고 있다.

　"어두운 저녁 배를 돌아보며, 홀로 텅빈 강에 시름을 쏟아낸다回看暮帆隱, 獨向空江愁."[84] 새벽에 떠나는 배에 비해 저녁에 떠나는 배는 더 큰 아픔과 슬픔이 있다.

暮帆何處落　　　저녁이 왔는데 배는 어디에서 묵을까,

潮水背人歸　　　물결은 나를 등지고 흘러가네.

風土無勞問　　　구태여 풍토를 묻지마라,

南枝黃葉稀　　　남쪽 가지에 나뭇잎이 누렇게 듬성듬성하네.

—유장경(劉長卿), 「봉송로원외지요주(奉送盧員外之饒州)」

青山經雨菊花盡　　　비 내린 푸른 산에 국화꽃은 시들고,

白鳥下灘蘆葉疏　　　흰새 내려앉은 모래펄에 갈대 듬성듬성하네.

84　劉長卿, 「送賈侍禦克復後入京」.

靜聽潮聲寒木杪　　고요한 물소리 스산한 나뭇가지,

遠看風色暮帆舒　　멀리 저녁 바람 속에 돛단배 나아가네.

—류창(劉滄), 「강성만망(江城晚望)」

渺莽雲水　　자욱하게 내려앉은 물안개,

惆悵暮帆　　상심한 저녁 돛단배가

去程迢遞　　먼 길을 떠나간다.

夕陽芳草　　석양이 드리운 향기로운 풀,

千裏萬裏　　천 리, 만 리

雁聲無限起　　기러기 소리 끝없이 울려 퍼지네.

—장필(張泌), 「하전(河傳)」

　　서서히 황혼이 내려앉고 배는 외롭게 흘러간다. 시인의 마음은 돌아갈 곳 없는 슬픔으로 끓어오른다. 그런데 시인이 감정을 쏟아내는 목적은 슬픔의 정서를 끝까지 끌고 가기 위해서가 아니라 심미적 이미지를 묘사함으로써 마음속 슬픔과 고통을 풀어내기 위해서다. 저녁의 일엽편주에는 시인의 슬픔과 고독이 실려 있다. 그러나 그 서정은 조수와 저녁 구름, 가을바람과 낙엽, 푸른 산과 흰 새, 갈대와 노란 국화, 차가운 물소리, 석양의 향기로운 풀, 구름 속 기러기 소리가 있는 공간 속에서 전개된다. 이 같은 객관적 물상들이 마음속 감정을 지우고, 한편으로는 객관적 물상의 심미적 특징이 내면의 슬픔을 해소시키기도 한다. 차갑고 모호한 객관적 물상들도 결국에는 예술적이고 미학적이기 때문에 내면의 슬픔을 해소시키는 힘을 가지게 된다.

2) 석양과 달빛을 실은 배, 배 이미지 공간의 심미적 경계

순수하고 완전하게 추상적인 시간은 없다. 모든 시간은 공간을 참조하고 비교하는 과정에서 결정된다. 지금까지 다뤄온 고전 작품들은 시간적으로 황혼을 노래했고 공간적으로 달을 노래했다. 배 이미지 역시 석양과 달빛을 배경으로 하는 경우가 많다. 석양과 밝은 달빛이 배를 새로운 심미적 경계 속으로 끌고 들어간다.

汀葭蕭徂暑	물가의 갈대 여름부터 고요하고,
江樹起初涼	강가의 나무에 가을이 찾아드네.
水疑通織室	물결은 실짜는 베틀 같고,
舟似泛仙潢	배는 선경의 연못을 누비는 듯하네
連橈渡急響	노 젓는 소리 빠르게 울리고,
鳴棹下浮光	노 젓는 물 위로 석양빛이 흐르네.
日晚菱歌唱	해는 저물고 마름풀 뜯는 노랫소리 울려오네,
風煙滿夕陽	바람과 안개 속에 석양이 가득하네.

―노조린(盧照鄰), 「칠석범주(七夕泛舟)」

溶溶漾漾白鷗飛	넘실대는 물결 위로 하얀 갈매기 날고,
綠淨春深好染衣	깊어가는 봄날의 맑은 강물 새파랗게 옷을 물들이네.
南去北來人自老	남과 북을 오가는 사이 사람은 절로 늙어가고,
夕陽長送釣船歸	석양 속에 멀리 낚싯배가 집으로 돌아가네.

―두목(杜牧), 「한강(漢江)」

向浦參差去　　　나루터를 향해 오르락내리락,

隨波遠近還　　　물결따라 멀어졌다 가까워졌다.

初移芳草裏　　　향기로운 풀 사이로 가다가,

正在夕陽間　　　이제 석양 사이로 흘러가네.

隱映回孤驛　　　어두운 그림자 쓸쓸한 역참을 드리우고,

微明出亂山　　　희미한 빛 산속에서 나오네.

向空看不盡　　　하늘을 바라보니 끝이 없고,

歸思滿江關　　　고향 그리는 마음 강물을 온통 뒤덮었네.

—사공서(司空曙), 「부득적적범향포(賦得的的帆向浦)」

花開紅樹亂鶯啼　　꽃이 붉게 피어난 나무 위에서 꾀꼬리들 어지러이 지저
귀고,

草長平湖白鷺飛　　풀이 무성하게 자라난 잔잔한 호수 위로 하얀 해오라기
날아다니네.

風日晴和人意好　　잔잔한 바람 따스한 햇빛에 마음도 유쾌하고,

夕陽簫鼓幾船歸　　석양 아래 피리 소리 북소리 울리며 배들이 돌아온다.

—서원걸(徐元傑), 「호상(湖上)」

離離野樹綠生煙　　울창한 숲속 푸른 안개가 피어나고,

灼灼山花爛欲然　　붉은 꽃들이 활활 타오르네.

酤酒人歸春渡寂　　주객들이 돌아간 봄날의 고요한 나루터,

柳根閒系夕陽船　　한가로운 버드나무 가지에 석양의 배가 매달리네.

—주권(周權), 「만도(晚渡)」

시인들은 황홀하고 아름다운 풍경화를 그려낸다. 안개가 자욱한 강, 푸른 물결, 황혼에 울려 퍼지는 어부의 노래, 피리 소리와 북소리가 어우러진 아름다운 가락, 사뿐히 날아오르는 백로, 지저귀는 꾀꼬리 (…중략…) 이 화면들의 핵심은 '석양의 배'다. 석양은 아름다운 화면을 구성해내는 설계자로서 모든 경물들을 고루 비추고 화면 전체의 예술적 경계를 만들어낸다. 또 그 속에 있는 배는 본질적으로 사람을 노래한 것이다. 배는 시인을 상징하고 석양의 배에는 시인의 심미적 눈빛과 민감한 예술영혼이 실려 있다.

"누가 그대와 함께 떠나리오, 배 안 가득한 밝은 달빛 돛에 가득한 바람 此去與師誰共到, 一船明月一帆風."[85] 배 이미지 안에는 오색이 아련한 석양뿐만 아니라 고요하고 투명한 달빛도 가득 담겨 있다. "시옹은 영향각에 편안하게 앉아있고, 한가로운 나그네는 배 위에서 배를 낚고 돌아오네詩翁燕坐迎香閣, 閒客歸乘釣月舟."[86] 시인들은 달빛 아래서 배를 타는 고상한 취미를 즐겼는데, 달빛 아래 배를 타고 있으면 끝없는 시정詩情이 일어났기 때문이다. 오랜 세월 전해오는「전적벽부前赤壁賦」가 감동적인 예술적 매력을 보여주는 것은 '배-달'의 서정 모델로 구성된 미학적 의경 때문이다.「전적벽부」의 시간은 "임술년 가을 칠월 기망旣望", 배경은 소동파와 손님이 적벽부 아래서 배를 타고 노니는 장면蘇子與客泛舟, 遊於赤壁之下이다. 그런데 드넓고 아득한 예술적 의경은 달의 소환으로 출현한다. "잠시 후, 달이 동산 위로 떠올라 남두성과 견우성 사이를 배회한다. 하얀 이슬이 강을 가로 지르고 물빛은 하늘에 닿아 있다少焉, 月出於東山之上, 徘徊於鬥牛之間. 白露橫江, 水光接

---

85   韋莊,「送日本國僧敬龍歸」.
86   張鎡,「離蘇州回寄太守袁起巖郎中」.

天." 그러나 달빛만으로는 부족하다는 사실을 알아야 한다. 「전적벽부」가 마음과 외물이 교융하고 하늘과 땅이 서로를 비추는 예술적 경계로 나아가는데는 또 배가 있다. "갈잎 같은 배에 몸을 맡기고 끝없이 아득한 물 위를 나아간다縱一葦之所如, 淩萬頃之茫然." 끝없이 투명하고 고요한 달빛의 시공간 속에서 일엽편주는 영혼과 정신이 비상하는 예술의 세계로 나아간다.

"마치 바람을 타고 허공에 기대어 바람을 타는 듯 강물이 아득하니 그칠 곳을 알 수 없네. 속세를 벗어나 홀로 존재하는 듯 바람에 나부끼니 날개가 돋은 신선과 같네浩浩乎如馮虛禦風, 而不知其所止, 飄飄乎如遺世獨立, 羽化而登仙." 배에서 객이 부는 퉁소소리客有吹洞簫者에 대한 하는 감탄은 흘러가는 강물 위에서 배를 타고 가며 느끼는 역사적 감탄이다. 소동파가 발산하는 속세를 벗어난 표일한 감정은 달빛에 의해 촉발된 사상적 승화다. 배와 달이 함께 어우러져 「전적벽부」의 예술적 영혼을 빚어냈다.

중국문학에서 '야행선夜行船' 또한 상당한 예술적 운치를 가지고 있는 이미지 가운데 하나다.

細草微風岸	가녀린 풀들이 바람에 흔들리는 강기슭,
危檣獨夜舟	아슬아슬하게 돛을 올린 외로운 밤배
星垂平野闊	드넓은 들판 위로 쏟아지는 별들,
月湧大江流	흐르는 강물 위로 떠오른 달.

—두보(杜甫), 「여야서회(旅夜書懷)」

| 中流何寂寂 | 흐르는 물 속이 얼마나 쓸쓸한지, |
| 孤棹也依依 | 외로운 배도 희미하네. |

一點前村火 　　앞쪽 마을에서 빛나는 등불 하나,

誰家未掩扉 　　어느 집에서 아직 사립문을 걸지 않았나.

　　　　　　　　　　　　　　　　　　　　—엄유(嚴維), 「추야선행(秋夜船行)」

煙淡月濛濛 　　연무는 옅어지고 달빛은 짙어지는데,

舟行夜色中 　　배가 어둠 속으로 나아간다.

江鋪滿槽水 　　끝없이 펼쳐진 강물 위에서

帆展半檣風 　　반쯤 펼쳐진 돛을 달고 바람 속으로 나아간다.

　　　　　　　　　　　　　　　　　　　—백거이(白居易), 「강야주행(江夜舟行)」

喜作閑人得出城 　드디어 한가로운 몸이 되어 성 밖으로 나갔네,

南溪兩月逐君行 　그대를 따라 남계에서 두 달을 보냈네.

忽聞新命須歸去 　갑자기 명을 받고 돌아가게 되어,

一夜船中語到明 　밤새도록 배 안에서 이야기를 나눴네.

　　　　　　　　　　　　　　　　　　　—장적(張籍), 「同韓侍禦南溪夜賞」

僧歸夜船月 　　스님은 달밤에 배를 타고 돌아오고,

龍出曉堂雲 　　용이 새벽 법당 위 구름에서 나오네.

樹色中流見 　　숲속 물 흐르는 모습 보이고,

鐘聲兩岸聞 　　양쪽 기슭에서 종소리 들려오네.

　　　　　　　　　　　　　　　　　　　—장호(張祜), 「제윤주김산사(題潤州金山寺)」

瀑水喧秋思 　　폭포수는 가을날의 상념을 쏟아내고,

孤燈動夜船	외로운 등불 밤 배 따라 흘러간다.
斷虹全嶺雨	끊어진 무지개 고개마다 비를 내리고,
斜月半溪煙	달 기우는 계곡 위로 안개가 피어난다.

—장교(張喬), 「사의춘기우인(思宜春寄友人)」

| 夜船吹笛雨蕭蕭 | 비 내리는 밤 배 위에서 피리를 부노라니, |
| 人語驛邊橋 | 때때로 역참 다리 옆에서 말소리 들려오네. |

—황보송(皇甫松), 「몽강남(夢江南)」

霜月倚寒渚	서리 내리는 밤 차가운 강물 위로 달빛 드리우고,
江聲驚夜船	밤 배는 물소리에 깜짝 놀라네.
孤城吹角處	뿔피리 소리 울리는 외로운 성,
獨立渺風煙	아득한 바람과 안개 속에 홀로 서 있네.

—방악(方嶽), 「박흡포(泊歙浦)」

回首東風銷鬢影	고개를 돌려보니 동쪽 바람에 하얗게 쇠어버린 귀밑머리.
重省	지난날의 그곳을 다시 돌아보니,
十年心事夜船燈	십 년의 근심걱정 속에 밤 배는 등불을 밝힌다.

—오문영(吳文英), 「정풍파(定風波)」

밤 배는 고난을 의미하며 밤은 시간에 속한다. 짙은 어둠 속에 뒤덮여 있는 밤 배는 예술적 표현을 전개해 나가기가 어렵다. 소극적이지 않았던 옛 시인들은 공간에 의지해서 시간적 체험을 표현하고 심미적 의경을 그려냈다. 시인들은 하늘의 별들이 쏟아지는 들판星垂平野, 달빛이 흔들리는 강月湧大江과 마을의 불빛村火, 외로운 등불孤燈을 빌렸다. 또 종소리, 말소리, 피리 소리, 물결소리 등의 청각적 형식을 통해 밤 배 이미지의 청각적 경계를 만들어낸다. 달과 등불은 여린 풀들과 높이 걸린 돛대, 강가의 나무들, 돛단배를 비추고, 종소리와 피리 소리는 시인의 정신세계를 비추면서 십 년의 근심 걱정과 밤배의 등불을 노래하며 좌절에 빠진 시인의 마음을 전한다. 시간 이미지의 공간적 표현 때문에 배는 어둠 속에서도 빛을 가지게 되었고 고요 속에서도 소리를 가지게 되었고 차가움 속에서도 따뜻함을 가지게 되었다. 이를 통해 밤 배가 있는 독특한 분위기의 심미적 의경이 창조되었다.

3) 배 이미지의 시청각적 미학

문학적 표현은 형상을 빌려야 한다. 모든 형상예술은 시각과 청각의 심미적 형식에 기대야 한다. 시는 형상성이 필요하다. 그래서 시는 그림 속으로 들어가야 한다. 시는 음악성이 필요하다. 그래서 시는 음악 속으로 들어가야 한다. 배 이미지의 심미적 표현에서 한 축은 묘사이며 그림이며 시각적인 것이다. 또 다른 한 축은 노 젓는 소리와 물소리의 소나타로서 음악적이고 청각적인 것이다. 배 이미지는 중국 고전예술의 시청각적 미학을 보여준다.

"모래톱과 강물 위로 밝은 달빛이 이어지고, 돛과 배 위로 하얀 서리가 가득하네沙明連浦月, 帆白滿船霜."[87] 시인들이 즐겨 그리는 서정적 경계는 흰 돛단배와 끝없이 이어지는 푸른 물결, 아득하게 멀어져가는 차갑고 드넓은 의경으로서 한 폭의 맑고 간결한 담채화를 방불케 한다.

"외로운 돛 그림자 멀리 푸른 하늘로 사라지고, 하늘가로 흘러가는 장강만이 보이네孤帆遠影碧空盡, 唯見長江天際流."[88] 현실세계에서는 벗이 탄 배가 쓸쓸하게 멀어져가고 장강의 물줄기만 보여도, 예술세계에서는 드넓은 하늘가를 향해 떠난 흰 돛단배는 사람들의 시야를 떠나지 않고 오래도록 머문다.

"장강에 돛단배 하나 멀어지고, 해지는 오호에 봄이 찾아왔네長江一帆遠, 落日五湖春."[89] "두 나그네 달빛 아래 섰고, 돛단배 하나 바람을 타고 하늘 밖으로 떠가네二客月中下, 一帆天外風",[90] "걸어서 천리 밖으로 가니, 바람이 새로운 돛단배를 몰고 오네陸行千裏外, 風捲一帆新",[91] "돛을 달고 푸른 바다를 건너, 은자가 사는 푸른 산속을 향해 나아간다還掛一帆青海上, 更開三逕徑碧蓮中".[92] 시인들은 하얀 돛단배를 '장강', '천리 밖', '하늘 밖' 등 큰 배경 아래 두기를 좋아한다. 드넓은 공간과 작은 돛단배가 대비되면서 심미적 구도가 형성되고 강력한 시각적 충격을 안겨준다.

배를 노래한 시인들은 간결한 한 점의 흰 돛단배를 그리기도 했고, 농묵과 진채를 사용하기도 했고, 화려한 색채들을 사용하기도 했다. 또 시인들은 가끔 비단 돛단배를 그리기도 했다. "봄물이 가득 차오른 동정호, 잔잔한 수면 위로 비단돛이 펼쳐졌네洞庭春溜滿, 平湖錦帆張",[93] "푸른빛 배가

---

87 白居易,「夜泊旅望」.
88 李白,「送孟浩然之廣陵」.
89 劉長卿,「餞別王十一南遊」.
90 孟郊,「送任載齊古二秀才自洞庭遊宣城」.
91 賈島,「送沈鶴」.
92 許渾,「送嶺南盧判官罷職歸華陰山居」
93 陰鏗,「渡青草湖」.

비단 돛을 펼치고, 하늘궁전을 향해 떠오른다靑舸錦帆開, 浮天接上台".94

시인들은 또 물결을 가르는 상앗대를 노래하기도 한다. "어린 계집아이가 상앗대를 젓고, 긴 소매옷을 입은 여인이 푸른 비녀를 꽂고 있네丫頭小兒盪畫槳, 長袂女郞簪翠翹".95 "상앗대가 푸른 물결을 가르며 꽃배를 깨끗하게 씻어내리네, 성근 발을 드리우고 맑은 대자리에 앉아 술을 즐기네綠波畫槳浣花船, 淸簞疏簾角黍筵".96

시인들은 또 놀잇배를 노래하기도 했다. "붉은 정자에서 술자리를 옮겨, 화려한 배를 타고 강촌에서 머무네紅亭移酒席, 畫舸逗江村".97 "대나무 집안에 빈 배를 놓고, 소나무 병풍을 펼치니 푸른 돛이 되네竹屋橫虛舫, 松屛展翠帆".98 그리고 수많은 화려한 놀잇배들이 강과 호수에서 노닐면서 푸르기만한 물을 오색찬란한 빛깔로 채웠다. "하늘보다 푸른 봄물에서 놀잇배를 띄우고 빗소리를 들으며 잠에 빠져드네春水碧於天, 畫船聽雨眠".99 "방죽 위에서 사람들이 놀잇배를 쫓아가네堤上遊人逐畫船, 봄물을 튕기니 사방으로 번지며 하늘을 향해가네拍堤春水四垂天, 누각 너머 푸른 버드나무 그네처럼 흔들리네綠楊樓外出鞦韆."100

화려한 놀잇배는 늘 붉은 누각朱樓, 붉은 나무紅樹, 푸른 물綠水, 하얀 물결白浪, '노란 잎黃葉 등 선명한 색채와 함께 등장하면서 화려한 채색화를 보여주고, 화려한 조각과 장식, 농묵 진채의 예술적 아름다움을 보여준다.

94 盧綸, 「奉陪魂侍中上巳日泛渭河」.
95 劉禹錫, 「樂天寄憶舊遊,因作報白君以答」.
96 陸遊, 「席上作」.
97 岑參, 「早春陪崔中丞同泛浣花谿宴」.
98 李復, 「江晦叔邀遊吳氏園」.
99 韋莊, 「菩薩蠻」.
100 歐陽修, 「浣溪沙」.

蘋葉軟	부드러운 부평초,
杏花明	환하게 빛나는 살구꽃,
畫船輕	가볍게 떠도는 놀잇배.
雙浴鴛鴦出綠汀	원앙 한쌍 푸른 물가로 날아오르고,
棹歌聲	노젓는 사공의 노래 들려오네.
春水無風無浪	봄물에는 바람도 물결도 일지 않고,
春天半雨半晴	봄날은 비가 왔다 개었다 하네.
紅粉相隨南浦晚	붉은 분을 바르고 남포에서 늦도록 함께 할 때
幾含情	얼마나 많은 정을 품었던가.

— 화응(和凝), 「춘광호(春光好)」

槐綠低窗暗	푸른 회화나무 낮게 드리우자 창문이 어두어지고,
榴紅照眼明	붉은 석류꽃 눈부시게 환하네.
玉人邀我少留行	옥처럼 아름다운 이 살포시 나를 붙잡네.
無奈一帆煙雨	마지 못해 떠나는 날 안개비 속에서
畫船輕	돛은 가볍게 날리네.
柳葉隨歌皺	버드나무 이별의 노래를 부르고,
梨花與淚傾	배꽃은 눈물을 떨구네.
別時不似見時情	이별에 지난 날의 정은 보이지 않네.
今夜月明江上	오늘 밤 밝은 달이 강물 위로 떠오르면,
酒初醒	술에서 깨어나겠지.

— 황정견(黃庭堅), 「남가자(南歌子)」

시인들은 놀잇배 주변에 화려한 색채의 세계를 배치했다. 다양한 색채를 가진 부평초蘋葉, 살구꽃杏花, 봄물春水, 푸른 물기綠汀, 푸른 회화나무槐綠, 붉은 석류榴紅, 버드나무柳葉, 배꽃梨花이 은은하게 어우러지고, 조밀한 이미지들이 소요유의 세계에 흠뻑 빠져들게 한다. 화려하게 꾸며진 놀잇배에서 시인의 삶과 감각에서도 분내가 나고 진한 술향기가 풍겨나온다. "붉은 분을 바르고 함께 하다紅粉相隨", "옥처럼 아름다운 이가 나를 붙잡다玉人留我"라는 구절에서 아름다운 여인들과 함께 온유지향溫柔之鄕에 빠져있는 장면이 떠오르고 전체적인 스타일에서도 화려하고 아름다운 특징이 드러난다.

중국의 옛 시인들은 종종 배 위에서 시를 썼다. 배를 중심으로 때로는 맑고 은은한 장면을 그리기도 했고 복잡하게 꾸며진 아름다운 장면을 그리기도 했다. 예술의 배가 닿는 곳에는 시인들의 노래가 울려 퍼졌다.

"안개가 걷히고 해가 떠도 사람은 보이지 않고, 삐걱삐걱 노 젓는 소리에 산과 물이 푸르네煙銷日出不見人, 欸乃一聲山水綠."[101] 이따금씩 들려오는 노 젓는 소리, 이어지는 물소리는 온갖 자연의 소리들이 어우러진 소나타와 같다. 자연과 삶에 대한 시인의 이해와 체험이 전해지고 시인의 민감한 예술 영혼과 심미적 감각이 느껴진다.

"돛단배는 몇 번이나 기슭에 멈춰섰던가, 곳곳에 저녁 썰물소리風帆幾度泊, 處處暮潮聲",[102] "멀리 경구로 떠나는 편주를 생각하니, 외로운 베갯머리에서 물소리가 들려오네遙想扁舟京口, 尚餘孤枕潮聲".[103] 떠나는 길 내내 들려

---

101 柳宗元, 「漁翁」.
102 李嘉祐, 「送裴員外往江南」.
103 蘇軾, 「仲天貺王元直自眉山來見餘錢塘,留半歲,旣行,作絶句五首送之」.

오는 물소리 파도소리가 웅장한 교향악장처럼 시인에게 깊고 아득한 기억을 남겨주는 듯하다. 시인은 슬픔의 눈빛과 기쁨의 영혼으로 노 젓는 소리와 뱃소리를 노래했다. "뱃전을 두드리며 노래를 하네, 끝없이 이어지는 바다를 바라보네, 삐걱삐걱 노젓는 소리 어디를 향해 갈까, 노란 고니 노래하고 하얀 물새 잠들었네, 어느 누가 나처럼 호방하고 넉넉하리扣舷歌, 聯極望, 櫓聲伊軋知何向. 黃鵠叫, 白鷗眠, 誰似儂家疏曠",104 "맑은 새벽, 으슴프레한 오래된 나루터, 안개 속에 부드럽게 울리는 말소리, 뱃소리淸曉朦朧古渡頭, 煙中人語艣聲柔".105 여기서 노 젓는 소리는 부드럽고 느릿느릿하며 기쁨으로 가득하다. 시적인 정취가 넘쳐나는 노 젓는 소리를 들으며 자연 속의 노란 고니와 하얀 물새를 향해 나아가고 인류의 생명 깊은 곳으로 나아간다. 시인들은 노 젓는 소리와 물소리가 나타내는 자연회귀의 의미를 표현하기 위해 노 젓는 소리를 어부가에 결합했다. "그대가 궁통의 이치를 물어오면, 어부가를 부르며 물가 깊은 곳으로 가리君問窮通理, 漁歌入浦深."106 중국 문화에서 어부가는 은거와 회귀를 의미한다. 고향으로의 회귀이자 노동으로의 회귀이며 소박하고 본질적인 삶 속으로 들어가는 것이다. 노 젓는 소리는 어부가와 결합되어 전통 사대부들의 정신적 지향을 나타낸다. "오가는 고깃배에 사람은 보이지 않고, 대발 너머 간간이 노젓는 소리 들려오네漁舟往來無人見, 隔竹時聞欸乃聲",107 "거울처럼 투명한 호수 하늘을 마주보고, 만경창파 호수 위로 일엽편주 떠가네鏡湖俯仰兩靑天, 萬頃玻璃一葉船. 상앗대는 춤을 추는데 도롱이 입은 이는 잠이 들었네拮棹舞, 擁蓑眠. 하늘의 신선보다

---

104 孫光憲,「漁歌子」.
105 蒲壽,「漁父詞」.
106 王維,「酬張少府」.
107 李堪,「玉田八景·劍溪漁唱」.

는 물의 신선이 되려오 不作天仙作水仙".[108]

시인들은 뱃소리와 노 젓는 소리의 예술성을 강화하기 위해 종소리를 끌어와서 음악성과 힘을 강화했다.

高枕隨流水	편히 누워 흐르는 물을 따르고,
輕帆任遠風	가벼운 배 멀리 부는 바람에 맡기네.
鐘聲野寺迴	들판의 사찰 종소리 아득하고,
草色故城空	텅빈 옛성에 풀만 무성하네.

─ 황보염(皇甫冉), 여장보궐왕련사자서방청로동주남하(與張補闕、王煉師自徐方淸路同舟南下)」

僧歸夜船月	스님은 달밤에 배를 타고 돌아오고,
龍出曉堂雲	용이 새벽 법당 위 구름에서 나오네.
樹色中流見	숲속 물 흐르는 모습 보이고,
鐘聲兩岸聞	양쪽 기슭에서 종소리 들려오네.

─ 장호(張祜), 「제윤주김산사(題潤州金山寺)」

위 시들에서 종소리는 "한밤에 나그네배로 들려오는 종소리夜半鐘聲到客船"를 노래한 장계張繼의 「풍교야박楓橋夜泊」처럼 깨달음과 표일한 탈속을 의미한다. 예술적인 측면에서는 홀연하게 울려오는 아득한 천상의 소리이자 천궁天穹에서 들려오는 교향곡이다. 수잔 랭거는 "음악은 시간을 들을 수 있는 형식으로 만들고 연속적으로 느낄 수 있는 형식으로 만든

---

108 陸遊, 「漁歌子」.

다"[109]고 했다. 우리는 종소리 속에서 시간이 흘러가는 소리를 듣고 나아가 중국 고전미학과 예술의 운율을 듣게 된다.

6. 맺음말

하나의 이미지는 하나의 세계다. 하나의 언어는 하나의 역사다. 배의 발명은 과학에 속하는 것으로서 배는 인류 역사상의 위대한 과학적 발명품이다. 인류는 배에 의지해 강물을 건넜고 홍수를 이기고 바람과 파도를 가르는 능력을 가지게 되었다. 그런데 이 물질문명의 창조는 아주 빠르게 희망과 구원의 문화적 의미를 획득하고 사상과 예술의 바다를 향해 나아가는 의외의 사건을 만들어냈다.

배는 사상이다. 공자는 일엽편주를 타고 강과 바다를 누비는 상상을 했다. 그것은 사상적 상상이자 예술적 항행이었다. 『장자』의 정신세계 안에는 기댈 곳 없는 '매이지 않은 배不繫舟'가 있다. 그것은 현실적 은둔이며 정신적 승화이자 비상이었다. 또 불가의 지혜에서 배는 깨달음이고 탈속이고 피안에 도달하는 뗏목이었다. 그래서 불가에서는 '각해자항覺海慈航', '보도중생普度衆生'과 같은 표현을 사용한다.

배는 상징이다. 고난 속 옛 시인들의 고독하고 민감한 그리고 또 다정했던 영혼을 상징한다. 먼 곳으로 떠나는 배는 이상을 향한 깃발을 펄럭이며 시인들의 정신적 의지처가 되었다. 외로운 나그네배는 의지할 곳 없이

109 Susanne Langer, 劉大基 · 傅志强 譯, 『情感與形式(Feeling and Form)』, 北京 : 中國
社會科學出版社, 1986, P.128.

떠도는 시인들의 고독, 무력한 시인들의 슬픔이다. 집으로 돌아가는 고깃배는 자유롭게 소요하는 정신을 상징한다. 그 배에는 자연으로 회귀하고 고향으로 회귀하는 시인들의 꿈이 실려 있다.

배는 예술이다. "배에 오르면 고독에 둘러싸이니, 호수에서 시가 쏟아진다舟中繞孤興, 湖上多新詩."[110] 배를 노래한 모든 시는 미학적 가공이자 예술적 소조다. 그래서 우리는 수많은 예술적 배를 가지게 되었다. 봄배와 가을배는 물상으로서의 배를 통한 미학적 시간 체험이다. 사람들이 배를 석양이나 밝은 달 아래 놓아두기를 좋아하는 것은 배 이미지에 대한 공간미학적 표현이다. 화려한 놀잇배는 시각미학이며 노 젓는 소리와 물소리는 것은 공간미학이다.

배는 시다. 먼 바다를 항해하는 배는 인류의 지혜를 일깨웠고 인류의 무한한 시정詩情을 일깨웠다. 토마스 엘리어트Thomas Stearns Eliot, 1988~1965는 "시인의 정서는 개인적인 것이 아니다"[111]고 했다. 시인의 정서는 집단적이고 인류적인 정서라는 것이다. 왜냐하면 엘리어트는 모든 시인은 집단과 전통 그리고 역사에서 출발한다고 보았기 때문이다. 배를 노래하는 시는 모두 배 이미지의 역사적 전통과 관련이 있으며 무의식 속에 있는 민족의 풍부하고 폭넓은 정신세계를 불러낸다. 그래서 시학에서 하나의 이미지를 분석하는 것은 예술적 상징세계를 분석하는 것이고 하나의 시어를 분석하는 것은 민족의 역사 안으로 걸어 들어가는 것이다.

---

110 岑參, 「送王大昌齡赴江寧」.
111 『艾略特詩學文集』, 王恩衷 外編譯, 北京 : 國際文化出版公司, 1989, p.8.

제10장

돌의 이야기

—

『홍루몽』의 상징세계에 대한 원형비평

1. 머리말

『홍루몽』에는 이야기의 세계와 상징의 세계, 두 개의 세계가 존재한다. 대관원大觀園에서 살아가는 일군의 청춘들이 겪는 눈부신 생명의 희로애락을 그려낸 이야기의 세계로, 가씨賈氏 저택 안팎 사람들의 부침과 영락을 담은 삶의 역사를 보여준다. 『홍루몽』은 사실적이고 경험적이며 감동적인 반면, 특정 사람들의 이야기를 빌려 인류 전체의 이야기를 하는 상징 세계의 『홍루몽』은 세계의 축소판인 가씨 저택의 이야기를 통해 인류 운명에 동정의 눈물을 뿌린다. 눈물의 차 '천홍일굴千紅一窟'과 슬픔의 술 '만염동배萬豔同杯'는 생명의 적멸寂滅과 공상空相을 암시한다. 상징 『홍루몽』은 사의적寫意的이며 초경험적이며 계시적이다.

사람들은 꽃과 비단으로 둘러싸인 대관원의 화려한 생활은 경험하지 못했다 하더라도 실재했던 삶이 허망하게 사라지고 찬란했던 생명이 쇠잔해가는 처연한 경험은 한 번쯤 있을 것이다. 이 때문에 천상과 지상의 풍경이 어우러진 대관원, 젊고 아름다운 청춘남녀들, 그리고 그들의 수많은 이야기들이 『홍루몽』 속에서 상징적 의미를 갖게 된다. 이른바, "설근은 한 세도가의 이야기를 했지만, 수많은 세도가의 이야기를 포괄할 수 있다雪芹紀一世家, 能包括百千世家"[1]는 말이다.

가장 생생한 이야기는 가장 심오한 상징 의미를 가진다. 왕국유王國維는 「홍루몽 평론」에서 "예술에서 말하는 것은 개인이 아닌 인류 전체의 본성이다. 예술의 특징은 구체성을 귀하게 여기고 추상성은 귀하게 여기지 않

---

1   二知道人, 「紅樓夢說夢」, 見一粟 編, 『古典文學硏究資料彙編·紅樓夢卷』第一冊, 北京 : 中華書局, 1963, p102.

는 것이다. 그래서 인류 전체의 본성을 개인의 이름 아래 두는 것이다"[2]라고 했다. 이야기는 상징의 근거이며 상징은 이야기의 종착지다. 상징이 없는 이야기는 창백하고 빈약하다.

『홍루몽』에서 가장 풍부한 상징성을 가진 것은 대황산大荒山 청경봉靑埂峰 아래의 딱딱하고 차가운 돌이다. 돌은 일종의 인격으로서 세속과 투쟁하는 기상과 절개를 나타낸다. 돌은 일종의 구조로서 조설근이 『홍루몽』을 구상하게 된 구조적 단서이며 일종의 전통으로서 전통문화에서 그 정신적 규정성을 획득하였다. 돌은 슬픔이며, 한 시대를 살아가는 지식인의 버림받은 운명을 보여주고 세속을 벗어난 맑고 깨끗한 이상세계를 반영한다. 돌은 말이 없지만, 가장 심오하고 가장 투철한 철학과 예술의 언어이기도 하다. 결론적으로 돌은 상징이며『홍루몽』의 사상과 예술적 함의를 이해하기 위해서는 우선적으로 돌의 의미를 밝혀야 한다.

2. 돌의 이야기 –『홍루몽』의 사시四時 구조

왕몽王蒙 선생은『홍루몽』에서 "가장 감동적인 것은 역시 돌의 이야기다. 개인적으로『석두기石頭記』가『홍루몽』보다 더 좋은 제목이라고 생각한다. 『홍루몽』은 제목으로서는 조금 힘이 들어갔다.『석두기』처럼 자연스럽고 소박하지 않다. 꾸미지 않은 것이 아름다운 법이다. 한 글자도 쓰지 않고서

---

2 『王國維文學論著三種』, 北京 : 商務印書館, 2001, p.24. "夫美術之所寫者, 非個人之性質, 而人類全體之性質也. 惟美術之特質, 貴具體而不貴抽象, 於是, 擧人類全體之性質, 置諸個人之名字之下."

모든 풍류를 다 표현해낼 수 있다不著一字, 盡得風流. 『정승록情僧錄』, 『풍월보감風月寶鑑』, 『금릉십이차金陵十二釵』 등은 다소 속된 느낌이 있다"[3]고 했다. 『석두기』가 『홍루몽』보다 소박하고 살아 움직인다고 하는 까닭은 조설근의 이야기는 다름 아닌 돌의 이야기이기 때문이다. 돌은 소설 전체의 중요한 구조적 단서다. 소설은 돌에서 옥으로, 옥에서 돌로 나아간다. 돌은 소설의 전체 구조에서 중요한 역할을 한다.

『홍루몽』은 결말 부분에서 왕 부인의 입을 빌려 "우리는 이것마저도 어떻게 해야 할지 모르잖아! 병이 나도 이 옥이고, 좋아도 이 옥이고, 살아도 이 옥이고就連咱們這一個, 也還不知怎麼著呢! 病也是這塊玉, 好也是這塊玉, 生也是這塊玉"라고 말한다. 왕 부인은 세상에 대한 집착 때문에 '옥'이 '돌'의 환영이라는 사실을 알아차리지 못했다. 그러나 그녀의 말에서 옥이 『홍루몽』에서 얼마나 중요한 역할을 하는지가 의도치 않게 드러났다. 주인공 가보옥의 생명과 '옥'은 밀접한 관련이 있다. 옥돌은 소설 전체를 이끌고 가는 역할을 한다. 또 주요 인물의 운명, 인물 성격의 갈등과 충돌이 모두 이 돌멩이 하나에서 시작된다.

청대 이지도인二知道人은 『홍루몽』을 다음과 같이 계절에 빗댔다.

『홍루몽』에는 사시四時의 기상氣象이 있다. 전반부에서 왕 씨와 사 씨 집안을 세세하게 그리고 있는데 평온한 일상들이 이어지는 꿈같은 봄이다. 화려함과 사치스러움이 극에 달한 근친覲親 의식은 울창한 나무 그늘이 즐거운 꿈같은 여름이다. 잃어버린 통령보옥을 찾아 두 저택을 뒤지던 날은 찬 서리가 내리고

---

3   王蒙, 『紅樓啓示錄』, 北京 : 三聯書店, 1991, p.4.

뭇 나무들이 헐벗는 가을의 꿈이니 어찌 슬프지 아니한가! 가씨 집안 노부인이 세상을 뜨고 보옥마저 출가하자 집안은 처참하게 움추려드는 겨울 저녁 같은 광경이니 홍루의 깨진 꿈이어라![4]

이지도인은 가씨 가문의 영고성쇠를 단서로『홍루몽』의 이야기를 춘하추동으로 나누었지만 사실상 돌의 이력이『홍루몽』의 사시 구조를 구분하는 단서가 된다. 옥을 물고 태어난 때가 봄이고 옥을 던지면서 사리분별을 잃은 때가 여름, 그리고 옥을 잃어버리고 몸져 누운 때가 가을이고 옥을 버리고 귀의하는 때가 겨울이다. 그렇지만 이지도인이 나눈『홍루몽』의 사계절 또한 명철한 탁견이다.

『홍루몽』에서 사계절은 명시적으로 드러난다. 가씨 가문 네 아가씨의 이름 ― 원춘元春, 영춘迎春, 탐춘探春, 석춘惜春 ― 에서 사람들은 '원응탄식原應嘆息'의 은유적 의미에만 집중한다. 그러나 '원응탄식'은 표면적인 것에 불과하며 심층적으로는 춘하추동을 상징한다. 원元은 일어남起이고 시작이고 발원이다. 영迎은 응應하는 것이고 계승이고 계속이다. 탐探은 탄식이고 변화이자 전환이다. 석惜은 쉼息이고 합合이자 결말이다.

원춘은 가씨 가문을 비호하는 후원자이며 대관원을 만든 사람이다. 영

4　二知道人,「紅樓夢說夢」, 見一粟 編,『古典文學硏究資料彙編・紅樓夢卷』, 北京：中華書局, 1963, p.84. "『紅樓夢』有四時氣象. 前數捲鋪敍王謝門庭, 安常處順, 夢之春也. 省親一事, 備極著華, 如樹之秀而繁陰蔥蘢可悅, 夢之夏也. 及通靈玉失, 兩府查抄, 如一夜嚴霜, 萬木摧落, 秋之爲夢, 豈不悲哉! 賈媼終養, 寶玉逃禪, 其家之瑟縮愁慘, 直如冬暮光景, 是『紅樓』之殘夢耳!"

춘은 나무토막木丫頭이라는 별명으로 불렸을 정도로 모든 것을 거부하지 않고 받아들인다. '嘆탄식할탄'과 비슷한 소리를 가진 탐춘은 가씨 가문에 변고가 생기는 시기에 주로 등장하면서 수완을 한껏 발휘한다. 반면, 석춘은 쉼息이고 멈춤이다. 전반부에서 역할이 그다지 크지 않았던 네 번째 아가씨 석춘은 마지막에 이르러서야 본격적으로 무대에 등장한다. 그녀는 마무리적 성격이 강한 인물이다.

가씨 가문의 네 아가씨 원춘·영춘·탐춘·석춘의 이름에서 드러나는 축자적 의미는 '어차피 한숨짓게 되어 있다'라는 '원응탄식原應嘆息'이지만 심층적 의미는 춘하추동의 기승전합이다. 봄은 기, 여름은 승, 가을은 전, 겨울은 합이다. 문학의 '사시 구조'는 봄·여름·가을·겨울이 순환하고 반복하는 대자연에서 비롯된 심리적 암시이다. 프레이저J. G. Frazer는 "대지의 표면에서 일 년에 한 번씩 생겨나는 거대한 변화는 대대손손 이어진 인류의 가슴에 강렬하게 새겨져 있다. 그리고 이렇게 거대하고 이렇게 신비한 변화가 대체 어떤 원인에서 비롯되었는지 사색해보라고 사람들을 일깨운다"라고 했다. 중국의 대부분 지역은 사계절이 분명하다. 대자연의 변화는 무의미한 반복에 그치지 않고 인류의 정신 속에서 기승전합으로 이어지는 심리적 모형을 남겼다.

양계초梁啓超는 『청대학술개론淸代學術槪論』에서 "불학佛學에서는 모든 것이 유전한다. 대략 태어나고生 머물고住 달라지고異 사라지는滅 네 시기로 나누는데 사조思潮의 유전도 똑같이 생-주-이-멸의 네 시기로 나눈다. 첫째, 계몽기生, 둘째, 전성기住, 셋째, 탈변기異, 넷째, 쇠락기滅이다. 어떤 나라에서건 어떤 시대에서건 사조의 변화와 발전은 대체로 이 궤적을 따른다"[5]고 했다. 깊이 분석해보면 이것은 사계절의 변화가 남긴 심리적 흔적이다. 생명에서 봄은 태어나는 것, 여름은 머무는 것, 가을은 변화하는 것, 겨울은 소멸하는 것이다.

기승전합을 중시하는 중국문학에서는 기는 봄이자 생生이며, 승은 여름이자 주主, 전은 가을이자 이異, 합은 겨울이고 멸滅이다. 산문뿐만 아니라 팔고문八股文에서도 기승전합을 중시하는데 시가는 기승전합의 변화가 상당한 편이다. 가장 전형적인 것인 절구와 율시다. 왕지환王之渙의 등관작루登鸛雀樓를 예로 들면 다음과 같다.

제1구 - 기 - 춘	白日依山盡	해는 산너머로 기울고
제2구 - 승 - 하	黃河入海流	황하는 바다로 흐른다.
제3구 - 전 - 추	欲窮千裏目	천리 밖을 눈에 담고자
제4구 - 합 - 동	更上一層樓	누각을 한 층 더 오르노라.

율시의 수련首聯은 기봄, 함련頷聯은 승여름, 경련頸聯은 전가을, 미련尾聯은 결겨울이다.

돌이 중심 이미지인 『홍루몽』 역시 춘하추동이 변화하는 '사시 구조'를 따라 구성되었다. 조설근은 첫 도입부에서 청경봉青埂峰 아래에 버려진 바위를 독자들에게 보여준다.

여와씨가 무너진 하늘을 메우기 위해 대황산 무계애에서 높이 열두 장丈, 너비 스무네 장이나 되는 돌덩이 삼만 육천 오백 한 개를 단련했다고 한다. 그런데

---

5   梁啟超, 『清代學術概論』, 上海：商務印書館, 1932, p.3.

삼만 육천 오백 개만 쓰고 나머지 하나를 청경봉 아래에 버려두었다. 버려진 돌은 단련을 거치면서 영성靈性을 통해 스스로 움직이기도 하고 크기도 자유자재로 커졌다 작아졌다 했다. 돌은 하늘을 메우고 있는 다른 돌들을 지켜보면서 자신만 재주가 없어 뽑히지 못했다고 자책하며 밤낮으로 슬퍼했다.

卻說那女媧氏煉石補天之時, 於大荒山無稽崖煉成高十二丈, 見方二十四丈大的頑石三萬六千五百零一塊, 那媧皇只用了那三萬六千五百塊, 單單剩下一塊未用, 棄在青埂峰下, 誰知此石自經鍛煉之後, 靈性已通, 自去自來, 可大可小, 因見眾石俱得補天, 獨自己無才不得入選, 遂自怨自愧, 日夜悲哀.

이 비범한 기운을 가진 돌을 망망대사와 묘묘진인이 속세로 데리고 가서 피안으로 인도한다. 그래서 푸른 하늘을 메울 재주가 없어 속세에서 헛된 세월을 보내게 되는 돌의 경험과 이야기가 만들어진다. 돌은 『홍루몽』의 발단, 전개, 절정, 결말까지 모든 과정을 함께 한다.

1) 기起 – 옥을 물고 태어나다 : 이야기의 발단

『석두기』는 가보옥이 옥을 물고 태어나는 장면이 이야기의 발단이자 출발점이다. 작가는 가보옥의 출생과 함께 기이한 돌이 등장하는 범상치 않은 분위기를 긴장감 있게 배치했다. 돌은 신계에서 왔다. 그리고 진사은이 무더운 여름날 낮에 꾼 남가일몽은 신계와 속계의 중간 지대이다.

지금 마무리 지어야 할 정사情事가 하나 있는데, 두 운명의 남녀가 아직 환생하지 않았으니 이 물건을 같이 내려 보내서 속세를 한번 경험하게 해야겠소.

如今現有一段風流公案正該了結 — 這一幹風流冤家尚未投胎入世 — 趁此機

會, 就將此物夾帶於中, 使他去經歷經歷.

이어지는 제2회에서 영국부寧國府의 내력을 설명하는 냉자홍冷子興의 이야기와 맞물린다. 냉자홍의 이야기를 통해 신계의 돌이 속계로 내려왔다는 사실을 알 수 있다. 대황산 아래에 버려진 돌이 순식간에 갓난아기 입속의 오색영롱한 옥으로 뒤바뀌는 조화가 벌어진 것이다. 대황산 청경봉 아래를 오가던 스님과 도사가 속한 곳은 신계이며, 불사佛寺에 마주 앉아 술을 나누는 냉자홍과 가우촌이 속한 곳은 속계이며 인간 세상이다. 그리고 긴 여름날 진사은이 꾼 백일몽이 신계와 속계, 천상계와 인간계를 연결한다. 이렇게 신계와 속계, 천상계와 인간계가 모호하게 엇갈리고 교차되면서 『홍루몽』의 상징을 위한 복선과 암시로 작용한다.

2) 승承 – 이성을 잃고 옥을 내던지다 : 이야기의 전개

가보옥이 옥을 내던지면서 『홍루몽』의 전개 부분이 시작되고, 가보옥과 임대옥의 이미지가 직접적으로 드러난다. 보옥과 대옥은 첫 번째 만남에서 전생의 원수가 만난 것처럼 충돌했다. 두 사람은 오래된 원시의 기억을 간직하고 있는 듯 첫눈에 익숙한 느낌을 받게 된다. 흥미롭게도 보옥과 대옥의 만남은 옥에 대해 물으면서 시작된다. 보옥이 서둘러 알고자 했던 것은 대옥도 옥을 가지고 있는가였다. 이 물음은 근원에 대한 물음이자 자연에 대한 갈구다. 그래서 지연재脂硯齋는 탄식을 금하지 못했다.

한없이 기괴하고 한없이 어리석다. 그를 미치광이로 보는 자들을 어찌 탓할 수 있겠는가?

奇極怪極, 癡極愚極, 焉得怪人目爲癡哉?

자연의 성질과 돌의 성질은 바로 어리석음이다. 반대로 옥의 성질은 사회의 성질이고 문명의 성질이다. 돌의 성질과 옥의 성질은 상충되고 모순된다. 작가는 독자들이 가보옥을 옥으로 오해할까 우려했기 때문에 등장과 동시에 옥을 던지고 욕하게 했다. 보옥은 옥이 없다는 대옥의 말을 듣자 마자 광증狂症이 발작하여 있는 힘껏 옥을 내던지며 욕을 퍼붓는다.

귀하긴 뭐가 귀한 물건이야, 사람의 고하도 모르는데 신통하다고? 나도 이 재수없는 것 필요 없어.

什麼罕物, 人的高下不識, 還說靈不靈呢? 我也不要這勞什子.

옥이 내던져질 때 가보옥의 어리석음과 광증이 드러났고 그 자연적 본성이 드러났다. "나는 이 재수없는 것 필요없다"라는 말은 커다란 선언이자 석성石性의 발로였다. 다른 사람들에게는 옥이 신성한 목숨줄이었지만 보옥의 마음속에서는 '재수없는 것'일 뿐이었다.

돌은 옥의 뿌리다. 옥의 근본은 여전히 청경봉 아래에 있던 바위인 것이다. 이 지점에서 지연재는 의미심장하게 묻는다.

석형石兄에게 묻노라. 내동댕이질 당해보니 청경봉 아래서 조용하게 누워있던 때와 비하면 어떠한가?

試問石兄, 此一摔, 比在青峰下蕭然坦臥如何?

옥을 내던지는 장면은 가보옥의 캐릭터를 구축하는 출발점일 뿐만 아니라 전개 부분의 중요한 플롯이다.

3회에서 94회까지는 소설 전편의 전개 부분인데 스토리 구성 원리에 따르면 전개 부분은 전체 이야기의 중심부다. 저자는 전개 부분에서 옥을 내던지는 장면 외에 옥을 감상하는 장면이나 옥을 깨부수고 옥을 저주하는 장면 등 일련의 플롯을 세심하게 배치하여 인물의 다양한 성격과 정서를 표현했다.

설보차와 함께 있을 때 가보옥은 옥을 감상하면서 좋아했다. 가보옥과 설보차가 서로의 통령보옥通靈寶玉과 금쇄를 확인하는 8회에서 보차는 손바닥 위에 '통령보옥'을 올려두고 찬찬히 들여다보는데 이때 독자들도 처음으로 통령보옥의 진면목을 만나게 된다. "참새알 만한 크기에, 밝은 노을처럼 눈부시고, 우윳빛처럼 투명하고 매끄러운 것이, 오색영롱한 무늬가 감돈다只見大如雀卵, 燦若明霞, 瑩潤如酥, 五色花紋纏護." 옥을 좋아하는 설보차와 달리 임대옥은 출세니 성공이니 하는 뻔뻔한 말들을 입에 담지도 않았고 옥에도 관심을 보이지도 않았다. 그런데 가보옥은 한 발 더 나아가 옥을 깨부수고 저주하는 행위를 함으로써 옥이 상징하는 세속적 기준과 예교 사회의 속박에 저항한다. 사회에 대한 저항정신과 자연과 생명에 대한 뜨거운 사랑이 드러나는 순간이다. 옥은 돌의 환상幻相으로서 세속세계의 욕망을 나타내고 부귀영화를 향한 봉건 사대부의 꿈을 나타낸다. 그래서 가보옥은 진심으로 옥을 증오했다.

29회에서 임대옥이 가보옥과 설보차의 '금옥양연金玉良緣'을 조소하자 화가 난 가보옥은 목에 건 '통령보옥'을 끌러 있는 힘껏 바닥에 내동댕이치며 "재수없는 물건 같으니라고. 내가 너를 깨부숴버리면 다 끝나"라고 한다. 그런데 옥은 너무도 단단하여 던져도 끄떡없이 그대로다. 옥이 깨지지 않자 가보옥은 옥을 깨부술 만한 물건을 찾기 위해 뒤돌아선다. 표면적으로는 가보옥과 임대옥의 충돌이지만 그 실질은 금과 옥이 상징하는 세속적 결혼과 인간 생명의 소외다. 가보옥의 본성은 돌이다. 그래서 그는 온 생명을 다해 자신을 옥으로 개조하려는 사회에 저항하고 사회가 강요하는 '통령보옥'의 역할을 거부한다. 그는 꿈속에서조차 욕하는 것을 잊지 않는다. "중과 도사의 말을 어떻게 믿어? 금옥양연이 뭐야, 나는 목석인연이라구! 和尙道士的話如何信得? 什麽金玉良緣, 我偏說木石姻緣" 여기서 가보옥의 생명 깊은 곳에 각인된 옥에 대한 저항정신을 엿볼 수 있다.

돌과 옥은 『홍루몽』 속의 수많은 인물 군상들의 갈등을 두 개의 진영으로 나눈다. 홍루몽의 세계에서 벌어지는 수많은 갈등과 충돌, 그 본질은 모두가 돌과 옥의 충돌이다(상세한 내용은 다음 절을 보라). 본질인 돌과 그 환상인 옥은 『홍루몽』 속 두 개의 세계인 신계와 속계, 자연적 생명과 사회적 소외의 근본적인 상징물이다.

3) 전轉 – 옥을 잃고 정신을 잃다 : 이야기의 절정

『홍루몽』 전편에서 가장 중요한 사건은 통령보옥을 분실한 사건이다. 옥을 잃어버리는 사건은 94회 「실보옥통령지기화失寶玉通靈知奇禍」에서 나온다. 많은 홍학紅學 전문가들이 대관원을 수색하는 사건을 『홍루몽』의 전환점으로 본다. 그러나 가보옥을 『홍루몽』의 중심 인물로 설정하고 가보옥과 임대옥의 사랑을 중심 플롯으로 돌을 중심 이미지로 볼 경우, 소설 전체의 전환은 옥을 잃어버리는 94회에서 발생할 수밖에 없다.

이야기를 전체적으로 보면 가보옥과 임대옥의 사랑이 이야기의 중심이다. 그래서 두 사람의 사랑이 지속되고 '목석인연'의 이상이 깨지지만 않는다면 가씨 저택에서 그 어떤 변고가 생긴다 해도 이야기는 가을의 전환으로 들어가지 않는다. 94회에서 가모가보옥의조모, 왕 부인가보옥의모친, 왕희봉가보옥의종형수 등이 가보옥과 설보차의 혼인을 결정한다. 옥으로 대변되는 '금옥양연'이 돌로 대변되는 '목석인연'을 철저하게 이긴 것이다. 이것이야말로 『홍루몽』 전편의 근본적 전환점이고 클라이맥스다. 그런데 '금옥양연'이 확실시된 후 가씨 저택의 모든 사람들이 보물이자 '목숨줄命根子'로 여기는 통령보옥이 감쪽같이 사라지는 사건이 발생한다.

이로써 이야기는 스산한 가을로 접어든다. 옥을 잃어버린 이후의 가씨 저택은 낙엽이 분분하게 떨어지는 늦가을 고목의 형상이다. 우선, 옥을 잃어버리고 지병이 재발한 가보옥이 실성하고 귀비 원춘이 훙서薨逝하면서 가씨 집안은 뒷배경을 잃어버린다. 또 눈물마저 말라버린 임대옥은 쓸쓸한 죽음을 맞이한다. 일련의 변고들은 영국부와 녕국부의 근본적인 몰락을 암시한다. 이어서 탐춘이 먼 곳으로 시집을 가고 영춘도 목숨을 잃는다. 그리고 가씨 저택은 수색까지 당한다. 이런 상황에서 가모도 죽고 왕희봉까지 어린 딸을 남겨두고 죽는다. 가씨 집안이라는 거목에 마지막 남은 두 장의 잎새까지 떨어져 내린 것이다. 가모와 왕희봉은 가씨 집안의 영혼이라 할 수 있는데 두 사람이 죽음으로써 가을날 희미하게 남은 생기마저 사그라지고 이야기의 겨울이 시작된다.

4) 합合 – 옥을 돌려주고 귀의하다 : 이야기의 결말
옥을 돌려주고 귀의하는 부분은 이야기를 총정리하는 부분으로서 합이고 겨울이고 소설 전편의 결말이다. 이 부분은 115회부터 마지막회까지 이어진다.『홍루몽』의 마무리 부분에 상징성이 두드러지는 두 인물이 있다. 한 인물은 이야기 전반에서 자주 등장하지 않은 가석춘이다. 석춘은 세 언니들의 죽음을 통해 깨달음을 얻고 점차 중요 인물로 부각된다. 석춘의 석惜은 휴식의 식息이요 멈춤의 지止다. 이에 따라 이야기도 결론으로 접어든다. 그리고 또 한 명의 인물 진보옥甄寶玉이 전면으로 등장한다.『홍루몽』핵심은 '진眞'과 '가假' 두 글자에 있다. 가보옥은 가짜 옥이자 진짜 돌이며 진보옥은 진짜 옥, 가짜 돌이다. 진보옥이야말로 진정한 옥이다. 그래서 그의 말과 행동은 '옥사희성'의 규범에 부합한다. 가보옥은 진보옥을 처음 만났을 때 스스로를 한낱 돌덩이에 불과하다고 말한다.

이 아우는 지극히 탁하고 지극히 우매한 돌덩이에 불과합니다.

弟是至濁至愚, 只不過一塊頑石耳!

가보옥의 이 말은 숨겨진 진실을 드러내고 있다. 가보옥은 자연적 의미에서 돌이다. 그래서 그는 사회가 부여한 '옥'의 역할 속에서 사사건건 갈등한다. 반면 진보옥은 사회적 의미에서의 진정한 옥이다. 그래서 그는 늘 나랏일과 관직에 대한 이상을 입에 달고 지낸다. 입만 열면 '현친양명顯親揚名'이니 '저서입설著書立說'이니 '입덕입언立德立言'이니 하는 '쓸데없는 말混話'을 해대서 가보옥을 견딜 수 없게 한다. 진보옥이 등장하면서 비로서 가보옥은 옥의 환상을 깨고 돌의 본성을 되찾게 된다. 진짜 옥이 등장하면서 가짜 옥은 퇴장하게 되는 것이다.

스님이 옥을 되찾기 위해 속세로 내려오면서 가보옥은 속세의 연을 끊는 계기를 얻게 된다. 비릉역 옆 드넓은 광야의 노래가 보옥의 돌 역할을 마지막으로 보여주는 증거다.

我所居兮	내가 사는 곳은
青埂之峰	청경의 봉우리,
我所遊兮	내가 노니는 곳은
鴻蒙太空	홍몽의 태공

　이로써 한 편의 거대한 이야기가 막을 내린다. 돌에서 옥으로 옥에서 다시 돌로, 인간 세상의 온갖 희로애락을 겪고 선계로 돌아가는 형形과 질質이 합일되는 완결된 이야기다. 돌의 내력과 사연을 그리고 있는 이 이야기는 돌이 그 핵심이다.

　기억할 만한 것은 『홍루몽』은 겨울에 막을 내린다는 점이다. 가정과 가보옥 부자는 초겨울날 희미하게 흩날리는 눈 속에서 마지막 만남을 가진다. 그때 대관원은 사람들이 뿔뿔히 흩어지고 모든 것들이 사그라들었다. 젊고 어여쁜 소녀들이 쓸쓸한 이별과 죽음으로 떠난 자리에 오직 설보차만 남아서 쓸쓸한 겨울을 보내고 있다. 설보차의 성 '설薛'은 눈 '설雪'자와 소리가 같다. 그녀가 몸에 지니던 청청냉향清清冷香과 그녀가 상복하던 '냉향환冷香丸'도 여기서 설명된다. 오직 설 씨 성을 가진 여인, 냉향환을 먹은 그녀만 추운 겨울날을 이겨낼 수 있다. "눈 속에 묻힌 금비녀金簪雪裏埋"도 여기서 수미쌍관을 이룬다.

　『홍루몽』은 도가적 사상과 정서를 바탕으로 하고 있지만 선불교적 분위기 역시 농후하다. 흥미롭게도 소설의 중간중간 천기를 밝히는 초탈적인 게송이 등장한다. 첫 번째 부분에 나오는 게는 다음과 같다.

無才可去補蒼天	푸른 하늘을 메울 재주가 없어,
枉入紅塵若許年	붉은 먼지 속으로 굴러떨어져 오랜 세월을 보냈네.
此系身前身後事	이 몸이 겪은 전생과 후생의 사연들을
倩誰記去作奇傳	어느 누구에게 전해달라 청하리오.

기起와 발단 부분에 나오는 이 게송은 소설 전체를 이끌어가는 역할을 한다. 두 번째 게송은 가보옥이 조이랑趙姨娘의 음모로 죽음의 위기에 처한 순간에 나온다.

天不拘兮地不羈	하늘에도 땅에도 얽매이지 않고
心頭無喜亦無悲	마음속에는 기쁨도 슬픔도 없네.
只因鍛煉通靈後	단련으로 영성이 통한 후
便向人間惹是非	인간 세상의 시비를 다투네.
粉漬脂痕汙寶光	분 자국 연지 자국 보배의 빛을 더럽히고,
房櫳日夜困鴛鴦	꽃문살 안 원앙 밤낮으로 잠에 취해 있네.
沉酣一夢終須醒	단꿈도 결국 깨기 마련이고,
冤債償清好散場	죄값을 치르고 나면 모두 끝이 나리!

이 게송은 이야기의 전개 부분을 노래한다. 그래서 스님의 게송 역시 앞뒤 내용을 이어주는 승상기하承上起下의 기능을 한다. 한편으로는 아무 것에도 얽매이지 않고 슬픔도 기쁨도 없이 자유롭게 자연을 소요하는 원시적 기억을 되살리고, 한편으로는 스스로를 망각하고 누이들의 분냄새에 빠져 지내는 호화로운 현실을 꾸짖는다. 자연의 영성靈性과 욕계欲界의

욕망, 신계의 초월과 현실의 무력함이 함께 교직된 이 부분에서 이야기의 전개가 시작된다.

세 번째는 가보옥이 옥을 잃어버린 후 묘옥妙玉이 점을 쳤는데 그 점괘에서 나온다.

아! 올 때도 흔적 없이, 갈 때도 흔적 없이, 청경봉 아래 늙은 소나무 곁으로 가네. 찾고자 하면 첩첩산중을 지나 나의 문으로 들어오라, 웃으면서 만나게 되리.

噫!來無跡, 去無蹤, 靑埂峰下倚古松. 欲追尋, 山萬重, 入我門來一笑逢.

옥을 잃어버리는 사건은 이야기의 전환에 해당한다. "나의 문으로 들어와 웃으며 만나자"는 말은 어쩔 도리가 없는 비참한 결말을 암시하는 듯하다.

네 번째 게송은 전체 결론 부분에 나온다. 새하얀 눈으로 뒤덮인 망망한 광야 위에 스님과 도사, 가보옥이 서 있다. 세 사람의 서늘한 노랫소리가 천지를 울린다.

我所居兮	내가 거처하는 곳은
靑埂之峰	청경봉이요.
我所遊兮	내가 노니는 곳은
鴻蒙太空	홍몽의 아득한 하늘.
誰與我逝兮	누가 나와 함께 떠날 것이며
吾誰與從	나는 누구를 따를 것인가.
渺渺茫茫兮	아득하고 아득한
歸彼大荒	저 대황산으로 돌아가리.

이것이 소설 전체의 결말이자 이야기의 합이다. 이곳에서 가보옥이 가게 되는 운명의 종착지가 드러난다. 이야기는 무력하고 처량하다. 작가는 주인공을 황야와 홍몽鴻濛으로 내몰고 환상과 상징 속으로 내몰 수밖에 없었다. 주인공은 상징의 세계에서 정신적 해방과 자유를 얻었다. 작가가 치밀하게 배치한 불가의 게송은 소설의 사시 구조를 암시한다. 『홍루몽』은 돌의 내력을 중심으로 기승전결의 구조적 변화를 치밀하게 배치하고 있다.

3. 돌과 옥 – 『홍루몽』 속 두 개의 세계

여영시餘英時 선생은 『홍루몽의 두 세계紅樓夢的兩個世界』에서 "조설근은 『홍루몽』에서 선명하게 대립되는 두 개의 세계를 창조했다. 이 두 세계를 각각 유토피아적 세계와 현실적 세계로 부르고자 한다".[6] 여영시 선생이 구분한 두 개의 세계는 우리에게 많은 시사점을 던져준다. 그러나 유감스럽게도 여영시 선생은 대관원을 이상세계로, 대관원 바깥을 현실세계로 보았다. 대관원은 결코 조설근의 이상세계가 아니다. 왜냐하면 대관원은 가 씨 저택과 구분되지만 그럼에도 불구하고 여전히 온갖 욕망과 욕구가 존재하기 때문에 작가의 이상세계가 될 수 없다. 작가의 이상세계는 돌이고 현실세계는 옥이다. 돌과 옥은 『홍루몽』의 이상과 현실, 신계와 속계의 근본적 상징이다.

중국 전통문화에서 돌과 옥은 의미가 서로 다른 상징기호다.

6　餘英時, 『中國思想傳統的現代詮釋』, 南京 : 江蘇人民出版社, 1989, p.340.

1) 자연과 원시성, 조탁되지 않은 본성을 상징하는 돌

진나라 사람 손초孫楚는 「석인명石人銘」에서 돌에 대해 "큰 상은 형이 없고, 원기를 모체로 한다. 깊고도 아득하니 만물을 도야한다大象無形, 元氣爲母. 杳兮冥兮, 陶冶羣有"고 했다. 그 형상을 알 수 없을 정도로 거대한 돌은 우주의 기를 물려받고 태어났다. 그리고 우주로부터 물려받은 그 심오함으로 삼라만상을 키우고 가꾼다. 혼돈의 기로 이루어진 돌의 본질은 깊고 아득한 '도道'다. 이것이 돌의 자연적 속성에 대한 옛사람들의 근본적 이해다. 송대의 두관杜綰은 『운림석보雲林石譜』 서문에서 "천지의 지정至精한 기가 돌로 뭉쳐져 땅을 뚫고 올라오니 그 형상이 기괴하더라天地至精之氣, 結而爲石, 負土而出, 狀爲奇怪"라고 했다. 돌은 자연과 우주에 대한 가장 본질적인 언어다. 돌은 세상의 모든 비밀을 간직하고 있다. 햇빛과 공기, 물이 없는 천체는 존재할 수 있지만 돌이 없는 천체는 존재할 수 없다. 원대의 유선劉詵은 "돌은 천지음양의 핵으로서 천지의 정기를 품고 세상 모든 곳에 편재한다"[7]고 했다. 돌은 자연적이고 근원적인 것이다. 그래서 돌은 최고의 자연미를 상징한다. "큰 것은 큰대로 작은 것은 작은 대로 천태만상이니 과연 자연의 솜씨라."[8]

돌과는 반대로 옥은 인공과 문명을 상징하고 인위적인 조탁雕琢을 숭상한다. 『설문해자說文』에서는 옥을 아름다운 돌玉, 石之美이라고 했다. 그 성질에 있어서 옥의 근본은 결국 돌이다. 그런데도 옥이 돌보다 높은 위치에서 군림하는 것은 순전히 사회적 가치판단에 따른 것이다. 문명이 없으면 세속적 가치판단도 없다. 다시 말해, 옥은 돌과 다르지 않다. 옥의 지위는

---

7 劉詵, 『端溪石賦』. "石者, 天地陰陽之核也, 故蘊神毓異, 無所不有."
8 胥自勉, 『賦名諸石』; 『靈岩石子圖說』. "大以大成, 小以小成, 千態萬狀, 天然之巧."

순전히 사회적 가치판단에 의해 생겨난 것이다. 사회적 가치와 문명의 잣대에서 벗어나면 금이나 옥이나 아무런 의미가 없다. 따라서 옥이 상징하는 의미는 조탁이고 가공일 수밖에 없다. 옥은 다듬지 않으면 그릇이 될 수 없다는 말옥불탁불성기(玉不琢不成器), 『예기』「학기」에 담긴 뜻이 바로 이것이다.

문명사회에서 옥은 정치적 질서와 사회적 지위를 상징한다. 『상서』「순전舜典」에 "제후들에게 '서瑞'를 고루 나누어준다班瑞於群後"는 내용이 있는데 '瑞상서서'는 신분과 질서를 상징하는 옥규玉圭를 가리킨다. 『주례』「춘관春官」「대종백大宗伯」에도 "옥으로 여섯 가지 규를 만들고 방국의 등급에 따라 배분한다. 왕은 진규를 가지고 공은 환규를 가지고 후는 신규를 가지고 백은 궁규를 가진다. 자는 곡벽을 가지고 남은 포벽을 가진다以玉作六瑞, 以等邦國. 王執鎭圭, 公執桓圭, 侯執信圭, 伯執躬圭. 子執穀璧, 男執蒲璧". "옥으로 여섯 가지 기물을 만들어 천지사방에 예를 올린다. 하늘은 창벽으로 예를 올리며 땅은 황종으로 예를 올리며 동방은 청규, 남방은 적장, 서방은 백호, 북방은 현황으로 예를 올린다以玉作六器, 以禮天地四方, 以蒼璧禮天, 以黃琮禮地, 以青圭禮東方, 以赤璋禮南方, 以白琥禮西方, 以玄璜禮北方"고 했다. 소유하고 있는 옥기에 따라서 품계와 지위도 다르기 때문에 옥은 신분의 상징이 되었다. 고대 귀족들은 옥으로 자신의 부귀를 과시했는데 점차 보편적인 풍속으로 자리 잡았다. 그리고 귀족 계급뿐만 아니라 심지어 나라에서도 옥으로 된 기물을 귀한 보물로 취급했다. 『좌전』과 『사기』에도 옥기를 쟁탈하기 위해 벌어진 대규모 전쟁에 대한 기록이 있다. 이처럼 옥은 근본적으로 세속의 온갖 욕망을 의미한다. 왕국유도 "옥이라는 것은 삶의 욕망을 대변하는 것에 불과하다"[9]며 옥玉을 욕欲으로 해석했다. 바로 이런 의미에서 옥의 품성은 세속을 초월한 돌의 자연적 본성과 근본적으로 대립된다.

2) 고고하고 독립적인 초월적 인격과 정신을 상징하는 돌

중국의 옛 문인들은 종종 자신을 돌과 옥으로 비유했다. 그것은 돌과 옥같은 인격과 정신을 추구했기 때문이었다. 『주역』「예괘豫卦」육이효는 효사에서 "돌처럼 굳건하면서, 하루 종일 그러하지 아니하니, 바르게 해서 길하다介於石, 不終日, 貞吉", 「상전象傳」에서는 "하루 종일 그러하지 아니하여 바르게 해서 길하다는 것은 중정이다不終日, 貞吉, 以中正也"라고 했다. 여기서 돌은 흔들림 없이 올곧은 인격 정신을 부여받았다. 『회남자』「설림훈說林訓」에서는 "돌은 날 때부터 굳건하고 난은 날 때부터 향기롭다. 어릴 때 타고난 기질이 자라면서 점점 더 밝게 빛난다石生而堅, 蘭生而芳, 少自其質, 長而愈明"고 했다. 지조와 절개는 돌의 자연적 속성이자 인격적 속성이다. 그러나 이러한 인격과 정신은 세속세계에서 용납되지 않는 경우가 많다. 그래서 돌은 세속세계에서 쓰이지 못하고 버림받는 비극적 운명을 가지고 있다. 백거이는 「태호석太湖石」에서 "타고난 모양새가 이상하니 세상에 쓰이질 못하구나天姿信爲異, 時用非所任. 칼을 가는 숫돌보다도 못하고 옷감을 매만지는 다듬잇돌보다도 못하네磨刀不如礪, 搗帛不如砧. 그래도 어느 마음 맞는 주인을 만난다면 만금보다 귀하건만何乃主人意, 重之如萬金. 오직 조물주만이 내 마음을 알리豈伊造物者, 獨能知我心"라고 노래했다. 태어날 때부터 이질적인 돌은 세속에서 귀한 대접을 받지 못한다. 시대의 흐름에도 맞지 않고 넓은 세상 어느 한구석 쓰일 곳이 없다. 그저 자연과 우주를 바라보며 마음 자취를 털어놓을 뿐. 이것이 바로 중국 지식인들의 운명을 그린 초상화가 아닐까. 태호석은 백거이를 비롯한 여러 문인들의 사랑을 받으며 세상에 널

---

9 『王國維文學論著三種』, 北京：商務印書館, 2001, p.9. "所謂玉者, 不過生活之欲之代表而已矣."

리 알려졌다. 백거이는 태호석을 빌려 무력한 인생을 탄식하고 있다. 이처럼 돌의 인격과 정신은 탈속과 은둔이며 소요逍遙다.

보잘 것 없는 돌의 운명과 달리 옥은 세속사회에서 귀한 대접을 받는다. 그래서 인생의 의미도 다르다. 옥의 인격은 세상에 나아가 사람들을 구제하고 세속에서 기쁨을 찾는다.

『논어』「자한子罕」편에서 자공이 "아름다운 옥이 있다면 궤안에 감춰두시겠습니까? 좋은 상인에게 파시겠습니까?有美玉於斯, 韞匱而藏諸, 求善賈而沽諸"라고 묻자 공자는 "물론 팔아야지, 나는 그 상인을 기다리고 있느니라沽之哉, 沽之哉, 我待賈者也"라고 대답한다. 옥은 공자와 그 제자들의 인격적 이미지다. 스스로를 아름다운 옥에 비유함으로써 그들의 높은 자신감과 자아 정체성을 드러낸다. 또 제 값을 인정받을 수 있는 때를 기다리겠다는 '대고이고待賈而沽'는 그들 삶의 이상이다. 고대 지식인들이 수양과 탁마를 게을리하지 않았던 것은 스스로를 빛나는 사상과 지혜를 가진 아름다운 옥으로 만들기 위해서였다. 이른바 '명주明主'나 '지음知音'은 그들이 기다리는 '좋은 상인善賈'이었다. 이것이 유가를 중심으로 한 고대문인들의 이상(높은 지위에 올라 세상을 이끌겠다는 '달즉겸제천하達則兼濟天下'의 의미)을 가장 잘 보여주는 말이다. 그래서 또 '군자비덕어옥君子比德於玉', 군자의 덕은 옥과 같다고 하는 것이다.

『예기』「빙의聘義」편에서는 옥과 같은 군자의 덕을 보다 구체적으로 밝히고 있다.

溫潤而澤, 仁也　　　부드럽고 촉촉한 윤기는 인이다

縝密以栗, 知也　　　치밀하고 단단한 결은 지다

廉而不劌, 義也	날카롭지만 상해를 입히지 않는 모서리는 의다
垂之如隊, 禮也	떨어질 듯 아래로 드리운 모양은 예다
叩之, 其聲淸越以長	두드리면 맑은 소리가 길게 이어지다
其終詘然, 樂也	분명하게 그치니 악이다
瑕不掩瑜	티가 빛을 가리지 못하고
瑜不掩瑕, 忠也	빛은 티를 가리지 아니하니 충이다
孚尹旁達, 信也	그 빛이 사방을 고루 밝히니 신이다
氣如白虹, 天也	흰 무지개 같은 기운은 하늘이다
精神見於山川, 地也	정기가 산천에서 보이니 땅이다
圭璋特達, 德也	훌륭한 인품이 특출하니 덕이다
天下莫不貴者, 道也	천하에 귀하게 여기지 않는 자가 없으니 도다
『詩』雲,	시경에서 이르기를
言念君子, 溫其如玉	'군자를 그리워하는 것은 옥처럼 온유하기 때문이다' 라고 했다.
故君子貴之也	그래서 군자는 귀한 존재다.

유가에서는 무생물인 옥을 이상화하고 인격화하면서 인간의 뛰어난 자질들을 옥 하나에 모조리 담았다. 그런데 옥이 실제로 그렇게 많은 자질들을 가지고 있어서 추종의 대상인 된 것은 아니다. 오히려 그 반대로 사람들이 옥을 추종하면서 그 자질들이 부여된 것이다. 세상 모든 사람들이 옥을 귀하게 여긴다는 말은 매우 의미심장하다. 문단 말미에 이르러 말하고자 하는 바의 핵심이 드러난다. "천하에 귀하게 여기지 않는 자가 없으니 그것은 도다天下莫不貴者, 道也." 사람들이 옥을 덕에 비유하는 까닭은 모든

사람들이 옥을 귀하게 여기기 때문이다. 옥처럼 그렇게 세상 사람들로부터 추앙받고 싶어서 자신을 옥에 비유하는 것이다. 따라서 옥이 상징하는 이상이란 결국 역사에 길이 남을 업적을 쌓고 사회적 인정을 얻어내는 것일 수밖에 없다.

3) 상이한 삶의 체험을 보여주는 철학적 언어로서의 돌과 옥

유가에서는 심신의 단련과 인격의 도야를 강조하는 한편 또 출세를 중요하게 여긴다. 이 때문에 옥은 유가철학의 중요한 상징물로서 유가의 지혜와 능력을 상징한다. 옥이 좋은 상인에게 팔려가는 "대고이고待賈而沽"는 유가가 추구하는 삶의 방식이다. 반면 불가와 도가에서는 자연과 태초의 법칙을 따르는 은둔생활을 강조한다. 돌은 불도佛道사상의 심오한 표현 형식이며, 옥의 뿌리이자 옥의 본질이다. 한편 옥은 문명으로부터 자신을 상실한 소외된 돌이다. 사람들이 옥을 추앙하는 것은 화려한 조탁이며 문명과 출세의 상징이기 때문이다. 그러나 불도적 관점에서 보면 돌은 본연의 것이며 선천적인 것이다. 반면 옥은 허상이고 후천적인 것이다. 돌은 실상이고 옥은 환상이다. 그래서 불도철학에서는 돌을 이용해 우주와 인생에 대한 체험을 이야기한다. 도가는 자신들이 은거하는 곳을 '석실石室'이라고 부르고 불가에서는 돌을 제자로 삼았다. 돌은 일종의 철학적 언어인 것이다.

불가에는 돌도 고개를 끄덕인다는 '완석점두頑石點頭'의 고사가 있다. 진나라 승려 축도생竺道生이 호구산虎丘山에서 돌을 모아 놓고 『열반경』을 가르쳤는데 그의 설법에 감동한 돌들이 고개를 끄덕였다는 고사다. 옛사람들은 돌마저도 감동하여 고개를 끄덕이게 만드는 위대한 불법의 힘을 믿었다. 그런데 여기에는 또 하나의 숨겨진 의미가 있다. 돌은 가장 자연적이고 가장 본질적이고 가장 선입견이 없는 존재다. 돌이 고개를 끄덕였다는 것은 불법을 인정하는 것이기도 하지만 돌 그 자체 역시 심오한 철학적 언어다. 또 어떤 이미지를 철학적 언어로 선택하는가 하는 것에서도 사상적 경향이 드러난다. 『장자』는 '아무것도 존재하지 않는 곳無何有之鄉, 넓은 평야廣漠之野'에 심어진 나무를 자주 언급했다. 반면 조설근은 대황산 청경봉 아래의 돌을 그렸다. 돌이 예술적 이미지이자 철학적 언어로 선택된 것이다.

『홍루몽』의 시작과 끝을 관통하고 있는 것은 돌과 옥, 두 세계의 충돌이다. 이는 동전의 양면과 같다. 돌은 옥의 근본이며, 옥은 또 소외된 돌이다. 이것이 양자의 근본적 충돌을 만들어낸다. 돌과 옥의 충돌은 전통문화 속에서 만들어진 돌과 옥에 대한 속성을 바탕으로 한다.

시공간적인 측면에서 보면 돌은 신계의 공간과 태초의 시간을, 옥은 속계의 공간과 현실의 시간을 나타낸다. 신계에서 태어난 돌이 옥의 모습을 하고 속계로 떨어진다. 돌은 본질이며 옥은 인위적인 것이다. 돌은 자연과 무위를, 옥은 세속과 욕망을 나타낸다.

『홍루몽』은 신계에서 돌이 생겨나는 장면에서 이야기가 시작된다. 이 돌은 여와가 뚫어진 하늘을 메우기 위해 대황산 무계암無稽巖에서 만든 삼만 육천 오백 한 개 돌 가운데 유일하게 버려진 쓸모 없는 돌이었다. 여와는 조물주와 신계를 의미한다. '쓸모 없다'는 것은 또 이 돌의 근본적 속성이다. '쓰인다'는 것은 규범에 부합한다는 뜻이며 합목적성을 가지고 있다는 뜻이다. 그런데 또 '쓸모 없다'는 것은 자연이고 본질이다. 쓸모 없음은 속세를 벗어나는 것, 본질적인 것, 목적이 없는 것이다. 도가 철학에서 쓸모 없는 '무용無用'은 가장 자연스럽고 가장 본질적인 것이다. 자연의

'무용지용無用之用', 쓸모 없음의 쓸모 있음이다.

『홍루몽』에서는 돌을 '무계암' 아래에 두었는데 무계암은 원시 혼돈의 아득히 먼 태초를 암시하는 곳이다. 돌은 바로 그 태초의 신계에서 신성神性을 품고 태어났다.

신계에서 속계로 떨어지면서 돌은 옥으로 변했다. 옥은 곧 '욕欲', 왕국유王國維의 말을 빌리면 인간 세상의 갖가지 욕망이다. 돌을 옥으로 바꾸는 내재적 동력은 두 가지가 있다. 하나는 이욕利慾이요, 또 다른 하나는 정욕情慾이다. 이욕은 다른 돌들이 뚫어진 하늘을 메우는 동안 혼자만 재주가 없어 뽑히지 못한 자신의 운명을 원망하며 밤낮으로 슬퍼하는 바위를 통해 나타난다. 이는 곧 속세의 욕망을 나타낸다. 정욕은 삼생석 옆에서 신영시자가 강주선초에 물을 뿌려준 은혜에서 나타난다. 소설 원문에 "이 제자를 홍진세계로 데리고 가서 부귀장富貴場, 온유향溫柔鄕에서 몇 년 누리게 해주십시오攜帶弟子入紅塵, 在那富貴場中, 溫柔鄕裏受享幾年"라는 구절이 있다. 부귀장의 부와 귀는 이욕으로서 주로 공명과 그에 따른 이익이나 관록을 가리키고 남성의 세계에 한정된다. 온유향의 따뜻함과 부드러움은 정욕으로서 남녀 간의 사랑을 주로 가리키고 여성의 세계로 연결된다. '옥'은 이욕과 정욕이 집중된 결정체다. 또 옥은 소외된 생명이기에 비극적이다. 조설근은 이러한 옥을 아낌없이 조소하고 풍자한다. 8회에 나오는 돌의 환상을 비웃는 시를 보자.

女媧煉石已荒唐	여와가 돌을 단련한 것도 황당한데,
又向荒唐演大荒	더 황당한 대황산 이야기라니.
失去幽靈眞境界	신성한 진여의 경계를 버리고
幻來親就臭皮囊	더러운 거죽을 쓰고 환생하였네.

好知運敗金無彩　시운이 다하면 금빛도 옥빛도 안타까이

堪嘆時乖玉不光　스러진다는 것을 알아야 하리.

白骨如山忘姓氏　무명의 백골이 산처럼 쌓여가니

無非公子與紅妝　공자와 가인의 운명이어라.

위 시의 제목은 돌의 환상을 비웃는다는 「조완석환상嘲頑石幻相」이다. 돌의 환상은 옥이다. 그런데 옥은 인위적으로 갈고 다듬어지는 과정에서 참모습을 잃어버린다. 조설근에게 돌이 옥이 되는 과정은 곧 소외의 과정이다. 실상에서 환상이 생겨나고 진여眞如의 경계를 버리고 냄새나는 거죽을 뒤집어쓰는 과정이다. 세속적인 눈으로 보면 금과 옥은 찬란하게 빛나는 보물이지만 조설근의 눈에는 자연의 영성을 잃어버리고 빛을 잃어버린 헛된 물건이다. 조설근은 청경봉 아래서 자유롭게 소요하는 태초의 경계를 그리워했다. 신계의 돌이야말로 꿈 속에서 그리는 소요유의 세계다. 다시 말해 "하늘에도 땅에도 얽매이지 않고 기쁨도 슬픔도 없는天不拘兮地不羈, 心頭無喜亦無悲" 세계다. 옥은 세속에서 귀한 대접을 받지만 절차탁마의 과정을 거치면서 자연성을 잃고 속박과 굴레에 갇힐 수밖에 없다.

그러나 "속계의 옥은 애초에 신계의 '돌'에서 비롯되었다. 다시 말해 '진짜 돌'에서 '가짜 옥'으로 탈바꿈한 것이다. 이 때문에 '가짜 옥'은 그 생애가 짧을 수밖에 없다. 결국에는 '돌'의 본모습을 되찾고 신계로 복귀해야 한다. 그가 어디에서 왔건 반드시 그곳으로 되돌아가야 하는 것이다".[10] 그래서 속세로 가고 싶다는 돌의 간청을 들어주면서 스님이 "겁이

10　梅新林, 「'石', '玉'精神的內在沖突」, 『學術研究』, 1992.

끝나는 날 본질을 회복하고 일이 마무리된다待劫終之日, 復還本質, 以了此案"라고 예언한다. 봄과 가을이 열아홉 번이나 바뀌는 동안 슬픔과 기쁨, 만남과 이별, 삶과 죽음, 갖은 시련과 역경을 겪은 돌은 마침내 원래 자리로 되돌아가 형과 질이 합일되고 그날의 예언이 실현된다.

돌과 옥은 『홍루몽』의 세계를 신계와 속계 두 개의 층위로 나눈다. 신계는 이상세계, 속계는 현실세계다. 『홍루몽』은 신계에서 속계로 와서 다시 신계로 회귀하고, 형식적으로는 돌에서 옥이 되었다가 옥에서 다시 돌로 환원되는 순환의 역정이다. 또 상징에서 이야기로, 이야기에서 다시 상징으로 가는 과정이다. 이 과정을 다음과 같이 정리할 수 있다.

세계	형식	표현
신계	버려진 돌	상징
속계	보옥(寶玉)	이야기
신계	바위	상징

또 돌과 옥은 신연神緣과 속연俗緣 두 개의 사랑을 나타낸다. 신연의 사랑은 돌이 상징하는 목석木石의 인연이며, 세속의 결혼은 옥이 상징하는 금옥金玉의 인연이다. 작가는 나무와 돌, 금과 옥을 이상과 세속 두 가지 사랑의 상징으로 삼는 정교하고 독창적인 구상을 보여준다. 나무는 도가에서 자연과 본성을 나타내는 기호로 사용된다. 『장자』가 말하는 '아무것도 존재하지 않는 곳과 넓은 평야'의 나무, 쓸모가 없어 아무도 베어가지 않는 불요근부不夭斤斧, 물무해자物無害子의 나무는 자연의 도를 상징한다. 타고난 성질 그대로의 나무와 차갑고 쓸쓸한 돌의 어울림을 선택하여 신연의 상징을 만들낸다. 이 사랑에는 천성天性과 신성神性이 넘쳐난다.

반면, 금옥의 인연은 또 다른 숨겨진 의미가 있다. 금과 옥은 모두 세속사회의 인정을 바탕으로 부귀영화에 대한 사람들의 욕망에 부응하고 있다는 점에서 동일하다. 양자의 결합은 특별한 의미를 가지게 된다. 금과 옥은 그 자체가 세속적 선택이고 전통적으로 인위적 의미가 가장 큰 기호다. 그래서 옥은 금과 맺어질 수밖에 없고『홍루몽』에서 세속의 인연을 이루게 된다.

전생의 목석인연은 신계에서 시작되었고 자연의 생명에서 시작되었다. 이 사랑의 기반은 우연적이고 심지어 숙명적이기까지 하다. '감로수의 은혜'를 베푼 신영시자돌에 감동한 강주선초나무는 속세에서 눈물로 그 은혜에 보답하고자 한다. 이것은 필연적인 운명인 동시에 세속에 반하는 것이기도 하다. 가보옥과 임대옥의 사랑은 반 세속적이고 반 예교적이며 감정과 본성을 중시하는 신성이 그 기반이다. 그들이 기대고 있는 것은 부모의 명령이나 중매자의 권유 같은 후천적 주입이 아니라 예전에 어디선가 본 듯한 첫눈에 반한 선천적 끌림이다.

임대옥의 고집스러운 성격과 직설적인 화법은 그녀에게 내재된 돌의 성격을 보여주는 것이다. 임대옥이 등장할 때 작가는 가보옥의 입을 빌어 대옥이라는 이름의 출처를 밝힌다.

> 서방에 대黛라고 불리는 돌이 있는데 눈썹을 그리는 묵으로 쓴다
>
> 西方有石名黛, 可代畫眉之墨.

이름은 옥이지만 그녀 또한 본질적으로 돌인 것이다. 대옥은 이름만 옥을 빌려 쓰고 있을 뿐이다. 반면 또 하나의 인연 금옥양연金玉良緣은 인위적이고 조작적이며 세속적인 것이다. 이 결혼은 가모賈母, 왕 부인 등 세속사

회의 인정認定을 기반으로 한다. 가모를 위시한 집안 어른들은 부귀영화를 대대손손 이어가기 위해 수단과 방법을 가리지 않고 억지로 결혼을 성사시킨다. 이것은 자연적이고 태생적인 이끌림이 결코 아니다. 한편 설보차도 결혼을 위해 최선을 다하면서 예교와 규범에 자신의 천성을 맞춰나간다. 세속적 욕망이 이끄는 대로 자신을 따뜻하고 온화한 옥의 품성을 가진 대갓집 숙녀의 이미지로 규범화했다. 그리하여 신계에서 생겨난 자연적 '목석인연'과 속계에서 생겨난 인위적 '금옥양연'은 『홍루몽』에서 근본적인 충돌을 빚어낸다.

> 사람들은 금과 옥의 인연을 좋아하지만, 나는 나무와 돌의 옛 언약을 그리워할 뿐이네.
> 흰 눈처럼 빛나는 산 속의 고고한 이를 바라보고 있어도
> 세상 밖 쓸쓸한 숲속의 아름다운 이를 잊을 수 없어라.
> 아, 옥에도 티가 있다는 것을 오늘에야 믿게 되었네.
> 고운 눈썹 위로 가지런히 소반을 올려도 이 마음은 어쩔 수가 없노라.
>
> 都道是金玉良緣, 俺只念木石前盟.
> 空對著, 山中高士晶瑩雪.
> 終不忘, 世外仙姝寂寞林.
> 嘆人間, 美中不足今方信.
> 縱然是齊眉擧案, 到底意難平.

가보옥은 돌과 옥의 두 가지 정신을 동시에 보여준다. 그는 본질적으로 돌이기 때문에 나무와 돌이 맺은 전생의 언약을 그리워한다. 그러나 그의

사회적 역할은 또 '통령보옥'이다. 그래서 그는 어쩔 수 없이 세속적인 선택을 하게 된다. 세속세계에서 금와 옥이 부부로 맺어지는 금옥양연이 전생의 목석인연을 이겼다. 그러나 정신적 영역에서는 전생의 목석인연이 금옥양연을 이겼다. 왜냐하면 나무와 돌의 언약의 신계의 인연이고, 정신적 계약이기 때문이다. 반면 금과 옥의 인연은 세속의 인연이고 육체적 결합이다. '돌' 가보옥은 나무와 인연을 맺을 수밖에 없다. 그것은 육체적 결합을 배제한 것이다. 정신적으로는 언제나 '나무'를 지향하고 있다. 그래서 나무와 돌의 인연은 순수한 정신적 만남 속에서 서로를 동일시하게 된다. 그들의 사랑은 성적인 사랑이 아닌 성스러운 사랑이다. 그런데 신계의 인연과 성스러운 사랑은 눈물 속에 죽어가는 생명을 제물로 바칠 수밖에 없다. '옥' 가보옥은 또 필연적으로 '금'과 엮어질 수밖에 없다. 이것은 육체적 결합을 이룰 수 있다. 그러나 정신적으로는 영원히 서로 분리될 수밖에 없다. '금' 설보차는 옥과 맺어질 수는 있지만 옥의 본질인 돌과는 영원히 맺어질 수 없다. 옥은 속계에 존재하는 가보옥의 환상에 불과하다. 가보옥은 결국 다시 돌로 돌아가서 나무를 만난다. 설보차가 가보옥과 육체적 결합을 이룸으로써 금이 나무를 이기고 세속이 신계를 이겼지만 그러나 그것은 가짜 승리였다. 표면적으로는 희극이었지만 실상은 비극이었던 것이다.[11]

인간 세계에서 돌의 성질과 옥의 성질은 서로 다른 인격과 정신을 대변한다. 돌과 옥은 『홍루몽』 속의 등장인물들을 두 개의 진영으로 나눈다. 돌은 세속을 초월하여 본성으로 회귀하는 인격적 미학을 구현한다. 반면

---

11 Ibid.

옥은 현실적 공리에 집착하는 인생의 이상을 보여준다. 주인공 가보옥은 돌이고 진정한 옥은 진보옥이다. 이에 관해서는 뒤에서 계속 논의할 것이다. 임대옥은 돌의 성격이고 설보차는 옥의 성격이다. 시녀 청문晴雯은 돌의 성격이고 지위가 가장 높은 시녀 습인襲人은 옥의 성격이다. 홍루몽의 구조를 보여주는 인물 가운데서 진사은이 돌의 성격, 가우촌이 옥의 성격이다. 돌의 성격과 옥의 성격은『홍루몽』에서 인물들 간의 대립 구도를 만들어낸다.

가정賈政을 필두로 한 귀족 계급은 가보옥을 그들 귀족 계급이 필요로 하는 통령보옥으로 다듬기 위해 수단과 방법을 가리지 않는다. 옥은 부귀공명과 가문의 영원한 존속을 향한 그들의 꿈을 대변한다. 그들은 가보옥에게 공맹의 도와 사서오경을 읽고 과거에 급제하여 관직에서 나라와 백성을 구제하라고 강요한다. 그러나 가보옥은 자신이 가진 돌의 성격 때문에 그를 고치고 바꾸려는 사회에 저항한다. 그는 가씨 집안의 위아래 모든 사람들이 목숨줄로 여기는 통령보옥을 거들떠보지도 않고 심지어는 집어던지고 깨부수고 저주하기까지 한다. 그는 관직과 경세제민을 인생의 꿈으로 받아들이지 않았으며 세속세계가 그를 위해 짜놓은 '금옥양연'은 더더욱 받아들이지 않았다. 대신 본성과 자연을 추구하는 전생의 '목석인연'을 추구했다.

임대옥의 성격도 기본적으로 돌이다. 임대옥이 가보옥은 돌의 성격을 공유하고 있다는 점에서 공통적이다. 임대옥은 인심과 세태를 아랑곳하지 않고 자신의 타고난 본성을 거리낌없이 표현한다. 그녀는 가보옥에게 성공이니 출세니 하는 속된 이야기를 하지 않는다. 임대옥은 유달리 '통령보옥'에 냉담했다. 가보옥이 옥을 내던지거나 잃어버려서 소동이 벌어졌을 때도 임대옥은 무관심한 태도로 일관했다. 임대옥은 옥보다는 가보옥 사람 그 자체를 더 중요하게 생각했던 것이다. 그런데 설보차는 다르다. 그녀의 운명은 처음부터 끝까지 옥과 관련이 있다. 그녀는 옥을 애지중지하고 흠모해 마지 않는다. 그래서 작가는 의도적으로 그녀가 옥을 들여다보며 감탄하는 장면을 그려냈다.

참새알 만한 크기에, 밝은 노을처럼 눈부시고, 우윳빛처럼 투명하고 매끄러운 것이, 오색영롱한 무늬가 감돈다.

大如雀卵, 燦若明霞, 瑩潤如酥, 五色花紋纏護

그녀는 옥을 손바닥에 올려놓고 찬찬히 감상하며 품평한다. 이 장면은 상징성이 매우 큰 세부 장치다. 설보차는 단정하고 우아하며 온화하고 원숙한 옥의 성품으로 가씨 집안 위아래 모든 사람들의 사랑을 받았다. 설보차의 운명도 옥이 대변하는 세계와 끝까지 함께 하게 될 것이라는 암시다.

『홍루몽』에는 돌의 성격과 옥의 성격을 대변하는 또 다른 두 명의 구조적 인물 진사은과 가우촌이 있다. 『석두기』는 진사은의 등장으로 서막을 연다. 진사은은 신계와 속계를 잇는 인물이다. 꿈속에서 돌의 처한 상황과 전생의 목석인연과 관련된 여러 비밀을 맨 처음 알게 된 그는 선지자다. 진사은은 딸아이의 실종과 화재 등 연달아 큰 화를 당한 뒤 속세를 간파하고 스님과 도사를 따라 출가한다. 이 점에서 그는 선각자다. 그는 옥에서 돌로, 속성俗性에서 신성神性으로 복귀하는 가보옥의 본보기다. 반면 가우촌은 옥성玉性과 속계의 대표 인물이다. 그가 등장하면서 욕계의 범람이 시작된다. 가우촌은 호로묘胡蘆廟에서 세속세계로 나아갔다. 일개 가난한 서생이었던 그는 과거에 급제하여 출세가도를 달리며 원만한 처세술로 다양한 일들을 중재한다. 가우촌이야말로 부귀장과 온유향에서 세속적 욕망을 실현하는 욕계欲界의 선도자인 것이다. 이 때문에 가정을 비롯한 어른들이 가보옥에게 인생의 본보기로 가우촌을 추천한다. 글 선생 신분으로 임대옥을 가씨 집안으로 데리고 간 가우촌은 속계에서 가보옥과의 만남을 주선하고 정감적 사랑의 욕구를 상징한다.

『홍루몽』에서 욕망을 상징하는 '통령보옥'은 가씨 집안 인물들의 정신세계를 비추면서 다양한 정신적 욕망을 보여준다. '통령보옥'을 보물처럼 소중히 여기는 가모, 왕 부인, 습인, 왕희봉 등은 세속적 욕망을 상징하는 옥을 사수한다. 3회에서 가보옥이 옥을 내던졌을 때 깜짝 놀란 사람들은 앞다투어 달려나가 옥을 집어 올렸다. 가모는 "화가 나면 사람을 때리고 욕하면 그만이지 왜 그 명줄을 내던지느냐?你生氣, 要打人罵人容易, 何苦摔那命根子"라고 노골적으로 말한다. 속계에서 욕옥은 목숨줄이다. 이 말에는 다양한 의미가 담겨 있다. 가보옥이 옥을 잃어버린 회回에서 가씨 저택은 온 집안이 혼란에 빠진다. 심지어 습인은 "어르신들이 알면 우리는 뼈가 가루가 되도록 으스러질거에요要是上頭知道了, 我們這些人就要粉身碎骨了"라며 울음을 터뜨린다. 욕옥은 세속의 기반이자 사회질서의 상징이다. 그래서 옥에 문제가 생길 때마다 가씨 저택도 큰 변화를 겪는다. 환상을 간파한 작가는 준엄한 눈빛으로 옥을 둘러싼 가씨 집안 사람들을 지켜본다. 작가의 눈빛은 차가운 야유와 조소다. 작가가 본 것은 돌이었기 때문이다. 가보옥이 스님에게서 옥을 돌려주며 한 말이 의미심장하다.

너희들은 옥은 중하게 생각하면서 사람은 중하게 생각하지 않는구나. 기왕

에 너희들이 나를 놔줬으니까 이제 저 사람을 따라 가야겠다. 옥을 부여잡고
있는 너희들 모습이 어떤지 보아라.

你們這些人, 原來重玉不重人, 你們既放了我, 我便跟著他走了, 看你們就守著
那塊玉怎麼樣.

사람보다 옥을 더 소중하게 생각한다는 말에『홍루몽』의 주제가 압축되
어 있다. 옥은 질서이자 기호이며 사회이자 세속이다. 반면 돌은 사람이자
본성이며 자연이자 신성이다. 사람보다 옥을 소중하게 여기는 경향은 인
류 전반에 퍼져 있는 본말이 전도된 현상이다. 작가는 옥과 돌을 빌려 인
간을 소외시키는 문명을 고발하고 있다. 이것은 사회 전반에 대한 격렬한
저항이다. 작은 옥구슬 하나가『홍루몽』을 두 개의 세계로 나누고 또 인류
를 자연적 생명과 사회적 생명의 두 가지 층위로 구분한다. 가보옥은 옥의
본질을 꿰뚫어보고 진실을 폭로했다. 이와 더불어 자연스럽게 인간과 세
상의 모순이 폭로된다. 작가가『홍루몽』을 창작한 뜻이 바로 여기에 있다.

4. 슬픔의 돌―가보옥의 이중적 역할

『홍루몽』은 중국문학사에서 진정한 의미의 비극적 소설이다. 노신魯迅
선생은『홍루몽』에 대해 "슬픔의 안개가 농밀한 숲을 자욱하게 뒤덮고 있
다悲涼之霧, 遍被華林"는 의미심장한 평을 내렸다. 돌은『홍루몽』의 중심 이미
지다. 그래서『홍루몽』의 비극적 의미는 돌을 통해 표현된다. 이러한 의
미에서『홍루몽』의 돌은 슬픔의 돌이고 비극적 돌이다. 가보옥은 돌의 화

신이다. 슬픔의 돌은 슬픔의 가보옥이 있기 때문이고 비극적 돌은 비극적 가보옥이 있기 때문이다.

가보옥의 진정한 비극은 돌과 옥의 이중적 역할로 인해 발생한다. 가보옥은 신계에서 온 돌이다. 그의 원형은 여와가 뚫어진 하늘을 메울 때 쓰이지 못하고 버려진 돌이다. 그러나 속계에서 그는 "밝은 노을처럼 눈부시고, 우윳빛처럼 투명하고 매끄러운燦若明霞, 瑩潤如酥" 통령보옥이다. 가보옥의 자연적 역할은 세상에서 벗어난 고집스러운 돌이다. 반면 그의 사회적 역할은 세상 속으로 나아가는 영리한 옥이다. 사람들은 가보옥의 본질은 보지 못하고 그가 가진 옥의 역할에만 집중한다. 그래서 가씨 집안의 위아래 모든 사람들은 가보옥에게 희망을 걸고 옥을 지켜내기를 바랐다. 가보옥이 세상으로 나아가 성공한 귀족 계급의 계승자가 되기를 희망하는 가모, 가정, 왕 부인 등 어른들은 그를 모든 사람들이 좋아하는 빛나는 옥구슬로 빚고자 했다. 또 설보차, 사상운 등도 가보옥에게 과거에 급제하여 관직에 오르라고 권했다. 가보옥은 옥이 아니었지만 세상 사람들의 눈에는 옥으로 보였다. 사람들은 옥의 기준에 따라 가보옥을 판단하고 탁마했다. 여기서 가보옥의 캐릭터가 가진 근본적 모순이 드러난다. 가보옥의 진정한 비극은 자연적 본성을 가진 돌이 속세에 떨어져 스스로 감당할 수 없는 통령보옥이 된 것이다. 척서본戚序本 제3회에서 지연재脂硯齋는 이렇게 말하고 있다.

이한천離恨天을 메우지 못하고 남은 돌은 이별의 한을 품은 돌이 아니겠는가? 강주선초의 눈물은 이별의 한으로 하늘에서 떨어지는 것이 아니라 돌을 안타깝게 여겨 떨어지는 것이다. 그 돌이 스스로를 아끼지 않으니 지기가 천방백계로 소중하게 아껴주지 않을 수 있겠는가?

補不完的是離恨天, 所餘之石, 豈非離恨石呼? 而絳珠之淚, 偏不因離恨而落, 爲惜其石而落. 其石不自惜, 而知己能不千方百計爲之惜呼?

조설근은 한낱 돌멩이 하나 때문에 동정의 눈물을 흘렸다. 그것은 돌이 사람을 상징하고 그 돌에 인류의 운명이 달려 있기 때문이었다. 강주선초의 눈물 또한 '이별의 한 때문이 아니라 돌에 대한 안타까움으로 흘린 눈물不因離恨而落, 爲惜其石而落'이다. 이 같은 비극적 의미에서 출발하여 조설근은 슬픔의 돌을 그려냈다. 『홍루몽』에는 옥의 환상인 가보옥을 폭로하기 위해 만들어진 또 다른 인물 진보옥이 있다. 왕희렴王希廉은 "『홍루몽』에서 가장 중요한 키워드는 '참'과 '거짓'이"[12]라고 했다. 사람들은 진사은의 '진', 가우촌의 '가'만 의식하고 가보옥의 '가'와 진보옥의 '진'은 지나친다. 가보옥은 가짜 보옥이고 진짜 돌이다. 진보옥은 진짜 보옥이고 가짜 돌이다. 진보옥이야말로 옥의 정신과 품격에 걸맞는 사람이다. 그래서 처음 등장했을 때 경세제민이니 도덕이니 하는 말들을 한다.

나중에 훌륭하신 스승들을 뵈었는데 모두 입신양명하여 가문의 명예를 드높이신 분들이었습니다. 쓰시는 글마다 충과 효를 강조하시니 그것이야말로 입덕과 입언을 행하는 대업이자 성세聖世에 태어난 보람이며 키우고 가르치신 부친과 스승의 은혜를 갚는 일 아니겠습니까.

後來見過那些大人先生盡都是顯親揚名的人, 便是著書立說, 無非言忠言孝, 自

---

12 王希廉,「紅樓夢總評」, 見一粟 編,『古典文學研究資料彙編·紅樓夢卷』, 北京 : 中華書局 1963, p.147.

有一番立德立言的事業, 方不枉生在聖明之時, 也不致負了父親師長養育教誨之恩.

가보옥처럼 훌륭한 용모와 재능을 가지고 태어난 어린 진보옥은 '여러 훌륭하신 스승들大人先生'의 교화 아래서 세속세계와 타협하고 귀족 계급이 아끼는 보석으로 동화되었다. 그리하여 그는 세속의 교화와 타협을 받아들이지 않는 가보옥과 선명하게 대비된다. 가보옥은 '녹을 갉아먹는 벌레祿蠹'가 되려는 구태의연한 진보옥에게 극도의 반감을 가진다. 공명功名을 꿈꾸는 진보옥의 이상에 대해 "들을 수록 참을 수가 없는愈聽愈不耐煩", "물과 불처럼 맞지 않는氷炭不投"다고 했으며 스스로를 "지극히 탁하고 우매한 돌至濁至愚的頑石"이라고 표현하기도 했다. 가보옥은 기어이 동화되지 않고 통치 계급에 저항하는 고집스러운 돌이 된 것이다.

가보옥의 본질은 돌이다. 그래서 그의 정신과 기질에는 세속에 도전하는 돌의 정신이 녹아 있다. 지연재는 가보옥을 "예부터 지금까지 존재한 적 없는 단 한 사람亘古未有之一人"이라고 평했다. 가보옥의 이미지가 한번도 본 적 없는 미증유의 새로운 것인 이유는 돌의 정신을 가진 사람이기 때문이다. 과거의 문학 작품들에서 진취적이고 정의로운 수많은 영웅들이 만들어졌지만 그들의 이미지는 가문과 조국을 위해 목숨을 바치거나 공명을 추구하는 정형화된 틀을 벗어나지 못했다. 결국 옥일 수밖에 없는 그들은 정의와 비정의, 정통과 비정통 사이에서 충돌을 일으켰고 가보옥의 이미지만 그러한 대립구도에서 벗어난다.

가보옥의 자유로운 천성은 개성적이고 해방된 자연의 품성을 추구한다. 기존 문학 작품에서는 보기 드문 이미지다. 그는 처음부터 끝까지 돌의 품성을 지키는 한편 그를 동화하고 교화하려는 문명사회의 도덕 규범과 투쟁했다. 가보옥은 구체적인 적敵이 한 명도 없다. 그는 어떤 정치적 힘이나 인물이 아니라 인류를 소외시키는 문명과 충돌했다.

　가보옥이 가진 이러한 돌의 정신은 세속세계에서 인정받거나 용납될 수 없었다. 66회에서 홍아가 우삼저에게 가보옥에 대해 이렇게 말한다.

　　하루 종일 제 정신이 아니에요. 무슨 말을 하는지 무슨 일을 하는지 당췌 모르겠어요. 남들은 훤하게 생긴 겉모습만 보고 당연히 속도 똑똑할 거라고 생각하겠지요. 그런데 겉만 번듯하고 속은 형편없다는 걸 누가 알겠어요. 사람을 봐도 말 한 마디 건넬 줄을 아나. 그나마 장점이라고는 서당에 다닌 적은 없어도 글자 몇 자는 안다는 거고. 허구헌날 글 공부도 안하고 무술 연마도 안하죠. 사람들 만나는 것도 무서워하죠. 계집아이들 틈에서 떠드는 것만 좋아해요. 또 강약도 없어서 기분 좋으면 위아래 분간 없이 장난이나 치고 그러다 기분 나쁘면 쳐다보지도 않고, 다들 제멋대로 하고 서로 상대도 안하지요. 우리가 못 본 척하고 가만히 앉아 있거나 드러누워 있어도 나무라지도 않아요. 그래서 다들 무서워하지도 않고 편한 대로 해도 그냥 넘어가요.

　　成天家瘋瘋癲癲的, 說的話人也不懂, 幹的事人也不知. 外頭人人看著好個淸俊模樣兒, 心裡自然是聰明的. 誰知是外淸而內濁, 見了人, 一句話也沒有. 所有的好處, 雖沒上過學, 倒難爲他認得幾個字. 每日也不習文, 也不學武, 又怕見人, 只愛在丫頭群裡鬧. 再者也沒剛柔, 有時見了我們, 喜歡時沒上沒下, 大家亂頑一陣, 不喜歡各自走了, 他也不理人. 我們坐著臥著, 見了他也不理, 他也不責備. 因此沒人怕他, 只管隨便, 都過的去.

　홍아의 말을 통해 세속적 관점에서 바라보는 가보옥의 모습을 엿볼 수 있다. 그는 글 공부도 하지 않고 무술 연마도 하지 않는다. 그것은 공명이나 출세 같은 개인적 욕망이 없기 때문이다. 그래서 그는 경세치국을 논하는 글들을 싫어한다. 그는 세속에 염증을 느끼고 귀족들이나 문인들과의 교류를 하찮게 여겼다. 그래서 그는 사람 만나기를 무서워했다. 사실 가보옥은 그들을 무서워한 것이 아니라 경멸했던 것이고 만남을 하찮게 여겼던 것이다. 반면 그는 천진난만한 소녀들에게 특별한 애정을 가지고 있었다. 여자들을 아끼는 그의 고운 천성, 공명과 사욕을 추구하지 않는 마음, 그는 타고난 기질대로 자유로웠으며 동심으로 충만했다. 그래서 주인으로서의 위엄도 전혀 없고 타고난 천성을 자연 그대로 키워나갔다. 이 모든 것들은 돌의 본성이다. 욕망이 판치는 세속세계에서 이해받을 수 없는 성격이다. 그래서 황당하고 이상하게 보여지고 "제정신이 아닌 것瘋瘋癲癲"으로 보여진다. 아무도 그의 말과 행동을 이해할 수 없다. 옥의 세계에서는 고독하고 외로울 수밖에 없다.

가보옥의 고독과 슬픔은 특정 시기나 특정 정치 세력에 저항하는 반역자가 아닌 모든 역사 모든 문명에 저항하는 반역자라는 점에서 기인한다. 가보옥의 원형은 여와가 버린 돌이다. 버려진 돌의 이미지가 문제를 설명할 수 있는 단서다. 여와는 세상의 창조자이고 역사의 기원, 문명의 상징이다. 그런 여와에게서 버려졌다는 것은 모든 문명과 모든 역사로부터 버려졌다는 것이다. 가보옥은 역사와 문명으로 추방된 자이다. 그는 여와의 천지창조보다 앞선 아득한 원시의 태일太一에서 왔다.

가보옥의 비극은 속계에 떨어져 통령보옥이 되면서부터 시작된다. 돌에서 옥으로, 신성에서 세속으로 전락하는 비극은 가보옥 한 사람만이 아닌 인류 전체의 비극이다. 돌을 세속으로 데리고 가기 전 망망대사는 "형상은 보물처럼 생겼어도 실재 장점은 없다形體倒也是個寶物了,還再沒有實在的好處", "나라와 가문에 기대가 없다於國於家無望"는 점을 잘 알고 있었다. 그래서 돌 위에 "통령보옥"이라는 글자를 새기고 귀한 물건인 양 세상 사람들을 기만한다. 그리고 여덟자로 된 은유문 "돌의 본성을 잃지도 말고 잊지도 말아리莫失莫忘, 그러면 병나지 않고 오래 살 수가 있다仙壽恒昌"를 새겨 돌의 본성을 잃지 말라고 당부한다. 그리하여 가보옥의 몸에는 돌과 옥 두 가지의 힘이 동시에 존재하게 되었다. 돈과 권력을 멸시하며 본질로 돌아가고자 하는 돌의 힘과 세속을 묵인하고 집착하는 옥의 힘이 그를 이끈다.

선천적으로 돌이었던 가보옥은 늘 본질로 회귀하려는 힘에 이끌렸지만 세속세계에 들어온 이상 '옥'으로서의 여러가지 욕망을 실현한 다음에야 돌로 환원될 수 있었고 신성神性을 회복할 수 있었다.

돌과 함께 속세에 들어온 가보옥은 생사와 관련된 두 번의 큰 사고를 겪었는데 모두 석성石性의 상실과 관련이 있다. 한번은 마도파와 조씨가 만들어낸 귀신을 이겨내지 못했는데 인간 세상의 환락과 탐욕에 젖어 영성을 잃어버림으로써 생긴 사고다. 스님이 "분 자국 연지 자국 보배의 빛을 더럽히고, 꽃문살 안 원앙 밤낮으로 잠에 취해 있네粉漬脂痕汙寶光, 房櫳日夜困鴛鴦"라고 게송을 불렀는데, 가보옥이 호화로운 환경에서 하루 종일 여자아이들과 어울려 정 때문에 힘들어 하느라 돌의 자연속성을 잃어버렸다는 뜻이다. 그때는 스님이 돌을 어루만지자 보옥의 병이 깨끗하게 나았다.

또 한번 돌을 잃어버리는 사건이 벌어졌는데 시간적으로도 가장 길었고 어려움도 가장 많았다. 전생에 약속된 목석인연이 깨지고 금옥양연이 기정사실이 되었다. 세속의 사랑이 신계의 신성한 사랑을 이긴 것이다. 그리고 가보옥은 강력한 옥의 힘에 이끌려 무기력하고 나약한 모습을 보인다. 임대옥을 향한 그리움 속에서 어른들이 좌지우지하는 결혼에 불만을 가지면서도 금옥양연을 받아들였다. 대옥을 사모하는 마음을 살짝 보차에게로 옮겨 가면서 현상에 안주했다. 그는 원앙의 자살에서 세상의 모든 지혜와 아름다움은 여자들의 몸에 모여 있다고 생각하며 주인을 위해 목숨을 바친 존경스러운 사람이라고 여겼다. 세속적 이끌림으로 옥의 힘이 커지면서 석성은 사라지고 메마른 생명과 흐릿한 정신만이 남았다. 석성을 잃어버릴 때마다 영민하고 아름다웠던 가보옥은 영성을 상실하고 아둔한 바보가 되어 갔는데, 여기에 작가의 깊은 뜻이 숨겨져 있다. 돌이 상징하는 자연적 생명은 인간 생명의 근본이기 때문에 자연적 생명의 속성에서 벗어나면 사람은 보잘 것 없는 빈껍데기가 될 수밖에 없다. 『홍루몽』이 상징적으로 밝히는 것은 세속세계에 있는 돌의 슬픔과 무력함이다.

돌의 슬픔은 두 가지 측면에서 의미가 있다. 첫째 돌은 현실세계에서 세상과 부딪히며 세속에 수용되지 못한다. 또 자연적 속성은 또 현실의 물욕과 정욕에 이끌려 그 빛을 잃어버리고 생명의 위험을 불러온다. 횔덜린 Hölderlin은 "위험이 있는 곳에 구원이 있다"고 했다. 구원은 위험이 존재하는 곳에서 이루어진다. 돌을 구원하는 것은 스님과 도사가 대표하는 자연적 본성의 불도사상이고 세속적 욕망에 대한 도피와 부정이다. 형형색색의 현상세계를 부정한 후에 작가가 가리키는 것은 본질적이고 텅 빈 자연의 세계일 수밖에 없다. 이렇게 옥은 인간 세상의 갖가지 업보를 겪은 후에 돌로 돌아가게 될 운명이었다.

가보옥이 생명과 영성을 회복하는 것은 돌의 각성으로부터 시작된다. 위기에 처해 나약해진 가보옥은 분연하게 떨치고 일어선다. 석성을 깡그리 상실하고 입신양명에 열중하는 '진짜 보옥' 진보옥을 만났을 때 자신은 "한낱 돌덩이에 지나지 않는다"고 당당하게 말한다. 이로써 석성의 회복이 시작되고 "막실막망莫失莫忘, 선수항창仙壽恒昌"과 쌍관雙關을 이룬다. 이로 인해 가보옥은 결연하게 옥의 이면―돌을 향해 나아간다. 그래서 그는 진보옥의 '고담준론'에 큰 반감을 가지고 과거니 과거급제니 충이니 효니 하는 것들에 분노한다.

가보옥의 투철한 저항의식은 돌의 힘으로 생겨난 것이다. 석성의 회복이자 승리다. 가보옥은 향시에 참가하라는 부친의 강력한 압박에 맞서 부귀영화와 가족을 포기하고 빈손으로 대황산 아래로 돌아가 형과 질의 합일을 이루기로 결심한다. 이 장은 가보옥이 가장 빛나는 감동적인 장이다. 가보옥의 석성이 신비한 빛을 발산하는 장이기도 하다.

비릉역毗陵驛에서 이루어진 가보옥과 부친 가정의 상봉은 상징적 의미가 있다. 그때 가보옥은 머리를 깎고 맨발로 몸에 성성이가 새겨진 붉은빛 가사를 걸치고 스님과 도사의 부축 아래 속세의 연을 끊고 표연하게 떠나간다. 세 사람의 모습은 "아득하고 먼 저 대황산으로 돌아가네渺渺茫茫, 歸彼大荒"라는 노래 속으로 사라진다.

비릉역의 눈 내리는 밤 가정은 스님과 도사를 따라 떠난 보옥을 뒤쫓는다. 그러나 결국 아무도 없는 아득한 설원 위에 홀로 남게 된다. 가정은 가씨 집안 남성 권력의 최고 대변자다. 그의 존재는 뿌리 깊은 옥의 정신을 구현한다. 그는 가보옥을 비롯한 후손들에게 입신양명과 출세의 본보기였다. 또 그는 가보옥을 사람들이 추앙하는 찬란하게 빛나는 보석으로 만들고자 했다. 그러나 그는 결국 아무런 성취도 없이 아득한 광야 위에 홀로 선다. 이는 옥의 실패와 돌의 승리를 상징한다.

이야기를 통해 자연적 인간성이 세속적 욕망을 이긴다는 진리를 외친

이는 조설근이 유일하다. 가보옥은 돌에서 돌로 돌아갈 운명을 가지고 있었다. 그래서 가보옥의 종착점은 출가하여 중이 되는 것이 아니라 대황산 아래로 되돌아가 돌이 되는 것이다. 이것이 진사은이 말한 '형形과 질質은 통일된다'이다. 형은 옥이고 질은 돌이다. 많은 사람들이 가보옥이 출가해서 불교로 귀의해야 했다고 지적한다. 그러나 이는 피상적인 생각에 불과하다. 가보옥의 기본 성격은 돌이다. 그의 성격은 버려진 돌, 고집스러운 돌, 잃어버린 돌, 깨어난 돌을 플롯으로 발전한다. 그래서 『홍루몽』의 결말 부분에 새로운 돌이 등장하여 수미상관을 이룬다.

> 석형에 속세에 한번 다녀와 광명과 원각을 갈고 닦았으니 여한이 없다 하겠다.
> 方知石兄下凡一次, 磨出光明, 修成圓覺, 也可謂無復遺憾了.

속세를 두루 겪은 가보옥이 다시 차갑고 쓸쓸한 돌로 돌아가는 결말로 마무리된다. 출가해서 중이 되는 것보다 더 큰 울림을 주고 세속의 비극과 생명의 환상을 잘 보여준다. 그래서 저자는 후반 40회를 다른 사람이 이어서 쓴 것이 아니라고 믿고 싶을 정도다.

5. 돌의 내력 — 돌 이미지의 문화와 문헌 출처

조설근은 돌에 대해 특별한 애정을 가졌던 것 같다. 그는 돌에 관한 글을 쓰는데 그치지 않고 돌을 그림으로 그리기까지 했다. 살아생전의 절친이었던 돈민敦敏은 「제근포화석題芹圃畫石」에서 이렇게 노래했다.

傲骨如君世己奇	그대처럼 고고하고 당당한 이는 세상에 드물다오,
嶙峋更見此支離	가파르게 솟은 그대의 기암괴석들을 보니 더욱 그러하오.
醉餘奮掃如椽筆	술에 젖은 그대의 서까래 같은 붓이 힘차게 날아올라,
寫出胸中塊礧時	가슴 속에 켜켜이 쌓인 돌들을 하나하나 그려냈구려.

　　조설근의 그림 속에 당당하게 선 돌들은『홍루몽』에 나오는 독야청청 초연한 가보옥의 이미지와 일치한다. 돌의 이미지에는 조설근의 인생에 대한 깨달음과 예술적 체험이 녹아 있다. 돌에 정情을 담고 지志를 담아 그의 우울과 분노를 써내려간 것이다. 가슴 속에 돌처럼 켜켜이 쌓인 한을 풀어놓는 것, 조설근이 돌의 이야기를 쓰고 돌을 그린 창작의 취지가 바로 여기에 있다.

　　『홍루몽』과 그림 속의 돌은 모두 이질적이고 낯설지만 돌이 의미하는 바는 중국 전통사상과 예술에 뿌리를 두고 있다. 오랜 역사를 가진 중국의 돌 문화와 돌을 노래한 옛 시인들의 작품들이 조설근의 예술적 영감을 일깨우고 자극했을 것이다. 이런 의미에서『홍루몽』의 돌은 상당한 내력이 있다.

　　돌은 중국문화에서 중요한 위치를 차지한다. 인류역사는 긴 석기시대를 거쳤다. 원시인류는 돌도끼를 손에 들고 황량한 야만의 땅에서 힘겹게 전진했다. 돌은 인류 최초의 도구 가운데 하나이자 인류 최초의 숭배 대상이다. 사천성四川省 마사족摩梭族은 '지우무루久木魯'라고 불리는 신성한 돌을 숭배한다. 아이를 원하는 여자들이 '지우무루'에 기도하고 제사를 지낸다.

　　『태평어람』「지부地部 17」에 따르면 사천성 남쪽 양주涼州에 자식을 기원하는 걸자석乞子石이 있었다. "걸자석은 마호馬湖 남쪽 기슭에 있다. 동쪽 바위는 배에 작은 돌 하나가 나와있고 서쪽 바위는 배에 작은 돌 하나를 품고 있다. 그래서 초나라 사람들은 그곳에서 자식을 기원했는데 영험하여 걸자석이라고 불렀다乞子石在馬湖南岸, 東石腹中出一小石, 西石腹中懷一小石, 故楚人乞子於此. 有驗, 因號乞子石." 만물에 영이 깃들어 있다는 관념에 따라 돌은 생명이 없는 객체가 아니라 생명을 창조하는 거대한 힘을 가진 영물이다. 그래서 돌에서 사람이 태어나는 여러가지 신화와 전설이 생겨났다.

소실된 『회남자』에 돌로 변한 도산씨塗山氏가 계啓를 낳는 이야기가 있다. 대우大禹의 아이를 임신하고 있던 도산씨는 홍수를 다스리기 위해 곰으로 변신한 대우의 모습을 우연히 보게 된다. 도산씨는 부끄러움을 느끼고 도망치다가 그만 돌로 변해버린다. 뒤쫓아오던 대우가 "내 아들을 돌려달라"고 소리치는데 그때 돌이 된 도산씨의 몸에서 계가 태어난다.[13] 돌이 인간을 낳는 신화와 전설은 후대 예술가들에게 많은 영감을 주었다. 『서유기』의 손오공도 돌에서 태어나 세상을 누비고 다니는 용감한 영웅이 되었고 가보옥도 돌에서 태어났다. 이런 이야기들 속에는 돌에서 인간이 태어난다는 관념이 담겨 있고 음양과 천지의 신성한 정기가 담겨 있다.

가보옥은 어리석고 고집스러우며 글 공부는 좋아하지 않고 관직이나 나랏일 따위는 거들떠보지도 않았다. 그러나 시문에는 조예가 깊어 대관원 곳곳에 아름다운 글들을 남겼다. 엉터리 서생들을 부끄럽게 만드는 가보옥의 실력은 부친 가정도 인정하지 않을 수 없을 정도였다. "보옥이가 언제 글 읽기를 마다하더냐? 마음만 먹으면 못하는게 없다你看寶玉何嘗肯唸書? 他若略一經心, 無有不能的." 돌의 성격을 가진 가보옥은 세상물정에는 어두

---

13 班固, 『漢書·武帝紀』, 顔師古注引 : 『淮南子』, 今本『淮南子』無(금본 『회남자』에는 없는 내용, 『한서 무제기』 안사고가 고증한 『회남자』 인용).

웠지만 기운氣韻이 남다른 그의 문체만은 얽매임이 없이 호방하고 자유로웠다. 관직과 나랏일에는 서툴고 어리석었지만 천진난만한 소녀들의 세계에서 그는 좌중을 압도하는 아우라를 발산했다. 가보옥의 이러한 이미지는 돌에 대한 조설근의 깊은 애정이 집중된 결과다. 조설근은 천지의 신성한 기운을 돌에 모으고 그 기운을 다시 가보옥에 모았다. 가보옥은 인격화된 돌이다. 가보옥의 이미지에서 오랫동안 불려진 돌을 위한 찬가가 들려오는 듯하다.

중국문학에서는 예부터 돌을 노래하는 전통이 있었다. 돌을 아끼는 애석愛石, 돌을 가리는 품석品石, 돌을 즐기는 상석賞石은 옛 문인들의 고상한 취미였다. 서구의 돌은 그릇이나 건축 재료로 사용되었다. 반면 중국의 돌은 시이자 예술이었다. 자연을 숭상하던 위대한 옛 시인들은 돌을 자신을 알아주는 벗이자 동료로 여겼다.

이백李白은 황산黃山에 있는 돌 앞에서 술을 마시며 시를 읊었다. 그러다 돌 주변을 빙빙 돌면서 술기운에 소리를 높이기도 했다. 원굉도袁宏道는 돌을 볼 때마다 단 한 번의 예외도 없이 열광적으로 환호했다. 이개선李開先은 돌에 술을 부어주며 동지의 언약을 맺고 벗이 되었다. 차갑고 딱딱한 돌 속에 시인들의 무한한 기대와 시정詩情이 녹아 들었다.

돌은 투박하고 흉물스러운 겉모양 때문에 어리석고 고집스런 성격이 부여되었지만 바로 그 점때문에 시인들은 돌을 찬미하게 되었다. 시인들은 돌을 통해 번잡한 세속의 기교에서 멀리 벗어난 마음을 표현했다. 돌은 어리석은 성질을 가지고 있고 시인들도 돌을 어리석게 보았다. 송대의 미불米芾은 석치石癡라는 이름으로 불렸다. 『석림연어石林燕語』 권10에 미불의 고사가 실려 있다.

처음 관저에 도착한 미불이 기이한 입석立石 하나를 보고 기뻐하며 "내가 받들어 모실만한 돌이구나"라고 말했다. 그리고 부하들에게 조복과 홀을 갖추고 예를 올리며 절을 할 때마다 '돌 어르신'이라고 외치라고 명했다. 이 이야기를 전해 들은 호사가들이 여기저기 소문을 냈고 조정에까지 우스갯소리로 전해졌다.

初入州廨, 見立石頗奇, 喜曰:'此足以當吾拜'. 遂命左右取袍笏拜之, 每呼曰:'石丈'. 言者聞而論之, 朝庭亦傳以爲笑.

조복과 홀笏을 갖춘 미불이 부하까지 대동하여 돌 앞에서 절을 올린 고사에서 바보스럽기까지한 돌에 대한 특별한 애정을 엿볼 수 있다. 『양계만지梁溪漫志』 권6에는 이런 내용이 있다.

유수의 태수였던 미원장이 어디에서 온 것인지 알 수 없는 신기한 돌이 강변에 나타났다는 말을 들었다. 사람들은 신령한 돌이라고 생각하여 감히 건드리지 못했다. 미원장은 사람들이 함께 즐기고 감상할 수 있도록 관저로 옮겨오라고 했다. 돌이 도착하자 미원장은 깜짝 놀라며 연회를 준비하라고 명했다. 그리고 마당에 엎드려 말했다. "20년 전부터 석형을 만나 뵈옵고 싶었습니다."

米元章守濡須, 聞有怪石在河?, 莫知其所自來, 人以爲異而不敢取, 公命移至州治, 爲燕遊之玩. 石至而驚, 遽命設席, 拜於庭下曰:'吾欲見石兄二十年矣'.

돌을 형님이라 부르며 사모의 정을 털어놓은 사람은 미불이 처음이다. 조설근은 『홍루몽』에서 돌을 '석형石兄'이라 부르며 미불의 석형에게 대답한다. 제25회에서 스님이 통령보옥을 손에 올리고 "청경봉 아래를 떠나온지 13년靑埂峰下, 別來十三載"이라며 길게 탄식한다. 한 사람은 20년을 그리위했고 한 사람은 13년의 긴 이별을 겪었다. 자신을 알아주는 벗인 돌을 향한 그리움의 고백이다. 미불과 일맥상통하는 분별없는 어리석음이 돌의 중요한 특징이다. 사람들은 석치石癡들을 이해하지 못한다. 보옥은 속된 것들을 견디지 못하고 하루 종일 여자 아이들과 어울려 놀기를 좋아했다. 이 모든 것들이 어리석고 멍청하고 바보같은 석성石性의 표현이다.

중국문인들의 눈에 비친 돌은 딱딱하고 차가운 존재이면서도 가장 풍부하고 가장 복잡한 정서를 가진 세계이기도 했다. 이시진의 『본초강목』 총서總序에 이런 내용이 있다.

영성을 가진 날짐승과 들짐승이 돌로 바뀌는 것은 유정에서 무정이 되는 것이다. 천둥과 우레, 별과 운성이 돌로 바뀌는 것은 무형이 유형이 되는 것이다. 맷돌과 풀무로 단련하면 큰 덩어리에서 생명이 자라난다. 금석은 다른 완물과 비슷해보이지만 그 조화가 무궁하다.

飛走含靈之爲石, 自有情而之無情也 雷震星隕之爲石, 自無形而成有形也, 大塊資生, 鴻鈞爐鞴, 金石雖若頑物而造化無窮焉.

돌은 무정지물無情之物이자 지정지물至情之物이다. 돌이 지극한 정을 가지게 된 것은 역대 시인들이 자신의 생각과 감정을 이입한 결과다. 백거이는 「북창죽석北窓竹石」에서 이렇게 노래했다.

一片瑟瑟石	쓸쓸한 돌 하나,
數竿青青竹	푸릇푸릇한 대나무 몇 그루
向我如有情	나를 향해 정이 있는듯,

依然看不足　　　　　보고 또 봐도 모자라네.

정은 사람에서 생겨나고 돌이 그 정을 전해준다. 소식蘇軾은 자신의 정을 돌과 일체화했다. 돌은 그의 정서와 의지를 표현하는 매개체였다. 그는 「제과소화고목죽석題過所畫枯木竹石」에서 "지난날 문여가는 대나무를 진짜처럼 그렸고, 오늘날 소동파는 돌의 정신을 전한다老可能爲竹寫眞, 小坡今與石傳神"고 했다. 그는 스스로 돌의 정신과 품격을 가장 잘 전달할 수 있다고 자신한 것이다. 동파는 정이 지극한 사람이었고 돌도 정이 지극한 돌이 되었다. 돌에 대한 사랑이 남달랐던 소동파는 돌의 크기와 생김새를 불문하고 모두 시문詩文으로 기록을 남겼다. 그 정이 얼마나 지극하고 극진했을는지 짐작이 가고도 남는다. 소동파는 「술 취한 도사같이 생긴 양강공의 돌을 보고 지은 시楊康功有石, 狀如醉道士, 爲賦此詩」에서 이렇게 노래했다.

海邊逢姑射　　　　해변에서 고야산 신선을 만나
一笑微俯首　　　　웃으며 살짝 고개를 숙였네.
胡不載之歸　　　　어찌하여 그와 함께 오지 않고
用此頑且醜.　　　　이 딱딱하고 못난 것을 들고 왔는가?
求詩紀其異　　　　이 기이한 이야기를 시로 써달라길래
本末得細剖　　　　그 본말을 파헤쳐 보았네.
吾言豈妄雲　　　　내 말이 어찌 헛소리 같은가,
得之亡是叟　　　　무시수에게 들은 것이라오.

시인은 딱딱하고 못생긴 돌을 『장자』가 그린 "눈처럼 흰 피부와 처녀처

럼 아름다운 자태의肌膚若冰雪, 綽約若處子"고야산 신선에 빗대고 무언가 깨
달음을 얻은 듯 정겹게 미소를 짓는다. 이 시에서 돌은 그윽한 운치와 멋
을 가진 영혼을 부여받았다.

조설근도 돌에 지극한 정을 쏟았다. 가보옥은 대관원의 소녀들에게 진
실하고 지극한 정을 쏟았다. 귀천과 현우賢愚를 불문하고 어느 한 사람 가
보옥의 사랑을 받지 못한 이는 없었다. 가보옥은 임대옥뿐만 아니라 대관
원의 모든 사람들에게 진심을 바쳤다.

상징은 일종의 전통이다. 인류는 전통적으로 사용해온 상징을 차용한
다. 조설근은 전통문화를 바탕으로 돌의 이야기와 성격을 그려 나간다. 그
리하여 가보옥이라는 지극히 어리석고 지극히 다정하고 지극히 영적인
돌의 이미지가 태어난다.

돌의 의미와 전통문화의 관계는 거시적인 상징에서도 나타나고 구체적
인 문헌자료에서도 나타난다. 이를 통해『홍루몽』과 전통문화 간의 깊은
관계를 확인할 수 있다. 아래에서 몇 가지 예를 들고자 한다.

1) 괴석사옥怪石似玉

『상서』「우공禹貢」편에 청주靑州에 납, 소나무, 괴석이 있다는 기록이 있
는데, 공안국孔安國이 "괴이하고 이상한 돌이다. 좋은 것은 옥과 비슷하다
怪, 異, 好石似玉者"라고 전傳을 달았다.『산해경』「중산경中山經」에 "구상산에
는 초목이 자라지 않고 괴석이 많다苟床之山, 無草木, 多怪石"는 기록이 있는데
곽박郭璞이 "괴석은 옥과 비슷하다怪石似玉者也"라고 주를 달았다. '옥을 닮
은 괴석'은 세 가지 측면의 의미가 있다. 첫째, 괴석은 평범한 것을 초월한
다. 평범한 것과 비해 그것은 괴상하고 기이하다. 둘째, 괴석은 겉모습이

옥에 가깝기 때문에 그 돌의 형식은 옥이다. 셋째, 괴석의 본질은 돌이다. 옥처럼 보이지만 실질은 옥이 아닌 돌이다. 가보옥이 바로 옥 같은 괴석이다. 세속적인 시선으로 보면 그의 행동과 언어는 이상하고 이단적이다. 이 때문에 가씨 저택 안팎에서는 그를 괴상하고 기이하게 여겼다. 가보옥은 또 옥과 같았다. 그는 세상에서 찾아볼 수 없는 '통령보옥'을 가지고 태어났다. 옥은 그의 표지였다. 그래서 사람들은 그를 옥으로 볼 수밖에 없었다. 사람들은 그에게 옥의 기준대로 스스로를 탁마하라고 요구했다. 그러나 가보옥은 운명적으로 탁마될 수 없는 돌이었다. 이 때문에 가보옥은 반드시 무계암의 차가운 돌로 돌아갈 수밖에 없었다.

소식은 심지어 괴석을 불단에 바치기까지 했다. 소식은 「괴석공怪石供」에서 이렇게 밝히고 있다.

「우공」에서는 청주에 납, 소나무, 괴석이 있다고 했는데, 혹자는 '괴석을 옥玉을 닮은 것'이라 풀이했다. 오늘날 제안濟安의 강 위쪽에서 간혹 아름다운 돌이 나오는데 옥과 구분이 가지 않는다. 붉은색이나 노란색, 흰색이 많은데 그 무늬는 사람 손가락의 지문과 비슷하고 맑고 깨끗하여 가히 아름답다. 재주가 뛰어난 사람이 그린 그림도 그 실물에 미치지 못한다. 그런데 옛사람들은 어찌 이를 괴석이라 하였을까? 무릇 사물의 미추는 형상에 따른 것인데, 나는 과연 그러한지 잘 모르겠다. 세상의 돌들을 모두 그렇게 본다면 오늘날의 돌들은 모두 기괴하다. 바다 바깥에 형상으로 말을 하는 나라가 있다는데, 입으로는 말을 하지 못하고 형상으로 서로를 깨우친다. 형상으로 말을 하는 것이 입으로 하는 것보다 낫다면, 나도 어렵지 않게 알아들을 수 있을 것이다. 그러므로 모든 천기의 움직임은 홀연하게 이루어지는 것이고 사람들은 그것을 참으로 교묘하다고 여기는 바, 그럼에도 임금 이래로 그것을 기괴하다고 했다. (…중략…)

여산에 있는 귀종사 불인선사에게서 마침 사람이 온 터라 공물로 돌을 들려 보냈다. 선사는 도안道眼으로 우주의 혼돈과 공동空洞을 바라보며 무일물無一物을 깨달았다. 밤중에 환히 빛나는 척벽尺璧도 깨진 기왓장처럼 여기는데 하물며 이 돌은 어떠하겠는가? 그래도 공물로 바치고자 하여 묵지수墨池水를 부어 두고 억지로 한번 웃어보았다. 오늘 이전에 선사에게 공물을 바치고 싶어도 의복이나 음식, 침구를 마련할 능력이 안되었던 산승이나 시골 사람들은 이제 맑은 물에 담긴 돌을 바칠 수 있게 되었다. 이것은 모두 이 소자로부터 시작되었느니라.

「禹貢」青州有鉛松怪石, 解者曰：“怪石似玉者.” 今齊安江上往往得美石, 與玉無辨. 多紅黃白色, 其文如人指上螺, 清明可愛. 雖巧者以意繪畫, 有不能及. 豈古所謂“怪石”者耶？ 凡物之好醜於相形, 吾未知其果安在也. 使世間石皆若此, 則今之凡石復爲怪矣. 海外有形語之國, 口不能言, 而相喻以形, 其以形語也捷於口, 使吾爲之不已難乎. 故夫天機之動, 忽焉而成, 而人眞以爲巧也, 雖然自禹以來怪之矣. (…中略…)

而廬山歸宗佛印禪師, 適有使至, 遂以爲供. 禪師嘗以道眼觀一切世間混沌空洞, 了無一物. 雖夜光尺璧與瓦礫等, 而況此石？ 雖然願受此供, 灌以墨池水, 強爲一笑. 使自今以往, 山僧野人, 欲供禪師而力不能辦衣服飲食臥具者, 皆得以淨水注石爲供, 蓋自蘇子瞻始.

소동파의 「괴석공」은 『홍루몽』에 나오는 괴석의 연원을 고찰하는 데 중요한 의미를 가진다. 괴석 감상은 중국문화의 전통으로서 『서경』 「우공」편, 『산해경』에서 소식 그리고 『홍루몽』에 이르기까지 유구한 역사를 가지고 있다. 소동파의 말을 따르면 우임금 이래로 이어진 전통이다.

『서경』「우공」편에서는 '괴석사옥'의 형상을 높이 샀고 소식은 '괴석사옥'의 운치와 멋을 사랑했다. 이와 달리 조설근은 '괴석사옥'의 성격을 빚어내고 '괴석사옥'의 이야기를 했다. 조설근이 그려낸 괴석이 더 구체적이고 생생하다. 소식은 괴석을 불사에 보낸 후 부처님께 돌을 공양물로 바친 것은 "모두 이 소자로부터 시작되었다蓋自蘇子瞻始"라고 자신한다. 돌에 불가의 정신이 흠뻑 젖어든 것이다. 그리고 이것은 곧 조설근으로 계승되었다. 『홍루몽』의 돌도 스님이 애지중지하는 '장상지물掌上之物'이었다. 스님과 도사를 따라 속세로 들어간 후 온갖 먼지와 티끌을 뒤집어 쓰고 위기에 처한 가보옥은 스님의 손길로 신령한 빛을 회복한다. 마지막에는 스님과 도사의 인도하에 대황산으로 복귀한다. 조설근도 돌을 바쳤지만 그가 바친 돌은 구체적인 돌이 아니라 돌의 정신이다.

2) 돌이라 불리는 보옥寶玉

『홍루몽』에 나오는 돌 이미지의 또 다른 연원은 모두들 익숙하게 알고 있을 화씨지벽의 고사로서 『한비자』「화씨和氏」편에 실려 있다.

초나라 사람 화씨가 산에서 옥돌을 발견하고 려왕에게 진상했다. 려왕은 옥 장인을 불러 감정을 시켰다. 장인이 말했다. "돌입니다." 려왕은 화씨가 자신을 속였다며 그의 왼쪽 다리를 잘랐다. 려왕이 죽은 후 무왕이 즉위했다. 화씨는 다시 무왕에게 옥돌을 바쳤다. 무왕도 장인에게 감정을 시켰다. 장인이 말했다. "돌입니다." 무왕도 화씨가 자신을 속였다며 그의 오른쪽 다리를 잘랐다. 무왕이 죽고 문왕이 즉위했다. 화씨는 옥돌을 안고 산 아래서 사흘 밤낮을 대성통곡했다. 눈물이 마르자 피가 눈물처럼 흘렀다. 소식을 전해들은 문왕이 사람을

보내 통곡하는 까닭을 물었다. "세상에 다리를 잘린 사람이 넘쳐나는데 왜 이리
비통하게 우느냐?" 화씨가 대답했다. "다리가 잘려서 비통한 것이 아니라 보옥
이 돌이라 불리고 진실한 사람이 사기꾼이 불리어서 비통한 것입니다." 문왕은
장인을 시켜 옥돌을 다듬어 보옥을 얻어 내고 '화씨지벽'이라고 부르게 했다.

　　楚人和氏得玉璞楚山中, 奉而獻之厲王. 厲王使玉人相之, 玉人曰 : "石也." 王以
和爲誑, 而刖其左足. 及厲王薨, 武王即位, 和又奉其璞而獻之武王. 武王使玉人相
之, 又曰 : "石也." 王又以和爲誑, 而刖其右足. 武王薨, 文王即位, 和乃抱其璞而哭於
楚山之下, 三日三夜, 泣盡而繼之以血. 王聞之, 使人問其故. 曰 : "天下之刖者多矣,
子奚哭之悲也?" 和曰 : "吾非悲刖也, 悲夫寶玉而題之以石, 貞士而名之以誑, 此吾
所以悲也." 王乃使玉人理其璞而得寶焉, 遂命曰 : "和氏之璧."

　　화씨벽의 고사는 능력이 있어도 능력을 펼칠 기회를 얻지 못했던 중국
고대 지식인들의 운명을 보여준다. "보옥이 돌이라 불린다"는 말에는 많
은 상징적 의미가 담겨 있다. 고대문인들은 자신을 '보옥'이나 '화씨벽'에
비유했지만 통치 계급의 주목을 받지 못하고 돌멩이처럼 버려져 쓰이지
못했다. 그런데 조설근이 『홍루몽』에서 '돌이라 불리는 보옥'이 아닌 '보
옥이라 불리는 돌'로 그 의미를 뒤집는다. 조설근의 세계관에 따르면 인
간의 비극은 능력을 발휘할 기회를 얻지 못하거나 충성을 다하고도 쫓겨
나는 것이 아니라 오히려 반대다. 인간의 비극은 온갖 세속적 욕망을 위해
끊임없이 자신을 개조하고 소외하는 것, 자신을 세속세계에서 칭송받는
'재목'으로 가공하는 것이다. 이러한 과정을 예술적 상징언어로 표현하면
'보옥으로 불리는 돌石題之以寶玉'이 된다.
　　옥은 사람들에게 귀한 대접을 받지만 사실상 천진성과 자연성을 상실

한 상태다. 이 점에서 조설근은 장자를 계승하고 있다. 장자는 마제馬蹄 편에서 백락은 천리마의 지기知己가 아니라고 말한다. 백락에게 발견되기 전의 천리마는 목이 마르면 시내에서 물을 마시고 배가 고프면 들판의 풀을 뜯었다. 마음 닿는 대로 천리를 내달리며 자유롭게 울부짖었다. 백락의 눈에 띄고 난 후 천리마는 재갈과 쇠발굽을 차고 채찍질을 당했다. 날마다 더 멀리 달려야 하는 무거운 책임에 눌렸다. 천리마는 사람들의 칭송을 받았지만 그래서 자유롭게 내달리던 초원을 상실하고 본성과 천연의 생명을 상실했다. 조설근이 장자의 깊은 뜻을 간파했다고 해야 할 것이다.

장자가 그린 백락은 문명의 상징으로서 세속과 욕망을 나타낸다. 천리마는 자연과 본성을 나타낸다. 조설근은 옥으로 욕망과 세속을, 돌로 자연과 본성을 상징했다. 상징의 형식은 서로 다르지만 그 뜻은 일치한다. 모두 자연을 거스르는 인간소외를 비판했다. 옥이 돌 취급을 받는 것도 비극이지만 그것은 결국 세속적 비극이고 욕망의 비극이다. 돌이 옥 취급을 받는 것이야말로 진정한 비극이고 철저한 비극이다. 조설근의 '뒤집기'는 바로 이런 점을 그 취지로 한다.

3) 삼생석三生石

가보옥과 임대옥의 사랑은 삼생석 옆에서 물을 준 은혜에서 시작되었다.

돌은 와황에게 쓰이지 못하여 이곳저곳을 자유롭게 떠돌아다니다 하루는 경환선자를 찾아갔다. 내력을 아는 경환선자는 그를 적하궁에 머물게 하고 적하궁 신영시자라고 불렀다. 신영신자는 늘 서방의 영하 기슭을 오가며 지냈는데 삼생석 옆에 있는 아름답고 사랑스러운 강주선초를 보고 감로수를 뿌려줬다.

강주선초는 천지의 정화와 감로수의 자양으로 초목의 태를 벗고 사람 모습으로 변신했다. 수련으로 여인의 몸이 된 강주선초는 온종일 이한천離恨天 밖에서 노닐며 배가 고프면 비정과秘情果를 먹고 목이 마르면 관추수灌愁水를 마셨다. 감로수의 은혜를 갚지 못한 것을 늘 마음에 담아두고 "은혜를 입었지만 되돌려줄 감로수가 없구나. 그가 세상으로 내려가 사람이 된다면 나도 따라 가고 싶다. 평생의 눈물을 모아 돌려주면 은혜를 갚을 수 있지 않을까"라고 했다.

只因那石頭, 媧皇未用, 自己卻也落得逍遙自在, 各處去遊玩. 一日來到警幻仙子處, 那仙子知他有些來歷, 因留他在赤霞宮中, 名他爲赤霞宮神瑛侍者. 他卻常在西方靈河岸上行走, 看見那靈河岸上三生石畔有棵絳珠仙草, 十分嬌娜可愛, 遂以甘露灌漑. 這絳珠草始得久延歲月, 後來旣受天地精華, 復得甘露滋養, 遂脫了草木之胎, 幻化人形, 僅僅修成女體, 終日遊於離恨天外, 飢餐秘情果, 渴飮灌愁水. 只因尙未酬報灌漑之德, 故甚至五內鬱結著一段纏綿不盡之意, 常說 "自己受了他雨露之惠, 我並無此水可還, 他若下世爲人, 我也去走一遭, 但我把一生所有的眼淚還他, 也還得過了".

신영시자와 강주선초의 애틋하고 아련한 신계의 사랑은 "검은 돌과 푸른 옥이 서로 기대고 사랑하는石黛碧玉相因依"[14] 인간 세상의 이야기는 진화하는데 삼생석에 원형을 두고 있다. 삼생석은 가보옥과 임대옥에게 사랑의 낙원이다. 삼생석에는 『홍루몽』 이전에도 우정과 관련된 감동적인 이야기가 있다.

『동파전집東坡全集』 권39 「승원택전僧圓澤傳」에 다음과 같은 이야기가 있다.

---

14 杜甫, 「閬水歌」.

이원은 어린 시절 호화로운 귀족집안의 자제로 노래를 잘 했다. (…중략…) (혜림사) 원택 스님이 그의 노래를 알아듣고 매우 가깝게 지냈다. 두 사람은 만났다 하면 하루 종일 마주 앉아 이야기를 나누었는데 대체 무슨 이야기를 그렇게 하는지 아무도 몰랐다. 어느 날 촉땅에 있는 청성산과 아미산으로 유람을 가기로 했다. 이원은 형주에서 배를 타고 협곡을 거슬러 가자고 했지만 원택은 장안과 사곡을 거쳐 걸어가자고 했다. 이원이 '나는 이미 세상과 연을 끊었는데 어찌 다시 장안에 발을 들일 수 있겠는가?'라며 반대했다. 한참을 침묵하던 원택이 "오고 가는 것도 내 마음대로 안 되는구나!"라며 형주로 따라 나섰다. 남포에 도착해서 한 여인을 본 원택이 눈물을 흘리며 "이래서 여기로 오고 싶지 않았다네"라고 말했다. 이원이 깜짝 놀라 까닭을 묻자 원택이 "부인의 성은 왕 씨로서 나는 그 아들이 될거라네. 아이를 가진 지 삼 년이나 됐는데 내가 오지 않아 해산을 못하고 있었네. 오늘 만났으니 이제 더 이상 도망칠 수 없게 되었구나. 공께서 부적과 주문으로 나를 빨리 태어나게 해주오. 사흘 후에 태어난 후 공이 만나러 오면 웃음으로 맞이 하겠소. 그리고 13년 후 중추절 달밤에 항주 천축사 밖에서 다시 만나고 싶소". 이원은 슬픔과 후회가 밀려들었다. 원택은 목욕재계를 마치고 옷을 갈아 입은 후 저녁에 눈을 감았다. 사흘 후 여인이 아들을 낳았는데 과연 이원을 보고 웃음을 지었다. (…중략…) 13년 후, 이원은 그날의 약속을 지키기 위해 떠났다. 약속한 장소에 도착하니 갈홍천 옆에서 목동이 우각을 두드리며 노래를 불렀다. "삼생석에 옛 정인의 넋이 깃들었네, 달을 바라보며 바람을 노래하던 지난날은 묻지 마라. 그리운 벗이 멀리서 찾아왔으니 육신은 다른 몸이 되었지만 마음은 그대로라네" 노래를 들은 이원이 깜짝 놀라 원택을 찾으며 안부를 물었다. 목동은 "이공은 정말 믿을 수 있는 사람이오! 그런데 아직 그대는 속세의 연이 다하지 않았다오. 제발 가까이 오지 마오. 수행을 제대로 마친 후에 다시 만날 수 있다오"라며 노래를 계속했다. "전생과 후생의 사연 한 없이 많았다네. 말해주고 싶지만 애가 끊어질까 두렵네. 오월산천을 두루 찾아 다녔으나 이제 안개 낀 배를 타고 구당으로 돌아가리."

李源少時以貴遊, 子豪侈善歌 (…中略…) (惠林寺)僧圓澤富而知音, 源與之遊 甚密, 促膝交語竟日, 人莫能測. 一日相約遊蜀青城、峨眉山. 源欲自荊州溯峽, 澤 欲取長安斜穀路, 源不可, 曰：“吾已絕世事, 豈可復道京師哉？” 澤默然久之曰： “行止固不由人.” 遂自荊州路. 舟次南浦, 見婦人錦襠負甖而汲者, 澤望而泣曰： “吾不欲由此者爲是也！”源驚問之. 澤曰：“婦人姓王氏, 吾當爲之子, 孕三歲矣, 吾 不來, 故不得乳. 今既見, 無可逃者, 公當以符咒助我速生. 三日浴兒時, 願公臨我, 以笑爲信，後十三年中秋月夜杭州天竺寺外當與公相見.”源悲悔而爲具，沐浴易 服, 至暮澤亡. 而婦乳三日往視之, 兒見源果笑. (…中略…) 後十三年, (李源)自洛 適吳, 赴其約. 至所約, 聞葛洪川畔有牧童扣牛角而歌之曰：“三生石上舊精魂, 賞 月吟風不要論. 慚愧情人遠相訪, 此身雖異性長存.” 呼問澤公健否, 答曰：李公眞 信士！然俗緣未盡, 愼勿相近, 唯勤修不墮, 乃復相見. 又歌曰：“身前身後事茫茫, 欲話因緣恐斷腸, 吳越山川尋已遍, 卻回煙棹上瞿塘.

삼생석의 우정과 『홍루몽』의 사랑은 일맥상통하는 이곡동공異曲同工의 묘가 있다. 강주선초는 물을 주며 보살펴 준 신영시자의 은혜를 눈물로 보 답하겠다고 맹세했다. 원택은 이원의 우정에 보답하기 위해 다시 태어나 서도 잊지 못하고 13년 후에 재회한다. 그들은 삼생三生을 기다린 옛 연인 들의 혼이다. 그들의 이야기는 영혼 깊은 곳, 마음 깊은 곳에서 울려오는 이야기다. 형식상으로는 은혜를 갚는 방식으로 나타난다. 특히 두 이야기 는 모두 비극적이다. 가보옥과 임대옥의 사랑은 눈물과 죽음의 비극으로 끝이 난다. 이원과 원택의 우정은 죽음을 통해 실현된다. 이 또한 슬프고 감동적인 이야기가 아닐 수 없다. 삼생석은 지극한 정을 전달하는 상징 작용을 한다. 당나라 승려 수목修睦은 「삼생석」에서 이렇게 탄식했다.

聖蹟誰會得	옛 성현의 자취를 어느 누가 헤아릴 수 있을까,
每到亦徘徊	날마다 삼생석을 맴돌며 생각하네.
一尙不可得	일생의 인연도 어려울진데,
三從何處來	삼생의 인연은 어디에서 찾아드는 것일까.
淸宵寒露滴	고요한 밤에는 찬 이슬이 내리고,
白晝野雲隈	밝은 낮에는 들판의 구름 굽이치네
應是表靈異	모두가 신령한 조화려니,
凡情安可猜	속된 마음으로 어찌 헤아릴 수 있을까?

삼생의 인연은 헤아리기 어려운 까닭에 조설근은 세속과 육체를 초월한 가보옥과 임대옥의 신성한 사랑을 에덴의 낙원과 같은 삼생석 옆에 두었다.

4) 우물尤物은 맑은 꿈과 함께 사라졌네

돌은 환상을 설파하고 미진에서 길을 이끄는 불가의 상징기호다. 불가의 수많은 경구들은 돌을 통해 나타난다. 그래서 불가에는 깨달음의 돌이 있다. 돌은 어리석음을 일깨우는 역할을 한다. 완석점두玩石點頭의 고사에 나오는 돌이 바로 깨달음의 돌이고 감동의 돌이다. 『홍루몽』의 가보옥도 마지막에는 깨달음을 얻은 돌이 되었다.

소식이 호구湖口에 있을 때 이정신李正臣이 가진 이석異石을 보고 마음이 혹해 "영롱하고 우아한 아름다움이 마치 꽃문살 같다瓏宛轉若窗櫺然"며 백금을 주고 사들이려고 했다. 그런데 남쪽 지방으로 가게 되면서 성사되지 못했다. 8년 후 소동파가 다시 호구를 방문했을 때, 돌은 이미 다른 사람의 수중에 들어간 후였다. 실망한 소동파는 안타까운 마음을 시로 남겼다.[15]

江邊陣馬走千峰	강변에 말을 매어 두고 천봉을 달려가니,
問訊方知冀北空	익북을 지나던 백락이 가져가고 텅 비었더라.
尤物已隨淸夢斷	우물尤物은 맑은 꿈과 함께 사라지고,
眞形猶在畵圖中	그 참된 형상 그림 가운데 있는 듯하네.
歸來晩歲同元亮	노년에 고향으로 돌아와 은거하니,
卻掃何人伴敬通	뉘와 함께 마음을 나눌까.
賴有銅盆修石供	다행히 돌을 바치던 동분이 남아 있으니,
仇池玉色自瓏瓏	구지석의 옥빛이 환하게 빛나리.

아름답고 영롱한 돌은 사라졌지만 시인은 소유에 집착하지 않고 오히려 깨달음을 얻는다. 상전벽해와 같은 세상의 변화를 겪은 후에 어떤 진리를 깨닫고, 오랜 꿈에서 깨어나 표연하게 길을 떠난다. 시인에게 남은 것은 '그림 속에 있는 참된 형상'이다. 이것이 바로 꿈과 함께 사라져버린 뛰어난 물건尤物已隨淸夢斷의 의미다.

『홍루몽』에서는 승려와 도사의 입을 빌려 돌을 '준물蠢物'이나 '우물尤物'

---

15 蘇軾, 『予昔作壺中九華詩其後八年復過湖口』 「則石已爲好事者取去乃和前韻以自解雲」.

으로 불렀다. 돌은 아름답고 화려한 생활과 비정한 세태염량을 경험한 후에 철저한 깨달음을 얻는다. 그후 속세의 연을 끊어내고 본모습으로 되돌아간다. 이점에서 『홍루몽』은 우여곡절 끝에 사라져버린 꿈에 관한 이야기다.

지금까지의 분석을 통해 확인할 수 있었던 『홍루몽』의 돌 이미지는 복잡하고 민감한 중국 고전철학과 예술의 신경과 맞닿아 있다. 돌에는 여와 보천女媧補天의 신화에서 삼생석의 전설까지, 우공의 고사에서 소동파의 작품에 이르기까지 풍부한 역사적 배경이 집약되어 있다. 그래서 돌은 역사와 예술의 세계에서 울려오는 종소리처럼 수천 수백의 돌들이 합창하는 노랫소리를 들려준다. 하이데거가 좋아했던 시가 떠오른다. "푸른 꽃이 오래된 바위 속에서 가벼운 소리를 울린다藍色的花, 在古老的岩石中輕輕發出鳴響."

6. 돌의 이야기 — 돌의 언어와 수사적 의미

| 花如解笑還多事 | 웃을 줄 아는 꽃은 성가신 일이 많고, |
| 石不能言最可人 | 말 못하는 돌이 가장 사랑스럽네. |

— 육유(陸遊), 「한거자술(閒居自述)」

돌은 말이 없다. 그러나 돌의 침묵은 그 어떤 말보다 진실한 언어다. 침묵하는 돌은 세상의 수많은 비밀을 생생하게 품고 있다. 말 못하는 돌이 가장 사랑스럽다니, 돌의 의미를 한 마디로 꿰뚫고 있다.

하이데거는 침묵하는 돌의 언어를 존재의 언어, 고요의 언어, 외침의 언어라고 보았다. 하이데거는 「시에서의 언어」에서 "돌이 말하고 있다. 고통 자체가 말이다. 오랜 침묵 끝에 돌은 낯선 영혼을 뒤따르는 유랑자에게 자신의 힘과 의지를 말한다"[16]고 했다. 돌은 고요의 방식으로 세계의 비밀을 말한다. 돌은 침묵의 방식으로 사람들을 원시의 고요한 세계로 소환한다. 왜냐하면 돌은 가장 근원적이기 때문이다. 돌은 사람보다 시간보다 더 오래되었고 원시보다 더 원시적이다. 돌은 세계의 증인이다. 그래서 돌은 인류와 우주에 관한 모든 비밀을 숨기고 있다. 하이데거는 트라클이 시어로 사용한 돌을 분석한 후에 "돌의 외형에 태초의 어둠을 깨는 고요의 빛에서 나온 태초의 기원이 비친다. 그것은 최초의 시작이자 최초의 아침으로서 형성 중에 있는 만물들을 향해 조금씩 다가감으로써 만물의 본질적 존재를 드러낸다"[17]고 했다. 실존주의 철학에서 돌은 존재의 상징물로 등장한다. 돌은 서구의 실존주의 철학자들에게서 가장 신비하고 가장 본질적인 것이었기 때문에 자연의 대변인이 되었다.

『좌전左傳』 소공 8년에서 신비한 힘을 대변하는 존재로서의 돌을 확인할 수 있다.

8년 봄, 진나라 위유에 돌이 말을 한다는 소문이 돌았다. 소문을 들은 진나라 제후가 사광에게 물었다. "돌이 어떻게 말을 하느냐?" 사광이 대답했다. "돌은 말을 할 수 없습니다. 무언가가 씌었거나 아니면 백성들이 잘못 들었을 겁니다." 사광은 이어서 말했다. "때에 맞지 않게 부역을 동원하여 백성들의 원성이 넘쳐나면 말을 못하는 물건이 말을 한다고도 들었습니다."

---

16 餘虹, 『思與詩的對話―海德格爾詩學引論』, 北京 : 中國社會科學出版社, 1991, p.182.
17 Ibid.

八年春, 石言於晉魏楡. 晉侯問於師曠曰："石何故言?" 對曰："石不能言, 或憑焉. 不然, 民聽濫也." 抑臣又聞之曰："作事不時, 怨讟動於民, 則有非言之物而言."

사광의 해석에 따르면, 돌은 말을 못하는 물건인데 그 돌이 말한다는 것은 신령이 빙의했거나 아니면 인간의 행위가 하늘의 노여움을 샀다. 요컨대 돌은 하늘과 신령의 뜻을 대신해서 말을 한다는 것이다. 『한서』「오행지五行志」에서는 사광의 대답 "石不能言, 或憑焉석부능언, 혹빙언"을 "石不能言, 神或憑焉석부능언, 신혹빙언"으로 살짝 고쳐 썼는데 신을 대신해서 말하는 돌을 가장 잘 보여주고 있다. 돌은 침묵하고 있지만 그것은 가장 숭고한 언어다. 융의 제자 아니엘라 야페Aniela Jaffe는 "고대사회와 원시사회에서는 거친 돌조차도 고도의 상징적 의미를 가졌다. 투박하고 무딘 자연의 돌에도 유령이나 신이 머무는 것으로 여겨졌다. 원시문화에서 돌은 비석, 경계석, 또는 종교적 숭배물로 이용되었다"[18]고 했다. 돌을 신이 머무는 곳이자 우주의 신성한 계시물로 생각하는 것은 원시문화에서 보편적으로 존재했던 관념이다. 『구약전서』에도 야곱의 꿈을 이렇게 기록하고 있다.

야곱이 (…중략…) 하란을 향해 걸어가고 있었다. 해가 질 무렵 그는 우연히 한 장소를 발견하고 그곳에서 밤을 지샐 생각을 했다. 그는 돌을 몇 개 주워 와서 베개 대신 베고 잠을 잤다. 그는 꿈속에서 땅 위에 세워진 사다리를 보았다. 사다리의 꼭대기는 천국에 닿아 있었다. 그는 하느님의 천사가 사다리를 오르내리는 것을 보았다. 그리고 하느님이 위에 서서 나는 신 아브라함, 너의 조상

---

18 榮格, 史濟才 外譯, 『人及其象征』, 石家莊 : 河北人民出版社, 1989, p.235.

이삭이라고 말하는 것을 보았다. "나는 네가 누워있는 이 곳을 너와 너의 후손들에게 주겠다." 야곱은 꿈에서 깨어나 말했다. "하느님이 이곳에 존재하신다. 그러나 나는 모른다." 그는 두려워하면서 말했다. "이곳은 정말 무섭다. 이곳은 바로 하느님이 머무는 곳이다. 천국의 대문이다." 아침 일찍 일어난 야곱은 베개로 베었던 돌을 기둥처럼 세우고 그 위에 기름을 부었다. 그는 그곳을 '성지'라고 불렀다.

아니엘라 예페는 야곱의 돌을 하나의 온전한 계시이자 야곱과 하느님 사이의 중개물로서 돌이 사람을 신 앞에 데리고 갔다고 했다. 이것이 돌의 언어가 뜻하는 바다. 돌의 언어는 논리와 상식을 초월한다. 그래서 오무기吳無奇가 황산에서 괴석을 보고 눈이 휘둥그레져 "어찌 이럴 수가豈有此理"를 외쳤다장대張岱, 『도암몽억(陶庵夢憶)』 「화석강유석」. 돌의 말은 신성하고 비상식적이고 비이성적이다. 이런 말을 들으면 "어찌 이럴 수가"라고 말할 수밖에 없다.

하이데거는 진정한 시와 시인은 신성의 언설이라고 했다. 시와 시인은 운명적으로 하느님과 중생들, 신성과 속성 사이에 내던져져 신성의 대변인이 될 수밖에 없다. 그래서인지 사상가들과 예술가들은 돌을 빌려 그들의 마음을 털어놓았다.

돌은 말이 없지만 시인이 돌을 대신해서 말한다. 우순희虞淳熙는 「대석언代石言」에서 이렇게 노래했다.

돌이 귀인에게 이르기를, "나 돌은 입이 없다. 입은 세간에 있다. 나 돌은 말하지 않는다. 말은 천하에 있다".

石告貴人曰 : "我石無口, 口在世間. 我石不言, 言在天下."

시인은 스스로를 돌의 대변인으로 믿었다. 침묵의 돌은 시인이 있기에 말을 할 수 있게 되었다. 또 바꾸어 표현할 수도 있을 듯하다. 시인이 돌을 대신해서 말하는 것이 아니라 돌이 시인의 입을 빌려 말을 한다고.

돌은 『홍루몽』에서 인간과 신의 매개체이기도 하다. 돌은 신비한 우주를 가리키는 상징물이다. 야곱의 꿈속에서 돌이 하느님의 집을 가리킨 것처럼. 『홍루몽』의 돌은 독자를 혼돈과 고요의 본질적 경계로 데려 가기도 한다. 작가는 "공에서 색을 보고 색에서 정이 생기고 정으로 색에 들고 색에서 공을 깨닫는다因空見色, 由色生情, 傳情入色, 自色悟空"는 사실을 말하려는 것이다. 공空은 고요하고 본질적인 존재다. 그리고 그 존재를 가리키는 것은 바로 차갑고 단단한 돌이다. 저자는 돌의 깨달음을 통해 사람들을 현실의 집착에서 신계의 텅빈 공간으로 인도한다. 가보옥은 과거시험을 보기 위해 가씨 저택을 떠날 때 "가요, 가. 소란 떨 것 없어요. 이제 다 끝났어요走了, 走了, 不用胡鬧了, 完了事了"라는 말을 남긴다. 가보옥의 말은 돌이 독자들에게 던지는 마지막 계시다. 중의적이고 상징적인 이 말은 가보옥의 옥 역할이 끝났다는 것을 의미한다. 사람들을 향한 돌의 외침인 것이다.

돌은 철학 언어일 뿐 아니라 예술 언어이기도 하다. 지혜로운 깨달음의 의미도 있지만 미학상의 수사적 의미도 있다.

돌은 자연미의 상징이다. 중국인들은 자신들의 심층적인 미적 태도에 따라 "모든 것을 버림으로써 모든 것을 가지게 되고, 무심의 극에 이르면 모든 아름다운 것들이 저절로 따르게 된다無不忘也, 無不有也, 澹然無極而衆美從之"고 생각한다.『장자』「각의」 그래서 "높은 곳에서도 떨리지 않고, 물 속에서도 가라앉지 않고, 불 속에서도 뜨겁지 않다登高不栗, 入水不濡, 入火不熱"『장자』「대종사」, "육기의 변화에 따라 무한을 오간다御六氣之辯, 以遊無窮"『장자』「소요유」고 하는 것과 같은 자연의 생명을 추종한다. 그리고 인공적인 장식이 가해지지 않은 천연의 아름다움을 높이 사는 한편, "평생토록 힘들게 노력해도 성공하지 못하고, 지치고 피곤해도 돌아갈 곳을 알지 못한다終身役役而不見其成功, 苶然疲役而不知所歸"『장자』「소요유」, "세상 속에서 때로는 다치고 때로는 넘어지며 끝없이 달려가니 멈출 수가 없다與物相刃相靡, 其行盡如馳, 而莫之能止"『장자』「제물론」고 하는 것과 같은 인위적인 노력과 조작에는 반대한다. 돌이 자연미를 상징하게 된 가장 큰 이유는 고요와 무위의 자연 그 자체이기 때문이다. "한편으로 그것은 시작과 끝도 없고 삶과 죽음, 기쁨과 분노, 사랑과 미움도 없고 욕망도 의지도 없는 것이다. 네모가 되건 동그라미가 되건 추하게 되건 말건 그에게는 신경 쓸 필요가 없는 중요하지 않은 일이다. 한편 그는 '쓰임과 쓰이지 않음의 사이에 처해 있는' 영원한 생명의 상태를 자신의 목적으로 삼는다. 애써 나아지려거나 정복할 생각은 하지 않는다. 이 때문에 돌의 몸에서 합규율과 합목적, 필연과 자연의 원시적 통일이 드러난다." 천지의 원기가 모여 만들어진 돌이 땅을 뚫고 나온다. 그래서 돌은 중국인들의 '대미大美', 크고 위대한 아름다움이며 그것은 곧 자연미다.

돌은 또 낯선 것을 숭상하는 '낯섦의 미학'을 드높인다. 우뚝 솟은 돌의 모습은 중용과는 대립되는 심미적 정신을 보여준다. 소동파는 '석추이문石醜而文', 돌은 못생겨도 아름답다고 했다. 일반적으로 돌의 추함은 미와 대립된다고 생각한다. 사실 '석추이문'은 익숙한 것常과 대립되는 낯선 것奇의 아름다움을 말하고 있다. 돌을 즐겨 그렸던 정판교鄭板橋는 '석추이문'에 대해 이렇게 평했다.

'醜'라는 한 글자에 돌의 천태만상이 모두 드러난다. 미불은 보기 좋은 돌은 알아봤지만 못생긴 돌 중에 지극히 좋은 것이 있는 줄은 몰랐다. 소동파의 뜻에 그 조화가 녹아 있지 않겠는가! 내가 그린 이 돌은 못생긴 돌이다. 못 생겨서 뛰어나고 못생겨서 빼어나다.

一醜字則石之千態萬狀, 皆從此出. 彼元章但知好之爲好, 而不知陋劣之中有至好也. 東坡胸次, 其造化之爐冶乎?變畫此石, 醜石也, 醜而雄, 醜而秀.

一 정판교(鄭板橋), 판교제화(板橋題畫)「석(石)」

돌의 고요의 미학이다. 중국 고전미학은 투명하고 고요한 미학을 추구해 왔다. 그런데 중국 고전미학의 고요는 소멸이 아닌 정화淨化다. 이러한 상태에서 "(…중략…) 언어는 고요의 소리로 말한다".[19] 『홍루몽』의 돌은 부귀영화와 흥망성쇠의 면면들을 낱낱이 보여준 후 고요와 침묵의 돌로 돌아간다. 말은 이미 불필요한 잉여의 것이다. 그런데 이러한 예술화된 돌은 소멸과 좌절이 아닌 만물과 자연이 혼연일체가 되는 경계다.

돌은 철학이고 예술이다. 돌은 인생이고 언어다. 예술적 표현 형식으로 돌의 이미지를 선택했다는 것은 돌의 철학, 돌의 예술, 돌의 인생을 선택한 것이다. 돌은 인류의 모든 철학적 계시, 예술적 체험, 인생의 깨달음을 나타내기 때문이다. 그리고 이러한 돌은 또 언어다. 『홍루몽』의 돌도 일종의 언어다. 언어의 돌은 인류의 이야기를 말하고 있으며 인류의 운명을, 사상과 예술전통을 이야기하고 있다. 이를 통해 위대한 예술의 힘을 보여준다.

---

19 潘知常, 『眾妙之門—中國美感的深層結構』, 鄭州 : 黃河文藝出版社, 1989, p.270.

7. 맺음말

유희재劉熙載는『예개藝概』「시개詩概」편에서 "산의 정신을 글로 쓸 수 없어 안개와 노을로 쓰고, 봄의 정신은 글로 쓸 수 없어 풀과 나무로 쓴다. 따라서 시에 기상이 없으면 정신이 거할 곳이 없다山之精神寫不出, 以煙霞寫之, 春之精神寫不出, 以草樹寫之. 故詩無氣象, 則精神亦無所寓矣"라고 했다. 산은 구름과 안개, 노을과 빛을 빌려야만 그 정신을 표현해낼 수 있고 봄은 푸른 나무와 풀을 빌려야만 그 정신을 표현해낼 수 있다. 그렇다면 사람은 어떠할까? 사람의 정신은 무엇으로 표현할 수 있을까? 조설근이 선택한 것은 돌이다.『홍루몽』의 돌은 결국 사람이다. 인간의 운명, 인간의 정신을 대신하는 것이다. 원시인류의 존재를 나타내는 돌은 자연 인격의 화신이며 인류 운명의 초상화다. 세속세계에서 돌은 버려질 운명이다. 돌은 인류의 미래를 가리키고 있다. 돌에서 옥으로 옥에서 다시 돌로 돌아가는 과정은 인류가 본질에서 소외되고 소외에서 본질로 회귀한다는 것을 의미한다.

『홍루몽』은 중국 전통철학과 예술에서 돌의 의미를 가져왔지만 또 혁신적이기도 하다. 조설근은 전통적인 돌에 새로운 생명과 영혼, 새로운 인격을 부여했다.『홍루몽』에서 돌은 더 이상 철학자의 추상적이 사유 형식이 아니다. 시인의 붓끝에 매달린 구체적인 정서 기호도 아니다. 조설근에게서 돌은 한 사람이기도 하고 한 무리의 사람들이기도 하다. 하나의 기호이며 나아가 구체적이고 감동적인 이야기다. 돌의 이미지는『홍루몽』에서 말로 다 할 수 없는 심오한 의미를 가지고 있다. 말로 다할 수 없는『홍루몽』이 있고 말로 다 할 수 없는 돌이 있다.

후기

    이 책은 비록 학술서이기는 하지만 연구 목적이 아니라 감동을 위해서 쓰였다. 학술은 종종 냉정하고 무표정한 이성적 활동으로 여겨진다. 그러나 학술에도 감동이 필요하다. 천문학자를 감동시키는 것은 하늘을 뒤덮고 있는 별들이고 철학자들을 감동시키는 것은 세계의 신비요, 역사학자를 감동시키는 것은 인류의 이야기다. 공자는 '서수획린西狩獲麟'에서 느낀 바가 있어 『춘추』를 마지막으로 절필했다. 진인각陳寅恪 선생은 전목재錢牧齋의 고향에서 산 팥 한 알에서 깨달은 바가 있어 위대한 학술대작인『유여시별전柳如是別傳』을 완성했다. 연구를 하려거든 먼저 감동하라. 진정한 연구는 종종 감동에서 시작된다.

    대자연의 위대하고 아름다운 풍경은 나를 수없이 감동시켰다. 어린 시절, 한 번은 혼자서 조용한 산길을 걸어가고 있는데 먼 하늘이 순식간에 찬란한 저녁 노을로 뒤덮였다. 느닷없이 가슴이 뜨거워지면서 뜨거운 눈물이 고였다. 어른이 되어 조금씩 쌓아온 지식이 나에게 알려줬다. 위대하고 아름다운 자연의 풍경이 나를 감동시키기 훨씬 이전부터 조상들을 감동시켜 왔다는 사실을. 산속 동굴에서 살던 고대 인류는 해와 달, 나무 심지어는 돌덩이 앞에서도 경건하게 고개를 숙였다. 사람들은 이러한 행위를 종교나 제사로 부른다. 나는 차라리 그것을 자연의 신비가 불러 일으킨 원시인류의 영혼의 감동으로 이해하고 싶다. 수많은 시인들도 감동을 받았다. 그래서 우리는 그들의 노래를 들을 수 있다. 그때부터 나는 영혼의 진실된 감동을 글로 남기겠다고 결심했다. 우리를 수없이 감동시킨, 우리의 조상들을 수없이 감동시킨 해, 달, 숲, 종소리, 불빛, 돌의 일대기를 쓰겠노라고. 나는 나 혼자만의 느낌이 아닌 인류 공동의 목소리라고 굳게 믿는다. 사람들이 갖가지 욕망에 사로잡혀 점점 감동을 잃어가고 있지만 원시 이미지가 우리에게 새로운 체험과 새로운 계시를 줄 것이다.

이 책을 집필하는 과정에서 주변의 진심어린 우정에 감동받았다. 유몽계劉夢溪 선생은 집필을 위한 충분한 시간과 사심 없는 도움을 주면서 열정적으로 이끌어 주셨다. 이 책의 출판을 위해 아낌없이 도와준 우연禹燕 여사, 방명方鳴 선생도 잊을 수 없다. 이 같은 도움과 격려가 있었기에 분발하고 전진할 수 있는 힘을 얻을 수 있었다.

나는 동쪽을 바라보는 서재에서 거의 매일 아침 찬란한 일출을 볼 수 있었다. 그것이 나에게 많은 힘과 감동을 줬다. 지금도 태양은 멀리 숲 사이로 힘차게 떠오르고 있다. 저렇게 붉고 저렇게 웅장하고 저렇게 찬란한 빛은 그 어떤 예술가도 그려내기 어려울 터!

1995년 1월 26일 아침
하얼빈 인빈루寅賓樓에서

재판 후기

　1996년에 『만당종성』 초판이 나오고 지금까지 꼭 십 년이 되었다. 시중에서는 더 이상 책을 구하기가 어려워 재판 출간 소식을 물어오는 사람들이 많았다. 온라인에서도 책을 구입하고자 하는 독자들의 소식을 자주 접할 수 있었다. 몇몇 출판사와 재판 관련 논의를 했지만 결국에는 북경대 출판사에 맡기기로 결정했다. 북경대 출판사의 편집자들과 함께 작업을 하면서 그들의 책임감에 깊은 인상을 받았다.

　다사다난했던 십 년이 지나고 또 다시 만당의 종소리를 듣게 되었다. 옛 원고를 정리하다 보면 지난 세월로 다시 돌아간 듯한 느낌에 빠져들었다. 이 책은 내가 서른다섯이 되기 전에 쓴 것이다. 어떤 장은 이십대에 쓴 것이어서 그 시대의 혼적이나 저자의 학술적 치기가 남아 있을 수밖에 없다. 그러나 이미 나온 원고는 역사의 증인인지라 대폭적으로 수정하는 것 역시 쉽지 않았다. 참고문헌이나 자구를 일부 수정한 것 외에 초판의 면모를 거의 그대로 유지했다.

　다만, 9장의 「배와 시」는 원래 공동으로 집필한 것이었는데 일관된 스타일을 유지하기 위해 재판 출간의 기회를 빌려 새롭게 썼다. 초판에 오류가 많았던 까닭에 왕홍군王洪軍 동학이 인용된 문헌을 일일이 대조해가며 오류를 수정했다. 많은 정력과 노력을 소모한 그의 노고에 진심 어린 감사를 표한다. 원서의 많은 장절은 『문예연구文藝研究』 등 간행물에 발표되었던 것들이다. 방녕方寧 선생 등에게도 십 년이나 늦게 감사의 뜻을 표한다. 그리고 북경대 출판사의 양서란楊書瀾 여사와 편집장 위동봉魏冬峰 여사에게도 감사를 표하고자 한다. 두 분의 끊임없는 재촉과 세심한 작업이 있었기에 졸고가 재판될 수 있었다. 늦가을의 하얼빈은 단풍이 붉게 물들고 찬 기운이 짙어지고 있다. 여러 분들의 열성적인 도움을 생각할 때마다 얼굴에 봄바람이 스치는 듯 따스함이 밀려온다.

학술은 시와 같고, 학술은 등과 같고, 학술은 길과 같고, 학술은 종과 같다. 시가 있기에 격정이 있고, 등이 있기에 밝음이 있고, 길이 있기에 전진할 수 있고, 종이 있기에 용기를 낼 수 있다. 나는 불사와 교회의 은은한 종소리에 귀 기울이기를 좋아한다. 종소리는 계시를 주고 지혜를 주고 힘을 준다. 그래서 중국인들은 종소리가 고난을 물리치고 행운을 가져다 준다고 굳게 믿는다. 이른바 "종소리를 들으면 번뇌가 맑아지고 지혜가 자라고 보리가 생긴다聞鐘聲, 煩惱淸, 智慧長, 菩提生".

흥미롭게 『좌전』과 『국어』에서는 종을 '정녕丁寧'으로 적고 있다. 종소리는 신비한 부탁과 당부의 언어다. 『설문해자』에서는 종을 악종樂鐘으로 풀이했으며 『순자』 악론에서는 종은 충실이라고 했다. 종소리는 거대하고 충실한 생명의 교향악을 연주하는 음악이다. 또 『순자』 악론에서는 "종과 북으로 뜻을 밝히고 거문고와 비파로 마음을 즐겁게 한다以鐘鼓道志, 以琴瑟樂心"고 했다. 종소리는 일종의 언어로서 세계에 대한, 인생에 대한, 학술에 대한, 예술에 대한 이해와 체험을 말해준다. 세속 세계에서는 먼지 속에서 표일하게 벗어나 마음을 맑게 하는 종소리를 듣기가 어려워졌다. 오래된 세계에서 울려오는 종소리가 우리를 그 옛날로 이끌고 가 영혼의 감동과 힘을 주는 듯하다.

2006년 10월 17일 하얼빈에서